KB218739

4대 비극

홍 신
세 계 문 학
0 1 0

4대 비극

Hamlet Othello Macbeth King Lear

W. 셰익스피어 지음
김남 옮김

홍
신
문
화
사

차례

햄릿
Hamlet

덴마크

주요 등장인물

햄릿	선왕의 왕자, 현왕의 조카
클로디어스	덴마크의 왕, 햄릿의 삼촌
거트루드	덴마크의 왕비, 햄릿의 어머니
폴로니어스	재상宰相
오필리어	폴로니어스의 딸
레어티스	폴로니어스의 아들
호레이쇼	햄릿의 친구
오즈리크	경박한 멋쟁이 귀족
신사	
사제司祭	
레이널도	폴로니어스의 하인
배우	몇 명
산역꾼	두 명
포틴브라스	노르웨이 왕자
볼티먼드 | 코닐리어스	노르웨이로 파견되는 사절
로젠크랜츠 | 길덴스턴	햄릿의 동창
마셀러스 | 버나도 | 프랜시스코	근위 장교
영국 사절들	
기타 _ 궁정 귀족, 귀부인, 병사, 선원, 사자使者	

제1막

❧

제1장

성벽 위 좌우에는 망대로 통하는 문이 있다. 별이 총총한 추운 밤, 창을 든 보초 프랜시스코가 왔다 갔다 하고 있다. 자정을 알리는 종이 울린다. 곧 다른 보초 버나도가 같은 무장을 하고 성에서 나온다. 그는 어둠 속에서 들려오는 프랜시스코의 발소리를 듣고 경계한다.

버나도　누구냐?

프랜시스코　넌 누구냐? 정지! 이름을 대라!

버나도　국왕 만세!

프랜시스코　버나도?

버나도　맞았어.

프랜시스코　정확히 제 시간에 왔군.

버나도　지금 막 열두 시를 쳤어. 자, 교대하고 가서 자게, 프랜시스코.

프랜시스코　교대해줘서 고맙네. 어찌나 추운지 마음까지 우울해지더군.

버나도　아무 이상 없었나?

프랜시스코 생쥐 한 마리 얼씬하지 않았네.

버나도 그래, 잘 자게. 호레이쇼와 마셀러스를 만나거든 빨리 보초를 서러 오라고 전해주게.

호레이쇼와 마셀러스가 온다.

프랜시스코 (발소리를 듣고) 지금들 오는 모양이군. 정지! 누구냐?

호레이쇼 이 나라의 백성.

마셀러스 덴마크 왕의 신하.

프랜시스코 수고하게.

마셀러스 아, 잘 가게. 누구와 교대했나?

프랜시스코 버나도. 그럼 부탁하네. (퇴장)

마셀러스 이봐, 버나도!

버나도 아, 호레이쇼도 같이 왔나?

호레이쇼 (악수를 하며) 손만 왔네.

버나도 잘 왔네, 호레이쇼. 잘 왔어, 마셀러스.

호레이쇼 그래, 그게 오늘 밤에도 나왔나?

버나도 아직은 못 봤네.

마셀러스 호레이쇼는 우리들이 허깨비를 본 거라며 도무지 믿질 않네. 두 차례나 우리 눈앞에서 벌어졌던 무서운 광경인데 말일세. 그래서 오늘 밤에는 우리와 같이 망을 보자고 했지. 그 망령이 나타나면 그때는 우리를 믿어줄 게 아닌가.

호레이쇼 쯧쯧, 나오긴 뭐가 나오나.

버나도 어쨌든 좀 앉게. 우리가 이틀 밤이나 목격했단 말일세. 그렇게 막무가내로 귀를 틀어막지만 말고 한번 더 들어보게.

호레이쇼 그럼 앉아서 버나도의 얘기나 들어볼까?

버나도 바로 어젯밤에 북극성의 서쪽, 저기 저 별이 지금 반짝이고 있는 저 자리에 와서 하늘을 환히 비추기 시작했을 때, 나는 마셀러스와 함께 있었네. 그때 막 종이 한 시를 쳤는데……

유령이 나타난다. 빈틈없이 갑옷을 입었고, 손에 사령관의 지휘봉을 들고 있다.

마셀러스 쉿, 조용히. 저것 봐, 또 나왔어!

버나도 선왕과 똑같은 모습이야.

마셀러스 자네는 학자가 아닌가, 호레이쇼. 말을 걸어보게.

버나도 선왕과 똑같지? 잘 봐, 호레이쇼.

호레이쇼 어쩜 이렇게 같을 수가! 무서워서 소름이 다 돋는군.

버나도 말을 걸어주었으면 하는 눈치야.

마셀러스 말 좀 걸어보게, 호레이쇼.

호레이쇼 너는 무엇이기에 이 밤중에 배회하고 있느냐? 더욱이 지하에 잠들어 계신 늠름한 선왕의 빛나는 갑옷까지 입고! 하늘을 두고 명령한다. 빨리 말해라.

마셀러스 화가 났나 봐.

버나도 아, 가버리잖아.

호레이쇼 거기 섰거라! 말해라, 말해. 명령이다. 대답해라. (유령, 사라진다)

마셀러스 가버렸어. 말하기 싫은 모양이야.

버나도 왜 그러나, 호레이쇼? 자네 떨고 있군. 얼굴빛도 창백하고. 어떻게 생각하나, 망상이 아니지?

호레이쇼 아, 놀랍네. 내 눈으로 똑똑히 보았는데 어찌 믿지 않을 수 있겠나.

마셀러스   선왕과 똑같지?

호레이쇼   같다 뿐인가. 선왕께서 야심만만한 노르웨이 왕과 싸우셨을 때의 모습이 꼭 저랬지. 얼굴을 잔뜩 찌푸린 표정 또한 담판이 깨지자 썰매를 타고 온 폴란드 군사 사절들을 빙판에 내동댕이쳤을 때와 똑같군. 참으로 해괴한 일이야.

마셀러스   지금까지 이렇게 두 번, 그것도 똑같은 시간인 자정에 우리 보초들 앞을 의젓하게 지나갔다네.

호레이쇼   이것을 어떻게 생각해야 할지 모르겠네만, 나라에 무슨 변괴가 일어날 징조가 아닐까 하는 생각이 드는군.

마셀러스   자, 여기 앉자구. 좀 물어보겠네만, 무엇 때문에 밤마다 이렇게 엄중한 경비를 세워 백성들을 괴롭히는 건가? 또 왜 매일같이 번쩍이는 대포를 만든다, 외국에서 무기를 사들인다 하며 배 만드는 일꾼들을 징발하여 휴일도 없이 혹사시키는 거지? 대체 무슨 일이 있기에 밤낮으로 비지땀을 흘리게 하난 말일세. 누가 알면 말 좀 해보게.

호레이쇼   내가 설명해주지. 적어도 소문은 이렇다네. 방금 우리 앞에 모습을 나타내신 선왕께서는 자네들도 알다시피 야욕에 불타는 오만한 노르웨이 왕 포틴브라스의 도전을 받지 않았는가? 그래서 용감무쌍하신 우리 햄릿 왕께서는 일격에 적을 무찌르셨네. 그리고 그놈은 목숨과 더불어 영토를 모두 승리자인 햄릿 왕에게 몰수당했는데, 그것은 기사도 법칙에 따라 정한 약속이었지. 물론 우리 쪽에서도 상당한 영토를 내걸었지. 만약 포틴브라스가 이겼더라면 우리 영토는 적의 손아귀에 들어갔을 걸세. 바로 이러한 약조에 따라 적의 영토는 우리 쪽에 넘어오고만 것이네. 그런데 포틴브라스의 풋내기 아들이 혈기만 왕성해서 노르웨이 변방 이곳저곳에다 그저 배만 채우면 만족하는 무리배들을 끌어모아 놓고 무모하게도 소동을 일으킬 기미를 보이고 있다네. 바로 아비가 잃은 영토를 무력으로 되찾아보겠다는 수작이지. 물론 우리는 그걸 훤히 알고 있네. 그래서 우리가 이렇게 군비를 서둘러 갖추려는 걸세. 우리가 경비를 서는 이유도, 온 나라 안이 물 끓듯 하는 이유도 다 그것 때문이지.

버나도 그런 것 같네. 꼭 맞는 이야기야. 그 기분 나쁜 그림자가 갑옷을 입고 우리 앞을 지나가는 것은, 더욱이 선왕의 모습과 똑같이 하고 있는 것은 전쟁이 다시 일어날 조짐인지도 몰라.

호레이쇼 하기야 티끌도 마음의 눈에 들어가면 따갑게 마련이지. 옛날, 한창 번영을 누리던 로마에서도 영웅 시저가 쓰러지기 직전에 무덤들이 텅텅 비고, 수의를 입은 시체들이 로마의 길거리를 헤매면서 침통하게 울부짖었다고 하네. 게다가 별은 꼬리를 끌며 나타나고, 핏빛 이슬이 내리고, 태양은 빛을 잃고, 바다를 지배하는 달도 말세인 양 어두워졌다고 하지 않는가. 두려운 재앙을 예고하듯 하늘과 땅까지도 상서롭지 못한 징조들을 이 나라 백성에게 보여준 것 같네. 다가올 운명과 재난의 전조로서 말일세. (유령이 다시 나타난다) 아, 쉿, 저것 봐. 또 나타났다. 목숨을 잃는 한이 있더라도 이번에는 가로막아보자. (두 팔을 벌리고 가로막는다) 거기 섰거라, 유령아! 목소리를 낼 줄 알거든 말해봐라. 너에게는 위안이 되고 내게는 축복이 될 만한 좋은 일이 있거든 말을 해라. 미리 알면 피할 수도 있는 조국의 비운을 네가 알고 있거든 오, 제발 말해다오! 혹시 흔히 듣는 얘기처럼, 너도 생전에 부당하게 얻어 땅속 깊숙이 묻어둔 보물에 미련이 남아 떠도는 망령이라면 그렇다고 말을 해라. (닭이 운다) 가지 말고 말해! 못 가게 막아라, 마셀러스!

마셀러스 창으로 찌를까?

호레이쇼 그래, 안 서거든.

버나도 여기다!

호레이쇼　여기다!

마셀러스　가버렸어. (유령이 사라진다) 그렇게 존귀한 혼령을 난폭하게 대한 우리가 잘못이야. 공기와 같아서 아무 반응도 없는데 공연히 창을 휘둘러댄 우리의 꼴이 우습군.

버나도　그러게나 말일세. 무슨 말을 하려고 하는데 그만 닭이 울었단 말이야.

호레이쇼　그때 움찔 놀라더군. 죄지은 사람이 갑자기 무서운 호출이라도 당한 것처럼 말일세. 듣자 하니 수탉은 새벽을 알리는 나팔수라서 그 우렁찬 목청은 태양신을 깨우고, 그 울음소리에 물과 불, 육지와 공중에 떠다니던 망령들이 허둥지둥 제집으로 달아난다던데, 이제 보니 그 말이 맞군그래.

마셀러스　닭 울음소리에 그만 사라졌어. 언젠가 들은 말인데, 성탄을 축하하는 계절이 되면 새벽을 알리는 닭이 밤새도록 노래를 부르고, 그러면 망령들은 감히 나다니지 못한다더군. 그래서 그때엔 밤이 안전하다는 거야. 별의 저주도 미치지 못하며, 요정도 덤비지 못하고, 마녀들도 맥을 못 춘다네. 그래서 그 계절은 청정하고 깨끗하지.

호레이쇼　나도 그런 말을 들었네만, 그럴 법도 하네. 아, 보게. 새벽이 적갈색 망토를 걸치고 저기 저 산마루의 이슬을 밟으며 넘어오고 있네. 자, 망 보기는 이제 그만하세. 그런데 내 생각에는 밤에 본 일을 햄릿 왕자님께 아뢰는 것이 좋을 것 같네. 그 망령이 우리에게는 말을 안 했지만 왕자님께는 반드시 무슨 말을 할지도 모르지. 자네들은 어떻게 생각하나? 왕자님께 아뢰는 것이 우리의 정성이나 직책으로 봐서 당연하지 않겠는가? 어떤가?

마셀러스　그래, 그렇게 하세. 마침 오늘 아침 왕자님을 만나뵐 수 있는 장소를 내가 알고 있네. (일동 퇴장)

제2장

나팔 소리가 울려퍼진다. 덴마크 왕 클로디어스, 왕비 거트루드, 중신들, 폴로니어스와 그의 아들 레어티스, 그리고 볼티먼드와 코닐리어스, 모두 성장을 하고 대관식장에서 몰려나온다. 끝으로 검은 상복을 입은 햄릿 왕자가 고개를 숙이고 등장. 왕과 왕비가 옥좌에 앉는다.

왕 사랑하는 형님 햄릿 왕이 돌아가신 기억이 아직 생생하여 만백성이 모두 수심에 싸인 채 비탄에 잠겨 슬퍼함은 당연한 일이오. 그러나 이제는 정신을 차려 인정을 극복해야 할 때라고 생각하오. 나는 선왕을 깊이 애도하면서도 나 자신의 본분은 잊지 않았소. 지난날 형수를 무용武勇의 나라 덴마크의 왕비로 맞이한 것도 그 때문이오. 이는 실의 속의 기쁨, 말하자면 한 눈으로는 울고 한 눈으로는 웃으며, 슬픔과 기쁨을 똑같이 저울질하여 왕비를 맞이한 것이오. 이 일에 있어 나는 그대들의 현명한 의견에 귀를 기울였으며, 그대들은 내 의견에 찬성해주었소. 다들 감사하오. 다음 문제는 이미 모두 알다시피 저 젊은 포틴브라스에 관한 일인데, 우리의 실력을 과소평가했는지, 아니면 형님이 돌아가셔서 이 나라가 분열되고 해체되리라고 생각했는지 헛된 기대를 품고 있소. 그는 기어이 성가시게 편지를 보내 자기 아비가 지혜롭고 용감하신 우리 형님께 빼앗긴 영토를 다시 반환하라고 요구하고 있소. 하지만 이것은 그쪽 사정이고, 우리의 대책이 문제인데…… 사실 오늘 회의를 소집한 것도 그 때문이오. 여기 노르웨이 왕에게 보내는 칙서가 있소. 왕은 포틴브라스의 숙부가 되는 사람으로 늙고 병들어 줄곧 자리에 누워 있기 때문에 조카의 야심을 잘 모르는 것 같소. 그래서 곧 조카의 행동을 중지시키라고 요구했소. 왜냐하면 그의 계획에 필요한 군사를 모두 왕의 백성 가운데서 징발해야 하기 때문이오. 이에 그 사신으로 코닐리어스와 볼티먼드를 임명하오. 노르웨이 왕과 교섭할 개인적 권한은 여기에 그 조항이 명시되어 있으니, 그 범위 안에서 절충하도록 하시오. 그럼 다녀오시오. 신속히 임무를 완수하고 돌아오도록 하시오.

코닐리어스, 볼티먼드 네, 분부대로 서둘러서 이행하겠습니다.

왕 가상하오. 잘 다녀오시오. (두 사람 퇴장) 그런데 레어티스, 너는 무슨 할 말이 있느냐? 청이 있다고 한 것 같은데? 이치에 어긋나지만 않는다면 이 덴마크 왕이 안 들어줄 리가 있겠는가. 대체 네 소원이 무엇이냐, 레어티스? 네가 굳이 조르지 않더라도 내 자진해서 들어주려 한다. 이 덴마크 왕과 네 부친과는 머리와 심장 사이보다 더 관계가 깊고, 손이 입에 도움이 된다 하나 우리의 관계보다 더 밀접하지는 못할 것이다. 그래, 네 청이 무엇이냐?

레어티스 황공하오나 전하, 저를 프랑스로 돌아가게 해주십시오. 전하의 대관식에 참석하고자 기꺼이 귀국했사오나, 이제 그 일도 끝나고 보니 제 마음은 이미 프랑스에 가 있습니다. 황공하오나 부디 허락해주십시오.

왕 부친의 허락은 받았느냐? 폴로니어스 경은 어떻게 생각하시오?

폴로니어스 자식놈이 어찌나 졸라대는지, 하는 수 없이 본의 아니게 승낙을 해주었습니다. 저도 간청하오니, 떠나도록 허락해주십시오.

왕 가서 잘 지내도록 해라, 레어티스. 휴가를 주마. 아무쪼록 열심히 공부하고 돌아오너라. 자, 이번에는 내 조카이자 아들이 된 햄릿……

햄릿 (방백) 숙부와 조카 사이는 되겠지만, 아버지와 아들 사이라니, 어림도 없다!

왕 네 얼굴에는 아직도 어두운 구름이 끼어 있는데 어찌 된 일이냐?

햄릿 그렇지 않습니다. 저는 오히려 너무나 많은 햇빛을 받고 있습니다.

왕비 햄릿, 그 어두운 상복을 벗고, 덴마크 왕을 좀 더 정답게 바라보거라. 그렇게 언제나 눈을 내리뜨고 땅속에 묻힌 아버님만 찾으면 되겠느냐? 이제 그만해라. 너도 알지 않느냐, 생명이 있는 자는 반드시 죽어서 세상을 하직하고 영원한 죽음의 세계로 떠나가게 마련인 것을.

햄릿 네, 어머님. 그러게 마련이지요.

왕비 그렇다면 어째서 그게 너에게만 유별나게 보이느냐?

햄릿 유별나게 보이다니요! 아니, 사실이 그렇습니다. 그렇게 보이든 말든 그런 것에는 관심이 없습니다. 다만 어머님, 이 새까만 외투나 격식을 갖춘 엄숙한 상복, 억지로 짓는 호들갑스러운 한숨이나 강물처럼 넘치는 눈물, 절망한 표정이나 슬픔을 나타내는 모든 형식과 분위기 등으로 저의 심정을 그대로 나타낼 수는 없습니다. 그따위 연극은 아무나 할 수 있습니다. 그러나 이 가슴속에 있는 것은 그런 겉치레와는 다릅니다.

왕 그토록 부친을 애도한다는 것은 참으로 아름답고 가상한 일이다. 그러나 알아두어야 할 것은, 네 아버지도 아버지를 여의셨고, 그 아버지 또한 아버지를 여의셨다. 그리고 뒤에 남은 자는 자식 된 도리로서 어느 기간 동안 상을 치르는 것이다. 그러나 언제까지나 비탄에 잠기는 것은 신을 모독하는 고집이야. 그리고 대장부답지 못한 일이다. 이는 하늘을 거역하는 불손일 뿐 아니라 마음속에 신앙도 인내심도 없으며, 분별과 교양이 없는 자임을 스스로 나타내는 짓이다. 죽음을 피할 수 없다는 것은 누구나 다 알고 있는 일처럼 당연한 일이거늘, 무엇 때문에 그토록 슬퍼해야 한단 말이냐? 쯧쯧, 그것은 하느님과 고인에게 죄가 되는 일이요, 자연의 도리와 이성에도 어긋나는 것이다. 이성에 비추어보건대 부모의 죽음은 평범한 일이다. 처음 인간이 죽었을 때부터 오늘 죽은 사람에 이르기까지 '죽음만은 피할 수 없다.'고 이성은 외치고 있지 않느냐.

제발 그 무익한 비애는 던져버리고, 나를 친아버지처럼 생각해다오. 세상에 공포하지만 너는 왕위를 계승할 사람이오, 나는 가장 인자한 아버지 못지않게 너를 사랑하고 있다. 너는 비텐베르그 대학으로 돌아가고 싶어하나, 그것은 내 뜻과는 아주 어긋나는 일. 제발 이대로 남아 나의 중신으로서, 그리고 조카이자 아들로서 나의 기쁨과 위안이 되어다오.

왕비 이 어미의 기도가 헛되지 않게 해다오. 햄릿, 제발 비텐베르그에 가지 말고 우리와 함께 있어다오.

햄릿 아무쪼록 어머님 분부대로 하겠습니다.

왕 음, 그 기특한 대답, 참으로 반갑구나. 이 덴마크에서 나와 함께 지내도록 해라. 왕비, 갑시다. 햄릿이 이렇게 흔쾌히 승낙해주니 내 마음이 여간 기쁘지 않소. 이를 축하하는 뜻에서 오늘 덴마크 왕이 축배를 들 테니 즐거운 한 잔 한 잔마다 축포를 터뜨려 하늘에 알립시다. 그러면 하늘도 왕의 주연에 화답하여 지상에 환희의 천둥을 울려주지 않겠소? 자, 갑시다. (나팔 소리. 햄릿만 남고 모두 퇴장)

햄릿 아, 더러워질 대로 더러워진 이 육체, 녹고 녹아 이슬이나 되어버렸으면! 자살을 엄금하는 신의 계율만 없다면 자살해버릴 텐데. 아, 세상일이 모두 따분하고 덧없다. 진부하고 무익하다. 아, 싫다, 싫어. 더러운 세상! 땅에는 잡초만 무성하고, 천한 것들만 활개를 치는구나. 이 꼴이 되다니! 돌아가신 지 겨우 두 달, 아니 두 달도 채 못 되는구나! 참 훌륭한 왕이셨지. 이번 왕에 비하면 하늘과 땅 차이야. 어머니를 끔찍이도 사랑하셨는데. 행여 하늘에서 부는 바람이 거셀까 어머님의 얼굴을 감싸주셨거늘…… 아, 이 모든 기억들을 떨쳐버릴 수 없는 것일까? 늘 아버님께 매달리시던 어머니, 그 사랑을 받아 어머니의 애정도 나날이 깊어지는 것처럼 보였지. 그런데 채 한 달도 못 되어…… 아예 생각을 하지 말자. 약한 자여, 그대 이름은 여자인가! 겨우 한 달. 니오베 여신처럼 온통 눈물에 젖어 가엾은 아버지의 유해를 따라가던 신발이 닳기도 전에 아, 어머니가 저 숙부의 품에 안기다니! 아무것도 모르는 짐승이라도 좀 더 슬퍼했을 것이다. 한 형제라고는 하나, 나와 헤라클레스만큼이나 차이 나는 자와 한 달도 안 되어 어머니는 결혼했다. 거짓 눈물에 짓무른 자국이 가시기도 전에 결혼을 하다니! 오, 더럽게도 빠르구나. 어쩌면 그렇게 빨리 시동생과 불의의 잠자리로 달려간단 말인가! 세상이 잘못되어가고 있는 것이다. 결코 용납할 수 없는 일이다. 그러나 이것만은 가슴이 터져도 입 밖에 내서는 안 된다.

　　호레이쇼, 마셀러스, 버나도 등장.

호레이쇼　안녕하십니까, 왕자님!

햄릿　잘 있었나, 아니 호레이쇼…… 호레이쇼가 틀림없지?

호레이쇼　그렇습니다, 왕자님! 왕자님께 충성하는 미천한 하인이지요.

햄릿　무슨 소릴. 나의 좋은 친구지. 내가 오히려 그렇게 말하고 싶네. (악수한다) 그런데 호레이쇼, 비텐베르그에서 무슨 일로 돌아왔나? 아, 마셀러스도. (악수하려고 손을 내민다)

마셀러스　왕자님!

햄릿　정말 반갑네. (버나도에게) 아, 자네도 별일 없었나? (호레이쇼에게) 그런데 자네 정말 무슨 일로 비텐베르그에서 돌아왔나?

호레이쇼　워낙 놀기를 좋아하는 놈이라서요.

햄릿　자네 적들이 그런 말을 해도 곧이들을 내가 아닌데, 하물며 자기 욕을 하는 자네 말을 내가 믿을 줄 아나. 자넨 게으름뱅이가 아니야. 대체 무슨 일로 엘시노어에 왔나? 다시 떠나기 전에 술고래가 되는 법을 가르쳐주지.

호레이쇼   실은 국왕의 장례식에 참례하러 왔습니다.

햄릿   제발 농담하지 말게. 우리 어머니의 혼례식을 보러 왔겠지.

호레이쇼   그러고 보니, 바로 잇따라서……

햄릿   절약이야, 절약. 장례식 음식이 식어서 그대로 잔칫상에 나온단 말이거든. 그런 일을 겪기보다는 차라리 원수를 만나는 게 훨씬 나았을 거야. 호레이쇼, 아버님, 아버님의 모습이 보이는 것 같네.

호레이쇼   어디서 말씀입니까?

햄릿   내 마음의 눈이야, 호레이쇼.

호레이쇼   저도 한 번 뵌 적이 있습니다. 참 훌륭한 왕이셨습니다.

햄릿   어느 모로 보나 훌륭한 인물이셨지. 다시는 그런 인물을 만날 수 없을 거야.

호레이쇼   왕자님, 실은 어젯밤에 뵈었습니다.

햄릿   뵈었다고? 누구를?

호레이쇼   왕자님의 아버님이신 선왕 말씀입니다.

햄릿   아버님? 선왕을?

호레이쇼   잠시 마음을 가라앉히시고 제 말을 들어주십시오. 그 괴이한 일을 말씀드리겠습니다. 이 사람들이 증인입니다. (마셀러스와 버나도를 바라본다)

햄릿   제발 어서 얘기해주게!

호레이쇼   실은 여기 있는 마셀러스와 버나도 두 사람이 이틀 밤을 같이 보초를 서다가 목격한 일입니다. 쥐 죽은 듯이 고요한 밤에, 선왕의 모습을 닮은 형상이 머리끝에서 발끝까지 완전무장을 하고 나타나서 겁에 질린 이 두 사람 앞을 엄숙한 걸음걸이로 천천히 걸어가셨답니다. 그것도 손에 쥔 지휘봉이 닿을 듯이 가까운 거리에서 세 번씩이나 말입니다. 그동안 두 사람은 너무나 무서워서 멍청히 선 채 말도 걸지 못했답니다. 이 무서운 일을 저에게 은밀히 얘기해주기에, 사흘째 되는 날 밤에는 저도 같이 보초를 섰습니다. 그랬더니 두 사람이 말한 것과 똑같은 시간에 똑같은 모습으로 그 망령이 나타났습니다. 저는 선왕을 잘 알고 있습니다. 이 두 손이 닮은 것 이상으로 그분의 모습과 똑같았습니다.

햄릿　그게 어딘가?

마셀러스　저희들이 보초를 서는 저 망대 위입니다.

햄릿　말을 걸어보지 않았나?

호레이쇼　걸어보았지만 아무 말도 하지 않았습니다. 다만 한 번 얼굴을 들고 머뭇머뭇 무슨 말을 할 것같이 보였는데, 바로 그때 닭이 요란하게 우는 바람에 질겁을 하고 사라져버렸습니다.

햄릿　참으로 이상하구나.

호레이쇼　절대로 거짓말이 아닙니다. 저희들은 이 일을 왕자님께 아뢰는 것이 의무라고 생각했습니다.

햄릿　물론 그렇지. 그러나 몹시 마음에 걸리는구나. 자네들은 오늘 밤에도 보초를 서는가?

마셀러스, 버나도　네.

햄릿　무장을 하고 있었다고 했지?

마셀러스, 버나도　네, 그렇습니다.

햄릿　머리끝에서 발끝까지?

마셀러스, 버나도　네, 머리끝에서 발끝까지.

햄릿　그럼 얼굴은 못 보았는가?

호레이쇼　아니요, 보았습니다. 마침 투구의 얼굴 가리개를 올리고 있었으니까요.

햄릿　그래, 화난 표정이던가?

호레이쇼　화가 났다기보다는 슬픈 표정이었습니다.

햄릿　창백하던가, 아니면 혈색이 좋던가?

호레이쇼　아주 창백했습니다.

햄릿　자네를 지그시 바라보던가?

호레이쇼　눈도 깜박이지 않고 쳐다보았습니다.

햄릿　나도 그 자리에 있었더라면 좋았을걸.

호레이쇼　무척 놀라셨을 겁니다.

햄릿　그랬을 테지. 그래, 오래 머물러 있었나?

호레이쇼　보통 속도로 백까지 셀 수 있을 만한 시간이었습니다.

마셀러스, 버나도　좀 더 길었어, 더 긴 시간이었어.

호레이쇼　내가 봤을 때는 그렇게 길지 않았네.

햄릿　수염은 희끗희끗하던가?

호레이쇼　제가 생전에 뵈었던 모습 그대로 검은 수염에 은빛이 섞여 있었습니다.

햄릿　오늘 밤에는 나도 보초를 서겠다. 또 나타날지도 모르니까.

호레이쇼　반드시 나타납니다.

햄릿　존귀한 선친의 모습을 하고 나타난다면, 설령 지옥이 입을 벌려 잠자코 있으라고 명령하더라도 내가 말을 걸어보겠다. 자네들에게 부탁하겠는데, 지금까지 이 일을 숨겨왔다면 앞으로도 침묵을 지켜주게. 그리고 오늘 밤에 무슨 일이 벌어지더라도 그저 가슴속에 묻어둔 채 입 밖에 내지 말아주게. 자네들의 호의에는 보답할 테니까. 그럼, 잘들 가게. 열한 시와 열두 시 사이에 망대에서 만나세.

일동　충성을 다하겠습니다.

햄릿　아니, 우리들의 우정이 중요하지. 그럼, 잘들 가게. (일동 절을 하고 퇴장) 아버님의 혼령이 무장을 하고! 상서롭지 않은 징조인데 무슨 나쁜 일이 있으려나 보다. 밤이 기다려지는구나! 그때까지 조용히 기다려라,

나의 영혼이여. 악행은 설령 온 지구가 내리누른다 해도 결국에는 사람의 눈에 드러나고 마는 법이다. (퇴장)

제3장

폴로니어스 저택의 어느 방.
레어티스와 그의 누이 오필리어 등장.

레어티스　이제 짐도 다 실었다. 그럼 잘 있어라. 순풍을 타고 오는 배편이 있거든, 잠만 자지 말고 소식 전해줘야 해.

오필리어　오빠, 별 걱정을 다……

레어티스　그리고 햄릿 왕자님에 관한 일인데, 그분이 너에게 호의를 보이고 있는 모양이다만 그건 다 한때의 기분, 청춘의 혈기일 것이다. 이른 봄에 피는 제비꽃이랄까. 일찍 피지만 일찍 지고, 곱지만 오래가지 않는다. 덧없는 순간적 향기, 일시적 위안, 그뿐이야.

오필리어　정말 그럴까요?

레어티스　그렇다고 생각해라. 본디 인간이란 근육과 몸통만 성장하는 것이 아니란다. 육체가 성장하면 내부에 있는 마음과 정신도 함께 성장하는 거야. 지금은 햄릿 왕자님도 너를 사랑하고 있겠지. 그의 순수한 마음을 더럽히는 오점이나 거짓은 아직 없을 거다. 그러나 지위가 지위이니만큼 그분의 뜻도 그분의 것이 아니라는 점을 명심해야 해! 그분은

왕자라는 신분에 지배를 받는 몸이거든. 그러니 신분이 낮은 사람들과
는 달리 자기 마음대로 거동할 수가 없다. 한 나라의 안녕과 번영이 그
분의 선택 여하에 달려 있기 때문에 비妃의 간택도 자기가 다스리는 국
민 전체의 뜻에 따르지 않을 수 없단다. 그러니 너를 사랑한다고 말씀하
시더라도 믿지 않는 게 현명하다. 이 나라 백성들의 의사에 따라야 하는
특별한 분의 말씀이니까. 그분이 들려주는 사랑의 속삭임에 솔깃해져서
이성을 잃고 보배 같은 정조를 내주는 날에는 얼마나 큰 창피를 당하게
될 것인지 잘 생각해야 해. 조심해라, 오필리어. 내 말을 명심해야 한다.
애정의 뒤로 물러서서 욕망의 위험한 화살을 피하란 말이다. 정숙한 처
녀는 달님 앞에 고운 살을 내놓는 것조차 망측스럽게 여긴다고 하잖니.
열녀도 세상의 험담은 피하지 못하고, 봄철의 새싹은 흔히 움트기도 전
에 벌레한테 먹히며, 이슬을 머금은 싱싱한 청춘의 아침엔 독기 찬 병이
생기기 쉬운 법이다. 그러니 조심해라. 조심하는 게 상책이야. 청춘이란
상대방이 없어도 저절로 욕망이 일어나는 법이니까.

오필리어 오빠의 말씀, 이 가슴에 소중히 간직해서 마음의 파수꾼으로
삼겠어요. 하지만 오빠, 사악한 목사처럼 나에게는 험한 가시밭길을 천
당으로 가는 길이라고 가르쳐주시는 건 싫어요. 그들은 뻔뻔스러운 방
탕아처럼 환락의 꽃길을 걷고 있잖아요. 자기가 설교한 내용과는 딴판
으로 행동하잖아요.

레어티스 내 걱정은 마라. 너무 오래 얘기했군. (폴로니어스 등장) 아버님
이시다. 축사가 거듭되면 축복도 갑절이 되겠지. 좋은 기회다, 다시 작
별 인사를 드려야겠다. (무릎을 꿇는다)

폴로니어스 아직도 여기 있었느냐, 레어티스? 어서 배를 타거라, 어서.
원, 녀석도! 돛은 바람을 안고 너를 기다리고 있단다. 자, 부디 내 축복
이 너와 함께하길. (아들의 머리에 손을 얹는다) 그리고 몇 마디 훈계를 할

테니 단단히 명심해두어라. 마음을 함부로 입 밖에 내지 말 것이며, 옳지 못한 생각을 행동에 옮기지 마라. 친구는 사귀되 무분별하게 사귀지는 말고, 한번 사귄 좋은 친구는 쇠고리로 마음속에 단단히 걸어두어라. 그러나 잘난 체하는 햇병아리들과 악수를 하다가는 손바닥만 두꺼워진다. 싸움은 하지 말 것이며, 누구의 말에나 귀를 기울이되 네 의견은 말하지 마라. 즉 남의 의견은 들어주되 판단은 삼가라는 말이다. 옷차림에는 지갑이 허락하는 데까지 돈을 써도 좋지만, 요란스럽게 치장하지는 마라. 옷은 인품을 나타내는 것이니까. 프랑스의 상류계급 인사들은 이 방면에 세련된 눈을 지니고 있단다. 돈은 빌리지도 말고, 빌려주지도 마라. 빌려주면 돈과 사람을 잃고, 빌리면 절약하는 마음이 무디어진다. 무엇보다도 너 자신에게 성실해라. 그러면 자연히 밤이 낮을 따르듯이 남에게도 성실한 사람이 되지 않을 수 없다. 그럼, 잘 가거라. 내 훈계가 네 가슴속에 새겨지기를 빌겠다.

레어티스 그럼, 다녀오겠습니다.

폴로니어스 시간이 없다, 가거라. 하인들이 기다리고 있다.

레어티스 (일어서면서) 잘 있거라, 오필리어. 내가 한 말 잊지 말고.

오필리어 이 가슴속에 간직하고 자물쇠를 잠갔으니, 열쇠는 오빠가 보관하고 계세요. (둘이서 껴안는다)

레어티스 잘 있어. (퇴장)

폴로니어스 오필리어, 오빠가 무슨 말을 하더냐?

오필리어 저, 햄릿 왕자님 얘기예요.

폴로니어스 그렇지 않아도 한번 묻고 싶었는데 마침 잘됐다. 그래, 듣자 하니 햄릿 왕자님이 요즘 너한테 무척 자주 드나들고, 너는 또 너대로 그저 순순히 만나준다면서? 나에게 조심하라고 일러준 사람이 있었다. 그게 사실이라면, 해주고 싶은 말이 있구나. 네가 내 딸로서 지켜야 할 체면을 잘 모르고 있으니 큰일이다. 대체 둘은 어떤 사이냐? 사실대로 말해보아라.

오필리어　왕자님이 요즘 몇 번이나 제게 사랑을 고백하셨어요, 아버지.

폴로니어스　사랑? 허! 이런 철부지 같은 말 좀 들어보게. 하기야 통 위험한 일을 겪어본 적이 없으니. 그래, 너는 그 고백인가 뭔가 하는 말을 진정이라고 믿느냐?

오필리어　어떻게 생각해야 할지 모르겠어요.

폴로니어스　저런! 내가 가르쳐주마. 너는 아직 어린애로구나. 그런 고백을 진짜로 알아듣고 좋아하고 있으니 말이다. 좀 더 비싸게 처신하도록 해라. 이런 비유를 자꾸 쓰고 싶지 않으니 이만하겠다만, 자칫 잘못하면 너는 나를 웃음거리로 만들 수도 있다.

오필리어　아버지, 그분은 진실한 태도로 저를 사랑한다고 하셨어요.

폴로니어스　그래, 그랬겠지. 하지만 단지 그렇게 보였을 뿐이다. 그만둬라, 그만둬.

오필리어　그리고 절대로 거짓이 아니라면서, 몇 번이나 하늘에 맹세하셨는걸요.

폴로니어스　아, 그게 바로 바보 새를 잡는 덫이란 말이다. 피가 끓어오르면 함부로 맹세를 하는 법이야. 얘야, 그렇게 타는 불꽃은 열보다 광채를 더 많이 내고, 한참 맹세를 하는 도중에 광채는 다 사라지고 만단다. 그런 것을 진짜 불인 줄 알았다간 큰일난다. 이제부터는 처녀로서 몸가짐을 함부로 하지 말고, 만나자고 한다고 쉽게 응해서는 안 된다. 좀 도도하게 굴란 말이다. 햄릿 왕자님은 나이도 젊고 너보다는 훨씬 자유로우신 분이다. 그러니 그리 알고 대해야 한다. 요컨대 오필리어, 그분의 맹세를 믿어서는 안 돼. 그런 맹세는 겉빛깔과는 달리, 속에 담고 있는 더러운 욕망을 채우려고 여자에게 잘못을 저지르게 하는 뚜쟁이처럼 말만 신성하고 거룩하게 들리는 거란다. 그렇기 때문에 더 잘 속게 마련이지. 다시 한 번 분명히 말해두겠는데, 앞으로는 잠시라도 왕자님과 이야기를 하거나 만나서는 안 된다. 알겠지? 내 명령이다. 자, 들어가자.

오필리어 분부대로 하겠어요, 아버지. (두 사람 퇴장)

제4장

햄릿, 호레이쇼, 마셀러스, 망대 위에 등장.

햄릿 바람이 살을 에는 듯이 차구나. 몹시 추운 날이다.

호레이쇼 살을 콕콕 찌르는 것 같군요.

햄릿 지금 몇 시쯤 됐지?

호레이쇼 아직 자정은 안 된 것 같습니다.

마셀러스 아닙니다. 열두 시를 쳤습니다.

호레이쇼 그래? 난 못 들었어. 그럼 슬슬 유령이 나타날 때가 됐군. (안에서 별안간 나팔 소리와 대포 소리) 저건 무슨 소립니까, 왕자님?

햄릿 왕이 밤새도록 주연을 베풀고 부어라 마셔라 난장판이라네. 왕이 포도주를 한 잔 들이켤 때마다 저렇게 북을 치고 나팔을 불어서 왕의 건배를 떠들썩하게 알리는 거야.

호레이쇼 풍습입니까?

햄릿 그래. 나는 이곳 태생이라 이 나라 풍습에 젖어 있지만, 저것은 지키는 것보다 깨뜨리는 편이 오히려 명예가 될 거라는 생각이 드네. 저런 술타령 덕분에 온 세계 사람들이 우리를 비난하고 경멸하며 주정뱅이니 돼지니 욕을 하고 있거든. 그러니까 아무리 훌륭한 공적을 세워도 모처럼의 명예가 다 헛것이 되고 마는 거야. 이는 개인의 경우에도 흔히 있는 일이지. 타고난 결함 같은 것이 있으면 말일세. 하기야 인간의 태생은 제 마음대로 되는 것이 아니니까 물론 당사자의 잘못이라고 할 수 없네. 하지만 어떤 사람은 성질이 과격해서 이성의 울타리를 넘기도 하고, 어떤 사람은 습관이 너무 지나쳐 세상 관습에 어긋나는 짓을 저지르기도 하거든. 어쨌든 선천적이든 후천적이든 무슨 결점을 가진 사람들은 순수한 미덕을 아무리 많이 가지고 있더라도 그 하나의 흠 때문에 세상 사람들로부터 지탄을 받게 되는 거야. 고귀한 성품도 티끌만 한 결점 때문에 그 본질을 의심받고 비난을 듣게 마련이라네.

유령 등장.

호레이쇼 저기 보십시오, 왕자님. 나타났습니다.
햄릿 모든 천사들이여, 우리를 보호해주소서! 그대는 성령인가, 악마인가? 천상의 영기靈氣인가, 지옥의 독기인가? 그대 마음속의 선악의 의도는 모르겠다만, 아무튼 그런 수상한 모습으로 나타났으니 말을 건네보지 않을 수 없다. 내 그대를 덴마크의 햄릿 왕, 아버님이라 부르리라. 오, 대답해주시오! 답답해서 가슴이 터질 지경이오. 죽어서 교회의 격식대로 매장된 유해가 어째서 수의를 벗어던지고 나타난 것이오? 그대를 안치한 무덤이 어째서 그 육중한 대리석 입을 벌려 다시 그대를 뱉어낸 것이오? 그대 시체가 다시 완전무장하고, 어스름 달빛 아래 나타나 이 밤을 무섭게 만드는 까닭은 무엇이오? 현세에 사는 우리 영혼의 능력으로는 도저히 풀 수 없는 의문을 던져서 우리의 간담을 이토록 서늘하게 만드는 까닭은 무엇이오? 말해보시오. 무엇 때문이오? 어떻게 하란 말이오? (유령이 손짓한다)

호레이쇼 따라오라고 손짓을 합니다. 왕자님께만 무슨 할 얘기가 있나 봅니다.

마셀러스 보십시오. 아주 정중하게 딴 데로 가자고 손짓을 하는군요. 그러나 따라가지 마십시오.

호레이쇼 결코 가시면 안 됩니다.

햄릿 아무 말도 하지 않으려고 하는구나. 좋아, 따라가 보겠다.

호레이쇼 안 됩니다, 왕자님!

햄릿 왜, 무서울 게 뭐가 있나? 바늘만 한 값어치도 없는 목숨이야. 내 영혼 역시 저것과 같이 불멸인데, 도대체 무슨 피해를 입는단 말인가?

호레이쇼 만일 바다 속으로라도 끌려가시면 어떻게 하시겠습니까? 혹은 또 바다에 불쑥 튀어나온 절벽 꼭대기로 유인해갈지도 모릅니다. 그런 다음 갑자기 무슨 괴물로 변하여 왕자님의 이성의 힘을 빼앗고 미치게 만들기라도 하면 어찌하시렵니까? 생각해보십시오. 까마득한 절벽 위에서 저 아래 바다를 내려다보며 우렁찬 파도 소리만 듣고 있어도, 아무런 이유 없이 괜히 미칠 것처럼 불안해지는 법입니다.

햄릿 여전히 손짓하고 있다. 가시오, 따라가겠소.

마셀러스 안 됩니다, 왕자님.

햄릿 놔라.

호레이쇼 진정하십시오. 못 가십니다.

햄릿 내 운명이 부르고 있다. 온몸의 핏줄이 저 니미아 사자의 힘줄처럼 부풀어 오르는구나. 저렇게 나를 부르고 있지 않은가. 어서 놓아라. (뿌리치고 칼을 뺀다) 나를 막는 자는 목을 벨 테다. 비켜라! 난 따라가겠

다. (유령이 옆의 작은 망대 쪽으로 사라진다. 햄릿은 그 뒤를 따라간다)

호레이쇼   헛것에 홀려서 넋을 잃은 모양이군.

마셀러스   따라가 보세. 시키는 대로 가만히 있을 수는 없지 않은가.

호레이쇼   따라가 봐야지. 이 일이 대체 어떻게 될까?

마셀러스   이 덴마크 어딘가가 썩어가고 있어.

호레이쇼   하늘에 맡길 수밖에.

마셀러스   자, 따라가 보세. (일동 퇴장)

제5장

성벽 문이 열리고 유령 등장. 햄릿이 뽑은 칼을 십자가처럼 받쳐들고 그 뒤를 따라 걸어나온다.

햄릿   어디로 데리고 가는 거요? 말하시오. 이젠 더 이상 가지 않겠소.

유령   (돌아보면서) 잘 들어라.

햄릿   그러겠소.

유령   유황불이 타는 지옥의 고통에 몸을 맡겨야 하는 시간이 다 되어 간다.

햄릿   아, 가엾은 망령!

유령   동정하지 말고 내 얘기를 잘 들어라.

햄릿   말하시오. 듣겠소.

유령 듣고 나거든 원수를 갚아야 한다.

햄릿 뭐라고요?

유령 나는 네 아비의 혼령이다. 밤에는 일정한 시간 동안 어둠 속을 나다닐 수 있지만, 낮에는 연옥에 갇혀서 생전에 저지른 악행이 불에 타 깨끗해질 때까지 기다려야 하는 것이 내 운명이다. 연옥의 비밀은 말할 수 없다만, 만약 말을 한다면 당장에 네 영혼은 두려움에 오그라들고, 네 젊은 피는 얼어붙을 것이며, 두 눈은 유성처럼 눈구멍에서 튀어나오고, 곱슬곱슬 엉킨 네 머리칼은 화난 고슴도치의 바늘 같은 털처럼 가닥가닥 곤두서리라. 그러니 영원한 저승의 비밀을 살아 있는 인간의 귀에 전할 수는 없다. 들어라. 오, 들어봐라! 일찍이 네가 아비를 조금이라도 사랑했다면……

햄릿 오, 하느님!

유령 그 비열하고 무도한 암살을 복수해다오.

햄릿 암살?

유령 암살은 어떠한 경우도 비열한 것이지만, 이것은 그야말로 가장 비열하고 잔인하며 참혹한 살인이었다.

햄릿 어서 말씀해주십시오. 사념이나 사랑의 날개보다도 빨리 원수를 갚으러 날아가겠습니다.

유령 기특하구나. 이 말을 듣고도 분개하지 않는다면, 저승에 있는 망각의 강변에 무성히 우거져 있는 잡초보다 더 둔한 인간이다. 자, 햄릿, 들어보아라. 내가 정원에서 잠들어 있을 때 독사에 물려 죽은 것으로 세상에 알려지고, 덴마크 백성들은 그 꾸며진 사인에 감쪽같이 속고들 있다. 그러나 햄릿, 실은 네 아비를 죽인 그 독사가 지금 아비의 왕관을 쓰고 있다.

햄릿 아, 어쩐지 그런 예감이 들더라니! 역시 숙부가……

유령　그렇다. 그 음탕하게 불륜이나 저지르는 짐승 같은 놈, 악마의 지혜와 음험한 재주를 가지고, 아, 그토록 교묘하게 여자의 마음을 농락할 수 있다니…… 그 얼마나 간사한 지혜와 재주인가! 그렇게도 정숙해 보이던 왕비의 마음을 꾀어 자기의 수치스럽고 음란한 잠자리로 끌어들였다. 오, 햄릿, 이 무슨 배신이냐! 결혼식에서 한 맹세를 자나 깨나 한결같이 지켜온 나의 사랑을 배반하고, 타고난 기품이 나와는 비교도 안 되는 그 비열한 위인하고 눈이 맞다니! 정숙한 여자는 욕정이 설령 천사로 가장하고 와서 유혹해도 동하지 않지만, 음탕한 여자는 빛나는 천사와 배필이 되어도 천상의 잠자리에 싫증을 내고 쓰레기통에서 썩은 고기를 뒤지는 법이다. 아, 가만, 새벽 공기의 냄새가 나는구나. 간단히 이야기하마. 오후면 늘 하던 버릇대로 그날도 정원에서 낮잠을 자고 있는데, 내가 편히 쉬는 이 시간을 이용하여 너의 숙부가 헤보나 독약이 든 병을 들고 살금살금 다가와 문둥병 같은 증세를 일으키는 그 약물을 내 귓속에 부어넣었다. 그 독약은 사람의 피를 썩게 하는 극약인지라, 수은처럼 삽시간에 인체의 모든 혈관을 구석구석 돌아 우유에 식초를 한 방울 떨어뜨린 듯이 갑자기 맑고 건강한 피를 응고시키고 만다. 내 피도 그렇게 되어 순식간에 보기에도 징그러운 문둥이의 부스럼이 매끄러운 피부에 솟아났다. 그리하여 나는 낮잠을 자다가 아우의 손에 생명과 왕관과 왕비를 한꺼번에 빼앗기고 말았다. 하필이면 한창 죄업을 쌓고 있을 때 목숨이 끊어져 성찬식도 못 올리고, 신부님의 위안도 받지 못하고, 임종의 기름조차 바르지 못하고, 참회도 못하고, 온갖 죄상으로 몸과 마음이 더럽혀진 채 심판장으로 끌려가고 말았다. 아, 무섭다, 무서워! 너무나도 무섭다! 만일 너에게 효심이 있거든 그대로 참지 마라. 덴마크 왕의 침상을 패륜과 음욕의 자리가 되게 해서는 안 된다. 그러나 어떤 수단을 쓰더라도 이성을 잃지 말고, 네 어머니를 해칠 생각을 해서는 안 된다. 네 어머니는 하느님께 맡겨라. 반딧불이 희미해지는 것을 보니 날이 새는 모양이다. 잘 있거라, 잘 있거라, 잘 있거라. 나를 잊지 마라. (유령은 땅속으로 사라지고, 햄릿은 미친 듯이 무릎을 꿇는다)

햄릿　오, 신이여! 대지여! 또 무엇이 있지? 지옥도 불러내볼까? 무슨 소리! 흥분하지 마라, 햄릿. 오, 나의 육체여, 갑자기 늙어버리지 말고 내 몸을 단단히 지탱시켜다오. (일어선다) 잊지 말라고? 그럴 것이다, 가없은 혼령이여! 이 미칠 것 같은 머릿속에 조금이라도 기억력이 남아 있는 한 잊지 않으리라. 잊지 말라고? 좋다. 내 기억의 수첩에서 하찮은 기록일랑 싹싹 지워버리리라. 책에서 얻은 모든 격언이며, 젊었을 때 관찰해서 얻은 모든 형상과 모든 인상을 지워버리리라. 당신의 명령만을 기억 속에 간직해두고, 하찮은 것들과 섞이지 않게 하리라. 맹세코 그러리라! 오, 참으로 고약한 여자! 오, 악당, 악당! 미소를 띠고 있는 그 저주받을 악당! 그래, 수첩에 적어둬야지. (무엇을 적는다) 미소를 짓고 있는 인간도 악당이 될 수 있다. 적어도 이 덴마크에서는 틀림없이 그렇다. 자, 숙부여, 분명히 적어놓았소. 그리고 이제 나 자신의 좌우명은 '아버님을 잊지 말자.'이다. (무릎을 꿇고 칼자루에 손을 얹고 맹세한다) 이제 맹세했다. (기도를 올린다)

호레이쇼와 마셀러스, 성문에서 나와 어둠 속에서 햄릿을 부른다.

호레이쇼　왕자님, 왕자님!
마셀러스　햄릿 왕자님!
호레이쇼　하느님, 왕자님을 보살펴주소서!
마셀러스　보살펴주소서!
호레이쇼　왕자님, 왕자님, 어디 계십니까?

햄릿   어이, 여기다. 이리 오너라! (두 사람, 햄릿을 발견한다)

마셀러스   괜찮으십니까, 왕자님?

호레이쇼   어떻게 됐습니까, 왕자님?

햄릿   아주 근사해!

호레이쇼   말씀해주십시오.

햄릿   안 돼, 누구한테 말하려고.

호레이쇼   저는 맹세코 말하지 않습니다.

마셀러스   저도 맹세합니다.

햄릿   그렇다면, 어떻게 생각하나? 사람의 마음이 그런 일을 상상할 수 있을까? 그런데 비밀은 지키겠지?

호레이쇼, 마셀러스   맹세합니다, 왕자님.

햄릿   덴마크에 사는 악당치고 극악무도하지 않은 악당은 없다니까.

호레이쇼   설마 그 말을 하려고 유령이 일부러 무덤에서 나오지는 않았겠지요?

햄릿   그래, 맞았어. 자네 말이 옳아. 그러니 이제 구구하게 더 말할 것 없이 악수나 하고 헤어지는 게 좋을 것 같군. 자네들도 볼일이 있을 것 아닌가. 누구나 다 저마다 할 일이 있는 법이니까. 나는 나대로 기도하러 가야겠네.

호레이쇼   허황되고 부질없는 말씀만 하시는군요.

햄릿   자네의 감정을 상하게 해서 미안하네, 정말 미안해.

호레이쇼   감정이 상하다니요, 천만의 말씀입니다.

햄릿   (호레이쇼에게) 아냐, 그럴 일이 있어, 정말이야. 매우 감정이 상하는 일이 있네. 아까 나온 헛것 말인데, 진짜 망령이야. 그것만은 말해주지. 망령과 무슨 얘기를 했는지 궁금하겠지만, 그것은 참아주게. (두 사람에게) 그런데 친구로서, 학자로서 그리고 군인으로서 들어주겠나?

호레이쇼 무슨 말씀입니까, 왕자님? 기꺼이 들어드리겠습니다.

햄릿 오늘 밤에 본 일을 누설하지 말아주게.

호레이쇼, 마셀러스 절대로 누설하지 않겠습니다.

햄릿 그래, 맹세하게.

호레이쇼 맹세코 누설하지 않겠습니다.

마셀러스 저도 누설하지 않겠습니다. 맹세코.

햄릿 (칼을 빼들고) 이 칼에 걸고 하게.

마셀러스 이미 맹세했습니다, 왕자님.

햄릿 정식으로 이 칼에 대고 해봐!

유령 (지하에서) 맹세하라!

햄릿 하하, 저 친구도 그렇게 말하는군. 거기 있었나, 친구? 자, 저 친구가 땅속에서 하는 소리 들리지? 어서 맹세하게.

호레이쇼 맹세할 말을 불러주십시오.

햄릿 오늘 밤에 본 일을 절대로 누설하지 않겠다고 이 칼에 대고 맹세하게. (두 사람은 칼자루에 손을 대고 맹세한다)

유령 (지하에서) 맹세하라!

햄릿 이거 신출귀몰이군. 그럼, 우리 자리를 옮겨볼까. 자네들, 이리로와서 내 칼자루에 손을 대게. 오늘 밤에 들은 일을 절대로 누설하지 않겠다고 이 칼에 대고 맹세하게.

유령 (지하에서) 그 칼에 대고 맹세하라!

햄릿 잘도 말하는군, 두더지 선생! 그렇게 빨리 땅속을 뚫고 돌아다닐수 있나? 대단한 공병이로군! 자, 한 번 더 옮겨가 보세.

호레이쇼 허, 그것 참 괴이하다!

햄릿 그러니까 낯선 손님으로 알고 환영해주게. 이 하늘과 땅 사이에는 우리 철학으로는 상상할 수도 없는 일이 얼마든지 있는 법이라네, 호

레이쇼, 자 아까처럼 맹세하게, 신의 가호를 받으려거든. 앞으로 나는
필요에 따라서는 괴이한 행동을 할지도 몰라. 그런 경우 아무리 이상하
게 보이더라도 자네들은 이렇게 팔짱을 끼거나 고개를 갸웃거리면서,
혹은 의미심장한 표정으로 '그래, 우린 알고 있어.', '물론 설명도 할 수
있어.', '입 밖에 내고 싶지 않지만.', '말해도 좋다면.' 하는 모호한 말투
로 마치 내 비밀을 알고 있는 체하지 말아달라는 거야. 자, 신의 가호를
두고 맹세하게.

유령 (지하에서) 맹세하라!

햄릿 진정하라, 진정해, 불안한 영혼이여! (두 사람 맹세한다) 그럼, 자네
들, 진심으로 부탁하네. 비록 지금은 무력한 햄릿이지만 하느님이 허락
하신다면 언젠가 자네들의 우정에 보답할 수 있을 거야. 자, 같이 들어
가세. 제발 언제나 입을 다물고 있어야 해. (혼잣말 비슷하게) 세상은 이제
나사가 풀려 엉망이 되어버렸다. 아, 지긋지긋하구나. 내가 그것을 바로
잡을 운명을 지고 태어나다니! (두 사람에게) 자, 같이 들어가세. (일동 성
문으로 퇴장)

그 후 몇 주일이 지난다.

제2막

〰〰

제1장

폴로니어스와 하인 레이널도 등장.

폴로니어스 이 돈과 편지를 레어티스에게 전해주어라, 레이널도.

레이널도 네.

폴로니어스 이렇게 하는 편이 훨씬 현명하겠구나. 그 애를 만나기 전에 그 애 행적부터 조사해보도록 해라, 레이널도.

레이널도 저도 그럴 생각이었습니다.

폴로니어스 그래, 잘 생각했다. 잘 생각했어. 먼저 파리에는 어떤 덴마크인들이 살고 있는지, 그들이 누구며 생활은 어떻게 하고 있는지, 어떤 친구들과 사귀고, 얼마나 돈을 쓰고 있는지 조사해보아라. 그런 것을 넌지시 물어보다가 상대방이 레어티스를 안다고 하거든, 그때는 그 애에 대한 보다 직접적인 질문으로 좁혀가는 거다. 그리고 너도 그 애를 좀 알고 있다는 눈치를 슬쩍 보여라. 이를테면, '그 사람 아버지와 친구들을 압니다. 본인도 조금은 알죠.' 하는 식으로 말이다. 알겠느냐, 레이널도?

레이널도　네, 잘 알겠습니다.

폴로니어스　'본인도 조금은 알죠, 하지만……' 해놓고선 이렇게 계속하는 게야. '잘은 모릅니다. 한데 그가 바로 내가 생각하고 있는 그 사람이라면 굉장히 거칠답니다. 이러저러한 나쁜 버릇이 있고요.' 이렇게 생각나는 대로 갖가지 버릇을 늘어놓아라. 다만 그 애의 체면이 너무 깎일 만한 욕은 안 된다. 그 점은 각별히 조심하도록 해라. 그저 자유분방한 젊은이에게 으레 따라다니는 방탕이나 난폭한 행동 같은 흔한 실수 정도라면 괜찮다.

레이널도　이를테면 투전 같은 것 말씀입니까?

폴로니어스　그렇지. 또 술, 칼싸움, 논쟁, 다툼, 외도…… 이런 정도면 상관없을 거다.

레이널도　하지만 외도라면 도련님의 명예를 손상시킬 텐데요.

폴로니어스　상관없다. 말이야 하기에 달렸으니까. 하지만 그 이상의 욕을 덧붙여서 이름난 오입쟁이로 만들어서는 안 된다. 그건 내가 뜻하는 바가 아니다. 혈기왕성한 나이에 흔히 있을 수 있는 탈선처럼 들리도록 해라. 불같은 성격의 일시적인 폭발이랄까, 혈기를 못 이긴 난폭한 행동이랄까, 아무튼 누구나 젊을 때 한 번쯤은 갖게 되는 그런 실수쯤으로 들리도록 말하는 게야.

레이널도　그런데, 저……

폴로니어스　무엇 때문에 그런 짓을 하느냐고?

레이널도　네, 그 까닭을 알고 싶습니다.

폴로니어스　오냐. 내 속마음을 말하면 이렇다. 내 딴에는 묘안이라고 생각한다. 내 아들을 슬쩍 험담해보는 거야. 어쩌다가 그만 실언이 튀어나온 것처럼 말이다. 그러면 네가 타진하고 있는 그 상대방이 만약 그 애의 나쁜 짓을 과거에 현장에서 보았다면 반드시 맞장구를 칠 게다. 이렇게 '네, 그래요.'라든가 '선생' 또는 '친구'라든가, 아무튼 그 지방의 말투와 그 사람의 신분에 따라서 적당히 부를 테지만.

레이널도　네, 그렇습니다.

폴로니어스　그리고 그 사람은, 에에…… 그 사람은 말이야, 아니, 내가 무슨 말을 하려고 했더라? 원, 내가 분명히 무슨 말을 하려고 했는데…… 내가 어디까지 말했지?

레이널도　맞장구를 치면서, 친구라든가 또 선생이라고 한다는 데까지 말씀하셨습니다.

폴로니어스　맞장구를 치면서…… 아, 참 그렇지! 상대방은 이렇게 맞장구를 칠 게 아니냐. '나도 그분을 압니다. 어제도 만났습니다.' 아니면 '이러이러한 때에 이러이러한 사람과 같이 가는 것을 봤습니다.', '댁의 말씀처럼 노름을 하고 있었습니다. 많이 취해 있더군요.', '테니스를 하다가 말다툼을 하더군요.' 하든가, 또 어쩌면 '어떤 영업집에 들어가는 것을 보았습니다.' 하고 말이다. 영업집이란 유곽을 의미한다만, 아무튼 그런 소리를 할 게 아니냐. 이렇게 거짓 미끼를 던져서 진짜 잉어를 낚자는 거야. 나처럼 지혜와 선견지명이 있는 사람은 간접적인 방법으로 모든 일의 진실을 알아내는 법이다. 그러니 너도 내가 일러준 대로 하면 틀림없이 내 아들의 행적을 알아낼 수 있을 것이다. 알아들었느냐?

레이널도　네, 잘 알겠습니다.

폴로니어스　그럼, 잘 다녀오너라.

레이널도　네.

폴로니어스　네 눈으로 그 애의 동정을 잘 살펴야 한다.

레이널도　네, 염려 마십시오.

폴로니어스　사실을 털어놓게 해서 말이다.

레이널도　네, 잘 알았습니다.

폴로니어스 그럼, 가보아라. (레이널도는 퇴장하고, 오필리어가 허겁지겁 달려들어온다) 아니, 오필리어, 무슨 일이냐?

오필리어 오, 아버지, 무서웠어요.

폴로니어스 대체 뭐가 말이냐?

오필리어 아버지, 제가 방에서 바느질을 하고 있는데, 햄릿 왕자님이 웃옷 앞가슴을 풀어헤치고, 모자도 안 쓰고, 때 묻은 양말은 밴드를 매지 않아 발목까지 흘러내린 모습으로, 마치 지옥에서 빠져나와 무서운 이야기를 하러 온 사람같이 몸을 떨면서 제 앞으로 다가오셨어요.

폴로니어스 너에 대한 사랑 때문에 미친 것 아니냐?

오필리어 모르겠어요, 아버지. 하지만 그런 것도 같아요.

폴로니어스 그래, 뭐라고 하더냐?

오필리어 제 손목을 꽉 붙든 채 팔 길이만큼 뒤로 물러서서 한쪽 손으로 이렇게 이마를 가리고, 마치 초상화라도 그리려는 듯이 제 얼굴을 유심히 들여다보셨어요. 한참 그러고 나더니 나중엔 제 팔을 가볍게 흔들고 자기 머리를 이렇게 세 번 끄덕거리시더니 깊은 한숨을 푹 내쉬었는데, 어찌나 처량해 보이던지 그분의 온몸이 산산이 부서지고 숨이 끊어지는 것만 같았어요. 그러고 나서야 제 손목을 놓아주셨어요. 그리고 어깨 너머로 저를 쳐다보시고는 그대로 앞도 안 보고 곧장 걸어가시더니 끝내 저한테서 눈을 떼지 않은 채 문 밖으로 나가셨어요.

폴로니어스 자, 같이 가자, 전하를 만나뵈어야겠다. 이것이 바로 상사병의 증상이 아니겠느냐? 한번 발작하면 스스로 제 몸을 망치고, 마침내 자제력을 잃어 어떤 무모한 짓을 하게 될지 모르거든. 본디 인간의 본성을 괴롭히는 모든 격정이 다 그러하지만, 이 사랑만큼 무서운 것은 없지. 거 안됐구나. 그런데 너 요즘 그분에게 무슨 심한 말이라도 했느냐?

오필리어 아뇨. 다만 아버님 분부대로 편지를 돌려보내고, 찾아오지 마시라고 거절했을 뿐이에요.

폴로니어스　　그래서 실성하신 거다. 참으로 안됐구나. 내가 좀 더 주의해서 세심하게 살펴볼 것을 그랬어. 글쎄, 나는 그분이 일시적인 객기로 너를 희롱해 망치려고 하는 줄로만 알았거든. 이렇게 되고 보니 내 의심이 원망스럽구나. 정말 늙은이들은 무엇이나 지나치게 생각하고 쓸데없는 걱정을 한단 말이야. 반대로 젊은 녀석들은 모두 너무나 무분별하기만 하지. 자, 전하께 가보자. 어쨌든 이 사실을 알려드려야겠다. 가서 사실대로 아뢰면 노여워하시겠지만, 비밀로 해두었다가는 나중에 더 큰 화근이 되겠다. 자, 어서 가자. (두 사람 퇴장)

제2장

정면 입구 뒤쪽에 큰 복도가 있고, 입구 양옆으로는 막이 내려져 있으며, 그 안쪽에 문이 보인다. 나팔 소리. 왕과 왕비가 로젠크랜츠, 길덴스턴 등을 거느리고 등장.

왕　　반갑구나, 로젠크랜츠, 길덴스턴. 전부터 만나고 싶기도 했지만, 갑자기 수고를 끼칠 일이 생겨서 이렇게 급히 너희 두 사람을 불러오게 한 것이다. 너희들도 대강 들었을 테지만, 햄릿이 완전히 딴사람이 되어버렸다. 이렇게 표현하고 싶진 않지만, 겉으로나 속으로나 아주 딴사람이 되어버렸단 말이다. 한데 선친을 여읜 것 이외에는 그토록 정신이 이상해진 원인을 알 길이 없구나. 그래서 너희들에게 부탁하고 싶은 것은, 어려서부터 왕자와 같이들 자라서 그 기질을 잘 알고 있을 테니, 잠시 이 궁전에 머무르면서 왕자의 벗이 되어다오. 즐거운 놀이도 권해보고, 기회 있을 때마다 왕자를 잘 관찰해서 마음속의 고민이 무엇인지 알아봐다오. 그 원인을 알면 치료해줄 방법도 있을 게 아니냐.

왕비 햄릿은 늘 그대들 얘기를 하고 있다네. 그대들처럼 햄릿이 그리워하는 벗은 또 없을 거야. 시간이 허락한다면 잠시 이곳에 머물면서 힘이 되어주게. 그럼 정말 고맙겠네. 이렇게 일부러 찾아준 데 대해서는 국왕께서도 잊지 않고 응분의 보답을 하실 거야.

로젠크랜츠 두 분의 높으신 권한으로 명령하심이 마땅한데 부탁이시라니, 황공하기 짝이 없사옵니다.

길덴스턴 저희들은 분부대로 죽음으로써 충성을 다할 것을 맹세합니다.

왕 고맙다, 로젠크랜츠, 길덴스턴.

왕비 고맙네. 그럼, 너무나도 변해버린 내 아들한테 가보게. 두 분을 햄릿이 있는 곳으로 안내해드려라.

길덴스턴 하느님, 저희들이 여기 머물러 충성하는 것이 햄릿 왕자님께 위로가 되고 도움이 되게 하소서!

왕비 나도 그렇게 빌겠네. (로젠크랜츠와 길덴스턴, 절을 하고 퇴장)

폴로니어스 등장.

폴로니어스 전하, 사절 일행이 노르웨이로부터 좋은 소식을 가지고 돌아왔습니다.

왕 경은 언제나 기쁜 소식을 가져오는 사람이야.

폴로니어스 그렇습니까, 전하? 신은 하느님께나 은혜 깊은 전하께나 제 영혼을 받들듯 의무를 다할 뿐입니다. 그리고 대강 알아낸 것 같습니다만, 혹시 틀렸다면 이 머리도 이제는 늙어서 전과 같이 국정을 바로 살피지 못하게 된 것이 분명하지요. 다름이 아니오라 신은 드디어 햄릿 왕자님의 발작의 진짜 원인을 알아냈습니다.

왕   아, 어서 말해보시오! 참으로 궁금하오.

폴로니어스   먼저 사신들을 접견하십시오. 신의 정보는 그저 성찬 뒤의 후식 정도로 삼으시면 될 것이옵니다.

왕   그럼, 경이 가서 사신들을 맞이하시오. (폴로니어스 퇴장) 거트루드, 재상이 햄릿이 실성한 원인을 알아냈다는구려.

왕비   알아냈다고는 하지만, 선친의 별세와 우리의 너무나 갑작스런 결혼 이외에 다른 원인은 없을 것 같아요.

왕   어쨌든 알아봅시다. (폴로니어스가 볼티먼드와 코닐리어스를 데리고 등장) 경들의 귀국을 환영하오. 그래 볼티먼드, 우방 노르웨이 왕은 뭐라고 했소?

볼티먼드   (코닐리어스와 함께 절을 한 뒤) 전하의 친서에 대하여 지극히 정중한 말씀을 해주셨습니다. 신들의 첫 제의에 곧 신하를 파견하여, 조카 포틴브라스의 모병을 중지시켰습니다. 그 모병은 처음에는 폴란드와 싸우기 위한 준비인 줄로만 알았는데, 조사해본 결과 사실은 전하에 대한 음모였던 것으로 밝혀진 것입니다. 늙고 병들어 자리에 누운 자신의 무력함을 기화로 이렇게 속이다니 이 얼마나 원통한 일인가 하고 분하게 생각하여 중지 명령을 내리자, 포틴브라스는 곧 복종하고 모병을 중지했습니다. 그리고 노왕의 대단한 꾸지람을 받고 결국 앞으로 다시는 전하께 감히 무력 행사를 꾀하지 않을 것을 숙부이신 국왕의 어전에서 맹세했습니다. 이에 노왕은 지극히 만족하여, 그에게 연금 6만 크라운에 해당하는 토지를 내리고, 이미 모집한 군대는 폴란드 원정에 써도 좋다는 권한을 주었습니다. 아울러 노왕이 의뢰하시는 바는 이 국서에 자세히 적혀 있습니다만, (편지를 왕 앞에 바치면서) 그 원정을 위한 군대가 전하의 영토를 지나가도록 윤허해주시기 바란다는 내용입니다. 영토를 지나감에 있어 이쪽의 치안과, 그쪽의 행동 규범 등에 대해서는 이 국서에 적혀 있습니다.

왕 (편지를 받으며) 음, 아주 만족스럽소. 이 국서는 적당한 틈을 타서 읽어보고 신중히 고려한 뒤에 회답하기로 하겠소. 하여간 경들의 활약을 치하하오. 물러가서 쉬도록 하오. 저녁에는 축연을 베풀겠소. 귀국을 진심으로 환영하오! (볼티먼드와 코닐리어스, 절을 하고 퇴장)

폴로니어스 일은 원만히 해결되었습니다. 그런데 전하, 그리고 왕비마마, 여기서 국왕의 주권은 어떠해야 하고 신하의 본분은 무엇이며, 어째서 낮은 낮이고, 밤은 밤이며, 시간은 시간인가 하는 문제를 따지는 것은 공연히 시간을 허비하는 것밖에 안 됩니다. 그래서 무릇 간결은 지혜의 진수요, 장황은 그 손발과 겉치레이므로 간단히 아뢰겠습니다. 감히 말씀드립니다만, 햄릿 왕자님은 실성하신 것이 분명합니다. 왜냐하면 진정한 실성의 성질을 규정하건대, 실성한 것 이외에는 아무것도 아닌 것이 곧 실성이 아니겠습니까? 하지만 이건 이 정도로 해두고……

왕비 핵심을 말씀하세요. 말장난 그만하시고.

폴로니어스 왕비마마, 신은 결코 말장난을 하는 것이 아닙니다. 왕자님이 실성한 것은, 그건 사실입니다. 사실이어서 유감스러운 일이며, 유감이지만 사실입니다. 이런 어리석은 말장난은 이제 그만하겠습니다. 글쎄, 말장난을 할 생각은 조금도 없으니까요. 그런데 왕자님의 실성, 일단 그렇게 단정하기로 한다면 남은 문제는 이러한 결과의 원인을, 아니, 이러한 결함의 원인을 알아내는 일입니다. 왜냐하면 이러한 결함 있는 결과에는 반드시 원인이 있게 마련이니까요. 그런데 남은 문제라는 것은 이러하오니, 신중히 고려하십시오. (웃옷 속에서 몇 장의 종이 쪽지를 꺼낸다) 신에게 딸년이 하나 있습니다. 분명히 신의 딸년임에 틀림없습니다만, 이 딸년이 아비에 대한 효심과 의무에서, 보십시오, 이런 것을 내놓았습니다. 들으시고 통찰하시옵소서. (햄릿의 편지를 읽는다) '천사 같은 내 영혼의 우상, 가장 아름다운 오필리어에게' ……문구가 졸렬하군요. 게다가 속되고요. '아름다운', 이건 분명 속된 표현입니다. 하여튼 들어보십시오, 내용은 이렇습니다. (읽는다) '당신의 티없이 새하얀 가슴에, 이 말을……'

왕비 그 편지를 햄릿이 오필리어에게 보냈단 말씀이에요?

폴로니어스 잠깐만 기다리십시오, 왕비마마. 모두 읽어드리겠습니다.

> 별은 불이 아닐까 의심하고
> 태양은 과연 움직일까 의심하고
> 진리도 거짓이 아닐까 의심할지라도
> 나의 사랑만은 의심하지 말아주오.
> 아, 사랑하는 나의 오필리어,
> 나는 이런 운율에 서툴다오.
> 그래서 사랑의 고민을 시로 잘 읊어낼 만한 위인이 못 되오.
> 그러나 나는 당신을 가장 깊이,
> 무엇보다도 깊이 사랑하고 있소.
> 이것만은 믿어주시오. 잘 있으시오.
>
> > 아름다운 여인에게,
> > 이 몸이 살아 있는 한 영원히
> > 그대의 것인, 햄릿.

이 편지를 딸년은 순순히 이 아비에게 내놓았습니다. 뿐만 아니라 둘이서 언제, 어디서, 어떻게 정담을 나누었나 하는 것까지 모두 아비에게 털어놓았습니다.

왕 그런데 오필리어는 어떻게 했소? 그의 사랑을 받아들였소?

폴로니어스 전하, 신을 어떻게 생각하십니까?

왕 물론 충성스럽고 결백한 인물인 줄 알고 있소.

폴로니어스 그런 인물이라면 얼마나 좋겠습니까? 그런데 전하께서는 어떻게 생각하십니까? 만일 신이 날개를 단 이 뜨거운 사랑을 보았을 때, 실은 딸년이 고백하기 전부터 저는 눈치채고 있었습니다만, 마치 책상 위의 장식용 서적처럼 벙어리가 되어 멍하니 방관했다면 어떻게 생각하시겠습니까, 전하, 그리고 왕비마마? 아니올시다. 소신은 즉시 손을 써서 딸년에게 말했습니다. '그분은 왕자님의 신분, 네게는 하늘의 별 같은 존재이시다. 이건 도저히 아니 될 일이다.' 그리고 앞으로는 왕자님이 출입하시는 장소에서 몸을 피하고, 심부름 온 사람도 들이지 말고, 선물도 받지 말라고 타일렀습니다. 딸년은 물론 그 말대로 따랐습니다. 하지만 이렇게 거절당한 왕자님께서는, 간단히 말씀드리면, 비탄에 빠져 식음을 전폐하시고, 밤에는 잠도 못 주무시고, 육신이 허약해지자 이젠 허탈증에 빠지시고, 이렇게 쇠잔해진 끝에 결국은 실성한 지경에 이르게 된 것입니다.

왕 당신은 어떻게 생각하오?

왕비 그런지도 모르겠어요. 있을 법한 일이에요.

폴로니어스 지금까지 신이 '그렇다'고 말씀드린 일이 그렇지 않은 때가 단 한 번이라도 있었습니까? 있다면 기꺼이 알고 싶습니다.

왕 아마 없었던 것 같소.

폴로니어스 만약 그렇지 않을 때에는 (자기 머리와 어깨를 가리키며) 이것을 여기서 잘라버리십시오. 그저 실마리만 잡히면 사건의 진상을 알아내고야 말겠습니다. 설사 그것이 지구 한복판에 묻혀 있다 할지라도 말씀입니다.

이때 햄릿이 정면 입구로 해서 복도로 들어온다. 단정치 못한 옷차림으로 걸어 오면서 책을 읽고 있다. 실내에서 말소리가 들리자 커튼 뒤에 숨는다.

왕 좀 더 자세히 알아볼 길은 없을까?

폴로니어스 아시다시피 왕자님은 가끔 저 복도를 몇 시간이나 왔다 갔 다 하곤 하십니다.

왕비 정말 그래요.

왕 그래서?

폴로니어스 그런 때를 노려서 딸년을 세워놓을까 합니다. 그리고 전하 와 저는 커튼 뒤에 숨어서 두 사람이 만나는 모습을 살펴보는 것입니다. 만약 왕자님이 제 딸년을 사랑하는 것이 아니고, 따라서 사랑 때문에 실 성하신 것이 아니라면, 신은 전하를 받드는 중책을 포기하고 시골에 가 서 마소를 부리며 농사나 짓겠습니다.

왕 아무튼 시험해봅시다.

햄릿, 책을 읽으면서 걸어나온다.

왕비 아, 저것 보세요. 가엾은 것이 슬픈 얼굴로 뭘 읽으면서 걸어오고 있어요.

폴로니어스 어서 두 분께서는 저리로 가십시오. 신이 곧 말을 걸어보겠 습니다. 아, 어서들 피하십시오. (왕과 왕비, 허둥지둥 자리를 뜬다) 햄릿 저 하, 안녕하십니까?

햄릿 아, 잘 있었네.

폴로니어스 저를 아시겠습니까?

햄릿 알고말고, 포주 영감 아닌가?

폴로니어스   아닙니다, 저하.

햄릿   그렇다면 포주 영감만큼이라도 정직한 인간이 되어보게.

폴로니어스   정직한 인간이요?

햄릿   그렇지. 지금 세상에는 정직한 인간이 만 명에 하나나 있을까 말까 한 정도라네.

폴로니어스   하긴 그렇군요.

햄릿   만약 태양이 개의 시체에다 구더기를 끓게 한다면, 썩은 살에도 키스는 좋다는 얘기지…… 자네 딸이 있나?

폴로니어스   네, 있습니다.

햄릿   햇빛 아래 너무 나다니게 하지 말게. 세상 물정을 아는 것은 좋은 일이지만, 임신을 하게 되면 큰일이니까. 그러니 조심해, 친구. (다시 눈을 책으로 돌린다)

폴로니어스   (방백) 이것 좀 봐, 어떤가? 여전히 내 딸 타령이 아닌가. 그렇지만 처음에는 날 몰라보고 포주 영감이라고 했겠다. 정말 돌았군, 돌았어. 하기야 나도 젊어서는 사랑 때문에 고민깨나 했지. 거의 왕자님과 같았지. 한 번 더 말을 걸어보자. (큰 소리로) 뭘 읽고 계십니까, 왕자님?

햄릿   말이다, 말, 말.

폴로니어스   내용이 무엇입니까?

햄릿   누구와의 내용이냐고?

폴로니어스   아니, 지금 읽고 계시는 책의 내용이 무엇에 관한 것이냐는 말씀입니다.

햄릿   (폴로니어스에게 대들 자세. 폴로니어스는 슬금슬금 물러선다) 욕설이지 뭐야. 풍자가인 놈이 여기에 뭐라고 썼는 줄 아나? 늙은이들은 수염이 희고 얼굴은 주름살투성이에 눈에선 진한 호박색 송진 같은 눈곱이 흘러나오고, 노망이 들어 정신력은 부족한데다가 무릎엔 영 힘이 없다는

군. 구구절절 옳은 말이지. 그렇다고 이렇게 쓰는 것은 옳지 못해. 자네만 하더라도 나같이 젊어질 수 있거든. 바닷가재처럼 뒤로 기어갈 수 있다면 말이야. (다시 책을 읽기 시작한다)

폴로니어스   (방백) 돌긴 돌았는데, 말에 조리는 있단 말씀이야. (큰 소리로) 바깥 공기는 해롭습니다. 안으로 들어가십시오.

햄릿   내 무덤 안으로?

폴로니어스   (방백) 그렇지, 거기라면 바깥 공기를 안 쐴 수 있지. 이따금 의미심장한 대답을 하거든! 미치광이의 한마디는 흔히 정곡을 찌른단 말씀이야. 건전한 이성을 가진 사람은 생각지도 못할 말을 하지. 그럼 이만해두고, 이제 내 딸과 만나게 할 방법이나 얼른 연구해보자. (큰 소리로) 왕자님, 죄송합니다. 이제 그만 물러가겠습니다!

햄릿   어서 물러가게. 내가 순순히 해줄 수 있는 것은 그 허락밖에 없으니. 내 생명만은 안 돼, 안 돼!

폴로니어스   그럼, 안녕히 계십시오. (절을 한다)

햄릿   따분한 영감 같으니라고. (다시 책을 들여다본다)

로젠크랜츠와 길덴스턴 등장.

폴로니어스   햄릿 저하를 찾아가는 길이지? 저기 계시네.

로젠크랜츠   (폴로니어스에게) 안녕히 가십시오. (폴로니어스 퇴장)

길덴스턴   저하!

로젠크랜츠   안녕하십니까, 저하!

햄릿   (쳐다보면서) 이거 참 반가운 친구들이로군! 어떻게 지내나, 길덴스턴? (책을 덮는다) 아, 로젠크랜츠! 그래, 요새 자네들은 형편이 어떤가?

로젠크랜츠   그저 그렇습니다.

길덴스턴   너무 행복하지 않은 것이 다행이라고나 할까요. 행운의 여신의 모자 꼭대기에는 올라가지 못하고 있습니다.

햄릿   구두 밑창은 아니고?

로젠크랜츠   네, 저하.

햄릿   그럼, 여신의 허리께쯤 되는군. 가운데쯤에서 여신의 총애를 받고 있단 말이지.

길덴스턴   네, 은밀한 가운데서 받고 있습니다.

햄릿   여신의 허리께에서? 그럴 테지! 행운의 여신은 음탕하니까. 무슨 소식이라도 있나?

로젠크랜츠   없습니다. 세상이 정직해졌다는 것밖에는.

햄릿   그렇다면 말세가 가까워진 모양이군. 하지만 그런 소식은 믿을 수 없어. 좀 더 자세히 물어보겠는데, 그래 자네들, 행운의 여신께 무슨 죄를 졌기에 이렇게 이곳에서 감옥살이를 하게 되었지?

길덴스턴   감옥이요?

햄릿   덴마크는 감옥이야.

로젠크랜츠   그렇다면 이 세계도 감옥입니다.

햄릿   아, 물론 훌륭한 감옥이지. 그 안에는 독방도 있고, 병동이나 지하 감방도 있지. 그 가운데서도 덴마크는 가장 지독한 감옥이라네.

로젠크랜츠   저희들은 그렇게 생각하지 않습니다.

햄릿   그렇다면 자네들한테는 아닌가 보군. 본디 좋고 나쁜 것은 다 생각하기 나름이니까. 하지만 나한테는 이곳이 감옥이란 말이야.

로젠크랜츠   그것은 저하께서 대망을 품고 계시기 때문입니다. 저하의 뜻을 담기에 이 나라는 너무 좁습니다.

햄릿   아아, 나는 호두 껍질 속에 갇혀 있어도 나 자신을 끝없는 천지의 왕이라 생각할 수 있는 사람일세. 나쁜 꿈만 꾸지 않는다면 말이야.

길덴스턴 그 꿈이 실은 대망인 것입니다. 대망의 실체는 꿈의 그림자에 지나지 않으니까요.

햄릿 꿈 자체가 그림자에 지나지 않는 거야.

로젠크랜츠 옳은 말씀입니다. 대망이란 사실 공기처럼 허무한 것이라, 결국은 그림자에 지나지 않는 듯싶습니다.

햄릿 그렇다면 거지야말로 실체이고, 왕이나 거들먹거리는 영웅호걸들은 거지의 그림자가 되는 셈이군. 궁전으로 가볼까? 요즘 나는 이치를 따질 수 없게 되었단 말이야.

로젠크랜츠, 길덴스턴 저희들이 모시고 가겠습니다.

햄릿 그건 안 돼. 자네들을 하인 취급해서야 되는가. 솔직히 말해서, 요새는 하인들이 지긋지긋하게 뒤를 따라다닌단 말이야. 그런데 친구로서 묻네만, 무슨 일로 이 엘시노어에 왔나?

로젠크랜츠 저하를 뵙고 싶어서 왔습니다. 다른 목적은 없습니다.

햄릿 나는 지금 거지나 다름없는 신세라 인사도 제대로 못 하네만, 아무튼 고맙네. 하긴 이것도 자네들에게는 지나친 인사가 될 걸세. 그런데 자네들, 누가 불러서 온 건가? 정말 오고 싶어서 온 건가? 그저 자유스러운 방문인지 아닌지, 자 나에게 바른 대로 말해도 돼. 어서들 말해보게.

길덴스턴 뭐라고 말씀드려야 좋겠습니까, 저하?

햄릿 무슨 말이든 솔직히만 말하면 되네. 자네들은 누가 불러서 왔어. 얼굴에 그렇게 씌어 있는걸. 딴전을 부릴 만큼 자네들은 아직 교활하지 못하네. 난 다 알고 있네. 왕과 왕비가 불러서 왔다는 걸.

로젠크랜츠 무슨 목적으로 말씀입니까?

햄릿 그거야 자네들이 대답할 일이지. 친구로서의 도리로 보나, 같은 젊은이의 우의로 보나, 서로의 변함없는 사랑의 의무로 보나 말일세. 말

주변이 좋은 사람 같으면 이보다 더 훌륭한 말로 자네들을 감동시킬 수 있었을 텐데. 자, 솔직히 대답하게. 자네들은 누가 불러서 왔지? 아닌가?

로젠크랜츠 (길덴스턴에게) 어떻게 하지?

햄릿 (방백) 누가 속을 줄 아나. (큰 소리로) 나를 사랑한다면 숨기지 말게!

길덴스턴 저하, 실은 불러서 왔습니다.

햄릿 그 이유는 내가 말하지. 내가 미리 말해버리면 자네들은 털어놓지 않아도 되고, 왕과 왕비로부터 비밀을 누설했다는 비난을 털끝만큼도 받지 않을 게 아닌가. 무엇 때문인지는 모르겠지만 요즘 나는 모든 일에 흥미를 잃었고, 평소에 즐기던 운동도 모두 그만두었네. 진정 마음이 우울해져서, 이렇듯 빼어난 산천대지도 황량한 곳처럼 느껴지고, 더없이 장대한 저 하늘, 저 대기, 그리고 우리 머리 위의 찬란한 공간, 불같은 황금의 별들로 아로새겨진 장엄한 하늘, 그런 것들이 모두 마치 독기가 깃든 탁하고 더러운 것으로만 보이거든. 인간이란 얼마나 조화로운 걸작품인가. 고상한 이성, 무한한 능력, 그 명백하고 감탄할 만한 거동과 자태, 그리고 그 천사 같은 행동을 보게. 신의 지혜를 지닌 인간은 세상의 꽃이요, 만물의 영장이 아닌! 그런데 그것이 나에게는 무엇인가? 단지 먼지에 지나지 않는다네. 인간은 나를 조금도 기쁘게 하지 못한단 말이야. 여자도 마찬가지지. 웃는 것을 보니 자네 둘은 그렇지 않은 모양이군.

로젠크랜츠 그런 뜻에서 웃은 것은 아닙니다.

햄릿 그럼 왜 웃었나? '인간은 나를 조금도 기쁘게 하지 못한다.'고 말했을 때 말이야.

로젠크랜츠 저하께서 인간이 싫으시다면 배우들은 얼마나 냉대를 받을까 하는 생각이 들어서 그랬습니다. 오는 도중 배우 일행을 만나 앞질러 왔습니다만, 그들은 저하께 연극을 보여드리려고 지금 이리로 오고 있는 중입니다.

햄릿 국왕 역을 맡은 배우는 대환영이야. 공손하게 맞이할 걸세. 무예를 닦는 기사 역에게는 검과 방패를 실컷 휘두르게 할 것이고, 애인 역을 맡은 이의 탄식이 헛되지 않게 후한 대우를 해주지. 풍자 역은 끝까지 하도록 내버려둘 것이고, 어릿광대 역에게는 잘 웃는 사람들의 허파를 터지게 하도록 할 거야. 여자 역은 마음대로 지껄이게 내버려둬야지. 그렇지 않고는 대사가 술술 나오지 못할 테니까. 그런데 어디에 소속된 배우들인가?

로젠크랜츠 저하께서 평소 즐기시던 바로 그 도시의 비극 배우들입니다.

햄릿 어떻게 해서 지방을 돌아다니게 됐지? 도시에 있는 편이 명성이나 수입, 어느 모로 보나 더 나을 텐데.

로젠크랜츠 최근의 사건 때문에 공연이 금지된 것 같습니다.

햄릿 지금도 옛날처럼 도시에서 인기가 여전한가? 그때같이 관객이 많은가?

로젠크랜츠 그렇지 못합니다.

햄릿 왜 그렇지? 벌써 연기에 녹이 슬었나?

로젠크랜츠 아닙니다. 그들은 여전히 노력하고 있습니다. 그러나 최근 매 새끼들 같은 어린이 극단이 나타나서 요란스레 고함을 질러대는데, 사람들은 맹렬하게 박수갈채를 보내고 있습니다. 이것이 크게 유행되고, 예전의 연극은 통속극이라고 악평을 하고 배척합니다. 그래서 신사들도 비평가들의 붓끝이 무서워 그런 극장에는 감히 출입을 못하는 형편입니다.

햄릿 뭐, 어린이 배우들이라고? 누가 그들을 데리고 있는데? 보수는 어느 정도지? 그럼, 변성기 이전까지밖에 배우 노릇을 안 한단 말인가? 그 애들도 자라면 보통 배우가 될 텐데. 달리 생계를 마련할 수 있으면 별문제지만, 그렇지 못한 경우에는 결국 자기들의 장래를 저주하지 않을까? 나중에는 그렇게 만든 극작가를 원망하지 않을까?

로젠크랜츠 사실 쌍방간에 엄청난 시비가 일어났습니다. 게다가 세상 사람들까지 한몫하여 그 싸움에 불을 지르는 형편입니다. 그래서 한때는 어린이 극단의 극작가와 대중 극단 배우가 싸우는 장면이 없는 각본은 팔리지 않을 정도였답니다.

햄릿 말도 안 되는 일이군.

길덴스턴 아니, 정말 굉장한 언쟁을 벌였답니다.

햄릿 결국 어린이들이 이겼나?

로젠크랜츠 네, 그랬습니다. 극장마다 모조리 서리를 맞았습니다.

햄릿 하기야 그다지 이상할 것도 없지. 지금 덴마크 왕으로 계신 내 숙부의 경우를 봐도 그러니까. 선왕이 살아 계셨을 때는 숙부를 멸시하던 사람들까지도 지금에 와서는 왕의 초상화랍시고 조그만 그림 한 장에 수십 수백 냥의 금화를 척척 내고 사는 세상이니까. 제기랄, 이런 부조리는 철학으로도 설명할 수 없을 걸세.

　나팔 소리.

길덴스턴 배우들이 도착한 모양입니다.

햄릿 아무튼 자네들, 이 엘시노어에 잘 왔네. (머리 숙이며 인사한다) 손을 이리 주게. 사람을 환영하는 데는 마땅히 예법이 따라야 하니까. 자, 악수하세. (두 사람과 악수한다) 이제 내가 자네들보다 배우들을 더 정중히 환영한다고 오해하지는 않겠지. 미리 말해두지만, 그들에게는 어느 정도 환영의 뜻을 표하지 않으면 안 되니까. 정말 잘들 왔네. 그런데 내 숙부님 겸 아버님과, 숙모님 겸 어머님은 속고 계신단 말씀이야.

길덴스턴 무엇을 속는다는 겁니까?

햄릿 내가 정신이 도는 것은 북서풍이 불 때만이야. 남풍이 불 때는 멀쩡하거든.

폴로니어스 등장.

폴로니어스 아, 두 사람 다 잘 있었는가?

햄릿 (폴로니어스가 오는 것을 보고 두 사람에게) 여보게, 길덴스턴, 그리고 자네도 귀 좀 이리 대봐. 저기 저 커다란 아기는 아직도 기저귀 신세를 못 면하고 있어.

로젠크랜츠 아마도 다시 어린애가 되었나 봅니다. 늙으면 어린애가 된다고 하니까요.

햄릿 배우들이 왔다는 이야기를 하러 왔을 테니 두고 보라구. (큰 소리로) 자네 말이 맞았네. 월요일 아침이었지. 정말 그랬어.

폴로니어스 저하, 반가운 소식입니다.

햄릿 나도 반가운 소식이 있지. 그 옛날 로마에 로시어스라는 명배우가 있었는데……

폴로니어스 배우들이 도착했습니다.

햄릿 그것 봐.

폴로니어스 제 명예를 걸고……

햄릿 그래, '그때 배우들은 저마다 노새를 타고 왔노라.' 이 말을 하려는 거지?

폴로니어스 천하의 명배우들입니다. 비극, 희극, 역사극, 목가극은 물론,

희극적 목가극, 목가적 역사극, 역사적 비극, 역사적 희극, 그 밖에 고전물, 신작물 할 것 없이 모두 다 능란합니다. 세네카의 비극도 너무 무겁게 다루지 않고, 플루투스의 희극도 너무 가볍게 다루지 않으며, 정형물이나 자유물이나 천하에 이들을 따를 자가 없습니다.

햄릿 오, 이스라엘의 판관 에프터여, 그대는 참으로 훌륭한 보배를 가졌구나!

폴로니어스 어떤 보배를 가졌습니까, 저하?

햄릿 아, 왜 노래도 있지 않은가! '무남독녀 귀여운 딸, 애지중지 길렀도다.'

폴로니어스 (방백) 여전히 내 딸 타령이구나.

햄릿 내 말이 옳지 않은가, 에프터 영감?

폴로니어스 저를 에프터라고 부르신다면, 저에게도 애지중지 기른 딸이 하나 있습니다.

햄릿 아니, 노래는 그렇게 되어 있지 않아.

폴로니어스 그럼, 어떻게 되어 있습니까?

햄릿 '신만이 아시는 운명으로……' 그리고 그다음은 이렇지. '예외없이 그 일이 일어났도다.' 이 성가의 제1절을 보면 더 자세히 알 수 있으니 이쯤 해두는 게 좋겠네. 저기 배우들이 오는군. (배우 네다섯 명 등장) 어서 오게, 배우 여러분. 다들 잘 왔네. 정말 반갑군그래. 귀한 친구들! 환영하네, 아, 자네는 코밑에 수염을 길렀나, 요전에는 없었는데. 그걸 길러 내 앞에서 어른 행세를 하고 싶어서 덴마크에 왔나? 아, 아가씨도 왔군! 아가씨는 전에 봤을 때보다 구두 뒤축만큼 천당에 가까워졌는걸. '제발 내 음성에 금이 가지 않게 해주십시오.' 하고 하느님께 빌어야 해. 금화도 금이 가면 못 쓰거든. 배우 여러분, 참 반갑소. 프랑스의 매사냥꾼을 닮았는지 우리는 뭐든지 보기만 하면 덤벼든다오. 그럼, 당장 한마디 들어볼까? 어디 솜씨 좀 보여주시오. 자, 아주 비장한 것으로 말이야.

배우 1 어떤 대사가 좋으시겠습니까, 저하?

햄릿 언젠가 들려준 것 있잖소. 아마 한 번도 상연된 적은 없을 거야. 아니, 한 번쯤 상연되었던가? 하여튼 내 기억으로는 그 연극은 대중에 겐 인기가 없었네. 개 발에 편자지, 일반 대중이 알 턱이 있나. 하지만 내가 보기엔 참 훌륭한 극이었어. 아니, 나뿐만 아니라 나보다 훨씬 식 견이 있는 분들도 같은 의견이었소. 장면 구성도 좋고, 대사도 적절히 능숙하고…… 어떤 비평가는 내용을 구수하게 만들 생각에 문구에 마 구 양념을 치거나 문장의 멋을 부리려고 얄팍한 말투를 함부로 쓴 흔적 이 없다고 하더군. 진실하고 건전하며 재미가 있으면서도 필치가 화려 하지 않고 수수한 작품이라는 평이었소. 그 가운데 내가 좋아하는 대사 가 있는데, 아이네이아스가 디도에게 이야기하는 부분 말이오. 그중에 서도 프리아모스 왕의 최후를 그린 구절이 특히 좋더군. 아직도 기억에 남아 있어. 거기서부터 시작해보시오…… 가만있자, 가만있자. '사나운 피로스, 히르카니아의 비호처럼.' 아니, 그게 아니야. 피로스에서 시작되 기는 하는데…… '사나운 피로스, 검은 마음에 시커먼 갑옷을 입고 칠흑 같이 어두운 밤에 그 음흉한 목마의 뱃속에 숨어들더니 이제 그 무서운 검은 얼굴에 또다시 처참한 피를 칠했구나. 머리에서 발끝까지 피투성 이라. 아비의 피, 어미의 피, 아들딸들의 피. 거리에는 불꽃이 타올라 피 를 말리고, 생지옥의 불인 양 학살자의 앞길을 비추어준다. 분노와 화염 에 피는 아교처럼 온몸에 엉겨붙어 몸은 부풀어 오르고, 붉게 충혈된 눈 을 번들거리면서 지옥의 악마 같은 피로스는 트로이아의 노왕, 프리아 모스를 찾는다.' 자, 받아서 계속해주게.

폴로니어스 허, 참 잘하십니다. 그 자연스런 운율이며 억양이며, 일품입 니다.

배우 1 '마침 그때 노왕은 그리스 군을 치려 하나 힘이 미치지 않아 손이 말을 듣지 않고 허공을 친 낡은 칼은 땅에 떨어지고 만다. 이 기회를 놓칠세라 프리아모스에게 달려들어 분노의 칼을 내리치는 피로스. 그 분노의 칼은 빗나가고, 그 칼이 매섭게 허공을 치는 바람에 늙은 왕은 힘없이 쓰러지고 만다. 이때 무심한 트로이아 성도 일격의 아픔을 느꼈는지 불길에 싸인 누각은 와르르 땅 위에 쓰러져 천지가 무너지는 듯하니, 그 요란한 소리에 피로스는 망연자실할 뿐. 보라! 프리아모스의 백발을 향해 내리친 칼은 허공에 얼어붙고, 피로스도 그림 속의 폭군처럼 얼빠진 채 우뚝 서서 어찌할 바를 모른다. 마치 폭풍이 오기 전에 천지가 고요하여, 구름은 정지하고 바람은 말이 없고 대지는 죽은 듯한 바로 그때, 느닷없이 천둥이 허공을 찢을 듯 울리자 잠시 망설이던 피로스의 적의가 되살아나 그를 분발시키니, 군신 마르스의 갑옷을 단련하던 외눈박이 거인 키클롭스의 철퇴 같은 피로스의 혈검血檢은 사정없이 프리아모스의 머리 위에 떨어진다. 물러가라, 너 부정한 운명의 여신아! 오, 천상의 신들이여, 뜻을 모아 이 여신의 권력을 빼앗고, 여신의 수레바퀴에서 살과 겉테를 부수어 바퀴통만 구천을 굴러 지옥의 밑바닥에 떨어지게 하소서.'

폴로니어스 이건 너무 깁니다.

햄릿 이발사에게 부탁해서 잘라버리게 할까? 그대의 수염과 함께. 어서 계속해주게. 저 사람은 웃음거리나 음란한 장면이 나와야지, 안 그러면 졸고 마는 위인이니까. 자, 어서, 헤카베의 대목을 부탁하네.

배우 1 '그러나, 아, 가엾도다. 남편 잃은 왕비는 몸을 감싸고……'

햄릿 왕비는 몸을 감싸고?

폴로니어스 거참 좋군. '왕비는 몸을 감싸고……'라, 좋군그래.

배우 1 '맨발로 이리저리 허둥거리며, 활활 타는 불이라도 끄려는 듯

억수같이 눈물을 흘린다. 왕관이 얹혀 있던 머리에는 초라한 천 조각이 말려 있고, 많은 자식들을 낳아 뼈만 남은 허리에는 비단 의상 대신 엉겁결에 주워 걸친 담요 한 장뿐…… 왕비의 이런 모습을 본 사람이라면, 누구나 독설로써 운명의 여신을 저주하지 않을 수 없으리라! 신들이 이 광경을 본다면, 그리고 피로스가 칼을 휘둘러 남편의 사지를 난도질하는 참상을 보고 외치는 광란한 왕비의 소리를 듣는다면, 지상의 일에 무심한 신들도 하늘에서 반짝이는 무수한 별들로 하여금 눈물을 흘리게 하여 왕비의 슬픔을 함께 나누리라.'

폴로니어스 저런, 얼굴빛이 변하고 눈물까지 글썽거리지 않습니까. 이제 그만하게.

햄릿 이제 그만. 나머지는 나중에 듣기로 하지. 그럼 영감, 이 배우들을 잘 좀 부탁하오. 부디 후하게 대접해주시오. 아시겠소? 이들은 이 시대의 축소판이자 연대기年代記이니까, 죽은 뒤 좋지 못한 비명碑銘이야 어찌 되었든 살아서 이 사람들의 험담은 듣지 않는 편이 좋을 거요.

폴로니어스 그들의 신분에 맞게 대접하겠습니다.

햄릿 원, 영감도, 더 잘 대접해요! 분수에 따라 대우한다면, 이 세상에서 회초리를 면할 사람이 어디 있겠소? 그대의 명예와 체면에 어울리게 대접하시오. 상대방에게 그만한 자격이 없으면 없을수록 이쪽의 선심은 그만큼 더 빛날 테니까. 데리고 가시오.

폴로니어스 자, 이리들 오게. (문 쪽으로 간다)

햄릿 자, 여러분, 따라들 가보시오. 내일 여러분의 연극을 보기로 합시다. (배우 1을 가로막고) 여보게, 《곤자고의 암살》을 상연할 수 있겠나?

배우 1 네, 저하.

햄릿 그럼, 내일 밤 그걸 상연해다오. 그런데 대사는 열대여섯 줄쯤 내가 써서 덧붙이고 싶은데 외울 수 있겠나?

배우 1 네, 저하. (폴로니어스와 다른 배우들 모두 퇴장)

햄릿 됐다. 그럼 저 영감을 따라가게. 그를 너무 놀리지는 말고. (배우 1 퇴장. 다음에는 로젠크랜츠와 길덴스턴을 향하여) 자네들도 밤에 다시 만나세. 엘시노어에 온 것을 환영하네.

로젠크랜츠 그럼, 안녕히 계십시오. (두 사람 퇴장)

햄릿 아, 그래 잘 가게! 이제 나 혼자 남았구나. 아, 나는 어쩌면 이리도 못나고 비열한 인간일까! 아까 그 배우를 좀 보라, 실로 놀랍지 않은가. 하나의 허구虛構, 가공의 정열에 취해서 온갖 상상의 힘으로 스스로의 영혼을 움직이고, 그로 인해 안색은 창백해지고 눈에는 눈물을 글썽이고, 고민으로 얼굴이 일그러지며 목은 메고, 움직임 하나하나는 상상에 맞추어 온갖 표정을 다 나타내지 않는가! 대체 그 모든 것은 무엇 때문인가? 오직 헤카베 때문이다! 대관절 헤카베가 그에게 무엇이며, 또 그는 헤카베에게 무엇이기에 울어야 하는가? 만약 나만큼 분노하고 슬퍼할 동기를 가졌다면 그는 어떻게 할까? 무대를 눈물로 잠기게 하고, 무서운 대사로 관중의 귀를 찢고, 죄지은 자들을 미치게 하고, 죄 없는 자를 두려움에 떨게 하고, 어리석은 자를 현혹시키고, 관중의 눈과 귀를 혼란스럽게 해놓을 것이다. 그런데 나는, 아둔하고 미련한 이 못난 놈은 얼간이처럼 대의명분도 찾지 못한 채 선왕을 위해서 할 말도 못하고 있지 않은가. 그분은 흉악한 계략에 빠져 왕위와 가장 귀중한 생명을 빼앗기고 말았건만…… 과연 나는 비겁한 놈인가? 누가 나를 악한이라고 부르는가? 누가 내 머리를 후려갈기는가? 누가 내 수염을 뽑아서 내 얼굴로 날려보내는가? 누가 내 코를 비틀고, 나를 멀쩡한 거짓말쟁이라고 욕하는가? 그런 무례한 자가 있다면, 제기랄, 있어도 할 수 없지, 달게 감수할 수밖에. 나는 간이 비둘기만도 못하고, 그놈의 포악에 분노할 배짱도 없다. 그런 배짱이 있었다면 벌써 그 악한의 썩은 고기로 하늘의 솔개 떼를 살찌우게 했을 것이다. 잔인하고 음흉하며 철면피 같은 악한아, 복수다! 이 얼마나 못난 자식이냐! 참 장하기도 하지. 친아버지는 참살당하고, 하늘과 지옥이 복수하라고 명령하는데도 창부처럼 가슴속의 짐을 말로만 토하고 입속으로만 욕설을 중얼거리고 있다니! 남창아, 수치를 알아라! 분노해라, 머리를 써서…… 그래, 죄지은 놈들이 연극을 구경하다가 박진감 넘치는 장면에 감동한 나머지 그 자리에서 자기의 죄상을 털어놓았다고 하지 않았는가. 살인죄는 입이 없어도 참으로 신기하게 스스로 실토하는 법이다. 아까 그 배우들을 시켜 숙부 앞에서 아버지의 살해 장면과 비슷한 연극을 하게 해야겠다. 그리고 숙부의 표정을 살펴 급소를 찌르자. 움찔하면 그때는 주저할 게 없다. 어쩌면 내가 본 혼령은 마귀일지도 모른다. 마귀는 어떤 형태고 마음대로 취할 수 있으니까. 그래, 어쩌면 내가 허해지고 우울해진 틈을 타서 나를 파멸의 구렁텅이로 끌고 가려고 나타났는지도 모른다. 그럴 때는 특히 마귀가 힘을 발휘한다니까. 아무튼 좀 더 확실한 증거를 잡아야 한다. 왕의 본심을 살피는 데는 연극이 가장 좋은 방법이다. (퇴장)

하루가 지난다.

제3막

제1장

벽에는 커튼이 드리워져 있다. 중앙에는 탁자가 놓여 있고, 한쪽 구석에는 십자가가 달린 기도대가 있다. 왕과 왕비, 폴로니어스, 로젠크랜츠, 길덴스턴 등장. 조금 뒤에 오필리어 등장.

왕　결국 어떤 방법을 써봐도 햄릿이 어째서 그렇게 미친 짓을 하며 조용한 나날을 공연히 소란하게 만드는지 알아낼 수 없단 말이지?

로젠크랜츠　스스로도 이상이 생겼다는 것은 인정하고 계십니다만, 그원인에 대해서는 도무지 말씀하시려고 하지 않습니다.

길덴스턴　게다가 남이 캐묻는 것이 싫으신 모양인지, 진상을 알아보려고 꾀어봐도 슬쩍 미친 사람처럼 가장하여 교묘하게 피해버리십니다.

왕비　반갑게 맞이해주던가?

로젠크랜츠　아주 점잖게 대해주셨습니다.

길덴스턴　그러나 억지로 하시는 것 같았습니다.

로젠크랜츠　자진해서는 별로 말씀을 안 하셨지만, 묻는 말에는 아주 선선히 대답하셨습니다.

왕비 무슨 오락이라도 권해보았나?

로젠크랜츠 네, 실은 마침 여기 오는 길에 어떤 배우 일행을 만났기에 그 말씀을 드렸더니 퍽 반가워하셨습니다. 일행은 지금 궁전 안에 와 있습니다만, 아마 오늘 밤에 왕자님 앞에서 연극을 하게 될 모양입니다.

폴로니어스 그렇습니다. 그리고 두 분 전하께서도 관람하시도록 간청해달라는 말씀이 계셨습니다.

왕 기꺼이 관람하고말고. 그 애가 그런 일에 마음을 쏟는다는 것은 반가운 일이야. 그럼 두 사람은 그 애 기분을 더욱 북돋워 이런 오락에 마음이 끌리도록 노력해주시오.

로젠크랜츠 네, 그렇게 하겠습니다. (로젠크랜츠와 길덴스턴 퇴장)

왕 거트루드, 당신도 좀 들어가 있도록 하시오. 실은 은밀히 햄릿을 이리 불러놓았소. 여기서 우연인 것처럼 오필리어와 만나게 하자는 것이오. 그 애의 부친과 나는 여기 숨어서 몰래 두 사람이 만나는 장면을 엿볼 생각이오. 다 햄릿을 위해 하는 일이니 엿본다고 죄가 되지는 않을 것이오. 여하튼 그때 그 애의 행동을 관찰하여 과연 병이 사랑에서 비롯된 것인지 알아낼 참이오.

왕비 그렇게 하겠어요. 오필리어, 햄릿이 실성한 원인이 다행히도 너의 아름다움 때문이라면 얼마나 좋겠니. 그렇다면 너의 그 상냥한 성품으로 그 애를 다시 성한 사람이 되게 하고, 두 사람이 기쁜 일을 맞이하기를 바랄 수도 있지 않겠느냐?

오필리어 저도 그렇게 되기를 바라옵니다. (왕비 퇴장)

폴로니어스 오필리어, 여기서 서성거리고 있거라. (기도대에서 책을 집어 오필리어에게 준다) 책에 빠져 있는 것처럼 하고 있으면 혼자 있어도 수상하게 보이지는 않을 거다. 이건 마귀의 본성 위에 제법 경건한 듯 가면과 가장으로 사탕발림하는 수작이라 죄가 되는 일이기는 하지만, 세상에는 흔히 있는 일이란다.

왕 (방백) 아, 과연 그렇다. 그 말이 내 양심을 아프게 채찍질하는구나! 화장술로 곱게 단장한 창녀의 볼이 추악하다 한들, 그럴듯한 말로 꾸민 내 행실보다 추하지는 않을 것이다. 아, 무겁구나, 이 죄악의 짐이!

폴로니어스 왕자님이 오는 소리가 들립니다. 어서 숨으시지요, 전하.

(두 사람 커튼 뒤에 숨는다. 오필리어는 기도대 앞에 무릎을 꿇는다)

햄릿, 침통한 표정으로 등장.

햄릿 사느냐 죽느냐, 그것이 문제로다. 가혹한 운명의 화살을 참는 것이 고상한 정신인가, 아니면 고통의 물결을 두 손으로 막아 이를 물리치는 것이 고상한 정신인가? 죽는 것, 잠드는 것, 그뿐이다. 잠들면 모든 것이 끝난다. 마음의 번뇌도, 육체가 받는 온갖 고통도. 그렇다면 죽고 잠드는 것, 이것이야말로 열렬히 찾아야 할 삶의 극치가 아니겠는가! 잔다. 그럼 꿈도 꾸겠지. 아, 여기서 걸리는구나. 대체 이 세상의 온갖 번뇌를 벗어던지고 영원한 죽음의 잠을 잘 때 어떤 꿈을 꾸게 될 것인지, 이를 생각하면 망설여질 수밖에…… 이 망설임이 비참한 인생을 그렇게도 오래 끌게 하는 것이다. 그렇지 않다면 누가 참겠는가! 이 세상의 비난과 조소를, 폭군의 횡포를, 세도가의 모욕을, 모욕당한 사랑의 고통을, 질질 끄는 재판을, 관리들의 오만을, 덕 있는 사람이 당해야 하는 소인배의 불손을…… 한 자루의 단도면 깨끗이 청산할 수 있는 것을, 누가 이 무거운 짐을 지고 따분한 인생에 신음하며 진땀을 빼겠는가? 죽은 뒤의 그 어떤 두려움과 한번 가면 영영 돌아오지 못하는 미지의 세계가 결심을 망설이게 하고, 그래서 미지의 저세상으로 날아가느니 차라리 현재의 고통을 참게 만드는 것이 아니겠는가! 결국 분별심 때문에 우리는 모두 겁쟁이가 되는구나. 생기 넘치던 결심은 창백한 병색으로 물들고, 의기충천하던 위대한 뜻도 그 때문에 옆길로 빗나가 실행의 힘을 잃고 만다. 가만, 아, 아름다운 오필리어, 숲의 여신이여! 기도 중이거든 내 죄의 용서도 함께 빌어다오.

오필리어 (일어나면서) 왕자님, 오래 뵙지 못했어요. 그동안 안녕하셨어요?

햄릿 매우 고맙소. 나는 잘 있지. 잘 있고말고.

오필리어 저, 왕자님께서 제게 주신 사랑의 선물을 오래전부터 돌려드리려고 했는데 그만…… 지금 받아주시면 좋겠어요.

햄릿 아니오. 나는 아무것도 선물한 것이 없소.

오필리어 어머, 저한테 주신 선물은 왕자님도 잘 알고 계세요. 너무나 정다운 말씀까지 해주셔서 그 선물을 더욱 값지게 여겼었는데, 이제는 그 향기도 사라졌으니 돌려드리겠어요. 아무리 값진 선물이라도 보낸 사람의 마음이 변하면 초라해진다고 하더군요. 고귀한 성품을 지닌 사람에게는 말이에요. 자, 여기 있습니다. (가슴에서 보석을 꺼내어 햄릿 앞의 탁자 위에 놓는다)

햄릿 (상대방의 음모를 눈치채고) 하하! 당신은 정숙하오?

오필리어 네?

햄릿 당신은 아름다운가?

오필리어 무슨 말씀이신지요?

햄릿 정숙하고 아름답다면, 그 두 가지가 너무 가까이 지내지 않도록 조심해야 하오.

오필리어 아름다움과 정숙함보다 더 잘 어울리는 연분이 있을까요?

햄릿 천만의 말씀. 아름다움의 힘은 정숙한 여자를 금방 창녀로 바꾸어버리거든. 정숙의 힘은 아름다운 여자를 제대로 이끌어가지 못하지만 말이야. 전 같으면 이것이 하나의 역설에 불과했을 테지만, 지금은 그것이 진리임을 확증해주는 좋은 예가 생겼소. 나도 한때는 당신을 사랑했었지.

오필리어 저도 정말 그렇게 믿고 있었어요.

햄릿 믿지 말았어야 했어. 낡은 바탕에다 아무리 미덕을 접붙여본들 원래의 성질은 사라지지 않거든. 그러니까 실은 나도 당신을 사랑하지 않았던 거야.

오필리어 그렇다면 저는 더욱더 속은 셈이군요.

햄릿 (기도대를 가리키며 차츰 흥분하여 열변을 토한다) 수녀원으로 가시오. 무엇 때문에 죄 많은 인간을 낳고 싶어하는가? 나 자신, 꽤 성실한 인간이다. 그런데도 차라리 어머니가 나를 낳아주지 않았더라면 싶을 정도로 온갖 죄를 짓고 있다. 너무나 오만하고, 복수심이 강하고, 야심이 많고, 이 밖에 또 무슨 죄를 지을지 모르는 인간이다. 그것을 일일이 생각해낼 힘도, 그것에 형태를 부여할 상상력도, 그것을 실행에 옮길 시간도 없을 만큼 많은 죄악을 짊어지고 있는 사람이다. 나 같은 인간이 하늘과 땅 사이를 기어다니면서 대체 무슨 일을 한단 말인가? 우리는 모두 크나큰 악당들이다. 아무도 믿지 마라. 수녀원으로 가라. (갑자기) 아버지는 어디에 있소?

오필리어 집에 계세요.

햄릿 그럼, 못 나오게 문을 꼭꼭 잠그시오. 밖에 나와서 바보짓을 못하게 말이오. 잘 있으시오. (퇴장)

오필리어 (기도대 앞에 무릎을 꿇고) 오, 인자하신 하느님, 저분을 구해주소서!

햄릿 (미친 듯한 태도로 다시 돌아와서) 만일 그대가 결혼한다면, 채단 삼아 이런 저주를 보내주지. 네가 얼음처럼 정결하고 눈처럼 순결하더라도 세상의 욕설을 면치는 못하리라. 수녀원으로 가시오, 수녀원으로! (거칠게 왔다 갔다 하면서) 기어이 결혼하려거든 바보와 해라. 영리한 사람은 당신과 결혼하면 자신이 괴물로 변해버릴 것을 너무나 잘 알고 있거든. 수녀원으로 가라. 그것도 빨리! 잘 가거라. (후다닥 뛰어나간다)

오필리어 아, 하느님, 저분이 제정신을 차리게 해주소서!

햄릿 (다시 돌아와서) 나도 들어서 잘 알고 있다, 당신네 여인들은 얼굴에 덧칠을 한다는 것을! 하느님이 주신 얼굴 위에 위선의 탈을 뒤집어 쓰고 있다. 멋을 부려 엉덩이를 흔들며 걷고, 혀 짧은 소리를 하면서 신의 창조물에다 별명을 붙이는가 하면, 부정한 짓을 저지르고도 모른다고 잡아떼곤 하지. 제기랄, 이제 더 이상 못 참겠다. 그것이 나를 미치게 만들지 않았는가! 이제 다시는 세상 연놈들이 결혼하지 못하게 할 테다. 기왕 결혼한 것들은 살려두지만, 딱 한 놈만은 안 된다. 나머지 결혼을 안 한 것들은 그 상태로 있어야 한다. 수녀원으로 가라. (퇴장)

오필리어 아, 그토록 고상하시던 마음이 저렇게 되어버리다니! 귀족답고 무인다우시며 나라의 꽃이자 희망이며, 예절의 모범으로 모든 사람이 우러러보던 왕자님이 저렇듯 비참하게 무너져버릴 줄이야! 그리고 나는 세상 여자들 가운데 가장 괴롭고 불쌍한 존재가 되고 말았구나! 그분의 음악 같은 맹세의 달콤한 꿀을 맛본 적도 있었는데, 지금은 그 기품 있고 고귀한 이성이 금이 간 아름다운 종처럼 엉뚱하고 거친 소리를 내는 것을 보는구나. 활짝 핀 청춘의, 비할 데 없이 아름다운 용모의 자태가 광란의 바람을 맞고 저렇게 떨어져버리고 말다니! 오, 가슴이 미어지듯 슬프구나. 예전의 아름다움을 본 눈으로 이런 꼴을 보다니! (기도를 드린다)

왕과 폴로니어스가 커튼 뒤에서 살그머니 나타난다.

왕   사랑 때문이라고? 당치 않은 소리! 그 애의 마음은 결코 사랑으로 향하고 있지 않소. 다소 조리는 맞지 않으나, 그 말 한마디 한마디가 미친 사람의 소리 같지는 않군그래. 반드시 마음속에 어떤 비밀을 간직한 채, 그것을 드러내지 못하기 때문에 저렇게 우울한 거야. 그것이 껍질을 깨고 나오면 아무래도 위험하겠지. 그걸 막기 위해서는, 그래 빨리 이렇게 결정을 내려야겠다. 곧 저 애를 영국에 보내기로 하자. 밀린 조공을 독촉한다는 명목으로. 수만 리 길을 떠나 이국의 색다른 풍물을 구경하노라면 그 마음속에 맺혀 있는 고민도 자연히 가시지 않겠는가! 고민을 간직한 채 밤낮으로 머리를 썩이고 있으니 저렇듯 실성할 수밖에. 내 의견을 어떻게 생각하오? (오필리어가 다가온다)

폴로니어스   묘안이십니다. 하지만 그 수심의 뿌리는 역시 실연에 있다고 신은 생각합니다. 무슨 일이냐, 오필리어? 햄릿 왕자님이 하신 말씀은 전하지 않아도 된다. 다 들었으니까. 전하, 뜻대로 하십시오. 하오나 연극이 끝난 뒤 왕비마마께서 조용히 햄릿 왕자님을 부르셔서 수심의 까닭을 말하라고 간곡히 분부하신다면, 신이 어디 숨어서 두 분의 대화를 자세히 엿듣도록 하겠습니다. 그렇게 해서도 근원을 알아낼 수 없을 때는 영국으로 보내시든가 어디 적당한 곳에 감금하시든가, 뜻대로 하심이 좋을까 합니다.

왕   그렇게 하오. 귀인의 광증을 내버려둘 수는 없는 일이오. (일동 퇴장)

제2장

양쪽에 관람석이 마련되어 있고, 전면에 연단이 있다. 막 뒤는 무대. 햄릿과 배우 세 사람 등장.

햄릿 (배우 1에게) 대사는 아까 내가 해 보인 것처럼 가볍게 혀끝으로 굴리듯이 말해주게. 대부분의 배우들이 하듯 신파조로 떠들어댄다면 차라리 거리의 전령사를 불러다가 떠들게 하겠네. 그리고 손으로 너무 자주 허공을 휘젓지 말고, 점잖게 해야 돼. 감정이 격해져서 격류나 폭풍, 또는 뭐랄까, 회오리바람을 일으키는 순간일지라도 자제력을 잃지 말고 부드럽게 연기할 줄 알아야 하는 거야. 가발을 쓴 난폭한 배우가 관중의 귀청이 찢어지도록 함부로 고함을 질러 감격적인 장면을 망쳐놓고 마는 꼴을 보면 정말 화가 난다니까. 엉터리 무언극이나 와자지껄 떠드는 것밖에 아무것도 이해하지 못하는 관중을 상대한다면 모르지. 하지만 그런 배우는 채찍으로 갈겨주고 싶어진단 말이야. 난폭한 터머건트 신이나 폭군 헤롯 왕보다 한술 더 뜨는 인간이거든. 제발 그런 짓만은 하지 말아주게.

배우 1 그러지 않겠습니다.

햄릿 그렇다고 너무 활기가 없어서도 안 돼. 중용을 지켜서, 연기에 대사를, 대사에 연기를 일치시켜야 해. 특히 자연의 법도를 넘어서면 안 된다는 점을 명심하라고. 무엇이든 지나치면 연극의 목적에서 벗어나거든. 연극의 목적은 예나 지금이나, 말하자면 자연에 비추어 선은 선한 모습 그대로, 악은 악한 모습 그대로 비쳐내며, 시대의 양상을 본질 그대로 보여주는 것이니까. 따라서 그러한 목적에 지나치거나 반대로 모자랄 때는, 서투른 관객을 웃길지는 모르지만, 식견이 있는 관객은 한탄하지 않을 수 없지. 안목을 지닌 한 사람의 비난은 모든 관객의 칭찬보다 더 중요한 법이야. 참, 나도 보았지만, 지독한 배우가 있었네. 남들은 칭찬이 대단하더군. 좀 지나친 말 같으나 대사는 그리스도교도답지 않고, 게다가 그 걸음걸이는 그리스도교도는커녕 이교도, 아니 도대체가 인간의 걸음걸이가 아니었단 말이야. 그저 거들먹거리기나 하고 어찌나 고함을 치는지, 이건 창조의 신이 수하 견습공들을 시켜서 아무렇게나 만든 인간이라고 생각될 정도였네. 인간의 흉내를 냈지만 너무나 비인간적이었어.

배우 1　저희 극단은 그 점에 관해서는 상당히 시정되었다고 생각합니다만.

햄릿　아, 철저히 시정해야지! 그리고 어릿광대 역도 대본 이외의 대사는 말하지 않도록 해야 해. 또 개중에는 둔한 관객을 웃기려고 자기가 먼저 웃는 자들이 있는데, 그사이 필요한 골자는 까맣게 잊어버리거든. 말도 안 되는 소리야, 광대가 그따위 수작으로 치사한 야심을 드러내 보인다는 것은. 자, 어서들 준비하게. (배우들, 커튼 뒤로 들어간다. 이윽고 폴로니어스, 로젠크랜츠, 길덴스턴 등장) 아, 영감, 전하께서는 오늘 밤의 연극을 보시겠다고 하던가요?

폴로니어스　네, 왕비마마께서도 곧 나오실 겁니다.

햄릿　그럼 가서 배우들을 재촉해주시오. (폴로니어스, 절을 하고 퇴장) 자네들도 빨리 가서 좀 거들어주게!

로젠크랜츠　네, 저하. (로젠크랜츠와 길덴스턴 퇴장)

햄릿　어서 오게, 호레이쇼!

호레이쇼 등장.

호레이쇼 부르셨습니까?

햄릿 호레이쇼, 내가 지금까지 사귄 사람들 가운데 자네만큼 올바른 사람은 없네.

호레이쇼 오, 저하, 별말씀을……

햄릿 아니, 아니, 아첨이 아니야. 자네는 그 훌륭한 정신밖에는 먹고 입을 재산이란 하나도 없는 사람. 그러한 자네에게 아첨해서 내가 무슨 이득을 바라겠는가? 가난뱅이에게 아첨할 필요가 어디 있는가? 바보 같은 세도가에게 아첨하는 일은 달콤한 혓바닥을 가진 놈에게 맡기고, 아첨에 이득이 따라올 만한 데는 무릎이 잘 움직이는 놈이 가서 굽실거리라지. 알겠는가? 내 영혼이 분별력을 지녀 사람을 분간할 수 있게 된 후부터, 자네를 내 영혼의 벗으로 정해놓고 있었네. 자네는 인생의 모든 고통을 다 겪으면서도 전혀 변하지 않을뿐더러, 운명의 고난과 영광을 똑같이 감사한 마음으로 받아들이는 사람이야. 감정과 이성이 잘 조화되어 운명의 신의 손가락이 희롱하는 대로 소리를 내는 피리가 되지 않는 사람, 그런 사람은 복 받은 사람이네. 정열의 노예가 되지 않는 사람, 그런 사람이 있으면 내게 가르쳐주게. 내 마음 깊은 곳, 아니 내 마음속 깊은 곳에 간직하겠네. 그런데 자네가 바로 그런 사람이야. 말이 좀 길어진 것 같군. 오늘 밤 왕 앞에서 연극이 상연되는데, 그 가운데 한 장면은 선친의 최후에 대해서 내가 자네에게 얘기한 장면과 흡사하네. 그런데 그 장면이 나오거든 온 정신을 다 쏟아서 내 숙부의 거동을 관찰해주게. 만일 숙부의 숨은 죄악이 어느 대목에서도 드러나지 않을 경우엔, 우리가 본 유령은 악귀가 분명하고, 따라서 나의 상상은 불의 신 불카누스의 대장간처럼 추잡하게 되는 셈이지. 숙부를 잘 살펴주게. 나도 그의 얼굴에서 잠시도 눈을 떼지 않을 테니. 나중에 우리 두 사람의 의견을 모아서 왕의 태도에 대해 판단을 내리도록 하세.

호레이쇼 잘 알겠습니다, 저하. 연극을 하는 동안 왕의 움직임을 한순간이라도 놓치는 일이 있다면, 그때는 벌을 받겠습니다. (안에서 나팔 소리와 북소리)

햄릿 연극을 보러 나오는구나. 나는 미친 체하고 있어야 해. 자네도 가서 앉게.

왕과 왕비 등장. 이어서 폴로니어스, 오필리어, 로젠크랜츠, 길덴스턴, 그 밖의 대신들 등장. 저마다 자리에 앉는다. 왕과 왕비와 폴로니어스는 같은 쪽에 자리 잡고, 그 맞은편에 오필리어, 호레이쇼, 그 밖의 대신들 앉는다.

왕 어떠냐, 햄릿?

햄릿 원기왕성합니다. 카멜레온처럼 공기만 먹어서 공허한 약속으로 속이 가득 차 있습니다. 이런 모이로는 닭도 살이 안 찌지요.

왕 동문서답이로구나, 햄릿. 그건 내 말과 상관없는 대답이다.

햄릿 이제는 저와도 상관없는 말입니다. 이미 입 밖에 나와버렸으니까요. (폴로니어스에게) 영감은 대학 시절에 연극을 했다죠?

폴로니어스 그랬습니다. 괜찮은 배우라는 평을 들었지요.

햄릿 무슨 역을 맡았소?

폴로니어스 줄리어스 시저 역을 했습니다. 신전에서 암살을 당했지요. 브루투스가 나를 죽였습니다.

햄릿 이런 늙은이를 죽이다니, 브루투스도 어지간히 잔혹한 놈이로군. 배우들은 다 준비되었나?

로젠크랜츠 네, 저하. 분부만 기다리고 있습니다.

왕비 햄릿. 이리 와서 내 옆에 앉아라.

햄릿 아닙니다, 어머님. 이쪽에 더 강한 자석이 있는걸요. (오필리어 쪽으로 간다)

폴로니어스 (왕에게) 호오! 저 말씀 들으셨습니까? (두 사람, 햄릿을 지켜보며 속삭인다)

햄릿 아가씨, 무릎 위에 누워도 괜찮겠소?

오필리어 안 됩니다, 왕자님.

햄릿 머리만 무릎 위에 올려놓겠다는 말이오.

오필리어 그러세요, 왕자님. (햄릿, 오필리어의 발 아래 앉는다)

햄릿 내가 무슨 상스러운 짓이라도 할 줄 알았소?

오필리어 그런 생각은 안 했습니다.

햄릿 처녀 다리 사이에 눕는다, 거 괜찮은 생각인데!

오필리어 무슨 말씀이세요?

햄릿 아무것도 아니오.

오필리어 오늘은 퍽 명랑하시네요.

햄릿 누가, 내가?

오필리어 네, 왕자님.

햄릿 그야, 나는 허튼소리나 지껄이는 놈에 지나지 않으니까. 내가 어찌 명랑하지 않을 수 있겠소? 저기 좀 봐요, 우리 어머니의 명랑하신 얼굴을. 아버지가 돌아가신 지 채 두 시간도 안 되었는데. (왕비는 얼굴을 돌리고 폴로니어스에게 속삭인다)

오필리어 아니에요. 두 달의 갑절이나 됩니다.

햄릿 그렇게 오래됐나? 그렇다면 상복을 악마에게 물려주고, 나는 담비 털가죽 옷이라도 입어야겠군. 맙소사! 두 달 전에 죽었는데 아직도 잊혀지지 않다니? 이러다간 위대한 사람이라면 죽은 뒤에 그 기억으로 반년 동안 살아 있을 수 있겠는걸. 하지만 그러자면 교회를 지어놓아야 겠군. 안 그러면 잊혀지고 말 테니까. 목마처럼 말이야. 그 말의 비문은 이런 거지. '아아, 목마는 잊혀졌다!'

나팔 소리, 정면의 막이 양쪽으로 열리고, 안 무대가 나타난다. 안 무대에서 무언극이 시작된다.

무언극

왕과 왕비가 정답게 등장하여 서로 껴안는다. 왕비는 무릎을 꿇고 왕에게 엄숙한 사랑의 맹세를 한다. 왕은 왕비를 일으켜 안고 머리를 그녀의 어깨에 기대고 나서 꽃이 만발한 둑에 눕는다. 왕비는 왕이 잠든 것을 보고 그 자리를 떠난다. 곧 한 사나이가 등장하여 왕의 머리에서 왕관을 벗겨 그것에 입맞춤을 하고는 잠든 왕의 귀에 독약을 부어넣고 나간다. 왕비가 돌아와 왕이 죽은 것을 알고 몹시 슬퍼하는 동작을 한다. 독살한 사나이가 서너 명의 부하를 데리고 다시 돌아와서 왕비와 함께 슬퍼하는 체한다. 시체가 운반되어 나간다. 독살한 사나이는 왕비에게 선물을 주면서 사랑을 구한다. 왕비는 처음에는 쌀쌀한 태도를 보이다가, 결국 사랑을 받아들인다. (막이 내린다)

무언극이 진행되는 동안, 햄릿은 초조한 듯이 자주 왕과 왕비를 바라본다. 왕과 왕비는 처음부터 끝까지 폴로니어스와 무엇을 속삭이고 있다.

오필리어 저건 무슨 뜻입니까, 왕자님?
햄릿 원, 형편없는 엉터리지. 저건 음모를 뜻하는 거야.

오필리어　저것이 연극의 줄거리인가 보죠?

　　막 앞에 배우 한 사람 등장. 왕과 왕비는 그쪽으로 눈길을 모은다.

햄릿　저자의 말을 들어보면 알게 될 거요. 배우들은 비밀을 숨겨두지 못하고 모두 털어놓으니까.

오필리어　그러면 아까 그 무언극의 의미도 설명해줄까요?

햄릿　(거친 어조로) 물론이지. 당신이 해 보이는 어떤 몸짓이라도 설명해 줄걸. 부끄러워할 것 없이 아무 행동이라도 해봐요. 저자가 망설이지 않고 그 뜻을 설명해줄 테니까.

오필리어　어머, 짓궂은 분. 저는 연극이나 보겠어요.

서막 배우　저희 극단 일동을 대표하여 말씀드립니다. 청컨대 지금부터 상연되는 비극을 참을성 있게 끝까지 관람해주십시오. (퇴장)

햄릿　이게 개막 대사냐, 아니면 반지에 새긴 짧은 글귀냐?

오필리어　너무 짧군요.

햄릿　여자의 사랑처럼.

　　왕과 왕비로 분장한 두 배우 등장.

극중 왕　왕비여, 우리의 마음이 사랑으로 합쳐지고, 혼인의 신이 우리의 손을 신성한 백년가약으로 맺어주신 날부터, 태양신의 수레는 해신海神의 바닷길과 지신地神의 둥근 땅을 이미 서른 번이나 돌았고, 열두 번을 찼다가 기우는 달도 지구를 서른 번의 열두 곱이나 돌았구려.

극중 왕비　참으로 기나긴 여로, 앞으로도 해와 달이 횟수를 거듭하여 우리의 사랑이 이어지게 하소서! 하지만 슬프게도 요즘 왕께서 병환이

나시어, 기상이 평소 같지 않으시니 저는 여간 염려되지 않사옵니다. 하지만 제가 염려한다고 해서 조금도 언짢게 생각지 마소서. 본디 여자는 사랑할수록 걱정하게 마련이랍니다. 즉 여자의 사랑과 걱정은 균형을 이루고 있어서, 없으면 양자가 다 없고, 있으면 양자가 다 극단적으로 크게 있는 법입니다. 저의 사랑은 이미 잘 아시는 바일 테고, 이렇듯 사랑이 크니 걱정도 그만큼 크답니다. 사랑이 커지면 하찮은 걱정도 두려움으로 바뀌고, 두려움이 커지는 곳에 사랑 또한 자라는 법입니다.

극중 왕   사실 나는 머지않아 당신을 버리고 떠나야 할 몸이오. 내 생명의 힘이 쇠약해져 작용하지 않게 되었소. 그대는 이 아름다운 세상에 살아남아 존경과 사랑을 받으시오. 그리고 혹 정다운 남편을 만나……

극중 왕비   아, 그만하세요! 그런 사랑은 제 가슴속에서는 어김없이 변절입니다. 개가를 할 바에야 저주를 받겠어요. 첫 남편을 죽인 여자가 아니고서야 어찌 개가를 하겠습니까?

햄릿   (방백) 아, 쓰다, 써!

극중 왕비   개가하려는 마음의 동기는 천한 물욕이지 결코 사랑이 아닙니다. 두 번째 남편의 잠자리에 안겨 키스를 받는 것은 돌아가신 남편을 두 번 죽이는 일입니다.

극중 왕   그 말을 나는 진정이라고 믿지만, 인간이란 결심해놓고도 종종 깨뜨리게 된다오. 사람의 의지는 결국 기억의 노예에 지나지 않는 것, 생길 때는 맹렬하나 지속성은 미약하다오. 마치 열매 같다고 할까, 안 익었을 때에는 가지에 매달려 있다가도 익으면 저절로 떨어지고 만다오. 자신에 대한 빚을 잊어버려 못 갚는 것도 인정상 어쩔 수 없는 일, 격정에 못 이겨 세운 뜻은 그 격정이 식으면 끝나는 것이오. 슬픔이나 기쁨이나 일단 격정이 지나가면 그 실행의 힘도 함께 사라지고 마오. 기쁨이 지극하면 슬픔도 지극하고, 사소한 이유로 희비가 엇갈리게 마련이오. 이 세상에 변하지 않는 것이 없으니, 우리의 사랑이 운명의 변화와 더불어 변한다는 것은 조금도 이상한 일이 아니오. 사랑이 운명을 이끄느냐, 운명이 사랑을 이끄느냐, 이는 아직도 풀지 못한 문제요. 세도가가 몰락하면 그 수하 심복들도 흩어지고, 미천한 자도 입신하면 어제의 원수가 친구로 변하는 것이오. 이는 사랑이 운명을 따르는 증거이며, 부유한 자는 친구가 모자라는 일이 없는 반면, 가난한 자는 친구의 마음을 떠보려고 하다가 도리어 원수가 되고 마는 법이라오. 아무튼 처음으로 돌아가 정리를 하면, 우리의 의사와 운명은 엇갈리기 때문에 우리의 계획은 늘 뒤바뀌고 마오. 실로 뜻하는 것은 자유이지만, 성과는 뜻대로 되지 않는 법이오. 그러니 그대가 지금은 개가할 뜻이 없다 하더라도, 그 뜻은 나의 죽음과 더불어 사라지고 말 것이오.

극중 왕비　설사 대지가 양식을 주지 않고, 하늘이 광명을 주지 않으며, 낮과 밤의 오락과 휴식이 거부당하고, 믿음과 희망이 절망으로 변할지라도, 그리고 또한 옥중에 갇혀 평생 은자隱者 같은 생활을 하며, 기쁨을 빼앗아가는 온갖 재앙이 이 몸을 덮쳐 나의 소망을 짓밟고, 영겁의 고민이 현세뿐 아니라 내세까지 이 몸을 쫓아올지라도, 한 번 남편을 여의고 어찌 다시 다른 사람의 아내가 될 수 있겠어요!

햄릿　(오필리어에게) 설마 저 맹세를 깨뜨릴까!

극중 왕　참으로 굳은 맹세요. 자, 잠시 혼자 있게 해주오. 정신이 피로해졌으니 조금 자고 나면 이 지루한 하루가 개운해질 것 같소. (잠이 든다)

극중 왕비　편히 주무세요. 우리들 사이에 행여 재앙은 닥쳐오지 않기를! (퇴장)

햄릿　어머니, 이 연극이 마음에 드십니까?

왕비　맹세하는 대목이 너무 수다스러운 것 같구나.

햄릿　아, 하지만 그 맹세를 지킬 거예요.

왕 햄릿은 내용을 알고 있느냐? 혹시 극중에 해괴한 점이라도……

햄릿 아뇨, 그저 장난입니다. 장난으로 독살하는 것뿐이고, 해괴한 점은 전혀 없습니다.

왕 연극의 제목이 무엇이냐?

햄릿 '쥐덫'이라고 합니다. 어째서냐고요? 물론 비유지요. 이 연극은 비엔나에서 일어난 암살 사건을 그대로 재현한 것입니다. 왕의 이름은 곤자고라 하고, 왕비의 이름은 뱁티스타라 합니다. 이제 곧 아시게 될 것입니다만, 대단히 흉측한 내용입니다. 하지만 뭐 상관없지 않습니까? 전하나 저희들처럼 양심이 깨끗한 사람에게는…… 제 발 저린 놈이나 떨게 합시다. 우리는 아무렇지도 않으니까요.

이때 루시어너스로 분장한 배우1 등장. 검은 옷을 입고 손에는 독약이 든 병을 들고 있다. 얼굴을 잔뜩 찌푸리고 거만한 태도로 잠들어 있는 왕의 곁으로 다가 간다.

햄릿 저건 왕의 조카 루시어너스란 사람입니다.

오필리어 왕자님은 해설자처럼 설명을 잘하시네요.

햄릿 꼭두각시들이 희롱하는 수작만 보아도 난 당신과 애인 사이의 관계를 설명할 수 있다오.

오필리어 너무하세요, 왕자님. 너무하세요.

햄릿 너무하지 못하게 하려면 아마 진땀깨나 빼야 할걸.

오필리어 점점 더하네요, 험담이.

햄릿 남편을 그런 식으로 대하라고…… (무대를 바라보며) 시작해라, 살인자! 뭐야, 얼굴만 찌푸리고 있지 말고 어서 시작하라니까. 자, 어서. '까마귀는 까악까악 복수하라고 울부짖는다.'에서부터.

극중 루시어너스   마음은 검고, 손은 재빠르며, 약효는 틀림없고, 때는 무르익었다. 다행히도 마침 보는 사람도 없다. 한밤중에 약초를 캐다가 마녀의 주문 속에 세 번 말리고 세 번 독기를 쐬어 만든 독약. 독약아, 자연의 마력과 놀랄 만한 약효를 발휘하여 당장 저 건강한 생명을 끊어라. (독약을 왕의 귀에 붓는다)

햄릿   왕위를 빼앗으려고 정원에서 왕을 독살하는 장면입니다. 왕의 이름은 곤자고, 이 이야기는 지금까지 전해 내려오고 있는데, 훌륭한 이탈리아어로 써져 있습니다. 조금 더 보시면, 저 살인자가 곧 왕비를 구슬러서 손에 넣게 됩니다.

창백해진 왕이 비틀비틀 일어선다.

오필리어   전하께서 일어나셨습니다.

햄릿   뭐, 공포空砲에 놀라셨나?

왕비   어쩐 일이십니까? 몸이 불편하십니까?

폴로니어스   연극을 중지해라.

왕   등불을 가져오너라, 저리로! (비틀비틀 달려나간다)

폴로니어스   등불을 비추어라, 등불, 등불을! (햄릿과 호레이쇼만 남고 모두 퇴장)

햄릿   다친 사슴은 울어라.

　　　성한 암사슴은 춤을 추어라.

　　　밤새워 지키는 놈, 잠을 자는 놈,

　　　이렇듯 세상은 굴러간다.

어때, 이만하면 나도 극단에 한몫 낄 수 있겠지? 옷에 새 깃털이나 잔뜩 달고, 샌들 코에 장미꽃 리본이나 매고 나서면? 앞으로 내 팔자가 기구해졌을 때 말이야.

호레이쇼　반 사람 몫은 되겠습니다.

햄릿　아니지, 한 사람 몫이야. (노래한다)

　　알지 않느냐, 오, 마귀여.

　　제우스 신은 쫓겨나고

　　이 땅을 통치하는 것은

　　몹시 으스대는 공작새 한 마리.

호레이쇼　운韻이 잘 맞지 않는군요.

햄릿　아, 호레이쇼! 그 유령의 말에는 천금을 걸 수도 있겠네. 자네도 보았는가?

호레이쇼　네, 똑똑히 봤습니다, 저하.

햄릿　그 독살 장면도?

호레이쇼　네, 아주 자세히 살펴보았습니다.

　　로젠크랜츠와 길덴스턴이 돌아온다.

햄릿　허어! (두 사람에게 등을 돌리고) 자, 음악을 울려라! 자, 피리를 불어! 왕은 연극이 싫으시단다. 아니, 정말 싫으신 모양이다. 자, 음악, 음악을!

길덴스턴　저하, 죄송합니다만 한 말씀 사뢰고자 합니다.

햄릿　얼마든지 사뢰게.

길덴스턴　실은 전하께서……

햄릿　그래, 어떻게 되셨는가?

길덴스턴　거실로 들어가셔서 몹시 언짢아하는 기색이십니다.

햄릿　과음하셨나?

길덴스턴   아닙니다. 화가 나셨습니다.

햄릿   원, 그렇다면 의사한테 알리는 게 현명하지 않을까? 섣불리 내가 손을 대 치료를 했다가는 점점 더 화를 내실 텐데.

길덴스턴   좀 조리 있게 말씀해주십시오, 저하. 그렇게 요점을 피하시지만 마시고.

햄릿   좋아, 내 얌전히 듣지. 어서 말하게.

길덴스턴   실은 왕비마마께서 대단히 염려하시면서 이렇게 저를 보내셨습니다.

햄릿   잘 오셨습니다.

길덴스턴   저하, 그런 인사는 이 자리에 어울리지 않는 줄 압니다. 죄송하지만 사리에 맞는 대답을 해주시면 왕비님의 분부를 전해드리겠지만, 그렇지 않으면 이만 실례하고 물러가겠습니다. (절을 하고 돌아선다)

햄릿   그건 할 수 없네.

길덴스턴   뭐가 말씀입니까?

햄릿   사리에 맞는 대답 말이야. 나는 머리가 돌지 않았는가. 하지만 할 수 있는 대답이라면 자네가 묻는 말에, 아니, 자네 말대로 어머님의 말씀에 선선히 대답해주지. 그러니 이제 그만 용건을 말해보게. 그래 어머님께서?

로젠크랜츠   그럼 말씀드리겠습니다. 왕비마마께서는 왕자님의 거동이 너무나 뜻밖이라 매우 놀라셨다고 하십니다.

햄릿   그래? 대단한 자식이로군. 어머님을 그렇게 놀라게 하다니. 그래, 그 놀라움 뒤에는 아무 말씀도 없으셨는가? 말해보게.

로젠크랜츠   하실 말씀이 있으니 주무시기 전에 왕비님 방으로 와달라고 분부하셨습니다.

햄릿   알았어, 분부대로 하지. 지금보다 열 배나 훌륭한 어머니라고 생각하고 말이야. 그 이상의 용무가 또 있나?

로젠크랜츠　저하, 저하께서는 전에는 저를 사랑해주셨습니다.

햄릿　지금도 사랑하고 있네, 버릇 나쁜 이 양손에 맹세하지만.

로젠크랜츠　저하, 요즘 울적해하시는 원인이 무엇입니까? 슬픈 속마음을 친구에게까지 숨기시는 것은 분명히 저하 스스로를 부자유 속에 가두시는 일입니다.

햄릿　실은 내 청운의 꿈이 사그라져서 그러네.

로젠크랜츠　원, 별말씀을. 저하를 덴마크 왕의 후계자로 책봉한다는 전하의 선언이 계시지 않았습니까?

햄릿　그야 그렇지. 하지만 '풀이 자라기를 기다리다 못해 망아지는 굶어죽고……' 이 속담도 어째 케케묵었군. (배우들이 피리를 들고 등장) 아, 피리가 나왔구나. 어디 나도 하나 다오. (피리를 하나 받아들고 길덴스턴을 한쪽 구석으로 데리고 간다) 저리 잠깐, 그런데 왜 자꾸만 사람을 몰아세우나? 나를 덫에라도 몰아넣으려고 그러나?

길덴스턴　오, 저하. 제 행동이 좀 지나치더라도 애정으로 인한 무례라고 생각하시고 양해해주십시오.

햄릿　무슨 소린지 모르겠구나. 이 피리 좀 불어보겠나?

길덴스턴　저는 불 줄 모릅니다, 저하.

햄릿　제발 부탁하네.

길덴스턴　정말 불 줄 모릅니다.

햄릿　제발 부탁하네.

길덴스턴　정말 손도 댈 줄 모릅니다, 저하.

햄릿　거짓말하는 것만큼이나 쉽다네. 이렇게 구멍을 손가락으로 막고 입김만 불어넣으면 돼. 굉장한 소리가 나올 테니까. 잘 봐, 여기를 눌러서 음조를 바꾸는 거야.

길덴스턴 하지만 저는 이 구멍들을 조정하여 아름다운 소리를 낼 줄 모릅니다. 그런 재주가 없습니다.

햄릿 아니, 그렇다면 자네는 어지간히 나를 얕보고 있군그래. 나 같은 건 피리 삼아 마음대로 불어보겠단 말이지. 내 어디를 누르면 음조가 바뀌는지 알고 있는 것처럼, 내 마음속의 비밀을 빼내고 싶단 말이지. 최저음에서 최고음에 이르기까지 내 심금을 울려보고 싶단 말이군. 이 조그만 악기 속에는 많은 음악, 절묘한 소리가 들어 있어. 하지만 자네는 그것을 불 줄 몰라. 제기랄, 그 주제에 그래 나를 피리보다 다루기 쉬운 존재로 알았는가? 나를 무슨 악기인 양 취급해도 좋다. 하지만 화나게는 해도 소리나게는 못할 것이다. (폴로니어스 등장) 아, 영감!

폴로니어스 저하, 왕비마마께서 부르십니다.

햄릿 저기 저 낙타처럼 생긴 구름이 보이시오?

폴로니어스 아, 네. 꼭 낙타를 닮았군요.

햄릿 내가 보기엔 족제비같이 생겼는데?

폴로니어스 등 모양이 족제비 같군요.

햄릿 고래 같기도 하지 않소?

폴로니어스 아, 정말 고래 같습니다.

햄릿 그럼, 곧 가 뵙는다고 아뢰시오. (폴로니어스, 로젠크랜츠, 길덴스턴 퇴장)

햄릿 '곧'이라고 말하기는 쉽지. 자, 다들 물러가주게. (햄릿만 남고 모두 퇴장) 밤이 깊었구나. 지금은 마귀들이 활개를 칠 때. 무덤은 크게 입을 벌리고, 지옥은 무서운 독기를 이 세상에 내뿜고 있다. 지금 같으면 나도 산 사람의 뜨거운 피를 마실 수 있고, 낮에는 엄두도 내지 못하는 잔인한 행위도 할 수 있다. 가만있자, 우선 어머니한테 가봐야지. 이 마음아, 천륜의 정을 잃지 마라. 폭군 네로 같은 마음을 이 착실한 가슴속에 들어오게 해서는 안 된다. 가혹하게는 대하더라도 자식의 도리는 잊지 마라. 혀끝으로 찌를 뿐, 칼은 쓰지 않을 테다. 이 일에 있어서만은 마음과 혀가 서로 속여, 말로는 아무리 거칠게 욕하더라도 그것을 결코 행동으로 옮겨서는 안 된다. 알았는가, 내 영혼아! (퇴장)

제3장

한쪽에 기도대가 놓여 있다. 복도 바깥쪽은 알현실. 왕, 로젠크랜츠, 길덴스턴 등장.

왕 마음에 안 드는 녀석이다. 그리고 미치광이를 저렇게 내버려둔다는 것은 위험한 일이 아닐 수 없지. 내 곧 위임장을 써줄 테니, 그대들은 그것을 가지고 왕자와 함께 영국으로 떠나도록 해라. 그 광증에서 끊임없이 발생하는 위험을 이렇게 가까이 두고서야 어찌 나라가 편안할 수 있겠느냐.

길덴스턴 곧 준비하겠습니다. 왕의 은덕에 목숨을 의지하고 사는 모든 백성의 안전을 보호하고자 하심은 참으로 거룩하고 황송한 배려이옵니다.

로젠크랜츠 사사로운 한 개인의 생명이라도 위험에 처하면 온 힘을 다하여 보호하거늘, 하물며 이 나라 무수한 백성의 생명이 달려 있는 옥체야 다시 이를 말씀이 있겠습니까? 국왕의 불행은 그 재앙이 옥체 한 몸에 그치는 것이 아니라, 소용돌이와 같아서 주위의 모든 것을 끌어들입니다. 아니면 높은 산꼭대기에 장치된 무거운 수레바퀴 같아서, 그 큰 바큇살에 수많은 인간들의 운명이 매달려 있습니다. 따라서 바퀴가 굴러떨어질 때에는 거기에 붙어 있는 것들도 함께 무너지고 맙니다. 전하의 탄식은 바로 온 백성의 신음 소리인 것입니다.

왕 어서 준비해서 떠나라. 이제까지 너무 방치해두었던 이 위험에다 쇠고랑을 채워놓아야겠다.

로젠크랜츠, 길덴스턴 서둘러 준비하겠습니다. (두 사람 퇴장)

폴로니어스 등장.

폴로니어스 전하, 지금 햄릿 왕자님이 왕비님의 방으로 들어가십니다. 신은 커튼 뒤에 숨어서 두 사람의 이야기를 엿듣겠습니다. 왕비님께서는 아마 심하게 꾸중하실 것입니다만, 전하의 지대하신 말씀대로, 왕비님 이외에 누군가가 엿듣는 것이 좋을 줄 아옵니다. 모자간이라 자연 아드님 쪽으로 생각이 치우칠지도 모르니까요. 그럼, 다녀오겠습니다. 전하, 침전에 드시기 전에 결과를 말씀드리겠습니다.

왕 고맙소. (폴로니어스 퇴장. 왕 이리저리 걸어다니면서) 아, 부패한 나의 죄악, 악취가 하늘을 찌르는구나. 형제를 죽여 인류 최초의 저주를 받은 카인의 범죄, 내가 그 저주를 받는구나. 그 때문에 마음은 아무리 간절해도 기도를 드릴 수조차 없구나. 기도하고 싶은 마음은 강하나 더 강한 죄책감에 압도당하고 만다. 마치 한꺼번에 두 가지 일을 하려는 사람처럼 어디서부터 시작할까 망설이다가 양쪽 다 못하고 마는구나. 비록 이 저주받은 손가죽이 형의 피로 두꺼워졌을지라도, 자비로운 하늘에는 이 손을 백설처럼 희게 씻어줄 단비가 있지 않을까? 자비가 죄인에게 베풀어지지 않으면 또 어디에 베풀어진단 말인가! 죄를 미리 막고, 또 일단 죄를 지은 뒤에는 용서해주는 이중의 힘이 있기 때문에 기도를 올리는 게 아닌가? 그렇다면 나도 얼굴을 들자. 나의 죄과는 이미 지나간 일. 그러나 아, 뭐라고 기도를 드려야 용서받을 수 있을까? '비열한 살인자를 용서하소서.'라고 하면 될까? 그럴 수는 없다. 나는 살인으로 말미암아 얻은 이득을 아직도 소유하고 있지 않은가? 왕관과 야심, 그리고 왕비를. 죄의 소득을 간직하고 있으면서도 용서받을 수 있을까? 이 세상의 썩은 물결 속에서는 범죄의 손도 황금으로 도금하면 정의를 밀어젖힐 수 있겠지. 부정한 수단으로 얻은 금력을 가지고 국법을 매수하는 일도 흔히 볼 수 있으니까. 그러나 천상에서는 그런 것은 통하지 않아. 죄상은 그 실체를 드러내고, 지은 죄에 대해 일일이 증거를 대면서 고백하지 않으면 안 된다. 그렇다면 어떻게 해야 좋은가? 앞으로 어떻게 하면 되는가? 회개해보자. 회개로 안 될 일이 있겠는가? 그러나 회개할 수 없는 경우에는 어떻게 하나? 아, 비참한 신세로다! 죽음같이 어두운 내 가슴! 오, 덫에 걸린 새 같은 영혼이여, 벗어나려고 몸부림칠수록 더 꼼짝할 수 없게 되었구나! 도와주소서, 천사여! 어디 한번 해보자. 자, 구부러져라, 억센 무릎아. 부드러워져라, 강철 같은 마음아, 갓난아기의 힘줄처럼 부드러워져다오. 모든 일이 잘되어주었으면…… (무릎을 꿇는다)

이때 햄릿이 알현실 쪽으로 등장, 기도하고 있는 왕을 보고 멈춰 선다.

햄릿 (복도 입구로 다가서면서) 기회는 지금이다. 마침 기도를 하고 있구나. 자, 해치우자. (칼을 빼든다) 그러면 저자는 천당으로 가고, 나는 원수를 갚게 된다. 가만있자, 이건 생각해볼 문제다. 악한이 내 아버지를 죽였는데, 그 보답으로 외아들인 내가 그 악한을 천당으로 보내? 아니, 이건 복수가 아니라 도리어 사례를 하는 일이 된다. 저자의 손에 아버지는 현세의 온갖 욕망을 짊어진 채, 죄 없이 오월의 꽃처럼 한창 피어 있을 때 살해당하지 않았는가. 그러니 저승에서 아버지의 죄에 대한 마지막 계산이 어떠했는지는 하느님밖에 누가 알 수 있겠는가? 그러나 우리 인간 세상의 기준으로 미루어 생각할 때, 무거운 벌을 받으신 게 틀림없다. 그런데 저자가 영혼을 깨끗이 씻어서 천당의 길을 떠나기에 꼭 알맞은 이때 죽이는 것이 과연 그런 아버지에 대한 복수가 되겠는가? 천만에. (칼을 다시 칼집에 꽂는다) 칼아, 참고 기다렸다가 좀 더 살기에 가득 찬 기회를 포착하라. 그가 술에 취해 잠들었을 때, 격분했을 때, 잠자리에서 추한 쾌락에 빠져 있을 때, 도박할 때, 폭언할 때, 그 밖에 전혀 구원의 여지가 없는 나쁜 짓을 하고 있을 때, 그런 때에 저자를 쳐라. 그러면 뒷발로 하늘을 차면서 지옥으로 굴러떨어질 게 아닌가. 어차피 찾아가야 할 지옥처럼 음흉한 영혼을 지닌 채…… 어머니가 기다리고 계신다. 너를 살려주지만 그것은 네 고통을 길게 끌 뿐이다. (그곳을 떠난다)

왕   (기도하던 자리에서 일어나면서) 나의 말은 하늘로 날아가지만 생각은 지상에 남아 있구나. 생각이 따르지 않는 말은 결코 하늘에 이르지 못하리라. (퇴장)

제4장

벽에 커튼이 드리워져 있고, 다른 벽 쪽에는 선왕의 초상화와 현왕의 초상화가 걸려 있다. 긴 의자와 작은 의자 몇 개가 놓여 있다. 왕비와 폴로니어스 등장.

폴로니어스 왕자님이 곧 오실 겁니다. 단단히 타이르십시오. 장난을 쳐도 분수가 있어야 하지 않겠습니까. 가운데서 전하의 역정을 간신히 막아냈노라고 말씀하십시오. 저는 이 뒤에 숨어 있겠습니다. 제발, 혼을 좀 내주십시오.

햄릿 (무대 밖에서) 어머니, 어머니, 어머니!

왕비 그럴 터이니 염려 말고 어서 숨으세요. 그 애가 오는 소리가 들려요. (폴로니어스, 커튼 뒤에 숨는다)

햄릿 등장.

햄릿 어머니, 무슨 일이십니까?

왕비 햄릿, 너의 아버님께서 너 때문에 대단히 화가 나셨다.

햄릿 어머니, 어머니 때문에 저의 아버님도 대단히 화가 나셨습니다.

왕비 아니, 그런 불성실한 대답이 어디 있느냐?

햄릿 아니, 그런 부도덕한 질문이 어디 있습니까?

왕비 왜 그러느냐, 햄릿?

햄릿 왜 그러십니까?

왕비 나를 잊었느냐?

햄릿 잊다뇨, 천만에요! 왕비이며, 남편의 동생의 아내입니다. 그리고 그렇지 않았더라면 좋았을 테지만, 저의 어머니이십니다.

왕비 계속 그렇게 나오면 너를 혼내줄 수 있는 분을 불러야겠다. (퇴장하려 한다)

햄릿 (왕비를 붙들고) 자, 자, 앉으십시오. 꼼짝도 하지 마시고. 그 마음속을 거울에 환히 비추어 보여드릴 테니까요. 그 전에는 한 발짝도 떼지 못하십니다.

왕비   어쩌자는 거냐? 나를 죽일 참이냐? 사람 살려요!

폴로니어스   (커튼 뒤에서) 큰일 났다, 사람 살려!

햄릿   (칼을 빼들고) 이건 뭐야, 쥐냐? 죽어라, 죽어! (커튼 속을 찌른다)

폴로니어스   (쓰러지면서) 아이고, 나 죽는다!

왕비   아니, 이게 무슨 짓이냐?

햄릿   모르겠습니다, 저도. 왕입니까? (커튼을 들고 보니 폴로니어스가 죽어 있다)

왕비   아, 이 무슨 난폭하고 잔인한 짓이냐!

햄릿   잔인한 짓이라구요? ……어머니, 왕을 죽인 그 동생과 결혼하는 것보다는 나을걸요.

왕비   왕을 죽인?

햄릿   네, 그렇습니다. (폴로니어스의 시체를 보면서) 경솔하게 아무 데나 참견하는 못난 바보 같으니. 좀 더 훌륭한 인간인 줄 알았는데…… 다 네 운명으로 알고 받아들여라. 너무 설치면 위험하다는 걸 이제는 알았겠지. (커튼을 놓고 왕비를 향하여) 그렇게 손만 쥐어뜯지 마시고 진정하고 앉으십시오. 제가 그 가슴을 쥐어짜드릴 테니까. 그 가슴에 도리가 통한다면 말입니다. 설마 그 망측한 행위 때문에 가슴이 놋쇠처럼 굳어져 감정이 전혀 뚫고 들어갈 수 없을 만큼 무감각해진 것은 아니겠지요.

왕비   대체 내가 무슨 행동을 했기에 네가 감히 그토록 무례하게 큰 소리로 욕을 하며 대드는 것이냐?

햄릿   여자의 정숙함과 수줍음을 더럽히고, 미덕을 위선이라 부르게 했으며, 깨끗하고 참된 연인의 아름다운 이마에서 장미꽃을 뜯어내고 그 자리에 창부의 낙인을 찍었고, 결혼의 맹세를 도박꾼의 맹세처럼 거짓

되게 하는 행동을 하시지 않았습니까? 아, 백년가약의 맹세에 담긴 정신을 저버리고, 신성한 예식을 한낱 광대극으로 만들어버리는 행동을 하시지 않았습니까? 그 행동에는 하늘도 격분하여 얼굴을 붉히고, 이 단단한 대지도 최후의 심판일이 임박한 듯이 수심에 잠겨 있습니다.

왕비 아니, 대체 뭐가 어쨌다고 이렇게 떠들고 야단법석이냐?

햄릿 (벽에 걸린 두 초상화 쪽으로 왕비를 데리고 가서) 자, 보십시오! 이 그림과 저 그림을. 같은 피를 나눈 두 형제분의 초상화입니다. 보십시오. 저 빼어나게 아름다운 얼굴을! 태양신 아폴론처럼 물결치는 머리카락과 마치 주피터 같은 이마, 주위를 억압하고 호령하는 군신 마르스 같은 눈, 하늘에 치솟은 산꼭대기에 갓 내려앉은 사신使神 머큐리 같은 의젓한 자세, 실로 이 모든 것이 조합되어 있는 모습으로서 모든 신들이 이 사람야말로 모든 남성의 모범이라고 공표한 듯한 남성, 이분이 전남편이십니다. 자, 다음에는 이쪽 그림을 보십시오. 현재의 남편입니다. 병든 보리이삭처럼 형을 말려죽인 놈입니다. 눈이 있습니까, 어머니는? 이런 아름다운 산을 버리고 이런 황무지에서 맛있는 먹이를 찾다니, 기가 막히는군! 정말 눈이 있습니까? 설마 이걸 사랑이라고 부를 수는 없겠지요. 어머니 정도의 나이가 되면 불같은 욕정도 숨이 죽어 순해지고 분별심에 복종하는 것이 아닙니까? 분별심이 있다면 여기서 이리로 자리를 옮기지는 않을 겁니다. 욕정이 있는 것을 보면 틀림없이 감각도 있을 텐데, 그러나 미치광이도 그런 실수는 하지 않습니다. 하물며 아무리 광증에 자유를 빼앗긴 감각이라도 약간의 식별력은 남아 있을 텐데, 이런 뚜렷한 차이를 구별 못하시나요? 귀신한테 홀려서 눈뜬 장님이라도 되셨단 말입니까? 감각이 없어도 눈이 있다면, 시력이 없어도 감각이 있다면, 손이나 눈이 없어도 귀가 있다면, 다른 모든 것이 없어도 코만 있다면, 혹은 비록 병든 감각일지라도 한 조각만 남아 있다면 이렇듯 망령을 부릴 수는 없었을 것입니다. 아, 수치심아, 너의 부끄러움은 어디 갔느냐? 저주받을 욕정아, 네가 중년 부인의 뼛속에서 반란을 일으킬 수 있는 것을 보니, 피 끓는 청춘 속에서 도덕이 초처럼 불에 녹아 없어지는 것도 당연하지 않겠느냐! 감당하지 못할 욕정에 빠지더라도 창피해할 것은 조금도 없다. 머리에 서리가 앉은 늙은이도 활활 타는 정욕의 불길에 휩싸이고, 이성이 욕망의 앞잡이 노릇을 하는 판이니!

왕비　오, 햄릿, 그만해라. 네 말을 들으니 비로소 이 마음속이 뚜렷이 들여다보이는구나. 내 마음속에 새겨진 이 시커먼 오점, 아무리 씻어도 지워지지 않으리라.

햄릿　아니, 지워지기는커녕 땀내 나고 기름에 전 이불 속에 들어가 욕정에 넋을 잃고, 돼지처럼 엉겨서 시시덕거리고……

왕비　오, 그만해라. 네 말이 비수처럼 내 가슴을 찌르는구나. 제발, 그만해라, 햄릿.

햄릿　살인자! 악당! 선왕의 백분의 일만도 못한 하인 같은 자식, 폭군 중의 폭군, 영토와 왕권을 가로챈 소매치기! 선반 위의 귀중한 왕관을 훔쳐다가 제 호주머니에 집어넣은 놈……

왕비　그만!

햄릿　누더기를 걸친 거지왕 같은 놈…… (이때 유령이 나타난다) 오, 하늘의 수호신들이여, 저를 구해주소서. 당신들의 날개로 저를 덮어 보호하소서! (유령에게) 무슨 일로 나오셨습니까?

왕비　오, 제정신이 아니구나.

햄릿　어물어물 때를 놓치는 우유부단한 불초 자식을 꾸짖으러 오신 것이 아닙니까? 아, 말씀하십시오!

유령　잊지 마라! 내가 이렇게 찾아온 것은 거의 무디어진 네 결심을 날카롭게 갈아주기 위해서이다. 하지만 보아라, 저 두려움에 떠는 네 어머니의 모습을. 아, 저 고민을 덜어드려라! 약한 자일수록 망상은 강하게 작용하는 법이다. 자, 어머니에게 말을 건네거라, 햄릿.

햄릿 어떠십니까, 어머니?

왕비 오, 너야말로 어찌 된 일이냐? 그렇게 허공을 노려보며 아무 실체도 없는 공기와 이야기를 하다니? 비상경보에 놀라 깬 군인처럼 네 영혼은 눈을 번득이고, 잘 빗은 머리카락이 오물통에라도 빠진 것처럼 곤두섰구나. 얘야, 진정해라. 비록 불길처럼 정신이 달아오르더라도 냉정을 되찾고 꾹 참아다오. 아니, 어디를 그렇게 노려보고 있느냐?

햄릿 저분을, 저분을 보십시오! 저렇게 창백한 얼굴로 이쪽을 바라보고 계십니다! 저 모습, 저 가슴에 맺힌 사연을 들으면 돌도 눈물을 흘릴 것입니다. 제발, 저를 그렇게 보지 마십시오. 그렇게 애처로운 표정으로 바라보시면 저의 굳은 결심이 꺾이고 맙니다. 그러면 제가 해야 할 일이 빛을 잃어 피 대신 눈물을 흘리게 될 것입니다.

왕비 누구에게 말을 하는 거냐?

햄릿 저기 아무것도 안 보이십니까?

왕비 아무것도 없잖니.

햄릿 그럼, 아무 소리도 안 들리십니까?

왕비 아니, 우리 두 사람의 말소리밖에는.

햄릿 아, 저기를 좀 보십시오! 지금 사라지고 있잖습니까! 아버님이 살아 계실 때와 똑같은 모습으로! 보십시오, 저리로 가십니다. 지금 막 문밖으로 나가십니다! (유령이 사라진다)

왕비 네 눈에 헛것이 보이는 모양이구나. 광증은 종종 그런 환상을 그려낸다더라.

햄릿 환상? 제 맥박은 어머니의 맥박과 조금도 다름없이 규칙적으로 건강하게 고동치고 있습니다. 제 말은 절대로 광증에서 나온 말이 아닙니다. 시험해보십시오. 한마디도 틀림없이 되풀이할 테니까요. 제가 미쳤다면 어디선가 빗나갈 것 아닙니까! 어머니, 제발 부탁합니다. 그렇게 양심에다 자기 위안의 고약을 발라 자기 죄를 잊고, 아들의 광증 탓이라고 말씀하시지 마십시오. 그런 고약은 헌 곳의 피부만 덮어줄 뿐, 화농은 자꾸만 속으로 파고들어가서 자기도 모르는 사이에 온몸에 퍼지고 맙니다. 죄를 하느님께 고백하십시오. 지난날의 잘못을 회개하고 앞으로는 근신하십시오. 그리고 잡초에 거름을 주어 더욱 무성하게 만드는 짓은 하지 마십시오. 용서하십시오, 이런 충고를. 이런 썩을 대로 썩은 세상에서는 정의가 부정에 용서를 구해야 한답니다. 아니, 바른 말을 하는데도 머리를 조아리며 비위를 맞춰야 하는 판입니다.

왕비 아, 햄릿, 너는 내 가슴을 둘로 갈라놓았다.

햄릿 아, 그렇다면 그 나쁜 쪽은 버리시고, 나머지 좋은 쪽으로 좀 더 깨끗하게 살아가십시오. 그럼, 안녕히 주무십시오. 그러나 숙부의 잠자리에는 가시면 안 됩니다. 정절이 없거든 있는 척이라도 하십시오. 습관은 악습에 대한 인간의 모든 감각을 집어삼키지만, 반면에 천사의 역할도 합니다. 항상 좋은 행동을 하고 있으면, 처음에는 어색한 옷 같지만 어느새 몸에 꼭 어울리게 마련입니다. 오늘 밤에는 참으십시오. 그러면 내일 밤에는 참기가 한결 쉬워지고, 그다음 날 밤에는 더욱 쉬워집니다. 이렇듯 습관은 거의 천성을 바꿀 수도 있는 신비로운 힘을 가지고 있습니다. 다시 한 번, 안녕히 주무십시오. 하느님의 자비를 구하실 때에는 저도 같이 축복의 기도를 해드리겠습니다. (폴로니어스를 가리키면서) 이 영감은 유감스럽게 되었습니다. 하지만 다 하늘의 뜻, 하느님은 이것으로 저를 벌주시고, 제 손을 빌려 이 늙은이를 처벌하셨습니다. 저는 신의 벌을 전하고 집행하는 구실을 한 것입니다. 시체는 제가 처리하지요. 그리고 이 사람을 죽인 책임은 모두 제가 지겠습니다. 그럼 다시 한 번,

안녕히 주무십시오. 자식 된 도리로 간언을 하자니 이렇게 가혹해지지 않을 수가 없었습니다. 이것은 불행의 서막이고, 더 끔찍한 일이 뒤에 남아 있습니다. (나가려다 다시 돌아서서) 한마디만 더 하겠습니다, 어머니.

왕비　나는 어떻게 하면 좋으냐?

햄릿　제가 절대로 하지 마시라고 한 말을 잊어버리고 무슨 짓이든지 하시지요. 비곗덩어리 왕이 유혹하면 다시 침실로 따라가시고요. 음탕하게 볼을 꼬집히고, '요, 귀여운 생쥐!'라고 속삭이게 하십시오. 냄새나는 입으로 두어 번 입이나 맞추고, 그 징글맞은 손가락으로 목을 만지작거리면, 그때는 다 고해 바치시지요. 실은 그 애가 미친 것이 아니라 미친 체하고 있는 것이라고. 사실대로 알려주는 것이 좋을걸요. 아름답고 정숙하고 슬기로운 왕비가 아니고서야 누가 그 두꺼비에게, 박쥐에게, 수고양이 같은 놈에게 이런 중대한 일을 끝내 숨기려고 하겠습니까? 분별이고 비밀이고 다 소용없어요. 유명한 원숭이 이야기도 있지 않습니까? 지붕에 새장을 들고 올라가서 뚜껑을 열어 새들을 다 날려보내고, 자기도 한번 날아본답시고 그 속에 기어들어가 뛰어내리다가 지붕에 떨어져 목이 부러진 얘기 말입니다.

왕비　염려 마라. 사람의 말이 입김으로 된 것이라면, 그리고 입김이 목숨으로 된 것이라면, 나는 네 말을 누설할 만한 입김도 목숨도 없다.

햄릿　저는 영국에 가야 합니다. 아십니까?

왕비　아 참, 깜박 잊고 있었구나. 그렇게 결정되었단다.

햄릿　국서는 이미 봉해지고, 독사처럼 믿음직한 제 벗 두 놈이 이미 왕명을 받았습니다. 그놈들이 길잡이가 되어서 저를 함정으로 몰고 갈 모양이지만, 해보라죠. 제 손으로 묻은 지뢰가 터져서 허공으로 날아올라가는 꼴을 구경하는 것도 재미있을 테니까. 이거 참 재미있겠는데. 외나무다리에서 원수를 만나는 셈이군. 이젠 저 친구를 처리해야겠는데, 시

체를 옆방으로 끌고 가야겠다. 그럼 어머니, 안녕히 주무십시오. 이 재
상님은 이제 겨우 조용하게 입을 다물고 엄숙해졌군요. 살아 있을 때에
는 어리석은 수다쟁이였는데…… 자, 가볼까. 이것으로 일을 끝내야지.
안녕히 주무십시오, 어머니. (시체를 끌고 퇴장. 혼자 남은 왕비는 침대 위에 엎
드려 흐느낀다)

제4막

───◆───

제1장

잠시 후 왕이 로젠크랜츠와 길덴스턴을 거느리고 등장.

왕　(왕비를 안아 일으키며) 한숨 소리를 들으니 무슨 일이 있는가 보구려. 이 깊은 탄식의 곡절을 이야기해보시오. 나도 응당 알아야 하지 않겠소. 햄릿은 어디 갔소?

왕비　잠시 우리만 있게 해주세요. (로젠크랜츠와 길덴스턴 퇴장) 아, 오늘 밤에는 참으로 끔찍한 일을 당했습니다.

왕　무슨 일이오, 거트루드? 햄릿이 무슨 짓을 했소?

왕비　파도와 바람이 서로 어느 쪽이 더 센가 겨루면서 광란하듯 미쳐버렸어요. 한참 미쳐 날뛰는데 커튼 뒤에서 무슨 소리가 나니까 획 칼을 빼들더니, '쥐새끼다, 쥐새끼!' 하면서 미치광이처럼 뒤에 숨은 노인을 찔러 죽였어요.

왕　오, 세상에, 이럴 수가! 만약 그 자리에 있었더라면 나까지 변을 당할 뻔했구려. 내버려두었다가는 나나 당신이나 할 것 없이 모든 사람이 큰 화를 입겠소. 아, 이 유혈 행위를 뭐라고 해명한단 말이오? 세상은 나를 나무랄 것 아니오. 그 젊은 미치광이를 미리 경계해서 나다니지 못하게 감금하고 외부와 접촉을 끊게 했어야 한다고 말이오. 그러나 그 애를 너무나 사랑하기 때문에 그 최후의 방법을 피하려고 했던 거요. 하지만 나쁜 병에 걸린 환자처럼 소문이 나지 않게 숨기려다가 도리어 자기 생명을 갉아먹힌 격이 되었구려. 어디 갔소, 그 애는?

왕비   자기가 죽인 시체를 치우러 나갔습니다. 하찮은 광석 속에 묻혀 있는 순금처럼, 그 광기 속에도 한 줄기 맑은 정신이 남아 있는지, 자기가 한 일에 대해서 눈물을 흘렸어요.

왕   아, 왕비, 안으로 들어갑시다! 해가 동산에 솟아오르자마자 햄릿을 배에 태워야겠소. 이 불상사는 권력과 계책으로 적당히 얼버무려서 해명하는 수밖에 없소. 여봐라, 길덴스턴! (길덴스턴과 로젠크랜츠 다시 등장) 자네 두 사람은 가서 몇 사람을 더 불러오도록 해라. 햄릿이 미쳐 날뛰다가 그만 폴로니어스를 살해하고, 제 어머니의 방에서 시체를 끌고 나간 모양이다. 빨리 가서 찾아보아라. 부드러운 말로 타일러서 시체를 예배당에 안치하도록 해라. 서둘러라, 부탁한다. (두 사람 퇴장) 거트루드, 곧 유능한 신하들을 불러서 이 갑작스런 불상사에 대해 알리고 대책을 마련해야겠소. 세상의 비방은, 포탄이 과녁을 정확히 맞히듯이 지구 끝까지 그 독설을 싣고 가는 법, 그러나 이렇게 선수를 쳐놓으면 내 명성은 맞히지 못하고 허탕만 치게 될 거요. 자, 들어갑시다! 내 마음은 갈피를 잡을 수 없고 불안할 뿐이오. (왕과 왕비 퇴장)

제2장

햄릿 등장.

햄릿　이만하면 잘 숨긴 거겠지.

로젠크랜츠, 길덴스턴　(안쪽에서) 햄릿 저하!

햄릿　가만, 저 소리는 뭐지? 누가 나를 부르나? 아, 저기들 온다.

로젠크랜츠와 길덴스턴, 호위병을 데리고 허둥지둥 등장.

로젠크랜츠　시체는 어떻게 하셨습니까, 저하?

햄릿　흙과 섞었지, 서로 동류이니까.

로젠크랜츠　어디 두셨는지 말씀해주십시오. 저희들이 찾아다가 예배당에 안치하겠습니다.

햄릿　믿지 말게.

로젠크랜츠　무엇을 말씀입니까?

햄릿　내가 자네들의 비밀은 지켜주고, 내 비밀은 누설해버리리라는 것을 말이야. 더구나 왕의 아들이 해면海綿 같은 자의 질문에 어떻게 대답할 수 있겠나?

로젠크랜츠　저를 해면으로 보십니까, 저하?

햄릿　그래. 왕의 총애와 포상과 권세를 빨아들이는 해면이지. 하기야 그런 관리들이 결국 왕에게는 가장 요긴한 인간들이지만 말이야. 왕은 그런 족속들을, 마치 원숭이가 능금을 입 한쪽에 물고 있듯이 입속에 넣어두지. 처음에는 넣고만 있다가 나중에는 삼켜버린다구. 뭔가 자네들에게 빨려놓았다가 필요할 때 꾹 짜기만 하면 되거든. 그러면 자네들은 해면이라 다시 바짝 말라버린단 말이야.

로젠크랜츠 무슨 말씀인지 모르겠습니다, 저하.

햄릿 거 반가운 일일세. 독설은 어리석은 자의 귀에는 이해되지 않으니까.

로젠크랜츠 저하, 시체를 어디다 두셨는지 말씀하셔야 합니다. 그리고 같이 왕께 가시지요.

햄릿 시체는 국왕과 함께 있지만, 국왕은 시체와 함께 있지 않도. 국왕 같은 것은……

길덴스턴 국왕 같은 것이라니요, 저하?

햄릿 아무것도 아니란 말이다. 자, 나를 그에게 안내해라. 꼭꼭 숨어라, 머리카락 보인다. (햄릿이 달려나간다. 모두 뒤를 쫓아간다)

제3장

왕이 두세 명의 중신들과 단상의 탁자에 마주 앉아 있다.

왕 그 애를 붙들어서 시체를 찾아오라고 사람을 보냈소. 마음대로 돌아다니게 내버려두었다가는 또 얼마나 위험한 짓을 저지를지 모른다오! 그렇다고 엄벌에 처해서는 안 되오. 그애는 경박한 대중들의 사랑을 받고 있으니 말이오. 대중이라는 것은 이성으로 판단하지 않고 눈으로 보아서 좋으면 가부를 결정하고, 따라서 범죄자가 받는 형벌만을 문제시하지 범죄 그 자체는 생각지 않거든. 일을 원만히 처리하기 위해서는 왕자를 급히 해외로 보내는 수밖에 없소. 심사숙고한 끝에 이같이 급한 조치를 취한 것처럼 보이게 해서 말이오. 절망적인 병은 절망적인 요법으로 치료하는 수밖에 방법이 없으니까. (로젠크랜츠와 길덴스턴, 기타 등장) 어떻게 되었느냐?

로젠크랜츠 시체를 어디다 감추셨는지 도무지 말씀하시지 않습니다.

왕 어디 있느냐, 왕자는?

로젠크랜츠 밖에 계십니다. 분부가 계실 때까지 감시를 붙여두었습니다.

왕 이리 불러오너라.

로젠크랜츠 여봐라, 저하를 모셔라!

햄릿, 호위되어 등장.

왕 자, 햄릿. 폴로니어스는 어디 있느냐?

햄릿 식사 중입니다.

왕 식사 중이라, 어디서?

햄릿 먹고 있는 것이 아니라 먹히고 있는 것입니다. 지금 정치 구더기들이 모여서 한창 먹고 있는 중입니다. 구더기란 놈은 회식의 제왕이거든요. 우리는 우리가 살찌고자 다른 동물들을 살찌게 하고, 우리가 살찌는 것은 구더기를 살찌게 하기 위한 것입니다. 살찐 왕이나 여윈 거지나 맛은 다르지만 한 식탁에 오르는 두 쟁반의 요리이지요. 그뿐입니다.

왕 아아, 아!

햄릿 왕을 뜯어먹은 구더기를 미끼로 물고기를 낚고, 그 구더기를 먹은 물고기를 사람이 먹는다는 말입니다.

왕 그게 무슨 뜻이냐?

햄릿 그저 왕이 거지 뱃속으로 행차할 수도 있다는 것을 말씀드린 것뿐입니다.

왕 폴로니어스는 어디 있느냐?

햄릿 천당에요. 사람을 보내어 알아보십시오. 천당에서 찾지 못하거든, 전하 자신이 직접 지옥에 가서 찾아보십시오. 그러나 이달 안에 찾아내지 못하시면 로비로 통하는 계단을 올라가실 때 냄새가 날 것입니다.

왕 (시종들에게) 거기 가서 찾아보아라.

햄릿 자네들이 갈 때까지 도망치진 않을 거야. (시종들 퇴장)

왕 햄릿, 이번 행동은 내가 몹시 가슴 아파하는 바이고, 또 무엇보다도 네 몸의 안전이 걱정되어 하는 말이다만, 일이 이렇게 된 이상 너를 한시바삐 이곳에서 떠나보내야겠다. 그러니 곧 떠날 준비를 해라. 배편은 이미 마련되어 있고, 때마침 순풍이며, 수행원들도 대기 중이다. 즉 영국으로 갈 준비는 모두 갖추어져 있단 말이다.

햄릿 영국으로요?

왕 그렇다, 햄릿.

햄릿 좋습니다.

왕 그래야지, 내 뜻을 알아준다면.

햄릿 그 뜻을 꿰뚫어보고 있는 천사가 눈에 보입니다. 하지만 가자, 영국으로! (절을 하며) 안녕히 계십시오, 어머니.

왕 너의 사랑하는 아버지는, 햄릿?

햄릿 어머니면 되죠. 아버지와 어머니는 남편과 아내, 남편과 아내는 일심동체 아닙니까! 그러니까 어머니면 충분하죠. (호위병들을 돌아다보며) 자, 가자, 영국으로! (호위되어 퇴장)

왕 (로젠크랜츠와 길덴스턴에게) 어서 뒤를 따라가라. 그리고 적당한 말로 꾀어 바로 배에 태우도록 해라. 머뭇거려서는 안 된다. 오늘 밤 안으로 당장 보내야겠다. 가거라! 그 밖의 절차에 대해서는 봉서에 다 적어 두었다. 서둘러다오. (왕만 남기고 모두 퇴장) 자, 영국 왕이여, 나의 호의를 존중한다면…… 나의 위대한 힘은 충분히 알고 있을 테지만, 덴마크 군의 창검이 휩쓸고 지나간 상흔이 아직도 생생하고, 또한 자진해서 충성을 맹세했던 만큼 그대가 설마 나의 엄명을 소홀히 다루지는 못할 것이다. 내용은 국서에 씌어 있다만, 햄릿을 만나는 즉시 죽여 없애라. 반드시 실행하라, 영국의 왕이여. 무슨 열병인 양 그놈이 내 핏줄 속에서 발악하는데, 그대가 나를 고쳐주어야 한다. 그 일이 끝나기 전에는 어떤 좋은 일도 결코 내게 기쁨을 주지 못하리라. (퇴장)

제4장

포틴브라스가 군대를 이끌고 진군하고 있다.

포틴브라스 부대장, 가서 덴마크 왕께 문안 여쭈어라. 그리고 포틴브라스가 전하의 재가를 얻어 영토를 지나가기를 바란다고 전해라. 우리가 만날 지점은 알고 있겠지? 만일 바라신다면 어전에 가서 경의를 표하겠다고, 그렇게 아뢰라.
부대장 분부대로 하겠습니다, 저하. (부대장 일행, 작별하고 나간다)

포틴브라스 (휘하 군대에게) 자, 조용히 전진. (부대를 거느리고 퇴장)

부대장은 도중에 항구로 향하고 있는 햄릿과 로젠크랜츠, 길덴스턴 및 호위병들을 만난다.

햄릿   여보시오, 이것은 어디 군대요?

부대장   노르웨이 군입니다.

햄릿   출정한 목적이 무엇이오?

부대장   폴란드의 일부를 공격하기 위해서입니다.

햄릿   지휘관은 누구요?

부대장   노르웨이 왕의 조카 포틴브라스입니다.

햄릿   폴란드 본토를 공격하는 것이오, 아니면 어느 국경지를 치러 가는 거요?

부대장   사실대로 말씀드리면, 명목 이외에 아무 이득도 없는 손바닥만 한 지역을 점령하러 가는 길입니다. 5더커트의 소작료만 내라고 해도, 단돈 5더커트라고만 해도, 나 같으면 그런 땅은 부쳐먹지 않겠습니다. 노르웨이 왕이나 폴란드 왕이나, 그걸 사유지로 팔아도 그 이상 이득은 얻지 못할 것입니다.

햄릿   그럼, 폴란드인들은 그까짓 땅은 수비하지도 않겠군.

부대장   웬걸요. 이미 수비대가 배치되어 있습니다.

햄릿   수천 명의 생명과 수만 더커트의 돈을 희생하더라도 이 지푸라기 같은 문제는 해결되지 않을 것이다. 나라가 부강해지고 안일에 빠지면 이런 암종이 생기게 마련이지. 속으로 곪아터지면 겉으로는 아무 증세도 나타나지 않은 채 생명을 잃고 만다! 아, 감사하오.

부대장   안녕히 가십시오. (퇴장)

로젠크랜츠   그럼, 가시지요, 저하.

햄릿   곧 따라갈 테니 먼저들 가게. (햄릿만 남고 모두 퇴장) 아, 모든 일이 나를 꾸짖고, 둔해진 내 복수심을 채찍질하는구나! 인간이란 대체 무엇인가! 인간의 주된 행위와 한평생의 삶이 단지 자고 먹는 것뿐이라면? 그렇다면 짐승과 조금도 다를 바 없지 않은가! 신이 우리들 인간에게 이렇듯 위대한 사유의 힘을 주시고 앞뒤를 살필 수 있도록 해주신 것은, 그 능력과 신 같은 이성을 쓰지 않고 곰팡이가 피도록 내버려두라고 하신 것은 아니었다. 그렇다면 짐승처럼 쉽게 잊어버리기 때문인가, 아니면 일의 결과를 너무 세밀하게 생각하는 소심한 자의 망설임 탓인가! 사유를 넷으로 나누면 그 하나만이 지혜이고 나머지 셋은 언제나 비겁함인지도 모르지. 나는 왜 '이 일은 꼭 해야 할 일이다.' 하고 되뇌기만 하면서 살아가고 있는가? 그것도 그 일을 실행할 명분과 의지와 실력과 수단을 가지고 있으면서 말이다. 대지처럼 분명한 예들이 나를 격려하고 있지 않은가. 저 군대를 보라. 수많은 인원, 막대한 비용, 더욱이 그 인솔자는 가냘픈 젊은 왕자. 그러나 그 정신은 고매한 공명심으로 가득 차 있다. 그는 예측할 수 없는 미래를 코웃음치면서, 달걀 껍데기만 한 땅을 차지하기 위해 내일을 모르는 운명과 죽음과 위험을 무릅쓰고 있지 않은가. 진정으로 위대한 행위에는 물론 그만큼 훌륭한 명분이 따라야 하지만, 사내대장부의 명예에 관계될 때에는 지푸라기만 한 사소한 문제 때문에라도 당당히 싸워야 한다. 그런데 나는 이게 무슨 꼴인가? 아버지는 살해되고 어머니는 더럽혀지고, 이만하면 이성과 피가 분기할 만도 한데 여전히 잠만 자고 있으니, 창피한 노릇이다. 보라, 저것을. 이만 군졸의 죽음이 코앞에 임박해 있지 않은가. 환상 같은 허망한 명예를 찾아 마치 잠자리에라도 가듯 무덤을 찾아가고 있지 않은가. 대군이 자웅을 겨룰 수도 없는 조그만 땅, 전사자를 묻을 무덤으로 쓰기에도 모자라는 조그만 땅 때문에 싸우려 하지 않는가! 아, 이제부터 내 마음은 피비린내 나는 일만 생각하리라, 그 밖에는 아무런 가치도 없으리라! (퇴장)

몇 주일이 지난다.

제5장

왕비, 시녀들, 호레이쇼 그리고 신사 한 사람 등장.

왕비   나는 그 애와 이야기하고 싶지 않소.

신사   꼭 만나뵙겠다고 졸라댑니다. 완전히 실성했는지, 그 모습이 여간 측은하지 않습니다.

왕비   그 애가 무엇을 원하는 것이오?

신사   자꾸 자기 아버지 이야기를 하고 있습니다. 세상에는 별의별 괴상한 일이 다 많다고 들었다면서, 헛기침을 했다가 가슴을 쳤다가 하찮은 일에도 화를 냈다가, 무슨 소린지 뜻도 잘 통하지 않는 말을 중얼거리곤 합니다. 물론 무의미한 말들입니다만, 어쩌나 애처로운지 도리어 듣는 사람의 마음을 움직인답니다. 그리하여 그들은 저마다 그럴듯하게 꿰어맞추어서 해석들을 합니다. 게다가 그 눈짓, 머리짓, 몸짓 등을 헤아려보면, 물론 확실하지는 않지만, 무슨 큰 불행이 있었다고밖에 생각할 수 없습니다.

호레이쇼 아무튼 만나서 몇 말씀 해주시는 게 좋을 듯싶습니다. 저러다 간 속 검은 사람들의 마음속에다 어떤 위험한 억측의 씨를 뿌리게 될지도 모르니까요.

왕비 그 애를 불러들이시오. (신사 퇴장. 방백) 죄악의 본성이 원래 그런 것이지만, 병든 내 영혼에는 하찮은 일 하나하나가 무슨 큰 재앙의 서곡같이 여겨지는구나. 죄지은 마음은 어리석은 두려움에 가득 차서 감추려고 애를 쓰면 쓸수록 도리어 더 나타나게 마련인 모양이다.

신사가 오필리어를 데리고 등장. 오필리어는 광란한 모습이다. 풀어헤친 머리가 어깨까지 내려오고, 손에는 류트(현악기의 일종)를 들고 있다.

오필리어 덴마크의 아름다운 왕비님은 어디 계세요?

왕비 아니, 오필리어?

오필리어 (노래를 부른다)

우리 님과 남의 님을
어떻게 알아볼꼬?
지팡이를 짚고 조가비 모자와 샌들 차림인
순례자가 바로 우리 님.

왕비 아, 얘야, 그 노래가 무슨 뜻이냐?

오필리어 무슨 뜻이냐구요? 좀 더 들어보세요. (노래한다)

님은 갔어요, 아주머니!
죽어서 이승을 떠났어요.
머리맡엔 초록빛 잔디풀
발치에는 묘석이 하나.

왕비 아니, 오필리어……

오필리어　제발 좀 더 들어보세요. (노래한다)

　　　　수의는 산꼭대기의 눈과 같이 희고……

왕이 들어온다.

왕비　아, 저애를 좀 보세요.

오필리어　(노래한다)

　　　　향기로운 꽃에 파묻혀

　　　　영원한 길 떠나가는데,

　　　　사랑의 눈물은 비 오듯 하네.

왕　무슨 일이냐, 오필리어?

오필리어　고맙습니다. 사람들이 그러는데 올빼미는 원래 빵집 딸이었
대요. 우리들은 오늘 이러고 있지만, 내일은 어떻게 될지 아무도 몰라
요. 하느님께서 전하의 식탁에 함께하시길!

왕　아버지를 생각하고 있구나.

오필리어　제발 그 얘긴 그만두세요. 하지만 사람들이 뜻을 묻거든 이렇
게 대답하세요. (노래한다)

　　　　내일은 성 발렌타인의 날

　　　　동이 트면 아침 일찍부터

　　　　이 처녀는 당신의 창 밑에 가서

　　　　사랑을 기다리고 있을게요.

　　　　총각은 일어나 옷을 입고

　　　　얼른 방문을 열어주었네.

　　　　처녀는 방으로 들어갔는데

　　　　나올 때는 처녀가 아니었다네.

왕　아니, 오필리어!

오필리어　아이 참, 잡담은 그만하고 노래를 끝내야겠어요. (노래한다)

　　아아, 이 일을 어찌하지,

　　너무나 부끄러운 내 신세!

　　아무리 남자들의 습성이지만

　　그것은 너무도 얄미운 처사.

　　자리에 쓰러뜨릴 때에는

　　백년해로를 약속하더니,

　　이제 와선 핑계가

　　네가 먼저 찾아오지 않았다면

　　정말로 결혼할 생각이었다네.

왕비　오, 세상에, 이럴 수가……

왕　언제부터 저 모양이지?

오필리어　모든 일이 잘될 거예요. 우리는 참아야 해요. 하지만 그분이 차디찬 땅속에 묻힐 것을 생각하니 울지 않을 수가 없어요. 오빠도 그걸 알게 될 거예요. 좋은 충고 말씀, 고맙습니다. 자, 마차야 가자! 안녕히 주무세요, 아주머니들. 안녕히 주무세요, 아름다운 아주머니들. 안녕히 주무세요, 안녕히 주무세요. (퇴장)

왕　뒤를 따라가 보아라. 잘 감시해야 한다. (호레이쇼와 신사, 오필리어를 따라서 퇴장) 아, 이게 모두 슬픔이 빚어낸 독이오. 모두 그 애 부친의 갑작스런 죽음 때문이오. 보시오! 오, 거트루드, 거트루드, 슬픔은 홀로 오지 않는다더니 먼저 그 애 부친이 살해되고 다음에는 햄릿이 떠났소. 하기야 불행의 장본인이니 추방도 당연한 것이지만. 백성들은 폴로니어스의 죽음에 대해서 억측이 구구하고 시비가 분분한 모양이오. 나도 경솔한 짓을 했소. 그 시체를 쉬쉬해가며 허겁지겁 묻어버렸으니. 가엾은 오필리어는 실성하여 판단력을 잃었소. 이제 그 애는 말만 사람이지 몰골은 허깨비나 짐승과 다를 바 없구려. 그런데 이 모든 것보다 중대한 일은, 오필리어의 오라비가 몰래 프랑스에서 귀국했다는데, 의혹에 싸여서인지 도무지 모습을 나타내지 않는다는 것이오. 부친의 죽음에 대한 역병 같은 소문을 그의 귀에 속살거려주는 무리들이 어찌 없겠소. 그렇게 되면 진상이 애매한 까닭에 반드시 나에 대한 비난이 귀에서 귀로 거침없이 번져갈 것이오. 아, 거트루드, 이 비난이 죽음의 화살처럼 온몸에 박혀 마침내 나는 목숨을 잃고 말 것이오. (이때 밖에서 요란스런 소리가 들려온다)

왕비 아, 이게 무슨 소리죠?

왕 (큰 소리로) 여봐라! (시종 한 사람이 등장) 호위병들은 어디 갔느냐! 문을 지키라고 해라. 대체 무슨 일이냐?

시종 전하, 어서 피하십시오! 바닷물이 해안을 넘어 무서운 기세로 평지를 덮치듯이, 레어티스가 폭도를 거느리고 들이닥쳐 호위병들을 위압하고 있습니다. 폭도들은 그놈을 왕이라고 부르고 있습니다. 마치 이 세계가 지금 막 시작되는 것처럼 온갖 질서의 기준이자 기둥인 과거를 잊고, 관습도 아랑곳없이 입을 모아 '우리의 레어티스를, 레어티스를 왕으로 모시자!' 하고 고함치고 있습니다. 그리고 모자를 공중에 내던지고 손뼉을 치며 하늘이 무너져라고 '레어티스를 왕으로! 레어티스가 왕이다!' 하고 외치고 있습니다. (안에서 함성이 점점 더 높아진다)

왕비 제 딴에는 의기양양하게 짖어대지만 냄새를 잘못 맡았어! 방향을 잘못 짚었단 말이야, 이 못된 덴마크의 개들아!

왕 문이 부서지는구나.

레어티스, 무장을 하고 난입한다. 그 뒤로 군중이 따라 들어온다.

레어티스 왕은 어디 있느냐? 여러분은 밖에서 기다리시오.

군중 아닙니다, 우리도 들어가겠습니다.

레어티스 제발, 이 일은 내게 맡겨주시오.

군중 그러지요, 기다리겠습니다. (군중, 모두 문밖으로 물러간다)

레어티스 고맙소. 그럼, 문을 지켜주시오. 이 흉악한 덴마크 왕아, 우리 아버지를 내놔라!

왕비 진정해라, 레어티스.

레어티스 진정할 수 있는 피가 내 몸에 한 방울이라도 남아 있다면 나는 우리 아버지의 자식이 아닐 테고, 아버지는 간통한 남편이 되며, 진실한 우리 어머니의 정숙한 이마에는 창녀의 낙인이 찍히게 될 것이다. (앞으로 다가간다. 왕비가 그를 가로막는다)

왕 레어티스, 무슨 이유로 이렇게 엄청난 반역을 도모하느냐? 내버려 두시오, 거트루드. 나의 신상은 염려 마시오. 국왕의 일신은 신의 가호가 둘러싸고 있으니, 설령 역신이 나쁜 뜻을 품고 기웃거린다 해도 그 뜻을 이루지는 못하는 법이오. 말해라, 레어티스. 왜 그렇게 분개하고 있느냐? 내버려두시오, 거트루드. 자, 말해라.

레어티스 우리 아버지는 어디 있소?

왕 죽었다.

왕비 하지만 왕이 어떻게 한 것은 아니다.

왕 뭐든 물어보게 내버려두시오.

레어티스 어떻게 돌아가신 거요? 나를 속일 생각은 마시오. 충성 따위는 지옥으로나 가라지! 군신의 맹세도 흉측한 악마에 주겠다! 양심도, 신앙도 모두 지옥의 구렁텅이 속에 떨어져라! 나는 저주받아도 좋다. 똑똑히 말해두지만, 현세고 내세고 내가 알 바 아니다. 될 대로 되란 말이다. 그러나 내 아버지의 원수만은 기어이 갚고야 말겠다.

왕 누가 막는다더냐?

레어티스 천하가 다 덤벼도 못 막는다, 내가 그만두기 전에는. 비록 내 힘이 모자란다 해도 온갖 수단과 방법을 다해서 기어이 끝까지 해내고 말 테다.

왕 레어티스, 네 아버지의 죽음에 대해서 확실한 것을 알고 싶다면 그래서는 안 된다. 마치 미친 노름꾼이 판돈을 몽땅 긁어가듯 친구와 원수, 이긴 자와 진 자를 가리지 않고 닥치는 대로 해치우는 것이 네가 다짐한 복수 방법인가?

레어티스 물론 아버지의 원수에게만 복수하겠다.

왕 그럼, 원수를 알고 싶은가?

레어티스 친구는 이렇게 두 팔을 크게 벌리고 맞이하겠다. 제 피로 새끼를 기른다는 펠리컨처럼 내 피를 가지고 대접하리라.

왕 이제야 너도 기특한 자식답고 훌륭한 신사답게 옳은 말을 하는구나. 네 아버지의 죽음에 대해서 나는 아무런 죄가 없을 뿐만 아니라, 누구보다도 깊이 슬퍼하고 있다. 이는 밝은 햇빛이 네 눈에 찾아들듯 뚜렷이 알게 될 것이다.

군중 (밖에서) 저 여인을 안으로 들여보내라!

레어티스 뭐야, 저게 무슨 소리지? (오필리어가 손에 꽃을 들고 다시 등장) 아, 이 몸의 열기야, 나의 뇌수를 바짝 말려버려라! 눈물아, 일곱 배로 짠 소금이 되어 내 눈의 시력을 태워버려라! 하늘에 맹세코 너를 미치게 만든 원수는 저울대가 기울도록 넉넉히 갚아주마. 아, 오 월의 장미, 귀여운 처녀, 다정한 누이, 아름다운 오필리어! 아, 이럴 수가! 젊은 처녀의 이성이 노인의 목숨처럼 이렇게 시들 수도 있는가? 부모를 사랑하는 자식의 정은 아름다워서, 그 사랑하는 이를 위해 자기의 소중한 것을 내버리게 마련인가.

오필리어 (노래한다)

얼굴도 덮지 않고 관에 얹어 떠메고 갔지.

무덤에는 눈물이 억수같이 쏟아지네……

나의 소중한 분, 안녕히!

레어티스 네가 멀쩡한 정신으로 복수를 애걸한다 해도 이렇게 내 마음을 움직이지는 못했을 거다.

오필리어 노래를 부르세요. '묘석은 젖어들고' 하는 노래 말이에요. 그분은 지하에 파묻혔으니까요. 오, 물레바퀴에 장단이 잘도 맞네! 주인집 딸을 훔친 것은 못된 하인이었대요.

레어티스 그 뜻 없이 지껄이는 말이 내게는 더 뼈저리게 느껴지는구나.

오필리어 (레어티스에게) 로즈메리가 여기 있어요. 이건 잊지 말라는 표시예요. 제발, 잊지 마세요…… 그리고 이 팬지는 생각해달라는 꽃이고요.

레어티스 미쳐서도 훈계로구나! 제발 잊지 말라고. 옳은 말이다.

오필리어 (왕에게) 전하께는 이 회향꽃과 매발톱꽃을 드리겠어요. 왕비님께는 운향을 드릴게요. 저도 좀 갖고요. 이것은 안식일의 꽃이랍니다. 아, 왕비님이 이 꽃을 달 때는 저와는 좀 다른 뜻으로 다셔야 해요. 데이지도 있어요. 제비꽃을 좀 드리고 싶지만, 그 꽃은 모두 시들어버렸어요. 우리 아버지가 돌아가시던 날이에요. 우리 아버지는 훌륭하게 돌아가셨대요. (노래한다)

귀여운 파랑새만이 나의 기쁨……

레어티스 수심과 번민과 고뇌와 지옥의 가책까지도 너의 마음속에서는 즐겁고 아름다운 것이 되어버리는구나.

오필리어 (노래한다)

다시는 오지 않으시려나?

다시는 오지 않으시려나?

아니, 아니, 돌아가셨으니

죽음의 침실로 가셨으니

결코 다시 오시지 않는다네.

백설 같은 흰 수염 늘어뜨리고

하얀 백발 나부끼던 분

머리는 아마 같은 분,

이제 영영 가셨으니

한탄한들 다시 오리.

하느님, 불쌍히 여기소서!

그리고 여러분의 영혼에도 축복이 내리시길 하느님께 빌겠어요. 안녕히 계세요. (퇴장)

레어티스　오, 하느님! 저 모습을 보셨나이까?

왕　레어티스, 너의 그 슬픔을 나도 나누어갖고 싶다. 거절할 까닭은 없을 게다. 그럼, 물러가서 네 친구 가운데 누구든지 좋으니 가장 똑똑한 사람을 불러다가 그로 하여금 너와 내 말을 듣고 판단을 해보게 하자. 만약 이번 사건에 직접, 간접으로 내가 손을 댄 혐의가 드러날 때는, 나의 왕국도, 왕관도, 그 밖에 내가 소유한 모든 것을 그 보상으로 네게 넘겨주겠다. 그러나 그렇지 않을 경우에는 진정하고 내 말을 들어야 한다. 그러면 너와 힘을 합쳐서 너의 원한이 풀리도록 힘써주마.

레어티스　좋소, 그렇게 합시다. 아버지의 죽음, 은밀한 장례식, 게다가 유해를 장식한 투구도 칼도 없었다고 하니 억울한 혼령의 원성이 천지에 진동하는 듯합니다. 나는 기어이 진상을 밝히고야 말겠습니다.

왕　그래야지. 그리고 죄 있는 곳에 응징의 철퇴를 내리쳐라. 자, 같이 안으로 들어가자. (두 사람 퇴장)

제6장

호레이쇼와 시종 한 사람 등장.

호레이쇼 어떤 사람이오, 나를 만나고 싶다는 사람들이?

시종 선원들입니다. 편지를 가지고 왔다고 합니다.

호레이쇼 들여보내시오. (시종 퇴장. 방백) 외국에서 편지를 보내올 사람이 없는데, 햄릿 저하 말고는.

시종이 선원들 몇 명을 안내해온다.

선원 안녕하십니까?

호레이쇼 안녕하시오?

선원 네, 여기 편지를 한 장 가지고 왔는데요…… 영국으로 가는 사절께서 보내신 편지입니다. 댁이 바로 호레이쇼라는 분입니까? 그렇게 알고 왔습니다만.

호레이쇼 (편지를 받아서 읽는다) '호레이쇼 군, 이 편지를 받아보거든, 이 사람들을 국왕과 만날 수 있도록 해주게. 그들은 왕에게 전할 편지를 가지고 있네. 우리는 출항한 지 이틀도 채 못 되어 무장한 해적단의 추격을 받았네. 우리 배가 속력이 느린 것을 깨닫고 부득이 용기를 다하여 싸웠는데, 배가 맞닿았을 때 나는 해적선으로 옮겨 탔다네. 그 순간 그 해적선은 우리 배에서 떨어져나와 결국 나 혼자만 포로가 되고 말았네. 그들은 의적처럼 나를 대우해주었네. 실은 다 나를 이용하여 후에 덕을 보자는 속셈에서 그런 것이지만. 별봉한 편지는 꼭 국왕의 손에 들어가게 해주게. 그리고 자네는 죽음에서 도망치기라도 하듯 재빨리 나한테로 달려오게. 자네에게 할 말이 있어서 그러는데, 이야기를 들으면 자네는 놀라서 말문이 막힐 걸세. 하지만 편지로는 사건의 중대함을 도저히 전할 수 없네. 이 사람들이 내가 있는 곳으로 안내해줄 걸세. 로젠크랜츠와 길덴스턴은 계속 영국으로 가고 있네. 잘 있게. 이 두 사람에 관해서도 할 이야기가 많네. 잘 있게. 참된 마음의 친구 햄릿.' (선원들에게)
자, 가져온 편지를 국왕께 전하도록 알선해드릴 테니 이리들 오시오. 되도록 빨리 전달하고 나를 안내해주시오, 그 편지를 보내신 분에게로.
(일동 퇴장)

제7장

왕과 레어티스가 들어온다.

왕 이제는 나에게 아무 죄도 없다는 것을 알았으니 나를 너의 둘도 없는 친구로 알아야 하느니라. 이제 들어서 잘 알았을 것이지만, 소중한 네 아버지를 살해한 자는 내 생명까지도 노리고 있다.
레어티스 그런 것 같습니다만, 그러나 왜 곧 처벌하지 않으셨습니까? 응당 처벌하셔야 할, 실로 놀랄 만한 큰 죄가 아닙니까? 전하의 안전으로 보나 권위나 분별, 그 밖의 어떤 점으로 보더라도 엄중히 처벌하셔야 마땅할 줄 압니다.

왕 아, 두 가지 특별한 이유가 있다. 너에게는 하찮게 보일지도 모르나 나에게는 아주 중대한 이유가 된다. 그 녀석의 어머니인 왕비는 그의 얼굴을 보는 것을 유일한 낙으로 생각하고 있다. 또 나로 말하면, 이게 내 장점인지 단점인지는 모르겠다만, 아무튼 왕비는 내 목숨과 영혼에 너무나 굳게 맺어져 있어서, 별이 궤도를 떠나 움직이지 못하듯이 나도 왕비 없이는 살 수가 없구나. 내가 그를 공공연하게 재판하여 처벌하지 못한 또 하나의 이유는, 일반 백성들이 그를 지극히 사랑하고 있기 때문이다. 백성들은 그 녀석의 허물을 애정 속에 담아놓고 보기 때문에, 마치 나무를 돌로 변하게 하는 화석천化石泉처럼 그놈에게 쇠고랑을 채워도 도리어 장신구로 보고 칭찬할 것이 분명하다. 그러니 내가 쏜 화살은 거센 바람에 부딪혀 겨냥했던 곳으로 날아가기는커녕 내게로 되돌아오고 말 것이다.

레어티스 그 때문에 나는 소중한 아버지를 잃고, 누이는 절망적인 상태에 빠지고 말았습니다. 이제는 칭찬해야 아무 소용도 없지만, 누이는 인품이 나무랄 데 없고 어느 시대에나 자랑할 수 있는 완벽한 여인이었습니다. 내 기어이 이 원수를 갚고야 말겠습니다.

왕 안심하고 잠이나 편히 자도록 하라. 위험한 놈이 와서 내 수염을 잡아당기는데도 재미있어할 만큼 나를 둔한 바보라고 생각해서는 안 된다. 차차 더 자세히 이야기하겠다. 나는 네 아버지를 사랑했다. 물론 나 자신도 사랑하고. 이쯤 말해두면 너도 짐작이 갈 테지…… (이때 사자가 두 통의 편지를 들고 등장) 왜 그러느냐? 무슨 소식이냐?

사자 햄릿 왕자님의 편지입니다. 이것은 전하께, 이것은 왕비님께 올리는 것입니다.

왕 햄릿한테서? 누가 가지고 왔느냐?

사자 선원들이라고 합니다. 제가 직접 만난 것이 아니라 클로디오가 편지를 전해주었습니다. 그가 선원들한테서 직접 받았나 봅니다.

왕 레어티스, 너도 들어보아라. 너는 물러가고. (사자 퇴장. 편지를 읽는다) '지고 지대하신 국왕께 아룁니다. 저는 알몸으로 전하의 영토에 상륙했습니다. 내일 배알의 영광을 얻고자 하오며, 그때 허락해주신다면 이렇듯 갑자기 기이하게 귀국하게 된 연유를 상세히 아뢰겠습니다. 햄릿 올림.' 이게 무슨 영문이냐? 다른 일행도 다 돌아왔을까? 혹은 무슨 속임수 같은 것일까?

레어티스 글씨를 알아보겠습니까?

왕 햄릿의 글씨다. '알몸으로'라! 또 여기 추신에다 '혼자서'라고 했구나. 무슨 까닭인지 짐작이 가느냐?

레어티스 통 까닭을 모르겠습니다, 전하. 그러나 얼마든지 오라죠! 이제 무거운 가슴속이 후련해집니다. 제가 살아서 그놈을 맞대놓고 '이놈, 너도 맛 좀 봐라!' 하고 쏘아줄 수 있게 되었으니까요.

왕 이것이 사실이라면, 레어티스…… 그런데 어떻게 돌아왔을까? 설마 낭설은 아니겠지? 너는 내가 하라는 대로 하겠느냐?

레어티스 네, 전하. 가만히 있으라는 무리한 말씀만 아니시라면.

왕 네 마음을 편하게 해주려는 거다. 만약 그놈이 항해 도중에 돌아와 다시 떠날 생각이 없을 때는, 내가 전부터 생각해온 계략을 써야겠다. 이 계략에 걸리면 그놈도 쓰러질 수밖에 없을 것이다. 더욱이 이 계략이면 그놈이 죽어도 나에 대한 비난의 바람은 조금도 불지 않을 것이며, 심지어 그 어미까지도 진상을 꿰뚫어보지 못하고 그저 우연한 사고라고 생각할 것이다.

레어티스 전하, 분부대로 하겠습니다. 저를 그 계략의 수단으로 이용해주신다면 더욱 기쁘겠습니다.

왕 일이 제대로 되어가는구나. 실은 네가 외국으로 떠난 뒤 너의 그 뛰어난 재주에 대해서 칭찬이 자자했었다. 이 칭찬은 햄릿의 귀에도 들어갔지. 그런데 너의 재주를 모두 합친 것보다도 특히 그 한 가지 재주를 햄릿은 시기하는 모양인데, 내가 보기에는 네 재주 중에서도 가장 하찮은 것이더라만……

레어티스 무슨 재주 말씀이십니까, 전하?

왕 그것은 젊은이의 모자를 장식하는 띠 같은 것에 지나지 않지만 역시 없어서는 안 될 물건이지. 말하자면 청년들에게는 화려하고 멋진 옷이 어울리고, 침착한 노인들에게는 역시 수달피 외투가 건강에나 관록에 어울리지 않느냐. 실은 두 달 전에 노르망디에서 어떤 신사가 이곳에 찾아왔었다. 나도 과거에 프랑스인들을 만나도 보고, 또 그들과 싸워도 보았다만, 그들의 기마술은 대단하더구나. 그런데 이 신사가 씩씩한 기마술의 진수를 보여주지 않았겠느냐. 몸이 안장에서 돋아났다고나 할까. 어찌나 신기한 재주를 부리는지 사람이 거의 그 용감한 말의 일부가 된 것만 같았다. 실로 상상도 못할 명수였어. 그런 묘기를 이 눈으로 직접 보기 전에는 도저히 생각도 못할 정도였다.

레어티스 노르망디 사람이었습니까?

왕 바로 음, 노르망디 사람이다.

레어티스 라모드가 틀림없습니다.

왕 바로 그렇다.

레어티스 그 사람이라면 저도 압니다. 그 사람은 정말 프랑스의 꽃이요, 보석입니다.

왕 그 사람도 네 재주를 솔직히 인정하고 극구 칭찬하기를, 검술에 있어서, 특히 세검細劍에 있어 으뜸이라고 하면서, 네 상대가 되는 사람이 있다면 참으로 볼 만한 시합이 될 것이라고 공언하더라. 그리고 자기 나라 검객들도 너와 맞서면 동작이나 방어나 눈초리도 무엇 하나 제대로 되지 않을 것이라고 그러더구나. 이러한 칭찬을 듣자 햄릿이 어찌나 샘을 내던지 네가 빨리 귀국해서 한번 대결하고 싶다고 오직 그것만을 바라고 있었다. 그래서……

레어티스 그래서 무엇입니까, 전하?

왕 레어티스, 너는 아버지를 진정으로 사랑했느냐, 아니면 슬픔은 겉치레뿐이고 마음은 다른 것이냐?

레어티스 왜 그런 말씀을?

왕 네가 선친을 사랑하지 않았다는 게 아니라, 사랑의 시작에는 시간이 필요한 것이고, 또 내 경험으로 미루어볼 때 시간이 사랑의 불꽃을 세게도 하고 약하게도 한다고 생각되기 때문에 하는 말이다. 사랑의 불꽃, 바로 그 속에는 까맣게 탄 일종의 심지 같은 것이 들어 있어서, 이것이 불길을 약하게 만들지. 세상사란 한결같이 좋게만 지속되지는 않는 법이다. 좋은 일도 도가 지나치면 도리어 스스로 자멸하고 만단다. 그러니 한번 하겠다고 생각한 일은 바로 실행해야 한다. 그렇지 않으면 이 '하겠다'는 마음 자체가 변하거든. 세상 사람들의 그 많은 입방아와 방해에 부딪혀 약해지고 지체되기 십상이다. 그렇게 되면 이 '해야 한다'는 생각도 정력을 낭비하는 탄식과 같아서 일시적인 위안이 될지 모르나 결국 몸에는 해롭다. 골자만 말한다면, 햄릿이 돌아온다. 그가 돌아오면 너는 어떻게 할 참이냐? 네가 아버지의 자식이라는 것을 말로만이 아니라 행동으로 보여주기 위해서 말이다.

레어티스 교회당 안에서라도 그놈의 목을 자르겠습니다.

왕 진정 아무리 신성한 곳이라도 살인자에게 피난처를 제공해서는 안 되지. 복수는 장소의 제한을 받지 않는다. 하지만 레어티스, 이렇게 하지 않겠느냐? 방 안에 틀어박혀 있거라. 햄릿이 돌아오면 네 귀국을 알리고 네 재주를 자자하게 칭찬하되, 그 프랑스인의 찬사보다 한술 더 떠서 네 명성을 더욱 빛나게 하는 거야. 그래서 결국 내기를 걸게 하여 시합으로 승부를 가리는 거지. 햄릿은 조심성이 없는데다 대범하고, 순진해서 술책이라는 걸 모르는 위인이니까, 시합에 쓸 칼을 잘 살펴보지도 않을 것이다. 그러니 손쉽게, 아니 잠깐 눈을 속여서 네가 진짜 예리한 칼을 골라 쥐고 그것으로 멋지게 한번 찔러 선친의 원수를 갚으란 말이다.

레어티스 그렇게 하겠습니다. 그리고 뜻을 이루기 위해 칼 끝에 독약을 칠하지요. 실은 어떤 돌팔이 의사에게서 독약을 샀는데, 어찌나 효력이 강한지 그걸 조금 바른 칼 끝에 살짝 스치기만 해도 목숨을 잃게 됩니다. 달밤에 채취한 약초로 만든 제아무리 효험이 큰 진귀한 명약이 있어도 목숨을 구할 도리가 없습니다. 제 칼 끝에 그 독약을 칠해놓겠습니다. 그것으로 피부를 슬쩍 긋기가 무섭게 그놈은 이 세상을 하직할 것입니다.

왕 그 점은 좀 더 생각해보자. 언제 어떻게 하는 것이 우리 계획에 가장 적절한지 숙고해보자는 말이다. 만약 실패하여 졸렬하게 계략이 탄로 날 바에야 차라리 일을 시작하지 않는 편이 좋으니까. 그러므로 이일이 도중에서 좌절되는 경우에 대비하여 미리 제2의 수단을 강구해놓아야 한다. 가만있자, 두 사람의 기량에 대해서는 어디까지나 공정하게 내기를 한다고 하고…… 옳지! 시합에 열을 올리다 보면 땀이 나고 목도 마를 테지. 또 그렇게 되도록 가능한 한 맹렬하게 시합을 해줘야만 한다. 그러면 그놈은 마실 것을 청할 테니까, 그때 내가 미리 준비해놓은 잔을 내주는 거야. 그놈이 운 좋게 독 묻은 칼을 피한다고 해도 그 물 한 모금만 마시면 우리의 목적은 이루어진다. ……그런데 가만, 저게 무슨 소리냐?

왕비가 울면서 들어온다.

왕비　재앙이 꼬리를 물고 일어나는군요. 네 누이가 물에 빠져 죽었다, 레어티스.

레어티스　물에 빠졌다고요? 오, 어디서요?

왕비　하얀 잎사귀를 거울 같은 수면에 비추며 비스듬히 서 있는 버드나무 한 그루가 있는데, 그 애는 거기서 미나리아재비와 쐐기풀, 데이지, 자란 등을 꺾어서 이상한 화관을 만들었다. 이 자란을 무식한 목동들은 상스러운 이름으로 부르지만, 얌전한 처녀들은 죽은 사람의 손가락이라고들 부르지. 아무튼 그 화관을 늘어진 버드나무 가지에 걸려고 올라갔다가 심술궂은 은빛 나뭇가지가 부러지는 바람에 화관과 함께 출렁이는 시냇물 속에 떨어지고 말았다는구나. 그 애의 옷자락이 활짝 펴져서 마치 인어처럼 물 위에 둥실 떠 있었단다. 그동안에 그 애는 옛 찬송가를 토막토막 불렀는데, 절박한 불행도 아랑곳없이, 마치 물에서 자라 물에서 사는 생물처럼 보였다는구나. 하지만 그게 오래갈 리 없지. 옷에 물이 배어 무거워지자 그 가엾은 것은 물속의 진흙 사이로 끌려들어가고 아름다운 노래도 끊어지고 말았다지 뭐냐.

레어티스　아, 그리고 죽었습니까?

왕비　그래, 물에 빠져 죽고 말았다!

레어티스　가엾은 오필리어, 너는 이미 너무 많은 물을 먹었으니 나는 결코 눈물은 쏟지 않겠다. 그러나 이것도 인간의 정, 자연히 흐르는 눈물이야 어찌할 수 없구나. 세상이야 뭐라고 욕하든, 눈물을 흘리고 나면 여자 같은 마음도 사라지겠지. 안녕히 계십시오, 전하! 하고 싶은 말이 불길처럼 타오르려 합니다만, 이 어리석은 눈물에 젖어 자꾸만 꺼지고 마는군요! (퇴장)

왕   따라가 봅시다, 거트루드. 저 녀석의 분노를 가라앉히려고 내 얼마나 진땀을 뺐는지! 다시 재발할까 두렵소. 그러니 쫓아가 봅시다. (두 사람, 레어티스의 뒤를 쫓아간다)

제5막

제1장

갓 파놓은 무덤, 노송나무가 몇 그루 있고 묘지 입구가 보인다. 두 명의 어릿광대(산역꾼)가 삽과 곡괭이를 들고 등장하여 파기 시작한다.

광대 1   이렇게 그리스도교 식으로 묻어도 되는 건가, 스스로 목숨을 끊어 세상을 떠난 여자를.

광대 2   괜찮다는군그래. 그러니까 어서 파기나 하라구. 검시관이 시체를 살펴보고 나서 그리스도교 식으로 묻어도 좋다는 결정을 내렸으니까.

광대 1   어떻게 그럴 수가 있나? 자기 몸을 지키려고 어쩔 수 없이 물속에 뛰어든 것도 아닌데.

광대 2   아무튼 그렇게 판결이 났어.

광대 1   그렇다면 이건 '정당행위'겠구먼. 그게 틀림없지. 요는 말이야, 가령 내가 일부러 빠져 죽었다면 이건 하나의 행위가 되거든. 그런데 행위에는 세 가지 순서가 있어. 말하자면 행동하고, 수행하고, 실천하는 거지. 그러니까 이 여자는 일부러 빠져 죽은 거야.

광대 2 하지만 여보게, 내 말 좀 들어봐.

광대 1 가만있어. 여기 물이 있다고 하자. 그리고 여기 사람이 있다고 하세. 알았지? 그런데 만약 이 사람이 물가로 와서 빠져 죽는다면 그것은 어찌 되었든 간에 그가 스스로 죽은 거야. 알겠나? 그런데 만약에 물이 와서 사람을 빠뜨려 죽인다면 그건 자기가 죽은 게 아냐. 그러니까 자살하지 않은 자는 제 손으로 목숨을 끊은 게 아니란 말이야.

광대 2 그게 법률이라는 건가?

광대 1 암, 물론이지. 검시관의 검시법이라는 거지.

광대 2 사실을 알려줄까? 만약 이게 귀족 집안의 아가씨가 아니었다면 이렇게 그리스도교 식으로 묻히지는 못했을 거야.

광대 1 허, 옳은 말 한마디 하는군. 더욱 애석한 건, 이 세상은 같은 그리스도교 신자라도 귀족들이 물에 빠져 죽거나 목을 매달아 죽기 편하게 되어 있으니 말이야. 자, 내 삽이나 이리 주게. 그런데 말이야, 귀족 집안치고 조상이 정원 손질하고, 도랑치고, 산역꾼 일을 하지 않은 사람이 어디 있나. 그네들은 다 아담의 직업을 물려받았단 말이야. (파놓은 무덤 구덩이에 들어가본다)

광대 2 아담도 귀족이었나?

광대 1 암, 그 사람은 이 세상에서 제일 먼저 땅을 가졌던 귀족이지.

광대 2 아니야, 안 가졌어.

광대 1 뭐? 그러고도 신자라고! 성경에서 뭘 읽었나? 성경 말씀에 '아담이 팠노라.' 하지 않았나. 땅 없이 어떻게 파? 하나 더 물어보지. 똑바로 대답하지 못할 때는 참회하고……

광대 2 이거 왜 이래?

광대 1 석수나 목수나 조선공보다 더 튼튼한 걸 만드는 사람이 누군가?

광대 2   그야, 교수대 만드는 사람이지. 교수대는 천 명이 빌려 써도 끄떡없거든.

광대 1   거참, 말 잘했다. 교수대라니 근사한 대답이야. 하지만 어떻게 그것이 근사한가? 나쁜 짓 하는 놈들은 근사하게 처리해주지. 그런데 교수대를 예배당보다 튼튼하다고 말하는 건 잘못이야. 그러니까 자네는 교수대감이란 말이야. 자, 다시 대답해봐.

광대 2   석수나 목수나 조선공보다 더 튼튼한 걸 만드는 사람이 누구냐고?

광대 1   그래, 대답해봐. 그러고 나서 얼른 짐을 벗고 쉬게.

광대 2   옳지, 알았다.

광대 1   말해봐.

광대 2   제기랄, 모르겠는걸.

광대 1   없는 머리 그만 짜게나. 둔마를 아무리 채찍질해봤자 속력이 날 리 없으니까. 이번에 다시 그런 질문을 받거든 '무덤 파는 산역꾼'이라고 대답하게. 산역꾼이 만든 집은 최후의 심판날까지 견디니까 말이야. 자, 저기 요한의 집에 가서 술이나 한 병 받아오게. (광대 2 퇴장)

선원 차림의 햄릿과 호레이쇼 등장.

광대 1   (무덤을 파면서 노래한다)
    젊은 시절에는 사랑을 했네.
    참으로 달콤한 사랑을 했네.
    당장 죽어도 여한이 없고,
    그보다 더 좋은 일은 없는 줄로만 알았네.

햄릿   이 친구는 자기가 하고 있는 일이 무엇인지도 모르는 모양이군.

무덤을 파면서 노래를 부르다니.

호레이쇼   이 일에 익숙해져서 아무렇지도 않게 된 모양입니다.

햄릿   그런가 보군. 쓰지 않은 손일수록 더 예민한 법이니까.

광대 1   (노래한다)

> 그러나 노령이 슬며시 찾아와서
> 손아귀에 나를 휘어잡아
> 차가운 땅속에 밀어넣었으니
> 사랑에 빠졌던 옛날이 꿈만 같구나.

   (해골 하나를 집어던진다)

햄릿   저 해골 속에도 한때는 혀가 있었고, 노래를 부를 수 있었겠지. 그런데 저 녀석은 인류 최초로 사람을 죽였던 카인의 살인 도구인 노새의 턱뼈나 되는 것처럼 저것을 땅에 마구 내동댕이치는구나! 지금은 저 바보한테 마구 취급당하고 있지만 원래는 정치가의 머리였는지도 몰라. 하느님을 골탕 먹이는 책사의 머리 말이야, 그렇잖은가?

호레이쇼   그럴지도 모릅니다, 저하.

햄릿   혹은 또 어떤 조신의 것인지도 모르지. '밤새 안녕하십니까, 나리? 요새 편안하십니까, 나리?' 하고 지껄이곤 했을지도 몰라. 또는 어떤 귀족의 말이 탐이 나서 그 말을 칭찬한 어느 벼슬아치의 머리인지도 모르지. 그렇잖은가?

호레이쇼   네, 저하.

햄릿   틀림없어. 지금은 구더기 마님의 신세를 지고 턱뼈는 없어진 채 산역꾼의 삽에 얻어맞고 있지만 말이야. 이것이야말로 덧없는 세상사에 대한 훌륭한 본보기지. 우리가 간파할 눈만 가졌다면 말이야. 이 뼈들은 결국 아이들의 던지기 장난감이 되기 위해서 태어났단 말인가? 그걸 생각하니 내 뼛골이 지끈지끈 아파지는구나.

광대 1 (노래한다)

곡괭이 한 자루에 삽이 한 자루,

수의도 한 벌 있어야 하지.

이런 손님 모시기에 꼭 알맞은

흙구덩이를 파자꾸나.

(또 하나의 해골을 집어던진다)

햄릿 또 하나 나왔다. 저것이 법률가의 해골이 아니라고 할 수도 없지. 그렇다면 그 능숙한 궤변과 변설은 지금 어디 갔는가? 그 소송은, 소유권은, 계략은 다 어디 갔는가? 그는 이 무례한 녀석에게 더러운 삽으로 얻어맞고도 왜 가만히 있는가? 왜 폭행죄로 고소하겠다고 말하지 않는가? (해골을 집어들고) 흠! 이자는 살아 있을 때 많은 토지를 사들인 놈인지도 모르겠군. 담보 증서, 소유권 변경 소송, 이중 증인, 토지 양도 소송 등 갖가지 수단을 다 동원해서 말이야. 그런데 그 소유권 변경 소송과 토지 양도 소송의 결과가 이 훌륭한 머릿속에 흙을 가득 채우는 일이란 말인가? 그 증인들은, 심지어 그 이중 증인들조차도 무엇을 증언하겠는가? 두 통을 만들어서 나누어 가진 매매계약서의 크기만도 못한 매매밖에 더 증언하겠는가? 그런데 이 통에야 어디 (해골을 가볍게 두드리면서) 그 토지 양도 증서만이라도 다 들어가겠나? 더구나 토지 소유자인 본인은 이 골통 하나밖에 가진 것이 없단 말이야, 그렇지?

호레이쇼 그렇습니다.

햄릿 증서는 양가죽으로 만들지?

호레이쇼 네, 송아지 가죽으로 만듭니다.

햄릿 그따위 증서를 믿는 자들은 양이나 송아지와 다를 바 없지. 저 친구와 말 좀 해볼까. (앞으로 걸어가며) 그건 누구의 무덤이냐?

광대 1 제 것입니다. (노래한다)

이런 손님 모시기에 꼭 알맞은

흙구덩이를 하나 파자꾸나.

햄릿 과연 네 것인가 보구나, 네가 그 안에 있는 걸 보니.

광대 1 댁은 바깥에 계시니까 댁의 것은 아닙죠. 그런데 저로 말씀드리면 거짓말은 안 하니까, 이건 제 것이죠.

햄릿 그건 거짓말이다. 그 안에 서서 그걸 네 것이라니, 무덤이란 죽은 사람이 들어가는 곳이지 산 사람이 들어가는 데가 아니거든. 그러니까 너는 거짓말을 하고 있어.

광대 1 이런 걸 산 거짓말이라고 하지요. 이제 댁이 말씀하실 차례입니다.

햄릿 어떤 남자가 들어갈 무덤을 파고 있느냐?

광대 1 남자의 무덤이 아닙니다.

햄릿 그럼, 어떤 여자의 무덤이냐?

광대 1 여자의 무덤도 아닙니다.

햄릿 그럼, 누구를 묻을 참이냐?

광대 1 전에는 여자였습니다만, 가엾게도 지금은 죽었답니다.

햄릿 이거 대단히 까다로운 녀석이군! 조심해서 말해야지 함부로 말했다가는 말꼬리를 잡히고 말겠다. 정말이지 호레이쇼, 지난 삼 년 동안 깨달은 일이네만, 세상이 어찌나 뾰족해졌는지 농사꾼의 발가락이 귀족 발뒤꿈치를 따라와서 아픈 곳을 건드리는 형편이거든…… 너는 언제부터 산역꾼 노릇을 하고 있느냐?

광대 1 제가 이 일을 시작한 것은 바로 햄릿 선왕께서 포틴브라스를 무찌르신 그날부터입니다.

햄릿 그게 언젠데?

광대 1 그걸 모르십니까? 바보들도 다 아는데. 햄릿 왕자님이 태어난 날이지 뭡니까. 지금은 미쳐서 영국으로 추방당한 햄릿 왕자님 말입니다.

햄릿 참, 왕자는 왜 영국으로 추방되었지?

광대 1 그야 미쳤으니까 그렇죠. 거기서라면 제정신을 되찾게 될 겁니다. 그러나 뭐 회복되지 않아도 거기서는 별로 상관이 없지요.

햄릿 왜?

광대 1 사람들 눈에 안 띌 테니까요. 그곳 사람들은 모두 왕자님처럼 미쳐 있으니까요.

햄릿 왕자는 왜 미치게 되었나?

광대 1 소문이 참 괴상하더군요.

햄릿 어떻게 괴상하지?

광대 1 그야 물론 정신을 잃었으니까요.

햄릿 그 원인이 어디에 있는가?

광대 1 물론 이 덴마크에 있습죠. 저는 어려서부터 삼십 년 동안이나 여기서 산역꾼 노릇을 하고 있습니다.

햄릿 시체는 무덤 속에서 얼마나 있으면 썩지?

광대 1 글쎄요, 죽기 전부터 썩은 놈만 아니라면…… 요새는 천연두로 죽은 놈들이 많아서, 그런 건 묻기가 무섭게 썩어버립니다만, 보통은 한 팔구 년 가죠. 가죽을 다루는 무두장이는 구 년은 갑니다.

햄릿 무두장이는 왜 더 오래가나?

광대 1 그야 다 직업 덕분이죠. 살가죽이 질겨져서 꽤 오랫동안 물을 막아내거든요. 물이란 그 경칠 놈의 시체를 썩히는 지독한 놈입죠. 또 해골이 하나가 나왔네. 이건 이십삼 년 동안 흙 속에 묻혀 있었죠.

햄릿 누구 것인데?

광대 1 어떤 빌어먹을 미친 녀석입니다. 누군 줄 아세요?

햄릿 모르겠는걸.

광대 1 이 미친 녀석, 염병을 앓을 놈 같으니! 언젠가 이 녀석이 제 머리 위에 포도주를 병째 부었답니다. 이것은 바로 왕의 어릿광대였던 요리크의 해골입니다.

햄릿 이게?

광대 1 네, 그렇습니다.

햄릿 어디 좀 보자. (해골을 받아든다) 아, 가엾은 요리크. 나는 이 사람을 잘 아네, 호레이쇼. 뛰어난 재담꾼이라 아주 재미있는 소리를 잘했지. 그리고 나를 자주 업어주곤 했는데…… 이렇게 되고 보니 생각만 해도 소름이 끼치는군! 구역질이 날 지경이야. 원래 여기 입술이 달려 있었겠지, 내가 수없이 키스한 입술이. 네 비웃음은 이제 다 어디 갔는가? 좌중을 웃음바다로 만들던 그 익살, 노래, 신나는 재치 등은 다 어디 갔는가? 이렇게 이를 드러내고 있는 꼬락서니를 네 스스로 한번 비웃어보지 그래? 정말 턱이 떨어져나갔구나. 자, 귀부인들 방으로 가서 말해줘라. 분을 한 치나 처발라도 결국 이런 얼굴을 면하지 못한다고 말이야. 그래서 실컷 웃겨보라고…… 호레이쇼, 한 가지 물어볼 말이 있네.

호레이쇼 무슨 말씀입니까, 저하?

햄릿 알렉산더 대왕도 흙 속에서는 이런 꼴을 하고 있을까?

호레이쇼 물론입니다.

햄릿 이렇게 냄새도 지독하고? 튀! 튀! (해골을 땅에 내려놓는다)

호레이쇼 그렇습니다, 저하.

햄릿 사람이 죽으면 무슨 천한 일에 쓰일는지 모르겠구나! 호레이쇼, 알렉산더 대왕의 존엄한 유해가 결국은 술통의 마개가 되어버린다는 것도 전혀 상상 못할 추리는 아니지 않은가?

호레이쇼 그렇게까지 말씀하시는 것은 좀 지나친 상상인 것 같습니다.

햄릿 아니야, 조금도 지나치지 않아. 차근차근 추리해봐도 결국 그렇게 된다구. 한번 해볼까? 알렉산더 대왕이 죽고 매장되어 먼지로 돌아간다, 먼지는 흙이다, 흙으로 찰흙을 만든다. 그러니 결국 알렉산더 대왕이 변해서 된 찰흙으로 맥주통 마개를 만들 수 있지 않겠나?

　　제왕 시저도 죽어서 흙이 되면

　　구멍 메우는 바람막이 될 수 있으리니.

　　오, 한 시대를 두려움에 떨게 했던 그 흙이

　　지금은 벽을 때워 찬바람을 막는구나!

쉬, 가만. 잠시 가만 있게. 저기 왕비와 대신들을 거느리고 왕이 오고 있네.

　　장례 행렬이 묘지에 등장. 뚜껑 없는 관에 든 오필리어의 유해 뒤를 레어티스,
　　왕, 왕비, 대신들, 법의를 입은 사제 등이 따르고 있다.

햄릿　누구의 장례식일까? 그런데 저렇게 의식이 간단한 것을 보면, 아마도 저 유해의 주인은 무모하게 제 손으로 목숨을 끊은 것 같구나. 그러나 신분은 상당했던 모양이다. 잠시 숨어서 살펴보자. (두 사람, 나무 밑에 쭈그리고 앉는다)

레어티스　의식은 이것뿐입니까?

햄릿　(호레이쇼에게) 레어티스로군. 참으로 훌륭한 청년이지. 잘 지켜보세.

호레이쇼　네, 저하.

레어티스　의식은 정말 이것뿐입니까?

사제　교회가 허락하는 범위에서는 최대한 정중히 모시는 겁니다. 본래 죽은 원인이 의문스럽기도 해서, 왕명으로 관례를 깼기에 망정이지, 그렇지 않더라면 그냥 부정한 땅에 묻혀 최후의 심판날까지 방치될 뻔했습니다. 고별 기도는커녕 사금파리나 부싯돌이나 조약돌을 던져서 덮을 뻔했습니다. 그런데 이번에는 특별히 처녀의 장례식답게 꽃다발로

꾸미고, 꽃을 뿌리고, 장례의 종을 쳐서 장사 지내는 절차가 허가된 것입니다.

레어티스 이 이상 해선 안 되는 겁니까?

사제 이 이상은 안 됩니다! 조용히 세상을 떠난 사람의 경우처럼 진혼가를 불러 명복을 빈다면 도리어 신성한 장례식의 격식을 모독하는 것이 됩니다.

레어티스 그 애를 묻어라. 아름답고 눈처럼 순결한 몸에서 제비꽃이 피어나기를! (관이 무덤 속에 내려진다) 이 야박스런 사제야, 내 누이는 네놈이 지옥에서 울부짖고 있을 무렵에는 이미 하늘의 천사가 되어 있을 것이다.

햄릿 뭐, 그 아름다운 오필리어가?

왕비 (꽃을 뿌리며) 아름다운 처녀에게 아름다운 꽃을. 잘 가거라! 네가 햄릿의 아내가 되기를 바랐건만, 그리고 이 꽃으로 네 신방을 꾸며주고 싶었건만, 이렇게 네 무덤에 뿌려주게 될 줄이야.

레어티스 오, 삼중의 재앙이 서른 곱으로 그 저주받을 놈의 머리 위에 쏟아져내려라. 그놈의 흉악한 행위 때문에 너의 고결한 정신은 미쳐버리고 말았다! 잠깐, 흙을 끼얹지 말고 기다려라. 한 번 더 누이를 안아보련다. (무덤 속으로 뛰어들어간다) 자, 이제 산 사람과 죽은 사람 위에 똑같이 흙을 쌓아올려라. 이 평지가 저 옛 펠리온 산이나 하늘을 찌르는 올림포스 산보다 더 높아지도록 흙을 쌓아올려라.

햄릿 (앞으로 나가면서) 이렇게도 요란스레 자기의 슬픔을 떠들어대는 자가 누구냐? 그 비분강개하는 소리에 하늘의 유성조차 운행을 멈추고 고개를 갸웃거리는구나. 나는 덴마크의 왕자, 햄릿이다. (무덤 속으로 뛰어내린다)

레어티스 (햄릿을 움켜잡고) 이놈, 지옥에 떨어질 놈!

햄릿 악담을 하는군. 내 목을 놔라. 나는 화 잘 내는 난폭한 인간은 아니다만, 다급하면 무슨 짓을 할지 모른다. 그러니 조심하는 것이 현명할 거다. 손을 놓아라.

왕 두 사람을 떼어놓아라.

왕비 햄릿, 햄릿!

일동 자, 두 분!

호레이쇼 왕자님, 진정하십시오.

시종들이 둘을 떼어놓는다. 두 사람 무덤 속에서 나온다.

햄릿 내 이 문제를 가지고 끝까지 싸워볼 테다. 내 눈을 감을 때까지.

왕비 아, 햄릿, 무슨 문제 말이냐?

햄릿 나는 오필리어를 사랑했다. 사만 명의 오라비의 애정을 다 합쳐도 내 사랑에는 미치지 못한다. 너 따위가 오필리어에게 무엇을 해줄 수 있단 말인가?

왕 아, 그 애는 미쳤다. 레어티스.

왕비 제발 참아다오.

햄릿 말해봐라, 무엇을 해줄 수 있는가? 울 테냐, 싸울 테냐? 굶을 테냐? 식초를 마실 테냐? 악어를 먹을 테냐? 그까짓 것은 나도 할 수 있다. 여긴 통곡하러 왔나? 무덤 속에 뛰어들어가서 내 애정을 무색하게 만들려고 왔나? 네가 오필리어와 생매장을 당하겠다면 나도 그렇게 하마. 네가 산이 어떻다 운운했지만, 우리 위에도 얼마든지 흙을 쌓아올리게 해라. 그 꼭대기가 태양까지 치솟아 열에 타고, 오사의 산봉우리가 사마귀처럼 보이게 될 때까지 쌓아올리게 해! 네가 호언장담을 한다면, 질 내가 아니다.

왕비 저게 다 미쳤기 때문이에요. 발작이 일어나면 잠시 저러다가도, 마치 암비둘기가 한 쌍의 황금빛 새끼를 품을 때처럼 곧 온순해지고 침묵에 잠겨버려요.

햄릿 이봐, 뭣 때문에 내게 이러는 건가? 나는 늘 너를 사랑해왔다. 그러나 상관없다. 헤라클레스가 제아무리 호령해도 때가 되면 고양이도 울고, 개도 짖어대는 법이니까. (퇴장)

왕 호레이쇼, 따라가서 돌봐주어라. (호레이쇼, 햄릿의 뒤를 따라간다. 왕은 레어티스에게 방백) 꾹 참아라. 간밤의 이야기, 설마 잊지는 않았겠지? 내가 일을 곧 추진하겠다. (큰 소리로) 거트루드, 누구를 시켜서 저애를 좀 감시해주오. 이 무덤에는 불멸의 기념비를 세워야겠다. 머지않아 평화로운 날이 돌아오겠지. 그때까지 꾹 참고 일을 진행시켜야 한다. (일동 퇴장)

제2장

전면에 옥좌가 마련되어 있고, 좌우에 의자와 탁자 등이 놓여 있다. 햄릿과 호레이쇼가 이야기하면서 등장한다.

햄릿 그 이야기는 이만해두고, 다음 이야기를 하자. 그때 사정은 자네도 잘 기억하고 있겠지?

호레이쇼 기억하고 있습니다, 저하.

햄릿 내 가슴속에 일종의 싸움이 일어나서 나는 밤에도 잠을 이루지 못했네. 반란을 일으켰다가 발목을 결박당한 선원보다 더 비참한 신세였지. 그런데 무모하게도, 아니 이런 경우에는 그 무모를 오히려 칭찬해줘야겠지…… 때에 따라서는 무분별이 도리어 도움이 되고, 심사숙고한 계획이 수포로 돌아가는 경우도 있으니까. 그러니 결국 다듬어서 완성시키는 것은 신의 힘이야. 대강대강 모양을 깎는 것은 인간이지만……

호레이쇼　과연 그렇습니다.

햄릿　그래서 살며시 선실에서 일어나 선원용 외투를 걸치고 어둠 속을 더듬어 찾아본 결과, 목적물을 발견하고 살그머니 그 꾸러미를 빼가지고 선실로 돌아왔네. 불안한 나머지 채신도 잊고 대담하게 그 국서를 뜯어봤지. 그랬더니, 아 여보게, 호레이쇼…… 왕의 흉계 좀 보게! 왕의 엄명이라며, 덴마크 왕의 생명이 위태롭다는 등 터무니없는 이유를 잔뜩 늘어놓은 다음 나를 살려두면 화약고를 방치해두는 것과 같으니 이 친서를 보는 대로, 아니 미처 도끼날을 갈 겨를도 없이 내 목을 치라는 것이었네.

호레이쇼　그럴 수가!

햄릿　이것이 그 친서네. 나중에 틈을 타서 읽어보게. 그 뒤에 내가 어떻게 했는가 들어보겠나?

호레이쇼　네, 말씀해주십시오.

햄릿　그래서 꼼짝없이 흉계에 걸려들고 만 셈인데, 서막을 생각해내기 전에 내 머릿속에선 연극이 전개되었네. 나는 책상에 앉아 새로운 친서를 꾸미기 시작했지, 그럴듯한 필체로 말일세. 나도 한때는 이 나라 정객들처럼 서예를 경멸하고 습득한 솜씨를 일부러 잊으려고 애쓴 적도 있네만, 이번에는 그게 퍽 도움이 되었네. 내가 위조한 친서의 내용을 알고 싶은가?

호레이쇼 네, 저하.

햄릿 왕의 간곡한 청탁의 형식으로 해서, 말하자면 영국은 덴마크의 충실한 속국이니만큼 두 나라 사이의 우의가 종려나무처럼 번영하기를 바라고 있으며, 평화의 여신은 항상 밀이삭 화환을 쓰고 두 나라 친선의 연인이 되어야 하므로 등등…… 이 밖에도 아주 그럴듯한 문구를 나열해놓고 나서, 이 친서를 읽는대로 일 초도 망설이지 말고 친서 지참자 두 명을 사형에 처하되, 참회의 여유도 주지 말라고 썼지.

호레이쇼 봉인封印은 어떻게 하셨습니까?

햄릿 아, 그것 역시 하늘의 도움이 있었네. 마침 내 주머니에는 선왕의 옥새가 들어 있었거든. 현왕의 옥새는 그것을 본떠 새긴 걸세. 그래서 편지를 먼저 것과 똑같이 접어서 서명을 하고 옥새를 누르고, 바꿔치기한 것을 아무도 모르게 살그머니 본래의 장소에 갖다두었지. 그리고 그다음 날 해적과 싸웠고, 그 뒤의 사정은 자네가 이미 알고 있는 그대로라네.

호레이쇼 그럼, 길덴스턴과 로젠크랜츠는 곧장 죽음의 구렁텅이에 빠지고 말았겠군요.

햄릿 그 둘은 자청에서 이 일을 맡고 나선 것이니까 하는 수 없지. 나는 조금도 양심의 가책을 느끼지 않아. 스스로 화를 불러들인 격, 아첨꾼들에게는 당연한 운명이지. 불꽃 튀는 결사의 승부를 벌이고 있는 두 강자 사이에 그런 소인배들이 끼어든다는 것은 위험한 일이야.

호레이쇼 참 지독한 왕이로군요!

햄릿 이쯤 되었으니 나도 그냥 물러설 수는 없지. 그렇지 않은가? 내 아버지인 왕을 죽이고, 내 어머니를 더럽히고 이 나라의 왕위를 이을 나의 희망을 가로막은데다 까닭 없이 내 목숨마저 빼앗으려고 그런 간책을 썼으니…… 이런 놈은 내 손으로 처치해버리는 것이 양심에 떳떳한 일이 아니겠는가? 이런 독충이 세상에 해독을 끼치게 방치해두는 것이 오히려 죄악이 아니겠는가?

호레이쇼 그러나 영국 왕은 곧 일이 어떻게 되었는지 전말을 보고해올 것입니다.

햄릿 곧 그럴 테지. 그러나 그동안의 시간은 내 것이야. 어차피 인간의 목숨이란 '하나' 하고 셀 여유도 없이 날아가는 것이니까. 그런데 호레이쇼, 레어티스에게는 참으로 미안하게 되었어. 그만 흥분하여 이성을 잃었네. 나 자신의 경우에 비추어보아도 그 사람의 비통한 심정을 잘 알 수 있을 것 같아. 사과해야겠네. 너무나 야단스럽게 애통해하는 바람에 나도 그만 울화가 치밀어 참을 수 없었단 말이야.

호레이쇼 쉬, 누가 옵니다.

몸집이 작고 경박한 멋쟁이 귀족 오즈리크 등장. 양어깨에 날개가 달린 듯한 웃옷을 걸치고 최신식 모자를 쓰고 있다.

오즈리크 (모자를 벗고 허리를 깊이 숙여 절을 하면서) 저하의 귀국을 충심으로 환영합니다.

햄릿 고맙네. (호레이쇼에게 방백) 자네 이 모기새끼 같은 인간을 아는가?

호레이쇼 모릅니다.

햄릿 (호레이쇼에게) 그거 다행이군. 저런 녀석은 알기만 해도 재앙을 입지. 저래봬도 기름지고 광대한 영토를 가지고 있다네. 요새는 짐승 같은 놈도 짐승들만 많이 소유하면 귀족이 되는 세상이니까. 그리고 여물통을 들고 가서 당당히 왕의 식탁에 같이 앉는 판이거든. 수다밖에는 아무것도 없는 녀석이지만 하여간 엄청난 토지를 소유하고 있는 건 사실이라니까.

오즈리크 (또 절을 하고) 저하, 지금 여유가 있으시다면 전하의 분부를 전해드릴까 하옵니다.

햄릿 열심히 정성을 다해서 듣겠네. (오즈리크가 자꾸 절을 하면서 모자를 휘두르는 꼴을 보고) 모자는 제자리에 올려놓게나, 그건 머리에 쓰는 물건이니까.

오즈리크 감사합니다, 너무 더워서요.

햄릿 아냐, 사실은 대단히 추운걸, 북풍이 불고 있어.

오즈리크 네, 사실은 꽤 춥군요, 저하.

햄릿 그러나 역시 매우 무더운 것 같군. 내 체질 때문인지 모르겠지만……

오즈리크 굉장합니다, 저하. 네, 무덥습니다. 저…… 뭐라고 표현을 못하겠군요. 그런데 저하께 알려드리라는 전하의 어명입니다. 이번에 전하께서는 저하를 위하여 굉장한 내기를 거셨답니다. 내기의 내용인즉……

햄릿 (모자를 쓰라고 손짓하면서) 제발 모자를 쓰게.

오즈리크 아닙니다, 저하. 저는 이게 편합니다. 저, 실은 이번에 레어티스가 귀국했는데, 그는 정말 나무랄 데 없는 신사입니다. 여러 가지 뛰어난 장점을 두루 겸비하고, 대인 관계도 지극히 원만할 뿐 아니라 풍채도 당당합니다. 감히 평한다면, 그분이야말로 신사도의 표본이요, 이상형이라고나 할까요. 하여튼 신사로서 갖추어야 할 미덕은 전부 그분 안에서 찾을 수 있습니다.

햄릿 그렇게 찬사를 늘어놓는다고 레어티스에게 해가 될 건 없지. 그러나 재고품 정리하듯 그 사람의 장점을 나열하자면, 보통 기억력으로는 현기증이 일어나고 말 거야. 어찌나 빨리 달음질치는지 미처 따라갈 수가 있어야지. 그러나 참으로 그를 칭찬하려면 그 사람을 귀히 대접해야 한다네. 그 드물고도 귀중한 천품인즉 정말이지, 그의 거울만이 그와 비교될 수 있을 뿐, 그 밖의 누가 감히 그를 따를 수 있겠나! 다만 그의 그림자밖에는.

오즈리크 참으로 옳은 말씀이십니다.

햄릿 그런데 이야기의 취지가 뭐지? 그 신사 양반을 우리가 왜 조잡한 말로 욕보이고 있는가?

오즈리크 네?

호레이쇼 다른 말로 알기 쉽게 이야기하실 수 없습니까? 자, 말씀해보십시오.

햄릿 그 신사의 이름을 무엇 때문에 꺼냈나?

오즈리크 레어티스 말씀입니까?

호레이쇼 (햄릿에게 방백) 이제 말 주머니가 텅 비어버리고, 황금의 미사여구가 밑천이 다 떨어진 모양입니다.

햄릿 그래, 레어티스 말이야.

오즈리크 저하께서도 결코 모르시지는 않으리라 생각합니다만……

햄릿 그렇게 생각해주는 것은 좋지만, 뭐 그렇게 생각해준다 해도 별로 내 명예가 될 것도 없지. 그래서?

오즈리크 모르시지 않으리라고 생각합니다만, 레어티스가 얼마나 뛰어난가 하면……

햄릿 어찌 내가 감히 그걸 안다고 할 수 있겠나. 나는 그 사람과 우열을 겨루고 싶지 않아. 하기야 남을 잘 안다는 것은 곧 나를 아는 일이지만.

오즈리크 제가 말씀드리려는 것은 그 사람의 무예입니다. 그 집 하인들의 평판에 의할 것 같으면, 그분은 천하무적이랍니다.

햄릿 무기는 무엇을 쓰는데?

오즈리크 가는 장검과 단도입니다.

햄릿 두 가지 칼을 쓰는군. 그래서?

오즈리크　전하께서는 바바리 말 여섯 필을 걸고 그 사람과 내기를 하셨답니다. 그리고 그 사람은, 제가 알기로는, 프랑스제 장검과 단도 각각 여섯 자루와 혁대, 칼고리, 그 밖의 부속품 일체를 걸었답니다. 그 가운데서도 검가劍架 세 개는 매우 정교하고 칼자루와도 잘 조화되는, 실로 정묘하고 창의적인 것이랍니다.

햄릿　검가가 뭐지?

호레이쇼　(햄릿에게 방백) 저 사람의 말을 이해하려면 주석이 필요할 것 같습니다.

오즈리크　검가란 칼고리를 말하는 것입니다.

햄릿　우리가 허리에 대포라도 차고 다닌다면 그 말이 적절할 것 같지만…… 그렇게 될 때까지는 역시 칼고리가 좋겠어. 아무튼 계속해볼까? 여섯 필의 바바리 말에 대하여 프랑스제 검 여섯 자루와 부속품 일체, 그 밖에 창의적인 검가 세 개라. 그러니 덴마크 대 프랑스의 내기로군. 그런데 그 사람은 왜 그런 물건을, 당신 말마따나 이 내기에 걸었을까?

오즈리크　전하께서는 왕자님과 레어티스가 열두 번을 겨루되, 아무리 레어티스라도 왕자님께 3점 이상을 이기기는 어려울 것으로 보고 계십니다. 그래서 보통 같으면 9회전을 하지만 그러면 레어티스가 불리할 것이므로 결국 12회전을 시키기로 결정하셨답니다. 햄릿 왕자님께서 이 도전에 응하신다면 시합은 곧 시작될 것입니다.

햄릿　내가 싫다고 한다면 어떻게 되지?

오즈리크　아니옵니다, 왕자님. 저는 왕자님께서 시합장에서 나오시는 경우를 두고 말씀드리고 있는 것입니다.

햄릿　전하께서 좋으시다면, 나는 이 홀에서 거닐고 있겠네. 마침 내 운동 시간이니까. 칼을 가져오게 하시오. 레어티스도 하고 싶어하고 전하께서도 꼭 시합을 바라신다면, 전하를 위해서라도 되도록 이기고 싶군.

지면 창피를 당하고 따끔한 맛을 보게 될 테니까.

오즈리크   가서 그렇게 아뢰올까요?

햄릿   대략 그런 취지로…… 표현을 어떻게 하든 그건 당신 자유요.

오즈리크   (절을 하면서) 앞으로도 잘 부탁드리겠습니다.

햄릿   잘 부탁하네, 잘 부탁해. (오즈리크, 한 번 더 깍듯이 절을 하고 모자를 쓴 다음 으스대며 걸어나간다) 자기 자신에게 잘 부탁하는 게 좋을걸. 자기를 추천해줄 사람은 아무도 없을 테니까.

호레이쇼   저 푸른 도요새 같은 녀석, 알껍데기를 머리에 쓰고 도망치는 격이지요.

햄릿   제 어미 젖을 빨아먹을 때도 먼저 젖꼭지에 인사를 할 놈이라네, 저 녀석. 아니 저 녀석뿐만 아니라 이 말세 풍조에 건들거리는 저 녀석과 비슷한 숱한 녀석들은 세풍에 박자를 맞추어 경박한 사교술에 넋을 잃고, 거품 같은 미사여구깨나 배워가지고는 세파와 싸워온 훌륭한 사람들을 속이려 들거든. 그러나 한번 혹 불어보게나, 거품이라 곧 꺼져버릴 테니까.

   귀족 한 사람 등장.

귀족   조금 전 오즈리크 경이 전해드린 전하의 분부에 대해 홀에서 기다리신다고 대답하셨다고, 전하께서 저에게 왕자님의 의향을 다시 알아보라고 분부하셨습니다. 레어티스와의 시합에 지금도 이의가 없으십니까, 아니면 잠시 미루시겠습니까?

햄릿   내 생각은 변함이 없소. 전하의 뜻에 따를 뿐이오. 그러니 전하께서 좋으시다면 나는 언제든지 상관없소. 지금도 좋고, 나중에 해도 좋소. 만약 내 몸의 상태가 지금처럼 좋은 경우에는 말이오.

귀족 전하와 왕비님을 비롯하여 모두 지금 나오고 계십니다.

햄릿 마침 잘됐군.

귀족 왕비님께서는 시합을 시작하기 전에 왕자님께서 레어티스에게 따뜻한 말씀을 해주시기를 바라고 계십니다.

햄릿 당연한 분부시오. (귀족 퇴장)

호레이쇼 이번 내기는 지실 것 같습니다, 저하.

햄릿 나는 그렇게 생각하지 않아. 그 사람이 프랑스로 떠난 뒤로 나도 계속 연습을 해왔으니까. 게다가 조건도 유리하니 이길 거야. 그런데 자네가 상상도 못할 정도로 가슴 여기가 묘하게 욱신거리는군. 그렇지만 상관없어.

호레이쇼 아니, 저하……

햄릿 그저 어리석은 생각에 지나지 않아. 여자 같으면 혹 이런 불안감을 꺼림칙해할지도 모르지.

호레이쇼 마음이 내키지 않으시면 굳이 무리하지 마십시오. 제가 달려가서 이리로 오시는 것을 막고 저하께서 기분이 언짢으시다고 전하겠습니다.

햄릿 그럴 것 없네, 나는 전조 같은 것을 두려워하지 않으니까. 참새한 마리 떨어지는 것도 신의 특별한 섭리야. 어차피 올 것은 지금 오지 않아도 오고야 마네. 지금 오면 장차는 오지 않는 법이고…… 장차 오지 않으면 지금 오네. 중요한 건 각오야. 목숨을 언제 버려야 좋은지, 그 시기는 아무도 모르는 것이 아닌가? 그저 될 대로 되라지.

시종들이 등장하여 의자, 방석 등을 갖다 놓고 좌석을 마련한다. 이윽고 나팔수와 북치는 사람들 등장. 그다음에 왕과 왕비, 귀족들, 그리고 심판관인 오즈리크와 귀족 한 사람 등장. 심판관이 장검과 단검을 벽 앞에 있는 탁자 위에 갖다 놓는다. 끝으로 경기복을 입은 레어티스 등장.

왕 자, 햄릿, 이리 와서 레어티스와 악수해라. (레어티스의 손을 잡아 햄릿과 악수시킨다. 그런 다음 왕비와 함께 가서 자리에 앉는다)

햄릿 용서해주게, 레어티스. 내가 잘못했네. 신사답게 용서하게. 여기 좌중이 다 알고 있고, 자네도 이미 들었을 줄 아네만, 나는 심한 정신착란에 시달리고 있네. 내가 저지른 짓에 자네는 자식의 도리로서 효성과 명예와 감정이 몹시 상했을 테지만, 내 여기서 분명히 밝히는데, 그것은 전적으로 광증이 빚어낸 일이었네. 햄릿이 레어티스에게 잘못했다? 결코 햄릿이 아니야. 만일 햄릿이 이성을 빼앗기고 레어티스에게 잘못했다면, 그건 햄릿이 한 짓이 아니지. 햄릿은 그것을 부인하네. 그럼 누가 했나? 그의 광증이지. 그렇다면 햄릿도 피해자의 한 사람이야. 내 무례가 고의적인 것이 아니었다는 변명을 제발 이렇게 여러분들 앞에서 너 그렇게 받아들이고 양해해주게. 지붕 너머로 쏜 화살이 우연히 자기 형제를 맞힌 격이라고 생각해주게.

레어티스 자식의 도리, 오직 이 점이 복수심을 분발시킨 동기였지만 이제 마음이 풀립니다. 그러나 제 명예에 관계된 일이니만큼 이대로 물러설 수는 없습니다. 화해도 하지 않겠습니다. 어느 명예 높은 권위자가 중간에 서서 화해해도 좋다는 선례를 제시하고 저의 체면을 세워주기 전에는. 그러나 그때까지는 왕자님이 보여주신 우정을 우정으로 받아들이고, 그것을 모욕하지는 않겠습니다.

햄릿 나도 그 말을 반갑게 받아들이겠네. 그럼 허심탄회하게 형제지간의 시합을 해보세. 자, 검을 다오.

레어티스 자, 내게도 하나 주시오.

햄릿 내 자네를 돋보이게 하지. 서투른 나에 비하면 능숙한 자네 솜씨는 밤하늘의 별처럼 찬란히 빛날 거야.

레어티스 놀리지 마십시오.

햄릿 아니, 정말이라네.

왕 두 사람에게 검을 주어라, 오즈리크. (오즈리크가 네댓 자루의 시합용 칼을 들고 앞으로 나온다. 레어티스가 그중 하나를 집어들고 한두 번 흔들어본다) 자, 햄릿. 내기를 건 사실을 알고 있느냐?

햄릿 네, 잘 알고 있습니다. 친절하시게도 약한 쪽에 유리하게 조건을 정해주셨더군요.

왕 나는 염려하지 않는다. 두 사람의 실력은 내가 잘 알고 있으니까. 그러나 레어티스의 실력이 많이 나아졌기에 그만큼 조건을 네게 유리하게 해놓은 것뿐이다.

레어티스 이건 좀 무겁군. 다른 것을 보여주시오. (탁자로 가서 끝이 뾰족하고 독이 칠해진 장검을 집어든다)

햄릿 (오즈리크에게서 검을 받아들고) 나는 이게 마음에 드는군. 길이는 다 같겠지?

오즈리크 네, 저하.

　　심판관과 시종들 시합 준비를 한다. 다른 시종들이 포도주를 담은 병과 잔을 가지고 등장.

왕 그 포도주 잔을 저 탁자 위에 올려놓아라. 그리고 햄릿이 1회전이나 2회전에서 득점을 한다면, 또는 3회전에서 비긴다면 모든 성벽에서 일제히 축포를 터뜨리도록 하라. 그때 나는 햄릿의 건투를 위해 축배를 들고, 잔 속에 진주를 넣겠다. 그것은 덴마크의 왕들이 사 대에 걸쳐 왕관에 달았던 진주보다 훌륭한 진주이다. 잔을 이리 다오. 그리고 북을 쳐서 나팔수에게 알리고 나팔수는 바깥의 대포수에게 알려서, 포성이 천상으로, 천상에서 대지로 은은히 울리게 하여, '지금 국왕이 햄릿을 위해 축배를 드신다.'는 뜻을 알려라. 자, 시작하라. 심판관들은 정신 차리고 똑똑히 지켜보도록 하라.

　　잔을 왕 곁에 갖다 놓는다. 나팔 소리. 햄릿과 레어티스, 양편으로 갈라선다.

햄릿　자, 덤벼라.
레어티스　자, 오시오.

　　1회전이 시작된다.

햄릿　한 대!
레어티스　아니오.
햄릿　심판?
오즈리크　한 대, 정통으로 한 대입니다.

　　두 사람 떨어져 선다. 북소리와 나팔 소리. 그리고 밖에서 대포 소리.

레어티스　자, 2회전을.
왕　잠깐, 술을 부어라. (시종이 잔에 술을 따른다) 햄릿, (보석을 들어 보이면서) 이 진주는 이제부터 네 것이다. 너의 건강을 위해서 축배를 들겠다. (왕은 잔을 비우고 그 잔 속에다 진주를 넣는 체한다) 햄릿에게 이 잔을 들게 하라.
햄릿　먼저 승부부터 내겠습니다. 잔은 잠시 거기 놓아두십시오. (시종이 잔을 뒤쪽 탁자 위에 갖다 놓는다) 자, (2회전이 시작된다) 또 한 대! 어떤가?

레어티스   약간 스쳤소. 인정합니다. (두 사람이 떨어져 선다)

왕   우리 아들이 이길 것 같군.

왕비   저 애는 저렇게 땀을 흘리고 숨을 헐떡거리고 있어요. 자, 햄릿, 이 수건으로 이마를 닦아라. (수건을 햄릿에게 주고 탁자로 가서 햄릿의 술잔을 집어든다) 햄릿, 네 행운을 위하여 내가 축배를 들겠다.

햄릿   감사합니다!

왕   거트루드, 마시지 마오!

왕비   마시겠어요. 전하, 용서하세요. (조금 마시고 잔을 햄릿에게 준다)

왕   (방백) 저건 독을 탄 술인데, 너무 늦었구나!

햄릿   아니에요, 어머니. 조금 후에 마시겠어요.

왕비   자, 네 얼굴을 닦아주마.

레어티스   (왕에게) 이번엔 반드시 한 대 먹이겠습니다.

왕   글쎄.

레어티스   (방백) 아무래도 양심에 찔리는구나.

햄릿   자, 3회전이야. 레어티스, 자네 힘이 안 들어갔군. 좀 맹렬히 찔러보게. 나를 놀리는 것 같잖은가.

레어티스   그렇게 말씀하신다면, 자, 갑니다.

3회전이 시작된다.

오즈리크   무승부! (두 사람이 떨어져 선다)

레어티스   (느닷없이) 자, 간다!

햄릿이 옆을 보는 틈을 노려 상처를 입힌다. 상대방의 비겁한 행동에 햄릿은 격분하여 레어티스와 격투한다. 그러다가 두 사람은 우연히 칼을 바꾸어 쥔다.

왕 둘을 떼어놓아라. 둘 다 흥분했다.

햄릿 (레어티스를 향하여) 아니다. 자, 다시!

왕비가 쓰러진다.

오즈리크 아, 왕비님을 보십시오!

햄릿이 레어티스에게 깊은 상처를 입힌다.

호레이쇼 양쪽이 다 피를 흘리고 있다. 아니, 왜 그러십니까, 저하.

오즈리크 (레어티스를 안아 일으키면서) 무슨 일이요, 레어티스?

레어티스 아, 도요새처럼 내 덫에 내가 걸리고 말았소. 오즈리크, 나 자신의 술책 때문에 죽으니 할 말이 없소.

햄릿 왕비께서는 어떻게 되신 겁니까?

왕 두 사람이 피를 흘리는 것을 보고 기절하셨다.

왕비 아니다, 아니다. 저 술, 저 술이! 나의 햄릿! 저 술, 저 술 속에 독이 들어 있었다! (쓰러져 죽는다)

햄릿 오, 흉계다! 문을 닫아 걸어라, 반역이다! 범인을 찾아라!

레어티스 범인은 여기 있습니다, 햄릿 왕자님. 왕자님도 목숨을 잃을 겁니다. 이젠 이 세상의 어떤 약도 소용이 없습니다. 앞으로 반 시간도 견뎌내지 못합니다. 흉기는 왕자님의 손에 쥐어져 있습니다. 뾰족한 칼 끝에 독약이 칠해진 흉기가. 그 흉계는 결국 나 자신한테로 돌아왔습니다. 보십시오, 나는 이렇게 쓰러져 있습니다. 이제 다시는 일어나지 못합니다. 왕비님께서는 독살되셨습니다. 범인은 왕, 저 왕……

햄릿 칼 끝에 독을? 그렇다면 독약이여, 네 임무를 다해라. (왕을 찌른다)

오즈리크, 귀족들 반역이다! 반역이다!

왕 아, 이놈들아, 나를 보호해라! 나는 부상당했을 뿐이다.

햄릿 살인하고 강간한 이 저주받을 덴마크 왕아, 이 독배를 비워라. (술 잔을 억지로 왕의 입에 갖다 대고 기울인다) 네 진주가 들어 있느냐? 나의 어머니를 따라가라. (왕, 숨이 끊어진다)

레어티스 자기 손으로 제조한 독약, 마땅히 먹을 사람이 먹었습니다. 우리 서로를 용서합시다, 햄릿 저하. 저나 아버님의 죽음은 저하의 죄가 아니고, 저하의 죽음은 저의 죄가 아닙니다! (숨이 끊어진다)

햄릿 하느님이 자네 죄를 용서하시기를! 나도 자네 뒤를 따라가네. (쓰러진다) 나는 죽네, 호레이쇼. 가엾은 어머니, 안녕히! 이 참변에 파랗게 질려 떨고 있는 여러분, 이 연극의 무언배우나 관객이 된 여러분에게 시간만 있다면…… 이 잔인한 죽음의 사자는 사정없이 나를 붙잡아가는구나…… 하고 싶은 말이 있는데…… 호레이쇼, 나는 가네. 자네는 살아남아 나와 나의 입장을 올바르게 전해주게, 나를 비난하는 사람들에게……

호레이쇼 살아남다니요, 천만의 말씀입니다. 저는 덴마크인이기보다는 오히려 고대 로마인이고 싶습니다. 아직 독주가 남아 있군요. (잔을 든다)

햄릿 (일어서서) 자네가 대장부라면, 그 잔을 이리 주게. 자, 놓게. 제발 이리 달라니까! (호레이쇼의 손을 쳐서 잔을 마루에 떨어뜨리고 쓰러진다) 아, 호레이쇼, 전말을 분명히 밝히지 않고 내버려둔다면, 내가 죽은 뒤에 어떤 더러운 이름이 남게 되겠는가! 자네가 진정 나를 소중히 여긴다면, 여보게, 잠시 천상의 행복을 물리치고 고생스러울지라도 이 험한 세상에 살아남아 내 이야기를 후세에 전해주게…… (멀리서 진군하는 소리가 들려온다. 이윽고 대포 소리. 오즈리크 퇴장) 저 우렁찬 소리는 무엇인가?

오즈리크 (나갔다가 돌아와서) 노르웨이 왕자 포틴브라스가 막 폴란드로부터 개선하는 도중, 마침 영국 사절을 만나 저렇게 용맹스레 예포를 쏘고 있습니다!

햄릿 아, 나는 죽네, 호레이쇼! 맹독이 내 정신을 마비시켜버렸네. 살아서 영국에서 오는 소식도 듣지 못할 것 같네. 그러나 한 가지 말해두지만, 덴마크의 왕위를 계승할 사람은 포틴브라스밖에 없네. 죽음에 즈음하여 내 그를 추천하네. 그 사람에게 그렇게 전해다오. 그리고 사태가 여기에 이르게 된 사정도 자세하게…… 그다음에는 침묵뿐…… (숨을 거둔다)

호레이쇼 아, 이제 그 고귀한 정신이 사라지고 말았구나. 편히 주무십시오, 인정 많은 왕자님이여. 많은 천사들이 노래로 왕자님을 안식처로 인도하리라! (진군하는 소리) 그런데 어째서 저 북소리가 이리로 오고 있지?

노르웨이 왕자 포틴브라스, 영국 사절, 기타 등장.

포틴브라스 어딘가, 그 현장은?

호레이쇼 당신이 보고 싶어하는 게 무엇입니까? 비참하고 놀라운 광경이라면 더 찾아다닐 필요가 없습니다.

포틴브라스 이 시체더미는 무참한 살육을 말해주고 있구나. 아, 교만한 죽음이여, 지하의 네 영원한 굴 속에서 무슨 향연이라도 베풀 심산이란 말인가? 이렇듯 많은 귀인들을 한칼에 무참히 쓰러뜨려놓다니!

영국 사절 차마 눈뜨고 볼 수 없는 참상입니다. 영국에서 가져온 소식이 너무 늦었습니다. 그것을 들어주실 분의 귀는 이미 기능을 잃어 그분의 명령대로 길덴스턴과 로젠크랜츠를 사형에 처했다는 보고를 드릴 수가 없게 되었으니, 치하는 어디서 받아야 합니까?

호레이쇼 왕의 입으로는 치하를 받지 못합니다. 설령 살아서 고마워할 힘이 있다 할지라도 왕은 두 사람의 사형을 명한 적이 없으니까요. 그러나 아무튼 이 유혈의 참극과 때를 같이하여 한 분은 폴란드 전쟁에서, 또 한 분은 영국에서 이곳에 도착하셨으니, 이 시체들을 많은 사람들이 볼 수 있게 높은 단 위에 모시도록 명령해주십시오. 그리고 저로 하여금 이 일이 어떻게 일어났는가, 사건의 전말을 전혀 모르는 세상 사람들에게 설명하게 해주십시오. 그러면 여러분은 잔혹한 불륜의 행위를, 우발적으로 내려진 판단과 뜻하지 않은 살해, 어쩔 수 없이 감행한 모살, 그리고 끝으로 간계가 빗나가 도리어 이를 계획한 자들의 머리 위에 떨어지게 된 경위를 상세히 들으실 수 있습니다.

포틴브라스 어서 들어봅시다. 곧 이 나라의 귀족들을 이 자리로 소집하십시오. 나로서는 한편으로 애도하면서 이 행운을 맞이하겠소. 나는 이 왕국에 대해서 다소 잊지 못할 권리를 가지고 있는 사람이오. 이 기회에 그 권리를 주장하지 않을 수 없소.

호레이쇼 그 일에 대해서도 말씀드릴 것이 있습니다. 더구나 그것은 많은 사람들로부터 지지를 받을 유력한 분의 입에서 나온 것입니다. 그러나 방금 말씀드린 일부터 처리하십시오. 지금은 민심이 동요되고 있는 때이니만큼 음모나 오해로 또 무슨 불상사가 일어날지 모르니까요.

포틴브라스 부대장 네 명은 무인의 예를 갖추어 햄릿 왕자님을 단상으로 모시도록 하라. 때를 만났더라면 세상에서 보기 드문 왕이 되셨을 분이다. 자, 저하의 서거를 애도하며 군악과 조포弔砲를 울려 이분의 덕을 찬양하자. 저 시체들도 모두 치워라. 이런 광경은 싸움터에는 어울릴지 모르나, 이 자리에서는 어울리지 않는다. 누가 가서 병사들에게 조포를 쏘게 하라.

병사들이 시체를 들고 퇴장. 그동안 장송곡. 이윽고 조포가 울려 퍼진다.

오셀로
Othello

장소

베니스 및 키프로스

주요 등장인물

오셀로	베니스 정부에 근무하는 왕족 출신의 무어인
데스데모나	브러밴쇼의 딸, 오셀로의 아내
캐시오	오셀로의 부관
이야고	오셀로의 기수旗手
로더리고	베니스의 신사
베니스	공작
브러밴쇼	원로원 의원, 데스데모나의 아버지
다른 의원들	
그레샤노	브러밴쇼의 동생
로도비코	브러밴쇼의 친척
몬타노	키프로스의 전 총독
어릿광대	오셀로의 시종
에밀리어	이야고의 아내
비앵커	캐시오의 정부情婦

기타 _ 수병水兵, 사자使者, 전령, 관리, 신사, 악사, 수행원 등

제1막

제1장

베니스의 거리.

로더리고와 이야고 등장.

로더리고　흥, 듣기 싫네. 이렇게 불친절할 수가 있나. 여보게, 이야고. 내 지갑을 자기 것처럼 마구 쓴 자네는 이 일을 훤히 알고 있었을 것 아닌가? 그런데도 시치미를 떼다니.

이야고　제기랄, 막무가내로군. 내가 꿈에라도 그 일을 알고 있었다면 목을 치게나.

로더리고　자넨 그자를 미워한다고 그랬지?

이야고　미워하다 뿐인가. 장안의 세도가 세 분이 일부러 찾아가서 공손히 나를 그자의 부관으로 천거했지. 솔직히 말해 내 가치는 내가 알아. 그만한 자격은 충분하단 말일세. 그런데 그 작자는 제 고집을 꺾지 않고, 잘난 체하고 싶어서 온통 미사여구에다 군사용어를 섞어가며 교묘하게 회피하더니 결국은 딱 거절하더란 거야. '실은 이미 부관이 결정

됐소.' 하고. 한데 대체 그 부관이 누군지 아나? 쳇, 플로렌스 출신인 말뿐인 전술가 마이클 캐시오일세. 그자는 미인을 아내로 맞이하여 으스대고 있지만 머지않아 그 미인 때문에 욕깨나 볼 걸세. 실전의 지휘 경험도 없을뿐더러 병력 배치법도 모르는 위인이니 여자와 다를 게 뭐야…… 아는 건 탁상공론뿐이지. 그 정도의 전술이야 웬만한 벼슬아치들도 논할 수 있어. 입만 가지고 경험도 없이 대단한 군인인 체하는데, 그런 놈이 다 발탁되고, 나같이 로도스 섬, 키프로스 섬, 기타 등지 문명국, 미개국 곳곳에서 큰 공을 세운 사람은 그 계산기 같은 녀석 밑에 들어가 꼼짝도 못해야 하다니. 그 약삭빠른 녀석은 부관으로 출세하고, 나는 허, 기가 막혀서! 무어 양반의 기수라니!

로더리고　나 같으면 차라리 그 녀석의 교수형 집행인이 되겠어.

이야고　하지만 별수 있나. 고용되려면 별의별 욕을 다 봐야 하니까. 승진은 추천장이나 정실관계로 좌우되고 예전같이 후임자가 선임자를 따르는 세상이 아니거든. 자, 판단 좀 해보게. 이래도 내가 그 무어인한테 충성을 다해야겠는가?

로더리고　나 같으면 안 그럴 거야.

이야고　아, 잠깐, 내가 그자를 따르는 데는 실은 속셈이 있단 말씀이야. 우리 모두가 다 주인 노릇을 할 수도 없거니와 어디 또 주인이라고 아랫놈들이 굽실거리는 줄 아나. 세상에는 그저 굽실거리며 일평생 충성을 다하는 녀석들도 많지만, 그런 녀석들은 주인의 당나귀처럼 멍에를 메고 꼴이나 얻어먹다가 늙으면 쫓겨나게 마련이지. 그런 것들은 바보 병신이나 다름없어. 반면 충성을 하는 체하며 실속은 실속대로 차리고 주인에게 굽실거리면서 짜낼 대로 짜내 주머니가 두둑해지면, 그때는 자기 자신에게 충성을 하는 놈도 있거든. 이게 제정신을 가진 축들이지. 내가 바로 이런 부류에 속한단 말씀이야. 글쎄 이봐, 내가 만약 무어 양반 같은 팔자가 된다면야 지금 같은 이야고로 있을 필요가 없지. 이건 자네가 로더리고인 것만큼이나 확실한 일이지 뭔가. 내 그 녀석을 주인으로 받들고는 있지만 사실 주인은 나지. 그야 하늘도 알다시피 충성심에서 받드는 것이 아니라 가면일 뿐, 실은 속셈이 있다네. 원, 본심을 액면 그대로 털어놓다가는 차라리 까마귀보고 쪼아먹으라고 염통을 옷소매에 달고 다니는 게 낫겠네. 난 겉보기와는 다른 사람이야.

로더리고 그 입술 두꺼운 놈은 복도 많지 뭐야, 일이 제대로 되어 간다면 말이야!

이야고 그 여자의 아버지를 소리쳐 깨우는 거야. 그런 다음 그치(오셀로)를 뒤쫓아가게 해서 한창 재미보고 있을 때 훼방을 놓게 하고, 한길에서 떠들어대며 여자의 친척들을 선동하는 거지. 녀석이 흐뭇한 기분으로 있을 때 파리 떼가 꾀듯 들쑤셔놓는 거야. 그래도 당사자의 기쁨은 여전할지 모르나, 적어도 속이 상하고 흥은 깨질걸.

로더리고 여기가 그 여자 아버지의 집이군. 어디 불러볼까?

이야고 불러봐, 한바탕 소란스럽게. 한밤중에 복잡한 도심에서 불이 난 것처럼 말이야.

로더리고 여보시오, 브러밴쇼 님! 브러밴쇼 각하! 여보시오!

이야고 일어나요! 여보시오, 어이, 브러밴쇼 님! 도둑이야, 도둑! 도둑! 집 안을 둘러봐요. 따님과 돈뭉치를 찾아보라고요! 도둑이야! 도둑!

브러밴쇼가 2층 창문에 나타난다.

브러밴쇼 누가 사람을 깨우고 야단이야? 대체 무슨 일이냐?

로더리고 각하, 식구들이 다 안에 있습니까?

이야고 문단속은 잘하셨습니까?

브러밴쇼 대체 그건 왜 물어?

이야고 큰일났습니다, 각하. 댁에 도둑이 들었어요. 어서 옷이나 입으시지요. 각하의 염통이 터지고, 혼비백산할 판입니다. 지금, 바로 지금, 시커먼 늙은 숫양이 댁의 흰 양을 올라타고 있는 중이에요. 일어나세요. 어서 종을 쳐서 쿨쿨 자고 있는 시민들을 깨우세요. 안 그러면 그 악마가 각하의 외손자를 만들고 말 것입니다. 자, 어서 일어나시라니까요.

브러밴쇼 뭐라고, 미쳤나?

로더리고 아, 각하, 제 음성을 아시겠습니까?

브러밴쇼 몰라, 누구냐?

로더리고 로더리고입니다.

브러밴쇼 더 괘씸하군. 내 집 근처엔 얼씬도 하지 말라고 했잖아. 그리고 똑똑히 말했잖은가. 내 딸을 줄 수 없다는 것을. 한데 이게 뭐야. 미친놈같이 술을 잔뜩 퍼마시고 엉큼스럽게 찾아와서 단잠을 깨워?

로더리고 각하, 저 글쎄……

브러밴쇼 명심해두게, 원로원 의원인 내 비위를 거스르면 혼이 날 줄 알아.

로더리고 좀 진정하십시오, 각하.

브러밴쇼 도둑이라고? 여긴 베니스야. 내 집은 들판의 외딴집이 아니야.

로더리고 브러밴쇼 각하, 저는 성심성의껏 여쭈러 찾아왔습니다.

이야고 원, 이럴 수가! 각하는 신에게 해야 할 일도 악마의 권고라면 거절하실 분이군요. 기껏 알려드리러 왔는데, 불한당 취급을 하시다니! 아프리카산 말이 따님을 올라타려 한다니까요. 말처럼 히잉 우는 외손자들이 생기게 된다니까요. 글쎄, 경주용 말, 스페인 말들의 일가친척이 되고 말겠다는 겁니까?

브러밴쇼 고얀 놈, 너는 대체 누구냐?

이야고　저는 따님과 무어 놈이 지금 등이 둘이고 몸은 하나인 짐승짓을 하고 있는 것을 알려드리러 온 사람입니다.

브러밴쇼　이 악당 같으니.

이야고　각하는…… 원로원 의원이시고요.

브러밴쇼　이건 자네 책임이야. 나는 자네를 알아, 로더리고.

로더리고　네, 뭐든 책임지고말고요. 하지만 각하, 그게 각하의 의향이십니까? 심사숙고한 끝에 동의하신 일입니까? 아마 그러신가 보군요. 글쎄, 이 한밤중에 아름다운 따님이 한 천한 사공 녀석밖에 없는 곳에서 저 무어 놈에게 안겨 있다는 것을 알고 계시고, 또 동의하신 일이라면 저희들이 주제넘은 짓을 한 것이지만, 모르신다면 그렇게 저희들을 꾸짖으실 게 아닙니다. 오해 마십시오. 버릇없이 각하를 조롱하거나 무시하자는 건 아니니까요. 거듭 말씀드리지만, 따님이 승낙도 없이 나간 것이라면 큰 불효를 저지른 셈이 아닙니까. 당장 살펴보십시오. 자식 된 도리며, 아름다움이며, 분별이며, 미래 등을 전부 이곳저곳 방랑하는 떠돌이 외국인에게 내맡긴 셈이니까요. 당장 살펴보십시오. 만일 이게 거짓이라면 법의 처벌도 감수하겠습니다.

브러밴쇼　불을 켜라! 여봐라, 초를 가져와! 모두 깨워! 어쩐지 꿈자리가 사납고, 가슴이 두근거리더라니. 불을 켜! 불을 (퇴장)

이야고　그럼 또 만나세. 나는 가봐야겠네. 무어의 적수가 되었다간 내 입장이 난처해지고 큰 지장이 있을 테니까. 난 정부政府를 알지만 글쎄, 이번 사건으로 그에게 다소의 견제는 가할망정 쉽사리 파면시킬 순 없단 말씀이야. 키프로스에서 전쟁이 벌어졌는데, 이 전쟁을 놈이 맡게 되었거든. 글쎄, 이 녀석 말고는 이 일을 감당할 만한 인물이 아무도 없으니 말이야. 그러니까 지금 나는 지옥의 고통을 받고 있지만, 당장 살아가려면 충성의 깃발과 간판을 내걸 수밖에. 그야 물론 거짓일 뿐이지만.

그럼, 사람들을 모아가지고 놈의 숙소 새지터리로 오게. 틀림없이 거기 있을 걸세. 나도 거기에 가 있겠어. 그럼, 난 가네. (퇴장)

브러밴쇼와 횃불을 든 하인들 아래층 입구에 등장.

브러밴쇼   이거 야단났군. 딸은 가버렸어. 이제 희망 없는 여생은 슬픔만 남았구나. 여보게, 로더리고, 내 딸을 어디서 보았지? 아, 불쌍한 것! 어떻게 알았나, 내 딸인지를? 오, 아비를 그렇게 감쪽같이 속이다니! 그애가 자네에게 뭐라고 하던가? 여봐라, 촛불을 더 가져와. 일가친척들을 전부 깨워. 정말 결혼을 해버린 것 같던가?

로더리고   그런 것 같았습니다.

브러밴쇼   아이고 맙소사! 대관절 어떻게 나갔을까? 혈육이 나를 배반하다니! 세상의 부모들에게 일러줘야겠어, 겉만 보고 딸자식을 믿지 말라고. 젊은 처녀의 마음을 흔들어놓는 마약이 있는 모양이지? 로더리고, 그런 얘기를 읽은 적이 있나?

로더리고   네, 있습니다.

브러밴쇼   내 아우를 깨워라. 아, 자네를 사위로 삼을 것을! 자, 한패는 저쪽으로 가라. 자네는 아는가, 어디 가면 그 애와 무어 놈을 잡을 수 있을지?

로더리고   찾아드리겠습니다. 몇 사람 데리고 저를 따라오십시오.

브러밴쇼   그럼, 안내하게. 집집마다 다니며 잠을 깨워야지. 대개는 내명에 따를 걸세. 여봐라, 다들 무기를 들어라! 야경꾼을 깨워. 자, 로더리고, 수고는 잊지 않겠네. (일동 퇴장)

제2장

다른 거리.

오셀로, 이야고, 햇불을 든 수행원들 등장.

이야고   전쟁에선 살인도 했습니다만, 모살만은 양심이 허락하지 않습니다. 전 악당이 못 되어서 가끔 손해를 보곤 하죠. 몇 번을 생각했는지 모르겠습니다. 놈(로더리고)의 갈비뼈 밑을 푹 찔러줄까 하고요.

오셀로   내버려두게.

이야고   하지만 놈이 마구 욕설을 늘어놓고 장군을 헐뜯잖아요. 저 역시 성인이 아닌지라 겨우 참았습니다. 참 결혼은 하셨습니까? 아시다시피, 그 의원님은 덕망이 높고, 실력 면에서는 베니스 공에 버금가는 두 사람 몫의 세력을 가진 분입니다. 그러니까 그분이 이 결혼을 취소시키거나, 또는 국법이 허용하는 한에서 무슨 부당한 억압책을 강구할는지도 모릅니다.

오셀로   마음대로 해보라지. 내 공로를 봐서라도 그분의 고소쯤은 문제가 안 돼. 그리고 이건 지금까지 아무에게도 말하지 않았지만…… 명예를 위해서 때때로 자랑도 필요하다면 이젠 입을 열지. 나는 왕족의 혈통을 이어받은 사람이야. 내 공로로 봐서라도 이번에 얻은 행운은 정정당당히 요구할 권리가 있지. 이봐, 이야고, 데스데모나를 사랑하지 않는다면 내가 무엇 때문에 이 자유스런 몸을 가정의 우리 속에 가두어놓겠는가. 설사 바다의 보물을 얻는다 해도 말이야. 그런데 저 햇불들은 뭐지?

이야고　잠을 깬 아버지와 그 일당들입니다. 숨으시는 게 상책입니다.

오셀로　아냐, 당당히 만나겠다. 나의 기질이나 신분이나 양심 등 어느 모로 보나 당당히 행동해야지. 그 패들인가?

이야고　아닌가 본데요.

　　캐시오와 횃불을 든 몇몇 관리들 등장.

오셀로　베니스 공의 부하들과 내 부관이군! 한밤중에 수고들 하네! 무슨 일인가?

캐시오　공작님이 사자를 보냈습니다. 장군님을 급히 모시고 오라는 분부십니다.

오셀로　무슨 사건이 일어났나?

캐시오　키프로스에서 연락이 온 모양입니다. 무슨 긴급한 일인가 본데, 밤새 함대로부터 잇따라 보고가 들어오고 있습니다. 의원들은 거의 다 일어나 이미 베니스 공작 저택에 집합했습니다. 공작께서 장군님을 급히 모시고 오라고 분부하셨는데, 숙소에 가봐도 안 계시고 해서…… 지금 원로원은 세 패로 사람을 나누어 장군님을 찾고 있는 중입니다.

오셀로　만나서 다행이군. 일러둘 말이 있어서 잠깐 안에 들어갔다 나오겠네. 그리고 나서 곧 가도록 하세. (안으로 들어간다)

캐시오　여보게 기수, 장군은 여기서 뭘 하고 계신가?

이야고　뭐, 장군님은 오늘 밤 육지를 달리는 큰 배를 한 척 약탈하셨지. 이게 합법적인 전리품으로 결정된다면 복도 많지 뭔가.

캐시오　무슨 말인지 모르겠는걸.

이야고　결혼하셨다네.

캐시오　누구와?

오셀로 다시 등장.

이야고   저…… 아, 장군님, 가실까요?
오셀로   음, 가세.
캐시오   또 다른 패가 장군님을 찾으러 오는군요.
이야고   브러밴쇼예요. 장군님, 조심하십시오. 악의를 품고 온 것이니까요.

브러밴쇼, 로더리고, 횃불과 무기를 든 관리들 등장.

오셀로   정지하라! 움직이지 마라!
로더리고 각하! 무어 놈입니다.
브러밴쇼 때려눕혀라, 저 도둑놈을! (쌍방이 칼을 빼든다)
이야고   잘 만났다, 로더리고! 너는 내가 상대해주겠다.
오셀로   이야고, 번쩍이는 칼을 칼집에 꽂아라. 이슬에 녹이 슬라. 의원 각하, 그만한 연공年功이면 명령이 통하실 텐데요, 무기에 호소하지 않으시더라도……
브러밴쇼 이 더러운 도둑놈 같으니! 내 딸을 어디다 감춰놓았냐? 이 나쁜 놈! 내 딸을 요술로 홀려내다니. 글쎄, 사리를 따져봐라. 요술에 홀리지 않고서야 그렇게도 상냥하고 아름답고 행복한 딸애가, 아니 이 나라의 유복한 귀공자와 결혼하라는 것도 마다하던 내 딸이 남의 웃음거리가 되려고 아비 슬하를 빠져나가 너 같은 사내의 그 시커먼 가슴에, 보기만 해도 소름이 끼치는 그 가슴에 안길 수 있겠느냐. 세상 사람들에게 물어봐라. 뻔한 일이 아니냐. 틀림없이 요술을 부린 게야. 연약한 처녀를 묘약으로 홀리고, 분별을 잃게 하지 않았느냐? 법정에서 진상을 규명할 테다. 틀림없어. 틀림없고말고. 그러니 너를 체포하고 구금하겠다. 세상을 해치고 금지된 요술을 행사한 죄로 저놈을 결박하라. 반항하면 사정없이 때려라.

오셀로　손대지 마라! 두 사람 다 기다려. 싸워야 할 계제라면 내가 알아챘을 것이다. 지시는 안 받는다. 자초지종을 해명하리라. 내가 어디로 가면 됩니까?

브러밴쇼　감옥에 가 있어. 규정대로 법정이 부를 때까지.

오셀로　괜찮을까요, 이대로 복종해도? 베니스 공께서 쉽게 양해하실까요? 이렇게 사람을 보내어 긴급한 나랏일로 저를 호출하셨는데도요?

관리 1　그건 사실입니다, 각하. 공작님께서는 회의를 소집하셨습니다. 각하께도 사람이 갔을 것입니다.

브러밴쇼　뭐, 공작께서 회의를 소집하셨다고? 이 밤중에! 저놈을 묶어. 난 나대로 중대한 일이니까. 공작 자신이나 동료 의원들도 이 불상사를 남의 일같이 생각하지는 않을걸. 이런 불법이 활개치게 내버려둔다면 이 나라 정치를 노예나 이교도에게 맡겨야 할 거야. (일동 퇴장)

제3장

회의실.
공작과 의원들이 탁자에 둘러앉아 있고, 관리 몇 명이 옆에 대기하고 있다.

공작   갈피를 잡을 수 없는 이 소식들을 믿을 수가 없구려.

의원 1   서로 일관성이 없습니다. 내게 온 서면에는 적 함대의 병력이 107척이라고 되어 있는데요.

공작   이 서면에는 140척이라고 되어 있소.

의원 2   내 것은 200척이라고 되어 있습니다. 그런데 정확히 일치하지는 않습니다만, 이런 경우엔 추측해서 보고하게 마련이니까 착오도 있을 법하지요. 아무튼 터키 함대가 키프로스로 진격하고 있는 것만은 틀림없습니다.

공작   음, 있을 수 있는 일이오. 숫자에 착오가 있다고 해서 안심할 수는 없소. 사실이 어떻든 매우 걱정스럽소.

수병   (밖에서) 이봐요! 이봐요! 이봐요!

관리 1   함대에서 전령이 왔습니다.

수병 등장.

공작   그래 무슨 일인가?

수병   터키 함대가 로도스 섬을 향하여 항해 중입니다. 이 사실을 정부에 보고하라는 엔젤로 제독의 명령입니다.

공작   이 정세의 변화를 다들 어떻게 생각하오?

의원 1   절대로 그럴 리가 없습니다. 우리를 기만하기 위한 일종의 위장이 아닐까요? 키프로스 섬은 터키에는 요지일 뿐만 아니라, 다들 아는 바와 같이 로도스 섬 이상으로 이해 관계가 얽혀 있습니다. 또 동시에 요새 설비며 장비 등이 로도스 섬보다 보잘것없는 실정이니까, 훨씬 쉽게 공략할 수 있는 상태지요. 이런 사실로 미루어본다면 터키 군이 졸렬하게 앞뒤를 가리지 못하고, 쉽고 유익한 공략을 포기한 채 무익한 모

힘을 하리라고는 도저히 생각되지 않습니다.

공작 음, 확실히 로도스 섬이 목표는 아닌 것 같소.

관리 1 또 보고가 들어왔습니다.

사자 등장.

사자 아뢰오. 로도스 섬으로 항해 중이던 터키 함대가 그 섬 부근에서 후속 함대와 합류했습니다.

의원 1 음, 그럴 줄 알았지. 후속 함대는 몇 척이나 되는가?

사자 30척가량입니다. 지금 다시 행동을 개시하여, 방향을 바꾸어 공공연히 키프로스 쪽으로 접근하기 시작했습니다. 이상, 충성스럽고 용맹한 그 섬의 총독 몬타노 각하로부터의 보고입니다. 선처를 바라고 계십니다.

공작 음, 확실히 키프로스가 목표란 말이지. 마커스 럭시코스는 그곳에 없는가?

의원 1 현재 플로렌스에 체류 중입니다.

공작 그분께 내 명의로 서면을 만들고, 급히 사자를 보내시오.

의원 1 마침 브러밴쇼가 오시는군요. 무어 장군도 같이.

브러밴쇼, 오셀로, 이야고, 로더리고, 관리들 등장.

공작 오셀로 장군, 적국 터키 군 격퇴의 임무를 장군이 당장 맡아주어야겠소. (브러밴쇼에게) 오신 것을 몰라봤구려. 참 잘 오셨소. 오늘 밤 귀하의 고견을 듣고 조력을 받고 싶던 참이었소.

브러밴쇼 나 역시 공작 각하의 고견과 조력을 받고자 합니다. 실례지만 각하, 이렇게 침상에서 일어나 달려온 것은 직책 때문도 아니요, 이 사건을 들었기 때문도 아닙니다. 또는 위기를 우려해서도 아닙니다. 실은 제 개인의 비애가 다른 슬픔들을 압도해버릴 만큼 엄청난 것이어서, 그저 그 일 이외에는 다른 생각을 할 경황이 없습니다.

공작 아니, 무슨 일인데요?

브러밴쇼 딸년이! 아, 딸년이!

일동 죽었단 말이오?

브러밴쇼 네, 내게는 죽은 것과 마찬가지지요. 딸년은 농락당했습니다. 돌팔이 의사한테 구한 마술과 묘약에 의해서…… 바보도 아니고 장님도 아니고 정신도 건전한 그 애가 마술에 걸리지 않았다면 이렇게 터무니없는 실수를 할 리가 없습니다.

공작 그놈이 어떤 놈이건, 그런 괘씸한 수단으로 따님의 마음을 속여 귀하한테서 빼앗아갔다면, 귀하 자신의 엄한 법규에 비추어 해석하고 극형에 처하시오. 설사 그 범인이 내 자식이라도 용서할 수 없는 일.

브러밴쇼 감사합니다. 바로 이 무언인이 범인입니다. 나랏일에 관한 각하의 특명으로 불려온 모양입니다만.

일동 그럴 리가.

공작 (오셀로에게) 당사자로서 해명할 말은 없소?

브러밴쇼 있을 턱이 없지요. 사실이 그러한데.

오셀로 존경하는 원로원 의원 여러분, 제가 이 노인의 따님을 데려간 것은 사실입니다. 결혼한 것도 사실입니다. 나의 죄목은 바로 그것뿐입니다. 원래 이 사람은 말솜씨가 거칠어 얌전한 언변은 못 됩니다. 이 두 팔은 힘이 생기기 시작한 일곱 살 때부터 오늘날까지 아홉 달만 제외하곤 줄곧 싸움터에서 전력을 다해왔습니다. 그런 탓에, 전쟁에 대한 것 이외에 일반 세상 관습에 대해서는 잘 모릅니다. 따라서 스스로를 변명할 재주는 거의 없습니다. 그러나 여러분께서 참고로 들어주신다면 사랑의 전말을 사실대로 솔직히 말씀드리겠습니다. 제가 뭔가 묘약이나, 요술, 주문, 마술을 써가지고, 그런 수단을 부렸다고 고발당하고 있습니다만, 그건 사실이 아닙니다.

브러밴쇼 규중 처녀, 그렇게도 조용하고 단정하며 행여 마음의 동요가 있을까 얼굴을 붉히던 딸이, 그런 내 딸이 천성, 연령, 나라, 체모 등 만사를 제쳐놓고 보기만 해도 질겁을 할 인간을 사랑할 리가 없습니다. 병신이나 바보라면 뭐라 판단할는지 모르지만, 티끌만큼도 흠 없는 여자가 인정의 법칙을 어기며 과오를 범할 리가 없습니다. 교활한 악마의 장난이 아니고서야 이런 해괴한 일이 어떻게 일어나겠습니까? 그러니 거듭 단언하지만, 피를 어지럽히는 무슨 강력한 약이나, 또는 그만한 약효를 지니고 있는 마법의 약으로 딸을 농락한 것이 분명합니다.

공작 단언만으로는 증거가 되지 않소. 좀 더 확실한 증거 없이는, 그런 빈약한 피상적인 추측을 가지고 사람을 죄인 취급할 수는 없는 일이오.

의원 1 오셀로 장군이 말씀해보시오. 과연 장군은 비열한 수단으로 처녀의 마음을 유혹했소? 혹은 정당히 구애하여 마음과 마음을 주고받게 된 것이오?

오셀로 그럴 것 없이 새지터리로 사람을 보내어 당사자를 불러다가 그 아버지의 면전에서 물어보시오. 만약 그녀의 말을 들은 후 내게 부당한 점이 있다면, 내가 받고 있는 신임과 지위를 박탈하는 것은 물론 사형을 선고하셔도 좋습니다.

공작 데스데모나를 불러오너라.

오셀로 기수, 안내하게. 장소는 자네가 잘 알지. (이야고와 시종 퇴장) 그녀가 올 때까지 신 앞에 나의 죄상을 참회하는 심정으로 여러분께 사실대로 말씀드리겠습니다. 내가 어떻게 그녀의 사랑을 얻고, 그녀가 어떻게 나의 사랑을 얻게 되었는지를.

공작　그럼 말해보시오, 오셀로 장군.

오셀로　그녀의 아버지는 저를 총애하여 종종 집으로 불러서 신상에 대해 묻곤 했습니다. 전투, 공격, 포위, 승패 등등 지금까지 겪어온 운명을 말입니다. 그래서 저는 어린 시절부터 요구하시는 때까지의 경험을 모두 얘기했지요. 기가 막힌 모험담, 해륙에서의 가공할 사건, 성벽을 뚫고 구사일생으로 살아난 이야기, 잔인한 적의 포로가 되어 노예로 팔렸다가 몸값을 치르고 석방된 이야기, 방랑 시절의 체험담, 예를 들면 거대한 동굴이며 불모의 사막, 험한 돌산, 암석, 하늘을 찌르는 기암절벽 등등이 자연 화제에 오르내리게 되었습니다. ……아무튼 그런 얘기를 해드렸지요. 또 동족을 잡아먹는 식인종, 앤드로 포파이자 족의 이야기, 어깨 밑에 목이 달린 미개인 이야기도 해드렸지요. 그런 얘기들을 데스데모나도 열심히 듣곤 했습니다. 때때로 집안일로 들어갈 일이 생기면 얼른 일을 마쳐놓고 다시 돌아와서 열심히 얘기를 들었습니다. 그러는 것을 보고 한번은 기회를 만들어서 그녀 쪽에서 제 방랑의 전 생애를 듣고 싶다고 넌지시 말하게끔 만들었지요. 그녀는 지금까지 띄엄띄엄 들었을 뿐, 전부를 듣지 못했으니까요. 저는 승낙했고, 어렸을 때 고생하던 얘기를 꺼내어 그녀를 울리곤 했습니다. 얘기가 끝나자 그녀는 저를 동정하며 깊은 한숨을 몰아쉬고, 세상에 그런 일이, 어머나, 신기해라, 딱해라, 가엾어라, 이렇게 소감을 말했습니다. 그리고 차라리 듣지 말걸 하면서도 자기도 그런 남자로 태어났더라면 좋았을 거라고 하며, 제게 감사를 하고 이렇게 부탁했습니다. 만약 제 친구 중에 그녀를 사랑하는 남자가 있거든, 제 경험담을 얘기해주라고 말입니다. 그러면 그는 그녀의 사랑을 얻을 거라고요. 이 말에 힘을 얻어 저는 사랑을 고백했지요. 그녀는 지난날의 고생을 동정하여 저를 사랑해주었고, 그리고 그 고생을 동정해주는 까닭에 저도 그녀를 사랑했습니다. 이것이 바로 제가 사용한 요술입니다. 이제 당사자가 왔으니 직접 물어보십시오.

　　데스데모나, 이야고, 시종들 등장.

공작　　그런 얘기를 들으면 내 딸이라도 동요하겠군. 브러밴쇼, 어차피 이렇게 된 이상, 잘 해결되도록 선처하시오. 맨주먹보다는 부러진 칼이라도 있는 게 낫다고 하지 않소.

브러밴쇼　　어쨌든 딸년 말을 들어봅시다. 저 애한테도 죄가 없는 게 아니라면, 저 사람을 비난한 내 머리에 천벌이 내려도 좋습니다. 자, 애야, 이렇게 여러 어른들 앞에서 묻겠는데, 너는 누구 말에 가장 복종해야 된다고 생각하느냐?

데스데모나　　아버지, 저한테는 두 가지 의무가 있습니다. 아버지는 저를 낳아주시고 길러주셨습니다. 이 은혜로 저는 아버지를 존경해야 한다는 것을 알고 있습니다. 아버지는 제 의무의 주인, 그러니까 저는 아버지의 딸입니다. 하지만 여기 남편이 있습니다. 어머니는 아버지를 외할아버지보다 소중히 생각하셨습니다. 그와 마찬가지로 이 딸자식도 무어 님을 주인으로 섬기려 하옵니다.

브러밴쇼　　그럼, 네 마음대로 하거라! 다 끝났다. 공작 각하, 국사를 진행시켜주십시오. 자식을 낳는 것보다 차라리 얻어다 기르는 것이 낫겠군요. 이리 오게, 무어 장군. 일이 이렇게 된 이상 이의 없이 내 딸을 주겠네. 아직 자네 것이 되지 않았더라면 단연코 거절하겠지만. 네 행실을 생각하니 네가 무남독녀인 것이 천만다행이다. 네 탈선에 마음이 사나워져 다른 자식들에게는 난폭하게 족쇄를 채울 것이 분명하니까 말이야. 이제 제 일은 끝났습니다, 공작 각하.

공작　그렇다면 내가 귀하의 입장에서 한마디 충고하겠소. 이 일을 발판 삼아 두 사람과 화해할 날도 있을 것이오. 최악의 경우를 생각하면 슬픔만 커질 뿐이오. 지나간 불행을 슬퍼하는 것은 새 불행을 초래하는 것, 화를 만나 항거할 길이 없을 때는 참으면 그 재앙도 웃어넘길 수 있소. 도둑을 맞아도 미소를 짓는 자는 오히려 도둑한테서 무엇인가를 빼앗는 셈이오. 무익한 슬픔에 잠기는 자는 자신을 도둑질하는 셈이지.

브러밴쇼　그럼 키프로스를 터키 놈들에게 점령당해도 웃고만 있으면 안 뺏긴 게 되겠군요. 지금 하신 말씀은 달리 위로받을 길이 없는 사람에게는 편리하겠습니다만, 비애를 참을 수 없는 자에게는 교훈도 고통이 될 뿐입니다. 교훈이란 이런 식으로도, 저런 식으로도 해석되는 모호한 것입니다. 요컨대 말은 말이니까요. 그냥 귀로 들었을 뿐인데도 슬픔이 멎었다는 얘기는 자고로 들어본 적이 없습니다. 그럼, 어서 국사를 진행시키십시오.

공작　터키 군이 대거 키프로스로 향하고 있소. 오셀로 장군, 그곳 요충지는 장군이 잘 알고 있을 거요. 물론 매우 유능한 총독 대리가 주둔하고 있지만, 일의 성패를 좌우하는 여론에 의하면 장군이 와줘야 안심이 된다는 거요. 그러니 수고스럽지만 신혼의 행복을 버리고 이 외적 소탕에 나서주어야겠소.

오셀로　의원 여러분, 습관의 위력으로 저는 죽음을 각오해야 하는 전쟁터를 오히려 포근한 깃털의 잠자리같이 여기고 있습니다. 유사시에는 당장이라도 뛰어갈 것이며, 터키 침략군 소탕의 임무를 완수하겠습니다. 한 가지 부탁드리고 싶은 말씀은, 아내를 부탁하오니 거처나 수당은 물론 그 밖의 편리 등 가문에 부끄럽지 않도록 배려해주시기 바랍니다.

공작　그 일 같으면 장인께 맡기게나.

브러밴쇼　그건 안 될 말씀.

오셀로 나도 반대올시다.

데스데모나 저 역시 싫습니다. 같이 살며 불쾌하게 해드리고 싶지는 않습니다. 공작님, 소녀의 말에 부디 귀를 기울여주십시오. 소녀의 소원을 허락해주시기 바랍니다.

공작 무슨 소원이지, 데스데모나?

데스데모나 제가 무어 님을 사랑하고 같이 살고 싶어한다는 사실은, 대담하게 집을 뛰쳐나와 모든 일을 완전히 운명에 맡겨버린 이번의 제 행동으로 보아 세상이 다 알 것입니다. 원래 그이의 천직 그 자체에도 마음이 끌렸습니다. 그리고 오셀로의 참 모습을 그 마음속에서 발견하고, 그이의 명예와 용맹 속에 저는 심신을 바쳤습니다. 그러니 저는 뒤에 처져서 안일한 나날을 보내고 남편만 출정한다면, 백년가약을 한 보람도 없이 독수공방에 얼마나 외롭겠습니까. 부디 같이 가게 해주십시오.

오셀로 아내의 소원을 들어주십시오. 그러나 하늘에 맹세하건대 절대로 일신의 욕정을 채우고자 애원하는 것은 아닙니다. 혹은 정열과 혈기에 못 이겨 일신의 만족을 취하기 위한 것도 아닙니다. 오직 너그럽게 아내의 소원을 들어주자는 것뿐입니다. 부디 지나친 염려는 하지 말아주십시오. 저는 아내와 같이 있다고 해서 중대한 국사를 등한시하지는 않을 것입니다. 만약 제가 날개 가벼운 큐피드의 장난으로 눈이 가려져 경박하게 임무를 그르치고 저버린다면, 하녀들에게 내 투구를 냄비 대용으로 쓰게 하고, 온갖 비천한 재앙을 내 이름 위에 내리게 해도 좋습니다.

공작 두고 가든 데리고 가든 장군 생각대로 하시오. 사태가 긴박하니 급히 출발하도록!

의원 1 오늘 밤 출발하시오.

오셀로 네, 그렇게 하겠습니다.

공작 내일 아침 아홉 시, 이곳에서 다시 회합을 가집시다. 오셀로 장군, 장교 한 명을 남겨두고 가시오. 그 편에 사령장을 전달하겠소. 기타 지휘 통수統帥에 필요한 사항도 같이.

오셀로 그럼 기수를 남겨두겠습니다. 그는 정직하고 성실한 인물입니다. 그 밖에 뭐든지 보낼 필요가 있는 물건들은 그 편에 보내주십시오.

공작 그렇게 하겠소. 그럼, 편히들 쉬시오. (브러밴쇼에게) 이봐요, 의원, 훌륭한 인품을 아름답다고 말해도 된다면, 귀하의 사위는 외관은 검어도 참으로 아름다운 인물이오.

의원 1 그럼, 무어 장군, 잘 다녀오시오. 데스데모나를 잘 보살피시고.

브러밴쇼 무어여, 눈을 가졌거든 아내를 경계하라. 아비를 속인 여자인데 남편인들 못 속이겠나.

오셀로 아내의 절개에 이 생명을 걸죠! (공작, 의원들, 관리들 퇴장) 성실한 이야고, 내 아내를 부탁하네. 자네 부인에게 시중을 들게 하고, 때를 봐서 같이 오게. 데스데모나, 같이 얘기할 시간이 한 시간밖에 없구려. 게다가 뒤처리며 타협할 일도 있소. 시간만은 엄수해야 하오. (오셀로와 데스데모나 퇴장)

로더리고 이야고!

이야고 아, 웬일이야?

로더리고 나는 대체 어떻게 하면 좋겠나?

이야고 원, 가서 잠이나 주무시게.

로더리고 당장 물속에 투신자살이라도 해야겠네.

이야고 그래 봐야 나는 시원섭섭할 거야. 참 어리석은 양반이로군!

로더리고 사는 게 고통일 바에야 산다는 게 어리석지. 처방으로는 죽는 게 상책이야, 죽는 게 약이 된다면.

이야고 못난 소리! 나는 이 세상을 칠 년씩 네 번이나 보아왔네만, 이

해 관계를 분별할 줄 알고 난 후론 자기 자신을 아낄 줄 아는 놈을 보지 못했어. 나 같으면 그까짓 암탉 한 마리 때문에 투신자살할 바에야 차라리 사람 노릇 그만두고 원숭이나 되어버리겠네.

로더리고   그럼 어떻게 하면 좋겠나? 정말 나는 창피하네, 이렇게 녹초가 되다니! 하지만 내 힘으론 어떻게 할 도리가 없어.

이야고   힘이라고? 체! 이렇게 되고 저렇게 되는 게 다 자기 책임이 아닌가. 우리 육체가 정원이라면, 의지는 정원사랄까. 그러니 쐐기풀을 심든, 상추를 심든, 히솝풀을 기르고 독보리를 제거하든, 또는 거름을 주어 부지런히 가꾸든…… 아무튼 이렇게 하든, 저렇게 하든 모든 게 다 우리 의지에 달려 있지. 인간은 거울과 마찬가지로 한쪽에 이성의 저울판이 있어 욕정의 저울판과 균형을 취해주지 않는다면, 비열한 본능에 사로잡혀 비참한 최후를 맞이하고 말지. 그러나 다행히도 이성이라는 것이 있어서, 욕정의 폭풍이며 육욕의 유혹이며 방종한 색욕 등을 식힐 수가 있거든. 그러니 아마 자네의 그 애정이라는 것도, 결국 그런 욕망의 새순이나 마찬가지일 거야.

로더리고   천만에!

이야고   그렇다면 그건 단순히 욕정의 소용돌이, 의지의 퇴각일 거야. 여보게, 정신 바짝 차리게. 투신자살을 하겠다고? 그런 짓은 고양이나 눈먼 강아지에게 대신 시키게. 난 한번 우정을 약속한 이상 자네와는 앞으로 영원히 끊을 수 없는 친구가 됐단 말씀이야. 마침내 내가 도와줄 시기가 왔어. 지갑에다 돈을 마련하게. 싸움터로 같이 가는 거야. 가짜 수염으로 변장을 하고 말이야. 알겠나? 돈을 두둑이 마련하게. 데스데모나가 언제까지나 무어 놈을 좋아할 것 같은가. 돈을 마련하게. 그야 무어 놈 쪽에서도 마찬가지고. 시작이 맹렬했으니까 그에 걸맞은 끝을 보게 될 걸세. 무어족이란 원래 변덕이 심하거든. 돈을 장만해. 지금은 로커스트 열매같이 달겠지만, 이내 콜로신드 오이같이 쓰다 해서 뱉어버리는 놈이야. 여자 또한 젊은 사람한테 쏠릴 거고. 그 녀석의 육체를 포식하고 나면, 그때는 잘못된 선택이라는 것을 깨달을 테지. 그러니까 돈을 준비하게, 돈을. 어차피 지옥에 떨어질 생각이라면, 투신자살보다는 좀 더 근사한 방법을 취해야 되지 않겠나. 돈을 긁어모으라고, 돈을. 떠돌이 야만인과 간사한 베니스 계집 사이의 그럴듯한 관계쯤은 내 지혜와 악마의 총출동으로 배겨나지 못하게 할 테니, 그때는 자네가 여자를 즐길 수 있을 게 아니냔 말이야. 그러니까 문제는 돈이야, 돈. 투신자살을 하다니! 안 될 소리지. 계집 하나 정복하지 못하고 투신자살을 할 바엔, 차라리 실컷 즐겨나 본 후에 교수형을 당할 각오를 하라구.

로더리고　그럼, 꼭 소원을 들어주겠나, 자네 말대로 한다면?

이야고　문제없어. 자, 돈이나 마련하게. 내가 늘 말하지 않았나, 골백번은 말했을 걸세. 나는 무어가 밉다고. 내 원한은 뿌리 깊은 걸세. 자네의 앙심도 마찬가지고. 자, 그러니 우리 손을 잡고, 원수를 갚잔 말이야. 간통에 성공한다면 자네는 많은 재미를 볼 거고, 나는 속이 시원할 걸세. 시간의 뱃속에는 여러 가지 일들이 잉태되어 있어 달이 차면 태어나게 마련이거든. 자, 어서 가서 돈을 마련하게. 그럼 내일 아침에 다시 얘기하자구. 잘 가게.

로더리고　내일 아침 어디서 만날까?

이야고　내 숙소에서.

로더리고　그럼, 아침 일찍 찾아가겠네.

이야고　그래 잘 가게. 참, 이것 봐.

로더리고　왜 그래?

이야고　제발 부탁인데 물에 빠져 죽진 말게, 알겠지?

로더리고　생각을 돌렸네.

이야고   그럼 가보게. 걱정 말고 돈이나 두둑이 마련하라구.

로더리고   땅뙈기를 몽땅 팔 작정이야! (퇴장)

이야고   이렇게 해서 늘 바보가 내 돈지갑이 되거든. 어차피 저런 바보를 상대로 시간을 낭비할 바엔, 재미나 보고 실속이나 차려야지. 그렇지 못하면 이건 위신 문제지. 가증스러운 무어 놈 같으니. 놈이 내 이불 속에서 나 대신 무슨 짓을 했다는 소문도 나돌고 있잖은가, 사실 여부는 알 수 없지만. 그러나 나는 그런 소문을 들은 이상, 단순한 의심일 뿐일지라도 마치 확증이 있는 것처럼 복수를 해주지 않고는 시원치 않거든. 놈은 나를 철석같이 믿고 있어. 내 목적 달성엔 안성맞춤이지. 캐시오는 미남이지, 음, 녀석의 지위를 뺏는다. 그래서 일거양득의 효과를 올린다. 음, 음, 그러고는 조금 후에 오셀로의 귀에 속삭이는 거야, 그 녀석이 사모님과 너무 친하다고. 태도가 나긋나긋하고 생김새가 반반한 놈이니까, 금방 혐의를 받게 마련이지. 한편 무어 놈은 관대하고 솔직해서, 겉으로 성실하게 보이면 속도 그런 줄 알거든. 그러니 코를 잡고 나귀처럼 내 마음대로 끌고 다닐 수 있지. 됐어, 그 수를 쓰자. 이제야 내 계략이 잉태되었군. 이제 지옥과 암흑의 힘을 빌려 이 잉태된 괴물이 지상의 햇볕을 쐬게 하는 일만 남았어. (퇴장)

제2막

제1장

키프로스 항구, 부두 근처의 공터.

몬타노와 신사 두 사람 등장.

몬타노 곶에서 바다의 무엇이 보이오?

신사 1 아무것도 안 보입니다. 풍랑이 심할 뿐, 하늘과 바다 사이에는 돛대 하나 보이지 않습니다.

몬타노 하긴 육지에서는 대단한 바람이 불고 있소. 이 성벽만 하더라도 그만한 바람을 맞아본 적이 없었소. 그렇게 바다 위도 휩쓸었다면, 참나무로 만든 배라도 산사태 같은 파도에 짓눌려서 박살이 났겠지요. 대체 어떻게 된 일일까요?

신사 2 터키 함대는 산산이 흩어져버린 모양입니다. 이 파도 치는 기슭에 서보십시오. 사나운 파도는 하늘을 찌르고, 바람에 들끓는 해면은 무서운 갈기를 풀어헤친 채, 불타는 작은곰자리에다 물을 끼얹어 북극성을 지키는 별들의 빛을 꺼버릴 기세입니다. 이렇게 성난 바다는 지금까지 본 일이 없습니다.

몬타노 제아무리 터키 함대라도 항구에 들어가서 피난이라도 하고 있지 않는 한 침몰하고 말았을 거요. 절대로 무사할 리가 없어.

신사 3 등장.

신사 3 정보가 들어왔습니다, 여러분! 전쟁은 끝났습니다. 이 폭풍우가 터키 놈들을 쳐부수고 적의 계획은 좌절됐습니다. 베니스에서 온 우리 쪽 배가 대부분 비참하게 조난당한 적의 함대를 목격하고 왔다고 합니다.

몬타노 뭐! 그게 정말이오?

신사 3 우리 군함이 입항했습니다. 베로나에서 건조한 배입니다. 용감한 무어인 오셀로 장군의 부관, 마이클 캐시오가 상륙했습니다. 무어 장군은 아직 해상에 계신데, 키프로스 섬 수비의 전권을 위임받았다고 합니다.

몬타노 참 잘됐소. 그분은 훌륭한 장군이오.

신사 3 그런데 그 캐시오는 터키 함대의 전멸을 기뻐하면서도 한편으론 몹시 걱정하면서 무어 장군이 무사하시길 빌고 있습니다. 이 맹렬한 폭풍우 때문에 서로 헤어지게 됐다고 합니다.

몬타노 아무 일도 없었으면 좋겠는데. 나는 그분 밑에서 근무한 적이 있소. 참으로 장군다운 분이지요. 자, 해안으로 가봅시다! 입항하는 배를 지켜보는 동시에 바다의 푸른 빛과 하늘의 푸른 빛을 구별할 수 없게 될 때까지 응시하며 오셀로 장군을 기다립시다.

신사 3 네, 그렇게 합시다. 이러고 있는 사이에도 언제 배가 들어올지 모릅니다.

캐시오 등장.

캐시오　군사적 요지인 이 섬을 지키는 용감한 당신이 무어 장군을 칭찬해주시니 감사합니다. 하느님! 장군을 이 풍파로부터 보호해주소서! 나는 위험한 해상에서 장군을 잃어버리고 말았습니다.

몬타노　장군의 배는 튼튼합니까?

캐시오　그 배는 구조도 튼튼하고, 선장도 경험이 많은 유능한 사람입니다. 그러니까 저도, 안심은 되지 않지만, 틀림없이 안전하실 거라고 생각하고 있습니다. (안에서 '배다, 배다!' 하는 소리)

신사 4 등장.

캐시오　왜 이리 소란스럽소?

신사 4　거리는 텅텅 비었습니다. 모두 바닷가로 몰려가서 '배가 보인다!'고 외치고들 있습니다.

캐시오　그것은 장군임에 틀림없을 거요. (대포 소리가 들린다)

신사 2　예포를 쏘고 있습니다. 아무튼 우리 편임에 틀림없습니다.

캐시오　가서 누가 도착했는지 확인해주시오.

신사 2　그렇게 하겠습니다. (퇴장)

몬타노　그런데 부관, 장군께서는 부인이 계십니까?

캐시오　확실히 운이 좋으신 분입니다. 어떤 말로도 형언할 수 없고, 이야기책에서도 볼 수 없는 부인을 맞으셨습니다. 아무리 좋은 말을 짜내도 뛰어넘을 수 없으며, 천성의 아름다움은 어떤 명언으로도 표현할 수 없을 만큼 대단합니다.

신사 2 다시 등장.

캐시오   어찌 됐소? 누가 입항했소?

신사 2   이야고라고 하는 장군의 기수입니다.

캐시오   요행히 빨리 도착했군. 모진 바람도, 거친 파도도, 죄 없는 배를 노리는 비겁한 암초도, 그리고 여울도, 아름다움을 알아봤는지 참혹한 본성을 숨기고 천사와 같은 데스데모나를 무사히 통과시켜주었군.

몬타노   그건 누구입니까?

캐시오   방금 말한 부인, 우리 장군 중의 장군, 오셀로 장군의 부인입니다. 용감한 이야고가 호위하고 있었습니다만, 우리의 예상보다 일주일이나 빨리 도착하신 셈입니다. 하느님, 이제는 오셀로 장군을 보호하소서. 그리하여 장군께서 아름다운 데스데모나의 품에서 격전의 피로를 달래고, 우리의 침체된 사기를 새로이 불타게 하여 키프로스 섬 전체가 환희로 들끓게 해주소서.

데스데모나, 에밀리어, 이야고, 로더리고, 시종 등장.

캐시오   아, 보시오, 배의 보물이 상륙합니다! 키프로스 의 여러분, 장군 부인께 인사드리시오. 부인, 축하합니다! 하느님의 은총이 전후 사방으로 부인을 에워싸기를!

데스데모나   고마워요, 캐시오 부관. 장군은 어떻게 되셨는지 아십니까?

캐시오   아직 도착하지 않으셨습니다. 보고는 없습니다만, 곧 무사히 도착하실 것입니다.

데스데모나   아, 그렇지만, 글쎄요…… 어떻게 해서 따로 떨어지게 되었나요?

캐시오 서로 지지 않으려는 바다와 하늘의 사나움 때문에 헤어지게 되었습니다. 그런데 저 소리는? 배입니다! (안에서 '배다, 배다!' 하는 함성 소리와 예포 소리)

신사 2 성에 대고 예포를 쏩니다. 이번에도 우리 쪽 배입니다.

캐시오 알아보고 오시오. (신사 2 퇴장) 기수, 잘 왔소. (에밀리어에게) 부인도 잘 오셨소. 친절이 다소 도를 넘더라도 불쾌하게 생각지 마시오, 이야고. 이렇게 대담하게 인사하는 것이 내 예의니까. (에밀리어에게 키스한다)

이야고 나는 아내의 잔소리엔 골치가 아픈데, 당신도 그 입술을 그만큼 받아본다면 아마 진력이 날 겁니다.

데스데모나 어머나, 별로 말이 없는 부인을 가지고.

이야고 천만에요. 말이 너무 많아 탈이지요. 내가 잠들 때까지 쉴 새 없이 떠들어댄다고요. 부인 앞에서는 혓바닥을 가슴에 말아넣고, 말하고 싶은 것도 뱃속에서 중얼거릴지도 모르지만요.

에밀리어 별소릴 다 들어보겠네요.

이야고 흠, 대체로 여자들이란, 바깥에서는 그림자같이 얌전하지만 일단 집에 돌아오면 시끄럽기가 종과 같고, 부엌에선 꼭 살쾡이가 되지. 나쁜 짓은 성인같이 시치미를 떼고 하는 주제에 한번 성이 나면 마귀 같다구. 정작 바쁠 때는 빈둥거리면서 이불 속에서면 바쁘게 움직이지.

데스데모나 어머 저런, 입도 걸기도 해라.

이야고 아니, 정말입니다. 이게 거짓말이라면 나는 터키 사람입니다. (자기 아내에게) 당신이야말로 잠자리에서 일어나면 놀고, 드러누우면 일하는 여자지 뭐야.

에밀리어 그렇게 칭찬 안 해줘도 괜찮아요.

이야고 그러니까 칭찬받게 하지 말란 말이야.

데스데모나 그럼 나를 칭찬한다면, 뭐라고 하시겠어요?

이야고 아 부인, 그렇게 공격하지 마십시오. 나는 입을 열면 욕이 먼저 나오는 사람이니까요.

데스데모나 그러지 말고 어서…… 누가 부두에 갔어요?

이야고 네, 갔습니다.

데스데모나 (방백) 조금도 재미는 없지만 그런 내색을 하지 않고 들어봐야지. (큰 소리로) 그래 날 칭찬해봐요, 뭐라고 하실래요?

이야고 지금 입에서 나오는 중입니다만, 그 말이 머리에 마치 끈끈이가 형겊에 붙은 것같이 잘 떨어지지 않는군요. 억지로 잡아떼면, 뇌 속의 골이 튀어나올 지경이라구요. 자, 이제 시의 여신에게 산기産氣가 돌기 시작하는군요. 자, 낳았습니다. 자, 낳았어요, 이렇게요.

　　　얼굴이 희고 지혜 있다면

　　　얼굴 희니 좋고, 지혜 있으니 더욱 좋지요.

데스데모나 정말 멋있군요! 그럼 얼굴이 검고 지혜가 있다면?

이야고 얼굴이 검어도 지혜만 있다면, 검은 얼굴에 어울리는 얼굴이 흰 남편을 얻지요.

데스데모나 점점 나빠지는데요.

에밀리어 얼굴이 희어도 바보라면 어떻게 되죠?

이야고 얼굴이 흰 여자치고 바보는 없지. 바보짓 하더라도 손해는 없어, 자식을 얻게 될 테니까.

데스데모나 그런 건 모두 술집에서 바보들을 웃기는 어리석은 소리예요. 그렇지 않은가요? 그럼 얼굴이 검고 지혜도 없는 여자에겐 뭐라고 비참한 칭찬을 할 거죠?

이야고 얼굴이 검고 바보라도, 뛰어난 미인에 뒤지지 않게 음탕한 장난에는 선수지요.

데스데모나　점점 이해할 수 없는 소리만 하시네요! 제일 못된 것을 제일 칭찬하고. 그럼 정말 훌륭한 여자는 어떻게 칭찬해야 하나요? 정말 똑똑해서 욕을 해주고 싶어도 칭찬을 안 하고는 못 배길 여자 말이에요.

이야고　얼굴이 예뻐도 거만하지 않고

말을 잘해도 떠들지 않고

돈이 많아도 사치하지 않고

맘대로 되는 일도 욕심을 버리고

화가 나고 복수할 수 있어도 꾹 참고

게다가 머리도 여간 좋지 않고

대구가 탐난대서 연어와 바꾸지 않고

생각은 깊으나 겉으로 내색하지 않고

남자들이 따라와도 거들떠보지도 않고

그런 여자 있다면, 그런 여자는……

데스데모나　어떻다는 거예요?

이야고　자식새끼 젖 빨리고 가계부나 적게 하지요.

데스데모나　어머나, 시시한 결론이네요! 에밀리어, 아무리 당신 남편이지만 곧이듣지 말아요. 안 그래요, 캐시오? 저분은 무례한 말을 함부로 하는 사람인가요?

캐시오　본래 입이 건 사람입니다, 부인. 군인이지, 학자라고 생각하시면 안 됩니다.

이야고　(방백) 저놈이 여자의 손을 만지는구나. 그리고 음, 귀엣말을 하는구나. 이렇게 작은 그물을 쳐놓고, 캐시오라는 큰 파리를 잡는단 말이거든. 흥, 그렇게 눈웃음으로 알랑대고 있으라고. 잘한다. 저렇게 은근히 미소 짓고 있을 때 꼼짝 못하게 만들어야지. 그래, 응, 손가락 셋을 합쳐서 키스하고 신사인 척하지만 이제 내 꾀에 걸려 부관 자리에서 미끄러질 판이니, 그 짓은 안 하는 게 좋을걸. 잘한다. 멋진 키스구나! 훌륭한 인사로군! 또 손가락을 입에 갖다 대는군! 차라리 관장기灌腸器를 입에 물고 있는 게 훨씬 신상에 좋을걸! (안에서 나팔 소리. 큰 소리로) 무어 장군이시다! 그분의 나팔 소리입니다.

캐시오 분명합니다.

데스데모나 마중 나가요.

캐시오 벌써 여기 오셨습니다.

오셀로와 시종들 등장.

오셀로 아, 어여쁜 전우!

데스데모나 그리운 오셀로!

오셀로 여기 당신이 와 있는 걸 보니 놀랍기도 하고 반갑기도 하구려. 참 기쁘오! 폭풍우가 지나간 뒤 언제나 이런 고요함이 찾아온다면, 바람이 죽은 자를 일으켜 깨우게 할 만큼 불어도 괜찮아! 배가 그 바람에 올림포스 산만큼 높이 들어올려져서 천국에서 지옥으로 곤두박질치더라도 상관없어! 죽는다면 지금 죽는 것이 제일 행복할지도 몰라. 뭐라고 말할 수 없는 이런 만족은 앞으로 두 번 다시 오지 않을 것만 같소.

데스데모나 왜 그런 말씀을…… 하느님, 우리들의 애정도 기쁨도 날이 갈수록 점점 더 깊어지게 해주소서!

오셀로 신들이여, 나도 그렇게 기도드립니다! 이 만족을 어떻게 표현해야 좋을지 모르겠군. 여기가 꽉 막혀서 말이 안 나와. 과분한 기쁨이지. 이거야, 이렇게 하는 거야, 둘 사이가 멀어졌을 때도. (키스한다)

이야고 (방백) 흥, 지금은 장단이 잘 맞는군! 하지만 두고 봐라, 이제 곧 그 조리개를 비틀어놓을 테니까. 명예를 걸고 그렇게 하고야 말 테다.

오셀로 자, 성으로 갑시다. 여러분, 들어보시오. 전쟁은 끝났소. 터키 군은 전멸했소. 이 섬의 내 친구들은 어떻게 지내고 있소? 데스데모나, 당신도 이 키프로스에서 대환영을 받을 거요. 나도 대단한 환대를 받은 바있소. 아, 두서없는 이야기만 했군. 너무 기뻐서 혼자 떠들었어. 수고스럽지만 이야고, 부두에 가서 배에 있는 내 짐을 가져와주게. 그리고 선장을 성으로 안내해오게. 그는 좋은 사람이야. 똑똑한 사람이니 잘 대해주게. 자, 데스데모나, 이렇게 키프로스에서 다시 만나니 기쁘기 한이없소. (오셀로, 데스데모나, 시종들 퇴장)

이야고 (옆에 있는 시종에게) 부두에 가 있게, 나도 곧 갈 테니. (로더리고에게) 잠깐 이리 오게. 자네도 용기를 내게. 비천한 놈이라도 여자한테 반하면 평소보다 훌륭해진다고 하니까…… 잘 듣게. 부관은 오늘 밤 보초를 설 거야. 그래서 얘긴데, 데스데모나는 그 녀석을 사랑하고 있네.

로더리고 그 녀석을? 그럴 리가 없어.

이야고 이렇게 손가락을 입에다 대고 조용히 내 말을 듣기나 해. 이것봐, 그 여자가 애당초 무어한테 반한 것은 단지 꿈같은 거짓말을 주워섬겼기 때문이야. 그러니 그까짓 거짓말에 언제까지 반하겠어? 자네도 이만한 건 분별할 수 있을 걸세. 그 여자도 눈요기가 하고 싶을 텐데, 그 악마 같은 얼굴을 보고 있어봤자 무슨 눈요기가 되겠나? 재미를 본 뒤열이 식으면 그걸 한번 더 부채질해서 싱싱한 식욕을 만족시켜야 하고, 그러기 위해서는 얼굴도 잘생기고 나이도 적당하고 풍채며 외모도 근사해야 되는데, 무어는 모든 면에서 낙제야. 그러니 그런 조건이 부족하면 세심한 마음도 속았구나 싶어서, 여태껏 먹은 것도 토하고 싶어지고, 무언가 싫어지고 미워지게 마련이거든. 이것이 인간의 본성이라서 자연히 어떻게 해서든지 다른 상대가 필요해지는 거야. 그래서 말인데, 반드시 그렇다고 하면…… 이건 뭐, 명백한 자연의 이치지만, 그렇다면 그 캐시오 녀석 이외에 누가 그 행운의 계단에 발을 들여놓을 수 있겠나? 혀도 머리도 잘 돌아가는 놈이니 말이야. 양심은 있지도 않아. 더러운 욕정만 은밀히 만족시키고 나면 나중엔 얌전한 척 시치미를 떼고 더 이상은 아는 체하지 않을 놈이야. 안 그래? 간사하고 교활한 놈이라고. 기회만 노리고, 조건이 나쁠 때도 맘대로 기회를 만들어내는 수완을 가진 놈이지. 꼭 악마 같은 놈이야. 게다가 얼굴은 잘생겼겠다, 나이는 젊겠다, 어리석은 풋내기 계집애들이 반할 만한 조건은 모두 갖추고 있어. 완전무결하고도 지독한 악당이야. 그래서 그 여자가 눈독을 들인 거라구.

로더리고   그 여자가 그러리라고는 믿어지지 않는걸. 그녀는 천사야.

이야고   쳇, 천사라니! 그 여자가 마시는 술도 다 같은 포도로 만든 게 아닌가. 천사라면 무어 놈한테 반하지도 않아. 큰일 날 천사군! 자네는 그 여자가 캐시오의 손바닥을 만지작거리고 있는 걸 못 봤나? 눈치도 못 챘어?

로더리고   그야 봤지. 하지만 그건 단순한 인사에 지나지 않아.

이야고   생각이 달라서 그래. 틀림없어. 욕정의 서론, 음란의 서막이야. 입술을 그렇게 가까이 대면 입김과 입김이 서로 맞닿지 않겠어. 그게 다 음탕한 생각이 있어서라구, 로더리고! 그렇게 진행시키다가 결국은 진짜 활극을 벌여 꼭 붙어버리고 말거든. 쳇! 아무튼 내 말을 들어줘. 내가 자네를 베니스에서 데리고 오지 않았나. 오늘 밤 보초를 서게. 지휘는 내가 해줄게. 캐시오는 자네를 몰라볼 거야. 내가 가까이 있어줄 테니, 무슨 떼를 써서라도 캐시오의 비위를 잔뜩 긁어놓으라구. 큰 소리로 떠들든지, 그놈의 욕을 하든지, 그때 분위기에 따라 어떤 방법이든 자네 마음대로 해서……

로더리고   알았네.

이야고   그 녀석은 발끈하는 성질이라 자네를 때리려고 할 거야. 그렇게 나오게 하란 말이야. 그러면 내가 그걸 트집 잡아서 키프로스의 큰 소동으로 확대시켜 볼게. 캐시오를 파면시키지 않는 한 도저히 진압되지 않을 만한 큰 소동으로 말일세. 그리고 더 좋은 방법으로 자네 소원도 성취시키고, 장애물도 적당히 없애버려야지. 그러지 않고서는 절대로 좋은 일은 생기지 않아.

로더리고 그렇게 해보겠어. 자네가 기회만 만들어준다면.

이야고 그건 내 책임이지. 잠시 후 성에서 만나세. 나는 장군의 짐을 가지러 가야겠어. 자, 그럼 잘 가게.

로더리고 그럼 또 만나세. (퇴장)

이야고 캐시오가 그 여자에게 반한 것은 틀림없어. 그 여자가 그 녀석에게 반한다는 것도 있을 수 있는 일이고. 나는 무어 놈이 못마땅하지만, 그런대로 건실하고 인정 많고 훌륭한 놈이지. 데스데모나 입장에서 보면 아주 소중한 남편이라고 할 수 있지. 그렇지만 나도 그 여자에게 마음이 있어. 그렇다고 오직 욕정 때문만은 아니야. 하기야 그 점도 전혀 없다고는 할 수 없지만, 한편으로는 원수를 갚기 위해서지. 그 음탕한 무어 녀석이 내 잠자리에 들어간 혐의가 있으니까. 그걸 생각하면 독이라도 마신 것처럼 뱃속이 온통 쥐어뜯기는 것만 같아. 어떻게든 그자와 똑같이 계집은 계집으로 복수해주지 않고는 시원치 않다구. 그렇게까지는 못하더라도 적어도 무어가 이성으로는 억제하지 못할 맹렬한 질투를 일으키도록 만들어야겠어. 이 일을 잘해내려면…… 우선 저 베니스의 개 로더리고 놈이 몸이 달아 뛰어다니는 것을 내가 잡아매놓았으니까, 그놈이 내가 조종하는 대로 움직여준다면 마이클 캐시오는 내 맘대로 되지. 무어 놈한테 귀가 따갑도록 그 녀석의 험담을 해야지. 캐시오 녀석도 내 베개에서 잤다는 혐의가 있으니까. 그리고 무어 놈을 실컷 바보 취급하며 휘둘러서 편안한 마음을 미칠 정도로 들쑤셔놓았는데도 나는 너에게 감사한다, 나는 네가 좋다, 사례를 하겠다, 하고 말하게 만들어야지. (이마를 가리키며) 모든 일은 이 속에 있지만 아직은 형태가 뚜렷하게 보이지 않아. 흉계의 정체는 범행 전에는 분명하게 나타나지 않거든. (퇴장)

제2장

거리.
포고 담당자가 포고문을 들고 등장. 뒤따라 주민들 등장.

포고 담당 자, 우리의 고귀하고 용감하신 오셀로 장군의 분부를 전달한다. 지금 터키 함대 전멸 소식이 들어왔으니, 모두들 전승을 축하하라. 더욱이 이 기쁜 소식에 겹쳐 오늘은 장군의 결혼을 축하하는 날이니, 춤을 추든 모닥불을 피우든 각자의 마음대로 축하연을 벌여라. 이상, 장군의 말씀을 공포한다. 성안의 주방을 모두 개방해놓았으니, 다섯 시 현재부터 열한 시 종이 칠 때까지 실컷 먹고 즐기시오. 키프로스 섬과 오셀로 장군 만세! (일동 퇴장)

제3장

성안의 홀

오셀로, 데스데모나, 캐시오, 시종들 등장.

오셀로　마이클, 오늘 밤 경계를 부탁하네. 각자 주의해서 체신을 잃지 않도록 하고, 떠들더라도 도를 넘어서는 안 되네.

캐시오　모든 일은 이야고가 잘 알아서 할 겁니다. 물론 저 자신도 잘 감독하겠습니다.

오셀로　이야고는 정말 성실한 사람이지. 마이클, 잘 가게. 내일 아침 일찍 만나서 또 얘기하세. (데스데모나에게) 자, 데스데모나, 피로연이 끝났으니 이제 정말 결혼이오. 당신과 나는 이제부터가 정말 즐거운 시간인 것이오. (캐시오에게) 잘 가게. (오셀로, 데스데모나, 시종들 퇴장)

이야고 등장.

캐시오　이야고, 잘 왔네. 우리는 보초를 서야 하네.

이야고　아직 시간이 안 되었는데요, 부관님. 아직 열 시 전입니다. 장군은 데스데모나 부인이 사랑스러워 못 견디겠으니까 이렇게 일찍 들어가버리셨군요. 하긴 그럴 수밖에요. 아직 하룻밤도 달콤하게 지내지 못하셨으니까요, 저 주피터 신도 반할 만한 미인하고.

캐시오　정말 훌륭한 부인이셔.

이야고　게다가 수단도 제법 능란하신 모양이죠, 분명히.

캐시오 정말, 신선하고 아름다운 분이야.

이야고 얼마나 아름다운 눈을 하고 있어요! 남자의 마음을 뒤흔들어놓을 것 같잖아요?

캐시오 사람을 끄는 것 같은 눈이야. 그래도 더없이 정숙해 보이거든.

이야고 또 그 목소리는 듣는 이를 사랑으로 유인하는 종소리 같지 않습니까?

캐시오 정말 완전무결한 분이야.

이야고 아, 두 분의 신방에 축복 있으라! 그런데 부관님, 술을 좀 준비해놓았습니다. 실은 밖에서 키프로스의 젊은이 두세 명이 얼굴이 검은 장군 오셀로의 건강을 축복하며 한잔하려고 기다리고 있습니다.

캐시오 오늘 밤은 안 돼, 이야고. 나는 술이 약해서 탈이야. 축하를 하더라도 어떻게 다른 방법이 없을까?

이야고 하지만 모두 우리의 좋은 친구인걸요. 그러지 마시고 한 잔만 하세요. 다음 잔부터는 내가 대신 마실 테니까요.

캐시오 실은 오늘 밤 꼭 한 잔이지만, 벌써 했어. 그것도 물을 타서 마셨는데도, 이 꼴 좀 보게. 불행히도 나는 이게 큰 약점이야. 나 자신도 그 점을 알고 있으니까 무리하지 않기로 했어.

이야고 아, 기운을 내세요! 오늘 밤은 진탕 마셔야 해요. 젊은이들도 그걸 소망하고 있어요.

캐시오 어디들 있는가?

이야고 바로 입구에 있어요. 들어오게 하시지요.

캐시오 그럼 들어오라고 하게. 별로 내키지는 않지만. (퇴장)

이야고 오늘 밤 벌써 한 잔 마셨다고 했지. 이제 한 잔만 더 먹이면 그 놈은 젊은 여자들이 끌고 다니는 개처럼 이빨을 드러내고 짖어댈 것이다. 한편 저 못난 로더리고는 사랑에 눈이 어두워 앞뒤를 분간하지 못하고 오늘 밤은 데스데모나에게 축배를 올린답시고 술병째 들고 퍼붓듯이 마셨는데, 그 녀석도 같이 보초를 서기로 되어 있지. 그리고 키프로스 섬의 젊은이 셋, 모두 다 집안 좋고 기품 있고 명예를 존중하는 사람들이지만, 싸움 좋아하기론 둘째가라면 서러운 친구들이지. 오늘 밤 충분히 술을 먹어서 얼큰하게 취한 것은 물론 그치들도 경계를 볼 것이다. 이 주정뱅이들이 모여 있는 자리에서 저 캐시오를 건드려 온 섬을 떠들썩하게 만들어야지. 아, 그 패들이 오는 모양이다. 내 계획대로 그럴듯하게 진행된다면, 내 배는 바람 좋고 물살 좋을 때 돛을 달고 떠나는 격 아닌가!

캐시오가 몬타노와 섬의 신사들을 데리고 다시 등장.
그 뒤를 하인이 술을 들고 등장.

캐시오 아니, 정말 아까 실컷 마셨습니다.

몬타노 조그만 잔인데 뭘 그러시오. 세 홉들이도 안 되오, 정말이오.

이야고 이봐, 술을 가져와! (노래한다)
술잔을 울려라, 땡그랑 땡땡.
술잔을 울려라, 땡그랑 땡.
군인도 사람이다.
아, 그러나 인생은 짧다.
그러니 군인들아, 술을 마셔라!
이봐, 술 좀 가져와!

캐시오 허, 참 재미있는 노래군.

이야고 영국에서 배운 거지요. 거기 사람들은 모두 술이 세던데요. 덴마크 사람도, 독일 사람도, 그리고 배불뚝이 네덜란드 사람도…… 자,

마셔라! 그러나 영국 사람에겐 어림도 없지.

캐시오 영국 사람들이 그렇게 술을 많이 마시던가?

이야고 그럼요, 덴마크 사람쯤은 문제도 안 되죠. 독일 사람을 이기는데는 땀도 안 흘리고, 네덜란드 사람을 상대로는 잔뜩 먹여 토하게 만들어놓고도 여유만만하게 또 한잔 기울일 정도지요.

캐시오 우리 장군의 건강을 위해 축배!

몬타노 부관, 내가 상대를 해주지. 정정당당하게 말씀이야.

이야고 아, 즐거운 영국! (노래한다)

　　　위대한 스티븐 왕이

　　　입으신 바지는 단돈 1크라운짜리.

　　　그래도 6펜스 비싸다고

　　　재단사를 몹시 나무랐단다.

　　　높으신 그분네도 그러시거늘

　　　하물며 지체 낮은 너야.

　　　사치는 금물이네, 나라를 위해

　　　낡은 외투로 참고 지내세.

　　　술을 가져와!

캐시오 이 노래는 더 재미있는데!

이야고 한 번 더 부를까요?

캐시오 아냐. 그런 인색한 자는 왕으로 둘 수 없어. 아무튼 하느님이 제일 위에 계신다. 아래에 있는 영혼들은 구원받는 놈도 있고, 구원받지 못하는 놈도 있어.

이야고 그야 그렇죠, 부관님.

캐시오 그래서 나는 말이야…… 장군이나 다른 높은 양반들에게는 미안하지만, 나는 구원받을 거네.

이야고   저도 그렇습니다, 부관님.

캐시오   응, 그래도 미안하지만 나보다는 나중이야. 부관은 기수보다 먼저 구원을 받게 되어 있으니까. 이제 그 얘긴 그만두고, 우리들의 임무에 대해서 이야기하세. 하느님, 우리들의 죄를 용서하소서! 여러분, 직무를 완수합시다. 여러분, 나는 취하지 않았소. 이 사람은 내 기수요. 이건 나의 오른손이고, 이건 왼손이오. 취하지 않았어. 똑바로 설 수 있고, 똑바로 말도 할 수 있어.

일동   그렇고말고요.

캐시오   정말 멀쩡해. 그러니까 날 취했다고 생각해선 안 된단 말씀이야. (퇴장)

몬타노   여러분, 가십시다. 자, 보초 설 준비를!

이야고   지금 나간 그 사람을 보셨습니까? 그 친구는 시저 옆에 서서 지휘를 해도 부끄럽지 않을 군인입니다. 그러나 그 추태는 도저히 봐줄 수가 없습니다. 그런 나쁜 점과 좋은 점이 꼭 반반으로 섞여 있어 참 가엾습니다. 오셀로 장군은 그 사람을 대단히 신뢰하고 계십니다만, 한번 버릇이 나오면 이 섬에 큰 소동이 일어나지나 않을까 염려됩니다.

몬타노   그런 일이 종종 있었소?

이야고   언제나 저것이 서론이고, 그 후에는 잠들어버리지요. 마시고 얼큰히 취하지만 않는다면, 시계가 두 바퀴 돌아도 눈을 붙이지 않고 참을 수 있는 사람입니다.

몬타노   그런 사실을 장군께 귀띔해주는 게 좋겠소. 아마 모르고 계실 거요. 원래 선량한 성품이니까, 캐시오의 장점만 보고 약점은 못 보고 계실 거요. 그렇게 생각하지 않소?

로더리고 등장.

이야고 (작은 소리로) 어쩐 일이야, 로더리고! 자, 부관을 쫓아가게, 어서. (로더리고 퇴장)

몬타노 그렇지만 적어도 무어 장군쯤 되시는 분이 자기의 부관이라는 중요한 지위를 그런 결함이 있는 자에게 맡겼다는 것은 유감이군. 무어 님에게 그렇게 말씀드리는 것이 오히려 정직하지 않을까?

이야고 이 훌륭한 섬 전체를 준대도 나는 말씀드릴 수 없습니다. 나는 캐시오라는 사람을 좋아하기 때문에 어떻게 해서든지 그 나쁜 버릇을 고쳐드리려고 생각하고 있으니까요. 아! 무슨 소동일까? (안에서 '사람 살려! 사람 살려!' 하는 비명 소리)

캐시오가 로더리고를 뒤쫓아 다시 등장.

캐시오 이 악당! 이 불한당!

몬타노 어쩐 일이오, 부관?

캐시오 건방진 녀석이 나에게 지시를 해! 술병 속에 처넣어버릴 테다.

로더리고 나를 처넣어버리겠다고?

캐시오 그래도 지껄여, 이놈이? (로더리고를 때린다)

몬타노 그만두시오, 부관. 손을 놓아요.

캐시오 놔요, 놔. 놓지 않으면 당신 머리통을 부숴버릴 테야.

몬타노 아아, 자네 취했군.

캐시오 취했다고? (둘이서 싸운다)

이야고 (로더리고에게 작은 소리로) 저리 가. 가서 큰일났다고 떠들어. (로더리고 퇴장) 그만하세요, 부관님! 제발 두 분 다! 이봐, 누구 와서 좀 도와줘! 아, 부관님…… 이봐요, 몬타노 님…… 이거 볼 만한 경계가 됐군! (안에서 종소리) 누구야, 종을 치는 놈은? ……빌어먹을 녀석! 온 시내 사람이 다 깨겠다. 부관님, 제발 그만두시라니까요. 일생의 수치입니다.

오셀로와 시종들 등장.

오셀로　무슨 일이냐, 대체?

몬타노　제기랄, 피가 안 멎네. 치명상을 입었어. 이놈, 죽여버리고 말 테다. (다시 캐시오에게 덤빈다)

오셀로　그만둬라, 그만두지 않으면 죽여버리겠다!

이야고　참으세요, 그만둬요! 부관님…… 그리고 몬타노 님…… 두 분 다 지위나 임무를 잊으셨습니까? 장군님의 말씀이 안 들리십니까? 그만, 그만. 창피하지 않습니까?

오셀로　뭐냐, 이게. 허! 왜 이렇게 됐어? 모두 터키인 흉내를 내고 싶으냐? 우리에게 칼을 든 죄로 터키 놈들은 천벌을 받고 말았는데! 그리스도교도의 수치야. 야만적인 소동은 그만둬. 분노를 못 이기고 함부로 손을 대는 놈은, 목숨이 아깝지 않은 놈이지. 움직이면 단칼에 베어버릴 테다. 저 시끄러운 종을 그만 치게 해. 섬 사람들이 놀라서 소동을 일으키겠다. 두 사람 무슨 일이냐? 이야고, 몹시 걱정스런 표정인데, 말해봐. 누가 시작한 거냐? 나를 위한다면 정직하게 말해봐, 어서!

이야고　저는 잘 모릅니다. 이 두 사람은 방금 전까지만 해도 마치 막 신방에 들어가는 신랑 신부같이 사이가 좋았는데, 글쎄 갑자기 별의 힘이 미치기라도 한 것처럼 칼을 빼들고 서로의 가슴을 겨누고 처참한 격투를 시작했습니다. 한데 왜 이런 바보 같은 싸움이 시작되었는지 모르겠습니다. 싸움이 한창일 때 겨우 뛰어든 이 두 다리를 차라리 화려한 전쟁에서 떳떳하게 잃고 말았더라면 좋았을 걸 그랬습니다.

오셀로　어쩐 일이냐, 마이클! 이렇게 앞뒤를 분간 못하고 있으니.

캐시오　제발 용서해주십시오. 말씀드릴 면목이 없습니다.

오셀로　몬타노, 당신은 평소에 예의범절이 바른 분이었소. 나이는 적어도 근엄하고 온후하다는 것을 세상이 모두 인정하고, 높은 분들도 당신을 대단히 칭찬하고 있소. 대체 어떻게 된 일이오? 그런 당신이 이런 결점을 드러내고 좋은 평판도 아랑곳없이 한밤중에 소동을 일으키다니! 대답해보시오.

몬타노　오셀로 장군, 저는 중상을 입었습니다. 장군의 기수 이야고가…… 괴로워서 도저히 말이 안 나옵니다만…… 다 알고 있습니다. 아무리 생각해봐도 저는 오늘 밤 잘못된 말을 하거나 잘못된 짓을 한 기억이 없습니다. 자애가 악덕이고, 폭력이 날뛸 때 정당방위가 죄악이라면 몰라도.

오셀로　음, 아무리 냉정해지려고 해도 참을 수 없군. 아무리 이성을 작용시켜봐도 감정이 앞서는군. 내가 조금만 움직여봐라, 아니 이 팔 하나만 올려봐라. 너희들 중 어느 놈이든지 한칼에 쓰러지고 말 테니. 말해봐. 이 더러운 소동이 왜 일어났지? 누가 시작했어? 이 사건을 일으킨 자가 내 쌍둥이 형제라도 용서 못해. 무슨 짓이야! 수비도 풀리지 않고, 아직도 민심이 어수선하고 뒤숭숭한 이때에, 더군다나 야밤에 치안을 맡고 있는 야경대 본부에서 같은 편끼리 사사로운 싸움을 하다니! 해괴망측하구나. 이야고, 누가 먼저 시작했느냐?

몬타노　사사로운 정이나 동료애 때문에 사실을 왜곡해서 이야기한다면 자네는 군인이라고 할 수 없어.

이야고　그렇게 윽박지르지 마세요. 마이클 캐시오 님에게 불리한 이야기를 할 바에야, 차라리 제 혓바닥을 빼버리는 게 낫겠어요. 그러나 제 생각으론 사실대로 말해도 캐시오 님께 불리하진 않을 것 같습니다. 장군님, 진상은 이렇습니다. 몬타노 님과 제가 이야기를 하고 있는데, 누

가 사람 살리라고 소리지르며 뛰어들어왔습니다. 그 사람을 캐시오 님
은 칼을 들고 뒤쫓아와서 찔러 죽인다고 했습니다. 그래서 이분이 캐시
오 님을 붙들고 말리고, 저는 소리지르는 녀석을 쫓아갔지요. 그 녀석이
소리를 지르는 바람에 시민들이 놀라서 동요되면 안 되니까요. 그러나
결국은 그렇게 되고 말았습니다만, 그놈이 어찌나 재빠른지 따라잡지
못했습니다. 그래서 다시 되돌아왔는데, 칼싸움하는 소리와 캐시오 님
이 떠드는 소리가 들려왔으니까요. 이런 일은 오늘 밤이 처음입니다. 그
래서 돌아와보니, 곧 돌아왔습니다만, 두 분이 맞붙어서 때리고 찌르고
야단이었습니다. 싸움이 한바탕 더 벌어지려고 하는데 장군님이 떼어놓
으신 겁니다. 저는 이것밖에 모릅니다. 그렇지만 인간인 이상, 성인군자
도 자기를 잊어버릴 때가 있게 마련이지요. 캐시오 님도 이분께 좀 대들
긴 했습니다만, 사람이 화가 날 때는 자기에게 호의를 가지고 있는 사람
마저 때리고 싶어지지 않습니까? 그렇지만 확실히 캐시오 님은 그 도망
간 놈에게서 무슨 커다란 모욕을 받아 참을 수가 없었던 것 같습니다.

오셀로　이야고, 잘 알았다. 너는 성실하고 동정심이 많기 때문에 캐시
오의 죄를 가볍게 하려고 사건을 둘러대는 거야. 캐시오, 나는 너를 사
랑하고 있지만, 그러나 이제 더 이상 내 부관으로 둘 수가 없다.

　데스데모나, 시종을 데리고 등장.

오셀로　보아라, 내 아내까지 잠을 깨지 않았는가! 너를 본보기로 처벌
하겠다.

데스데모나　무슨 일인가요?

오셀로　이제 일은 다 끝났소. 여보, 우리는 침실로 갑시다. 몬타노, 당
신의 상처는 내가 직접 봐주겠소. 저쪽으로 모셔라. (몬타노, 부축되어 나

간다) 이야고, 시중을 잘 둘러보고 이 망측한 소동으로 미친 듯이 혼란에 빠진 주민들을 진정시켜주게. 자, 갑시다, 데스데모나. 군인이란 사건이 생기면 단꿈을 꾸다가도 깨야 하오. (이야고와 캐시오만 남고 모두 퇴장)

이야고   아니, 당신도 다치셨습니까, 부관님?

캐시오   이제 어떤 약을 써도 소용없게 되었네.

이야고   그럴 수가 있습니까!

캐시오   명예, 명예, 명예 말이야! 아, 나는 명예를 잃어버렸어! 내가 가지고 있는 것 중에서 가장 소중한 것을 잃어버렸어. 이제는 짐승과 같아졌어. 나의 명예, 이야고, 나의 명예 말이야!

이야고   나는 정말 어디를 다치신 줄 알았지요. 명예가 다친 것보다는 그쪽이 더 아픕니다. 명예란 건 쓸데없고 허망한 걸치레일 뿐이에요. 그만한 자격이 없어도 들어올 땐 들어오고, 이렇다 할 이유도 없이 나갈 때는 나가거든요. 당신도 스스로 잃어버렸다고 생각하지만 않으신다면 조금도 명예를 잃어버린 게 아닙니다. 자, 기운을 내십시오! 장군님의 마음을 돌이키게 하는 방법은 얼마든지 있지요. 일시적으로 화가 나서 면직시키겠다고 하셨지만, 정말 미운 게 아니라 정책상의 처벌이에요. 사나운 사자를 위협하려고 죄 없는 개를 때려준 셈이지요. 한번 간청해보세요. 그분의 마음이 풀리실 겁니다.

캐시오   간청을 한다면 차라리 경멸해달라고나 간청하겠어. 이런 못난이, 주정뱅이, 분별 없는 놈이 저런 훌륭한 지휘관을 속이고 부관으로 앉아 있느니보다는. 이 주정뱅이! 쓸데없이 큰소리나 치는 놈! 제 그림자를 보고 큰소리치는 놈! 사람 눈에 보이지 않는 주신酒神아, 남들은 뭐라고 부르는지 모르지만 네놈은 악마다!

이야고   당신이 칼을 빼들고 쫓아갔던 건 누구였습니까? 당신에게 무슨 짓을 했습니까?

캐시오 몰라.

이야고 그럴 리가 있나요?

캐시오 여러 가지 생각이 나긴 나는데 하나도 확실치 않아. 싸움을 하긴 했는데, 왜 했는지 통 모르겠어. 아, 사람은 자기에게 해로운 술이란 것을 일부러 입속에 처넣어서 스스로 정신 나가게 하거든! 기뻐하고, 흥분하고, 떠들고, 노래하고, 그래서 자기 자신을 짐승으로 만들거든!

이야고 하지만 지금 당신은 멀쩡하잖아요. 어떻게 그렇게 감쪽같이 회복됐습니까?

캐시오 주정뱅이 악마가 쑥 들어가고, 이제는 분노의 악마가 나타나셨다네. 한 가지 결함이 들어가면 다른 결함이 나오니, 정말 내가 생각해도 정나미가 떨어져.

이야고 원, 당신은 지나치게 고지식해요. 시기로 보나 장소로 보나 시국으로 보나, 이런 일이 생긴 건 정말 유감이지요. 그렇지만 지나간 일은 지나간 일이고, 이젠 잘되도록 해결책을 생각하셔야죠.

캐시오 다시 한 번 복직시켜달라고 사정해봐야겠군. 그렇지만 주정뱅이라고 하시겠지? 그렇게 대답하신다면, 괴물 히드라처럼 입이 여러 개 달렸다 해도 할 말이 없지. 이때까지 멀쩡했던 인간이 순식간에 바보처럼 짐승이 되어버리는군! 정말 이상해! 주정뱅이에게 저주나 내려라! 술이란 건 악마다.

이야고 아니, 술도 정도껏 마시면 필요한 것이랍니다. 너무 욕하지 마세요. 그런데 부관님, 내가 당신을 아낀다는 것은 알고 계시죠?

캐시오 그야 알고 있지. 아, 취하는군!

이야고 당신뿐만 아니라 누구든지 살아 있으면 때로는 취하지요. 한 가지 방법을 가르쳐드리겠습니다. 지금은 장군 부인이 장군인 셈입니다. 이렇게 말하는 건, 장군님은 재주 있고 아름다운 부인을 혼이 나간 사람처럼 바라보고 있느라고 온통 넋이 나간 형편이기 때문입니다. 당신의 심정을 솔직히 부인에게 고백하고, 부인의 도움으로 어떻게든 복직이 되도록 사정해보세요. 부인은 더없이 상냥하고, 친절하며, 인정이 많고, 하느님 같은 마음씨를 가졌으니까, 부탁 받으면 그 이상의 것을 못해줘서 미안해할 사람입니다. 이번 일로 장군과 당신 사이는 관절이 빠진 셈인데, 이것은 부인에게 부목을 대서 붕대를 감아달라고 하는 게 상책입니다. 내 이 일에 전 재산을 걸어도 좋아요. 만약 그렇게만 한다면 한 번 금이 가긴 했지만 장군과의 사이가 전보다 더 두터워질 겁니다.

캐시오 좋은 것을 가르쳐줬네.

이야고 믿어주세요. 진심으로 당신을 위해서 그러는 거니까요.

캐시오 알았어. 날이 새면 데스데모나 부인을 찾아뵙고 힘이 되어달라고 부탁해봐야겠네. 그래도 안 되면, 내 운명은 끝장이 나는 거야.

이야고 옳은 말씀입니다. 안녕히 주무십시오, 부관님. 나는 야간 순찰을 돌러 갑니다.

캐시오 그럼 잘 가게, 이야고. (퇴장)

이야고 이래도 나에게 악한이라고 하는 자가 있을까? 지금 말해준 충고는 어느 모로 보나 솔직하고 성의 있고 그럴듯할 뿐만 아니라, 사실 무어 놈의 마음을 돌려놓을 한 가지 길이기도 하지. 데스데모나는 상냥한 여자니까, 진심으로 사정하면 거절하지 않을 거야. 그 관대함은 기분 좋게 볼을 스치는 봄바람 같다고나 할까. 더구나 그 여자는 무어 놈을 맘대로 움직일 수 있거든. 그는 세례를 취소하고 속죄의 신앙을 전부 버리라고 해도 싫다고 못할 만큼 그녀에게 완전히 반해 있으니까. 이렇게 해라, 저렇게 하지 말라는 등 뭐든지 하느님처럼 맘대로 약한 자를 조종할 수 있단 말이야. 그러니까 캐시오를 위해서 직효약을 권한 내가 악인일 수는 없지. 지옥의 비전秘傳에 씌어 있기를, 극악무도한 대죄악을 인간에게 시킬 때 악마는 반드시 천사로 나타나서 유혹한다고 했겠다. 내가 지금 하고 있는 것이 바로 그거지. 순진한 바보 녀석 캐시오가 자기 팔자를 고쳐달라고 데스데모나에게 사정을 하고, 그리고 그 여자도 무어에게 열심히 간청을 한다. 그사이에 나는 무어 놈의 귀에다 독약을 부어넣는단 말씀이야. 부인이 그 녀석을 복직시키려고 하는 것은 실은 자기의 욕정 때문이라고. 그러면 데스데모나가 캐시오를 위해서 애를 쓰면 쓸수록 무어 놈은 더욱더 의심하게 되겠지. 결국 그 여자의 정숙을 독으로 변질시켜놓고는, 그 여자의 친절을 그물 삼아 일망타진한단 말씀이야.

로더리고 등장.

이야고   어쩐 일이야, 로더리고?

로더리고   이런 곳까지 따라오기는 했지만 내 역할은 사냥감을 쫓아가는 사냥개 역이 아니라, 다른 여러 개들 틈에 끼어 옆에서 멍멍 짖어대는 꼴밖에 안 돼. 돈은 다 써버리고, 오늘 밤은 흠씬 두들겨 맞았어. 말하자면 혼이 난 것 대신에 경험을 얻었지. 그리고 돈은 다 없어졌지만 그 대신 지혜는 좀 얻었다구. 그러니 이쯤해서 다시 베니스로 돌아가는 게 좋을 것 같아.

이야고   참을성 없는 사람은 별수 없군! 어떠한 상처도 나으려면 시간이 걸리는 법이야. 우리가 하는 일은 이치에 맞게 하는 거지, 마술을 부리는 건 아니야. 이치에 닿게 하려면 시간이 흐르기를 기다려야 해. 지금 일이 얼마나 잘돼가고 있는가! 물론 캐시오한테 얻어맞긴 했지. 하지만 조금 맞은 대신 캐시오를 몰아냈잖아! 내 계획은 모두 햇볕을 받고 있지만, 그중에서도 맨 먼저 꽃이 핀 곳에 열매가 열린단 말씀이야.

조금만 더 참는 거야. 벌써 아침이군. 흥겹게 움직이고 있으니 시간도 빨리 가는군. 자, 어서 돌아가게. 정해진 부서로 돌아가 있으라구. 어서 돌아가라니까. (로더리고 퇴장) 두 가지 일을 해야겠군. 내 마누라를 시켜서 캐시오와 부인을 만나게 해주어야지! 서둘러야겠어. 그동안 나는 무어 놈을 데리고 나와 있다가, 캐시오가 부인에게 사정하고 있는 현장으로 그를 안내한단 말씀이야. 음, 바로 그거야. 멍하니 지체하고 있다가 때를 놓쳐선 안 돼. (퇴장)

제3막

~~~~~~~~~~~~~~~~

제1장

성 앞.

캐시오와 악사 몇 명 등장.

캐시오   악사들, 여기서 한 곡 연주하게. 돈은 충분히 내겠네. 아무거나 짧은 걸로. 그게 끝나면 '안녕하십니까, 장군님.' 하고 인사하는 거야.
(음악)

광대 등장.

광대   아니 악사들, 당신네 악기는 나폴리에서 나쁜 병이라도 옮아온 거요, 왜 그렇게 코맹맹이 소리를 내?

악사 1   아, 왜요?

광대   좀 물어보겠는데, 이건 늘 이렇게 붕붕 소리가 나는 악기인가요?

악사 1   아, 네, 그렇습니다.

광대 아하, 뭐가 달려 있는 게로군.

악사 1 뭐가 달려 있다뇨?

광대 붕붕 소리가 나는 물건 옆에는 대개 뭐가 달려 있잖아요. 하지만 악사 여러분, 돈을 드리겠소. 장군은 여러분의 음악이 어찌나 마음에 드셨던지, 제발 더 이상 소리를 내지 말아달라는 분부시오.

악사 1 네, 그럼 그만두겠습니다.

광대 소리 안 나는 음악이라면 더 해도 좋아. 장군께서는 음악 듣기를 그다지 좋아하시지는 않는다고 하니까.

악사 1 그런 음악이 어디 있어요?

광대 그럼 그 통소를 자루 속에 집어넣어요. 나는 들어가겠으니 가버리라구. 공중으로 꺼져버려요, 어서! (악사들 퇴장)

캐시오 여보게, 내 말 좀 들어봐.

광대 당신 이름은 모르겠습니다만, 당신의 목소리는 들립니다.

캐시오 농담은 그만두게. 자, 적은 돈이지만 받게. 장군 부인께 시중을 들고 있는 시녀가 일어나거든, 캐시오라는 사람이 찾아와서 잠깐 만나보았으면 하더라고 전해주게. 그렇게 해주겠나?

광대 그 여자라면 벌써 일어나 있어요. 이곳에 나오면 그렇게 전해드리지요.

캐시오 부탁하네. (광대 퇴장)

이야고 등장.

캐시오 마침 잘 왔네, 이야고.

이야고 한잠도 못 주무신 모양이군요.

캐시오 그야 물론이지. 자네하고 헤어지기 전에 벌써 날이 새지 않았

나. 여보게, 나는 실례를 무릅쓰고 자네 부인을 부르러 사람을 보냈네. 데스데모나 부인을 만나게 해달라고 부탁하려고.

이야고 곧 이리로 나오라고 하지요. 그리고 어떻게든 무어 장군을 모시고 다른 데로 나가 있겠습니다. 그러면 마음놓고 이야기를 하실 수 있을 테니까요.

캐시오 정말 고맙네. (이야고 퇴장) 내 고장 플로렌스 사람 중에 저렇게 친절하고 정직한 사람은 없을 거야.

에밀리어 등장.

에밀리어 안녕하세요, 부관님. 이번에 당하신 일은 참 안됐어요. 하지만 다 잘될 거예요. 장군님과 부인이 그 이야기를 하고 계시더군요. 부인은 당신을 무척 변호하셨어요. 그러나 무어 님으로서는 부관님이 상처를 낸 상대가 키프로스 섬의 명사일 뿐만 아니라 고위층에 친척을 가진 분이니까, 온당하게 조치하려면 부관님을 면직시키지 않을 수 없었다고 하시더군요. 그래도 부관님을 무척 아끼기 때문에 부탁을 받지 않아도 적당한 기회를 봐서 복직시키겠다고 말씀하셨어요.

캐시오 그래도 부탁합니다. 당신이 괜찮다거나 또는 가능하다고 생각되면, 잠깐이라도 좋으니 데스데모나 님과 단둘이서 얘기할 수 있게 수고 좀 해주시오.

에밀리어 그럼, 어서 들어오세요. 가슴을 터놓고 얘기할 수 있는 곳으로 안내해드리겠어요.

캐시오 이거 정말 고맙소. (두 사람 퇴장)

제2장

성안의 어떤 방.

오셀로, 이야고, 그리고 신사 두 명 등장.

오셀로 이야고, 이 서류를 선장에게 주고, 원로원에 문안드려 달라고 전해주게. 그것이 끝나면 나는 성벽 근처를 거닐고 있을 테니까 그리로 오게.

이야고 네, 잘 알았습니다. 그렇게 하겠습니다.

오셀로 여러분, 요새를 돌아볼까요?

신사 1 기꺼이 동반하겠습니다. (일동 퇴장)

제3장

성 앞.

데스데모나, 캐시오, 에밀리어 등장.

데스데모나 안심하세요. 캐시오 님. 제가 힘닿는 데까지 애써보겠어요.

에밀리어 모쪼록 그렇게 해드리세요, 아씨. 우리 주인 양반도 정말 자기 일같이 걱정하고 있답니다.

데스데모나   참 성실하신 분이군요. 캐시오 님, 걱정 마세요. 어떤 수단을 써서라도 그이와 당신 사이를 반드시 예전과 같이 만들어드리겠어요.

캐시오   고맙습니다, 부인. 이 마이클 캐시오는 어떤 일이 일어나더라도 언제나 부인께 충성을 다하겠습니다.

데스데모나   잘 알겠어요, 정말 고마워요. 당신은 우리 주인을 사랑하고, 또 오래전부터 아는 사이니까 안심하세요. 설사 우리 주인께서 멀리하시는 기색을 보이시더라도 그건 정책상 어쩔 수 없어 그러는 것일 테니까요.

캐시오   네. 그래도 부인, 그 정책상이란 것이 오랫동안 계속되면, 그 사이에 하찮은 뜬소문으로 마음이 동하게 되고, 또는 쓸데없는 것에서 뿌리가 생기게 된답니다. 저는 옆에 없으니 어차피 자리는 메워질 것이고, 그렇게 되면 결국 장군은 저의 성의나 공적 같은 것도 잊게 될 겁니다.

데스데모나   그런 걱정은 마요. 저 에밀리어가 증인이에요. 꼭 복직되게 해드리지요. 염려 마세요. 내가 친구가 된 이상 반드시 힘이 되어드릴 테니까요. 그이를 못 자게 하고, 청을 들어줄 때까지 밤새껏 얘기해서 지치게 하겠어요. 잠자리에서도, 식탁에서도, 무엇이든 그분이 하시는 일에는 캐시오 님의 청을 꺼내겠어요. 그러니 기운을 내세요, 캐시오 님. 청을 받아들인 이상 죽는 한이 있더라도 소망을 이루어드리겠어요.

오셀로와 이야고 등장.

에밀리어   아씨, 장군님께서 오십니다.

캐시오   부인, 저는 실례하겠습니다.

데스데모나 캐시오 님, 여기 계세요. 제가 가서 여쭈어보고 올 테니까요.

캐시오 아닙니다, 부인. 지금은 마음이 불편해서 제가 직접 청을 드릴 수가 없습니다. (퇴장)

이야고 저런, 저런! 안됐군.

오셀로 뭐가?

이야고 아, 아무것도 아닙니다. 실은 지금…… 아, 아무것도 아닙니다.

오셀로 지금 아내하고 헤어진 건 캐시오가 아니었나?

이야고 캐시오? 아뇨. 그럴 리가 있습니까. 그 사람이라면 장군님이 오시는 것을 봤다 하더라도 마치 죄진 사람처럼 저렇게 슬그머니 달아날 리가 없습니다.

오셀로 아냐, 분명히 캐시오였어.

데스데모나 당신이군요! 지금 여기서 부탁을 가지고 온 분하고 얘기하고 있었어요. 당신 비위를 상하게 했다고 비관하는 사람이에요.

오셀로 누구 말이오?

데스데모나 당신의 부관, 캐시오 님 말예요. 여보, 저도 이런 일에 좀 참견할 수 있지요? 그럼 곧 그 사람을 용서해주세요. 그분이 얼마나 당신을 위한다고요. 실수로 잘못을 저지를 수는 있을지라도, 계획적으로 나쁜 짓을 할 사람은 아니에요. 그건 그 성실한 얼굴을 봐도 누구든지 알수 있어요. 부디 다시 복직시켜주세요.

오셀로 지금 여기서 나갔소?

데스데모나 네, 그래요. 하도 풀이 죽어 있어서 저까지 슬퍼졌어요. 여보, 캐시오를 다시 불러주실 수 있지요?

오셀로 지금은 안 돼, 데스데모나. 두고 봅시다.

데스데모나 그럼 곧 해주시겠어요?

오셀로 될 수 있는 대로 빨리 해주지, 당신의 청이니까.

데스데모나 오늘 저녁때요?

오셀로 아냐, 오늘 밤은 안 돼.

데스데모나 그럼 내일 점심때요?

오셀로 내일 점심은 집에서 안 해. 요새에서 장교들을 만나기로 되어 있으니까.

데스데모나 아, 그럼 내일 밤, 그렇지 않으면 화요일 아침, 또는 화요일 낮이나 밤, 아니면 수요일 아침이라도 좋으니 시간을 정해주세요. 그렇지만 사흘을 넘기시면 안 돼요. 그분은 정말 후회하고 있어요. 그리고 그분의 잘못은 평상시 같으면…… 그야 전쟁 때에는 제일 우수한 사람 중에서 본보기를 세워야 하는 일이 있다고 하지만…… 인연을 끊을 정도의 죄는 아닌 것 같아요. 언제 부르시겠어요? 말씀해보세요. 오셀로님, 당신 분부를 제가 거절하거나 또는 푸념한 적이라도 있었나요? 아, 마이클 캐시오 님은 당신이 제게 청혼하러 오셨을 때도 같이 오지 않았던가요? 그리고 제가 당신 욕을 할 때도 언제나 당신 편을 들곤 했어요. 그런 사람을 복직시키는 일이 이렇게 힘들다니…… 정말 저 같으면……

오셀로 아, 알았소. 오고 싶을 때 오라고 하시오. 당신 청은 무엇이든 들어주겠소.

데스데모나 어머나, 별로 대단치도 않은 청을 가지고. 장갑을 끼시라든가, 영양가 있는 것을 드시라든가, 따뜻하게 하시라든가, 몸조심하시라든가 하는 것 같은 청이잖아요. 만일 제가 청을 해서 당신의 애정을 시험해볼 생각이라면, 중대하고 어렵고 걱정스러워서 여간해서는 허락할 수 없는 것을 부탁할 거예요.

오셀로 뭐든지 들어주지. 그러니까 이쪽도 부탁 하나 하겠는데, 제발 잠깐 동안 나를 혼자 있게 해줘요.

데스데모나 제가 그것을 싫다고 할 줄 아셨나요? 천만에요. 저리 가 있지요.

오셀로 이따 만나요, 데스데모나. 곧 가겠소.

데스데모나 에밀리어, 이리 와요. 당신 마음내키는 대로 하세요. 무슨 말씀을 하셔도 전 순종하지요. (데스데모나와 에밀리어 퇴장)

오셀로 정말 귀여운 것! 내가 그대를 사랑하지 않는다면 내 영혼에 파멸이 와도 좋다! 너를 사랑하지 않게 되면, 그때는 다시 이 세상이 원시의 어둠으로 되돌아가리라.

이야고 장군님……

오셀로 왜 그래, 이야고?

이야고 마이클 캐시오는 장군님의 구혼 시절에 장군님과 부인 사이를 알고 있었습니까?

오셀로 처음부터 끝까지 전부 알고 있었지. 그런데 그건 왜 묻지?

이야고 그저 좀 생각난 게 있어서요. 그 이상은 별로 뭐……

오셀로 생각난 거라니 뭔가, 이야고?

이야고 그 사람이 부인과 알고 있다는 것을 저는 모르고 있었어요.

오셀로 그야 우리 둘 사이를 자주 왔다 갔다 했는데.

이야고 정말입니까?

오셀로 정말이냐고? 응, 정말이야. 어디 미심쩍은 점이라도 있는가? 그가 정직하지 않다는 건가?

이야고 정직하다고요?

오셀로 정직하다고요라니? 정직하지.

이야고 그럴지도 모르죠.

오셀로 자넨 어떻게 생각하나?

이야고 어떻게 생각하다뇨?

오셀로 어떻게 생각하다뇨라니! 아, 자넨 내 말을 흉내만 내는군. 무슨 생각이 머릿속에 있는데 무서워서 남에게 말 못하는 것같이. 무슨 곡절이 있지? 자넨 안됐다고 했지, 캐시오가 내 처와 작별하는 것을 보고. 그런데 뭐가 안됐다는 거지? 그리고 내가 구혼할 때도 그에게 상담했다니까, 자네는 '정말입니까?'라고 말했고, 무슨 무서운 생각을 머릿속에 담아놓고 있기라도 한 것처럼 미간에 주름을 지었네. 나를 위한다면, 지금 곧 생각하고 있는 바를 말해주게.

이야고   장군님, 물론 저는 성의를 다하고 있습니다.

오셀로   나도 그렇게 생각하고 있어. 자네가 성심성의껏 봉사하고 있는 것은 나도 알고 있어. 경솔하게 말을 입 밖에 내지 않는 것도 잘 알아. 그렇기 때문에 자네가 입속에서 우물우물하는 것을 보니 더욱 불안하단 말이야. 그런 건 허위에 찬 불성실한 놈이라면 남을 속일 때 쓰는 수작이지만, 정직한 사람일 경우는 진정으로 화가 나서 도저히 참을 수 없다는 표시니까.

이야고   마이클 캐시오는 분명히 정직한 사람이라고 생각합니다.

오셀로   나도 그렇게 생각하고 있어.

이야고   사람은 모두 겉과 속이 같아야 한다고 생각합니다. 그렇지 않은 자는 정직한 척하는 얼굴을 하지 말았으면 좋겠어요.

오셀로   그렇지, 사람은 겉과 속이 같아야지.

이야고   그렇다면 물론 캐시오도 정직한 분이겠지요.

오셀로   아냐, 또 뭔가가 있어. 마음속에 숨기고 있는 것을 터놓고 이야기해봐. 어떤 괴상한 생각일지라도 솔직히 그대로 말해봐.

이야고   장군님, 용서하십시오. 직책상의 일이라면 명령에 복종하겠습니다만, 마음속의 생각을 말할 의무는 노예에게도 없습니다. 생각을 말하라고 하십니까? 원, 그것이 얼마나 더럽고 틀린 생각일지 모르잖습니까? 아무리 훌륭한 궁궐이라도 때로는 더러운 것이 들어오잖습니까? 아무리 숭고한 마음이라도 불결한 잡념과 올바른 생각이 판관으로 마주 앉아서 사람들을 심판할지도 모르잖습니까?

오셀로 　친구가 모욕을 당하고 있는 것을 알면서도 그것을 귀띔해주지 않는 것은, 친구를 배반하는 것과 마찬가지야, 이야고.

이야고 　제발 장군님…… 사실을 말씀드리자면 저는 나쁜 버릇이 있어 남의 과실을 캐내고, 질투심에서 엉뚱한 억측을 하곤 하는데, 저의 이번 추측 역시 억측이 아닐까 생각됩니다만…… 잘 판단하셔서 이런 망측한 추측에 신경을 쓰시거나, 이런 스산하고 불확실한 관찰 때문에 고민하지 마십시오. 아무리 생각해도 이 생각은 말씀드리지 않는 게 좋을 것 같군요. 장군님의 기분만 상하실 테고 유익하지도 않을뿐더러, 저로서도 남자답지 못하고 불성실하고 천박한 사람이 되고 말 테니까요.

오셀로 　대체 무슨 뜻인가?

이야고 　남자나 여자나 좋은 평판은 곧 영혼의 보배와 같습니다. 만약 이것이 지갑 같은 것이라면, 훔친 놈이나 잃은 자나 별로 대수로운 일이 못 됩니다. 그건 중요하다면 중요하지만, 사소한 일이라면 사소한 일에 지나지 않지요. 내 것이 지금은 다른 놈의 것이 된 것뿐이며, 돈이란 본래 이 세상을 돌고 도는 것 아닙니까! 그렇지만 좋은 평판은 도둑을 맞으면, 훔친 놈에게는 하나도 이득이 없는데, 빼앗긴 쪽만 손해를 보게 됩니다.

오셀로 　아무래도 자네 생각을 들어봐야겠어.

이야고 　그건 안 될 말씀입니다. 설사 제 마음이 장군님의 손바닥에 있다 해도, 적어도 지금은 제가 꼭 쥐고 있으니까요.

오셀로 　허!

이야고 　장군님, 질투는 경계하셔야 합니다. 그건 파리한 눈빛을 한 괴물인데, 사람의 마음을 먹이로 삼고 먹기 전에 마냥 조롱하는 그런 놈입니다. 부정한 아내를 얻어도 그걸 운명이라 생각하여 체념하고 아내에게 미련을 갖지 않는 남자는 행복합니다. 그러나 깊이 사랑하고 있으면서도 의심을 하고, 의심을 품고 있으면서도 더욱 열렬히 사랑하는 남자는 정말 하루하루가 얼마나 저주스럽겠습니까.

오셀로 그야 비참하겠지!

이야고 가난해도 만족하는 사람은 부자 중에도 큰 부자지요. 그렇지만 다시없는 부자라도, 언젠가는 가난뱅이가 되는 게 아닌가 하고 벌벌 떨고 있다면 가난하기가 엄동설한 같다고나 할까요. 아, 모든 인간이 질투만은 모르고 지냈으면 합니다.

오셀로 아니, 왜 그런 소릴 하나? 자네는 내가 앞으로 질투에 사로잡혀 달이 모양을 바꿀 때마다 새로운 의심을 가질 줄 아는가? 아냐, 나는 한 번 의심을 품으면 단번에 해결을 짓는 성미라네. 내가 자네 말대로 그런 쓸데없고 허망한 억측에 마음을 쓴다면 나를 겁 많은 염소로 취급해도 좋아. 사람들이 내 처를 아름답고, 사교적이고, 이야기도, 노래도, 연주도 잘하고, 춤도 잘 춘다고 말한다 해서 내가 질투를 할 필요는 없지. 이런 점은 정숙만 하다면 더욱더 빛나 보이거든. 또 나 자신의 약점 때문에 지레 겁을 먹고, 아내가 바람을 피울까 봐 걱정하거나 의심하는 일은 더더욱 없어. 아내는 자기 눈으로 나를 선택한 것이니까. 아니, 이야고, 나는 의심하려면 잘 알아보고 의심하지. 그리고 의심한 이상 증거를 잡지. 증거가 잡히면 방법은 하나야…… 즉시 애정을 포기하든가 또는 질투심을 버리든가.

이야고 그 말씀을 들으니 안심이 됩니다. 이제는 장군님에 대한 제 충성심에서 나온 생각을 기탄없이 말씀드릴 수 있습니다. 그러니 명령에 복종하겠습니다. 들어보십시오. 물론 아직 확증은 없습니다만, 부인을 주의하십시오. 특히 캐시오와 같이 있을 때는 조심하십시오. 그저 유심히 지켜보면서, 의심하지도 않지만 과히 신뢰하고 있지도 않다는 식으로 말입니다. 장군님은 관대하고 고결하신 분이니까, 자신의 착한 성품으로 인해 모욕을 당하시는 걸 저는 원치 않습니다. 조심하십시오. 저는 같은 고향 사람들의 기질을 잘 압니다. 베니스 여자들은 음탕한 장난을 하느님에게 들키는 한이 있더라도 남편에게는 들키지 않으면 된다는 식이지요. 따라서 그들의 최고의 도덕이라는 것은 범하지 마라가 아니라 단지 들키지 않게 하는 것뿐입니다.

오셀로 정말인가?

이야고 장군님과 결혼하기 위해서 아버지를 속인 부인이십니다. 장군님의 얼굴을 보고 무서워서 떨고 계셨을 때, 그때가 실은 가장 사랑하고 계셨던 때였습니다.

오셀로 그건 그랬어.

이야고 자, 그렇다면 말씀입니다, 저렇게 젊은 나이에 속 다르고 겉 다르게 꾸며서 아버지의 눈도 캄캄하게 멀게 하고는 마술 때문이라고 생각하게 만든 부인입니다. 아니, 이거 죄송합니다. 용서하십시오. 그저 장군님을 위하는 마음에서 이런 말까지……

오셀로 자네 호의는 평생을 두고 잊지 않겠네.

이야고 아무래도 기분이 좀 상하신 모양인데요.

오셀로 아냐, 조금도.

이야고 아니, 아무래도 기분이 좋지 않으실 겁니다. 제발 지금 말씀드린 건 저의 성의에서 나온 말이라고 생각해주십시오. 그러나 아무래도 기분이 좋지 않으신 것 같군요. 부탁입니다만, 제가 말씀드린 것은 단지 의심스럽다는 정도로 흘려버리시고, 이 이상 확실한 결론을 캐내거나, 문제를 확대시키지는 마십시오.

오셀로 그런 짓은 하지 않겠어.

이야고　만약 그러시다면 장군님, 제 말에서 엉뚱한 결과가 생겨 생각지도 않은 일이 일어날지도 모릅니다. 캐시오는 소중한 친구니까요. 장군님, 아무래도 기분이 상하신 모양입니다.

오셀로　아냐, 그렇지는 않아. 데스데모나가 정직한 여자라는 것 외에는 아무것도 생각지 않고 있어.

이야고　부인께서 언제까지나 그러하시기를! 그리고 장군님의 마음도 변하지 않기를 빕니다!

오셀로　그런데 왜 순리를 어기고 나 같은 사람에게……

이야고　그겁니다, 문제는 바로 그겁니다. 글쎄…… 털어놓고 말씀드리면…… 얼굴빛도 문벌도 같은 이 나라 많은 남자들의 청혼을 거절하지 않았습니까. 누구나 그런 남자를 택하는 게 순리일 텐데…… 체! 누구라도 눈치챌 수 있지요. 여기에는 분명 불순한 마음이 있습니다. 사실 전혀 어울리지도 않을뿐더러 부자연스럽거든요. 용서하십시오. 저는 꼭 부인을 두고 말하는 건 아닙니다. 그야 걱정은 걱정이죠. 차차 이성을 되찾게 되어 자기 나라 남자들과 장군님을 비교해보고 후회하는 일은 없으셔야 할 텐데.

오셀로　알았네, 알았어. 뭐 눈치채거든 알려주게. 자네 부인에게 감시를 하라고 하게. 이만 물러가주게, 이야고.

이야고　(나가면서) 그럼 물러가겠습니다.

오셀로　내가 왜 결혼을 했을까? 저 정직한 친구는 분명히 지금 말한 것보다 더 많은 것을 알고 있을 거야.

이야고　(되돌아와서) 장군님, 부탁입니다. 이 일은 더 캐지 마시고 되는 대로 내버려두십시오. 캐시오를 복직시키는 일도, 확실히 그 사람은 재능도 비상하고 충분히 임무도 완수할 수 있는 사람입니다만, 잠시 동안만 기다려보십시오. 그렇게 하시면 그 사람의 인간성과 그 의도를 잘 알게 될 겁니다. 부인께서 캐시오의 복직을 강경하게 말씀하시는지 어쩐지를 주의해보십시오. 그러면 또 여러 가지를 알게 될 겁니다. 그때까진 제 걱정을 지나친 노파심이라고 생각해두십시오. 저 자신으로서는 혹시나 그런 게 아닐까 하고 의심이 가는 점이 있어서 그런 겁니다만. 그리고 부디 부인을 결백한 분이라고 생각하십시오.

오셀로 내 걱정은 하지 말게.

이야고 그럼, 이만 물러가겠습니다. (퇴장)

오셀로 저자는 지극히 정직한 사람이다. 게다가 세상 물정에 밝지. 데스데모나가 도저히 길들일 수 없는 매라는 것을 확실히 알게 되면, 설사 마음속에 꼭 잡아매놓고 싶더라도 나는 휘파람을 불며 깨끗이 놓아줘야지. 돌아오지 않아도 되도록 바람 부는 쪽으로 날려보내 제멋대로 먹이를 찾게 해야지. 혹시 내가 피부색이 검고 한량들같이 고상한 매너가 없다고 해서, 또는 내 나이가 이미 한창때를 지났다고 해서, 그래도 아직 늙은 것은 아니지만, 그녀가 날 버렸는지도 모르지. 나는 모욕을 당했다. 나를 구하는 길은 그녀를 미워하는 것이다. 아, 결혼한 것이 원망스럽구나. 입으로 상냥한 여자를 제 것이라고 하지만 마음속까지는 제 것이 아니거든! 사랑하는 사람을 남의 수중에 맡겨놓고, 자기는 한 모퉁이나 차지할 바에야 차라리 두꺼비가 되어 땅속 구멍에서 습기나 마시고 사는 것이 낫지. 그렇지만 이것은 지체 높은 사람들이 받는 저주거든. 차라리 하층계급 사람만도 못해. 죽음과 마찬가지로 이건 피할 수 없는 운명이야. 바람기 많은 아내를 얻고 이마에 뿔이 돋는다는 이 저주는, 어머니의 뱃속에서 꿈틀거리기 시작한 그 순간부터 정해진 운명이거든. 아, 데스데모나가 오는군.

데스데모나, 에밀리어 등장.

오셀로　아, 저 여자가 불의를 저지르다니. 만일 그렇다면 하늘은 스스로를 속인 거야! 믿을 수 없어.

데스데모나　여보, 무슨 일이세요? 식사 시간이에요. 당신이 초대한 이 섬의 유지분들이 아까부터 기다리고 계십니다.

오셀로　미안하오.

데스데모나　왜 그렇게 목소리에 기운이 없으세요? 어디 편찮으세요?

오셀로　여기 이마가 아프군.

데스데모나　밤에 못 주무신 탓일 거예요. 곧 나을 거예요. 꼭 동여매드릴게요. 한 시간도 지나지 않아 나을 거예요.

오셀로　당신 손수건은 너무 작군. (머리에 매어준 손수건을 풀어버린다. 그것이 바닥에 떨어진다) 같이 들어갑시다.

오셀로와 데스데모나 퇴장.

에밀리어　이 손수건이 내 손에 들어오다니, 잘됐다. 이건 부인이 무어 님한테서 받은 최초의 기념품이지. 우리 집 고집쟁이 남편은 이걸 훔쳐 오라고 골백번도 더 졸라댔지. 하지만 부인은 오셀로 님께서 절대로 잃어버려서는 안 된다고 말씀하셨기 때문에 언제나 손에서 떼시지 않고, 입맞추고 말을 걸며 그야말로 소중히 간직하셨단 말이야. 이 무늬를 본떠서 이야고에게 줘야지. 이걸 대체 어쩌자는 것인지는 내가 신경 쓸 바가 아니야. 나는 단지 변덕이 심한 그이의 마음을 즐겁게 해주기만 하면 되는 거니까.

이야고 등장.

이야고 난 또 누구라고! 여기서 혼자 뭘 하고 있어?

에밀리어 화내지 말아요. 당신께 드릴 물건이 있으니까요.

이야고 내게 줄 물건? 뭐 신통한 것이겠어.

에밀리어 뭐라고요?

이야고 신통치 않단 말이야, 바보 계집과 산다는 것은.

에밀리어 그 말뿐인가요? 손수건을 드린다면 뭐라고 하시겠어요?

이야고 무슨 손수건?

에밀리어 무슨 손수건! 왜, 무어 님이 데스데모나 님께 처음으로 선사한 것, 훔쳐오라고 당신이 귀찮게 조르던 것 말이에요.

이야고 훔쳐냈어?

에밀리어 아니에요, 부인이 어쩌다 떨어뜨리셨어요. 그걸 운좋게 내가 옆에 있다가 주웠어요. 봐요, 이거예요.

이야고 기특하군. 이리 줘.

에밀리어 대체 이걸 어쩌자는 건가요? 훔쳐오라고 그렇게도 야단하시더니.

이야고 (잡아채며) 당신은 신경 쓸 것 없어.

에밀리어 그다지 필요없으면 돌려줘요. 부인은 그 손수건이 없어진 걸 알면 미쳐버릴 거예요.

이야고 모르는 체하고 있으라구. 내가 쓸 데가 있으니까. 그럼 저리 가 있어. (에밀리어 퇴장) 캐시오의 숙소에 이걸 떨어뜨려놓고 무어 놈의 눈에 띄게 해야지. 공기같이 가벼운 일이라도 질투에 사로잡혀 있는 놈에게는 성서의 구절만큼 효력 있는 증거가 되거든. 이걸 한번 써먹어야지. 무어는 내 독약에 벌써 마음이 변해가고 있어. 위험한 억측은 원래 독약과 같아서 처음에는 고약한 맛이 거의 안 나지만 조금만 핏속에 퍼지면 유황산처럼 불타오르거든. 그것 봐, 말한 대로야. 저기 오는군!

오셀로 다시 등장.

이야고   세상에 있는 어떤 수면제를 먹어도 어제까지처럼 편안하게 잠들지는 못할걸.

오셀로   아아! 나를 배신하다니!

이야고   아아, 장군님! 그 일은 잊어버리세요.

오셀로   꺼져! 물러가! 너는 나를 고문대에 올려놓았다. 섣불리 알고 있느니, 차라리 완전히 모욕당하는 게 낫겠다.

이야고   왜 이러십니까, 장군님!

오셀로   내 아내가 음탕한 짓을 했다고는 느끼지도 않았거니와 보지도 않았고, 생각지도 않았어. 그래서 괴롭지도 않았다. 그다음 밤도 난 잘 잤다. 기분도 좋고 명랑했다. 그녀의 입술에서 캐시오의 키스 자국은 알아내지도 못했어. 도둑맞고도 도둑맞은 줄 모르는 놈에게는 가르쳐주지 않는 것이 좋아. 그렇게 하면 도둑을 맞지 않은 것과 다름없으니까.

이야고   그런 말씀을 들으니 죄송스럽습니다.

오셀로   만일 모든 진중의 병사들이 하나도 빠짐없이 그녀의 아름다운 몸을 향락했다 하더라도, 아무것도 모르고 있다면 나는 행복할 게 아닌가. 아아, 평온한 마음과는 영원히 작별이구나! 만족할 줄 아는 마음도 안녕! 깃털 장식을 한 군대도, 공명 수훈을 다투는 전쟁도 마지막, 아, 마지막이다! 군마의 울음소리, 드높은 나팔 소리, 마음을 설레게 하는 북소리, 귀를 울리는 피리 소리, 장엄한 군기, 그 어떤 영광스런 전쟁의 자랑도 찬란함도 장관도 다 마지막이다. 그리고 아아, 위력 있는 대포야, 무서운 절규로 뇌신雷神 주피터의 성난 외침을 압도해버리는 너하고도 작별이다! 오셀로의 직분은 다 끝나버리고 말았다.

이야고   왜 그런 말씀을 하십니까, 장군님?

오셀로 이놈아, 내 아내가 음탕한 계집이라면 확실히 증명해보아라. 증거를 보여라. 눈에 보이는 증거를 보여라. (이야고의 멱살을 잡는다) 그렇게 못하면, 나의 영구불변하는 영혼에 걸고 맹세하지만, 내 격분으로 인해 차라리 개로 태어났더라면 좋았을걸 하고 생각하게 만들겠다.

이야고 그런 심한 말씀을?

오셀로 내게 증거를 보여라. 그게 어렵다면 최소한 증명을 해라. 한 점 의심을 품을 틈바구니도 구멍도 없는 확실한 증거를 보여라. 그렇지 못하면 죽은 목숨인 줄 알아라.

이야고 장군님, 그건……

오셀로 만약 근거 없는 일로 그녀를 중상하고 나를 괴롭혔다면 새삼스레 기도 따윈 그만둬. 야심 같은 건 내던져버리고 죄업에다 죄업을 쌓아올려라. 하늘을 울리고 땅을 놀라게 할 만한 못된 짓을 해라. 그래도 이런 죄악보다 더한 죄는 있을 수 없다.

이야고 무슨 말씀을! 너무 심합니다. 장군님이 인간이십니까? 온전한 마음을 가지고 계십니까? 저는 사직하겠습니다. 면직시켜주십시오. 아, 못난 놈이다, 나는. 성심성의껏 얘기한 것 때문에 그만 악당이 되어버렸어! 아, 해괴한 세상이로구나! 아, 다들 정신 차리시오. 조심하시오. 정직하면 위험한 세상입니다. 덕분에 하나 배웠습니다. 이제부터 남에게는 친절을 베풀지 않기로 했습니다. 친절하면 원망을 산다는 것을 알았으니까요.

오셀로 아냐, 기다려. 자네의 정직을 의심하고 싶지는 않아.

이야고 약아져야겠습니다. 정직한 자는 바보가 되어 땀을 흘리고 손해를 보니까요.

오셀로 사실 나는 내 처가 결백하다고 생각하다가도 금방 그렇지 않다고 생각된다. 자네 역시 정직한 사람이라고 생각하다가도 금세 그렇지 않다고 생각된다. 아무래도 무슨 증거가 있어야겠어. 달님의 얼굴같이 깨끗하게 생각되었던 그녀의 이름이 지금은 더러워지고 검어져서, 마치 내 얼굴빛처럼 되어버렸어. 밧줄이나 단검이나 독약이나 불이나, 그녀를 처박을 냇물이 여기 있다면 난 가만있지 않겠어. 아아, 증거를 봤으면, 증거를!

이야고 장군님, 너무 흥분에 사로잡혀 계십니다. 얘기해드린 것이 후회됩니다. 증거를 보고 싶으십니까?

오셀로 보고 싶지! 아냐, 꼭 봐야겠어.

이야고 그야 불가능한 것도 아니죠. 그러나 어떻게 해야 좋을까요? 어떻게 보시겠다는 말씀입니까? 장군님께서 설마 구경꾼이 되어 멍청하게 입을 딱 벌리고…… 보시겠습니까? 그 녀석이 장군님의 부인을 올라타고 있는 것을 말씀입니다!

오셀로 맙소사! 더럽다! 아아!

이야고 그 현장을 보여드리기는 좀 어려운 일이겠지요. 둘이 나란히 누워 있는 것을 남에게 보인다는 것은 당치도 않은 소리니까요! 그렇다면 어떻게 할까요? 어떻게 하라는 겁니까? 어떻게 해야 만족스런 증거가 될까요? 장군님께서 직접 눈으로 보실 수는 없는 일이지요. 설사 그분들이 염소처럼 정력이 세고, 원숭이처럼 음탕하고, 암내 나는 늑대처럼 음란하고, 바보같이 술에 취한 못난이라도 말입니다. 하지만 만일 확실한 증거에 근거해서 이것만으로도 틀림없다고 할 만한 것으로 만족하시겠다면, 이야기하겠습니다.

오셀로 내 아내가 정숙하지 않다는 산 증거를 대라.

이야고 그런 역할은 좀 곤란한데요. 그렇지만 저도 고지식하게 충성스런 마음으로 여기까지 발을 들여놓고 말았으니 이야기를 안 할 수도 없군요. 제가 요전에 캐시오와 같이 자는데, 마침 이가 쑤셔서 잠을 자지 못했습니다. 이 세상에는 자면서 주책없이 자기 일을 뇌까리는 놈이 있는데, 캐시오가 그런 작자로, 이런 잠꼬대를 했습니다. '귀여운 데스데모나, 조심합시다. 우리 둘의 사랑을 남이 알지 못하도록 말이오.' 그러고는 글쎄, 제 손을 꽉 잡고는 '귀여운 것!' 하고 소리질렀습니다. 그리고 제게 키스를 하지 않겠습니까! 마치 제 입술을 뿌리째 뽑아낼 기세였습니다. 그런 다음 다리를 제 가랑이 위에 척 올려놓고는 한숨을 내쉬고 또 입을 맞추고, 그리고 큰 소리로 '당신이 무어한테 가다니, 아, 참혹한 운명이다!' 하고 소리질렀습니다.

오셀로 아, 괘씸하다! 괘씸한 놈이다!

이야고 아니, 잠결에 한 짓일 뿐입니다.

오셀로 하지만 전에 해본 일이 있다는 증거야. 꿈이라도 얼마든지 의심할 여지가 있어.

이야고 그리고 다른 확실치 않은 증거를 보충하는 것도 되고요.

오셀로 그년을 능지처참해야지.

이야고 아아, 그렇지만 신중하셔야 합니다. 아직 현장을 잡은 건 아니니까요. 아직 부인은 결백한지도 모릅니다. 단지 한 가지 여쭈어보겠는데요, 장군님은 딸기 무늬를 수놓은 손수건을 부인의 손에서 보신 일이 있습니까?

오셀로 내가 그녀에게 줬어. 첫 선물이지.

이야고 그런 사실은 전혀 몰랐습니다만, 그런 손수건으로, 그건 부인 것임에 틀림없는데…… 그것으로 캐시오가 수염을 닦고 있는 것을 오늘 제가 목격했습니다.

오셀로 그게 그 손수건이라면……

이야고 그게 그 손수건이 아니더라도, 아무튼 부인 것이라면, 다른 증거도 있는 터이니, 더욱더 부인이 의심스러운 게 되지요.

오셀로 에잇, 그 못된 놈의 모가지가 천만 개쯤 된다면 그냥 모조리! 복수를 하려 해도 하나로는 부족해, 너무 적어. 그러고 보니 틀림없는 것 같군. 봐라, 이야고, 이제 나는 내 어리석은 애정을 모두 하늘로 팽개쳐버리겠다…… 날아가버렸다. 시커먼 복수야, 지옥의 구덩이에서 일어나라! 아, 내 마음의 옥좌를 차지한 애정아, 왕관을 저 잔악한 증오에게 넘겨주어라. 내 가슴아, 독사의 혓바닥에서 토해진 독으로 퉁퉁 부어올라라!

이야고 장군님, 고정하십시오.

오셀로 아아, 피, 피! 피를 봐야 해. 피를!

이야고 진정하십시오. 다시 마음이 변하실지도 모르니까요.

오셀로 절대로 변하지 않는다, 이야고. 폰토스 해海의 격류가 뒤로 물러서는 일이 없이 곧장 마르마라 해에서 다르다넬스 해협으로 흘러드는 것같이, 피가 광란하는 내 일념은 마음껏 복수를 하기 전에는 단연코 뒤를 돌아보지도 않고, 하찮은 애정 때문에 썰물같이 물러서지도 않겠다. (무릎을 꿇고) 단연코, 지금 나는 영원히 변치 않는 하늘을 보고 경건하게 신성한 맹세를 하겠다.

이야고 아직 일어나지 마세요. (무릎을 꿇고) 영원히 하늘에서 빛나는 일월성신이여, 굽어살피소서. 우리를 에워싸고 있는 하늘이여, 보소서. 여기 이야고는, 제 지혜와 제 팔과 제 마음의 힘을 다해서 배신당한 오셀로 장군을 위해 봉사하겠습니다. (두 사람 일어선다)

오셀로 자네 성의에 감사한다. 입으로만이 아니라 진정으로. 그래 지금 여기서 명령하겠다. 사흘 이내에 캐시오가 살아 있지 않다는 보고를 가지고 오너라.

이야고 친구지만 그놈의 목숨은 이미 없어진 것과 다름없습니다. 명령이 내려진 이상 해치운 것과 마찬가지입니다. 하지만 부인의 목숨만은 용서하십시오.

오셀로　가증스런 탕녀! 아, 지옥으로 떨어져라, 지옥으로! 자, 같이 가자. 나는 집에 가서 그 아름다운 악녀를 빨리 없애버릴 궁리를 하겠다. 이제부터는 그대가 부관이다.

이야고　언제까지나 충성을 다하겠습니다. (두 사람 퇴장)

제4장

성 앞.

데스데모나, 에밀리어, 어릿광대 등장.

데스데모나　이봐요, 부관 캐시오의 숙소가 어딘지 알아요?

광대　그 양반이 어디서 거짓말을 하고 계시는지는 말할 수 없습니다.

데스데모나　왜?

광대　그분은 군인인데 군인이 거짓말을 했다간 칼침을 맞게요.

데스데모나　원, 어디 묵고 계시냔 말이에요.

광대　어디서 묵고 계시다고 말씀드리는 것은, 곧 어디서 거짓말을 하느냐와 같다는 뜻입니다.

데스데모나　무슨 소릴 하는 거예요?

광대　숙소가 어딘지 저는 모르니까요. 그러니까 억지로 꾸며내서 여기서 거주한다, 아니 저기서 거주한다라고 말하는 건, 제 목구멍이 거짓말을 하는 것이 되니까요.

데스데모나 누구에게 물어서 알아볼 수는 없을까?

광대 어디 계신지 온 세계에 물어봐야겠군요. 말하자면 찾아보고, 그러고 나서 대답하겠다는 거지요.

데스데모나 그를 찾아내서 이리 오시라고 해요. 장군님을 설득해놨으니까, 모든 일이 다 잘될 거라고 전해줘요.

광대 그런 심부름 같으면 사람의 지혜로 할 수 있는 일이니 제가 그 일을 맡기로 하겠습니다. (퇴장)

데스데모나 내가 어디서 그 손수건을 잃어버렸을까, 에밀리어?

에밀리어 모르겠는데요, 아씨.

데스데모나 차라리 돈이 잔뜩 든 주머니를 잃어버린 편이 나았을 것을. 무어 님은 진실하셔서 많은 사람들처럼 비열하지 않으니 망정이지, 그렇지 않으면 정말 언짢게 생각하실 거야.

에밀리어 그렇게 의심이 없으신 분인가요?

데스데모나 누구, 그분? 그분 고향의 밝은 태양이 그런 기질을 다 빨아들인 모양이지.

에밀리어 아, 저기 오십니다!

데스데모나 이번에야말로 캐시오 님을 불러들이겠다는 말씀이 떨어지기 전엔 결코 그이 곁을 떠나지 않을 테야.

오셀로 등장.

데스데모나 당신 기분이 좀 어떠세요?

오셀로 으응, 좋소. (방백) 아, 마음을 숨기자니 괴롭군! (큰 소리로) 당신은 어떻소, 데스데모나?

데스데모나 좋아요.

오셀로 손을 이리 줘봐요. 이 손은 윤기가 도는군.

데스데모나 아직 나이도 어리고 슬픔도 모르니까요.

오셀로 이건 관대하고 마음이 너그럽다는 것을 말해주는군. 따뜻하고 윤기가 도는 당신의 손은 틀어박혀서 단식하고, 기도하고, 예배를 해야 하오. 젊고 다정다감한 악마가 숨어 있어서 자주 모반을 꾸민다는 손금이니까. 좋은 손이오. 관대한 손이오.

데스데모나 그렇지요, 옳아요. 이 손으로 전 제 마음을 내드렸으니까요.

오셀로 마음이 넓은 손금이오. 옛날에는 마음을 허락하고 손을 내줬다는데, 요즘 격식은 손이 먼저거든, 마음이 아니라.

데스데모나 글쎄, 무슨 말씀인지 잘 모르겠군요. 그건 그렇고, 그 약속은요?

오셀로 무슨 약속?

데스데모나 제가 캐시오 님을 불러오라고 사람을 보냈어요. 당신과 직접 이야기해보도록.

오셀로 감기가 들었는지 콧물이 자주 나오는군. 손수건을 이리 좀 줘봐요.

데스데모나 자, 여기 있어요.

오셀로 내가 준 것은?

데스데모나 지금 안 가지고 있는데요.

오셀로 안 가지고 있다고?

데스데모나 네, 정말이에요.

오셀로 그건 안 돼. 그 손수건은 나의 어머니가 이집트 여자한테서 얻은 거요. 그 여자는 마술사였는데, 남의 마음을 거의 다 꿰뚫어볼 수가 있어서 어머니께 이렇게 말하더라는군. 이 손수건을 가지고 있는 동안은 사람들에게 귀여움을 받고 남편의 애정도 충분히 받을 수 있으나, 한 번 잃어버리거나 남을 주거나 하면 남편에게 미움을 받고 남편의 마음이 새 재미를 찾게 된다고. 어머니는 돌아가실 때 그걸 내게 주셨소. 그리고 결혼하게 되면 아내에게 주라고 하셨지. 그래서 그렇게 한 거요. 그러니 조심해요. 자기 눈처럼 소중히 해요. 잃어버리든지 남에게 주든지 하면, 그야말로 재앙이 일어날 거요.

데스데모나　어머, 그럴 리가?

오셀로　정말이오. 그 헝겊에는 마력이 있어. 이 세상에서 이백 살이나 나이를 먹은 무당이 예언을 할 때 무아지경 상태에서 수를 놓은 것이오. 그 명주실을 뽑아낸 누에는 신성했고, 그 실은 사계의 도사가 처녀의 심장에서 뽑은 비약秘藥으로 물들인 거요.

데스데모나　어머나! 정말인가요?

오셀로　아주 확실한 이야기요. 그러니까 조심해요.

데스데모나　그렇다면 그것을 보지 않았더라면 좋았을걸!

오셀로　뭐라고! 왜?

데스데모나　왜 그렇게 무서운 표정을 지으세요?

오셀로　없어졌나? 잃어버렸어? 어디다 내버렸어?

데스데모나　이를 어쩌지!

오셀로　뭐라고?

데스데모나　없어지진 않았어요. 하지만 만일 없어졌다면 어떻게 하실래요?

오셀로　뭐?

데스데모나　없어지진 않았다니까요.

오셀로　그럼, 가지고 와서 보여봐요.

데스데모나　물론 보여드릴 수 있지요. 그러나 지금은 싫어요. 제 청을 얼버무리려고 그러시는 거죠, 당신? 캐시오를 복직시켜주세요.

오셀로 손수건을 가져와 봐요. 어쩐지 염려가 되는군.

데스데모나 여보, 그만큼 훌륭한 분은 다시 없어요.

오셀로 손수건을 내놔.

데스데모나 캐시오 님에 관한 얘기를 하세요.

오셀로 손수건을!

데스데모나 줄곧 오직 당신의 호의만 믿고 온갖 위험을 같이 겪어 온……

오셀로 손수건을!

데스데모나 정말 너무하세요.

오셀로 듣기 싫소! (퇴장)

에밀리어 저래도 시기하지 않는 분이라고요?

데스데모나 이런 일은 처음이야. 아무래도 그 손수건에 무슨 이상한 마력이 있나봐. 잃어버렸으니 정말 어떡하지?

에밀리어 남자의 마음은 일 년이나 이 년으론 모릅니다. 남자가 위장이라면 여자는 음식인 셈이지요. 걸신들린 것처럼 먹고 난 뒤 배가 차면 토해버리니까요. 어머, 캐시오 님과 우리 집 양반이 오는군요.

캐시오와 이야고 등장.

이야고 다른 방법은 없습니다. 부인께 부탁하는 수밖에. 아, 마침 잘됐어! 자, 부탁해봐요.

데스데모나 아아, 캐시오 님! 어쩐 일이세요?

캐시오 부인, 그 청입니다만, 부인의 힘으로 다시 한 번 저를 살려주십시오. 그리고 진정으로 더없이 존경하는 장군의 사랑을 되찾게 해주십시오. 이제는 더 기다릴 수 없습니다. 만일 제 죄가 너무 커서 지금까지의 공로나 현재의 슬픔으로, 또는 장래에 하려고 하는 충성을 가지고도 다시 사랑을 받을 수 없다면, 그렇다는 말씀이라도 들었으면 좋겠습니다. 그러면 저는 억지로라도 단념하고, 운명에 따라 다른 생활 방도를 찾도록 하겠습니다.

데스데모나   아, 착하고 점잖은 캐시오 님! 간청해보았지만 지금 좀 기분이 좋지 않으세요. 그이 기분이 보통 때와 다르세요. 아주 달라지셔서 같은 사람이라고 볼 수가 없을 정도예요. 왜 그러시는지 모르겠어요. 당신을 위해 지나치게 말을 많이 해서 그런지, 끝내는 비위를 상하게 하고 말았으니…… 정말 어떻게 해야 좋을지 모르겠어요! 하지만 좀 참아보세요. 할 수 있는 데까지 해볼 테니까요. 나 자신을 위해서라면 하지 못할 일까지도 해볼게요. 그러니 참고 기다리세요, 네?

이야고   장군님이 화가 나셨어요?

에밀리어   지금 저쪽으로 가셨어요. 이상하게 안절부절못하시던데요.

이야고   그분도 화를 내시는 일이 다 있나? 장군의 병졸들이 포탄에 맞아 공중으로 날아가고, 친동생 또한 바로 옆에서 처참하게 날아가버렸을 때에도 태연하셨는데…… 그런 분도 화를 내실 때가 있나? 그렇다면 무슨 중대한 사건이 있는 모양이군. 가서 만나봐야지. 만일 화를 내셨다면 필경 무슨 이유가 있을 거야.

데스데모나   그렇게 해주세요. (이야고 퇴장) 무슨 정치적인 사건 때문일 거야. 베니스에서 무슨 소식이 왔거나, 또는 무슨 음모가 이 키프로스에서 탄로났거나 해서, 그분의 맑은 기분을 망쳐놓은 걸 거야. 그런 경우 정작 남자분들이 상대할 것은 큰 사건이면서 조그만 일로 조바심내게 마련이야. 정말 그래. 손가락이 아프면 멀쩡한 다른 데까지 아픈 것같이 여겨지는 것과 마찬가지야. 남자도 신은 아니니까, 언제까지나 결혼 당시의 상냥한 마음씨로 대해줄 거라고 기대해선 안 되지. 나는 정말 부끄러워, 에밀리어. 군인의 아내답지 않게 그이가 불친절하다고 불평하다니. 지금 생각하니 내가 나빴어. 그이는 하나도 잘못이 없는 거야.

에밀리어 정말 그런 정치적인 일이라면 좋겠는데요, 아씨에게 관계된 당치 않은 상상이나 질투가 아니고요.

데스데모나 왜 그런 말을 하지? 난 아무 짓도 안 했는데!

에밀리어 그렇지만 의심 많은 사람은 그런 대답만으로는 만족하지 않아요. 그만한 이유가 있어 의심하는 게 아니거든요. 의심하기 때문에 의심하는 것뿐이에요. 의심이란 건 저절로 잉태되고 저절로 태어나는 괴물이니까요.

데스데모나 제발 그런 괴물이 오셀로 님의 마음속에 들어가지 않게 하소서!

에밀리어 저도 그러길 빌겠습니다, 아씨.

데스데모나 제가 찾아서 모시고 올게요, 캐시오 님. 여기서 잠시 거닐고 계세요. 기분이 좋으신 것 같으면 당신의 청을 꺼내서 되도록 빨리 결말지어보지요.

캐시오 진정으로 감사합니다, 부인. (데스데모나와 에밀리어 퇴장)

비앵커 등장.

비앵커 안녕하세요, 캐시오!

캐시오 어떻게 왔소? 잘 있었소, 아름다운 비앵커? 지금 당신을 찾아가려고 하던 참이었는데.

비앵커 나는 당신 숙소로 찾아가는 길이었어요, 캐시오. 일주일이나 따돌리기예요? 이레 낮 이레 밤이나? 백육십팔 시간이나요? 기다리는 쪽은 그것의 또 백육십 배나 더 지루해요. 아, 셈하는 데만도 지쳐버릴 지경이에요.

캐시오 미안해, 비앵커. 나도 요새 우울한 일이 있어서 그랬어. 그러나 머지않아 찾아가지. 그래 한동안 묵으면서 오래 못 간 보충을 해주겠어. 그런데 비앵커, (데스데모나의 손수건을 주며) 이 수를 좀 본떠주지 않겠소?

비앵커 어머 캐시오, 이게 웬 거예요? 또 좋은 사람이 생긴 모양이군요. 나를 혼자 내버려두더니, 이제 알았어요. 어느새 이렇게 되었어요? 좋아요, 알았어요.

캐시오 이봐, 당신은 대체 누구에게 그런 억측을 배웠는지 모르지만, 그런 건 지옥의 마귀한테나 던져버리라구. 어떤 여자에게서 기념으로 받은 줄 알고 강짜로군. 아냐, 절대로 그렇지 않아, 비앵커.

비앵커 그럼 누구 거예요?

캐시오 누구 것인지 몰라. 내 방에 떨어져 있었어. 나는 그 수 모양이 마음에 들었어. 그래서 찾으러 오기 전에, 반드시 누군가가 찾으러 올 거야. 그 전에 본을 떠두고 싶어. 가지고 가서 본을 좀 떠줘. 그리고 지금은 그냥 돌아가라구.

비앵커 돌아가라고요! 왜요?

캐시오 당신이 싫어서 그러는 건 아냐.

비앵커 아녜요, 싫어서 그러시는 거예요. 그럼 조금만 바래다주세요. 그리고 오늘 밤은 찾아오시겠다고 약속해주세요.

캐시오 바래다주겠지만 멀리는 못 가. 나는 여기서 기다리고 있어야 해. 그렇지만 곧 찾아가도록 하지.

비앵커 참 고맙군요. 그럼 할 수 없지요. (두 사람 퇴장)

제4막

제1장

키프로스 성 앞.

오셀로와 이야고 등장.

이야고 어떻게 생각하십니까?

오셀로 어떻게 생각하냐고? 뭐 말인가, 이야고?

이야고 말하자면 숨어서 키스하는 것 말입니다.

오셀로 용서할 수 없는 키스지.

이야고 그럼 벌거벗고 남자친구와 한 시간이나 그 이상을 같이 잔다면? 그러면서도 조금도 음란한 마음을 품지 않는다면요?

오셀로 벌거벗고 잔다고? 조금도 음란한 마음을 품지 않고! 이야고, 그런 짓은 악마라도 위선이라고 욕할 걸세. 깨끗한 마음으로 그런 위험한 짓을 하는 놈은, 곧 악마한테 유혹당해 결국 천벌을 받고 말지.

이야고 실제로 아무 짓도 안 하면 죄가 안 되지요. 그러나 제가 아내에게 손수건을 줬다면……

오셀로 그래서?

이야고 글쎄, 그렇게 되면 그건 아내 것이지요. 그게 아내 것이 된다면, 그녀가 그걸 누구에게 주든 상관없을 것 같은데요.

오셀로 그렇지만 여자는 정조를 지켜야 하는데 아무에게나 줘도 괜찮다는 건가?

이야고 여자의 정조란 눈에 보이지 않는 것이니까요. 그리고 사실은 그렇지도 않으면서 정숙한 여자인 체하는 세상입니다. 그렇지만 그게 손수건이라면……

오셀로 아, 그런 건 제발 잊어버리고 싶어. 자네는 나에게, 아아, 머리에서 떠나지 않아. 꼭 까마귀가 염병 앓는 집 위를 떠나지 않고 불길한 소리로 울어대는 것같이…… 그놈이 내 손수건을 가지고 있다고 했지?

이야고 네, 그런데 그게 어떻다는 겁니까?

오셀로 그건 안 될 말이야.

이야고 아무것도 아니잖습니까? 그놈이 장군님을 모욕하는 것을 제가 목격했다고 말하더라도, 떠들고 다니는 것을 제가 들었다고 말하더라도 말입니다. 자기가 정복해서 여자를 손에 넣었든지, 여자 쪽에서 반해서 굴러들어왔든지. 아무튼 떠들지 않고는 못 배기는 그런 놈이 있습니다만……

오셀로 그놈이 뭐라고 하던가?

이야고 네. 그러나 미리 말씀드리지만 여차하면 자기는 모르는 일이라고 잡아뗄 수 있는 정도의 내용이었습니다.

오셀로 뭐라고 했어?

이야고 분명히 그자는…… 글쎄, 뭐라더라?

오셀로 뭐라고 하던가?

이야고 잤다고요……

오셀로 내 아내하고?

이야고 같이요. 그리고 타고 태우고, 여러 가지로……

오셀로 그놈과 같이 자? 타고 태웠다고? 내가 속았다는 말이지…… 음, 같이 잤다고! 에잇, 더럽다! 손수건…… 자백…… 손수건! 먼저 자백하고, 그 결과로 교수형을 받는 게 순서지. 하지만 놈을 먼저 목졸라 죽이고, 그러고 나서 고백시켜야겠어. 나도 소름이 끼친다. 무슨 예감이 아니고서야 인간이 이렇게 암담한 격정에 싸일 수는 없지. 단지 말만 듣고 이렇게 마음이 산란할 수는 없어. 흥! 코와 코를, 귀와 귀를, 입술과 입술을 비벼대고 있었구나. 그럴 수가! 고백했다고? 에잇, 악마 같은 놈! (기절해서 쓰러진다)

이야고 돌아라, 내 약 기운아, 돌아라! 이렇게 고지식한 바보들이 걸려든다. 훌륭하고 정숙한 여자들도 이렇게 억울하게 당하는 거야. 왜 이러십니까? 이봐요! 장군님! 장군님! 정신 차리세요, 오셀로 장군님!

캐시오 등장.

이야고 아, 캐시오 님!

캐시오 무슨 일인가?

이야고 장군께서 간질로 쓰러지셨어요. 두 번째 발작입니다. 어제도 한 번 그랬지요.

캐시오 관자놀이 부근을 문질러드리게.

이야고 아니요, 가만두는 게 좋아요. 이 병은 조용히 내버려두어야 해요. 그렇지 않으면 입에서 거품을 내뿜고 곧 광포한 미치광이가 되거든요. 아, 움직이신다. 저리 좀 비켜주세요. 곧 의식을 회복하실 겁니다. 장군의 간질이 가라앉은 후에 당신과 중대한 문제를 의논하고 싶은데요.

(캐시오 퇴장) 어떻습니까, 장군님? 머리가 아프십니까?

오셀로 나를 놀리는 건가?

이야고 장군님을 놀려요? 천만에요! 장군님께서 대장부답게 운명을 견뎌내시도록 기도드리고 있습니다.

오셀로 바람난 마누라 때문에 뿔이 돋은 남자는 괴물이다, 짐승이다!

이야고 그렇게 말씀하시면 큰 도시에는 짐승이지만 신사인 체하는 괴물들로 득실거리게요.

오셀로 그놈이 자백했나?

이야고 정신 차리시고 생각해보세요. 대체로 결혼한 남자는 모두 장군님과 같습니다. 매일 밤 눕는 잠자리가 사실은 남의 것인데 혼자 생각으로 자기 것이라고 단정하는 남자가 수백만이나 있지요. 장군님의 경우는 약과입니다. 잠자리에서 안심하고 부정한 여자의 입술을 핥으며, 정숙한 여자라고 생각한다면, 그야말로 지옥의 복수, 악마의 조롱이지요! 아니, 저 같으면 그걸 알아보겠는데요. 자신의 입장을 알면 대처할 방법이 있을 테니까요.

오셀로 음, 자네는 현명해, 확실히 그래.

이야고 잠깐 이 자리를 비켜주셨으면 합니다. 잠깐만 참아주십시오. 아까 장군님이 상심한 나머지 여기 쓰러져 계실 때, 그건 장군님답지 않은 흥분이었습니다만, 캐시오가 왔길래 적당히 돌려보냈습니다. 기절하신 이유에 대해서는 그럴듯하게 얼버무린 다음 할 얘기가 있으니 다시 오라고 했더니 그러겠다고 하더군요. 그러니까 잠깐 숨어 계시면서 그놈이 멸시나 조롱을 하지 않는지, 그놈의 얼굴 표정을 빠짐없이 잘 살펴봐 주십시오. 제가 그 이야기를 다시 한 번 시켜보지요. 어디서, 어떻게, 몇 번, 그리고 전에 언제 부인과 만났고 다음에는 언제 만나기로 되어 있는가를. 아시겠습니까? 그놈의 표정을 주의해 살펴보세요. 하지만 참으셔야 합니다. 참지 않으면 감정에 빠져 형편없는 사람이 되고 마십니다.

오셀로 잘 듣게, 이야고. 나는 누구보다도 냉정히 참아보겠네. 하지만…… 동시에 누구보다도 잔인한 짓을 해보이겠다.

이야고 물론 그러셔야죠. 그러나 모든 일을 너무 조급하게 생각하지 마십시오. 저리 물러가 계십시오. (오셀로 퇴장) 그러면 캐시오에게 그 비앵커, 몸을 팔아서 살고 있는 매춘부 이야기를 물어보자. 그 여자는 캐시오에게 반해 있거든. 이것은 창녀의 숙명이라고 할까, 뭇 남자들을 속여도, 결국은 한 남자에게 속게 마련이거든. 놈은 그 여자에 관한 이야기만 들으면 웃음을 참지 못한단 말이야.

　캐시오 등장.

이야고 그 녀석이 웃으면 오셀로는 극도로 흥분하겠지. 곧 터무니없는 의심을 일으켜서, 캐시오에게는 안됐지만, 웃는 꼴이나 몸짓이나 들뜬 태도 등 모든 것을 나쁘게만 해석할 거야. 어떻게 됐습니까, 부관님?

캐시오 그 부관이라는 소리는 하지 말아주게. 그 자리에서 쫓겨나 죽을 지경으로 괴롭다네.

이야고 데스데모나 님에게 잘 부탁해보세요, 틀림없이 잘될 테니까요. (작은 소리로) 그런데 그 청이 비앵커 힘으로 될 수 있다면 당신 운도 빨리 펴질 텐데 말씀입니다.

캐시오 흥, 그까짓 게!

오셀로 (방백) 허, 벌써 웃고 있어!

이야고 그렇게 남자를 열렬히 사랑하는 여자는 처음 봤는데요.

캐시오 체, 하찮은 계집이지! 나한테 반해 있는 것만은 확실하지만.

오셀로 (방백) 이번엔 마지못해 부정하고, 웃으며 얼버무리는군.

이야고 그렇지만 캐시오 님?

오셀로 (방백) 이제 그 얘길 시켜보려고 하는군. 흠, 아주 잘하는걸.

이야고 그 여자는 당신과 결혼한다고 떠들고 다니던데요. 당신도 그럴 생각이십니까?

캐시오 하하하!

오셀로 (방백) 의기양양하군. 짐승 같은 놈! 어찌 그리 의기양양하단 말이냐?

캐시오 그것하고 결혼? 허, 매춘부하고? 미안하지만 나도 그렇게 바보는 아니네. 그렇게 얕보지 말아주게. 하하하!

오셀로 (방백) 그래그래. 자신감에 넘치면 웃는 법이지.

이야고 그렇지만 당신이 그 여자와 결혼한다는 소문이 돌던데요.

캐시오 농담은 그만두게.

이야고 농담이라뇨, 천만의 말씀.

오셀로 (방백) 나를 모욕했겠다? 음!

캐시오 그것은 그 암원숭이가 제멋대로 퍼뜨린 걸세. 내가 약속한 게 아니라, 혼자 반해가지고 우쭐해서 결혼한다고 제멋대로 정한 것이야.

오셀로 (방백) 이야고가 눈짓을 한다. 이제 얘기를 시작할 모양이군.

캐시오 그 여잔 방금 여기 있었어. 어딜 가나 귀찮게 쫓아다니거든. 전번에도 항구에서 베니스 사람들과 얘기하는데, 못난 것이 쫓아와서 바로 이렇게 내 목에 매달리지 않겠나……

오셀로 (방백) '아, 사랑하는 캐시오 님!'이라고 불렀겠지. 저자의 몸짓으로 봐선 꼭 그랬을 거야.

캐시오 매달리고 늘어져서 울더니만 나를 막 흔들며 끌어당겼지. 하하하!

오셀로 (방백) 그렇게 해서 내 침실로 끌고 갔다는 거지. 에잇, 저놈의 코를 도려내서 개한테 던져주고 싶구나.

캐시오 하지만 언제까지나 상대해줄 수는 없지.

이야고 어럽쇼! 저기 오는군요.

캐시오 이렇다니까, 저 암캐 같은 것이! 흠, 향수 냄새가 코를 찌르는군.

비앵커 등장.

캐시오 이렇게 나를 쫓아다니면 어쩌자는 거야?

비앵커 당신 같은 사람은 악마나 쫓아다니라지! 지금 준 손수건은 대체 뭐야? 그런 걸 받다니, 나도 참 바보였지. 수를 본떠달라고? 방에 떨어져 있었는데 누가 떨어뜨렸는지 모른다고? 그럴듯하군요! 어떤 바람둥이 년이 준 거겠지. 그걸 나보고 본을 떠달라고? 당신의 바람둥이 년에게나 주시구려. 어디서 가져왔는지 모르지만, 난 본떠주기 싫어요.

캐시오 이봐, 비앵커! 왜 그래, 응?

오셀로 (방백) 틀림없이 저건 내 손수건이다!

비앵커 오늘 밤 식사하러 오세요. 만약 못 오시겠으면 다시 부르기 전까지 올 생각은 하지도 마세요. (퇴장)

이야고 뒤따라가 봐요, 어서요.

캐시오 그래야지. 내버려두면 길거리에서 떠들고 돌아다닐 게 뻔하니까.

이야고 역시 그곳에서 저녁식사를 하실 겁니까?

캐시오 음, 그렇게 할 생각이야.

이야고 그럼 저도 찾아갈는지 모릅니다. 꼭 할 얘기가 있으니까.

캐시오 꼭 오게. 오는 거지?

이야고   아무 말 말고 어서 따라가 보기나 해요. (캐시오 퇴장)

오셀로   (나와서) 저놈을 어떻게 죽일까, 이야고?

이야고   나쁜 짓을 하고도 재미있어 하는 걸 보셨지요?

오셀로   아아, 이야고!

이야고   손수건을 보셨지요?

오셀로   내 것이든가?

이야고   장군님 것이에요, 분명히! 부인을 꼭 바보 취급하고 있잖습니까! 부인이 주신 걸 자기의 애인에게 줘버리다니!

오셀로   그놈을 두고두고 말려 죽이고 싶어. 아내는 훌륭한 여자다! 상냥한 여자다!

이야고   아니요, 그런 건 이제 다 잊으셔야 합니다.

오셀로   음, 오늘 밤 안에 썩어버려라, 꺼져 없어져라, 지옥으로 떨어져버려라! 절대로 살려두지 않을 테다. 내 심장은 돌같이 되어버렸다. 심장을 때리면 손이 부러질 것이다. 아아, 이 세상에 그렇게 귀여운 것은 없어. 제왕 옆에 누워 국사를 지휘할 자격도 있는 여자지.

이야고   안 되겠습니다. 장군님답지 않습니다.

오셀로   짐승 같은 것! 아니, 나는 사실대로 말하는 거야. 바느질 잘하고 노래도 잘한다. 아아, 그것이 노래를 부르면 성난 곰도 얌전해지지. 재주 있고 재치 있고……

이야고   그러니까 더욱 나쁘다는 겁니다.

오셀로   그래, 정말 그래…… 하지만 그토록 얌전한 여자가!

이야고   지나치게 얌전하죠.

오셀로   응, 정말 그래. 하지만 분하다, 이야고! 정말 분하다, 이야고.

이야고   부인의 부정을 알고도 그렇게 미련을 두실 바에야 차라리 정식으로 간통을 허락해주시지 그러십니까. 장군님만 아무렇지 않다면, 다른 사람은 상관할 바가 아니니까요.

오셀로 그년을 갈기갈기 찢어놓겠어…… 간통을 하다니!

이야고 정말 부인이 나쁩니다.

오셀로 더군다나 나의 부관하고!

이야고 그러니까 더더욱 나쁘지요.

오셀로 독약을 가져오게, 이야고. 오늘 밤에 당장. 두말할 필요도 없어, 아름다운 얼굴을 보면 결심이 무디어질 테니까…… 오늘 밤에 말일세, 이야고.

이야고 독약은 안 됩니다. 목을 조르시지요, 잠자리에서. 부인께서 스스로 더럽혀놓은 바로 그 잠자리에서 말입니다.

오셀로 음, 그래. 그게 좋겠다. 그래야겠어.

이야고 그리고 캐시오를 처분하는 일은 제게 맡겨주십시오. 한밤중까지는 또 다른 보고를 가지고 오겠습니다. (안에서 나팔 소리)

오셀로 좋아! 저건 무슨 나팔 소린가?

이야고 아마 베니스에서 누가 온 모양이지요. 아, 로도비코 님이 오셨습니다. 데스데모나 님도 같이 오시는데요.

로도비코, 데스데모나, 시종들 등장.

로도비코 안녕하십니까, 장군!

오셀로 어서 오십시오. 잘 오셨습니다.

로도비코 베니스 공작 각하와 원로원 의원들의 안부를 전합니다. (편지를 준다)

오셀로 편지는 감사히 받겠습니다. (편지를 뜯어서 읽는다)

데스데모나 뭐, 별다른 소식이라도 있어요, 로도비코 님?

이야고　뵙게 되어 반갑습니다. 키프로스에 잘 오셨습니다.

로도비코　고맙네. 부관 캐시오는 잘 있는가?

이야고　네, 잘 있습니다.

데스데모나　하지만 그 사람과 오셀로 님은 슬프게도 사이가 나빠졌어요. 당신이라면 반드시 화해시킬 수 있을 거예요. 로도비코 님, 제발 도와주세요.

오셀로　정말 그럴 수 있을까?

데스데모나　네?

오셀로　(편지를 읽는다) '이 일은 반드시 이행하시기 바라며, 귀하의……'

로도비코　부르신 게 아니라, 열심히 편지를 읽고 계시오. 장군하고 캐시오 사이가 나쁜가요?

데스데모나　정말 슬픈 일이에요. 두 분 사이를 전같이 해주신다면, 저는 뭐든지 하겠습니다. 저는 캐시오 님이 좋으니까요.

오셀로　에잇, 빌어먹을!

데스데모나　네?

오셀로　당신 제정신이오?

데스데모나　왜 그러실까? 화가 나셨나 봐.

로도비코　편지 때문에 기분이 상한 모양이오. 캐시오를 후임으로 하고 돌아오라는 내용 같으니까.

데스데모나　어머, 기뻐라.

오셀로　정말이오?

데스데모나　뭐가 말예요?

오셀로　나도 기뻐, 그렇게 미치는 꼴을 보여줘서.

데스데모나　무슨 말이에요, 오셀로 님?

오셀로　(데스데모나를 때리며) 악마 같은 것!

데스데모나   제가 뭘 잘못했죠?

로도비코   장군, 내가 이 눈으로 봤다고 해도 베니스에서는 아무도 곧이 듣지 않을 거요. 너무하십니다. 위로해드리시오. 울고 계시지 않습니까?

오셀로   에잇, 악마 같은 것, 이 악마야! 이 대지가 계집의 눈물로 임신한다면, 네년이 흘리는 거짓 눈물 방울 하나하나에서 악마가 태어나겠지. 썩 꺼져버려!

데스데모나   그렇게 화가 나신다면 가지요. (가려고 한다)

로도비코   얼마나 온순한 부인입니까. 장군, 다시 부르십시오.

오셀로   이것 봐!

데스데모나   네?

오셀로   이 여자와 무슨 할 말이 있소?

로도비코   누가요? 나 말이오?

오셀로   아, 당신이 불러달라고 하셨잖소. 이 여자는 몇 번이고 돌아오지요. 아아, 몇 번이고 돌아눕지요. 그리고 울고요. 아주 잘 울어요. 게다가 온순하고요. 당신 말대로 온순하고요. 암, 온순하죠. 자, 더 울어봐. 편지는 잘 보았습니다. ……흥, 우는 시늉도 잘하는군! 나에게 귀국하라는 명령이군요. ……당신은 들어가 있어. 이따가 부를 테니. 명령에 복종해서 베니스로 돌아가겠습니다. 냉큼 들어가! 꼴도 보기 싫어! (데스데모나 퇴장) 캐시오를 후임으로 하겠습니다. 그리고 오늘 저녁식사를 같이 하십시다. 키프로스에 잘 오셨습니다. ……에잇, 짐승 같은 것! (퇴장)

로도비코   저 사람이 바로 의원들 전부가 이구동성으로 무엇 하나 나무랄 데 없다던 무어 장군인가? 저 사람이 바로 어떠한 감정에도 흔들리지 않는다던 사람인가? 지조가 견고하고, 어떤 사건이나 재난에도 꺾이거나 무너지지 않는다던 그 사람인가?

이야고   몹시 변하셨습니다.

로도비코　정신은 멀쩡한가? 머리가 돈 게 아닌가?

이야고　보시는 바와 같습니다. 장차 어떻게 되실는지 저로서는 말씀드릴 수 없습니다만, 아직 그렇게 안 되셨다면, 차라리 그렇게 되어버리는 게 낫겠습니다.

로도비코　원, 부인을 때리다니!

이야고　확실히 좋지 않았습니다. 그러나 이 정도로 끝났으면 좋겠습니다.

로도비코　늘 그런가? 혹은 그 편지를 보고 화가 나서 그런 짓을 처음 한 건가?

이야고　아아, 제가 보고 아는 것을 그대로 여쭙기도 난처합니다. 직접 관찰해보십시오. 제가 말씀드리지 않더라도 그분의 행동으로 미루어 자연히 알게 되실 겁니다. 뒤따라가서서 거동을 살펴보십시오.

로도비코　유감스럽게도 내가 그 사람을 잘못 봤군. (두 사람 퇴장)

제2장

성안의 어떤 방.

오셀로와 에밀리어 등장.

오셀로　그럼, 아무것도 못 봤단 말이지?

에밀리어　못 봤을 뿐만 아니라 들은 적도, 의심스럽게 여긴 적도 없습니다.

오셀로　그렇지만 캐시오가 내 아내와 같이 있는 것은 봤지?

에밀리어　하지만 이상한 일은 없었어요. 그리고 그때 두 분이 말씀하시는 것은 한마디도 빼놓지 않고 죄다 들었어요.

오셀로　혹시 둘이서 소곤대지 않던가?

에밀리어　아뇨, 절대로!

오셀로　혹 너를 밖에 내보내지 않던가?

에밀리어　그런 일도 없었어요.

오셀로　아내의 부채나 장갑, 마스크 같은 뭔가를 가져오라는 핑계를 대서!

에밀리어　아네요, 장군님. 절대로 그런 일은 없었어요.

오셀로　그것 이상하군.

에밀리어　장군님, 부인이 결백하다는 것은 제가 영혼을 걸고라도 보증하겠어요. 그렇지 않다고 생각하고 계시다면 그런 의심은 버리십시오. 그런 생각은 자기 모독이에요. 그런 의심을 장군님의 머릿속에 넣어드린 놈이 있다면 그놈에게는 반드시 무서운 천벌이 내릴 겁니다! 부인께서 결백하지도 정숙하지도 않다면, 이 세상에 행복한 남자는 하나도 없는 셈이 되지요. 아무리 마음이 깨끗한 아내라도, 죄다 더러운 것이 되고 마는 셈이니까요.

오셀로　아내를 불러와요, 어서. (에밀리어 퇴장) 저것도 말만은 제법 하는군. 그렇지만 뚜쟁이라면 바보가 아닌 이상 그 정도는 말할 수 있지. 간사한 년 같으니. 부정한 사건의 비밀 열쇠는 저것이 쥐고 있어. 그러면서 뻔뻔스럽게 무릎을 꿇고 기도를 드리는 년이야. 실제로 내 눈으로 목격했거든.

데스데모나, 에밀리어 등장.

데스데모나　부르셨어요?

오셀로　잠깐 이리 와요.

데스데모나　무슨 일이신데요?

오셀로　어디 눈 좀 봅시다. 얼굴을 좀 쳐다봐요.

데스데모나　무슨 무서운 생각을 하고 계세요?

오셀로　(에밀리어에게) 늘 하던 대로 해요. 둘만 남기고 문을 닫아줘. 누가 오면 기침을 하든지, '에헴.' 하든지 적당히 해줘. ……일, 네 일을 하라고. 어서 저리로 가요. (에밀리어 퇴장)

데스데모나　무슨 말씀이세요? 화를 내고 계시다는 건 말투로 알겠으나, 말씀의 내용은 하나도 모르겠어요.

오셀로　이봐, 당신은 대체 누구지?

데스데모나　당신의 아내입니다. 당신의 진실하고 충실한 아내입니다.

오셀로　그래, 뭐라고 맹세해도 지옥으로 떨어질 뿐이야. 얼굴만은 천사 같으니까, 지옥의 악마들도 두려워서 감히 손을 대지 못할 테지. 그러니까 결백하다고 맹세하고, 죄를 또 하나 덧붙이는 게 낫지.

데스데모나　하느님이 잘 알고 계세요.

오셀로　하느님은 잘 알고 계시고말고, 당신이 부정을 저지르고 있다는 것을.

데스데모나　네? 누구하고요? 상대가 누군데요? 제가 무슨 부정을?

오셀로　아아, 데스데모나! 가요, 가! 가버려!

데스데모나　아아, 슬퍼요! 왜 우세요? 이번 소환을 저의 아버지의 계략이라고 의심하실지 모르지만, 설사 그렇더라도 저를 나무라지 마세요. 당신과 저의 아버지와의 인연이 끊어졌다면 저도 당신과 같이 아버지와의 인연은 끊어진 셈이니까요.

오셀로 설사 어떠한 어려운 일이 닥치더라도, 또는 모든 고통과 모욕이 내 머리 위에 억수같이 퍼부어져 빈곤의 구렁텅이에서 몸과 희망이 모두 꼼짝달싹하지 못하게 된다 해도, 내 마음 한구석은 꾹 참고 있을 수 있다. 하지만 아아, 아침부터 밤까지 세상의 비웃음에 이 몸을 드러내고 손가락질을 받아야 되다니! 아니지, 그래도 나는 참을 수 있어. 잘 참을 수 있어. 그러나 당신의 그 가슴, 그 속에 나는 나의 심장을 묻어두었어. 사는 것도, 죽는 것도 그것에 달려 있지. 내 생명의 강물이 흐르는 것도, 마르는 것도 그것에 달려 있어. 거기서 추방을 당하다니! 그것을 더러운 두꺼비들이 홀레붙어 새끼를 치는 웅덩이로 만들다니! 싱싱한 장밋빛 입술을 가진 인내의 천사도 이렇게 되면 얼굴빛을 바꾸지…… 그렇다, 처참한 지옥의 형상으로 되어버려라!

데스데모나 제발 제 결백을 믿어주세요.

오셀로 암, 당신의 결백이란 푸줏간에 날아드는 여름 파리지. 방금 알을 낳나 하면 또 알을 배는…… 아, 독초 같으니. 눈도 코도 아프게 할 만큼 아름다운 향기를 지닌 독초 같으니. 당신 같은 건 태어나지 않았더라면 좋았을 것을!

데스데모나 아, 제가 저도 모르는 사이에 어떤 죄를 범했다는 건가요?

오셀로 이 흰 종이는, 그 아름다운 책은 이 위에다 매음부라고 씌어지기 위해서 만들어진 것이란 말인가? 어떤 죄를 범했느냐고? 범했지! 에잇, 이 창녀야! 네년이 한 짓을 말만 해도 나는 뺨이 용광로의 불처럼 달아올라 수치심도 타버리고 재가 되어버린다. 어떤 죄를 범했느냐고? 하늘도 코를 틀어막으리라! 달도 눈을 감으리라! 만나는 사람마다 키스하고 다니는 음란한 바람마저 땅 밑 굴속에서 숨을 죽이고 들으려 하지 않을 것이다. 어떤 죄를 범했느냐고? 이 뻔뻔스러운 매음부야!

데스데모나   정말 너무하십니다.

오셀로   매음부가 아니냐, 네가?

데스데모나   네, 저는 그리스도 교도입니다. 이 몸은 당신을 위해 소중히 간직하고, 더러운 불의의 얼씬도 하지 못하게 해왔는데, 저를 매음부라고요? 그런 여자가 아니에요.

오셀로   뭐야, 매음부가 아니야?

데스데모나   아니에요, 절대로.

오셀로   맹세코?

데스데모나   아아, 어떻게 하면 좋을까?

오셀로   그럼 대단히 미안하게 됐군. 나는 당신을 오셀로와 결혼한 베니스의 교활한 창녀라고만 생각하고 있었지. (소리를 높여서) 이봐, 성 베드로와는 반대로, 지옥문을 지키는 아낙네여!

에밀리어 등장.

오셀로   너다, 너야! 그래 너지? 우리의 용무는 끝났어. 자, 수고비를 주지. 오늘 이야기는 열쇠로 잠그고 비밀로 해줘. (퇴장)

에밀리어   아아, 저분은 뭘 생각하고 계시는 걸까? 어떻게 된 겁니까? 아, 아씨, 어떻게 된 거예요?

데스데모나   마치 꿈을 꾸고 있는 것만 같구나.

에밀리어   아씨, 도대체 어떻게 되신 겁니까, 주인님이?

데스데모나   누가?

에밀리어   주인님 말이에요, 아씨.

데스데모나   주인님이라고, 누구?

에밀리어   아씨의 주인님 말이에요, 아씨도 참.

데스데모나 내게는 주인님이 없어. 아무 말 마요, 에밀리어. 울려고 해도 눈물이 안 나오지만, 대답을 하면 눈물이 쏟아져나올 것만 같아. 오늘 밤은 내 침대에 결혼 때의 이불을 깔아줘요, 잊지 말고. 그리고 그대의 남편을 좀 불러다 줘요.

에밀리어 정말 이렇게 변해버리시다니! (퇴장)

데스데모나 당연하지, 나 같은 게 이렇게 되는 건 정말 당연해. 그렇지만 내가 무슨 잘못을 했을까? 왜 그이는 나의 조그만 잘못을 그렇게 조목조목 꾸짖는지 모르겠어.

　　에밀리어, 이야고와 함께 등장.

이야고 무슨 일입니까, 부인? 무슨 일이 있었습니까?

데스데모나 뭐라고 해야 좋을지 모르겠어요. 어린아이를 가르칠 때는 조용히 쉬운 것부터 가르치는 법인데, 그분도 나를 그렇게 꾸중하신 건지도 몰라요. 그러니까 나도 어린애처럼 꾸중을 듣고 있어야죠.

이야고 무슨 일입니까, 도대체?

에밀리어 여보, 장군님이 아씨를 매음부 취급을 하시고, 차마 입에도 담지 못할 말씀을 하셨어요. 온전한 사람이라면 도저히 참을 수 없을 만큼.

데스데모나 내가 그런 여자일까요?

이야고 그런 여자라니, 부인, 뭐 말입니까?

데스데모나 나를 그렇게 말했다고 지금 저 사람이 얘기했잖아요.

에밀리어 아씨를 매음부라고 하셨어요. 술이 취한 거지도 자기 아내를 부를 때 그렇게 말하지는 않을 거야.

이야고 왜 그러셨나요?

데스데모나 저도 모르겠어요. 나는 정말 그런 여자가 아니에요.

이야고　울지 마십시오, 부인. 울지 마십시오. 아, 이게 대체 무슨 일일까?

에밀리어　그렇게 많은 좋은 혼처도, 아버지도, 태어난 고국도, 친구도 전부 버리셨는데 매음부란 말을 듣다니! 누군들 울지 않겠어요?

데스데모나　내 운이 나쁜 거야.

이야고　그럴 리가! 어떻게 그런 생각을 하시게 됐을까요?

데스데모나　아무도 모르는 일이에요.

에밀리어　분명 어떤 심술궂은 악한이, 비위를 맞추는 아첨꾼, 사기꾼, 거짓말쟁이, 노예놈이 자리를 얻으려고 이런 중상모략을 꾸민 거예요. 제 말이 틀리다면 목을 바치겠어요.

이야고　바보같이 그런 놈이 어디 있겠어? 있을 리 없어.

데스데모나　비록 그런 사람이 있더라도 하느님께서 용서해주시옵기를!

에밀리어　용서가 어디 있어요! 뼈다귀까지 악마에게 질겅질겅 씹히게 해야죠! 누가 매음부야? 상대가 누구라는 거야? 어디서, 어떻게 무엇을 했단 말이야? 증거라도 있어? 무어 님은 어떤 엉뚱한 나쁜 놈에게, 비겁하고 야비한 불한당에게, 어떤 몹쓸 놈에게 속으신 거야. 아아, 하느님! 그런 놈들을 양지로 끌고 와주세요. 그리고 모든 정직한 인간에게 회초리를 주고, 그놈을 발가벗겨 세상의 동쪽 끝에서 서쪽 끝까지 끌고 다니며 매를 때리게 해주세요!

이야고　밖에 들리겠어.

에밀리어　아, 빌어먹을 녀석! 당신의 분별력을 흐리게 만들고, 나와 무어 님 사이를 의심하게 해놓은 것도 그 녀석일 거예요.

이야고　바보 같으니, 무슨 소리를 하는 거야?

데스데모나　아, 이야고, 어떻게 해야 그이의 마음이 다시 돌아올까요? 가서 얘기해보세요. 어째서 노여움을 품게 됐는지 도저히 모르겠어. 무릎을 꿇고 맹세합니다만, 나는 마음속으로나 실제 행동으로나 그분의 사랑을 배반한 일이 절대로 없어요. 그분 이외에 다른 사람에게 나의 눈이나 귀나 다른 어떤 감각이 팔린 적은 한 번도 없어요. 지금도, 과거에도, 앞으로도 영원히 그분을 진정으로 사랑해요. 설사 비참하게 버림을 받는다 하더라도 말이에요. 만일 거짓말이라면 어떤 봉변을 당해도 좋아요. 그러나 냉대는 참을 수 없어요. 그이가 냉정하시니까 나는 살 이유가 없어요. 그래도 내 애정만은 변하지 않아요. 매음부라니, 그런 말은 입에 담기도 싫어요. 그런 이름으로 불리는 것은 세상에 있는 보물을 다 준대도 싫어요.

이야고　제발 진정하십시오. 그저 일시적인 기분으로 하신 말씀이겠죠. 정치 문제가 잘 안 풀려서 부인에게 화풀이를 하신 거겠죠.

데스데모나　그렇다면 좋겠어요!

이야고　그겁니다. 틀림없어요. (안에서 나팔 소리) 저녁식사를 알리는 나팔 소리가 납니다. 베니스에서 온 사람들이 기다리고 있습니다. 어서 가보십시오, 울지 마시고. 모든 일이 잘될 겁니다. (데스데모나 에밀리어 퇴장)

　　로더리고 등장.

이야고　여, 로더리고!

로더리고　자네는 나를 함부로 대하고 있군그래.

이야고　뭐 잘못된 거라도 있나?

로더리고　매일 요리조리 피하고만 있잖아. 이야고, 지금 와서 생각해보니, 자네는 조금이라도 편리를 봐주기는커녕 내게 있는 모든 이득을 빼앗고 있어. 더 이상 참을 수 없어. 이젠 누가 뭐라 해도 지금까지 바보 취급 당한 것에 대해 가만있지 않겠어.

이야고 내 말 좀 들어보게, 로더리고.

로더리고 듣는 건 지겹도록 들었네. 자네는 말과 행동이 전혀 일치하지 않는 사람이야.

이야고 자네 비난은 정말 옳지 않네.

로더리고 절대로 그렇지 않아. 나는 돈을 전부 써버렸어. 데스데모나에게 준다고 자네가 가져간 보석은 신앙심이 돈독한 수녀라도 함락시킬 만한 물건이야. 그걸 그녀가 받았다고 자네가 말하지 않았나. 대단히 기뻐하며 곧 친해지고 싶어할 거라고 자네가 말하지 않았나. 그런데 전혀 진전이 없잖아.

이야고 좋아. 흥, 대단히 좋아.

로더리고 대단히 좋다고? 흥이라니 뭐가 흥이야? 무엇이 대단히 좋단 말인가? 자네는 비겁해. 나도 그렇게 바보 취급 당하고만 있진 않을 테야.

이야고 대단히 좋아.

로더리고 뭐가 대단히 좋아? 나는 데스데모나에게 직접 부딪쳐볼 거야. 만일 보석을 돌려주면 나도 단념하고 무례하게 연정을 품은 것을 뉘우치겠어. 그러나 돌려주지 않는다면 나는 기어이 자네한테 손해배상을 청구하겠네.

이야고 그렇게 말했겠다.

로더리고 분명히 말했어. 말한 이상 반드시 실행하겠어!

이야고 음, 이제 보니 자네도 상당히 용기 있는 사람이군그래. 지금 이 시각부터 잘 알아 모시겠네. 악수하세, 로더리고. 자네가 화를 내는 것도 무리는 아니야. 그렇지만 분명히 말해두는데, 이 일에 있어 나는 공명정대하게 처신해왔네.

로더리고 지금까지는 그렇게 안 보이는걸.

이야고   그야 아직 그렇게 보이지는 않을 거야. 자네가 의심을 품는 것은 당연하고 정당하지. 그렇지만 나는 오늘 그것을 알고 더욱 믿음직해졌는데, 자네가 가지고 있는 결심과 용기 말이야. ……그게 만약 진짜라면 오늘 밤 증명해 보이게. 그 결과 내일 밤 자네가 데스데모나와 재미를 못 본다면 나를 조용히 이 세상에서 하직시켜주게. 무슨 수단을 쓴다고 해도 상관없으니 말이야.

로더리고   그래 뭐야, 그건? 이치에도 닿고, 충분히 가능한 일이겠지?

이야고   글쎄, 베니스에서의 특명으로 오셀로 자리에 캐시오가 앉게 됐단 말씀이야.

로더리고   그게 정말인가? 그럼 뭐야, 오셀로와 데스데모나는 베니스로 돌아가게 되겠군.

이야고   아냐, 안 그래. 그 작자는 모리타니아로 간다네. 아름다운 데스데모나를 동반하고. 그러나 무슨 사건이 일어나서 여기 더 지체할 필요가 생긴다면 문제는 달라지지. 그러기 위해선 캐시오를 처치해버리는 게 상책이란 말씀이야.

로더리고   처치해버리다니, 어떻게 한다는 거야?

이야고   오셀로의 자리에 앉지 못하게 하는 거지, 그놈의 머리를 쪼개서.

로더리고   그걸 나보고 하라는 거야?

이야고   그렇지, 자네가 자기의 이득과 권리를 위해 하겠다는 용기만 있다면. 캐시오는 오늘 밤 매춘부 집에서 저녁을 먹게 되어 있어. 나도 같이 갈 거고. 그는 아직 자기의 영전을 모르고 있네. 그 작자가 돌아가는 길목을 지키고 있다가, 그 시각을 내가 열두 시와 한 시 사이로 정할 테니, 자네 마음대로 요리하면 어떻겠나? 내가 옆에서 거들어주겠어. 마치 독 안에 든 쥐나 다름없지 뭔가. 자, 그렇게 멍하니 서 있지만 말고 같이 가세. 죽이지 않을 수 없는 이유를 자세히 들려줌세. 들어보면 그럴 수

밖에 없다고 생각하게 될 거야. 벌써 저녁식사 시간이야. 망설이고 있다
간 날이 새버려. 자, 어서 시작하세.

로더리고 좀 더 이유를 들려주게나.

이야고 암, 충분히 납득할 수 있게 들려주지. (두 사람 퇴장)

제3장

성안의 다른 방.

오셀로, 로도비코, 데스데모나, 에밀리어, 시종들 등장.

로도비코 이제 그만 들어가보시오.

오셀로 괜찮습니다. 좀 걷고 싶습니다.

로도비코 부인, 그럼 안녕히. 정말 대접 잘 받았습니다.

데스데모나 와주셔서 참으로 고맙습니다.

오셀로 먼저 가실까요? 참, 데스데모나!

데스데모나 네?

오셀로 당신은 가서 자요, 나도 곧 돌아올 테니. 시녀는 돌려보내고. 알
았지?

데스데모나 네, 알았어요. (오셀로, 로도비코, 시종들 퇴장)

에밀리어 뭐라고 하세요? 아까보다는 풀리신 것 같은데요.

데스데모나 곧 돌아오신다고, 나에게 잠자리에 들어가 있으라고 하셨

어. 그리고 당신을 돌려보내라고 하셨어.

에밀리어 저를 돌려보내라고요?

데스데모나 그러셨어. 그러니까 에밀리어, 내 잠옷을 가져와요. 그리고 가서 자요. 지금 비위를 거스르면 안 되니까.

에밀리어 아씨는 그분을 만나지 않았더라면 좋았을 걸 그랬어요.

데스데모나 나는 그렇게 생각하지 않아. 나는 진심으로 그이가 좋은걸. 그러니까 그이가 아무리 쌀쌀맞게 대해도, 꾸중을 하셔도, 기분 나쁜 얼굴을 하셔도…… 이 핀을 빼줘…… 나는 좋아, 사랑해요.

에밀리어 말씀하신 홑이불은 침대에 깔아놓았어요.

데스데모나 아무래도 좋아. 참, 사랑이란 왜 이렇게 어리석을까! 만일 내가 에밀리어보다 먼저 죽는다면 부탁이니 그 홑이불로 나를 싸줘요.

에밀리어 어머, 그게 무슨 말씀이세요?

데스데모나 우리 어머니에게는 바바라라는 몸종이 있었어. 그 애가 사랑에 빠졌는데 그만 상대방 남자가 미쳐서 그 애를 버린 거야. 그 애는 늘 '버들노래'를 부르곤 했지…… 오래된 노래야. 그 애는 그 노래를 부르며 죽었어. 그 노래가 오늘 밤 생각나는군. 나도 고개를 한쪽으로 숙이고 가엾은 바바라처럼 노래하고 싶은 생각이 간절해. 자, 어서 가봐요.

에밀리어 잠옷을 가져올까요?

데스데모나 아냐, 여기 핀이나 빼줘. 로도비코 님은 훌륭한 분이야.

에밀리어 참 잘생기셨어요.

데스데모나 말씀도 잘하시잖아.

에밀리어 그분의 입술에 입을 맞출 수만 있다면 팔레스타인까지 맨발로 걸어가도 좋다고 한 여자가 베니스에 있었어요.

데스데모나 (노래를 부른다)

　　　무화과나무 그늘 아래서

한숨짓는 가엾은 아가씨.

부르자, 푸른 버들, 버들 노래를.

가슴에 손을 얹고

무릎에 머리를 묻고

부르자, 버들, 버들, 푸른 버들 노래를.

맑은 시냇물도 아가씨와 함께

슬픈 노래 부르네.

부르자, 푸르고 푸른 버들 노래를.

떨어지는 눈물 방울에

바위도 한숨짓네……

이것들을 저리로 치워줘요. (노래 다시 계속)

버들, 버들, 버들 노래 부르자.

빨리 서둘러줘, 그이가 곧 오실 테니…… (또다시 노래가 이어

진다)

부르자, 푸른 버들 노래를.

버드나무 가지를 비녀 삼아

그를 원망 마라, 다 내 못난 탓이거늘……

틀렸어, 그다음이…… 누굴까, 문을 두드리는 건?

에밀리어　바람이에요.

데스데모나　(다시 노래한다)

거짓 사랑 나무랐더니

그때 그 님 하는 말이,

버들, 버들, 버들 노래 부르자.

만일 내가 다른 여자 사랑하거든

당신도 다른 남자 데려다 자라나.

자, 그만 가서 자요. 눈이 가려운데, 울 일이 있으려나?

에밀리어 그런 게 아닐 거예요.

데스데모나 그렇다던데? 오오, 남자란! 남자란! 세상에는 자기 남편에게 지독한 욕을 보이는 여자가 있다는데…… 에밀리어, 정말일까?

에밀리어 그야 있지요, 물론.

데스데모나 온 세상을 다 얻는다고 해도 어떻게 그런 짓을 할 수 있을까?

에밀리어 그럼 아씨는 안 하시겠어요?

데스데모나 그야 당연하지, 저 달님에게 맹세코!

에밀리어 저도 달님 앞에서는 하지 않아요. 캄캄한 밤에는 할 수 있어요.

데스데모나 세상을 전부 얻는다면, 에밀리어는 그런 짓을 하겠어?

에밀리어 세상 전부라면 굉장하잖아요. 조금 나쁜 짓을 해서 그만큼 많이 받는다면야 괜찮지 뭐예요.

데스데모나 아냐, 에밀리어는 절대로 그렇게 할 수 없을 거야.

에밀리어 아니에요, 틀림없이 할 수 있을 거예요. 그 대신 하고 나서 전혀 흔적을 남기지 않을 거예요. 그렇지만 일이 일이니만큼 가락지나, 천 몇 필이나, 옷이나, 속옷이나, 모자나, 또는 용돈 같은 걸 준다면 하지 않겠어요. 그러나 세계 전부라고 하셨지요. 제 남편을 왕으로 만든다면야 다른 남자쯤 얼마든지 볼 수 있어요. 저 같으면 지옥으로 떨어지는 한이 있더라도 하겠어요.

데스데모나 나는 그런 나쁜 짓은 못해요, 세상을 다 얻는다 해도.

에밀리어 나쁜 짓이라고 해봐야 이 세상에서의 일이 아닙니까. 그러니 애를 쓴 보람으로 이 세상이 손에 들어온다면, 나쁜 짓은 자기 세상 안의 일이니까 곧 바로잡을 수 있지 않겠어요.

데스데모나 그런 여자는 없을 것 같아.

에밀리어 있습니다, 한 다스나. 어디 그것뿐인가요. 나쁜 짓을 해서 얻은 세상을 나쁜 짓을 해서 만든 아이들로 가득 채울 만큼 있어요. 그렇지만 아내가 나쁜 짓을 하는 건 남편이 나빠서 그런 것 같아요. 남편 구실을 게을리하고 아내 주머니를 다른 년에게 털어주고, 갑자기 터무니없이 질투하기 시작하여 가두어놓고 때리고 심술궂게 용돈을 줄이고 하니까 그렇죠. 그러면 자연 이쪽도 화가 날 것 아녜요. 아무리 여자라 해도 복수를 해주고 싶어지지요. 남편들에게 가르쳐줘야 해요. 여자도 감정은 자기들과 똑같다는 걸. 눈이나 코, 그리고 단맛과 신맛을 느끼는 것도 조금도 다르지 않다는 걸. 대체 우리들을 다른 여자들과 바꿔보는 것은 뭣 때문일까요? 기분 전환일까요? 그럴지도 모르죠. 또는 본래색을 좋아해서 그럴까요? 그럴 거예요. 그렇지만 여자도 남자처럼 색을 좋아하고 기분 전환도 하고 싶고, 그만 실수를 할 때가 있지요. 그러니까 남자들도 아내에게 잘해야죠. 안 그러면 여자의 나쁜 짓은 모두 남자가 가르쳐준 거라고 말해줘야 해요.

데스데모나 어서 가서 자요. (에밀리어 퇴장) 하느님, 부디 나쁜 짓을 봐도 배우지 말게 하고, 나쁜 짓을 거울삼아 자기를 돌아보게 하소서. (퇴장)

제5막

~~~~~~~

제1장

키프로스 거리.

이야고와 로더리고 등장.

이야고　여기, 이 노점 뒤에 서 있게. 그 녀석이 곧 올 거야. 단검을 빼들고 있어. 콱 찔러야 해. 빨리 해, 빨리. 겁낼 것 없어, 내가 곁에 바싹 붙어 있을 테니. 성공 아니면 실패야. 알겠지? 각오 단단히 하게!

로더리고　곁에 있어줘. 내가 실패할지도 모르니까.

이야고　바로 곁에 있을게. 대담하게 잘해봐. (그늘에 숨는다)

로더리고　별로 마음이 내키진 않지만, 듣고 나니 그만한 이유가 있군. 뭐, 사람 하나 없어지는 것뿐인데. 자, 뺐다. 이것으로 그 녀석도 마지막이다.

이야고　(방백) 저 풋내기 여드름쟁이 녀석을 아플 만큼 비벼놨더니 열이 올랐군. 자, 저놈이 캐시오를 죽이든지, 캐시오가 저놈을 죽이든지, 아니면 둘 다 죽든지 어쨌든 덕을 보는 건 나야. 그러나 로더리고가 살아냐으면, 내가 데스데모나에게 전한답시고 가로챈 막대한 금과 보석을 돌려달라고 할 텐데…… 그건 안 되지. 그런데 또 캐시오가 살아남는다면 그 녀석이 하는 일은 점점 잘 풀려 내 꼴이 말이 아니게 될 테지. 게다가 무어 놈이 캐시오에게 사실을 확인하려 든다면…… 이것도 대단히 위험하지. 아무래도 그놈을 죽여야겠어. 그렇게 할 수밖에 없다. 이제 오는 모양이군.

　캐시오 등장.

로더리고　걸음걸이만 봐도 알지. 그놈이다. 에잇, 각오해라…… (캐시오를 찌른다)

캐시오　하마터면 큰일날 뻔했지만, 내 옷은 네놈 것보다는 두껍다. 어디 네놈 것은 어떤가 보자. (칼을 빼가지고 로더리고를 찌른다)

로더리고　아, 찔렸다! (이야고, 뒤에서 캐시오의 다리를 찌르고 퇴장)

캐시오　심하게 찔렸다. 사람 살려! 아, 살인이다! 살인이야! (쓰러진다)

　오셀로 등장.

오셀로　캐시오 목소리군. 이야고, 약속을 지켰구나.

로더리고　아, 나는 악당이었다!

오셀로　확실히 그래.

캐시오　아, 사람 살려! 불을 비춰줘! 의사를 불러줘!

오셀로　그 녀석이다. ……과연 이야고는 성실하고 정직하군. 이처럼 나의 모욕을 생각해주다니! 나도 배웠어. 창녀여, 네 상대는 이렇게 죽었다. 네년의 저주받은 운명도 이제 끝장이다. 매음부여, 기다려라. 네년의 매력도, 그 아름다운 눈도, 내 가슴에서 지워져버렸다. 음탕한 때가 낀 침대를 너의 음탕한 피로 물들여줄 테다. (퇴장)

로도비코와 그레샤노 등장.

캐시오   아니, 보초는 어디 있나? 행인은 없어? 살인이다! 살인이다!
그레샤노   무슨 사고가 난 모양인데. 무서운 비명 소리군.
캐시오   사람 살려!
로도비코   저 소리는?
로더리고   아, 나는 정말 나쁜 놈이야.
로도비코   두세 사람이 신음하고 있군. 기분 나쁜 밤이군요. 무슨 계략이 있는 모양이오. 단둘이서 저 소리나는 곳으로 가까이 가면 위험하오. (두 사람 비켜선다)
로더리고   아무도 안 와주나? 이젠 틀렸어, 이렇게 출혈이 심해서야!
로도비코   저 소리!

이야고, 횃불을 들고 다시 등장.

그레샤노   셔츠 바람으로 오는 사람이 있소, 횃불과 칼을 들고.
이야고   누구냐, 살인이라고 소리 지르는 놈은?
로도비코   우리도 잘 모르겠소,
이야고   소리 지르는 걸 들었지요?
캐시오   여기야, 여기! 제발 좀 살려줘!
이야고   어떻게 된 일이오?
그레샤노   저건 오셀로 장군의 부관이오, 분명히.

로도비코 정말 그렇습니다. 용감한 사람이오.

이야고 대체 누군가, 그렇게 야단스레 소리를 지르는 것이?

캐시오 이야고인가? 아, 내가 다쳤어! 악한들한테 당했어! 어떻게 좀 도와주게.

이야고 아, 부관님이시군요! 악한이라니 대체 어떤 악한이 이런 짓을?

캐시오 그중 한 녀석은 미처 달아나지 못하고 이 근처에 있을 거야.

이야고 괘씸한 놈들! 거기 누구요? (로도비코와 그레샤노에게) 이리 와서 거들어주시오.

로더리고 이봐, 나도 살려줘!

캐시오 저놈이 그 패 중의 한 놈이야.

이야고 에잇, 살인마! 죽일 놈! (로더리고를 찌른다)

로더리고 야, 이야고! 개 같은 놈!

이야고 어둠 속에서 살인을 해? 살인자, 도둑놈은 어디로 도망쳤어? 왜 이렇게 시내가 조용할까? 살인이다! 살인이다! 당신들은 누구요? 어느 편이오?

로도비코 잘 보시오, 알 수 있을 테니까.

이야고 로도비코 님이십니까?

로도비코 그렇소.

이야고 이거 실례했습니다. 여기 이렇게 캐시오가 악한한테 습격당해 다쳤습니다.

그레샤노 캐시오가?

이야고 어떻게 된 겁니까, 부관님?

캐시오 다리가 절단 났어.

이야고 거 야단났군! 횃불을 부탁합니다. 제 셔츠로 동여맵시다.

비앵커 등장.

비앵커 대체 무슨 일이에요? 누구예요, 신음하는 분이?

이야고 누구냐, 떠드는 게!

비앵커 아, 나의 캐시오! 소중한 캐시오, 아, 캐시오, 캐시오, 캐시오!

이야고 아, 바로 그 매춘부구나! 캐시오 님, 누가 당신을 이렇게 난도질 해놨는지 모르겠습니까?

캐시오 몰라.

그레샤노 이런 봉변을 당했으리라고는 생각도 못했어. 당신을 찾아다 니던 중이었지요.

이야고 양말 대님을 좀 빌려주시오. 됐어. 아, 그리고 의자 같은 게 있 었으면 좋겠어요. 조심스럽게 옮겨야 하는데.

비앵커 아, 까무러치시네! 아, 캐시오, 캐시오!

이야고 여러분, 아무래도 이 여자는 이 사건에 관계가 있는 인물 같습 니다. 캐시오, 잠깐만 참으십시오. 자, 잠깐 불을 이리 주시오. 이놈의 얼 굴을 확인해봐야죠. 아, 이건 내 친구, 고향 사람 로더리고가 아닌가? 아 냐, 확실히 그래. 아, 로더리고다.

그레샤노 뭐 베니스의?

이야고 바로 그잡니다. 당신도 아십니까?

그레샤노 암, 알고 있지!

이야고 그레샤노 님이십니까? 이거 실례했습니다. 이런 잔인한 소동이 일어난 통에 미처 몰라뵈었습니다. 용서하십시오.

그레샤노 아, 만나서 반갑소.

이야고 어떠십니까, 캐시오 님? 들것을, 들것을!

그레샤노 로더리고였구나!

이야고   그렇습니다, 바로 그 녀석입니다. (들것을 들고 온다) 아, 됐어, 들것을 가져왔군! 누구 힘센 사람이 가만히 들고 가야 해. 나는 장군님의 외과 의사를 불러와야겠소. (비앵커에게) 아, 당신은 손대지 마. 캐시오 님, 여기 쓰러져 있는 사람은 내 친구입니다. 둘 사이에 무슨 원한이 있었나요?

캐시오   그런 일은 전혀 없었어. 난 그 사람을 몰라.

이야고   (비앵커에게) 아, 안색이 파리하게 변하는군. 거, 빨리 안으로 들고 가요. (캐시오와 로더리고를 메고 간다) 숙녀께선 잠깐 기다려주시오. 얼굴빛이 창백하게 변했어. 여러분, 저것 보세요, 이 여자의 눈빛이 무섭지요? 그렇게 쏘아봐도 소용없어, 곧 실토하지 않고는 못 배길걸. 이 여자를 좀 잘 보세요. 자세히 보세요. 여러분, 아시겠지요? 그렇게 묵묵히 있어도 나쁜 일은 저절로 탄로나게 마련입니다.

에밀리어 등장.

에밀리어   아, 웬일이에요? 무슨 일이에요, 여보?

이야고   캐시오 님이 여기 어둠 속에서 로더리고 일당에게 당했어. 다른 놈들은 다 도망쳤어. 그분은 중상을 입고, 로더리고는 죽었어.

에밀리어   어머, 그분이! 가엾게도 캐시오 님이!

이야고   그건 오입질 탓이야. 이봐 에밀리어, 캐시오 님한테 가서 오늘 저녁식사를 어디서 했는지 물어봐요. (비앵커에게) 뭐야, 지금 내가 한 말에 왜 떠는 거야?

비앵커   그분은 우리 집에서 저녁식사를 하셨어요. 그렇지만 그 일 때문에 떠는 건 아니에요.

이야고   역시 그랬었군. 자, 명령이다. 가자.

에밀리어　원, 세상에 개보다 못한 창녀 같으니!

비앵커　나는 창녀가 아니에요. 당치 않은 소리 하지 마요. 그런 말을 하는 당신같이 떳떳한 여자니까!

에밀리어　나같이라고? 흥, 무슨 소리야!

이야고　여러분, 캐시오 님이 치료받는 걸 보러 갑시다. 비앵커, 너도 따라와! 더 물어볼 게 있어. 에밀리어, 당신은 성으로 뛰어가서 장군님과 부인께 이 사건을 보고해요. 자, 여러분, 앞장을 서실까요? (방백) 오늘 밤은 성공하느냐 완전히 파멸하느냐, 둘 중 하나다. (일동 퇴장)

제2장

성안의 침실.

데스데모나, 침대에서 자고 있다. 오셀로, 등불을 들고 등장.

오셀로　죄 때문이다. 다 너의 죄 때문이다. 순결한 별들아, 이제는 내가 이것을 입 밖에 내지 않게 해다오! 다 네 죄 때문이다. 그래도 아내의 피는 흐르게 하지 말자. 그 눈보다 희고, 대리석같이 매끄러운 피부에 상처는 내지 말자…… 하지만 죽여야 한다. 그렇지 않으면 또 남자를 속일 것이다. 우선 이 불을 끄고, 그러고 나서 목숨의 불도 꺼야지. 등불아, 나는 너를 꺼도 뉘우치면 다시 켤 수도 있다. 그렇지만 정묘한 자연이 만든 아름다운 네 육체 속에 타고 있는 불은 한번 꺼버리면 다시는

켤 수 없지. 프로메테우스의 불을 찾아 어디를 헤매야 되나. (촛불을 내려놓는다) 장미는 한번 꺾이면 영영 살아날 길이 없지. 시들어버릴 수밖에 없어. 아직 가지에 붙어 있을 때 향기를 맡아보자. (키스한다) 아, 향기로운 입김, 정의의 신이라도 여기서는 칼을 꺾지 않을 수 없겠구나! 한 번 더, 한 번 더. 죽어서도 이대로 있어다오. 나는 너를 죽이고, 그리고 너를 안아주겠다. 한 번만 더, 이제 마지막이다. 이렇게 사랑스런 여자가 어떻게 그런 나쁜 짓을 할 수 있단 말인가. 눈물을 참을 수 없구나. 그러나 잔인한 눈물이다. 아니, 신성한 눈물이다. 사랑하기 때문에 철퇴를 내리치는 거다. 잠을 깨는 모양이구나.

데스데모나 누구? 오셀로 님?

오셀로 음, 데스데모나.

데스데모나 아직 주무시지 않으셨어요?

오셀로 데스데모나, 오늘 밤 기도는 다 끝마쳤소?

데스데모나 네, 끝마쳤어요.

오셀로 아직 하느님께 용서를 빌지 않은 무슨 죄가 있거든 기도해요.

데스데모나 아, 여보, 그게 무슨 뜻인가요?

오셀로 어서 해요, 간단히. 나는 여기를 거닐고 있을 테니. 마음의 준비도 없는 자를 죽이고 싶진 않아. 아냐…… 절대로 그런 짓은 할 수 없어. 당신의 영혼까지 죽이고 싶진 않아!

데스데모나 죽인다고요?

오셀로 그래.

데스데모나 아, 하느님, 이분을 지켜주소서!

오셀로 아멘, 나도 진심으로 그렇게 비오.

데스데모나 그러면 죽인다고는 하지 마세요!

오셀로 흠!

데스데모나 그래도 당신이 무서워요. 그렇게 무서운 눈을 하실 때는 예사롭지 않은걸요. 왜 무서운지 모르겠어요. 나쁜 짓은 안 했는데. 하지만 어쩐지 겁이 나요.

오셀로 자기 죄를 생각해봐.

데스데모나 죄라면 당신을 사랑한 것밖에 없어요.

오셀로 음, 그러니까 죽어야 하는 거야.

데스데모나 사랑하니까 죽어야 한다는 건 이치에 닿지 않아요. 아, 왜 그렇게 입술을 깨무세요? 무슨 무서운 생각으로 몸을 떨고 계시나요? 그런 게 틀림없어요. 그렇지만 설마 저 때문에 그러시는 건 아니죠?

오셀로 잠자코 가만히 있어!

데스데모나 그러죠. 하지만 무슨 일이죠?

오셀로 당신에게 선물한 수놓은 손수건, 내가 그렇게도 소중히 아끼던 물건인데, 그걸 캐시오에게 줬지?

데스데모나 아니에요. 절대로! 불러다 물어보세요.

오셀로 잘 생각해봐. 거짓 맹세를 하지 않도록 해. 당신은 그 침대에서 죽어야 하니까.

데스데모나 거짓말은 하지 않아요. 하지만 제가 죽어야 한다고요?

오셀로 죽어야 해, 지금 곧. 그러니까 정직하게 죄를 고백하는 거야. 하나하나 맹세하며 부인해봐도 소용없어. 내가 이렇게 신음하는 데는 확실한 근거가 있는 거니까. 그걸 제거할 수도, 지워버릴 수도 없어. 당신은 죽어야 해.

데스데모나 아, 하느님, 저를 구원해주소서.

오셀로 아멘, 저도 그렇게 기도 올리나이다.

데스데모나 그럼 당신도 저를 도와주세요! 저는 한 번도 당신에게 나쁜 짓을 한 기억이 없어요! 캐시오를 사랑한 일도 없어요. 단지 그분을 도와주고 싶었을 뿐이에요. 선물을 준 일도 없어요.

오셀로　아냐, 나는 그놈이 내 손수건을 가지고 있는 것을 봤어. 이 거짓말쟁이가 내 가슴을 돌같이 만드는구나! 정의를 위하여 당신을 제물로 할 작정인데, 그걸 단순한 살인 행위로 만들겠다는 거냐! 나는 손수건을 봤어!

데스데모나　그럼 어디서 주웠겠지요. 전 절대로 준 일이 없어요. 그분을 이리 불러오세요. 그리고 사실대로 고백시켜 보세요.

오셀로　고백했어, 그놈은.

데스데모나　네? 뭐라고요?

오셀로　당신에게 손을 댔다고.

데스데모나　어떻게요? 부정을 저질렀다고요?

오셀로　그래.

데스데모나　그런 말을 할 리가 없어요.

오셀로　아냐, 이제 그 녀석 입은 봉해져 있어. 충실한 이야고가 처치해 버렸으니까.

데스데모나　아, 역시! 그럼 죽었군요, 그분은?

오셀로　그놈의 머리털 한 가닥 한 가닥이 생명을 가졌다 해도 내 복수의 상대로는 부족해.

데스데모나　아마 그분은 간계에 걸려든 모양이군요. 저도 이제 파멸이고요.

오셀로　꺼져, 없어져, 이 매음부야! 내 눈앞에서 그놈을 위해 눈물을 흘리느냐?

데스데모나　아, 저를 쫓아내셔도 좋아요, 하지만 죽이진 마세요.

오셀로　내려와, 매음부!

데스데모나　내일 죽이세요. 오늘 밤만은 용서해주세요!

오셀로　아니, 반항하면……

데스데모나　반 시간만이라도!

오셀로　이렇게 된 이상 지체할 수 없어.

데스데모나　한마디 기도 드릴 동안만!

오셀로　이미 때는 늦었어. (아내를 목 졸라 죽인다)

에밀리어　(문밖에서) 장군님, 장군님! 보세요, 보세요, 장군님, 장군님!

오셀로　뭐냐, 저 소리는…… 아직 숨이 끊어지지 않았나? 죽지 않았나? 잔인한 짓은 해도 자비심은 가졌어. 고통을 끌게 하지 않겠어. 이렇게, 이렇게.

에밀리어　(문밖에서) 장군님! 장군님!

오셀로　누구냐?

에밀리어　(문밖에서) 아, 장군님 잠깐 말씀드릴 일이 있어요!

오셀로　음, 에밀리어군. 곧 가겠다! 이젠 죽었구나. 에밀리어는 캐시오가 죽었다는 소식을 알리러 온 모양이군…… 그 소리였어. 흥! 이젠 꿈틀거리지 않는군. 묘지처럼 고요해. 에밀리어를 들어오라고 할까? 그래도 괜찮을까? 또다시 꿈틀거리는 것 같은데…… 아니군. 어떻게 하면 좋을까? 에밀리어가 들어오면 아내한테 말을 걸겠지. 아내! 아내! 내게 아내는 없어. 아, 견딜 수 없군! 아아, 비참한 시간이다! 일식이 일어나 태양도 달도 빛을 잃고 놀란 대지는 이 변고에 입을 떡 벌릴 것 같구나!

에밀리어　(문밖에서) 급히 여쭐 말씀이 있어요, 장군님!

오셀로　아, 깜박 잊고 있었군. 그럼 들어와, 에밀리어. 잠깐만 기다려, 곧 열어줄 테니. 침대 커튼을 닫아야지. 에밀리어, 어디 있어? (문을 연다)

에밀리어 등장.

오셀로　지금이 몇 신데, 대체 무슨 일이야?

에밀리어　아, 장군님. 저쪽에서 큰 살인 사건이 났어요.

오셀로　뭐, 지금?

에밀리어　네, 방금요.

오셀로　달이 망령 들었기 때문이야. 달이 평소의 궤도에서 벗어나 지구로 접근하면 사람은 미치게 마련이지.

에밀리어　캐시오 님이 베니스 청년 로더리고를 죽였어요.

오셀로　로더리고가 죽었어? 캐시오도 죽었나?

에밀리어　아뇨, 캐시오 님은 죽지 않았어요.

오셀로　캐시오는 죽지 않았다고? 그럼 암살의 순서가 바뀌었군. 모처럼의 복수가 수포로 돌아갔어.

데스데모나　아, 잘못, 잘못 살해당했어!

에밀리어　어머, 저게 무슨 소리예요?

오셀로　저 소리라니, 뭐 말인가?

에밀리어　어머, 저건 아씨 목소리예요! (커튼을 연다) 아씨, 아씨, 여보세요! 누구 좀 와주세요! 아, 아씨, 한 번만 더 말씀을 데스데모나 님! 아, 아씨, 어서 말씀 좀 하세요!

데스데모나　나는 억울하게 죽어.

에밀리어　아, 대체 누가 이랬습니까?

데스데모나　누가 그런 게 아니라 내 손으로 그랬어. 오셀로 님께 말씀 잘 전해줘. 아, 잘 있어! (죽는다)

오셀로　뭐야, 왜 이렇게 살해됐지?

에밀리어　그걸 누가 알겠습니까?

오셀로　아내를 죽인 게 내가 아니라는 말을 들었지?

에밀리어　그랬어요. 사실대로 알려야겠어요.

오셀로 거짓말쟁이! 저것은 지옥에 떨어졌다. 죽인 것은 나야.

에밀리어 아, 그렇다면 아씨는 정말 천사예요. 그에 비하면 장군님은 악마예요!

오셀로 저것은 더러운 짓을 했다. 매음부였어.

에밀리어 아씨를 그렇게 모욕하다니, 당신이야말로 악마예요!

오셀로 물같이 마음이 왔다 갔다 하는 여자였어.

에밀리어 당신은 불같이 분별이 없어요. 부인이 부정을 저질렀다고요? 아, 아씨는 천사같이 진실하셨어요!

오셀로 캐시오하고 간통했어. 믿지 못하겠다면 네 남편에게 물어봐. 이렇듯 엄청난 짓을 내가 정당한 이유도 없이 했다면, 그야말로 나는 지옥의 밑바닥으로 떨어져도 괜찮다. 네 남편이 전부 알고 있다.

에밀리어 제 남편이?

오셀로 그래, 네 남편이!

에밀리어 아씨가 불의를 저질렀다고요?

오셀로 음, 캐시오하고. 만약 이 여자가 정숙했다면 하늘이 보석으로 완전무결한 세계를 만들어준다 해도 바꾸지 않았을 거다.

에밀리어 제 남편이!

오셀로 그렇다, 처음 이야기해준 게 그 사람이야. 정직한 사람이니까, 불결한 행위의 더러움을 미워하는 거지.

에밀리어 제 남편이!

오셀로 아니, 몇 번 말해야 알겠나? 네 남편이라고 하지 않았나.

에밀리어 아, 아씨, 사악한 음모가 사랑을 함정에 빠뜨렸군요! 제 남편이 아씨를 부정하다고 했다고요?

오셀로 그렇다니까. 네 남편이다. 알았어? 내 친구요, 네 남편이요, 정직하고 충성스러운 이야고 말이다.

에밀리어　그이가 그런 말을 했다면, 그놈의 사악한 영혼은 매일매일 썩어 없어져라! 터무니없는 거짓말쟁이! 아씨는 이런 더러운 남편을 너무 소중히 여기셨어!

오셀로　뭐?

에밀리어　마음대로 나쁜 짓을 해봐요. 과분한 부인을 이렇게 만든 당신 같은 사람은 어차피 천당에 가지 못할 테니.

오셀로　잠자코 있어. 그래야 이로울 테니.

에밀리어　어디 나를 해치고 싶다면 맘대로 해봐요. 아, 머저리! 바보! 목석 같은 무지랭이! 당신이 한 짓은…… 칼을 무서워할까 봐? 나는 당신이 한 짓을 큰 소리로 알릴 거예요. 죽이려면 얼마든지 죽여봐요. 누구 좀 와줘요! 누구 좀 와줘요! 여기 누구 좀 와줘요! 무어 장군이 부인을 죽였어요! 살인이다, 살인!

　　몬타노, 그레샤노, 이야고 등장.

몬타노　무슨 일이냐? 어쩐 일이오, 장군?

에밀리어　아, 오셨군요, 이야고. 당신도 참 장하군요. 살인죄를 뒤집어쓸 신분이 됐으니.

그레샤노　무슨 일이오?

에밀리어　당신도 남자라면 이 악한을 심문해보세요. 부인이 나쁜 짓을 했다는 걸 당신한테 들었다고 하던데요. 당신은 그런 말 하지 않았을 거예요. 당신은 그런 악당이 아니니까. 뭐라고 말 좀 해봐요, 가슴이 답답해 터질 것 같아요.

이야고　나는 생각한 바를 말했을 뿐이야. 그것뿐이야. 장군 스스로 과연 그럴 거라고 생각하신 것 이외의 말은 한마디도 하지 않았어.

에밀리어 그렇지만 아씨가 부정을 저질렀다고 당신이 장군께 말하지 않았어요?

이야고 했어.

에밀리어 거짓말, 더러운 거짓말! 무서운 거짓말이야. 정말 엉뚱한 거짓말이야! 아씨가 캐시오 님하고 부정을 저질렀다고? 캐시오 님하고 그랬다고?

이야고 그래, 캐시오라고 했어. 그만 입 다물어!

에밀리어 나는 입 다물지 못하겠어요. 떠들지 않곤 못 배겨요. 부인이 살해당했어요, 이 침상에서.

일동 아, 큰일 났군!

에밀리어 당신의 말 때문에 일어난 살인이에요.

오셀로 아, 모두 그렇게 놀라지 마오. 사실입니다, 전부가.

그레샤노 믿을 수 없는 사실이군.

몬타노 아, 끔찍한 소행이군.

에밀리어 인간이 아니야, 인간이 아니야, 너무해! 그럴 것 같더라니. 아, 인간이 아니야! 그때도 그렇게 생각했었는데, 차라리 죽어버리고 싶어. 아, 지독해라, 너무나 지독해.

이야고 뭐야, 미쳤어? 집에 가 있어.

에밀리어 여러분, 제 말을 들어보세요. 남편 말을 순종하는 게 당연하지만, 지금은 싫어요. 저는요, 이야고, 절대로 집에 안 가겠어요.

오셀로 아! 아! 아! (침대에 쓰러진다)

에밀리어 그렇게 쓰러져서 몸부림치는 것이 당연해요. 세상 빛을 본 사람 중에서 둘도 없이 사랑스럽고 순결한 분을 당신이 죽였으니까요!

오셀로 (일어나며) 아, 저것은 간통을 했다! (그레샤노를 보고) 처숙부님이셨군요, 몰라뵀습니다. 저기 질녀가 쓰러져 있습니다. 방금 이 손으로 목숨을 끊어놓았습니다. 잔혹하고 끔찍한 소행이라고 생각하시겠지요?

그레샤노   가엾은 데스데모나! 너의 아버지가 돌아가셔서 다행이다. 너의 결혼에 큰 충격을 받아 슬퍼한 나머지 결국 목숨줄이 끊어지고 말았다. 지금 만일 살아 계셔서 이 광경을 보신다면, 무슨 짓을 하실는지 몰라. 행운의 천사까지도 밀어젖히고 지옥 속으로 뛰어들었을지도 몰라.

오셀로   애석한 일입니다. 그렇지만 이야고가 알고 있습니다. 이 여자는 수없이 캐시오와 추잡한 행동을 했소. 캐시오는 자백했소. 더구나 아내는 내가 사랑의 표시로 준 최초의 선물을 남자의 애욕에 대한 사례로 주었소. 난 그자가 그걸 가지고 있는 것을 보았소. 손수건 말입니다. 그건 내 아버지가 어머니에게 선사한 유품이었소.

에밀리어   이 일을 어쩌면 좋아! 아, 하느님!

이야고   야, 입 닥쳐!

에밀리어   말할 테야. 나는 말할 테야. 닥치라고? 싫어요! 북풍이 마구 불어대듯이 죄다 말해버릴 테야. 신과 사람과 악마가 모두 몰려와서 입을 다물라고 악을 써도 말할 테야.

이야고   쓸데없는 말 하지 말고 집에 가.

에밀리어   누가 간대요. (이야고, 에밀리어를 찌르려고 한다)

그레샤노   이게 무슨 짓이오! 여자한테 칼을 갖다 대다니!

에밀리어   아, 무어 님, 바보 같은 짓이에요! 당신이 말한 그 손수건은 내가 주워서 남편한테 준 거예요. 이상하게도 자꾸 심각한 태도로 그런 쓸데없는 물건을 훔쳐달라고 졸라대기에 말이에요.

이야고   이 망할 것이!

에밀리어   아씨가 캐시오 님께 드렸다고요? 아니에요, 그렇지 않아요. 내가 주워가지고 남편에게 줬어요.

이야고   이 망할 것아, 거짓말 작작해!

에밀리어　하늘에 맹세코 절대로 거짓말이 아니에요. 여러분, 아, 살인자, 바보! 이런 바보가 그렇게도 선량한 부인을 해치다니!

오셀로　벼락이나 맞고 죽어라, 이 흉측하기 짝이 없는 악당아! (이야고에게 달려든다. 이야고, 뒤에서 에밀리어를 찌르고 퇴장)

그레샤노　에밀리어가 쓰러졌어. 놈이 제 처를 죽였구나.

에밀리어　네, 그렇습니다. 아, 나를 아씨 옆에 눕혀주세요.

그레샤노　도망쳤군, 아내를 죽이고.

몬타노　극악무도한 악당 같으니. 자, 이 칼을 맡아주시오, 지금 무어 장군한테서 뺏은 칼이오. 그리고 입구에서 지키시오! 문밖으로 나가지 못하게 하고, 정 말을 듣지 않으면 차라리 죽여버리시오. 나는 저 악한을 쫓아가겠소. 실로 끔찍한 악한이군. (오셀로와 에밀리어만 남고 모두 퇴장)

오셀로　나는 이제 용기마저 상실했다. 저런 풋내기까지 내 손에서 칼을 빼앗아가다니. 명예도 다 잃어버린 내가 새삼스레 무용을 자랑해서 무엇하랴, 이젠 아무 미련도 없다.

에밀리어　그 노래는 무슨 전조였나 보죠, 아씨? 자, 들리세요? 저는 백조같이 노래 부르며 죽어요. (노래한다) 버들 버들, 버들아. 무어 님, 부인은 결백했어요. 당신을 사랑했어요. 잔인한 무어 님, 저는 천당에 가요. 진실만 말했으니까요. 생각한 대로 말하며 죽는 거예요. 아, 죽어요······ (숨이 끊어진다)

오셀로　이 방에 칼이 한 자루 또 있었지. 스페인의 명검이······ 얼음같이 찬 강물에 단련한······ 아, 여기 있군. 처숙부님, 나는 밖으로 나가야겠소.

그레샤노　(문밖에서) 그랬다간 목숨이 없어질 게다. 자네는 무기도 안 지녔잖은가! 조용히 하지 않으면 재미없어.

오셀로　이리 들어오셔서 말씀하시오. 그렇지 않으면 맨손으로라도 공격할 테요.

그레샤노 등장.

그레샤노 무슨 일인가?

오셀로 보시오, 칼을 가지고 있소. 이렇게 좋은 칼은 지금까지 어떤 군인도 옆구리에 차본 적이 없소. 나도 한때는 이 빈약한 팔과 이 명검으로 당신 같은 사람 스무 명, 서른 명 떼지어 덤벼들어도 단번에 무찔렀지만…… 아, 이젠 쓸데없는 소리지! 누가 운명을 좌우할 수 있단 말인가? 이젠 글렀소. 무서워 마시오, 칼을 가지고 있어도. 이제 내 인생 여정은 끝났소. 마지막이오. 내 항해의 최후의 부두에 배는 닿았소. 무서워서 그렇게 뒤로 물러섭니까? 겁내지 마십시오. 갈대 한 줄기가 이 오셀로의 가슴에 와도 난 물러섭니다. 그리고 이 오셀로는 어디로 가야 하나? 어디 봅시다. (침대를 돌아다본다) 당신은 어떤 얼굴을 하고 있소? 아아, 불운한 당신! 속옷같이 창백한 얼굴을 하고! 최후의 심판날 다시 만나게 되어 당신의 이 얼굴을 보기만 해도, 내 영혼은 하늘에서 내동댕이쳐져서 지옥의 마귀들에게 뜯어먹히겠지. 얼음같이 차구나, 당신은! 당신의 정조도 이러했겠지? 아, 저주받을 노예놈! 지옥의 악마들아, 나를 채찍질해서 이 천사 같은 모습이 보이지 않는 곳으로 쫓아내다오. 열풍 속으로 내 몸뚱이를 흩날려다오! 유황불로 나를 태워다오! 불바다 심연 속에 나를 처넣어다오! 아, 데스데모나! 죽어버린 데스데모나! 죽어버렸구나! 아! 아!

로도비코, 몬타노, 들것에 누운 캐시오, 체포된 이아고, 관리들 등장.

로도비코 경솔하게 불행을 불러들인 당사자는 어디 있나?

오셀로 그는 오셀로라고 불리던 놈입니다. 여기 있습니다.

로도비코 그 독사 같은 놈은 어디 있나? 그 악당을 이리 끌어내라.

오셀로 어디 발 좀 보자. 악마는 발톱이 두 쪽으로 쪼개져 있다는 건 꾸민 말인가? 네놈이 악마라면 내 칼은 들어가지 않을 거다. (이야고를 찌른다)

로도비코 칼을 뺏어.

이야고 피가 나지만 죽지는 않는다.

오셀로 나도 서운할 것 없다. 오히려 살려두고 싶다. 지금의 내 심정으로론 이대로 죽는 것이 행복이니까.

로도비코 아, 오셀로, 지난날 그처럼 훌륭했던 당신이 극악무도한 놈의 간계에 걸렸구려. 당신에게는 뭐라고 해야 좋을지 모르겠소.

오셀로 뭐라고 하셔도 좋습니다. 정의의 살인자라고나 해주시오. 저는 조금도 개인적인 원한으로 죽인 건 아닙니다. 오직 정의 때문에 한 짓입니다.

로도비코 이놈은 이미 죄상을 자백했소. 당신은 이놈과 공모해서 캐시오를 죽이려 했다고요?

오셀로 그랬습니다.

캐시오 아, 장군님, 저는 그렇게 당해야 할 이유가 없습니다.

오셀로 확실히 그렇소. 용서하오. 이 악마 같은 놈이 왜 그렇게 내 육체와 영혼을 덫에 걸어놓았는지를 좀 물어봐주시오.

이야고 물어볼 것 없습니다. 아실 만큼 아시지 않습니까? 지금부터 나는 아무 말도 안 하겠습니다.

로도비코 그럼, 기도도 안 하겠느냐?

그레샤노 고문으로 입을 열게 하지.

오셀로 그래, 말을 안 하는 게 상책이야.

로도비코 당신은 아직 모르겠지만, 이런 일이 있었소. 여기 편지가 있소. 살해당한 로더리고의 주머니 속에서 발견된 것이오. 그리고 여기 또 한 통, 여기에는 캐시오의 암살은 로더리고가 맡기로 되어 있었소.

오셀로 오, 악당!

캐시오 극악무도한 놈!

로도비코 또 한 통, 불평을 적은 편지, 이것 역시 그놈 주머니에 있던 것으로, 로더리고가 이 악당에게 보내려고 쓴 편지 같소. 그러나 보내기 직전에 이야고가 찾아와서 그만 결말이 난 모양이오.

오셀로 아아, 천하에 몹쓸 놈! 캐시오, 그 손수건은 내 아내 것이었는데 그걸 어떻게 자네가 가지고 있지?

캐시오 제 방에 떨어져 있었습니다. 저놈이 방금 고백했습니다. 일부러 거기 떨어뜨려놓았더니, 과연 생각대로 걸려들더라고요.

오셀로 아, 바보같이! 바보였어! 바보였어!

캐시오 그리고 로더리고는 편지에서 이야고를 비난하고 있습니다. 저번에 보초 서던 날 밤도 이놈이 로더리고를 시켜서 저하고 싸움을 벌이게 하고, 그 때문에 저는 면직이 됐습니다. 게다가 죽은 줄로만 알았던 저 로더리고가 입을 열고 '이야고가 나를 찔렀다. 너를 죽이라고 부추긴 것도 이야고다.'라고 말했습니다.

로도비코 이 방을 나가 우리들과 동행해주시오. 당신의 관직은 모두 박탈되었소. 캐시오가 이 키프로스를 통치하게 되었소. 이 악당에게는 장시간 심한 고통을 줄 수 있는 고문 방법이 있다면, 그걸로 처벌하겠소. 그리고 당신은 베니스 정부에 죄상이 보고 될 때까지 죄수로 취급하겠소. 자, 데려가라.

오셀로 잠깐, 떠나기 전에 한두 말씀드리겠으니 들어주시오. 나는 국가를 위해 다소 공을 세웠소. 그건 정부에서도 알고 있소. 하지만 그걸 말하자는 것이 아니오. 단지 원하는 것은, 보고서에 이 불행한 사건을 기록할 때, 사실 그대로 전해주길 바라오. 조금이라도 두둔하거나 악의를 개입시키거나 하지 말아주시오. 말하자면 이렇게 적어주시오. '분별은 부족했어도 진정 깊이 아내를 사랑한 사람이었다. 경솔하게 남을 의심하는 사람은 아니었으나 속임수에 넘어가 극도로 당혹하여, 어리석은 인도인처럼 자기의 온 민족과도 바꿀 수 없는 값진 진주를 스스로 팽개쳐버렸다. 생전 울어보지도 않던 자가 이번만은 슬픔에 못 이겨 아라비아의 고무나무가 수액을 흘리듯이 억수같이 눈물을 쏟았다⋯⋯.' 이렇게 써주시오. 그리고 또 한 가지만 더 전해주시오. 언젠가 알레포에서 터반을 두른 터키 사람이 가증스럽게도 베니스 사람을 때리고 이 나라를 모욕한 것을 보았을 때, 그 개 같은 이교도 녀석의 멱살을 잡고 이 목을 찔렀다⋯⋯ 이렇게요. (자기를 찌른다)

로도비코 아, 처참한 최후로구나!

그레샤노 지금까지 얘기한 게 다 허사가 됐군요.

오셀로 당신을 죽이기 전에 나는 키스했지. 지금은 이렇게밖에 할 수 없다. 내 스스로 목숨을 끊고 키스하며 죽을 수밖에. (침대에 쓰러져 죽는다)

캐시오 이런 일을 염려했습니다만, 칼을 안 가지고 있는 줄 알았습니다. 진정 고결한 마음을 가진 분이었습니다.

로도비코 (이야고에게) 이 스파르타의 개 같은 놈, 어떤 고통이나 굶주림이나 험한 바다보다도 더 잔악한 놈! 침대 위에 쓰러져 있는 이 비참한 모습을 보아라, 모두 네 놈의 소행이다. 눈도 멀어버릴 광경이다. 보이지 않게 가려야지. (침실의 커튼을 닫는다) 그레샤노 님, 이 집의 관리를 맡으시고 무어의 재산을 압수해주시오. 당신이 상속을 받아야 하니까. (캐시오에게) 그리고 총독, 이 극악무도한 놈의 재판을 당신에게 일임하겠으니, 때와 장소와 고문 방법을 결정하여 처벌하시오. 나는 곧 배를 타고 가서 이 참사를 본국에 보고하겠소. (일동 퇴장)

맥베스
Macbeth

스코틀랜드 및 잉글랜드

덩컨　　　스코틀랜드 왕

맬컴　　　덩컨 왕의 아들

도널베인　덩컨 왕의 아들

맥베스　덩컨 왕의 장군

뱅코　덩컨 왕의 장군

맥더프, 레녹스, 로스, 맨티스, 앵거스, 케이스네스　스코틀랜드 귀족들

플리언스　뱅코의 아들

시워드　노섬벌랜드 백작

젊은 시워드　시워드의 아들

시튼　맥베스의 휘하 장교

소년　맥더프의 아들

부대장, 문지기, 노인

전의典醫　잉글랜드 왕실 의사

시의侍醫　스코틀랜드 왕실 의사

자객 세 명

맥베스 부인

맥더프 부인

맥베스 부인의 시녀

마녀 세 명

헤커티　지옥의 마귀

환영幻影

기타 _ 귀족, 기사, 장교, 병사, 시종, 사자

제1막

제1장

황야. 천둥, 번개, 세 마녀 등장.

마녀 1 언제 우리 셋이 다시 만날까? 천둥, 번개 칠 때, 아니면 비 올 때?

마녀 2 소동이 가라앉고 싸움의 승부가 결정된 다음에.

마녀 3 그건 해지기 전이 될 거야.

마녀 1 장소는?

마녀 2 그 들판.

마녀 3 그래, 거기서 맥베스를 만나자.

마녀 1 곧 갈게, 늙어빠진 고양이야!

일동 두꺼비가 부르는구나. 곧 간다니까! 예쁜 건 추한 것, 추한 건 예쁜 것. 자, 날아서 가자, 안개 속 탁한 공기를 헤치고. (모두 퇴장)

제2장

포레스 부근의 진영陣營.

나팔 소리. 한쪽에서 덩컨 왕, 맬컴, 도널베인, 레녹스, 시종들 거느리고

등장. 다른 쪽에서 부상 입은 부대장 등장.

덩컨　저 피투성이가 된 사람은 누구냐? 저 모습을 보아하니 저 사람은 잘 알고 있겠구나, 반란군의 움직임을. 새로운 정보를 들을 수 있겠군!

맬컴　제가 포로가 될 뻔했을 때, 용감하게 싸워서 저를 구해준 것이 바로 저 사람입니다. 잘 왔소, 용감한 친구! 그대가 보고 온 전황을 그대로 전하게 아뢰시오.

부대장　승부는 실로 판단하기 어려웠습니다. 마치 물속에서 헤엄치다가 지쳐서 기진맥진한 사람들끼리 서로 부둥켜안고 어쩔 줄 몰라하는 것처럼…… 그 잔인무도한 맥도널드, 인간의 온갖 악행을 모조리 한 몸에 지닌 그 역적은 서쪽의 여러 섬에서 보병과 기병 들을 동원해왔으며, 게다가 운명의 여신마저 그의 흉책에 추파를 던지고 정부情婦가 된 듯싶었습니다. 그러나 어림없는 일, 용감한 맥베스 장군이 그 용맹에 부끄럽지 않게 운명을 무시하고, 피 묻은 검을 휘둘러 적병들을 물리치고 쳐들어가서 마침내 적장과 맞섰습니다. 맞서기가 무섭게 다짜고짜 대나무 쪼개듯 단칼에 목을 베어 성벽 위에 걸어놓았습니다.

덩컨　오오, 과연 내 사촌이다! 참으로 훌륭하도다.

부대장　하오나 해가 뜨는 동쪽에서 배를 침몰시키는 폭풍과 무서운 뇌성이 일어나듯이, 기쁨이 솟을 듯 보이던 바로 그 샘에서 뜻하지 않은

비운悲運이 솟아오르고 말았습니다. 다름이 아니오라, 전하! 용기로 무장한 정의의 군사들이 패주하는 적병을 추격하고 있을 때, 때마침 기회를 염탐하고 있던 노르웨이 왕이 새로 발명한 무기와 새 병력을 투입하여 공격해왔습니다.

덩컨 맥베스, 뱅코 두 장군은 그걸 보고 당황하진 않던가?

부대장 예. 마치 독수리가 참새에게, 사자가 토끼에게 놀란 격이었다고 할까요. 솔직히 아뢰면, 두 장군은 마치 두 배의 탄약을 잰 대포와도 같이 적에게 두 배의 공격을 가했습니다. 피바다에서 목욕을 할 셈인지, 골고다 언덕을 또다시 이 세상에 재현할 셈인지 알 수 없을 지경이었습니다. 아아, 이젠 정신이 아찔해지고 상처가 쑤셔서 견딜 수가 없습니다.

덩컨 네 보고는 상처 못지않게 훌륭하고 장하다. 어서 의사에게 보이도록 해라. (시종이 부대장을 부축하여 퇴장) 누구냐, 저 사람은?

로스와 앵거스 등장.

맬컴 로스 영주입니다.

레녹스 당황한 저 얼굴빛! 무슨 심상치 않은 일을 아뢸 것만 같습니다.

로스 전하의 만수무강을 비옵니다.

덩컨 어디서 오는 길이오?

로스 파이프에서 오는 길입니다. 그곳은 노르웨이 군의 깃발이 하늘을 위압하여 우리 백성들의 간담을 서늘케 하고 있습니다. 노르웨이 왕은 저 대역적 코더 영주의 원조를 얻어 직접 대군을 거느리고 맹공격을 개시해왔습니다. 그러나 맥베스 장군이 전쟁의 여신 벨로나를 아내로 맞이한 군신軍神 마르스처럼 갑옷을 몸에 두르고 용감히 맞서서 치열한 격전을 벌인 결과 마침내 승리는 아군에게로 돌아왔습니다.

덩컨 참으로 다행한 일이오.

로스 그리하여 지금 노르웨이 왕 스위노가 강화를 청하고 있사오나, 아군 측은 세인트코옴 섬에서 노르웨이 왕으로부터 1만 달러의 배상금을 받기 전에는 전사자의 매장조차 허락하지 않을 생각입니다.

덩컨 이제는 코더 영주가 나를 더 이상 배신하지 못할 것이오. 가서 곧 그에게 사형을 선고하시오. 그리고 그의 작위를 맥베스에게 내리고 그를 영접하기 바라오.

로스 분부대로 거행하겠습니다.

덩컨 코더가 잃은 것을 맥베스가 얻게 되었소. (일동 퇴장)

제3장

황야.

천둥. 세 마녀 등장.

마녀 1 이봐, 어딜 쏘다니다 왔니?

마녀 2 돼지 잡으러 갔었지.

마녀 3 넌?

마녀 1 어떤 뱃놈 마누라가 앞치마 자락에 밤을 싸가지고 오물오물 먹고 있기에 '좀 다오.' 했더니 그 뚱뚱한 계집이 '꺼져, 마녀야!' 하고 소리치지 않겠어. 서방은 알레포에 가 있는데, 타이거 호의 선장이래. 나는 쳇바퀴를 타고 바다를 건너가서 꼬리 없는 쥐로 둔갑해가지고 실컷 골려줄 테야, 골려줄 테야, 골려줄 테야.

마녀 2   내가 바람을 빌려줄게.

마녀 1   고마워.

마녀 3   내 바람도 빌려줄게.

마녀 1   나머지 바람은 모두 내 손아귀에 있어. 바람 부는 항구란 항구, 선원들의 지도에 나와 있는 온갖 구석구석에 내 마음대로 바람을 불어 댈 수가 있지. 그년의 서방을 건초같이 말려놓고 말 테야. 그 녀석의 눈꺼풀 위에 밤이고 낮이고 잠이 깃들지 못하게 해야지. 저주받은 사람처럼 이레 낮 이레 밤의 아홉 배에 또 아홉 배를 배에서 허덕이다 수척하게 여위어 말라 비틀어지게 만들고 말 테야. 배를 파선시킬 수는 없지만 폭풍에 실컷 시달리게 하고 말 테야. 이봐, 이것 좀 봐.

마녀 2   어디 봐, 어디 봐.

마녀 1   이건 키잡이의 엄지손가락이야. 고국으로 돌아오다가 파선당하여 물에 빠져 죽었어. (안에서 북소리)

마녀 3   북소리다, 북소리! 맥베스가 온다.

셋은 손을 맞잡고 춤추며 점점 빨리 맴돈다.

일동   (노래)
　　　　운명을 조종하는 자매 셋이서
　　　　손에 손을 맞잡고 마음껏 돌자.
　　　　바다든 뭍이든 뜻대로 돌자.
　　　　너도 세 번 나도 세 번, 또 너도 세 번.
　　　　그러면 모두 합해 아홉 번이 되네.

쉬! 마술은 걸렸다.

(별안간 춤을 멈추고 모두 안개 속에 몸을 감춘다)

맥베스와 뱅코 등장.

맥베스 어둠인지 빛인지 분간할 수 없는 괴상한 날씨로군.

뱅코 포레스까지는 얼마나 되오? (안개가 차차 걷힌다) 아니, 저것은 무엇일까? 저렇게들 마르고, 괴상한 옷차림을 하다니? 지상의 생물 같지 않은데, 그래도 저기 땅 위에 서 있지 않은가? 그래, 너희들은 살아 있는 것들이냐? 인간과 대화를 나눌 수 있느냐? 내 말을 알아듣는지 거칠게 튼 손가락을 다들 쪼글쪼글한 입술에 갖다 대는구나. 여자처럼 보이는데 수염이 나 있으니, 참 알 수가 없군.

맥베스 말을 해봐라. 대체 너희들은 누구냐?

마녀 1 잘 돌아오셨어요, 맥베스 님! 축하드려요, 글래미스 영주님!

마녀 2 잘 돌아오셨어요, 맥베스 님! 축하드려요, 코더 영주님!

마녀 3 잘 돌아오셨어요, 맥베스 님 ! 장차 왕이 되실 분!

뱅코 왜 놀라시오? 두려워하시는구려, 그렇게도 듣기 좋은 말에. 그런데 대체 너희들은 허깨비냐, 아니면 눈에 보이는 그대로냐? 나의 귀한 동료를 너희들이 현재의 칭호와 함께 높은 작위와 왕이 될 희망이 있다는 예언으로 환영하니, 저분이 저렇게 어리둥절해하고 있지 않느냐. 그래, 나에게는 아무 말도 안 해줄 거냐? 너희들이 시간의 씨앗을 꿰뚫어 보는 힘을 지니고 있어 어떤 씨앗이 싹트고 어떤 씨앗이 마르는지를 예언할 수 있거든 자, 말해봐라. 너희들의 예언이 좋든 나쁘든 두려워할 내가 아니다.

마녀 1 잘 돌아오셨어요.

마녀 2 잘 돌아오셨어요.

마녀 3 잘 돌아오셨어요.

마녀 1 맥베스 님만은 못하나 더 위대하신 분.

마녀 2 운이 그만은 못하나 굉장한 행운이 있는 분.

마녀 3 자신은 왕이 되지 못하나 자손은 왕이 되실 분. 잘 돌아오셨어요. 맥베스 님과 뱅코 님!

마녀 1 뱅코 님과 맥베스 님, 잘 돌아오셨어요. (안개가 짙어진다)

맥베스 게 섰거라. 말이 모호하구나. 똑똑히 말해봐라. 나의 선친 사이넬의 사망으로 내가 글래미스 영주가 된 것은 알고 있다만, 코더 영주라니 무슨 말이냐? 코더 영주는 아직 당당히 생존해 있지 않느냐. 더구나 왕이 되다니, 코더 영주가 된다는 말보다 더 믿지 못할 일. 대관절 어디서 그런 괴상한 소식을 얻어 왔느냐? 어째서 이 황야에서 길목을 가로막고 이상한 예언의 인사를 하는 거냐? 자, 말해봐라. (마녀들 사라진다)

뱅코 땅에도 물처럼 거품이 있는 모양이오. 지금 저것들 말이오. 대체 어디로 사라져버렸을까?

맥베스 공중으로 사라졌소. 형체가 있는 것같이 보이더니 그만 입김처럼 바람 속으로 사라지고 말았소. 좀 더 잡아두고 싶었는데!

뱅코 실제로 그것들이 눈앞에 나타났던 거요? 혹은 우리가 사람을 미치게 만드는 풀뿌리를 먹고 이성이 마비된 것은 아니오?

맥베스 장군의 자손이 왕이 된다고?

뱅코 장군이 왕이 되신다고?

맥베스 그리고 코더 영주가 된다고 그러지 않았소?

뱅코 확실히 그렇게 말했소. 그런데 저들은 누굴까?

로스와 앵거스 등장.

로스　맥베스 장군, 전하께서는 장군의 승전을 가상히 여기고 계시오. 더욱이 적진에서의 장군의 용감한 활약을 읽으시고는 경탄과 찬양이 뒤섞인 심정으로 어찌할 바를 모르셨소. 그리고 그냥 묵묵히 다음 전황을 훑어보시고는, 장군이 완강한 노르웨이 군 진중에 쳐들어가 닥치는 대로 시체의 산을 쌓으면서도 조금도 두려워하는 기색이 없었다는 사실을 아셨소. 빗발같이 잇따라 들어오는 전령傳令들은 모두 다 어전에서 호국의 대공을 이루신 장군을 입이 마르도록 찬양했소.

앵거스　우리 두 사람은 전하의 치사를 전하고 어전으로 장군을 안내하러 왔을 뿐이오. 포상은 따로 분부가 계실 것이오.

로스　앞으로 더 큰 영예를 내리시기 전에 장군을 코더 영주라고 부르라는 분부요! 그러니 축하드리오, 코더 영주님.

뱅코　아니, 마녀의 말이 들어맞다니?

맥베스　코더 영주는 생존해 계시잖소. 왜 내게 남의 옷을 입히려 하시오?

앵거스　코더 영주였던 그분은 아직 살아 있기는 하지만 전하의 엄벌로 생명을 잃게 되었소. 과연 노르웨이 군과 결탁을 했는지, 은밀히 도움과 편의를 반란군에 제공했는지, 아니면 그 양쪽 수단을 다하여 국가의 전복을 꾀했는지는 알 수 없으나, 아무튼 대역죄는 명백히 입증되어 몰락하고 말았소.

맥베스　(방백) 글래미스와 코더 영주라. 아직 제일 큰 것이 남아 있어…… (로스와 앵거스에게) 아, 수고들 하셨소…… (뱅코에게) 장군의 자손이 왕이 된다는 것도 거짓말은 아니겠구려. 내게 코더 영주를 안겨다 준 그것들이 장군께도 그렇게 약속을 했으니까!

뱅코　그 말을 곧이들으시면 코더 영주 외에 왕관까지 욕심이 나겠구려. 아무튼 이상한 일이오. 그러나 흔히 악마의 앞잡이들은 사람을 해치고자 하찮은 진실을 가지고 유혹을 하지만, 참으로 중대한 순간에선 우리를 배반한다오. 두 분, 잠깐만 이리 오시오. (로스와 앵거스, 뱅코 쪽으로 다가선다)

맥베스　(방백) 두 가지는 맞았다. 왕위를 건 장대한 연극에는 안성맞춤의 서막이다. (큰 소리로) 두 분 수고하셨소. (방백) 이 이상한 유혹은 흉조도 길조도 아니다. 만일 그것이 흉조라면 먼저 진실을 보여 미래의 성공을 보증할 리는 없을 게 아닌가? 나는 코더 영주가 되었다. 그러나 그것이 만약 길조라면 왜 내가 그 무서운 환상에 머리칼이 곤두서고, 안정된 나의 심장이 갈빗대를 두드리는 것인가? 마음속 공포에 비한다면 눈앞의 불안쯤은 문제도 아니다. 아직은 공상에 불과하지만, 살인이란 망상이 내 약한 인간성을 어찌나 뒤흔드는지 심신의 기능은 마비되고, 환상밖에는 아무것도 눈앞에 보이지가 않는구나.

뱅코　저것 좀 보시오. 맥베스 장군은 넋을 잃고 있소.

맥베스　(방백) 만일 운명이 나를 왕이 되게 한다면, 가만 있어도 운명이 내게 왕관을 가져다줄 게 아닌가.

뱅코　새로 주어진 영예는 갓 입은 의복처럼 얼마 동안은 낯설게 마련이지.

맥베스　(방백) 될 대로 되어라. 아무리 험악한 날이라도 시간은 지나간다.

뱅코　맥베스 장군, 이제 가실까요.

맥베스　아, 용서하시오. 멍하니 잊어버렸던 일을 생각하고 있던 참이었소. 두 분의 수고는 마음속의 수첩에다 적어두고 매일같이 펴보리다. 자, 전하를 뵈러 갑시다. (뱅코에게) 오늘 일은 잊지 마시오. 잘 생각해두었다가 뒷날 서로 흉금을 털어놓고 이야기합시다.

뱅코　그렇게 합시다.

맥베스　오늘은 이만…… 자 갑시다. (일동 퇴장)

제4장

포레스 궁전의 한 방.

나팔 소리. 덩컨 왕, 맬컴, 도널베인, 레녹스, 시종들 등장.

덩컨 코더의 사형은 집행했는가? 집행관은 아직 돌아오지 않았는가?

맬컴 네, 아직 돌아오지 않았습니다. 그러나 사형을 목격한 사람의 말에 의하면, 코더는 대역의 죄상을 솔직히 인정하고, 전하께 용서를 빌며 깊이 참회의 뜻을 나타냈다고 합니다. 더욱이 그 최후의 태도는 전 생애를 통하여 가장 훌륭한 모습이었다고 합니다. 마치 죽음의 장면을 연습이라도 해둔 것처럼 소중한 생명을 초개처럼 태연하게 버렸다고 합니다.

덩컨 얼굴만 보고는 사람의 마음속을 알아볼 길이 없구나. 그는 바로 내가 가장 신임했던 사람이 아닌가!

맥베스, 뱅코, 로스, 앵거스 등장.

덩컨 오, 맥베스인가! 그대의 공적을 치하하는 문제 때문에 지금도 고민하고 있던 중이오. 그대의 공적은 너무 앞질러 나아가기 때문에 포상에 아무리 빠른 날개를 달아도 따라갈 수가 없구려. 차라리 공적이 좀 더 적었더라면 내가 충분한 감사와 보답을 할 수 있었을 텐데! 결국 장군의 공적은 무엇을 가지고도 보답하기 어렵다고 할 수밖에 없소.

맥베스 소신의 충성심과 근면은 신하 된 자의 본분인즉, 이를 수행하는 기쁨이 곧 포상이옵니다. 전하께서는 오직 신들의 의무를 받아들이시기만 하면 되옵나이다. 신들은 국왕의 신하, 국가의 충복으로 매사에 전하의 은총을 입고 있사오니 그 보답으로 저희들이 할 일을 다하고 있을 따름입니다.

덩컨 잘 왔소. 이제 그대에게 새 지위의 씨앗을 내렸으니 잘 자라도록 나도 힘을 기울이겠소. (뱅코에게) 뱅코, 그대의 공적도 누구 못지않소. 세상은 이를 마땅히 인정해야 할 것이오. 자, 그대를 이 가슴에 한번 안아보게 해주오.

뱅코 전하의 품 안에서 소신이 자라면, 그 수확은 전하께 바치겠습니다.

덩컨 기쁨이 넘쳐흘러 도리어 슬픔의 눈물 속으로 숨고자 하는구려…… 왕자들이여, 가까운 친척들이여, 영주들, 그 밖의 측근분들이여, 지금 선포하노니, 맏아들 맬컴을 세자로 책봉하여 앞으로는 컴벌랜드 공이라 부르기로 하겠소. 물론 이 영광은 세자 한 사람에게만 돌아가는 것이 아니라, 모든 공신들 위에 무수한 별과 같이 빛을 내게 하리라. (맥베스에게) 그럼, 이제부터 장군의 성 인버네스로 행차하여 또 수고를 끼쳐야겠소.

맥베스 휴식보다도 일을 하는 편이 전하를 위하는 길이라면 더욱 행복합니다. 소신은 즉시 앞질러 가서 전하의 행차 소식을 알려 아내를 기쁘게 해주겠습니다. 그럼, 이만 물러가겠습니다.

덩컨 믿음직하오, 코더 영주.

맥베스 (방백) 컴벌랜드 공이라! 이 한 계단! 내가 헛디뎌서 엉덩방아를 찧느냐, 아니면 뛰어넘느냐, 내 앞길을 가로막고 있는 장애물이다. 별들아, 빛을 감추어라! 빛은 나의 지옥같이 시커먼 야망을 엿보지 말고, 눈은 손이 하는 짓을 보지 마라. 결단코 단행해야 한다, 눈이 보면 질겁할 일을. (퇴장)

덩컨 사실 그렇소, 뱅코. 맥베스는 참으로 용감한 위인이오. 그 사람을 칭찬하는 소리를 들으면 나는 흡족하오, 향연을 받는 것과도 같이. 자, 뒤를 따릅시다. 저렇듯 앞서 가서 환대할 준비를 하겠다는구려. 그는 내 친척이자 참으로 믿음직한 사람이오. (나팔 소리. 일동 퇴장)

제5장

인버네스, 맥베스의 성 앞.

맥베스 부인, 편지를 읽으며 등장.

맥베스 부인 "그들을 만난 것은 개선하던 날이었소. 완전히 신뢰할 만한 정보를 듣고 후에 알았지만, 그들은 인간 이상의 불가사의한 지혜를 지닌 자들이오. 좀 더 자세히 묻고 싶은 마음이 간절했지만, 그들은 홀연히 공중으로 사라져버렸소. 그래서 나는 놀라서 망연히 서 있었는데, 그때 마침 전하의 사신이 와서 나를 '코더 영주'라고 부르며 축하했소. 앞서 그 운명의 마녀들은 내게 이 칭호로 인사를 했고, '머지않아 왕이 되실 분'이라고 예언을 해주었소. 나는 가장 사랑하는 당신에게 이 일을 알리는 게 좋겠다고 생각했소. 당신의 미래에 약속된 영광을 당신이 알지 못하고, 따라서 응당 누려야 할 기쁨을 잃어서는 안 된다고 생각했기 때문이오. 이 일을 명심해두기 바라오. 그럼 안녕히……" 당신은 그래미스 영주이며 또한 코더 영주가 되었습니다. 그러니 장차 예언된 지위도 차지하게 될 것입니다. 하지만 당신의 성품이 염려됩니다. 당신은 원래 인정이라는 달콤한 젖이 많아서 지름길을 취하지는 못하는 위인이니까요. 당신은 훌륭하게 되길 원하고, 야심이 없는 것도 아니지만, 출세에 꼭 필요한 잔인성이 없어요. 높은 지위는 탐이 나면서도 신성하게 얻으려 하고, 나쁜 짓을 하기는 싫으면서 어떻게 해서라도 이기고 싶어하는 분이에요. 글래미스 영주님, 당신이 소원하는 것, 그것은 이렇게 외치고 있습니다. '소원하거든 단행하라.' 그런데 당신은 단행하고 싶지 않다기보다는 단행하기가 무서운 거예요. 어서 돌아오세요. 저의 정기精氣를 당신 귀에 불어넣어드리겠어요. 그리고 이 혀의 채찍을 휘둘러서 운명과 마력이 서로 힘을 합쳐 당신의 머리 위에 씌워주려고 하는 황금관을 방해하는 모든 것들을 쫓아드릴게요.

하인 등장.

맥베스 부인 무슨 일이냐?

하인 전하께서 오늘 밤 이곳으로 행차하신다는 전갈입니다.

맥베스 부인 무슨 정신 나간 소리! 영주님은 전하와 함께 안 오신단 말이냐? 그렇다면 준비를 하라고 미리 기별이 있었을 텐데.

하인 죄송합니다만, 사실입니다. 영주님께서도 지금 함께 돌아오시는 중입니다. 제 동료 한 사람이 영주님을 앞질러 방금 도착했는데, 숨이 끊어질 듯 헐떡거리며 간신히 이 소식만 전했습니다.

맥베스 부인 그를 잘 보살펴주어라. 굉장한 소식을 가져왔구나. (하인 퇴장) 까마귀까지도 목쉰 소리로 울어대는구나, 덩컨 왕이 죽으러 이 성으로 들어온다고…… 자, 피비린내 나는 흉계를 돕는 악령들아, 내게서 약한 여자의 마음을 비워내고, 머리끝에서 발끝까지 잔인함으로 가득 채

위다오! 온몸의 피를 혼탁하게 하여 회한의 길을 막고, 연민의 정이 흉악한 계획을 동요시키지 못하게 하여 실행과 계획 사이에 타협이 오가지 않도록 해다오. 자, 살인의 앞잡이들아, 이 품 안에 들어와서 내 젖을 쓰디쓴 담즙으로 바꾸어다오. 너희들은 곳곳에서 보이지 않는 형체로 인간의 재앙을 돕지 않느냐! 어두운 밤아, 오너라. 어서 와서 너 자신을 지옥의 시커먼 연기로 감싸거라. 나의 예리한 칼이 낸 상처를 칼 자신도 보지 못하도록. 그리고 하늘이 암흑의 장막 사이로 들여다보면서 '안 돼, 안 돼!' 하고 소리치지 못하도록.

　　맥베스 등장.

맥베스 부인　글래미스 영주님! 코더 영주님! 장래에는 이보다 더 훌륭하게 되실 어른! 당신의 편지를 읽은 저는 현실을 뛰어넘어 대뜸 미지의 황홀한 미래로 뛰어든 듯한 심정입니다.

맥베스　사랑하는 부인, 덩컨 왕이 오늘 밤 이곳에 행차하시오.

맥베스 부인　그리고 언제 떠나실 예정이십니까?

맥베스　내일이오, 예정은 그렇소.

맥베스 부인　오, 그런 내일은 영원히 없게 해야 합니다. 나의 영주님, 당신의 얼굴은 마치 수상한 내용이 적혀 있는 책 같아요. 세상을 속이려면 세상 사람들과 같은 얼굴을 하고, 눈과 손과 혀에 환영의 표정을 나타내세요. 겉으로는 무심한 꽃같이 보이지만 실은 그 꽃 밑에 숨은 독사가 되세요. 찾아오는 손님을 맞을 준비를 해야죠. 오늘 밤 큰일은 제게 맡기세요. 성공하면 앞으로 평생 밤낮없이 왕권과 지배력은 우리의 것이 됩니다.

맥베스　나중에 다시 의논합시다.

맥베스 부인 제발 명랑한 얼굴을 하세요. 수상한 표정은 마음속에 두려움이 있다는 증거입니다. 모든 일은 제게 맡기세요. (두 사람 퇴장)

제6장

같은 장소.

오보에 소리와 함께 덩컨 왕, 맬컴, 도널베인, 뱅코, 레녹스, 맥더프, 로스, 앵거스, 시종들 등장.

덩컨 이 성은 좋은 곳에 자리잡고 있군. 공기가 맑고 상쾌하여 기분이 좋구려.

뱅코 사원을 찾아오는 제비가 저렇게 집을 지어놓은 것이, 이 부근에 향기로운 하늘의 미풍이 분다는 증거입니다. 추녀 끝, 서까래 옆, 버팀벽, 그 밖의 구석구석 어디에나 제비는 집을 지어 요람을 만드는데 제비들이 모여들어 새끼를 치는 곳치고 공기가 상쾌하지 않은 곳은 없습니다.

맥베스 부인 등장.

덩컨 오, 이 댁 부인이 나오는구려! 호의도 지나치면 때로는 귀찮을 수도 있으나, 역시 호의는 기쁘게 마련이오. 그러니 부인께 수고를 끼치는 나를 위하여 신의 축복을 빌어주고, 귀찮게 하는 나에게 감사를 해야 할 것이오.

맥베스 부인   왕실에 대한 저희들의 봉사, 그 하나하나에 두 곱을 하고 또 두 곱을 해도 전하께서 저희 집에 내려주신 넓고 깊은 영예에 비하면 빈약하고 하찮을 뿐입니다. 종전의 작위에다 이번에 또 작위를 하사하시니, 저희는 이 은혜를 어떻게 갚아야 할지 모르겠습니다.

덩컨   코더 영주는 어디 있소? 먼저 도착하여 그를 맞이할 생각으로 그의 뒤를 쫓아왔으나, 워낙 승마에 능한데다 충성심이 박차를 가하여 결국 영주가 먼저 도착하고 말았구려. 아름답고 기품 있는 부인, 오늘 밤은 기꺼이 댁의 손님이 되겠소.

맥베스 부인   전하의 종복인 저희들은 가신家臣이나 저희 자신, 그리고 재산 할 것 없이 모두가 전하로부터 빌린 것이오니, 분부가 있으면 언제라도 도로 바칠 생각이옵니다.

덩컨   자, 손을 이리. 영주에게 나를 안내하시오. 나는 그를 극진히 사랑하오. 앞으로도 그에 대한 나의 총애는 영원히 변치 않을 것이오. 자, 그럼 같이 가실까요, 부인. (왕은 맥베스 부인의 손을 잡고 성안으로 들어간다)

제7장

맥베스 거성의 안뜰.

노천露天 안쪽 좌우에 입구, 왼편 입구는 성문으로 통하고 오른편 입구는 성안의 방으로 통한다. 이 좌우의 입구 사이, 정면 안쪽에는 커튼이 쳐진 제3의 입구가 있고, 반쯤 열린 커튼 사이로 그 방의 내부가 보이는데, 거기에는 2층으로 통하는 계단이 있으며 그 계단 전면 벽 앞에는 의자와 탁자가 놓여 있다. 오보에 소리와 횃불, 접시와 식기 등을 든 하인들이 무대를 가로질러 간다. 이들이 오른편 입구를 출입할 때마다 안에서 축하연 소리가 떠들썩하게 새어나온다. 이윽고 맥베스 등장.

맥베스　단행해서 일이 끝난다면 당장 단행함이 좋을 것이다. 암살이 뒷일을 막아주고, 왕의 절명으로 모든 일이 결말난다면, 그리고 또 그 일격으로 모든 것이 해결되기만 한다면 현세, 그렇다, 시간의 이쪽 언덕이고 여울인 현세에서 끝이 난다면 내세쯤은 무시해버릴 수 있지 않은가. 그러나 이런 일은 반드시 현세에서 심판을 받게 마련인 것! 살생이란 한번 본보기를 보여주면 곧 배워가지고 반대로 가르쳐준 자에게 되갚아주거든. 그리하여 이 공정한 정의의 손은 독배를 그것을 마련한 자의 입에 퍼부어 넣거든. 왕은 나를 굳게 믿고 이곳에 왔다. 첫째, 나는 그의 가까운 친척이요 신하이니, 어느 모로 보나 도저히 시역弑逆은 안 될 말. 또한 나는 주인으로서 문을 닫아걸고 암살자를 막아내야만 옳을 터인데, 나 자신이 칼을 들려고 하다니. 더욱이 덩컨 왕은 온화한 분이며, 왕권 수행에 전혀 오점이 없으니, 지금 내가 그를 살해한다면 평소의 덕망은 천사가 부는 나팔과도 같이 그 대죄를 천하에 호소할 것이다. 그러면 사람들의 가슴에 깃드는 연민의 정은 갓 태어난 벌거숭이 갓난아이나, 눈에 보이지 않는 천마(바람)를 탄 천사같이 그 가공할 악행을 모든 사람들 눈 속에 남김없이 불어넣어 폭풍도 자게 할 억수 같은 눈물을 쏟게 할 것이 아닌가. 결국 나의 계획에 자극을 가할 박차가 없어지고 만다. 있는 것이라곤 날뛰는 야심뿐, 도가 지나치면 저편으로 나가떨어지고 말 것이다.

맥베스 부인 등장.

맥베스 웬일이오! 무슨 일이 생겼소?

맥베스 부인 지금 식사가 끝나갑니다. 왜 자리를 뜨셨어요?

맥베스 전하께서 나를 부르셨소?

맥베스 부인 부르셨어요. 모르고 계셨나요?

맥베스 아까 말한 일은 더 추진하지 맙시다. 이번에 전하는 내게 영예를 내렸소. 게다가 나는 모든 사람들로부터 황금빛의 찬사를 얻고 있소. 모처럼 손에 넣은 빛나는 새 의복을 입어보지도 않고 일부러 팽개쳐버릴 필요는 없지 않겠소?

맥베스 부인 그럼, 지금까지 지니고 있던 희망은 술에 취해 잠들어 있었나요? 이제야 잠에서 깨어나 전에는 대담한 눈으로 보던 것을 파랗게 질린 얼굴로 보십니까? 저도 이제부턴 당신의 애정 역시 그런 줄로 알겠어요. 당신은 마음속으론 갈망하고 있으면서도 용감하게 행동으로 나타내기를 겁내고 계시죠? 아름다운 인생을 누리고 싶으면서도, 당신은 스스로 계속 비겁한 자처럼 생활해나가겠단 말씀이세요? 생선은 먹고 싶지만 발을 물에 적시기 싫은 고양이처럼, '탐은 나지만' 그러나 '안 되지' 하고 그만두겠단 말씀인가요?

맥베스 여보, 좀 조용히 하시오. 나는 인간다운 짓이라면 뭐든지 하겠소. 그러나 그 이상의 짓을 한다면 인간이 아니오.

맥베스 부인 그럼 당신이 이 계획을 제게 알렸을 때는 무슨 짐승이었나요? 당신은 그런 결심을 피력했을 때 훌륭한 대장부였어요. 그러나 그때 이상의 존재가 되면 더 훌륭한 대장부가 될 수 있어요. 그때는 시간과 장소가 모두 여의치 않았는데도 당신은 기필코 일을 행하려고 결심하셨어요. 그런데 이제는 그 두 가지가 다 갖추어지고 기회가 무르익었는데 그만 용기를 잃고 마시는군요. 저는 젖을 먹여보았기 때문에 젖을 빠는 아기가 얼마나 귀여운지 잘 알고 있어요. 그러나 마음만 먹으면 갓 난아이가 엄마의 얼굴을 보며 방글방글 웃더라도, 보드라운 잇몸에서 젖꼭지를 잡아빼고 그 머리통을 박살낼 수가 있어요. 만일 제가 당신처럼 그렇게 맹세만 했다면 말이에요.

맥베스 그러나 만일 실패하면?

맥베스 부인 실패라뇨? 용기를 짜내야 해요. 그러면 실패는 없을 거예요. 왕이 잠이 들면, 그래요, 낮의 고된 여행 때문에 곤히 잠들 테니까, 그 침실을 지키는 두 사람은 제가 포도주로 취해버리도록 만들게요. 그러면 뇌수를 지키는 기억력은 연기같이 몽롱해지고, 이성의 그릇은 증류기같이 되어버리고 말 거예요. 이렇게 두 사람이 죽은 듯이 취해 쓰러져서 돼지처럼 잠들어버리면, 당신과 저 둘이서 무슨 짓인들 못하겠어요? 상대는 무방비한 덩컨 왕 혼자뿐인데요. 그리고 시역의 대죄는 만취한 그 두 사람에게 덮어씌울 수 있지 않겠어요?

맥베스 당신은 사내아이만 낳으시오! 그 대담한 기질로는 사내아이밖에 만들지 못하겠구려. 그건 그렇고, 왕의 침실에서 함께 자고 있는 두 사람에게 피를 칠해주고, 무기도 그자들의 단도를 사용한다면, 결국은 그들의 소행으로 생각될 것이 아니겠소?

맥베스 부인 누구든지 그렇게 생각하고 말고요. 더욱이 우리는 왕의 죽음을 전해 듣고 대성통곡할 것이니까요.

맥베스 결심했소. 온몸의 힘을 일으켜 이 무서운 일을 단행하겠소. 자, 들어가서 편안한 얼굴로 가장합시다. 마음속의 허위는 가면으로 숨길 수밖에. (두 사람 퇴장)

제2막

~~~~~~

제1장

같은 장소.

한두 시간 뒤, 정면 입구에서 뱅코 등장. 플리언스가 횃불을 들고 부친을 안내한
다. 두 사람이 출입문을 닫지 않은 채 무대 정면으로 나온다.

뱅코 몇 시나 되었을까?

플리언스 (하늘을 쳐다보며) 달이 졌습니다, 시간 알리는 소리는 못 들었
습니다만.

뱅코 달이 졌다면 자정쯤 되었겠지.

플리언스 더 되지 않았을까요?

뱅코 얘야, 이 검을 좀 받아라. 하늘은 참 인색도 하구나. 불(별)을 모두
다 꺼버리시다니…… (단도 혁대를 풀어서 아들에게 맡긴다) 이것도 좀 들
어라. 졸음이 무거운 납같이 엄습해오는구나. 그러나 자고 싶지는 않다.
인자한 천사들아, 부디 망상을 쫓아다오, 잠이 들면 살그머니 찾아오는
망상을! (인기척에 깜짝 놀라며) 칼을 이리 다오!

오른쪽 입구에서 맥베스와 횃불을 든 하인 등장.

뱅코 누구냐?

맥베스 친구요.

뱅코 아니, 아직 안 주무셨소? 전하는 침실에 드셨습니다. 자못 만족해 하시며, 댁의 하인들에게도 많은 선물을 하사하셨소. 그리고 이 다이아 몬드는 극진한 환대를 받은 감사의 표시로 장군 부인께 내리신 선물이 오. 아무튼 더없이 만족스러운 하루를 보내신 것 같소.

맥베스 갑작스런 방문이어서 모든 것이 여의치 않고 부족할 뿐이오. 여 유만 있었던들 충분히 환대할 수 있었을 것을.

뱅코 원, 무슨 말씀을. 모든 것이 다 잘되었소. 나는 간밤에 그 괴상한 세 마녀의 꿈을 꾸었소. 그들이 한 말이 장군에게는 일부 실현되었소.

맥베스 아, 나는 깜박 잊고 있었구려. 하지만 한 시간쯤 여유가 생기면 그 일에 관해서 같이 좀 상의하고 싶은데, 형편이 어떠신지?

뱅코 언제라도 좋습니다.

맥베스 기회가 왔을 때 나를 지지해주시면 당신께도 보답이 돌아가리다.

뱅코 섣불리 영예를 더하려다가 도리어 잃고 마는 것만 아니라면, 그 리고 마음에 거리낌을 느끼지 않고 신하의 도리에 벗어나지 않는 일이 라면, 언제라도 상담에 응하리다.

맥베스 그럼, 편히 쉬시오!

뱅코 감사하오. 장군도 편히! (뱅코와 플리언스 퇴장)

맥베스 여봐라, 가서 마님께 여쭈어라. 술이 마련되거든 종을 울리시라 고. 그리고 가서 자거라. (하인 퇴장. 맥베스, 탁자 옆에 앉는다) 아, 저건 단 검이 아닌가. 칼자루가 내 손 쪽으로 향해 있구나! 자, 잡아보자. 잡히지 않는구나. 그래도 눈에는 보이는구나. 괘씸한 환상 같으니. 이놈, 실체가 없느냐? 눈에는 보이면서 손에는 잡히지 않다니! 아니, 마음의 단검, 열에 들뜬 머리에서 생겨난 망상의 산물이냐? 그래도 아직 눈에 보이는구나. (허리에서 자기 단검을 뽑아든다) 지금 이 손에 쥔 실물의 단검과 똑같은 형태를 하고 있구나. 그래, 네가 길을 안내하겠단 말이지, 내가 가려는 곳으로. 바로 너다, 내가 쓰려고 생각하고 있는 것은! (망연히 일어선다) 이 눈이 어떻게 되어버린 것인가, 아니면 눈만이 멀쩡한 것인가. 아직도 보인다. 이젠 날과 자루에 피가 묻어 있구나. 아까는 그렇지 않았는데. 아니, 그런 것이 있을 리 없다. 잔인한 짓을 계획하니까 그런 것이 눈앞에 어른거리는 것이다…… 지금 이 세상의 반은 만물이 죽은 듯하고, 장막 속에 파묻힌 잠은 악몽에 시달리고 있다. 그리고 마녀들은 파리한 헤커티 여신에게 제사를 드리고 있고, 말라빠진 자객은 파수병인 늑대의 울부짖음에 잠을 깨어, 이렇게 살금살금 제물을 향하여 간다. 마치 로마의 정숙한 여자를 능욕하러 간 타퀸의 유령과도 같은 걸음걸이로. 요지부동한 대지여, 이 발이 어디를 향하든지 행여 발소리를 듣지 말아다오. 발밑의 조약돌도 내가 가는 곳을 소문내지 말고, 지금 이 안성맞춤의 처참한 정적을 파괴하지 말아다오. 그러나 이렇게 입으로 위협의 말을 늘어놓아보았자 그는 죽지 않는다. 말은 열띤 행동에 찬바람을 불어넣어줄 뿐이 아닌가. (안에서 종이 울린다) 자, 가자. 가면 끝장이 난다. 종이 부르지 않는가. 듣지 마라, 덩컨, 저 종소리를. 저건 너의 죽음을 슬퍼하는 종소리니까, 너를 천국 아니면 지옥으로 들어가게 하는. (열려 있는 정면 입구로 발소리를 죽이며 들어가 한 발 한 발 계단을 올라간다)

제2장

같은 장소.

맥베스 부인, 술잔을 들고 오른편 입구에서 등장.

맥베스 부인 침실을 지키는 두 사람을 취하게 한 이 술로 나는 대담해 졌다. 술로 그들은 잠이 들었지만, 내 마음은 불타오른다. (멈칫한다) 무슨 소릴까? 쉬! 저것은 올빼미 울음소리, 불길한 한밤중에 날카로운 목소리로 어둠 속에 숨어드는 밤의 인사. 그렇다, 지금 단행하는 중인가 보다. 문은 열려 있다. 두 호위병은 자기들 임무도 잊은 채 코만 드르렁거리고 있구나. 술에 약을 탔더니 생과 사가 그들 속에서 싸우고 있구나. 살릴 것인가, 죽일 것인가 하고.

맥베스 (안에서) 거기 누구냐?

맥베스 부인 어떻게 하나! 그들이 잠을 깬 것이라면…… 아직 단행하지 못했을지도 모른다. 하려다가 실패하는 날엔 우리는 파멸이다. 쉬! 단검은 두 자루 다 내놓았으니 설마 그이가 못 찾지는 않았겠지. 자고 있는 왕의 얼굴이 내 아버님 얼굴과 닮지만 않았더라도 내가 해치워버렸을 텐데.

부인이 계단 쪽으로 가려다가 돌아서자, 맥베스가 2층 입구에서 나타난다. 그는 양팔은 피투성이가 되고, 왼손에는 두 자루의 단검을 쥔 채 휘청거리며 내려온다.

맥베스 부인 여보!

맥베스 (낮은 목소리로) 해치웠소. 무슨 소리가 나지 않았소?

맥베스 부인 올빼미와 귀뚜라미 울음소리밖에 나지 않았어요. 그런데 당신, 뭐라고 말씀하시지 않았어요?

맥베스 언제?

맥베스 부인 지금 금방.

맥베스 계단을 내려올 때 말이오?

맥베스 부인 네.

맥베스 쉬! (두 사람, 가만히 귀를 기울인다) 옆방에서 자고 있는 사람은 누구요?

맥베스 부인 도널베인이에요.

맥베스 이 한심한 꼴 좀 보라고!

맥베스 부인 무슨 그런 어리석은 말씀을. 한심한 꼴이라뇨?

맥베스 한 놈은 잠결에 웃고, 한 놈은 '살인이야!' 하고 소리쳤는데 그 바람에 두 놈 다 잠을 깨버렸소. 나는 가만히 서서 엿듣고 있었지. 그러나 그들은 기도를 중얼거리고는 다시 잠들어버렸소.

맥베스 부인 그 방에서 두 사람이 같이 자고 있었어요?

맥베스 한 녀석은 '하느님이시여, 자비를!' 하고 외치고, 또 한 녀석은 '아멘!'이라고 했소. 마치 사형 집행인처럼 피 묻은 손을 한 나를 보고나 있는 듯이 말이오. '하느님이시여, 자비를!' 하는 그 공포의 부르짖음을 듣고도 나는 '아멘.'이라고 하지 못했소.

맥베스 부인 너무 심각하게 생각하지 마세요.

맥베스 하지만 왜 '아멘!'이라고 하지 못했을까? 나야말로 하느님의 자비가 절실하게 필요한 사람인데, '아멘!' 소리가 목에 걸려 나오질 않았소.

맥베스 부인 그런 일을 너무 깊이 생각하지 마세요. 그렇게 깊이 생각하시다가 미쳐버리겠어요.

맥베스 누가 이렇게 외치는 소리가 들리는 것 같구려. '이젠 잠이 들지 못하리라! 맥베스는 잠을 죽여버렸다.'라고…… 아, 천진난만한 잠, 그날그날의 생명의 죽음인 잠, 노고를 씻어주는 잠, 상처난 마음의 영약靈藥인 잠, 자연이 베푸는 제2의 생명, 이 세상의 그 어떤 향연도 이만한 자양분을 제공해주지는 못하리라……

맥베스 부인 그게 어쨌단 말이에요?

맥베스 온 집안을 향하여 자꾸만 '영영 잠들지 못하리라!'고 외치는구려. '글래미스는 잠을 죽였다, 그러니까 코더는 영영 잠을 자지 못한다, 맥베스는 영영 잠을 못 잔다!'고.

맥베스 부인 외치다니, 대체 누가 그런단 말이에요? 이것 보세요, 영주님. 대장부다운 기력을 잃게 돼요, 그렇게 미칠 듯이 생각하면요. 자, 어서 물을 떠다가 손에 묻은 그 더러운 핏자국을 씻어버리세요. 그 단검은 왜 가지고 오셨어요? 거기 그냥 놓아두지 않고. 어서 도로 가지고 가서 자고 있는 시종들에게 피를 칠해놓으세요.

맥베스 이젠 못 가겠소. 내가 한 일이 무서워졌소. 다시 볼 수가 없소.

맥베스 부인 어쩌면 그렇게 마음이 약하세요. 단검을 이리 주세요. 자는 사람이나 죽은 사람은 그림과 마찬가지예요. 어린아이들이나 그림에 그려진 마귀를 보고 무서워하는 거예요. 아직 그가 피를 흘리고 있으면 시종들의 얼굴에 발라줘야지, 죄를 뒤집어씌울 수 있도록. (부인이 계단을 올라간다. 이때 문 두드리는 소리가 들린다)

맥베스 저 문 두드리는 소리는 어디서 나는 것일까? 웬일일까, 조금만 소리가 나도 깜짝깜짝 놀라게 되니? 또 이 손은 무슨 꼴인가! 눈알이 빠져나오는 것 같구나! 넵튠(바다의 신)의 대양의 물을 다 모으면 내 손의 피를 씻어낼 수 있을까? 아니다, 오히려 이 손이 망망대해를 붉게 물들여, 푸른 바다를 핏빛으로 만들고 말리라.

맥베스 부인, 문을 닫으며 나온다.

맥베스 부인 제 손도 당신과 같은 빛이 됐어요. 하지만 저의 심장은 당신같이 창백하지는 않아요. (문 두드리는 소리) 문 두드리는 소리가 나는군요, 남쪽 문에서. 자, 침실로 물러갑시다. 약간의 물만 있으면 말끔히 씻어낼 수 있어요. 문제없어요! 용기를 잃으신 것 같군요. (문 두드리는 소리) 아, 또 문 두드리는 소리가 나는군요. 어서 잠옷으로 갈아입으세요. 만약 불려나갈 경우 아직 안 자고 있었다고 의심받으면 곤란하니까요. 그렇게 맥없이 멍하니 서 계시지 마세요!

맥베스 저지른 죄를 인식하느니보다는, 멍청히 자신을 잊고 있는 게 낫지. (문 두드리는 소리) 그 문 두드리는 소리로 덩컨을 깨워라. 제발 깨워다오! (두 사람 퇴장)

제3장

같은 장소.
술에 취한 문지기 등장. 안에서 문 두드리는 소리.

문지기 원, 끈질기게도 두드려대는군! 내가 만약 지옥의 문지기라면 열쇠를 돌려대느라 잠시도 틈이 없겠다. (문 두드리는 소리, 탕탕탕!) 누구냐? 지옥에 오면 누구나 자기 소개를 하는 법이다. 음, 너는 풍년이 들어 곡식 값이 내릴 것을 고민하여 목매달아 죽은 농부로구나. 때마침 잘 왔다. 해님의 아첨꾼아, 수건이나 넉넉히 준비해둬라. 여기는 지옥이라 진땀깨나 흘릴 테니까. (문 두드리는 소리, 탕탕!) 대관절 누구냐? 지옥에서 묵비권은 통하지 않는다. 옳지, 거짓말쟁이 예수회 회원인 사기꾼이 온 모양이다. 하느님의 이름으로 반역을 해먹은 사기꾼 같으니. 그러나 천국에선 그 사기도 통하지 않으렷다. 자, 들어오시지, 사기꾼 양반. (문 두드리는 소리, 탕탕탕!) 대체 누구냐? 음! 프랑스식 홀태바지에서까지 옷감을 잘라먹는 영국의 재단사가 온 모양이다. 들어오시오, 재단사 나리. 여기선 지옥의 불로 다리미쯤은 쉽게 달굴 수가 있다오. (문 두드리는 소리, 탕탕탕!) 그칠 줄 모르는구나! 대체 누구냔 말이다? 그런데 여긴 지옥치고는 너무 춥구나. 지옥의 문지기 노릇은 그만 하직해야겠다. 향락의 오솔길을 걸어 영겁의 지옥불을 향해 가는 놈이면 직업을 막론하고 몇 놈쯤 들이려고 했다만. (문 두드리는 소리) 예 예, 곧 갑니다! 제발 이 문지기에게 팁이나 잊지 말아주시오. (대문을 연다)

맥더프와 레녹스 등장.

맥더프 간밤에 늦게들 잔 모양이군, 이렇게 늦잠을 자는 걸 보니?

문지기 네, 두 번째 홰를 칠 때까지 마셨습죠. 그런데 말씀입니다, 술은 세 가지 큰 자극을 주더군요.

맥더프 술이 세 가지 자극을 주다니, 그게 무슨 소린가?

문지기 네. 코가 빨개지고, 졸음이 오고, 그리고 오줌이 마렵지요. 그러나 성욕은 자극되었다가 감퇴되더군요. 욕정은 일어나나 힘이 있어야죠. 그러니까 과음은 색에게는 두말 하는 사기꾼이랍니다. 욕망을 일으켜 놓았다가 죽여버리고, 자극시켰다가 물러서게 하고, 용기를 주었다가 실망케 하고, 시작하게 해놓고는 꽁무니를 빼게 하고, 결국은 속임수로 사람을 넘어뜨린 다음에 꿈나라로 보내버리더란 말입니다.

맥더프 간밤에 자넨 술에 넘어간 모양이군그래.

문지기 네, 바로 목덜미를 붙잡혀 넘어갔습죠. 하지만 저도 넘어간 대신 보복을 해줬답니다. 저도 그놈에겐 상당히 강하니까, 결국은 놈을 말끔히 토해서 넘어뜨려버렸습죠. 이따금 다리를 붙들어 넘어질 뻔하기는 했습니다만.

맥더프 주인 나리는 일어나셨나?

이때 맥베스가 잠옷을 걸치고 등장.

맥더프 문 두드리는 소리에 잠을 깨셨나 보군. 여기 나오시는구나.

레녹스 밤새 안녕하십니까, 영주님?

맥베스 아, 안녕히 주무셨소, 두 분.

맥더프 전하께서는 일어나셨습니까?

맥베스 아직 안 일어나신 것 같소.

맥더프 나에게 일찍 깨워달라고 분부하셨는데, 하마터면 늦을 뻔했습니다.

맥베스 자, 안내해드리리다.

맥더프 영주께 이번 수고가 기쁘신 줄은 압니다만, 그래도 수고가 너무 큽니다.

맥베스 즐겨서 하는 일은 조금도 고통스럽지 않습니다. 바로 저 방입니다.

맥더프 깨워드려도 상관없겠지요, 분부받은 일이니까. (퇴장)

레녹스 전하께서는 오늘 출발하십니까?

맥베스 네, 그러신다는 분부셨소.

레녹스 간밤은 어수선한 밤이었지요. 우리 숙소에서는 굴뚝이 바람에 쓰러졌습니다. 소문에 의하면 허공에서 곡성이 들려오고, 이상한 죽음의 신음 소리가 났으며, 이 불행한 세상에 가공할 혼란과 변고가 일어날 징조를 예언하는 올빼미가 밤새도록 무섭게 울었다고 합니다. 또한 대지가 열병에 걸린 것처럼 진동했다고 하더군요.

맥베스 아주 험악한 밤이었소.

레녹스 젊은 저로서는 처음 겪는 괴이한 밤이었습니다.

맥더프 다시 등장.

맥더프 아이고, 끔찍한 일. 이렇게 끔찍한 일이 또 있을 수 있을까! 입으로 표현할 수도, 마음으로 상상할 수도 없는 무서운 일……

맥베스, 레녹스 대체 무슨 일이오?

맥더프 파괴의 손이 마침내 다시없는 보물을! 극악무도한 살인마가 신성한 신의 전당을 두들겨 부수고 들어가 그 생명을 훔쳐가버리고 말았소.

맥베스 뭐라고? 생명이라고요?

레녹스 전하의?

맥더프 침소에 가보시오. 두 눈 뜨고 볼 수 없는 괴녀怪女 고르곤의 모습이오. 나한테는 묻지 마시오. 가서 직접 보고 말하시오. (맥베스와 레녹스 퇴장) 일어나시오! 일어나시오! 경종을 울려라. 시역이다! 모반이다! 뱅코! 도널베인! 맬컴! 일어나시오! 죽음의 가면인 포근한 잠을 떨쳐버리고 죽음 그 자체를 보시오! 일어나시오! 일어나서 빨리 보시오, 이 광경을. 영락없는 최후의 심판의 현장이오! 맬컴! 뱅코! 무덤에서 일어난 유령처럼 걸어오시오. 그렇지 않고는 이 끔찍한 광경에 도저히 어울리지를 않소! (경종이 울린다)

맥베스 부인, 잠옷 차림으로 등장.

맥베스 부인   무슨 일이에요? 그렇게 무섭게 종을 울려 고이 잠든 집안 사람들을 불러내고 있으니? 말씀하세요, 말씀을!

맥더프   오, 부인! 내가 설사 말을 할 수 있다 해도 부인께서는 들으시면 안 됩니다. 부인네들은 귀에 들려주기만 해도 그 자리에서 기절해버릴 겁니다.

뱅코, 실내복을 걸치고 허둥지둥 등장.

맥더프   오, 뱅코! 뱅코! 전하께서 시역을 당하셨소!

맥베스 부인   세상에 이럴 수가! 그것도 바로 저희 집에서!

뱅코   어디서고간에 너무도 잔인한 일이오. 여보시오, 맥더프, 제발 지금 한 말을 취소하시오. 아니라고 말해주시오.

맥베스와 레녹스 다시 등장.

맥베스   차라리 내가 한 시간 전에만 죽었던들 행복한 일생이었을 것을. 이제 인생의 진실이라곤 하나도 남지 않고 사라져버렸구나. 모든 것은 다 허위에 불과하다. 명예와 미덕도 죽어버렸다. 생명의 술은 다 쏟

아져버리고, 허공에 남아 있는 것은 주워담을 가치조차 없는 찌꺼기뿐
이로구나.

맬컴과 도널베인, 오른편 입구로 허둥지둥 등장.

도널베인　무슨 변이 일어났습니까?

맥베스　아직 모르고 계시겠지만, 전하의 신상에 큰일이 일어났습니다. 전하의 피의 원천, 그 샘이 말라버렸습니다. 그 근원이 막혀버리고 말았습니다.

맥더프　부왕께서 시역을 당하셨습니다.

맬컴　아니, 누구한테?

레녹스　침소에서 시중을 들던 자들의 소행인 것 같습니다. 두 놈 다 얼굴과 손이 온통 피투성이고, 단검도 피가 묻은 채 베개 밑에 놓여 있었습니다. 두 놈 다 눈을 멍하니 뜨고, 마치 실성한 것 같았습니다. 사람의 생명을 그런 자들에게 맡긴 것이 화근입니다.

맥베스　아아, 후회가 됩니다. 분개한 나머지 그 두 놈을 죽여버린 것이.

맥더프　대체 누가 이런 경황 중에 지각을 차리고, 분개하며 절도를 지키고, 충성하면서 냉정할 수가 있겠습니까? 불타는 충성심이 그만 주저하는 이성을 앞서버렸습니다. 덩컨 왕은 이쪽에 쓰러져서 은빛 피부에는 금빛 핏발이 무늬져 있고, 입을 벌린 상처는 무참히 파괴되어가는, 대자연의 갈라진 구멍 같았소. 한편 저쪽에는 하수인들이 시역의 명백한 증거로 피에 물들어 있고, 단검은 무엄하게도 칼집에서 나와 피가 묻은 채 곁에 팽개쳐져 있었소. 그런 광경을 보고 누가 참을 수 있겠습니까?

맥베스 부인　(기절하는 척하며) 아, 나를 빨리 저리로 좀 데리고 가주세요!

맥베스, 부인 곁으로 온다.

맥더프　어서 부인을 돌봐드리시오.

맬컴　(도널베인에게 방백) 왜 우리는 입을 다물고 있을까, 우리가 제일 문제 삼아야 할 일을?

도널베인　(맬컴에게 방백) 지금 무슨 말을 하겠소? 악이 송곳 구멍 같은 틈 사이에 숨어 있다가 언제 튀어나와서 덤벼들지 모르는데. 자, 어서 피합시다. 눈물은 아직 간직해둡시다.

맬컴　(도널베인에게 방백) 격렬한 비애도 그대로 가슴속에 눌러두자.

맥베스 부인의 시녀들 등장.

뱅코　마님을 보살펴드려라. (시녀들이 부인을 부축해 나간다) 자, 다들 알몸이나 다름없으니 옷이나 갈아입은 다음 곧 다시 모여서 이 잔인무도한 사건의 진상을 규명합시다. 공포와 의혹에 몸이 덜덜 떨리는군요. 나는 신의 손을 대신하여 이 대역죄의 음모와 단호히 싸우겠소.

맥더프　아무렴, 싸우고말고.

일동　싸우다 뿐이겠소.

맥베스　속히 무장을 하고 즉시 회의실로 모입시다.

일동　그렇게 합시다. (맬컴과 도널베인만 남고 일동 퇴장)

맬컴　어떻게 할 것인가? 저들과 같이 행동할 수는 없다. 마음에도 없이 애통해하는 것은 부정한 인간들이 흔히 하는 짓, 난 잉글랜드로 가겠다.

도널베인　나는 아일랜드로 가겠습니다. 피차 헤어져 있는 것이 보다 안전할 것 같습니다. 이곳에는 미소 속에도 칼날이 숨어 있습니다. 핏줄이 가까운 놈일수록 더욱 잔인한 법이니까요.

맬컴 살인의 화살은 이미 시위를 떠났으나 아직은 과녁에 꽂히지 않고 하늘을 날고 있다. 아무튼 그 겨냥을 피하는 길이 가장 안전하니 어서 말에 오르자. 작별 인사를 하고 있을 때가 아니다. 곧 여기를 빠져나가자. 여기 있다가는 어떤 위험이 닥칠지 모른다. 이 자리를 피했다 해서 그 행위가 부끄러울 건 없으니까. (두 사람 퇴장)

제4장

맥베스의 성 앞.
몹시 음침한 날씨. 로스와 노인 한 사람 등장.

노인 저는 칠십 평생의 일을 잘 기억하고 있습니다만, 그 오랜 세월 동안 무서운 때도 있었고 괴이한 일도 많이 보았습니다. 그러나 간밤의 처참함에 비하면 그런 일들은 아무것도 아닙니다.

로스 (하늘을 쳐다보며) 노인장, 인간의 소행에 마음이 괴로운지 하늘도 저렇게 이 살육의 무대를 위협하고 있구려. 지금은 대낮인데도 암흑의 밤이 태양의 빛을 가리고 말았소이다. 밤이 패권을 쥐고 있는지, 낮이 부끄러워하는 건지 원, 눈부신 햇살이 대지에 입을 맞춰야 할 시각에 암흑이 지면을 덮고 있소이다.

노인 간밤의 사건도 그렇습니다만, 모든 것이 자연의 이치에 어긋난 일들뿐입니다. 지난 화요일에는 의기양양하게 하늘 높이 날아오른 매가 쥐나 잡아먹는 올빼미한테 습격당하여 죽었답니다.

로스 그뿐 아니라 덩컨 왕의 말들은—참으로 괴이한 일이지만 사실입니다—늠름한 준마駿馬로서 가장 귀염을 받고 있던 것들인데 별안간 사나워져서 일제히 마구간을 부수고 뛰쳐나와 달려들었답니다. 마치 사람에게 도전하려는 듯이.

노인 말들끼리 서로 물어뜯기도 했다고 하더군요.

로스 그렇답니다. 그 광경을 보곤 정말이지 나도 놀랐어요.

맥더프가 성에서 나온다.

로스 오오, 맥더프, 그 뒤의 일은 어떻게 돌아가고 있습니까?

맥더프 (하늘을 가리키며) 저것이 안 보이오?

로스 그 잔인무도한 시역자는 밝혀졌습니까?

맥더프 맥베스가 죽여버린 그 두 명이지요.

로스 저런! 대체 왜 그런 짓을 했을까요?

맥더프 매수당한 것이지요. 맬컴과 도널베인, 두 왕자는 은밀히 도주해 버렸소. 그래서 혐의를 받고 있습니다.

로스 이 또한 자연에 역행하는 짓. 이 무슨 더러운 야욕일까요. 감히 자기 생명의 근원을 탐식하려 들다니! 이젠 필시 왕위는 맥베스 장군에게로 돌아가겠군요.

맥더프 벌써 추대되어 대관식을 올리러 스쿤 사원으로 떠나셨소.

로스 덩컨 왕의 유해는?

맥더프 콤킬에다 모셨소, 역대 조상의 선산이며 대대로 유골을 안치하는 종묘에.

로스 지금 스쿤으로 가실 겁니까?

맥더프　아니, 나는 파이프로 돌아가겠소.

로스　그렇습니까? 나는 스쿤으로 가겠습니다.

맥더프　그럼, 거기서 모든 일이 잘되기를 빌겠소. 잘 가시오! (방백) 낡은 옷이 새 옷보다 입기 편한 사태가 벌어지지 말아야 할 텐데!

로스　안녕히 가시오, 노인장.

노인　두 분에게 신의 축복이 내리시기를! 그리고 또 악을 선으로, 원수를 친구로 삼는 사람들에게도! (모두 뿔뿔이 헤어진다)

몇 주일이 지나간다.

제3막

～❦～

제1장

포레스 궁전의 알현실.
뱅코 등장.

뱅코 드디어 성취했구나, 너는. 왕도, 코더 영주도, 글래미스 영주도 다 마녀들이 약속한 대로 되었구나. 어쩐지 더러운 수단으로 얻은 것 같긴 하다만. 그러나 이것은 네 후손에게까지 전해지지 않으며, 대대로 왕의 근원이며 조상이 될 사람은 나라고 마녀들이 예언했겠다. 만일 마녀들의 예언이 맥베스 너에게 들어맞은 것처럼 내게도 들어맞는다면, 진실이 너에게 실현된 것처럼 내게도 그것이 신탁이 아닐 리는 없으리라. 그러니 희망을 걸어도 좋지 않을까? 그러나 쉬! 입을 다물고 삼가도록 하자.

  나팔 소리. 왕이 된 맥베스, 왕비가 된 맥베스 부인, 레녹스와 로스, 귀족들, 시종들 등장.

맥베스 여기에 계시는군, 우리의 주빈이.

맥베스 부인 이분을 잊어서는 우리의 축하연에 구멍이 뚫린 셈이 되어 모든 것이 소용없게 되고 맙니다.

맥베스 오늘 밤 정식 만찬회가 열릴 예정이니 꼭 참석하기 바라오.

뱅코 어명이시라면 오직 순종하는 것이 신하 된 자의 의무인 줄 압니다.

맥베스 오후에 어디로 나가실 생각이오?

뱅코 그럴 생각입니다.

맥베스 그렇지 않으면 오늘 회의에서 장군의 고견을 들으려고 했는데. 장군의 고견은 언제나 무게 있고 유익하니까요. 그러나 내일로 미룹시다. 그래, 멀리 나가시오?

뱅코 네, 지금 떠나서 만찬회까지는 돌아올 생각입니다. 만일 말이 잘 달려주지 않을 경우에는 한두 시간 더 늦어질지도 모르겠습니다.

맥베스 아무튼 축하연에는 꼭 나와주시오.

뱅코 네, 무슨 일이 있더라도 참석하겠습니다.

맥베스 듣자니 나의 그 잔인한 친척인 두 왕자는 각각 잉글랜드와 아일랜드에 망명해 있다는데, 그 잔악한 부친 살해죄를 자백하기는커녕 도리어 괴이한 낭설을 유포하고 있다는구려. 그러나 이 일은 내일 상의해야 할 국사와 더불어 다시 의논합시다. 어서 말에 오르시오. 잘 가시오. 돌아와서 밤에 만납시다. 플리언스도 같이 가오?

뱅코 네. 시간도 없고 해서 이만 물러가겠습니다.

맥베스 말이 빠르고 튼튼한 놈이길 바라오. 그럼, 그대들을 말등에 맡기리다. 잘 다녀오시오. (뱅코 퇴장) 이제부터 저녁 일곱 시까지 다들 자유 시간을 갖도록 하시오. 오늘 모임을 한결 즐겁게 하기 위하여 나는 만찬 때까지 혼자 있겠소. 다들 물러가오. 그때 다시 봅시다! (맥베스와 시종 한 명만 남고 모두 퇴장) 여봐라, 이리 좀 오너라. 그 사람들은 대기하고 있느냐?

시종　네, 궁전 문밖에 대기하고 있습니다.

맥베스　이리 불러들여라. (시종 퇴장) 이것만으로는 아직 안심이 되지 않는다. 두려운 것은 뱅코다. 그의 저 왕다운 성격이 불안을 느끼게 한다. 그는 몹시 대담하다. 그리고 그 대담함에다, 자기의 용기를 안전하게 행동에 옮기는 머리까지 가지고 있다. 내가 두려워하는 것은 오직 뱅코뿐이다. 그의 곁에서는 내 수호신이 맥을 못 추거든. 안토니우스의 수호신이 시저 앞에서 그랬다는데, 그것과 꼭 같다. 마녀들이 처음 나를 왕이라 불렀을 때, 그는 그들을 꾸짖고, 자기에게도 말을 하라고 명령했었다. 그러자 그들은 예언자인 양 그를 장차 이어질 왕조의 조상으로서 환영했었다. 나의 머리에는 열매 없는 왕관을 씌워주고, 손에는 실속 없는 홀을 쥐어주었으니, 결국은 직계 후계자 아닌 남의 자손에게 빼앗기게 마련이다. 그렇다면 나는 뱅코의 자손들을 위하여 인자한 덩컨 왕을 시역한 셈이 아닌가! 뱅코의 자손들을 왕으로 삼기 위하여 불멸의 보배인 영혼을 인류의 적 악마의 손에 넘겨준 셈이 아닌가! 그렇게 될 바에야 차라리 승부를 내자. 운명아, 오너라. 나와 결판을 내자! 거기 누구냐?

　　시종이 자객 두 명을 데리고 등장.

맥베스　너는 문밖에 나가서 대령하고 있거라, 부를 때까지. (시종 퇴장) 어제였지, 내가 너희들과 함께 이야기한 것은?

자객 1　네, 전하.

맥베스　그러면 나의 말을 잘 음미해보았는가? 지금까지 너희들을 불행하게 한 것은 실은 그자이다. 너희들은 오해하고 있는 모양이지만 나는 전혀 관계가 없느니라. 이는 지난번에 만나 해준 이야기로 충분히 알았을 것이다. 즉 너희들이 어떻게 기만과 학대를 받고 있는지, 앞잡이는 누구이고 누가 이를 조종하고 있는지, 그 밖의 모든 것을 잘 설명해주었다. 그러니 설령 바보 미치광이일지라도 진상을 납득했을 것이 아니냐, '그건 뱅코의 짓이다.'라고.

자객 1 잘 알고 있습니다.

맥베스 그건 그렇고, 좀 더 할 이야기가 있는데, 그것이 오늘 다시 만난 목적이다. 너희들은 이 일을 그대로 내버려둘 만큼 인내심이 강한가? 아니면 너희들을 무덤 속으로 쫓고, 처자들을 길거리를 헤매는 신세로 만든 그 친절한 양반과 그의 자손들을 위해 기도를 드릴 만큼 신앙심이 깊단 말이냐?

자객 1 저희들도 사람입니다, 전하.

맥베스 음, 적어도 이름은 사람 축에 들 테지. 사냥개 그레이하운드, 잡종 스파니엘, 들개, 삽살개, 똥개, 불독 등도 다 개라는 이름으로 불리듯이. 그러나 가격표에서는 빠른 놈, 느린 놈, 영리한 놈, 집 지키는 개, 사냥개 등등, 풍부한 자연이 부여해준 특징에 따라 특별한 명칭을 받고 있은즉, 다같이 적혀 있는 명부와는 성질이 다르게 구별되게 마련이다. 사람도 마찬가지다. 자, 너희들도 인간 가격표에 기재되어 있는 이상 최하 등급에 속하지 않는다면 그렇다고 말을 해라. 그러면 내가 비밀스런 용건을 너희들에게 부탁할 것이다. 만약 너희들이 이를 실행하면 너희들의 원수를 제거하게 될 뿐 아니라 나의 신임과 총애를 받게 되리라. 그자가 살아 있는 한 나는 반쯤 병든 환자와 같으니, 그자가 없어져야만 비로소 나의 생기가 회복될 것이다.

자객 2 소인은 세상의 지독한 천대와 학대에 분통이 터질 지경입니다. 그러니 세상에 대한 분풀이라면 무슨 짓이든 하겠습니다.

자객 1　소인도 어찌나 불행에 시달리고 악운에 부대껴왔는지, 이제는 결과야 어찌 되었든 생명을 걸고 운명을 시험해볼 작정입니다.

맥베스　두 사람 다 이제 잘 알았을 것이다, 뱅코가 너희들의 원수임을.

자객들　네, 알다 뿐이겠습니까.

맥베스　그자는 나의 원수이기도 하다. 그와 나는 서로 대립하고 있는 사이라, 그가 살아 있는 한 순간 한 순간이 나의 급소를 찌르는 것과 같다. 물론 나는 왕권으로 공공연히 내 눈앞에서 그를 없애버리고 나의 의지를 정당화시킬 수도 있지만, 이를 삼가야 할 까닭이 있다. 즉 그에게도 친구이고 나에게도 친구인 사람들이 있는데, 나로서는 그들의 호의를 잃고 싶지 않다. 그를 이 손으로 쓰러뜨려놓고 오히려 애통해하는 척하지 않으면 안 되므로 이렇게 너희들의 조력을 구하는 것이다. 그 밖에도 여러 가지 중대한 사정이 있어서 그러니, 이 일은 아무도 모르게 실행해야 한다.

자객 2　전하의 지시대로 반드시 실행하겠습니다.

자객 1　비록 저희들의 생명이……

맥베스　너희들의 본심은 잘 알았다. 늦어도 한 시간 이내에 너희들이 잠복할 장소를 알려주겠다. 오늘 밤 안으로 궁전에서 멀찌감치 떨어진 곳에서 단행해야 한다. 그리고 내가 혐의를 받게 되어서는 안 된다는 것을 항상 명심해라. 그런데 일을 깨끗이 처리하기 위하여 동행한 아들 놈 플리언스를 없애버리는 것도 그 아비 못지않게 나에게는 중요한 일이니까, 그 아들도 마찬가지로 컴컴한 운명의 길을 동행하게 해줘라. 그럼, 둘이서 결심을 굳게 다지도록 해라. 곧 다시 만나자.

자객들　결심은 이미 서 있습니다.

맥베스　곧 부르겠다. 안에서 기다려라. (두 자객 퇴장) 계획은 끝났다. 뱅코, 네 영혼이 천당에 가기를 원한다면, 오늘 밤에 천당으로 가는 길을

찾아야 할 것이다. (퇴장)

제2장

같은 장소.
맥베스 부인과 하인 등장.

맥베스 부인　뱅코는 물러갔느냐?

하인　네, 밤에 다시 돌아오십니다.

맥베스 부인　전하께 가서 아뢰어라, 사뢸 말씀이 있으니 시간이 있거든 좀 뵙잖고.

하인　네. (퇴장)

맥베스 부인　허무하고 소용없는 일이다, 욕망이 이루어져도 만족이 없는 한은. 살인을 하고 이렇게 불안스러운 기쁨밖에 누리지 못할 바에야 차라리 살해당하는 신세가 더 편하겠구나.

　맥베스, 생각에 잠겨 등장.

맥베스 부인　왜 그러십니까, 전하? 왜 언제나 혼자 암울한 망상만 하고 계세요? 걱정거리는 마음에 걸리는 사람이 죽었을 때 함께 죽어 없어졌을 텐데…… 어쩔 수 없는 일은 무시해버리는 수밖에 없습니다. 지난 일은 지난 일일 뿐이에요.

맥베스 우리는 독사를 난도질했을 뿐 죽이지는 못했소. 머지않아 다시 소생할 것이니, 못된 장난을 한 우리는 언제 다시 그 뱀의 독니에 물리게 될지 알 수 없는 일이오. 차라리 우주가 산산이 부서지고 천지가 무너지는 편이, 불안 속에서 식사를 하고 잠을 자며 밤마다 저 악몽에 시달리며 떠는 것보다는 낫겠소. 양심의 가책 아래 이렇게 미칠 듯이 불안하게 사느니 차라리 우리 자신이 평화를 구하여, 평화의 나라로 보내버린 그 사람과 같이 죽어버리는 편이 낫지 않겠소. 덩컨은 지금 무덤 속에 있소. 시역은 그의 모든 것에 종말을 고해주었소. 이제는 어떠한 칼날도, 독약도, 내란도, 외환도, 그를 더 이상 괴롭히지는 못할 것이오.

맥베스 부인 자, 가세요. 전하, 그 험상궂은 얼굴을 펴고, 명랑하고 즐겁게 오늘 밤 손님들을 대하세요.

맥베스 그렇게 하리다. 당신도 그래야지. 그리고 뱅코에게는 특별히 관심을 기울여 눈으로나 입으로나 주빈으로 접대하시오. 도저히 안심이 안 되오. 왕의 존엄을 아첨의 개울 속에 담그고, 마음에다 가면을 씌워 본심을 은폐해야 하오.

맥베스 부인 전하, 그런 생각은 되도록 하지 마셔야 합니다.

맥베스 아아, 내 마음속에는 전갈들이 우글거리고 있는 것 같소. 아무튼 뱅코와 그의 아들 플리언스는 아직 살아 있으니 말이오.

맥베스 부인 하지만 그들의 생명이 영원한 것은 아니잖아요.

맥베스 그것이 다소 위안이 되오, 그들도 습격을 면할 수는 없을 테니까. 그러니 당신도 마음을 명랑하게 가지시오. 박쥐가 사원 안을 날아다니고, 딱정벌레가 마녀 헤커티의 부름에 딱딱한 날개 소리를 내며 잠을 재촉하는 밤의 종을 울려대기 전에 중대하고도 무서운 일이 벌어지기로 되어 있으니까.

맥베스 부인　대체 무슨 일이?

맥베스　당신은 모르고 있다가 결과나 칭찬하구려…… 자, 오너라, 눈을 어둡게 하는 밤아! 인자한 낮의 부드러운 눈을 가리고, 너의 잔인한 보이지 않는 손으로, 나를 겁나게 하는 그의 생명의 증서를 지워버리고 갈가리 찢어버려라. 빛은 어두워지고, 까마귀는 숲 속의 보금자리로 날아들고 있다. 낮의 선량한 자들은 머리를 수그리고 잠들기 시작하고, 밤의 악한 무리들은 먹이를 찾아 일어난다. 내 말이 이상하게 들리는 모양이구려. 그러나 당신은 가만히 있으시오. 악으로 시작한 일은 악으로 종말을 지을 수밖에. 자, 함께 갑시다. (두 사람 퇴장)

제3장

궁전 밖. 숲의 언덕길. 궁전 안의 정원으로 통하지만, 궁전에서는 좀 떨어져 있다. 두 자객, 잇따라 또 한 명의 자객 등장.

자객 1　대관절 당신은 누구의 명령을 받고 이렇게 따라오는 거요?

자객 3　맥베스 왕의 명령이오.

자객 2　이 사람을 의심할 필요는 없을 것 같네. 우리의 할 일을 이처럼 정확하게 알고 있는 걸 보니.

자객 1　그럼 합세하시오. 석양이 아직 꼬리를 끌고 있군. 길 가는 나그네가 제시간에 여인숙에 닿으려고 말을 재촉할 시간이다. 우리가 기다리는 주인공도 이제 곧 나타나겠지.

자객 3　쉬! 말발굽 소리가 들린다.

뱅코　(멀리서) 이봐, 그 횃불을 이리 줘!

자객 2　바로 그자다. 초대를 받은 다른 사람들은 벌써 다 궁전에 도착했소.

자객 1　말이 길을 돌아서 가는 모양이다.

자객 3　음, 1마일쯤. 그러나 뱅코는, 보통 다른 사람들도 그렇지만, 여기서부터는 궁전까지 걸어서 간다.

　　뱅코와 플리언스, 횃불을 들고 등장.

자객 2　횃불이 보인다, 횃불이!

자객 3　놈이다!

자객 1　가자!

뱅코　오늘 밤은 비가 올 모양이지.

자객 1　그래, 많이 올 거다! (횃불을 쳐서 꺼버린다. 동시에 다른 두 자객은 뱅코를 습격한다)

뱅코　아, 살인이다! 플리언스야, 달아나거라! 빨리 달아나라, 빨리! 복수를 해다오. 이 아비의 원수를 갚아다오. 으윽, 고약한 놈! (죽는다. 플리언스 달아난다)

자객 3　누가 횃불을 껐나?

자객 1　잘못했나?

자객 3　한 놈밖에 해치우지 못했어. 아들놈은 달아나버렸다.

자객 2　이런! 중대한 임무의 반을 놓쳐버렸구나.

자객 1　자, 어서 가서 한 일만이라도 보고하도록 하자. (일동 퇴장)

제4장

궁전의 홀.

정면이 한 계단 높게 되어 있고, 그 좌우에 입구가 있다. 단 위는 옥좌, 그 앞에는 식탁이 있다. 그리고 이 식탁과 T자 모양으로 맞대어진 긴 식탁이 무대 중앙에 놓여 있다. 맥베스, 맥베스 부인, 로스, 레녹스, 귀족, 시종들 등장.

맥베스 각자 신분에 따라 자리에 앉으시오. 모두 다 잘 오셨소.

귀족들 초대해주셔서 감사합니다.

맥베스는 부인을 단상으로 안내한다. 귀족들은 긴 식탁 양쪽에 자리잡고 앉는다. 그 가운데 맥베스의 자리는 비어 있다.

맥베스 나도 같이 어울려서 미흡하나마 주인 노릇을 하겠소. (맥베스, 옥좌에서 내려온다) 여주인은 왕비석에 앉아 있지만, 곧 기회를 보아 여러분들에게 환영 인사를 할 것이오.

맥베스 부인 전하께서 저를 대신하여 여러분께 인사말을 전해주세요. 저는 충심으로 여러분을 환영하고 있다고요.

맥베스가 왼편 입구 앞을 지날 때 자객 1이 입구에 나타난다. 그때 귀족들이 일어서서 부인에게 절을 한다.

맥베스 자, 보시오. 모두들 진심으로 기쁘게 답례를 하는구려. 양쪽 좌석이 인원수가 같군. 그러면 나는 여기 한가운데에 앉겠소. 자, 마음껏 즐기시오. 이제 곧 축배를 듭시다. (입구로 다가가 자객 1에게 낮은 목소리로) 네 얼굴에 피가 묻어 있다.

자객 1 뱅코의 피입니다.

맥베스 네 얼굴에 묻어 있는 편이 나을 것이다, 그자의 몸속에 머물러 있기보다는. 그래, 깨끗이 해치웠느냐?

자객 1 네, 목을 찔렀습니다. 이 손으로.

맥베스 너는 목 따는 데 명수로구나! 그러나 플리언스를 처치한 자도 칭찬해줘야지. 그것도 네가 했다면, 너야말로 천하무적의 명수다.

자객 1 죄송합니다. 플리언스는 달아나버렸습니다.

맥베스 그렇다면 또 불안의 발작이 엄습해오겠구나. 그놈까지 처치해주었더라면 나는 안전할 것을. 대리석같이 견고하고, 바위같이 끄떡없으며, 만물을 둘러싼 대기같이 자유분방할 것을…… 그러나 또다시 나는 좁은 곳으로 밀려들어가 감금되고, 열 겹, 스무 겹으로 결박을 당했구나. 한없는 의혹과 공포의 포로가 되어서 말이다. 그런데 뱅코만은 틀림없이 해치웠느냐?

자객 1 네, 틀림없습니다. 머리에 스무 군데나 깊은 상처를 입고 개천 속에 처박혀 있습니다. 가장 작은 상처 하나만으로도 목숨은 부지하지 못합니다.

맥베스 수고했다. 아비 뱀은 죽었구나. 달아난 새끼 뱀은 머지않아 독을 지니게 되겠지만, 지금 당장은 독이 없다. 그만 물러가거라, 내일 다시 이야기하자. (자객 1 퇴장)

맥베스 부인 전하, 환대가 부족합니다. 모처럼의 축하연도 식사 도중 자주 환대의 뜻을 나타내지 않으면 음식점에서 식사를 하는 것과 다름이 없습니다. 먹기만 하는 것이라면 자기네 집이 제일이지요. 자기 집에서

와 다른 것은 환대라는 양념이 아니겠어요? 환대 없는 연회는 아무런 의미도 없습니다.

뱅코의 유령이 나타나서 맥베스의 자리에 앉는다.

맥베스 참 그렇구려! 자, 식욕이야말로 소화의 근원이오. 즐겁게 건배를 합시다!

레녹스 전하께서도 자리에 앉으시지요.

맥베스 이제 이 나라의 명문이 모두 한자리에 모였구려, 저 훌륭한 뱅코 장군만 제외하고는. 그러나 차라리 그분의 무성의를 책하게나 되었으면 좋겠소만, 혹시 무슨 재앙이라도 있을까 염려가 되는구려.

로스 그분의 결석은 약속 위반입니다. 전하께서도 자리에 앉아주십시오.

맥베스 자리가 없는 것 같구려.

로스 여기 마련되어 있습니다.

맥베스 어디?

레녹스 여기 있습니다. 아니, 전하, 왜 그러십니까?

맥베스 누구의 장난이냐, 이것은?

귀족 일동 대관절 무엇 말씀입니까?

맥베스 (유령에게) 아니다, 내가 한 짓이 아니다. 그 피투성이 머리털을 이쪽에 대고 흔들지 마라. (맥베스 부인, 자리에서 일어선다)

로스 여러분, 모두 일어납시다. 전하께서 편찮으신 것 같습니다.

맥베스 부인 (단에서 걸어내려오며) 여러분, 그냥 앉아 계세요. 전하께서는 이런 일이 가끔 있습니다. 젊었을 때부터요. 모두 그냥 앉아 계세요. 발작은 일시적이라 곧 나아지십니다. 그렇게 유심히 바라보고 있으면 도리어 심해져서 발작이 길어집니다. 어서 잡수세요, 염려 마시고. (맥베스에게) 이러고도 대장부라고 할 수 있겠어요?

맥베스　(낮은 소리로) 암, 대장부니까 이렇게 노려보고 있는 거지. 악마라도 질겁하여 외면할 저 모습을.

맥베스 부인　(낮은 소리로) 참으로 장하시군요! 그건 마음이 불안해서 생겨난 환상의 단검 같은 거예요. 조금도 두려울 것이 없는데 그렇게 흥분하고 놀라시는 것은, 고작 겨울날 화롯가에서 아낙네들이 옛날 할머니에게서 들었던 도깨비 이야기를 지껄이며 무서워하는 것과 같아요…… 부끄럽지도 않으세요! 왜 그런 표정을 지으세요? 아무것도 없어요. 그냥 의자일 뿐이잖아요.

맥베스　아니, 저것 좀 봐. 저기, 저것을! 어떻소? 뭐, 뭐가 무섭담? 머리를 끄덕일 수 있다면 어디 말을 해봐라! 일단 땅속에 매장된 것을 납골당이나 무덤이 다시 토해낸다면, 솔개의 밥통을 무덤으로 삼아야 할 판이 아니겠느냐? (유령 사라진다)

맥베스 부인　(낮은 소리로) 아아, 어째서 그런 환영을 보고 놀라시는 거예요?

맥베스　(낮은 소리로) 내가 여기 이렇게 서 있는 것이 사실이라면 나는 확실히 이 눈으로 보았소.

맥베스 부인　(낮은 소리로) 어리석은 말씀을!

맥베스　(이리저리 걸어다니며) 지금까지 헤아릴 수 없이 많은 사람이 피를 흘렸다. 인도적인 법률이 생겨나 이 세상을 정화시키기 이전인 태곳적에도, 그 후에도 듣기에 가공할 살육은 있었지. 그러나 예전에는 골이 터져나오면 죽고 끝장이 났는데, 지금은 머리에 스무 군데나 치명상을 입은 녀석이 다시 살아나 사람을 의자에서 밀어내는 형편이니…… 이것은 예전의 살육보다도 더 괴이한 일이다.

맥베스 부인 (맥베스의 팔을 잡으며) 자, 귀한 손님들이 기다리고 있습니다.

맥베스 아, 그만 잊고 있었구려…… 나를 이상하게 생각하지는 마시오, 여러분. 나는 이상한 병이 있는데, 나를 아시는 분은 예사롭게 생각하지요. 자, 여러분의 우정과 건강을 비오. 그럼, 나도 자리에 앉겠소. (맥베스, 잔을 들자 등 뒤에서 유령이 다시 나타난다) 모두의 건강을 위하여 축배를 듭시다. 그리고 오늘 보이지 않는 친구 뱅코를 위해서도. 그의 불참은 참으로 유감스러운 일이오! 자, 축배를 듭시다! 그를 위하여, 여러분을 위하여, 모두의 건강을 빌면서……

귀족 일동 (잔을 들면서) 우리 모두 충성을 맹세하며 축배를 듭시다.

맥베스 (앉으려고 의자를 돌아다본다) 에잇, 꺼져라! 물러가라! 땅속으로 사라져라! (잔을 떨어뜨린다) 너의 뼈에는 골수가 없고, 피는 차디차게 식었다! 그렇게 노려봐도 네 눈동자에는 시력이 없다!

맥베스 부인 괜찮습니다, 여러분. 이건 늘 있는 일이에요. 모처럼의 흥이 깨져 죄송합니다.

맥베스 인간이 하는 일이라면 무엇이라도 하겠다. 텁수룩한 러시아 곰이건, 뿔 돋은 물소건, 히르카니아의 범이건, 무슨 모양을 하고라도 나오너라. 지금의 그 모양만 아니라면, 나의 이 건강한 힘줄이 꼼짝이나 할까 보냐. 그렇지 않으면 다시 살아나와 황야에서 칼을 들고 덤벼봐라. 그때 만일 내가 겁을 낸다면 어린 계집아이 취급을 해도 좋다. 물러가라, 징그러운 유령 같으니! 실체 없는 환상이여, 에잇, 물러가라! (유령 사라진다) 음, 이젠 사라져버렸구나. 사라지기만 하면 나는 다시 대장부가 될 수 있다. 자, 여러분, 그냥들 앉으시오.

맥베스 부인 당신 때문에 유쾌했던 흥은 깨지고 좋은 회합은 엉망이 되고 말았어요.

맥베스 여름날 구름같이 느닷없이 엄습해오는 게 있는데 어찌 놀라지 않을 수 있겠소? 나는 나 자신을 모르겠소. 그런 걸 보고도 모두들 태연히 안색도 변하지 않는데 나만 홀로 공포에 질려 얼굴이 창백해지다니.

로스 그런 것이라니, 무엇 말씀이십니까?

맥베스 부인 제발 아무 이야기도 하지 마세요. 다시 또 나빠지십니다. 이야기를 시키면 흥분하게 됩니다. 여러분, 오늘은 이만합시다. 안녕히들 가세요, 퇴석의 순서는 개의치 마시고. (귀족들 일어선다)

레녹스 안녕히 주무십시오. 전하께서 속히 쾌유하시기를!

맥베스 부인 여러분, 안녕히 가세요! (맥베스와 맥베스 부인만 남고 일동 퇴장)

맥베스 아무래도 피를 보고야 말 것인가. 피는 피를 부른다고 한다. 실제로 묘석이 움직이고, 수목이 말을 한 적도 있었다. 까치나 까마귀들을 이용한 점술과 예언으로 숨어 있는 살인자를 알아낸 적도 있지 않은가. 밤은 얼마나 깊었소?

맥베스 부인 새벽이 다 되었을 것입니다.

맥베스 맥더프를 어떻게 생각하오? 일부러 초대를 했는데도 올 뜻이 없었던 모양이오.

맥베스 부인 사람을 보내셨습니까?

맥베스 아니, 간접적으로 들었소. 그러나 사람을 보내겠소. 내가 매수한 하인이 없는 집은 하나도 없소. 내일 아침 일찍 그 마녀들을 찾아가봐야겠소. 이렇게 된 바에야 최후의 수단을 써서라도 최악의 결과를 미리 알아야만 하겠소. 나의 이익을 위해서는 무슨 짓이라도 할 테요. 어차피 나는 피비린내 나는 일에 발을 들여놓고 말았으니 더 이상 건너가지 않으려 해도 돌아서 나오기가 건너가버리는 것보다 더 어렵게 되었소. 지금 이 머릿속에는 괴이한 생각들이 가득 차 있소. 그것을 곧 실행에 옮기고 싶소. 천천히 앞뒤를 재고 있을 겨를이 없소.

맥베스 부인 쉬셔야만 합니다. 잠은 삶에 필요한 자양분, 전하께서는 그것이 부족합니다.

맥베스 그렇소. 가서 쉬도록 합시다. 이렇듯 환영에 현혹되는 것은 초심자의 불안 탓이오. 더 수련을 쌓아야지. 우리는 아직 미숙해. (두 사람 퇴장)

제5장

황야.

천둥 소리. 세 마녀 등장하여 헤커티와 만난다.

마녀 1 아니, 웬일이시오, 헤커티 님. 화가 나셨소?

헤커티 화가 안 나게 됐어? 건방지고 뻔뻔스러운 노파들 같으니. 어째서 제멋대로 맥베스와 거래를 하는 거냐? 왜 생사에 관한 수수께끼를 던져? 그리고 너희들 마술의 스승이며, 이 세상에서 일어나는 온갖 재앙을 조종하는 나를 무시한 채, 나의 현란한 솜씨를 과시하지 못하게 하는 거냔 말이다. 그뿐이냐. 더욱 괘씸하게도 너희들이 한 짓은 저 심술궂고 화 잘 내는 고집쟁이만을 위한 것이었다. 그자 역시 다른 놈들과 마찬가지로 자기 일만 생각하고 너희들은 돌아보지도 않는데. 자, 이젠 속죄를 해라. 지금 즉시 출발하여 지옥의 아케론 강 동굴로 가서 새벽녘에 만나자. 맥베스는 그곳으로 자기의 운명을 알아보러 올 것이다. 너희들의 마술과 도구를 준비해두어라. 주문과 그 밖의 모든 것도 함께.

나는 하늘로 날아가겠다. 오늘 밤에는 가공할 일을 저질러야겠다. 큰일
은 오전 안에 끝마쳐야 한다. 저 달 한구석에는 수증기 같은 물 한 방울
이 괴어 있는데, 땅에 떨어지기 전에 그것을 받아서 마법으로 증류시키
면 이상스러운 정령들이 나타나고, 그 환영의 힘에 끌려 그놈은 파멸하
고 말 것이다. 그는 운명을 차버리고, 죽음을 조소하며, 야망을 안고, 지
혜도 은총도 공포도 무시한 채 헛된 희망을 가지게 될 것이다. 알다시피
방심은 인간의 가장 큰 적이다.

　　음악. '오너라 헤커티, 오너라 헤커티' 노래. 구름이 내려온다.

헤커티　쉬, 나를 부르고 있다. 저것 봐, 나의 꼬마 정령들이 안개같이
뽀얀 구름 위에 앉아서 나를 기다리고 있구나. (훌쩍 구름을 타고 날아간다)
마녀 1　서두르자, 헤커티가 곧 돌아올 테니. (일동 퇴장)

제6장

　　스코틀랜드의 어느 성.
　　레녹스와 귀족 한 사람 등장.

레녹스　내가 지금 한 이야기는 당신 생각과 들어맞으나 좀 더 깊이 해
석할 여지가 있소. 아무튼 모든 일이 참 기묘하게 되었구려. 인자하신

덩컨 왕은 맥베스의 애도를 받았소. 그러나 그는 이미 돌아가신 분이오. 그리고 용감한 뱅코는 밤길을 가다가 그만…… 그분을 플리언스가 죽였다고도 할 수 있겠지요. 플리언스가 달아난 걸 보면. 밤늦게 나다닐 것이 아니구려. 원, 맬컴과 도널베인 두 왕자가 인자하신 자기 부친을 살해했다고 하니 괴이하게 생각하지 않을 사람이 어디 있겠소? 천벌을 받을 일이지! 맥베스가 얼마나 애통해했는지…… 그래서 의분에 못 이겨 당장 그 두 역적을 베어버린 것이 아니겠소? 술의 노예가 되고 잠의 종이 된 그들을. 훌륭한 처사였지요. 암, 현명한 처사이고말고. 그자들이 자기네 소행이 아니라고 변명하는 것을 들으면 누군들 분개하지 않을 사람이 없을 테니 말이오. 그러니 맥베스는 모든 일을 잘 해치운 셈이지요. 제 생각에는, 두 왕자가 체포되는 날에는, 설마 그렇게 되지는 않겠지만, 부친 살해죄의 대가를 톡톡히 치르게 될 거요. 플리언스 역시 그렇고. 그러나 가만있자! 단지 솔직히 할 말을 하고, 폭군의 축하연에 불참한 탓으로 맥더프는 노여움을 사고 말았다지요. 그런데 그분은 지금 어디에 은신 중인지 아시오?

귀족　저 폭군에게 왕위 상속권을 찬탈당한 덩컨 왕의 세자는 현재 잉글랜드 궁전에서 경건한 에드워드 왕의 후대를 받고 있답니다. 그래서 불운한 처지에도 불구하고 그의 존엄엔 조금도 손상이 없으시다 합니다. 맥더프는 이미 그곳으로 찾아가 그 성스러운 왕에게 호소하여, 그의 도움으로 세자를 위해 노섬벌랜드 백작과 그의 용감한 아들 시워드를 궐기시킬 계획인즉, 다행히 하느님이 용납하신다면 그 원군으로 우리는 다시 잘 차린 음식과 편안한 잠을 취하게 되고, 축하연과 연석에서 잔인한 비수를 제거하여 충성을 다하고, 정당한 명예를 받을 수 있게 될 것이오. 지금 우리는 이 모든 것을 갈망하고 있는 바이오. 그런데 맥베스 왕도 이 소식을 듣고 격분하여 전쟁 준비에 착수했소.

레녹스　맥더프에게 사자를 보냈나요?

귀족　보냈답니다. 그러나 '돌아가지 않겠다.'는 단호한 거절에 불쾌해진 사자는 홱 돌아서면서, '머지않아 후회하리라, 그런 대답을 하다니.'라고 말하는 듯이 뭐라고 중얼거렸다고 합니다.

레녹스　그렇다면 그분께 경고를 해주어야겠군요, 지혜롭게 멀리 몸을 피하도록. 어떤 하늘의 천사가 맥더프보다 먼저 잉글랜드 궁전으로 날아가서 그 임무를 전달해주었으면 좋겠소. 저주받은 손 아래에서 신음하는 이 나라에 어서 속히 축복이 내리도록 말이오.

귀족　나 역시 그 천사 편에 기도를 전하고 싶소. (두 사람 퇴장)

제4막

~~~~

제1장

동굴.

동굴 중앙에는 불길이 타오르는 구멍이 있고, 그 위에 끓는 가마솥이 걸려 있다.

천둥소리와 불길 속에서 세 마녀가 차례로 나타난다.

마녀 1 얼룩 고양이가 세 번 울었다.

마녀 2 내 고슴도치는 세 번 하고 한 번 더 울었어.

마녀 3 이상하게 생긴 새도 자꾸 운다. '어서어서' 하고.

마녀 1 가마솥 주위를 빙빙 돌며 썩은 내장을 집어넣자. (모두 가마솥 주위를 왼쪽으로 돌기 시작한다) 차디찬 돌 밑에서 삼십일 일 동안 밤낮없이 잠을 자면서 독을 빚어내는 두꺼비, 이놈을 먼저 마법의 솥에다 끓이자!

마녀 일동 불어나라, 늘어나라, 고통과 쓰라림아. 타올라라, 불길아. 끓어라, 가마솥아. (솥 속을 휘젓는다)

마녀 2 늪에서 잡은 뱀의 토막살, 끓어라, 볶여라, 가마솥 속에서. 도롱뇽의 눈알과 개구리 발톱, 박쥐 털과 개 혓바닥, 독사 혓바닥과 독충의

침, 도마뱀 다리와 올빼미 날개, 무서운 재앙의 부적이 되도록 지옥의 찌개처럼 펄펄 끓어라.

마녀 일동 불어나라, 늘어나라, 고통과 쓰라림아. 타올라라, 불길아. 끓어라, 가마솥아. (솥 속을 휘젓는다)

마녀 3 용 비늘, 늑대 이빨, 마녀의 미라, 식인 상어의 식도와 위, 한밤에 캐낸 독 있는 당근의 뿌리, 신을 모독하는 유대놈의 간, 염소 쓸개와 월식할 때 무덤에서 꺾은 주목 가지, 터키 사람의 코와 타타르 사람의 입술, 창부가 낳아서 목졸라 죽여 도랑에 버린 갓난애 손가락, 죄다 넣어서 이 찌개를 진하게 끓이자. 한 가지 더, 호랑이 내장까지 솥의 국 속에 넣자꾸나. 타올라라, 불길아. 끓어라, 가마솥아. (솥 속을 휘젓는다)

마녀 2 자, 식히자, 원숭이의 피로. 이제 마약에 효험이 생겼다.

  헤커티, 다른 세 마녀를 데리고 등장.

헤커티 아, 잘들 했다. 수고들 했다. 이익을 얻으면 골고루 나누어주마. 자, 가마솥 주위를 돌며 노래부르자. 꼬마 요정, 큰 요정, 다 함께 원을 그리고 애써 만든 요리에 마술을 걸자.

  음악과 노래, '검은 정령이……'로 시작된다. 헤커티 퇴장.

마녀 2 이 엄지손가락이 쑤시는 걸 보니 어떤 악한 놈이 오나 보다. (문 두드리는 소리) 열려라, 자물쇠야, 누구든 들여보내라!

  문이 열리고 맥베스의 모습이 나타난다.

맥베스 (걸어들어오면서) 오, 너희들, 캄캄한 밤중에 몰래 다니며 흉악한 비밀을 행하는 마녀들아! 대체 지금 무엇을 하고 있느냐?

마녀 일동 입으로는 말할 수 없는 비밀!

맥베스 어떻게 예언할 수 있게 되었는지는 모르지만, 너희들만이 아는 그 지식을 가지고 내가 묻는 말에 대답해다오. 그 대신 폭풍을 풀어 교회당을 넘어뜨리든, 거품 이는 파도가 선박을 부수어 삼켜버리든, 바람에 보리이삭이 쓰러지고 수목이 넘어지든, 성벽이 파수병의 머리 위로 무너져내리든, 궁성과 탑이 기울어져 땅 위로 넘어지든, 만물을 낳는 소중한 자연의 씨앗이 엉망이 되어 우주 그 자체가 사라져 없어지든 상관없으니, 그저 내가 묻는 말에 대답해다오.

마녀 1 말씀해보세요.

마녀 2 물어보세요.

마녀 3 대답해드리겠어요.

마녀 1 우리들한테 들으시겠어요, 아니면 우리 스승님한테 들으시겠어요?

맥베스 그 스승님을 불러다오, 만나고 싶으니!

마녀 1 제 새끼를 아홉 마리나 잡아먹은 암퇘지의 피를 부어넣자. 살인자가 교수대에서 흘린 기름을 불길 속으로 던져넣자.

마녀 일동 지옥에 있는 모든 마녀들아, 이리 나와 마술을 부려 할 일을 다해라.

천둥소리.
환영 1 맥베스와 같은 투구를 쓰고 솥 속에서 나타난다.

맥베스 네가 무엇인지는 모르겠으나, 자, 나에게 말을 해라.

마녀 1   저쪽은 당신 마음을 잘 알고 있어요. 듣기만 하세요.

환영 1   맥베스! 맥베스! 맥베스! 경계하라, 맥더프를, 파이프의 영주를…… 그만 가야겠다. 할 말은 다했다. (솥 속으로 사라진다)

맥베스   네가 무엇인지는 모르나 그 충고는 고맙다. 너는 내 불안을 알아맞혔다. 그러나 한 가지만 더……

마녀 1   명령을 해도 소용없어요. 또 하나가 나온다. 처음 것보다 더욱 신통한 것이.

천둥소리.
환영 2 피투성이가 된 아이의 모습을 하고 나타난다.

환영 2   맥베스! 맥베스! 맥베스!

맥베스   내 귀가 세 개일지라도 다 기울여 네 말을 듣고 싶다.

환영 2   잔인하고 대담하고 단호하게 행하라. 인간의 힘일랑 비웃어버려라. 여자 몸에서 태어난 자로 맥베스와 맞설 자는 없느니라. (솥 속으로 사라진다)

맥베스   그렇다면 맥더프여, 살아 있으라. 너 같은 걸 무서워할 필요는 없다. 그러나 거듭 분명히 해두기 위해서는, 운명한테 증서를 한 장 받아둬야겠다. 맥더프, 역시 너를 살려둘 수는 없다. 이제 나는 비겁한 공포심은 떨쳐버리고 천둥이 으르렁거리는 속에서도 잠들 수 있어야 하니까……

천둥소리.
왕관을 쓴 제3의 환영, 손에 나뭇가지를 들고 어린아이 모습으로 등장.

맥베스　이것은 무엇인가, 왕자인 양 그 조그마한 머리에 왕의 표시인 금관을 쓰고 있지 않느냐?

마녀 일동　잠자코 듣기만 하세요, 한마디도 말을 걸지 말고.

환영 3　사자 같은 기개를 지니고 용감하라. 그리고 개의치 말라. 누가 분개하건, 누가 초조해하건, 어디서 반역자가 음모를 꾸미건, 맥베스는 결코 패하지 않으리라. 버넘의 대삼림이 던시네인의 높은 언덕을 향하여 쳐들어오지 않는 한. (사라진다)

맥베스　그건 있을 수 없는 일. 대체 누가 숲을 한데 끌어모을 수 있으며, 대지에 깊이 뿌리박힌 나무에게 뽑히라고 명령할 수 있겠는가. 멋진 예언이로구나! 그렇다, 반역자의 시체는 다시는 소생하지 못할 것이다, 버넘 숲이 움직이기 전에는. 옥좌에 올라앉은 이 맥베스는 천수를 다하고, 때가 오면 모든 사람들과 마찬가지로 죽음에게 생명을 고이 바치게 되겠구나. 그러나 한 가지 더 알고 싶어 가슴이 두근거린다. 어디 말해 봐라, 너희들 마술의 힘으로 말할 수 있는 것이라면. 과연 뱅코의 자손이 장차 이 나라를 다스리게 될 것인가?

마녀 일동　이젠 더 묻지 마세요.

맥베스　기어이 알아야겠다. 만약 이를 거절한다면 너희들에게 영겁의 저주가 내리리라. 어서 말을 해봐라.

　　피리 소리와 더불어 솥이 땅속으로 가라앉는다.

맥베스　저 솥은 왜 가라앉는가? 그리고 이 소리는 무엇인가?

마녀 1　나타나라!

마녀 2　나타나라!

마녀 3　나타나라!

마녀 일동 나타나서 마음을 슬프게 해주어라. 그림자같이 나타났다가 그림자같이 사라져라.

여덟 명의 왕의 환영이 하나씩 동굴 안쪽을 가로질러 간다. 마지막 왕은 손에 거울을 들고 있다. 그 뒤에 뱅코의 망령이 나타난다. 이 환영이 나타나 있는 동안 맥베스의 말이 이어진다.

맥베스 너는 마치 뱅코의 망령 같구나. 썩 물러가거라! 네 왕관을 보니 내 눈알이 타는 것 같다. 그리고 또 다른 왕관을 쓴 놈, 네 머리칼 역시 처음 놈과 같구나. 셋째 놈도 먼저 놈과 같다. 더러운 마녀들 같으니! 왜 이런 것을 내게 보여주는가? 넷째 놈! 눈알아, 튀어나와라! 제기랄, 이 행렬은 최후의 심판 날까지 계속되는 것이냐? 또 한 놈! 일곱째! 이젠 보기 싫다. 또 여덟째가 나타난다. 손에는 거울을 들고 점점 더 많이 비추어 보여주는구나. 그중 어떤 놈은 구슬 두 개와 홀 세 개를 들고 있지 않은가. 무서운 광경이다. 이제 보니 사실이구나. 머리칼에 피가 엉긴 뱅코가 날 보고 웃으면서, 저것들을 제 자손이라고 가리키고 있다. 이것이 모두 틀림없는 사실이란 말이냐?

마녀 1 네 네, 사실이에요. 그런데 맥베스 님은 왜 그렇게 멍하니 서 계시지요? 얘들아, 우리들의 즐거운 놀이를 보여드려 이분의 기분을 돋우어드리자. 나는 마술로 공중에서 음악이 나오게 할 테니 너희들은 색다른 원무圓舞를 추어라. 그러면 이 위대하신 왕께서 우리의 영접을 고맙다고 치사하실 것 아니냐.

음악. 마녀들 춤을 추며 사라진다.

맥베스   어디로 갔지? 사라져버렸나? 이 불길한 순간을 달력에 기록해서 영원히 저주하리라. 들어오너라, 밖에 아무도 없느냐?

레녹스 등장.

레녹스   무슨 분부십니까?

맥베스   마녀들을 보지 못했소?

레녹스   네, 보지 못했습니다.

맥베스   그대 옆을 지나가지 않던가?

레녹스   네, 아무것도 지나가지 않았습니다.

맥베스   그것들이 타고 다니는 공기는 썩어버려라! 그것들의 말을 듣는 놈들은 지옥에 떨어져라! 조금 아까 말발굽 소리가 났는데, 대체 누가 온 거요?

레녹스   네, 맥더프가 잉글랜드로 도망갔다는 소식을 가지고 온 자들입니다.

맥베스   잉글랜드로 도망갔다고?

레녹스   네, 전하.

맥베스   (방백) 시간아, 네가 먼저 선수를 쳤구나. 이제 가공할 만한 일을 할 참이었는데. 실행 없는 계획은 아무리 빨라 봤자 뒤지게 마련이지. 이 순간부터는 마음이 낳는 것은 손도 곧 따르도록 해야겠다. 음, 이제라도 생각에다 행동의 관을 씌우기 위해 당장 계획하고 실천해야겠다. 맥더프의 성을 습격하여 파이프를 점령하고, 모조리 칼날 맛을 보여주리라. 그자의 처자는 물론 혈연관계가 있는 불운한 놈들을 남김없이 해치우리라. 바보같이 호언장담만 하고 있을 때가 아니다. 실행에 옮겨야지, 결심이 무뎌지기 전에. 이제 환영은 보기 싫다! (큰 소리로) 그 사람들

은 어디 있느냐? 자, 그리로 안내하라. (일동 퇴장)

제2장

파이프에 있는 맥더프의 성.

맥더프 부인과 그의 아들, 이어서 로스 등장.

맥더프 부인 고국을 떠나야 되다니, 그이가 대체 무슨 짓을 했습니까?

로스 지금은 참으셔야 합니다.

맥더프 부인 참지 못하는 것은 오히려 그이 쪽이지요. 도망치다니 미친 짓이에요. 아무런 행동도 하지 않았는데, 지레 겁을 먹고 도망친다면 결국 역적의 누명을 쓰게 마련이에요.

로스 아닙니다. 두려워서가 아니라 지혜의 결과였는지도 모릅니다.

맥더프 부인 지혜라고요? 처자를 버리고, 성과 영지를 버리고 혼자 달아나는 것이? 그이는 처자를 사랑하지 않습니다. 인류의 애정이 없는 사람이에요. 새 중에 가장 작은 굴뚝새조차도 둥우리 안의 제 새끼를 위해서는 올빼미와 싸우는데, 그이는 공포심뿐 애정이라곤 전혀 없다고요. 지혜라니, 대체 무슨 지혜 말입니까? 아무런 잘못도 없는데 달아날 필요가 어디 있습니까?

로스 제발 진정하십시오. 그 어른은 고결하고 현명하고 분별이 있으며, 시국을 통찰하고 계시는 분입니다. 자세히 말씀드리진 못하겠습니다만, 아무튼 고약한 세상입니다. 지금 우리는 자기도 모르는 사이에 역적으로 몰리고, 두려움 때문에 떠도는 소문을 믿고 있으나, 대관절 무엇이 무서운지 자기 스스로도 모르는 형편입니다. 거칠고 사나운 바다 위를 정처 없이 표류하고 있는 격입니다. 그럼, 이만 실례하겠습니다. 머지않아 다시 찾아뵙겠습니다. 재앙도 고비에 이르렀을 때 제일 심한 법이지요. 그러니 고비만 잘 넘기면 원상태로 복구될 것입니다. (사내아이에게) 자, 너도 잘 있거라.

맥더프 부인   엄연히 아비가 있으면서도, 아비 없는 자식이 되었습니다.

로스   나는 정말 어리석은 사람이라 이 이상 지체하고 있다가는 추태를 부리고 부인까지 난처하게 만들고 말겠습니다. 이만 가보겠습니다. (허둥지둥 퇴장)

맥더프 부인   애야, 아버지는 돌아가셨다. 이제부터 어떻게 할 테냐? 어떻게 살아갈 테냐?

아들   새같이 살지요, 어머니.

맥더프 부인   뭐, 벌레나 파리를 잡아먹고?

아들   무엇이든지 잡히는 대로, 새같이 말이에요.

맥더프 부인   가엾어라! 너 같은 새는 그물도, 끈끈이도, 함정도, 새덫도 무섭지 않나 보구나.

아들   무섭긴 뭐가 무서워요, 어머니. 불쌍한 새를 해치는 사람은 없으니까요. 어머니는 그렇게 말씀하시지만 아버지는 돌아가시지 않았어요.

맥더프 부인   아니다, 돌아가셨다. 아버지가 돌아가셨으니 너는 어떻게 할래?

아들   그럼 어머니는 남편 없이 어떻게 살아가실 겁니까?

맥더프 부인   남편감은 시장에 가면 얼마든지 살 수 있단다.

아들   그럼, 어머니는 그것을 샀다가 다시 파시게요?

맥더프 부인　있는 지혜를 다 짜내는구나. 너같이 어린 녀석이 그런 말을 다 하다니!

아들　아버지는 역적인가요, 어머니?

맥더프 부인　그렇단다.

아들　역적이 뭐죠?

맥더프 부인　그건, 맹세를 깨뜨리는 사람을 가리키는 말이란다!

아들　그렇게 하는 사람은 다 역적인가요?

맥더프 부인　그렇다. 역적은 모두 목을 매달아 죽인단다.

아들　그럼, 맹세를 깨뜨린 사람은 다 목매달아 죽이나요?

맥더프 부인　그래, 누구든 다.

아들　누가 목을 매달죠?

맥더프 부인　그야 정직한 사람들이지.

아들　그럼, 거짓말쟁이와 맹세를 하는 사람은 다 바보로군요. 거짓말쟁이와 맹세를 하는 사람은 얼마든지 있으니까, 정직한 사람들쯤은 때려눕혀서 도리어 목을 매달아 죽여버리면 되잖아요.

맥더프 부인　어머, 무슨 소릴 하는 거냐! 하지만 아버지도 없이 불쌍한 너는 어떡할 테냐?

아들　아버지가 정말 돌아가셨다면 어머닌 우실 것 아니에요. 울지 않는 걸 보니 내게 곧 새아버지가 생길 좋은 징조지요, 뭐.

맥더프 부인　얘도 참, 못하는 말이 없구나!

　　사자 등장.

사자　안녕하십니까, 마님! 처음 뵙지만 마님의 신분을 알고 있습니다. 마님의 신변에 위험이 닥친 것 같습니다. 미천한 이 사람의 충고를 들어주신다면, 어서 자제분들을 데리고 이곳을 피하십시오. 이렇게 놀라시게 해서 너무 무례한 것 같습니다만, 이보다 더 참혹한 일이 신변에 임박해 있습니다. 하느님의 가호가 있으시기를! 이젠 더 지체할 수 없습니다! (퇴장)

맥더프 부인　어디로 피하지? 나는 아무 잘못도 저지르지 않았는데. 하나 이 풍진 세계에서는 흔히 악한 일을 하고도 칭찬을 받고, 좋은 일을 하고도 욕을 당하는 수가 있다. 이를 어쩌나? 아무 힘도 없는 여자의 입으로 잘못을 저지른 적이 없다고 아무리 변명을 해보았자 무슨 소용이 있겠는가!

　자객들 등장.

맥더프 부인　저 사람들은 누구지?

자객　남편은 어디 있나?

맥더프 부인　너희 같은 것들이 찾아낼 수 있는 더러운 곳에는 안 계실 거다.

자객　그는 역적이다.

아들　거짓말쟁이, 삽살개 같은 악당놈!

자객　요 녀석 좀 보게. (칼로 찌른다) 송사리 역적 같으니!

아들　사람 죽이네. 어머니, 어머니, 어서 달아나세요. (죽는다)

　맥더프 부인은 '살인이다.' 라고 부르짖으며 퇴장. 자객들이 그 뒤를 쫓는다.

제3장

잉글랜드. 에드워드 왕의 궁전 앞.

맬컴과 맥더프 등장.

맬컴 어디 남의 눈에 띄지 않는 곳에 가서 우리의 슬픈 가슴이 시원해지도록 울어나 봅시다.

맥더프 아니, 그보다도 징벌의 칼을 들고 용사답게 쓰러져가는 조국을 구합시다. 아침이 올 때마다 새로운 과부가 통곡을 하고, 새로운 고아가 아우성을 치고, 새로운 비탄이 천상에 울려 퍼지고 있습니다.

맬컴 믿을 수 있는 일이라면 나는 슬퍼하겠소. 이해가 가는 일이라면 믿겠소. 그리고 구원할 수 있는 일 같으면, 좋은 시기를 만났을 때 구원하겠소. 그대가 말한 것이 사실일지도 모르오. 그 이름을 입에 올리기만 해도 혀가 부르트는 저 폭군도 한때는 정직한 인간이라고 생각되던 사람이오. 그대 자신도 전에는 그자를 퍽 존경했고, 그자 역시 그대에게는 손을 대지 않았었소. 나는 나이 어린 사람이오. 그러나 나를 이용하면 그자의 환심을 살 수 있을 것이오. 노한 신을 달래려면, 약하고 불쌍하고 죄 없는 양을 제물로 바치는 것이 현명할 수 있으니까.

맥더프 저는 반역자가 아닙니다.

맬컴 그러나 맥베스는 반역했소. 선량하고 유덕한 성품도 제왕이라는 위세 앞에서는 무너지게 마련이오. 그러나 용서하시오. 그대의 인품이 내 생각에 따라 변하는 것은 아닐 거요. 가장 빛나는 천사가 타락을 했을지라도 천사는 역시 천사인 것이오. 비록 온갖 추한 것이 미덕의 가면을 쓸지라도, 참된 미덕은 역시 미덕일 수밖에 없는 것이오.

맥더프 저는 희망을 잃고 말았습니다.

맬컴 그 점에도 나는 의혹을 느끼고 있소. 어째서 그대는 그런 위험 속에다 소중한 인정의 근원이며 강한 애정의 매듭인 처자를 떼어놓고 왔소. 작별의 인사도 없이. 내 의심을 모욕으로는 생각하지 마시오. 이건 나의 자기 방어일 뿐이니까. 실은 그대가 한 일이 옳았는지도 모르오, 내가 어떻게 생각하든.

맥더프 피를 흘려라, 피를. 불행한 조국아! 무서운 학정아! 기반을 튼튼히 다져라. 충성도 이제는 너를 저지하지 못하리니. 네 멋대로 포악을 행하거라. 이제 너의 권리는 보장되어 있다. 이만 물러가겠습니다, 저하. 저는 저하가 의심하는 그런 악인이 되고 싶지는 않습니다. 저 폭군이 쥐고 있는 전국토에다 풍요로운 동방東方을 덧붙여준다 할지라도.

맬컴 노하지 마시오. 그대를 의심해서 이런 말을 한 것은 아니니까. 나 역시 잘 알고 있소. 조국이 압제에 짓눌려 울며 피를 흘리고, 만신창이가 되어 매일같이 새로운 상처를 더해가고 있다는 것을. 한편 나는 또 나를 위해 일어나줄 사람들도 있다는 것을 알고 있소. 사실 나는 인자하신 잉글랜드 왕으로부터 수천 명의 정예군을 주신다는 제의도 받은 바 있소. 그러나 그건 그렇고, 내가 저 폭군의 얼굴을 짓밟고, 또는 칼 끝으로 찔러 높이 쳐들게 되더라도, 역시 불행한 조국은 새 계승자에 의해 전보다 더한 갖가지 고난을 겪게 될 것이오.

맥더프 새 계승자라뇨?

맬컴 나 말이오. 나 스스로도 알고 있지만, 이 몸에는 온갖 악덕이 뿌리를 내리고 있어서, 그것들이 움트는 날이면 시커먼 맥베스도 백설처럼 순백하게 보일 것이오. 그리고 불행한 국민들은 그를 양같이 생각하게 될 것이오. 새 왕이 뿌리는 무한한 재앙에 겁을 먹고 말이오.

맥더프 무서운 지옥의 악마 떼들 중에도, 악에 있어서는 맥베스를 능가할 놈은 있을 수 없습니다.

맬컴   사실 그는 잔인하고, 호색하고, 탐욕스럽고, 거짓되고, 속임수를 잘 쓰고, 악의를 지닌, 온갖 죄악이란 죄악은 죄다 가지고 있는 놈이오. 그러나 나의 음욕으로 말하면 밑바닥이 없소. 남의 아내, 처녀, 나이 많은 여자 할 것 없이 그 모든 것을 가지고도 내 정욕의 물통을 채우지는 못하오. 나의 욕정은, 나의 만족을 방해하는 모든 장애물을 모조리 떠내려 보내고 말 것이오. 이러한 통치자보다는 그래도 맥베스가 낫소.

맥더프 한없는 방탕은 인성人性에 대한 일종의 포악입니다. 이 때문에 행복한 왕위가 뜻밖에 전복을 당하고, 숱한 국왕이 멸망하고 말았습니다. 그러나 당연한 권리를 행사하시는 데 두려워할 필요는 없습니다. 쾌락은 은밀히 얼마든지 만족시키면서, 시치미를 딱 떼고 세상을 속일 수도 있잖습니까. 자진하여 응해올 여자도 얼마든지 있습니다. 국왕의 의향을 눈치채면 스스로 몸을 바치는 여자는 부지기수, 아무리 탐욕을 부려도 도저히 다 상대하실 수 없을 겁니다.

맬컴   그뿐인가, 타고난 나쁜 근성 속에서 한없는 탐욕이 성장하여, 내가 왕이 되는 날에는 귀족들의 목을 베어 영지를 몰수하고, 이 사람의 보석, 저 사람의 저택을 탐내고, 뺏으면 뺏을수록 탐욕은 구미를 돋우어서 결국 재산을 노리고 부당한 시비를 걸어 충성스러운 사람들을 멸망케 하고 말 거요.

맥더프 그런 탐욕은 여름철 욕정보다 더 뿌리가 깊고, 더 독합니다. 사실 오늘날까지 숱한 왕들이 탐욕이라는 칼에 쓰러지지 않았습니까. 그러나 염려 마십시오. 스코틀랜드에는 저하 자신의 영지만으로도 저하의 욕망을 충족시킬 만한 자원이 되니까요. 그런 건 다른 미덕으로 보상만 되면 모두 문제될 것이 없습니다.

맬컴 그러나 나에게는 그러한 미덕이 전혀 없소. 왕자다운 미덕, 가령 공정, 진실, 절제, 신념, 관용, 불굴, 자비, 겸손, 경건, 인내, 용기, 의지력 등등, 이러한 미덕은 전혀 갖추지 못한 채, 도리어 죄악이란 죄악은 전부 지니고, 실제로 다방면에서 잘못을 범하고 있소. 아니, 내가 만일 권력을 잡으면 감미로운 조화의 젖은 지옥에 쏟아버리고, 세계의 평화를 교란하여 지상의 온갖 질서를 혼란에 빠뜨리고 말 것이오.

맥더프 아아, 스코틀랜드! 스코틀랜드!

맬컴 이러한 인간이 사람을 다스릴 자격이 있는지, 어디 말해보시오. 이 사람은 그러한 위인이오.

맥더프 다스릴 자격이라고요? 천만에! 살아 있을 자격조차 없소이다. 아아, 가련한 겨레여! 피 묻은 홀을 쥔 찬탈자의 지배를 언제 벗어나서 다시 편한 날을 볼 것인가? 왕실의 정통正統은 계승권을 스스로 저주하며 자기의 혈통을 비방하고 있지 않은가. 부왕께서는 성자 같은 임금이 셨소. 그리고 생모인 왕후께서는 서 있는 시간보다 더 많이 신 앞에 꿇어앉아 내세를 위한 고행의 생활을 하셨소. 그럼, 안녕히 계십시오! 저하가 스스로 고백하신 그 악덕들 때문에 저는 스코틀랜드로부터 영영 추방되고 말았습니다. 아아, 내 가슴아, 이제는 희망도 끊겨버렸구나!

맬컴 맥더프 경, 진실한 마음에서 나온 그 고결한 비탄은 내 마음속에서 시커먼 의혹을 씻어주어, 내 영혼은 그대의 진실과 고결한 마음을 믿게 되었소. 저 악마 같은 맥베스는 이제까지 갖가지 술책으로 나를 손아귀에 넣으려고 해왔소. 그래서 나도 경솔히 사람을 믿지 않으려고 경계해온 것이오. 그러나 하느님, 이젠 우리 두 사람의 증인이 되어주옵소서! 이제부터 나는 경의 지도에 따르고, 나 자신에 대해 앞서 말한 비방들을 모두 취소하겠소. 그리고 내가 나 자신에게 가한 결점과 비난은 나의 본성과는 무관함을 이 자리에서 맹세하겠소. 나는 아직 여자를 모르는 동정이오. 위증은 해본 적이 없소. 내 물건조차 탐내보지 않았소. 신의를 깨뜨려본 적도 없소. 상대가 악마일지라도 배신하진 않았소. 진실을 생명처럼 애호하는 사람이오. 거짓말은 아까 그대에게 한 그것이 태어나서 처음이오. 이 진실된 나를 이제 그대와 불행한 조국의 지시에 맡기겠소. 실은 그대가 이곳에 도착하기 전에 노老경 시워드가 장비를 갖춘 일만의 정예 부대를 거느리고 이미 출동했소. 자, 우리도 같이 떠납시다. 성공의 기회는 우리의 대의명분과 일치하리라! 왜 아무 말이 없소?

맥더프 희망과 절망이 이렇게 함께 찾아오니, 어떻게 조화시켜야 할지 모르겠습니다.

전의典醫가 궁전에서 나온다.

맬컴 그럼, 나중에 또. (전의에게) 국왕께서 행차하시오?

전의 네, 한 무리의 불쌍한 사람들이 전하의 치료를 기다리고 있답니다. 그들의 병은 고명한 의술로도 효험이 없으나, 전하께서 한번 손을 대시기만 하면, 신의 영험을 받으신 성스러운 손인지라, 환자는 곧 완쾌된답니다.

맬컴 고맙소, 전의 선생. (전의 퇴장)

맥더프 무슨 병 말씀입니까?

맬컴 소위 연주창이라는 것이오. 저 인자하신 왕께서 행하는 놀라운 기적을 나도 잉글랜드에 온 뒤 종종 목격했소. 어떻게 하여 그런 영험을 얻으셨는지는 왕 자신만이 알고 계시오. 아무튼 괴상한 병에 걸려 차마 볼 수 없을 정도로 부어서 곪은, 의사도 속수무책인 환자들을 국왕은 치료하십니다. 환자의 목에 금화 한 닢을 걸어주고 성스러운 기도를 올리지요. 그리고 듣자니 이 영험 있는 능력은 왕위 계승자에게 대대로 물려진다 하오. 이 신통력뿐만 아니라 전하께서는 천부의 예언력을 지니고 계시며, 또 갖은 축복이 옥좌를 둘러싸고 있으니, 이는 전하께서 신의 축복을 받고 계신 증거입니다.

로스 등장.

맥더프 저기 누가 옵니다.

맬컴 고국 사람인 듯한데 누군지 모르겠구려.

맥더프 아, 로스 아닌가…… 잘 왔네.

맬컴 오, 이제야 알아보겠소. 하느님, 우리 사이를 소원케 하는 원인을 속히 제거해주소서!

로스 아멘!

맥더프 스코틀랜드의 형편은 여전한가?

로스 아, 비참한 조국! 제 자신 그 실정을 알고 있다는 것조차 끔찍하군요! 모국이라기보다는 무덤입니다. 천치 아니고는 누구 하나 웃는 얼굴을 보이는 사람이 없습니다. 하늘을 찢는 탄식, 신음, 규탄이 귀를 울려도 아무도 관심을 갖지 않습니다. 격렬한 비탄도 예사로운 일입니다. 장례식의 종소리가 울려도 누가 죽었는지 물어보는 사람조차 없습니다. 선량한 사람들의 목숨은 모자에 꽂은 꽃보다 쉽게 시들고, 병도 안 걸린 채 죽어갑니다.

맥더프 아아, 너무도 참혹한, 그러나 너무도 진실한 이야기!

맬컴 최근의 슬픈 소식은 무엇이오?

로스 한 시간 전에 일어난 참사를 이야기하는 사람은 조롱을 당합니다. 일 분마다 새로운 참사가 일어나고 있으니까요.

맥더프 내 아내는?

로스　무사하십니다.

맥더프　애들은?

로스　역시 잘들 있지요.

맥더프　폭군도 아직 거기까지는 마수를 뻗치지 않았군.

로스　네, 다들 무사합니다. 저와 헤어질 때까지는요.

맥더프　왜 그렇게 인색한 말을 하오? 대체 어떻게 되어가고 있소?

로스　제가 슬픈 소식을 가지고 이곳에 올 때 들은 소문인데, 수많은 의협심 있는 인사들이 궐기했답니다. 폭군의 병력이 속속 출동하는 것을 보니, 이 소문은 사실인 것 같습니다. 마침내 분연히 일어날 시기가 되었습니다. 저하께서 스코틀랜드에 나타나시기만 하면 군대가 곧 편성되고, 비참한 고통을 몰아내기 위하여 여자들까지도 일어나 싸울 것입니다.

맬컴　이제는 동포들도 안심해도 좋을 것이오. 지금 우리는 조국을 향하여 출발할 참이오. 인자하신 잉글랜드 왕은 명장 시워드와 일만 명의 병력을 빌려주셨소. 그만한 백전의 명장은 어느 그리스도교 국가에도 없을 것이오.

로스　아아, 뜻밖의 이 기쁜 소식에 같은 기쁜 소식으로 대답할 수 있다면 얼마나 좋겠습니까? 그러나 제 소식은 들을 사람이 없는 황야에서나 외쳐야 할 성질의 것입니다.

맥더프　대체 무슨 내용인가? 일반적인 것인가, 아니면 누구 한 사람의 개인적인 슬픔인가?

로스　참된 사람이면 누구나 다 그 슬픔을 다소는 같이하지 않을 수 없을 것입니다. 그러나 주로 당신 개인에 관한 것입니다.

맥더프　나에 관한 것이라면 숨기지 말고 얼른 말해주게.

로스　당신의 귀가 저의 혀를 언제까지나 원망하지 마시기를! 생전 처음 들으실 슬픈 소리를 들려드리겠습니다.

맥더프　음, 짐작하겠소.

로스　당신의 성은 습격을 당하고, 부인과 아이들은 참살되었습니다. 그 광경을 설명했다가는, 저 참살당한 사람들의 시체 위에 당신의 시체까지 쌓는 격이 될 것입니다.

맬컴　아아, 하느님! 이것 보시오! 그렇게 모자로 얼굴을 가리지 말고 눈물로 슬픔을 토해내구려. 토할 길 없는 슬픔을 벅찬 가슴에 간직해두면 마침내 가슴이 터지고 말 것이오.

맥더프　어린 것들까지?

로스　네, 부인, 아이들, 하인 할 것 없이 눈에 띄는 대로 모조리.

맥더프　그런데 나는 그곳을 떠나 있어야 했다니! 아내 역시 살해당했다고?

로스　네, 그렇습니다.

맬컴　진정하시오. 이제 크나큰 복수로 이 치명적 슬픔을 치유하도록 합시다.

맥더프　그놈에게는 자식이 없다. 나의 귀여운 아이들을 모조리 죽였다고 했지? 오, 지옥의 독수리 같으니! 모조리? 아아, 귀여운 병아리와 어미 닭을 단번에 죄다 채갔단 말인가?

맬컴　대장부답게 참으시오.

맥더프　참으리다. 하지만 대장부 역시 슬퍼하지 않을 수 없군요. 나에게 보배 같은 처자들이 있었다는 것을 돌이켜 생각하지 않을 수 없습니다. 하늘은 가만히 보고만 계셨단 말인가? 죄많은 맥더프, 너 때문에 모두들 참살되지 않았는가? 나는 나쁜 놈이다. 아무 죄도 없이, 오직 내 죄 때문에 그들이 살육당하다니! 그들의 영혼 위에 안식을 내리소서!

맬컴　이 일을 칼을 가는 숫돌로 삼고, 슬픔을 분노로 돌리시오. 마음이 무뎌지지 않게 분발시키시오.

맥더프　아, 눈으로는 여자같이 울고, 혀로는 허풍쟁이같이 떠들 수 있다면 얼마나 좋겠소! 그러나 하느님, 온갖 장애물을 없애주소서. 속히 저를 저 스코틀랜드의 악마와 맞서게 하옵소서. 그놈을 이 칼이 닿는 곳에 갖다 놓아주옵소서. 만약 그가 이 칼을 피할 수 있다면 그때는 그놈을 용서해주셔도 좋습니다!

맬컴　참으로 대장부다운 말씀이오. 자, 이제 전하의 어전으로 갑시다. 군대는 이미 대기 중이고, 남은 것은 작별 인사뿐이오. 맥베스는 이제 다 익은 과일이나 다름없으니 흔들기만 하면 떨어질 것이오. 천사의 군대가 우리를 격려하고 있소. 마음껏 기운을 돋웁시다. 아무리 긴 밤이라도 날은 밝습니다. (일동 퇴장)

제5막

━━◦◦◦◦◦◦━━

제1장

던시네인 성의 한 방.

시의와 시녀 등장.

시의 이틀 밤이나 함께 지켜보았으나, 당신이 말한 것과 같은 증세는 볼 수 없었소. 대체 왕비께서 그렇게 걸어다니신 것이 언제부터였소?

시녀 전하께서 싸움터로 나가신 뒤부터 보았습니다. 왕비께서는 침상에서 일어나 자리옷을 걸치시고는, 무엇인가 글을 써서 읽어보신 다음 봉해가지고 침상으로 돌아가시는 거예요. 그런데 그렇게 하시는 동안 내내 깊은 잠에 빠져 계시더라니까요.

시의 심한 정신착란인 것 같소. 잠이 드신 채로 깨어 있을 때와 같은 행동을 하시다니! 그런데 그 몽유 상태로 걸어다니면서 여러 가지 일들을 하실 때, 무슨 말씀을 하시는 것을 들은 적은 없소?

시녀 네, 하지만 말씀드리기 거북한 내용이에요.

시의 내게야 상관없잖소. 어서 말해보시오.

시녀 안 돼요. 시의님에게든 누구에게든 말씀드릴 수 없습니다. 직접 보지 않고는 제 이야기를 아무도 믿지 않을 거예요.

맥베스 부인, **촛불을 들고 등장.**

시녀 저것 보세요! 나타났습니다! 바로 저 모습이에요. 정말이지, 깊은 잠에 빠져 계시다니까요. 주의해서 보세요, 여기 숨어서.

시의 손에 들고 계신 저 촛불은?

시녀 머리맡에 있는 촛불이에요. 머리맡에 켜두라고 하시거든요.

시의 저것 봐요, 눈을 뜨고 계시군.

시녀 네, 하지만 아무것도 보지 못하는 것 같아요.

시의 대체 무얼 하시는 것일까? 왜 저렇게 손을 문지르고 계시지?

시녀 저렇게 늘 손을 씻는 시늉을 하신답니다. 십오 분가량이나 계속하는 경우도 있어요.

맥베스 부인 아직도 여기에 흔적이.

시의 가만, 말을 하시는군! 하시는 말을 적어두어야겠다. 잊어버리지 않도록.

맥베스 부인 지워져라, 이 망할 흔적 같으니! 지워지라니까! 하나, 둘, 두 시다. 이제 단행할 시간이다. 지옥은 컴컴하기도 하구나! 아니, 여보, 무인武人이 그렇게 겁을 내세요? 누가 알까 봐 겁낼 건 없잖아요? 우리의 권력을 재판할 자가 어디 있어요? 하지만 그 늙은이가 그토록 피가 많을 줄이야 누가 생각인들 했겠어요.

시의 (시녀에게) 듣고 있소?

맥베스 부인 파이프의 영주에겐 아내가 있었지. 그 부인은 지금 어디 있을까? 이제 이 손은 영영 말끔히 씻어지지 않는단 말인가? 그만두세요. 이제 제발 그만두세요. 그렇게 겁을 내시면 일을 죄다 망치고 만다니까요.

시의 저런, 저런, 알아서는 안 될 일을 알고 말았군.

시녀 왕비께서 해서는 안 될 말씀을 하셨습니다. 그 밖에 또 어떤 일을 알고 계시는지 모르겠군요.

맥베스 부인 아직도 피비린내가 나는구나. 아라비아의 온갖 향수를 가지고도 이 작은 손 하나를 말끔히 씻어내지는 못할 것이다. 아, 아, 아!

시의 무슨 탄식을 저렇게 하실까! 마음이 무거운 모양이군.

시녀 온몸으로 여왕의 권위를 다 누린다 해도, 가슴에 저런 탄식을 품고 있는 건 싫어요.

시의 암, 그렇고말고……

시녀 부디 낫게 해드리세요, 시의님.

시의 이 병은 내 힘으로는 고칠 도리가 없소. 하긴 몽유병자 중에도 편안히 운명한 분들이 없는 것은 아니지만.

맥베스 부인 손을 씻고 자리옷을 입으세요, 그렇게 질린 얼굴을 하지 마시고. 뱅코는 이미 파묻힌 사람이에요. 무덤에서 살아나올 수는 없습니다.

시의 음, 그렇구나.

맥베스 부인 자, 침실로 가요. 누가 문을 두드리고 있군요. 자, 자, 자, 손을 이리 주세요. 해버린 일은 돌이킬 수 없잖아요. 자, 침실로 가서 쉬어요.

시의 이제 침실로 가시나요?

시녀 네, 곧장.

시의 흉측한 소문이 퍼지고 있소. 순리를 어기면 부자연스러운 혼란이 생기게 마련이오. 병이 든 마음은 귀 없는 베개에다 심중의 비밀을 누설하는 법, 왕비님께는 의사보다도 신부가 더 필요하오. 하느님, 우리 중

생들을 용서하소서! 잘 보살펴드리시오. 위험한 도구 따위는 곁에서 치우고 잠시도 눈을 떼지 말고 지켜보시오. 그럼, 안녕히. 내 의식은 희미해지고 눈은 혼란스러워졌소. 생각은 있어도 말을 할 수가 없구려.

시녀 시의님, 안녕히 가세요. (두 사람 퇴장)

제2장

던시네인 부근의 시골.

북과 군기를 든 병사들에 이어 맨티스, 케이스네스, 앵거스, 레녹스, 병사들 등장.

맨티스 잉글랜드 군이 다가오고 있소. 맬컴 저하와 그의 숙부인 시워드 장군, 그리고 용감한 맥더프가 그들을 지휘하고 있소. 그분들은 복수심에 불타고 있소. 사실 그분들의 절실한 원한을 안다면 죽은 시체라도 분기하여 처참한 공격에 가담할 것이오.

앵거스 아마도 버넘 숲 근처에서 우리와 만나 합세하게 될 것 같소. 저 길로 진격해오고 있는 것을 보면.

케이스네스 도널베인 왕자도 맬컴 저하와 같이 있는지, 누구 아시오?

레녹스 분명히 같이 계시지 않소. 나는 명문 출신 자제의 명부를 모두 가지고 있소. 그중에는 시워드 장군의 자제분을 비롯하여 아직 수염도 나지 않은 수많은 젊은이들이 끼여 있지만 도널베인 왕자님은 없소.

맨티스 폭군 맥베스 쪽의 정세는 어떻소?

케이스네스   던시네인 성의 방비를 강화하고 있다고 하오. 그가 미쳤다고 보는 사람도 있지만, 그를 덜 증오하는 사람들은 그것을 격분한 용기라고도 하오. 그러나 아무튼 그 미쳐 날뛰는 마음을 자제력의 혁대 안에 죄어둘 수 없는 것만은 분명하오.

앵거스   이젠 그도 느낄 것이오. 자신의 비밀스러운 살육이 손에 달라붙어 떨어지지 않고, 시시각각으로 반란이 일어나 그의 불의를 책하고 있다는 것을. 그의 휘하에 있는 사람들은 하는 수 없이 명령에 움직이고 있을 뿐, 절대로 충성된 마음에서 그러는 것은 아니오. 지금은 그도, 거인의 옷을 난쟁이가 훔쳐 입은 격으로, 왕의 칭호가 자기 몸에 맞지 않는다는 것을 절실히 느끼고 있을 것이오.

맨티스   하긴 그의 고뇌에 찬 마음이 동요되고 놀라는 것도 무리는 아니오. 그의 마음 자체가 자기 존재를 저주하는 판이니.

케이스네스   자, 그럼 진군하여 우리의 충절을 정당한 군주에게 바칩시다. 병든 이 나라를 치료할 이름난 의사를 어서 만나 그분과 더불어 나라를 정화하기 위하여 최후의 한 방울까지 우리의 피를 바칩시다.

레녹스   물론이오. 우리의 피를 바쳐 군주의 꽃을 이슬로 적시고, 잡초란 잡초는 송두리째 뽑아버립시다. 자, 그럼 버넘으로 진군합시다. (진군하며 퇴장)

제3장

던시네인 성의 안뜰.

맥베스, 시의, 시종들 등장.

맥베스 보고는 이제 그만하라. 달아날 놈은 다 달아나거라. 버넘 숲이 던시네인으로 움직여 오지 않는 한, 겁날 것은 하나도 없다. 애송이 맬컴이 다 뭐냐? 그 역시 여자가 낳은 놈이 아닌가? 인간의 운명을 환히 알고 있는 정령들이 내게 확언한 바 있다. '두려워 마라, 맥베스. 여자 몸에서 태어난 자로 그대와 맞설 자는 없느니라.'라고. 그러니 믿지 못할 영주놈들아, 멋대로 달아나고 멋대로 도망쳐서 잉글랜드의 놈팡이들과 한패가 되려무나. 내 의지가, 내 용기가, 의심과 공포 따위 때문에 꺾일까 보냐, 흔들릴까 보냐!

하인 등장.

맥베스 악마한테 끌려가 시커멓게 칠이나 하고 오지그래! 그 새파래진 낯짝이 뭐냐, 바보 같으니! 어디서 그런 거위 같은 상판을 하고 왔느냐?
하인 방금 약 일만의……
맥베스 거위라도 쳐들어왔단 말이냐?
하인 적군들 말씀입니다, 전하.
맥베스 그 낯가죽을 벗겨서라도 그 상판을 좀 빨갛게 하고 오너라, 겁쟁이 같으니. 무슨 군사 말이냐, 못난 놈아? 죽어 없어져라! 그 하얗게 질린 낯짝을 보면, 멀쩡한 사람까지 겁쟁이가 되겠다. 무슨 군사 말이냐, 겁을 먹어 낯짝이 새파래진 녀석아?

하인 잉글랜드의 군사입니다.

맥베스 그 낯짝 보기 싫다. 썩 꺼지지 못하겠느냐. (하인 퇴장) 여봐라, 시튼! (명상에 잠겨서) 보기만 해도 마음이 어두워진다, 그런 낯짝은…… 시튼, 거기 없느냐? 이번 일전으로 나는 영원히 기쁨을 누리거나 몰락을 당하거나 둘 중의 하나다. 이제는 살 만큼 살았다. 내 생애도 황색 낙엽기에 접어들었다. 더욱이 노년에 따라야 할 명예니 존경이니 복종이니 친구 같은 것은 나와 전혀 인연이 없다. 아니 반대로, 소리는 낮으나 뿌리 깊은 저주와 아첨, 빈말 따위가 달라붙는데, 물리치려고 해도 마음이 약해서 물리칠 수가 없다. 시튼!

시튼 등장.

시튼 무슨 분부십니까?

맥베스 또 무슨 소식이 없느냐?

시튼 지금까지의 보고가 모두 사실임이 판명되었습니다.

맥베스 나는 끝까지 싸울 테다, 이 뼈에서 살이 다 떨어져 나갈 때까지. 갑옷을 다오.

시튼 아직 그렇게까지 하실 필요는 없다고 봅니다.

맥베스 아니다, 입어야 한다. 기마대를 더 동원하여 전국을 순찰하게 하라. 공포감을 조장하는 놈들은 교수형에 처해라. 당장 갑옷을 갖다 다오. (시튼, 갑옷을 가지러 나간다) 환자는 어떻소?

시의 네, 병환이라기보다는 격심한 망상에 사로잡혀 안식을 얻지 못하시는 것 같습니다.

맥베스 그러니 그것을 고쳐달라는 거요. 그래, 그대는 마음의 병은 치료하지 못한단 말이오? 뿌리 깊은 근심을 기억에서 뽑아내고, 뇌수에 찍힌 고뇌를 지워줄 수 없단 말이오? 상쾌하고 감미로운 망각의 잠자리에 눕혀서, 마음을 짓누르는 독소를 답답한 가슴에서 없애줄 좋은 약이 없단 말이오?

시의 그것은 환자 자신이 치료해야 합니다.

시튼이 갑옷을 들고 무기 장비 담당자와 함께 등장.
무구 담당자는 곧 맥베스에게 갑옷을 입히기 시작한다.

맥베스 의술 따위는 개에게나 던져줘라, 나에게는 필요 없으니. 자, 갑옷을 입혀라. 지휘봉을 이리 다오. 시튼, 군대를 더 파견하라. 시의, 영주들이 모조리 달아나고들 있소. (무구 담당자에게) 자, 어서 입혀라. 시의, 그대 힘으로 이 나라의 병세를 진찰하고 병증을 짚어내어 독을 완전히 씻어내고 다시 회복시킬 수 있다면 나는 당신을 찬양하겠소. 그 찬양하는 소리가 메아리쳐 울리고, 그 메아리가 다시 이쪽으로 울려올 정도로…… (무구 담당자에게) 그것은 벗기라니까…… 대황大黃이나 센나, 또는 어떤 설사약을 써서 잉글랜드 놈들을 이곳에서 모조리 쓸어낼 도리는 없을까? 그놈들 소문은 들었소?

시의 네. 전하께서 전쟁 준비하시는 것을 보고 저희들도 대강 알아차리게 되었습니다.

맥베스 그 갑옷은 들고 따라오너라. 이제는 죽음도 파멸도 무섭지 않다, 버넘 숲이 던시네인으로 옮겨오지 않는 한. (맥베스 퇴장. 시튼도 무구 담당자와 함께 뒤따라 퇴장)

시의 이 던시네인에서 탈출해야겠다. 아무리 좋은 일이 생긴다 해도

누가 다시 돌아올까 보냐. (퇴장)

제4장

버넘 숲 부근.
북과 군기를 들고 맬컴, 시워드, 시워드의 아들, 맥더프, 맨티스, 케이스네스, 앵거스, 레녹스, 로스, 병사들, 진군하여 등장.

맬컴　여러분, 이젠 각자 자기 집에서 편히 쉴 날도 얼마 남지 않은 것 같소.

맨티스　의심할 여지가 없습니다.

시워드　저기 저 숲은?

맨티스　버넘 숲입니다.

맬컴　병사들에게 각기 나뭇가지를 하나씩 꺾어서 들고 있으라고 이르시오. 그렇게 하면 이쪽 병력은 은폐될 것이고, 적의 척후병은 잘못된 정보를 가져갈 것이오.

병사들　네, 잘 알았습니다.

시워드　보아하니 그 자신만만한 폭군은 던시네인에 가만히 앉아서 우리의 공격만을 기다리고 있는 모양이오.

맬컴　그자로선 그렇게 할 수밖에 도리가 없을 거요. 기회만 있으면 지위의 고하를 막론하고 반란을 일으키는 형편이니까. 이제는 할 수 없이 붙어 있는 자들밖에 없는데, 그들의 마음 역시 들떠 있소.

맥더프 그 추측을 사실로 만들기 위해서 힘껏 싸웁시다.

시워드 때는 다가왔소, 우리가 얻은 것과 잃은 것이 무엇인지를 정확히 심판해줄 때가. 흔히들 추측으로 불확실한 희망을 가지지만, 확실한 결과는 공격만이 판정해줄 것이오. 자, 그 목적을 향해 진군합시다. (일동 진군하면서 퇴장)

제5장

던시네인 성의 안뜰.

맥베스, 시튼, 북과 군기 등을 든 병사들 등장.

맥베스 군기를 성벽 바깥에 매달아라. 여전히 함성을 지르고들 있구나. '적이 온다!'고. 이 성은 난공불락, 포위가 다 뭐냐. 내버려두어라, 기아와 질병에게 모조리 잡아먹힐 때까지. 반역자들만 놈들에게 가세하지 않았던들, 수염을 맞대고 싸워 놈들을 제 나라로 쫓아버릴 수 있었을 것을. (안에서 여자들의 비명 소리) 저 소리는 무엇이냐?

시튼 부인들의 울음소리입니다. (퇴장)

맥베스 이젠 공포의 맛도 거의 다 잊어버렸다. 밤에 비명 소리를 들으면 가슴이 서늘해지던 시절도 있었다. 무서운 이야기를 들으면 머리칼이 살아 있는 양 뻣뻣이 곤두선 적도 있었다. 공포도 실컷 맛본 나다. 그러나 이제는 살인의 기억도 예사가 되어버리고, 아무리 무서운 일에도 끄떡하지 않는다.

시튼, 다시 등장.

맥베스 무엇 때문에 우는 거냐?

시튼 왕비께서 운명하셨습니다.

맥베스 지금이 아니라도 언젠가는 죽어야 할 사람, 한 번은 반드시 그런 소식을 들어야 할 것이 아닌가. 내일, 내일, 또 내일은 매일 살금살금 인류 역사의 마지막 순간까지 기어오고 있고, 우리의 어제라는 날들은 모두 어리석은 자들이 무덤으로 가는 길을 비추어왔다. 꺼져라 꺼져, 목숨 짧은 촛불아! 인생이란 한낱 걷고 있는 그림자, 가련한 배우에 불과한 것. 제 시간엔 무대 위에서 활개치고 안달하지만, 얼마 안 가서 영영 잊혀져버리지 않는가. 그것은 천치가 떠들어대는 이야기 같다고나 할까. 고래고래 고함을 지른다, 아무런 의미도 없이.

사자 등장.

맥베스 혓바닥을 놀리러 왔구나. 어서 말해봐라.

사자 전하, 이 눈으로 확실히 본 일을 사뢰어야겠습니다. 그러나 어떻게 사뢰야 좋을는지……

맥베스 얼른 말해봐라.

사자 소인이 언덕 위에 서서 버넘 숲 쪽을 바라보고 있는데, 느닷없이 숲이 움직이는 듯한 느낌이 들었습니다.

맥베스 괘씸한 거짓말쟁이 같으니!

사자 사실이 아니라면 어떠한 노여움이라도 감수하겠습니다. 3마일 이내의 지점에서 확실히 이쪽으로 오고 있습니다. 숲이 움직이며 접근해오고 있습니다.

맥베스 만약 거짓말이라면 근처 나무에다 너를 산 채로 매달아 굶어 죽게 할 테다. 그러나 네 말이 사실이라면, 네가 나를 그렇게 해도 좋다. 내 결심이 흔들리는구나! 악마들이 그럴듯하게 참말같이 꾸며서 거짓말을 한 게 아닐까? '염려하지 마라, 버넘 숲이 던시네인의 높은 언덕을 향하여 쳐들어오지 않는 한.'이라고 했지? 그런데 지금 그 버넘 숲이 던시네인을 향해 쳐들어온다고 하지 않는가. 무기를, 무기를, 무기를 들고 나서라! 자, 출격이다! 저놈이 한 말이 사실이라면 이젠 피할 수도, 지체할 수도 없다. 이젠 태양도 쳐다보기 싫다. 이 세상의 질서가 무너져버렸으면 좋겠구나! 경종을 울려라! 바람아, 불어라! 파멸이여, 오라! 갑옷이라도 등에 짊어지고 죽겠다. (황급히 퇴장)

제6장

던시네인 성문 앞.
북과 군기를 앞세운 맬컴, 시워드, 맥더프, 휘하 군사들이 나뭇가지를 들고 등장.

맬컴 자, 다 왔소. 이제는 나뭇가지 위장물들을 다 내던지고 본모습을 드러내라. 숙부님은 저의 사촌인 아드님과 더불어 제1진을 지휘해주십시오. 맥더프와 저는 작전대로 뒷일을 맡겠습니다.

시워드 자, 가자! 오늘 밤 폭군의 군대를 만나면 쓰러질 때까지 싸우겠소.

맥더프 진군 나팔을 불어라, 힘차게. 유혈과 살육을 요란스레 고하는 나팔을. (나팔을 불며 진군)

제7장

같은 장소.
맥베스 등장.

맥베스 나는 말뚝에 묶여 있는 곰 신세다, 달아나려야 달아날 수가 없으니. 이렇게 된 이상 달려드는 개들을 해치우는 수밖에 도리가 없다. 대체 여자가 낳지 않은 놈이 누구란 말이냐? 그놈을 제외하고는 나에게 무서운 놈은 없다.

시워드 아들 등장.

시워드 아들 누구냐, 이름을 대라!

맥베스 이름을 들으면 너는 질겁할 것이다.

시워드 아들 천만에! 지옥의 악마보다 더 무서운 이름을 대도 두려울 것이 없다.

맥베스　내 이름은 맥베스다.

시워드 아들　악마가 제 이름을 대도 이렇게 밉지는 않을 것이다.

맥베스　그래, 이보다 더 무섭지는 않겠지.

시워드 아들　듣기 싫다, 더러운 폭군아! 이 칼로 네 거짓을 폭로하고 말
리라. (두 사람 맞붙어 싸운다. 시워드 아들 살해당한다)

맥베스　너도 여자가 낳은 놈이로구나. 어떠한 검을 휘둘러도, 어떤 무
기를 들고 오더라도 어림없지. 상대가 여자가 낳은 놈이라면 감히 내 상
대가 될 수 없다.

　　맥베스 퇴장. 곧 안에서 몹시 격렬하게 싸우는 소리가 들려온다. 반대 방향에서
　　맥더프 등장.

맥더프　저쪽에서 떠들썩하게 소동이 벌어지고 있구나. 폭군아, 낯짝을
드러내라! 네가 죽더라도 내 칼에 죽지 않으면, 나는 처자의 망령한테
영원히 고통을 받을 것이다. 고용되어 창을 든 비참한 민병을 베어서 무
엇하랴. 맥베스, 내 원수는 네놈뿐이다. 네놈을 만나지 못한다면 이 칼
은 피 맛도 보지 못한 채 칼집에 도로 들어갈 수밖에 없다. 저기 있는 모
양이군. 저 요란한 소리는 어떤 만만찮은 놈이 있다는 증거. 운명이여,
제발 그놈을 만나게 해다오! 그 이상은 더 바라지 않는다. (맥베스를 쫓아
퇴장. 안에서 요란한 북, 종, 나팔 소리)

　　맬컴과 시워드 등장.

시워드　이쪽이오. 성은 간단히 함락되었소. 폭군의 부하들은 동지끼리

서로 맞서 싸우기 시작했소. 아군 쪽의 영주들도 용감히 싸우고 있소. 말할 것도 없이 오늘의 승리는 이제 왕자님의 것, 이젠 할 일도 별로 없는 것 같소.

맬컴 적병들을 만났었는데 대부분이 일부러 이쪽을 피해 도망쳐버렸소.

시워드 자, 입성합시다. (두 사람 성문으로 들어간다. 북과 나팔 소리)

제8장

같은 장소.

맥베스 등장.

맥베스 어째서 내가 로마의 못난이들같이 자결을 해야 한단 말인가? 살아 있는 적들이 있는 한 놈들을 닥치는 대로 베어 죽이고 말 테다.

맥더프가 뒤를 쫓아 등장.

맥더프 게 섰거라, 지옥의 개 같은 놈! 거기 서라니까!

맥베스 많은 적 중에서 너만은 피해왔다. 물러가라. 내 영혼은 이미 네 일족의 피를 너무 많이 마셨다.

맥더프 너 같은 놈과는 말할 필요도 없다. 이 칼이 내 말을 대신하리라. 피에 미친 이 극악무도한 악당아, 너에 대한 답은 이것뿐이다! (두 사람

싸운다. 안에서 북과 나팔 소리)

맥베스　헛수고 마라. 너의 그 칼이 더없이 예리할지라도 공기에 칼자국을 낼 수 없듯이 내 몸에 상처를 내지는 못하리라. 그 칼로 벨 수 있는 머리나 베려무나. 내 생명에는 마력이 깃들어 있어서 여자가 낳은 놈한테는 절대 굴복하지 않는다.

맥더프　그까짓 마력은 단념해라. 네가 늘 믿어온 마녀한테 물어봐라. 이 맥더프는 달이 차기 전에 어머니의 배를 가르고 나왔다고 일러줄 것이다.

맥베스　그따위 말을 하는 혓바닥은 저주나 받아라! 그 말 한마디에 사나이다운 내 용기가 꺾이는구나. 요술쟁이 악마들 같으니! 이젠 누가 더 믿을까 보냐. 두 가지 뜻이 있는 애매한 말로 사람을 속여 약속을 지키는 척하다가 막판에 이르러 깨뜨리다니. 맥더프, 너와는 싸우기 싫다.

맥더프　비겁한 놈아, 그러면 항복을 해라. 그리고 살아남아 세상의 웃음거리나 되어라. 진기한 괴물인 양 너의 화상을 막대기 끝에 매단 다음 그 아래에 '폭군을 보라.'고 써붙이겠다.

맥베스　누가 항복할 것 같으냐! 풋내기 맬컴의 발목 앞에서 땅을 핥고, 어중이떠중이들의 저주에 욕을 보지는 않을 테다. 설사 버넘 숲이 던시네인으로 올지라도, 그리고 여자가 낳지 않았다는 너와 대적할지라도, 나는 최후의 힘을 다해볼 테다. 네 앞에다 이렇게 방패를 내던지겠다. 자, 오라. 맥더프, 싸움 도중에 먼저 '손들었다.' 하고 우는 소릴 하는 자는 지옥행이다. (두 사람 성벽 아래서 결전 끝에 맥베스가 살해되고 만다)

제9장

던시네인 성안.

전투 중지를 알리는 나팔 소리. 북과 군기를 들고 맬컴, 시워드, 로스, 영주들, 병사들 등장.

맬컴　지금 여기 보이지 않는 전우들이 무사히 돌아와주었으면 좋겠는데.

시워드　약간의 희생은 부득이한 일이오. 그러나 이만한 대승에 비해 손실은 극히 적은 것 같습니다.

맬컴　맥더프가 보이지 않는구려. 그리고 장군의 아드님도……

로스　자제분께서는 무인武人의 의무를 다하셨습니다. 그분은 이제 겨우 성년이 된 나이로 일보도 물러서지 않고 분전하여, 무용으로 대장부임을 입증하자마자 용사답게 전사했습니다.

시워드　그 애가 전사했다고?

로스　네, 유해는 이미 싸움터에서 옮겨놓았습니다. 전사의 슬픔을 아드님의 인격으로 재지 마십시오. 그렇게 하시면 슬픔이 한이 없을 테니까요.

시워드　상처는 정면에 입었던가?

로스　네, 이마에.

시워드　아, 그렇다면 신의 용사가 되리라! 설마 머리털 수만큼 많은 자식을 가졌다 할지라도 그보다 더 장한 죽음은 바라지 않겠소. 이것으로 그에 대한 애도는 끝났소.

맬컴 아직 끝나지 않았습니다. 아직 못다한 슬픔, 내가 대신 애도해주
겠습니다.

시워드 이것으로 충분하옵니다. 용감히 싸워 무인의 의무를 다했다지
않습니까. 오직 신의 가호를 빌 뿐입니다! 저기 새로운 기쁜 소식이 있
는 것 같습니다.

맥더프, 맥베스의 목을 장대에 묶어 들고 등장.

맥더프 국왕 만세! 이젠 국왕이십니다. 보십시오. 여기 왕위 찬탈자의
가증스러운 머리가 있습니다. 이제는 천하태평, 진주 같은 이 나라의 병
사들이 지금 새 왕의 주위에 둘러서서 저와 똑같은 축하를 마음속으로
외치고 있습니다. 자, 모두 같이 소리 높여 외칩시다. 스코틀랜드 국왕
만세!

일동 스코틀랜드 국왕 만세! (나팔 소리)

맬컴 빠른 시일 안에 여러분의 충성을 각각 헤아려서 응분의 보답을
할 작정이오. 나의 영주들과 근친들은 백작으로 봉하노니, 이는 스코틀
랜드가 처음 수여하는 명예로운 칭호가 될 것이오. 이제 앞으로 시국에
맞추어 새로 확립해야 할 일들, 즉 잔인무도한 폭군의 마수를 피하여 해
외로 망명한 동포들을 불러온다든가, 참수된 이 살인마와 제 손으로 참
혹하게 생명을 끊었다는 마귀 같은 왕비의 잔학한 수하들을 잡아낸다
든가, 그 밖의 모든 필요한 일들을 신의 가호 아래 시간과 장소를 가려
적절하게 실행하겠소. 끝으로 여러분 모두에게, 그리고 한 분 한 분께
감사를 드리오. 그럼 스쿤에서 거행될 대관식에 참석해주기 바라오. (나
팔 소리. 일동 행진하며 퇴장)

리어 왕
King Lear

장소

브리튼

주요 등장인물

리어	브리튼 왕
거너릴	리어 왕의 딸
리건	리어 왕의 딸
커딜리어	리어 왕의 딸
올버니 공작	거너릴의 남편
콘월 공작	리건의 남편
프랑스 왕	
버건디 공작	
켄트 백작	
글로스터 백작	
에드거	글로스터의 적자
에드먼드	글로스터의 서자
큐런	내관
노인	글로스터의 하인
시의侍醫	
광대	
오스월드	거너릴의 집사
대장	에드먼드의 부하
기사	커딜리어의 시종
전령	

기타 _ 리어 왕의 기사, 부대장, 사자들, 병사들, 시종들

제1막

∽∾

제1장

리어 왕의 궁전.

켄트 백작, 글로스터 백작, 에드먼드 등장.

켄트 국왕께서는 콘월 공작보다 올버니 공작을 더 생각하고 계시는 것 같지요?

글로스터 정말 그런 것 같더군요. 하지만 막상 영토가 분배된 것을 보니 어느 쪽을 더 총애하고 계시는지 도무지 분간을 못하겠던데요. 양쪽 다 똑같이 나누어주었기 때문에 아무리 따져봐도 우열을 가릴 수가 있어야지요.

켄트 저 사람은 당신 아드님이 아닙니까?

글로스터 글쎄, 양육은 내가 했습니다만, 저 애를 내 아들이라고 할 때마다 어찌나 얼굴이 뜨거운지, 원. 그러다 보니 이제는 아주 철면피가 되어버렸습니다.

켄트 무슨 얘긴지 알아들을 수 없는데요.

글로스터 저 애 어미는 내 씨를 받아 자기도 모르는 사이에 배가 점점 불룩해졌지요. 말하자면 침상에서 남편을 맞이하기도 전에 요람에 제 아이를 재우게 된 격이지요. 이제 나의 엉뚱한 실수를 아시겠지요?

켄트 그런 실수라면 잘한 실수이지요. 저렇게 훌륭한 열매를 맺었으니.

글로스터 그런데 내게는 적자가 하나 있어요. 특별히 귀엽지는 않지만 이놈보다 한 살 위입니다. 이놈은 누가 기다리기도 전에 주제넘게 이 세상에 태어난 놈입니다만, 그 어미는 아주 예쁜 여자였지요. 이놈이 생겨나기 전에 그녀와 상당히 재미를 보았기 때문에…… 사생아이지만 자식으로 인정하지 않을 수가 없었어요. 에드먼드, 너 이 어른을 뵌 적이 있느냐?

에드먼드 아뇨, 없습니다.

글로스터 켄트 백작이시다. 내가 존경하는 친구분이니 앞으로 잘 모셔라.

에드먼드 인사드립니다.

켄트 반갑네, 앞으로 가까이 지내세.

에드먼드 네. 기대에 어긋나지 않도록 노력하겠습니다.

글로스터 이 애는 구 년 동안 외국에서 지냈는데, 또 나가기로 되어 있죠. (나팔 소리) 국왕께서 나오십니다.

왕관을 받든 자를 선두로 리어 왕, 콘월, 올버니, 거너릴, 리건, 커딜리어, 시종들 등장.

리어 왕 글로스터, 프랑스 왕과 버건디 공작의 접대를 부탁하오.

글로스터 네, 분부대로 거행하겠습니다. (글로스터와 에드먼드 퇴장)

리어 왕 그사이 지금까지 내가 가슴속에 품고 있던 계획을 말하겠다.

그 지도를 다오. 우선 나는 내 왕국을 셋으로 나누어놓았다. 나의 계획인즉, 이제 모든 어려운 국사를 늙은 나의 어깨로부터 젊고 기운 있는 사람들에게 넘겨주고, 홀가분한 몸으로 여생을 조용히 보내고 싶다. 사위 콘월 공과 또 그에 못지않게 소중히 생각하는 맏사위 올버니 공에게 말하겠는데, 나는 지금 딸들에게 물려줄 재산을 발표하려고 한다. 이는 오직 장차 있을지도 모를 싸움의 빌미를 없애기 위해서이다. 프랑스 왕과 버건디 공작은 내 막내딸의 사랑을 구하려고 서로 경쟁하며 벌써 오랫동안 이 궁전에 머물러 왔는데, 오늘 여기서 대답을 듣게 될 것이다. 자, 딸들아, 나는 이제부터 국가의 통치권이며 영토 소유권이며 행정 관리권 등을 모두 넘겨줄 작정인데, 대체 너희들 중 누가 제일 이 아비를 사랑하고 있는지 말해봐라. 나에 대한 사랑과 효성이 제일 지극한 딸에게 제일 큰 몫을 주겠다. 거너릴, 맏딸인 너부터 먼저 말해봐라.

거너릴   저는 말로서는 도저히 표현할 수 없을 만큼 아버님을 사랑합니다. 기쁨을 보여주는 제 눈보다도, 무한한 자유보다도, 값지고 희귀한 그 무엇보다도, 사랑과 미와 건강과 명예가 구비된 귀중한 생명보다도 소중한 분으로서 아버님을 사랑하고 있습니다. 일찍이 자식이 바치고 어버이가 받은 바 있는 최대의 애정을 가지고 사랑하옵니다. 숨이 차고 말이 막힐 만한 효성을 가지고, 무엇하고도 비교할 수 없는 애정을 가지고 아버님을 모시며 효도를 다하겠습니다.

커딜리어   (방백) 이 커딜리어는 뭐라고 말씀드릴까? 아버님을 사랑하지만 잠자코 있어야지.

리어 왕   (지도를 가리키면서) 이 경계선부터 이 선까지, 울창한 숲과 기름진 평야와 풍요로운 강과 광활한 목장이 있는 이 경계선 내의 전부를 너의 영토로 하겠다. 이것은 영원히 너와 올버니와 그 자손의 것이다. 다음, 내가 지극히 사랑하는 둘째 딸 리건, 콘월 공의 아내인 너는 뭐라고 말하겠느냐?

리건 저도 언니와 꼭 같은 심정입니다. 그러니 가치도 동등하다고 생각하고 있어요. 정말이지 언니는 저의 효성을 그대로 표현했어요. 다만 부족한 말을 첨가한다면, 저는 어떤 고귀한 사람이 누리는 낙일지라도 효성 이외의 낙은 적으로 생각하고, 소중한 아버님을 사랑하는 것만을 유일한 행복으로 느끼고 있습니다.

커딜리어 (방백) 다음은 가엾은 커딜리어! 뭐라고 말씀드릴까? 아니야, 상관없어. 나의 애정은 말로는 다 못할 만큼 엄청난 것이니까.

리어 왕 이 훌륭한 국토의 3분의 1이 너와 네 자손의 영원한 영토다. 넓이로나, 가치로나, 기쁨으로나, 거너릴에게 준 것에 조금도 손색이 없다. 다음은 나의 기쁨 커딜리어 차례. 막내지만 나의 사랑은 결코 끝자리가 아니다. 맛 좋은 포도의 나라 프랑스 왕과 넓은 목장을 소유한 버건디 공작이 너의 사랑을 얻으려고 지금 경쟁을 하고 있는 중이지만, 언니들 것보다 더욱 비옥한 나머지 영토를 받기 위하여 너는 뭐라고 말하겠느냐?

커딜리어 아무 할 말이 없습니다.

리어 왕 아무 할 말이 없어?

커딜리어 네, 아무 할 말이 없습니다.

리어 왕 할 말이 없으면 소득 또한 없을 것이니, 다시 말해봐라.

커딜리어 불행하게도 저는 제 심중을 말로 표현할 수가 없습니다. 아버님을 사랑하는 것은 자식으로서의 본분이옵니다. 다만 그것뿐입니다.

리어 왕 뭐라고? 커딜리어! 말을 좀 고쳐서 해보는 것이 어떠냐. 네 재산이 손해를 입지 않도록.

커딜리어 아버님, 아버님은 저를 낳으시고 기르시고, 그리고 사랑해주셨습니다. 그 은혜의 보답으로 저는 당연히 해야 할 의무를 다하겠습니다. 아버님께 복종하고, 아버님을 사랑하고, 아버님을 누구보다도 공경합니다. 언니들은 오직 아버님만을 사랑한다고 하면서 왜 남편을 맞았습니까? 아마 저는 결혼한다면, 저의 맹세를 받아줄 남편을 위해 저의 애정과 배려와 의무의 절반을 바치게 될 것입니다. 언니들처럼 오직 아버님만을 사랑하려면 저는 결혼 같은 건 하지 않겠어요.

리어 왕 그게 네 본심이냐?

커딜리어 네.

리어 왕 어린 나이에 그렇게 냉정할 수가……

커딜리어 어리기 때문에 이렇게 정직한 것입니다.

리어 왕 좋다. 그러면 그 정직을 네 지참금으로 삼아라! 성스러운 태양의 위엄과 밤의 마귀 헤커티의 어둠의 비법秘法과 우리의 생사를 좌우하는 별의 움직임에 걸고 맹세하지만, 나는 아비로서의 애정도 한 핏줄이라는 것도 모두 부정하고, 이제부터 영원히 너는 나와 아무 관계도 없는 남남으로 생각하겠다. 차라리 스키타이의 야만인이나, 식욕을 채우기 위해서 제 육친을 잡아먹는 놈을 동정하여 이 가슴에 끌어안고 도와주는 편이 낫겠다. 너 같은 딸자식을 사랑하기보다는.

켄트 전하……

리어 왕 듣기 싫다, 켄트! 용의 노여움 사이에 끼어들지 마라. 나는 이 아이를 제일 사랑하고 있었다. 이 아이의 보살핌을 받으며 여생을 보낼까 생각하고 있었는데…… (커딜리어에게) 나가라, 보기 싫다! 저 애와는 아비로서의 애정을 끊어버린 만큼 이제는 무덤이 내 안식처가 될 수밖에! 프랑스 왕을 불러라! 뭘 꾸물거리고 있느냐? 버건디 공작을 불러! 커딜리어, 너는 정직이라는 오만한 마음을 지참금 대신으로 가지고 시집을 가려무나. 콘월과 올버니는 이미 준 재산 외에 셋째에게 주려던 재산도 나누어 가져라. 너희 둘에게만 나의 권리와 통치권과 왕위에 따르는 아름다운 의장을 모두 양도하겠다. 나는 백 명의 기사를 거느리고 너희들이 부양하는 대로, 한 달씩 교대로 두 집에 머무르면서 생활할 것이다. 나는 오직 왕이라는 명칭과 명예만을 보유하고, 국가의 통치며 수입이며 기타의 집행권은 일체 너희들 두 사위에게 맡기겠다. 그 증거로 이 자리에서 왕관을 두 사람에게 공동으로 주겠다.

켄트   전하! 저는 전하를 주군으로 공경하고, 부친같이 경애하며, 주인으로서 따르고, 그리고 위대하신 보호자로서 그 행복을 기도해왔습니다.

리어 왕   활은 당겨졌으니, 화살에 맞지 않게 하라.

켄트   차라리 쏘십시오. 그 화살에 제 심장이 뚫리는 한이 있더라도 저는 물러서지 않겠습니다! 전하의 마음에 광기가 있다면, 켄트도 예의만 지키고 있을 순 없습니다. 전하, 왜 이렇게 하시려 하옵니까? 국왕이 아부하는 자에게 굴복할 때 충신이 간언하기를 두려워할 거라고 생각하십니까? 왕이 어리석은 행동을 할 때, 명예를 존중하는 신하라면 진언을 아니할 수 없습니다. 왕권을 그전대로 보존하십시오. 그리고 심사숙고하셔서 이번의 경솔, 망측하신 처분을 거두십시오. 제 판단이 틀렸다면 목숨을 내놓겠습니다. 또한 목소리가 낮아 쩡쩡 울려대지 않는다 해서 진심이 아닌 것은 아닙니다.

리어 왕   목숨이 아깝거든 아무 말도 마라, 켄트!

켄트   제 목숨은 전하의 적과 싸우기 위해서라면 언제라도 버릴 각오가 되어 있습니다. 전하의 일신을 위해서 버린다면 조금도 아깝지 않습니다.

리어 왕   물러가라, 보기 싫다!

켄트   눈을 크게 뜨고 잘 보십시오. 그리고 항상 저를 전하의 진정한 과녁으로 삼아주십시오.

리어 왕   정말 아폴로 신을 두고 맹세하지만……

켄트   정말 아폴로 신을 두고 맹세합니다만, 전하의 맹세는 쓸데없는 것이옵니다.

리어 왕　이 불충한 자 같으니라고! (칼을 잡는다)

올버니, 콘월　고정하십시오, 전하!

켄트　의사를 죽이고, 치료비는 나쁜 병에게나 주십시오. 아까 하신 말씀을 취소하지 않으시면, 이 목에서 소리가 나오는 한 그건 단연코 잘못이라고 규탄하겠습니다.

리어 왕　이 고얀 놈아! 충성을 잊지 않았다면 내 엄명을 들어라! 너는 내가 지금까지 깨뜨려본 일이 없는 맹세를 깨뜨리게 하려고 했을 뿐만 아니라, 불손한 태도로 나의 선고와 왕권 사이를 방해하고, 인정상으로나 지위상으로나 도저히 참지 못할 일을 나로 하여금 하게 하려는 것이니…… 자, 국왕의 실권이 어떠한 것인지 맛을 좀 보아라. 닷새 여유를 주겠으니, 그동안에 세파의 재난을 피할 수 있는 준비를 해라. 그러나 엿새째는 이 왕국으로부터 그 밉살스런 등을 돌려라. 만약 열흘 후에도 추방된 몸을 국내에 둔다면 눈에 띄는 즉시 사형에 처하겠다. 나가라! 주피터 신을 두고 맹세하지만, 이 선고는 절대로 취소하지 않겠다.

켄트　그럼, 안녕히 계십시오. 끝내 그러시다면 이 나라에는 자유는 없고 추방만이 있을 뿐입니다. (커딜리어에게) 모든 신께서 공주님을 보호해주시옵기를…… 공주님의 마음은 정당하고, 말씀은 성실하셨습니다. (리건과 거너릴에게) 두 분의 거창한 말씀이 실행되고, 진정한 효심에서 좋은 결과가 우러나기를 빕니다. 그리고 아, 두 분 공작 각하, 켄트는 이만 작별인사를 드립니다. 이제 새로운 나라에서 예전과 같은 삶을 살게 될 것입니다. (퇴장)

　우렁찬 나팔 소리. 글로스터, 프랑스 왕과 버건디 공작을 안내하여 등장. 시종들이 따라나온다.

글로스터 프랑스 왕과 버건디 공작을 모셔왔습니다.

리어 왕 버건디 공작, 공작에게 먼저 묻겠는데, 여기 계신 프랑스 왕과 더불어 내 막내딸을 두고 경쟁하는 공작은 대체 딸의 지참금으로 최소한 얼마를 요구하시오? 또는 이대로 구혼을 포기하겠소?

버건디 전하, 이미 정해놓으신 몫 이상은 바라지도 않고, 또 전하께서 그 이하를 주시리라 생각지도 않습니다.

리어 왕 버건디 공작, 저 애가 귀여웠던 시절엔 나도 그렇게 생각했으나, 지금은 가치가 떨어졌소. 자, 그 애가 저기 서 있소. 저 작은 몸뚱이 어딘가, 아니 저 몸 전부가 마음에 드시거든 내 노여움밖에는 아무것도 안 가진 벌거숭이니까, 그리 아시고 데려가시오.

버건디 전하, 뭐라고 대답해야 할지 모르겠습니다.

리어 왕 저 애는 결점투성이에다 편들어주는 사람도 없고, 아비의 미움까지 사서 의절당한 채 그 저주를 지참금으로 삼아 시집가야 하는데, 그래도 데려가겠소, 아니면 포기하겠소?

버건디 죄송하지만 전하, 그러한 조건으로는 도저히 연분이 될 수 없습니다.

리어 왕 그럼 포기하시오. 나를 만들어주신 신을 두고 맹세하지만, 저 애 재산은 그것이 전부이니까. (프랑스 왕에게) 대왕! 대왕의 평소 호의를 생각하면, 내가 증오하는 딸을 감히 아내로 삼으라고 하지는 못하겠소. 그러니 피를 나눈 아비가 자기 자식이라고 인정하는 것조차 창피하게 여기는 아이보다 더 훌륭한 여자에게로 사랑을 돌리도록 하시오.

프랑스 왕 참으로 이상한 일입니다. 조금 전까지만 해도 지극한 사랑의 대상이요, 칭찬의 주제요, 노후의 위안이요, 가장 크고 깊은 사랑의 대상이던 따님이 무슨 나쁜 죄를 범했기에 순식간에 그렇게도 극진했던 총애를 잃고 말았는지요! 정녕 그 죄는 인륜에 어긋나는 해괴한 죄과이겠지요. 그게 아니라면 그렇게도 자랑하시던 사랑이 흔적도 없이 사라져버리지는 않았을 테니까요. 하지만 기적 같은 이변이 일어나지 않는 이상 이성으론 따님이 그런 죄를 저질렀다는 것이 믿어지지 않습니다.

커딜리어 (리어 왕에게) 전하께 부탁드립니다…… 제가 마음에 없는 말을 술술 잘 지껄이지 못하는 것이 흠일지 모르지만, 저는 생각한 것은 반드시 실행합니다…… 그러니 부디 한마디만 변명케 해주십시오. 제가 아버님의 총애를 상실한 것은 결코 악덕의 오명, 살인, 망측한 과오, 음탕한 짓, 혹은 불명예스런 행동 때문이 아니라, 단지 남의 안색을 살피는 눈이나 아첨하는 혓바닥을 가지지 않았기 때문입니다. 그런 것이 없어서 아버님의 역정을 샀을지라도, 그런 것은 없는 편이 오히려 인간으로서 훌륭하다고 생각됩니다.

리어 왕 너 같은 딸은 차라리 태어나지 않았더라면 좋았을 것을! 이토록 아비의 마음을 거스르다니.

프랑스 왕 단지 그런 이유로? 마음먹은 것을 말하지 않고 실천하는 말수 적은 천성 때문에? 버건디 공작, 공작은 이 공주께 뭐라고 답변하시겠습니까? 사랑이 그 본질을 떠나 타산적이 되면, 그것은 진정한 사랑이 아닙니다. 결혼을 하시겠습니까? 공주님의 인품 자체가 훌륭한 결혼 지참금입니다.

버건디 전하, 처음 전하께서 주시기로 한 것만이라도 주십시오. 그러면 이 자리에서 곧 커딜리어 공주를 아내로 맞아, 버건디 공작 부인으로 삼겠습니다.

리어 왕 아무것도 못 주겠소. 천지신명께 굳게 맹세했소. 내 마음은 요지부동이오.

버건디 그러시다면 유감스럽지만, 공주께서는 아버님을 잃었기 때문에 남편도 잃을 수밖에 없습니다.

커딜리어   안심하세요, 버건디 공작! 재산을 노리는 혼담이라면 저 역시 거절하겠어요.

프랑스 왕   아름다운 커딜리어 공주, 당신은 아무것도 가진 것이 없어도 가장 부유하고, 버림받았어도 가장 소중하며, 멸시를 받았어도 가장 사랑스러운 분입니다. 미덕을 가진 당신을 나는 이 자리에서 내 사람으로 삼겠소. 남이 버린 것을 줍는 것은 괜찮겠죠. 참 이상하군요. 주위 사람들의 냉담한 처사가 내 마음에 사랑을 가져와 화염같이 갑자기 불타오르다니! 전하! 지참금도 없이 우연히 제게 내던져진 따님은 저의 아내, 우리 국민의 왕후, 우리 프랑스의 왕비입니다. 버건디 공작 같은 사람이 떼를 지어 오더라도, 값을 매길 수 없을 만큼 귀중한 이 아가씨를 내게서 사가지는 못합니다. 커딜리어 공주, 비록 저분들이 더없이 매정했을지라도, 작별인사만은 하시오. 공주가 이 나라를 잃은 것은 더 좋은 나라를 발견하기 위해서였소.

리어 왕   그 애를 당신께 드리니 어서 당신의 것으로 만드시오. 나에게는 그런 딸은 없소. 두 번 다시 보기도 싫소. 빨리 떠나라. 은혜도 애정도 축복도 못 주겠다. 우린 들어갑시다, 버건디 공작.

나팔 소리. 리어 왕, 버건디 공작, 콘월, 올버니, 글로스터, 그 밖의 시종들 퇴장.

프랑스 왕   언니들에게 작별인사를 하시오.

커딜리어   아버님의 소중한 언니들, 커딜리어는 눈물을 흘리며 작별하겠어요. 언니들의 본심은 잘 알지만, 동생으로서 그것을 공개하기는 싫어요. 다만 아버님을 잘 모시세요. 아까 언니들이 공언한 효심에 아버님을 맡기겠어요. 아, 내가 아버님의 사랑을 잃지 않았더라면 아버님을 좀더 좋은 곳으로 모실 수 있었을 텐데. 그럼 두 분 언니, 안녕히.

리건　우리가 할 일을 지시할 필요는 없어.

거너릴　그것보다 네 남편의 비위나 잘 맞춰라. 자선을 하는 셈치고 너를 받아들인 남편이니까. 효심이 부족하니 그런 대접을 받는 것은 당연하지.

커딜리어　가면은 때가 되면 벗겨지게 마련이에요. 나쁜 일은 아무리 감추어도 언젠가는 반드시 드러나고 마는 법이니까요. 그럼, 두고두고 행복하세요.

프랑스 왕　자, 갑시다, 커딜리어 공주. (프랑스 왕과 커딜리어 퇴장)

거너릴　얘, 우리 둘과 직접 관계되는 일을 좀 의논해야겠어. 아버님은 오늘 밤에 떠나실 것 같구나.

리건　그래요, 언니네 집으로. 그리고 다음 달에는 우리 집으로.

거너릴　늙으셔서 변덕이 심하시구나. 가만히 보니 어지간하시더라. 그토록 애지중지하시던 막내를 무지막지하게 추방해버리시다니 너무 냉정하시잖니?

리건　망령이 나신 거지 뭐예요. 하지만 전부터 아버님은 자기 자신을 잘 알지 못하셨어요.

거너릴　가장 건강하셨을 때도 성미가 급하셨는데, 이제는 늙으셨기 때문에 오랫동안 고질이 된 버릇에다 몸까지 약해져서 더욱 성질을 부리시니 걷잡을 수 없는 망령이지 뭐야. 이젠 우리가 꼼짝없이 당할 수밖에 없게 됐구나.

리건　켄트를 추방하신 것처럼 우리도 언제 무슨 화를 입을는지 몰라요.

거너릴　아직도 저기서는 프랑스 왕과의 작별인사로 분주하구나. 얘, 우리 함께 만약을 위해 대비하자. 혹시 지금 같은 태도로 위세를 부리신다면 이번의 은퇴는 우리들에게 오히려 해가 될지도 몰라.

리건　앞으로 잘 생각해봐요.

거너릴 무슨 조치를 취해야겠다. 쇠뿔도 단김에 빼라지 않니. (두 사람 퇴장)

제2장

글로스터 백작의 성.

에드먼드, 편지를 들고 등장.

에드먼드 자연이여, 그대만이 나의 여신이다. 나는 그대의 법칙만을 따르겠다. 무엇 때문에 빌어먹을 관습에 복종하고, 쓸데없는 소리에 구속되어 재산상속권을 박탈당해야 한담? 형보다 열두 달 내지 열세 달쯤 늦게 태어났다고 어째서 사생아란 말이냐? 어째서 첩의 자식이란 거냐? 나 역시 육체는 균형이 잡혀 있고, 마음은 우아하고, 모습도 근사하다. 어디가 정실의 자식보다 빠진단 말인가? 왜 우리에게 서자라는 낙인을 찍는가? 왜 첩의 자식이란 말이냐? 어째서 비천하지? 뭐가 비천하단 말이냐? 첩의 자식, 첩의 자식이라고? 건전한 자연의 본능을 억제하지 못하여 남의 눈을 피해서 만든 인간이다. 그러니 체력이며 기력이 월등한 것이 당연하지. 재미없고 김빠진 싫증 난 잠자리에서 생신지 잠결인지 모르는 사이에 만들어진 바보의 무리와는 다르다. 자! 그러니 적자인 에드거 형. 형의 영토는 내가 차지해야겠어. 아버지의 사랑은 적자에게나, 서자인 이 에드먼드에게나 차별이 없어. 적자, 좋은 말이다! 자,

적자 형님, 만일 이 편지대로 일을 성공시키면 서자인 에드먼드가 적자를 누르게 되지. 나는 앞으로 성공하고 출세한다. 아, 여러 신들이여, 서자 편을 들어주옵소서!

글로스터 등장.

글로스터 켄트는 저렇게 추방당하고, 프랑스 왕은 화가 나서 가버리고, 전하께서도 어젯밤 떠나버리셨다. 그분은 왕권을 넘겨주시고, 일정한 생활비만을 받게 되셨다! 그런데 이게 다 갑자기 일어났단 말이지! 에드먼드, 무슨 일이냐? 무슨 소식이냐?

에드먼드 (편지를 감추며) 아, 아버님, 아무것도 아닙니다.

글로스터 왜 그렇게 기겁을 해서 그 편지를 감추려고 하느냐?

에드먼드 알려드릴 만한 일은 아무것도 없습니다.

글로스터 지금 무슨 편지를 읽고 있었느냐?!

에드먼드 아무것도 아닙니다, 아버님.

글로스터 아무것도 아니라고? 그럼 그렇게 기겁을 해서 호주머니 속에 쑤셔넣을 필요는 없지 않느냐? 아무것도 아니라면 감출 필요가 없으니까. 어디 좀 보자. 자, 아무것도 아니라면 안경도 필요없겠구나.

에드먼드 아버님, 용서해주십시오. 실은 형님에게서 온 편지입니다. 아직 다 읽지는 못했지만, 지금까지 읽은 내용으로 미루어 아버님께서 보시면 안 될 것 같습니다.

글로스터 그 편지를 이리 내놓아라.

에드먼드 안 보여드리자니 화를 내실 거고, 보여드려도 화를 내실 텐데…… 아직 부분적으로밖에 모르겠습니다만, 내용이 아주 좋지 않습니다.

글로스터　빨리 보자, 빨리.

에드먼드　형님을 위해 변명을 해두겠습니다만, 아마 형님은 저의 효심을 시험해보기 위해 이런 편지를 쓴 것 같습니다.

글로스터　(읽는다) "노인을 공경하는 세상의 인습 때문에 인생을 가장 즐길 수 있는 청춘 시절을 쓸쓸하게 지내야 하고, 재산도 우리가 나이가 들어 즐길 수 없을 때까지는 손에 넣을 수 없다. 나는 노인들의 포악한 압정壓政에 복종하는 것이 어리석은 짓임을 통감하기 시작하고 있다. 노인들이 우리를 지배하는 것은 실력이 있어서가 아니라, 우리가 감수하기 때문이다. 이 일에 관해서 의논해야겠으니 내게로 좀 와다오. 다만 내가 깨울 때까지 아버지가 주무시기만 한다면, 아버지 수입의 절반은 영원히 너의 몫이 될 것이며, 너는 나의 사랑을 받는 아우로서 지내게 될 것이다. 에드거로부터." 음! 음모로구나. '내가 깨울 때까지 주무시기만 한다면 아버지 수입의 절반은 영원히 너의 몫이 될 것이다.' 내 아들 에드거가! 그놈이 이것을 썼단 말인가? 그놈이 이런 음모를 꾸밀 심장과 두뇌를 가졌던가? 이것이 언제 왔느냐? 이 편지를 누가 가져왔느냐?

에드먼드　누가 가져온 것이 아닙니다. 교묘하게도 제 방 창가에 던져져 있었습니다.

글로스터　이것은 분명히 네 형의 글씨지?

에드먼드　내용이 좋다면 형님 글씨라고 단언하겠습니다만, 이래서야 그렇지 않다고 생각하고 싶습니다.

글로스터　분명히 네 형의 글씨다.

에드먼드　글씨는 형님의 글씨이지만, 형님의 본심은 그렇지 않을 겁니다.

글로스터　그놈이 이 문제에 관해서 전에도 네 마음을 떠본 일이 있느냐?

에드먼드　그런 일은 한 번도 없었습니다. 그러나 이런 말은 종종 들었습니다. 자식이 성장하면 노쇠한 아버지는 자식의 보호를 받고, 아버지의 수입은 일체 자식이 관리하는 것이 당연하다고 말입니다.

글로스터 오, 나쁜 놈 같으니라고! 편지의 내용이 꼭 그렇다! 흉측한 짐승 같은 놈! 짐승보다 더 고얀 놈! 너 가서 그놈을 찾아오너라. 그놈을 붙잡아야겠다. 무도한 악당! 그놈이 지금 어디 있느냐?

에드먼드 잘 모르겠습니다. 잠시 노여움을 억누르시고, 더 확실한 증거를 잡을 때까지 형님의 마음을 살피시는 게 어떻습니까? 그것이 상책일 것 같습니다. 만일 형님의 뜻을 오해하시고 과격한 행동을 하시면 아버님의 명예에 큰 흠이 생길 뿐만 아니라 형님의 효심을 산산이 짓밟게 될지도 모릅니다. 형님을 위해서 제 목숨을 걸고 보증하겠습니다만, 형님은 저의 효심을 시험하려고 이런 편지를 쓴 것임에 틀림없습니다. 결코 무슨 위험한 의도가 있는 것이 아닐 겁니다.

글로스터 너는 그렇게 생각하느냐?

에드먼드 아버님께서 괜찮으시다면, 형님과 제가 이 일에 관해서 의논하는 것을 엿들을 수 있는 곳으로 안내해드릴 테니, 숨어서 아버님 귀로 사실을 충분히 들어보시는 것이 어떻겠습니까? 바로 오늘 밤에라도 안내해드리겠습니다.

글로스터 설마 그놈이 그럴 리가!

에드먼드 절대로 그럴 리가 없습니다.

글로스터 이렇게 진심으로 사랑하는 제 아비에게! 이런 일이 있을 수가! 에드먼드, 그놈을 찾아가지고 어떻게든 그놈의 진심을 알아보도록 해라. 알겠니? 네 재주껏 수단을 부려봐라. 내 지위나 재산을 희생해서라도 확실한 진상을 알아내야겠다.

에드먼드 염려 마십시오. 형님을 당장 찾아내겠습니다. 그리고 모든 수단을 다해서 일을 진행시켜 곧 진상을 알려드리겠습니다.

글로스터 최근의 일식과 월식은 불길한 징조다. 학자들은 자연의 법칙에 비추어 이러쿵저러쿵 이유를 붙이지만, 그런 변고 때문에 인간계는 확실히 재앙을 받게 마련이거든. 애정은 식고, 우의는 깨지고, 형제는 반목하거든. 도시에는 폭동, 지방에는 반란, 궁중에는 역모逆謀 등이 일어나고, 부자간의 의는 끊어진다. 이 흉악한 아들놈의 경우도 그 징조가 들어맞는 거지. 자식들은 아비를 배반하고, 임금은 자연의 도리에 어긋나는 행동을 하고, 아비는 자식을 버리고…… 세상은 말세다. 음모, 허위, 배신, 기타 모든 망조가 깃든 혼란이 우리가 무덤에 갈 때까지 귀찮게 쫓아오는군. 에드먼드, 이 악당을 찾아오너라. 네게는 조금도 피해가 가지 않게 하겠다. 용의주도하게 해라. 기품 있고 충실한 켄트가 추방당하다니. 그의 죄는 단지 정직함뿐이란! 기괴한 일이지. (퇴장)

에드먼드 참 우습구나. 운수가 나빠지면 자기 자신의 어리석은 소행은 생각지 않고 재앙의 원인을 태양이나 달이나 별의 탓으로 돌리거든. 이건 마치 인간은 어쩔 수 없이 악한이 되고, 천체의 압박으로 바보가 되고, 별의 힘으로 악당이나 도둑이나 모반자가 되고, 주정꾼이나 거짓말쟁이나 간부姦夫가 되는 셈이군. 이건 호색한에게는 그럴듯한 책임 회피책이지. 음탕한 기질은 별 때문이라고 하면 그만이니까! 우리 아버지는 용자리의 꼬리 밑에서 우리 어머니와 정을 통한 게 틀림없다. 그래서 나는 큰곰자리 밑에서 태어났으며, 그 때문에 나는 난폭하고 음탕하게 마련이지. 하지만 내가 사생아로 태어날 때 설사 하늘에서 제일 순결한 별이 반짝이고 있었다 하더라도 나는 지금과 조금도 다르지는 않았을 것이다. 아, 에드거다……

에드거 등장.

에드먼드 옛 희극의 끝 장면같이 때마침 나타나는구나! 내 역은 우울한 표정으로, 미치광이 거지 톰처럼 한숨을 몰아쉬는 데서부터 시작해야지. 아, 요사이 일식, 월식은 그런 불화의 전조였구나. 파, 솔, 라, 미.

에드거 왜 그러니, 에드먼드? 뭘 그렇게 골똘히 생각하고 있지?

에드먼드 형님, 저는 요전에 읽은 예언을 생각하고 있었어요. 요즘 있었던 일식, 월식 뒤에는 어떤 일이 일어나는가 하는······

에드거 넌 그런 일에 흥미가 있니?

에드먼드 그 예언서에 씌어 있는 그대로가 불행히도 하나하나 실제로 일어나고 있는걸요. 예를 들면 부자간의 불화, 변사變死, 기근, 오랜 우정의 파탄, 나라의 내란, 왕이나 귀족에 대한 비난과 공격, 이유 없는 의혹, 친구의 추방, 군대의 해산, 이혼 등등 이 밖의 여러 가지 흉사 말입니다.

에드거 대체 너는 언제부터 점성술을 연구해왔느냐?

에드먼드 그보다도 형님, 언제 아버님을 뵈었습니까?

에드거 간밤에.

에드먼드 같이 이야기하셨어요?

에드거 암, 두 시간 동안이나.

에드먼드 좋은 기분으로 헤어지셨습니까? 아버님의 말투나 안색에 화나신 기색은 안 보였습니까?

에드거 전혀 그런 기색은 없었어.

에드먼드 혹시 아버님의 비위에 거슬리는 말씀은 안 하셨습니까? 잘 생각해보세요. 아무튼 제발 부탁인데, 아버님의 맹렬한 노여움이 누그러지실 때까지 잠시 아버님 앞을 피하십시오. 대단히 화를 내고 계시기 때문에 형님께 화가 미칠는지도 모릅니다. 그 노기가 그냥 누그러지지는 않을 겁니다.

에드거 어떤 놈이 나를 모략했구나.

에드먼드 저도 그 점을 염려하고 있습니다. 그러니 아버님의 노기가 좀 가라앉을 때까지는 꼭 참고 계십시오. 우선 제 방에 가 계십시오. 그러면 기회를 봐서 아버님 말씀이 잘 들리는 곳으로 안내해드릴 테니까요. 자, 어서 갑시다. 열쇠는 여기 있습니다. 외출할 때는 무기를 지니고 다니도록 하세요.

에드거 무기를?

에드먼드 형님, 진정으로 형님을 생각해서 하는 충고입니다. 형님께 호의를 가진 자는 한 사람도 없습니다. 나는 보고 들은 것을 말했을 뿐입니다. 하지만 대강 얘기했을 뿐이고, 무서운 진상을 도저히 말로는 다할 수 없습니다. 자, 어서 저리로!

에드거 곧 사정을 알려주겠니?

에드먼드 이번 일은 제가 힘이 되어드리겠습니다. (에드거 퇴장) 아버지는 쉽게 믿고, 형은 마음씨가 좋지! 형은 자기가 남에게 나쁜 짓을 안 하니까 남도 의심하지 않거든. 그의 고지식함을 이용하면 내 계략은 순조롭게 진행될 것이다! 일은 다 된 셈이다. 혈통으로 안 된다면 꾀를 써서 영지를 차지해야겠다. 목적을 위해서는 수단 방법을 가리지 않으리라. (퇴장)

제3장

올버니 공작 저택의 한 방.

거너릴과 그의 집사 오스월드 등장.

거너릴 아버님이 자기의 광대를 나무랐다고 집사를 때렸다는 거예요?

오스월드 네, 그렇습니다.

거너릴 기가 막혀서, 밤낮으로 나를 괴롭히는구나. 시간마다 횡포를 부리시고, 그럴 적마다 집안이 온통 난장판이구나. 이제는 참을 수 없어. 아버님의 기사들은 점점 더 난폭해지고 아버님 자신은 사소한 일에도 우리를 야단만 치시는구나. 사냥에서 돌아오셔도 나는 인사하지 않을 테야. 몸이 불편하다고 해요. 이제부터는 전처럼 받들어 모시지 않겠어요. 나무라신다면 내가 책임을 지죠, 뭐. (무대 안쪽에서 뿔피리 소리)

오스월드 돌아오시는 모양입니다. 소리가 들립니다.

거너릴 자네도, 그리고 다른 하인들도 될 수 있는 대로 냉담한 태도를 보여요! 나는 그것을 계기로 삼을 테니까. 못마땅하면 동생에게로 가시라지. 동생도 나와 같은 마음이니까, 잠자코 그냥 있지는 않을 거야. 망령 난 노인 같으니. 일단 양도한 권력을 언제까지나 휘두르겠다고! 정말 늙으면 어린애가 된다니까. 비위만 맞춰줘선 안 돼. 떼를 쓰기 시작하면 나무라야지. 지금 일러둔 말 잊지 마요.

오스월드 네, 잘 명심하겠습니다.

거너릴 그리고 아버님의 기사들에게도 냉정히 대해요. 그 때문에 무슨 일이 일어나도 상관없으니까. 다른 사람에게도 그렇게 일러요. 나는 이것을 트집 삼아 아버님에게 말하고 싶은 것을 다 말할 기회를 잡으려는 것이니까. 이제 곧 동생에게 편지를 써서 나와 같은 행동 노선을 취하라고 말해야지. 식사 준비를 해줘요. (함께 퇴장)

제4장

올버니 공작의 저택.

변장을 한 켄트 등장.

켄트 딴 사람 목소리를 가장해서 내 말투를 감출 수 있다면, 변장을 한 목적은 충분히 달성될 수 있을 테지. 자, 추방당한 켄트, 널 추방한 그분을 섬길 수 있다면, 네가 공경하는 주군께서 너의 노고를 인정해주실 날이 반드시 올 것이다.

안에서 뿔피리 소리.

리어 왕이 기사와 시종들을 거느리고 등장.

리어 왕 곧 식사를 하겠다. 한시도 지체할 수 없다. 빨리 준비하라고 해라. (시종 한 사람 퇴장) 여봐라! 누구냐, 너는?

켄트 남자입니다.

리어 왕 넌 뭘 하는 사람이냐? 내게 무슨 용무가 있느냐?

켄트 보시는 바와 같은 사람입니다. 믿어주시는 분께는 진심으로 봉사를 하고, 정직한 사람을 사랑하며, 말수 적고 현명한 사람과 교제하고, 신의 심판을 두려워하며, 부득이한 경우엔 싸움도 하는 사람입니다. 그리고 신앙에 따라 물고기는 먹지 않습니다.

리어 왕 대체 누구냐?

켄트 꽤나 정직하고 왕같이 가난한 사람입니다.

리어 왕　왕이 왕으로서 어울리지 않게 가난하듯이 네가 신하로서 어울리지 않을 만큼 가난하다면, 넌 여간 가난하지가 않겠구나. 그래 네 소원이 무엇이냐?

켄트　일을 하고 싶습니다.

리어 왕　누구를 위해 일을 하고 싶다는 거냐?

켄트　어르신을 위해서요.

리어 왕　너는 나를 아는가?

켄트　아뇨, 모릅니다. 그런데 어르신의 얼굴에는 어딘지 주인어른이라고 부르고 싶은 데가 있습니다.

리어 왕　그것이 뭐냐?

켄트　위엄입죠.

리어 왕　너는 어떤 일을 할 줄 아느냐?

켄트　정당한 비밀이라면 굳게 지킬 줄 압니다. 말타기와 달리기를 할 수 있습니다. 꾸며낸 이야기는 엉망으로 만들지만, 꾸밈없는 전갈은 솔직하게 전할 수 있습니다. 보통 사람이 하는 일은 뭐든지 합니다. 그리고 제일 좋은 장점을 말하면 부지런하다는 점입니다.

리어 왕　몇 살이냐?

켄트　노래 잘 부르는 여자에게 반할 만큼 젊지는 않지만, 아무 여자에게나 넋을 빼앗길 정도로 형편없이 늙지도 않았습니다. 이 잔등에 사십팔 년의 세월을 짊어지고 있습니다.

리어 왕　따라오너라. 내 부하로 삼겠다. 식사 후에도 내 마음에 든다면, 내 옆에 있게 하지. 여봐라, 식사, 식사를 가져와! 내 시종은 어디 갔느냐? 내 광대는? 너 가서 내 광대 좀 불러오너라. (시종 퇴장, 오스월드 등장) 여봐라! 내 딸애는 어디 있느냐?

오스월드　잠깐 실례합니다. (퇴장)

리어 왕 저놈이 뭐라고 하는 거냐? 저 멍청이를 불러! (기사 한 사람 퇴장) 내 광대는 어디 있느냐? 온 세상이 다 잠들어 있는 듯하구나. (기사 다시 등장) 어떻게 됐느냐? 그 개 같은 녀석은 어디 갔어?

기사 그놈 말이 공작 부인께서 몸이 편찮으시다고 합니다.

리어 왕 내가 불렀는데도 그놈이 어째서 돌아오지 않는 거냐?

기사 몹시 난폭한 말투로 오기 싫다고 합니다.

리어 왕 오기 싫다고?

기사 전하! 사정은 잘 모르겠습니다만, 제 생각엔 이전과 비교해서 전하를 대하는 접대가 후하지 않은 줄 압니다. 모두가 몹시 냉담하게 대하는 것같이 보입니다. 공작 자신과 공작 부인은 물론 시종들에 이르기까지 전부가.

리어 왕 음! 너도 그렇게 생각하느냐?

기사 제가 잘못 생각했다면 용서하십시오. 하지만 전하, 전하께 소홀함이 있다고 생각될 때는 신하로서 잠자코 있을 수가 없습니다.

리어 왕 네 말을 듣고 보니 나도 생각나는 바가 있다. 요즘 매우 소홀히 대하는 듯한 기색이 보였지만, 이것은 그들이 실제로 불친절하다기보다는 오히려 나 자신이 너무 의심이 많고 까다로운 탓인 줄 알고 있었다. 앞으로 잘 관찰해야겠다. 그런데 내 광대는 어디 갔느냐? 이틀 동안이나 못 봤구나.

기사 막내 공주님이 프랑스로 떠나신 이후부터 광대가 몹시 풀이 죽어 있습니다.

리어 왕 이제 그 말은 하지 마라. 나도 그건 알고 있다. 가서 딸애보고 내가 좀 할 얘기가 있단다고 그래라. (기사 퇴장) 넌 빨리 가서 광대를 이리로 불러오너라.

오스월드 등장.

리어 왕 여봐라, 이리 좀 오너라. 너는 나를 대체 누구라고 생각하느냐?

오스월드 주인아씨의 아버지입죠.

리어 왕 주인아씨의 아버지라? 주인의 종놈이…… 이 개 같은 놈, 노예 같은 놈, 들개 같은 놈들아!

오스월드 실례지만 저는 그런 사람이 아닙니다.

리어 왕 이 무례한 놈아! 나를 노려봐? (오스월드를 때린다)

오스월드 나도 맞고 있을 수만은 없어요!

켄트 누구한테 발길질이냐, 이 축구공 같은 놈아! (그의 발꿈치를 찬다)

리어 왕 참 잘했다. 믿음직하다. 네 신세는 잊지 않겠다.

켄트 이봐, 일어나서 꺼져버려! 이제 상하의 구별을 알았겠지. 나가, 나가! 또 한번 길게 뻗어보고 싶거든 그렇게 그냥 있어. 아니, 가버려! 아니, 이놈이 분별이 있는 거야, 없는 거야? (오스월드 퇴장)

리어 왕 너는 친절한 놈이다. 고맙다. 월급을 일부 선불해주겠다. (돈을 준다)

광대 등장.

광대 제게도 이 사람 좀 빌려줘요. 자, 이 광대 고깔을 주지. (켄트에게 광대가 쓰는 고깔을 준다)

리어 왕 이놈아! 어떻게 된 거냐?

광대 이것 봐, 당신은 광대 모자를 쓰는 게 좋을 거야.

켄트 무엇 때문에, 이 광대야?

광대 무엇 때문이냐고? 쇠락해가는 사람 편을 드니 그렇지. 당신도 바람 부는 방향을 따라 움직이지 않으면, 그냥 감기에 걸리고 만다구! 자, 이 광대 고깔을 받아요. (리어 왕을 손가락질하며) 저분은 두 딸을 내쫓고, 셋째 딸에게는 마음에도 없는 축복을 해줬어요. 이런 사람 밑에 있으면 어차피 이런 모자를 쓰게 돼요. 그런데 어때? 아저씨! 나는 광대 고깔 둘하고 딸 둘만 가졌으면 좋겠어요!

리어 왕 그건 왜, 이놈아?

광대 재산은 다 딸에게 내주어도 광대 고깔만은 내가 가지고 싶으니 그렇죠. 이것은 내 거예요. 가지고 싶거든 당신 딸들보고 딴 걸 달라고 해요.

리어 왕 말조심해, 이놈아. 그러다 맞는다.

광대 진리는 개와 같으니까 정직한 개는 개집으로 쫓겨가 매만 맞아야 하고, 아첨쟁이 암캐는 따뜻한 난롯불 옆에 누워서 방귀만 뀌고 있거든요.

리어 왕 아, 이놈이 아픈 데만 찌르는구나!

광대 좋은 교훈을 하나 가르쳐줄까요?

리어 왕 말해봐.

광대 그럼 잘 들어봐요, 아저씨! 겉치레보다 속을 채우고, 알고 있어도 말을 삼가고, 가진 것 있어도 꾸어주지 말고, 걷느니 말을 타고, 들어도 다는 믿지 말고, 따서 번 것보다 적게 걸고, 주색을 멀리하고, 그리고 언제나 집에 들어앉아 있으면, 열의 곱인 스물보다도 돈이 많이 모이죠.

켄트 쓸데없는 소리구나, 바보야.

광대 그렇다면 이것은 무료 변호사의 변론과도 같지. 제게 아무 보수도 안 주셨으니까요. 아저씨, 아무것도 아닌 것이라도 어디 쓸데 좀 없을까요?

리어 왕 그야 안 될 말이지. 아무것도 아닌 것에서는 아무것도 나올 수 없으니까.

광대 (켄트에게) 제발 저 사람에게 좀 말해주세요. 자기 땅의 소작료가 그렇게 되었다고요. 바보 광대의 말은 곧이듣지 않는다니까요.

리어 왕 입맛 쓴 바보 광대로군!

광대 당신은 입맛 쓴 광대와 달콤한 광대를 구별할 줄 아세요?

리어 왕 모른다. 좀 가르쳐주려무나!

광대 영토를 넘겨줘버리라고 당신께 권고한 양반을 내 옆으로 데리고 와요. 그 사람이 없으면 당신이 그분 노릇을 대신해요. 그러면 달콤한 바보 광대와 입맛 쓴 광대가 당장 나타날 테니까요. 달콤한 광대는 여기 있고, 바보 광대는 저쪽에 있어요.

리어 왕 이놈이 나보고 바보 광대라고?

광대 다른 칭호는 전부 내주고 남은 것은 당신이 타고난 것뿐이니까요.

켄트 이놈이 아주 바보는 아닌데요.

광대 그야 영주님이나 훌륭한 분네들이 나 혼자 바보 노릇을 하게 내 버려두지는 않거든요. 나 혼자 광대의 전매특허를 가지려고 해도 너도 나도 몰려와서 한몫 끼겠다지 뭡니까. 귀부인네들까지 끼어들어서 나 혼자 광대짓을 하게 놔둬야 말이지. 아저씨, 달걀 하나만 주세요. 고깔 을 두 개 드릴 테니까.

리어 왕 무슨 고깔을 두 개 주겠단 말이냐?

광대 달걀 한가운데를 쪼개어 속을 먹어버리면 고깔이 두 개 남잖아요. 당신은 왕관을 둘로 쪼개서 두 개 다 넘겨주었기 때문에 자기가 탈 당 나귀를 업고 진흙 길을 걸어가야만 되는 거예요. 금관을 줘버린 것은 그 대머리 골통 속에 지혜가 없어서이지요. 내가 하는 말을 바보 같은 소리 라고 한다면, 그렇게 여긴 놈부터 먼저 매를 맞아야 해요. (노래)

　　올해는 바보가 손해 보는 해.

　　현자가 바보되어

　　머리가 잘 돌지 않고,

하는 짓은 온통 실수뿐.

리어 왕　넌 언제부터 그렇게 노래를 잘했지?

광대　당신이 따님들을 어머니로 삼던 그때부터죠. 그때 당신은 따님들에게 회초리를 내주면서 바지를 벗고 엉덩이를 돌려댔으니까요. (노래)

　　그때 그들은 기뻐서 울고,

　　나는 슬퍼서 노래 불렀지.

　　어찌 된 일인지 임금님께서

　　장님 노릇하며 바보들 축에 끼어들었네.

아저씨, 당신의 거짓말을 가르쳐줄 선생 좀 불러줘요. 거짓말을 좀 배우고 싶으니.

리어 왕　거짓말하면 매 맞는다.

광대　당신하고 당신 따님들은 어떤 관계인지 모르겠군요. 따님들은 내가 참말을 하면 때린다고 하고, 당신은 내가 거짓말을 하면 때린다고 하고, 또 나는 때로는 말을 안 한다고 매를 맞으니. 아, 이제 광대 노릇은 집어치우고 무엇이든지 좋으니 다른 짓을 해야겠군. 하지만 당신같이 되기는 싫어. 당신은 지혜의 양쪽 끝을 너무 잘라내버려서 가운데는 아무것도 남은 게 없으니까. 마침 저기 잘라낸 조각 하나가 오는구면.

　　거너릴 등장.

리어 왕　애, 왜 그러냐? 왜 그렇게 이맛살을 찌푸리고 있느냐? 요샌 줄곧 얼굴을 찡그리고 있는 것 같구나.

광대　당신도 딸의 찡그린 얼굴에 신경을 쓰지 않아도 좋았던 시절엔 좋은 사람이었는데요. 이제는 값 없는 숫자 제로가 됐구면. 당신보다는 오히려 내가 낫지. 나는 이래봬도 바보 광대지만 당신은 아무것도 아니거든. (거너릴에게) 네, 아무 말도 안 하지요. 말씀 안 하셔도, 얼굴빛으로 알아볼 수 있으니까요. 쉬, 쉬!

　　　　제아무리 덧없는 세상이

　　　　싫다곤 해도,

　　　　빵이 없어봐라, 배가 고프지.

(리어 왕을 가리키며) 저것은 알맹이 빠진 콩깍지라오.

거너릴　무슨 소릴 해도 상관없는 이 광대뿐 아니라, 데리고 계신 다른 기사들도 조금만 뭐라고 하면 곧 트집을 잡고 시비를 걸며, 마침내는 망측하고 난폭한 짓을 예사로 하니 참을 수 없을 지경입니다. 실은 한번 분명히 말씀드려서 안전책을 강구하려고 생각해왔는데, 요즘의 아버님 말씀이나 행동에는 이상한 점이 많습니다. 혹시 아버님이 그런 난폭한 행동을 옹호하시며 선동하고 계신 것이 아닙니까? 만일 그렇다면 그 과실은 당연히 비난을 받아야 하며, 또 저희들로서도 방치할 수가 없습니다. 국가의 안녕을 위해서도 무슨 조치를 취해야겠는데 그렇게 하면 아버님은 화를 내실 거고, 또 저희 집에도 불명예스러운 일입니다만, 이런 부득이한 사정이라면 현명한 처사라고 세상도 인정할 것입니다.

광대　아저씨, 아시겠죠?

　　　　종달새가 뻐꾸기인 줄 모르고 오랫동안 먹여 키웠다가

　　　　끝내는 뻐꾸기 새끼에게 먹혀버렸지.

　　　　그리하여 촛불도 꺼지고, 우리는 캄캄한 어둠 속에 남게 되었네.

리어 왕　네가 내 딸이냐?

거너릴　아버님께서는 원래 현명하시니까 그 좋은 지혜를 좀 잘 써주세요. 그리고 요즘처럼 아버님답지 않은 광기는 좀 버리세요.

광대　수레가 말을 끌면 당나귀인들 모르겠소? 아줌마! 나는 당신에게 반했어.

리어 왕   여기 누가 나를 알아보는 자가 없느냐? 이것은 리어가 아냐. 리어가 이렇게 걷고, 이렇게 말을 하나? 리어의 눈은 어디 있어? 머리가 둔해지고, 분별력이 줄고 있나? 허! 깨어 있나, 깨어 있지 않나? 내가 누군지, 누가 좀 말해줄 수 없나?

광대   리어의 그림자요!

리어 왕   나는 그걸 알고 싶다. 국왕의 표지로나 지식으로나 이성으로 판단해서 내게는 딸자식들이 있었던 것 같은데, 내가 잘못 알고 있었나?

광대   그 따님들이 당신을 유순한 아버지로 만들려는 거죠.

리어 왕   귀부인, 당신의 이름은?

거너릴   그렇게 놀라는 체하시는 것이 바로 요사이 아버님의 망령기입니다. 제발 저의 의도를 올바르게 이해해주십시오. 아버님은 존경받는 노인이시니까 현명하셔야 합니다. 아버님은 백 명의 기사와 시종을 거느리고 계시지만, 그들은 정말 난폭하고 음탕하고 방종한 사람들이기 때문에 이 저택은 그들의 행실에 감염되어 마치 무뢰한들의 여인숙 같습니다. 탐식과 음욕으로 이 위엄 있는 저택이 천한 주점이나 색싯집 꼴이 되었습니다. 그러니 시종들을 좀 감원해주셔야겠습니다. 만약 이 요청을 들어주시지 않는다면, 이쪽에서 임의로 조처하겠습니다. 그리고 남아서 아버님을 시중들 사람들은 나이 많은 아버님께 알맞고, 분별이 있으며, 아버님의 처지를 잘 아는 사람들만으로 하겠습니다.

리어 왕   지옥의 악마 같으니! 말을 준비해라! 내 시종을 다 불러! 돼먹지 못한 계집 같으니, 네 신세는 안 지겠다. 내게는 아직도 딸이 하나 남아 있어.

거너릴   아버님은 저희 집 하인들을 마구 때리고, 아버님의 난폭한 시종의 무리는 윗사람을 마치 하인 취급합니다.

올버니 등장.

리어 왕 이제 와서 후회해도 소용없지! (올버니를 보고) 아, 왔는가? 이것은 너의 뜻이냐? 대답을 듣자! 말을 준비해. 배은망덕한 돌 같은 마음을 가진 악마야, 네가 자식의 탈을 쓰고 있으니 바다의 괴물보다 더 흉악하구나.

올버니 부디 고정하십시오.

리어 왕 (거너릴에게) 가증스러운 욕심쟁이야, 거짓말 마라! 내 부하는 모두 엄선한 사람들뿐이다. 신하의 본분을 지킬 줄 알고 만사를 소홀히 하지 않으며, 자기의 명예를 무엇보다도 존중하는 사람들이다. 아, 아주 조그만 허물이었는데, 커딜리어의 경우엔 어째서 그렇게 추악하게만 보였을까? 그 허물은 고문하는 도구같이 나의 본성을 있어야 할 장소에서 뽑아내어 나의 마음의 모든 애정을 제거하고, 증오심만 늘게 했구나. 오, 리어, 리어, 리어! (자기 머리를 치면서) 이 머리를 때릴 수밖에, 못난 생각만 끌어들이고, 귀중한 분별력은 쫓아버렸으니! 자, 부하들아, 가라. (기사들과 켄트 퇴장)

올버니 저에게는 전혀 죄가 없습니다. 무엇 때문에 역정을 내시는지 모르겠습니다.

리어 왕 그럴는지도 모르지. 자연이여, 들어보시오! 여신이여, 들으소서! 만약 저 인간의 몸에서 자식을 낳게 할 뜻을 가지셨다면 그 뜻을 거두십시오. 제발 이년의 자궁이 자식을 못 가지게 하소서. 이년의 몸속에 있는 생식의 힘을 말려버리고, 그 타락한 육체에서는 어미의 명예가 되는 자식을 낳지 못하게 하소서! 부득이 아이를 갖게 된다면 괘씸한 자식을 낳게 하고, 그 자식이 성장하여 부모를 배반하고 일생 어미의 고생의 씨가 되게 해주소서. 그 애로 인해서 젊은 어미의 이마에는 깊은 주름이 지고, 그 볼에는 눈물의 골이 패게 하소서. 자식을 생각하는 어미의 노고와 은혜는 죄다 모멸과 조소거리가 되게 해주소서. 그리하여 망은의 자식을 갖는 것은 독사의 이빨보다 무섭다는 것을 깨닫게 해주소서! 비켜, 비켜라! (퇴장)

올버니 대체 어떻게 된 영문이오?

거너릴 당신은 모르셔도 괜찮아요. 실컷 마음대로 하시게 놔두세요. 망령을 부리시는 거예요.

리어 왕, 미친 듯이 흥분하여 다시 등장.

리어 왕 뭐야, 내 시종을 단번에 오십 명이나 줄여? 두 주일도 채 못 되어서?

올버니 대체 어떻게 된 겁니까?

리어 왕 그 이유를 말하지. (거너릴에게) 에잇, 가증스러운 것! 너 같은 것 때문에 대장부가 이렇게 흥분하여 눈물을 흘리다니 창피하다. 너 때문에 이렇듯 뜨거운 눈물을 흘려야 하다니. 너 같은 건 독기 찬 안개에나 싸여버려라! 아비의 저주가 네 몸뚱이에 구멍을 뚫어 모든 감각을 마비시키리라! 어리석은 늙은 눈아, 두 번 다시 이런 일로 울면 너를 뽑아서 헛되이 흘리는 눈물과 함께 내던져 땅이나 적시게 하겠다. 끝내 이렇게 되다니! 좋다. 내게는 딸이 또 하나 있다. 그 애는 반드시 친절하게 위로해줄 거다. 너의 소행을 전해들으면, 그 애는 너의 이리 같은 낯짝을 손톱으로 할퀴어놓을 것이다. 두고 봐라, 나는 다시 이전의 위엄을 되찾고 말 테니. 너는 내가 영원히 왕위를 내던져버린 거라고 생각하는 모양인데, 천만에! (퇴장)

거너릴 지금 보셨지요?

올버니　당신은 물론 나의 소중한 아내지만, 편파적으로 판단할 수는 없소.

거너릴　당신은 좀 가만히 계세요. 이봐요, 오스월드! (광대에게) 너는 광대라기보다 악당이다. 주인을 따라 썩 나가거라!

광대　리어 아저씨, 리어 아저씨, 기다리세요! 광대를 데리고 가세요.

　　　　이것이 만약 여우라면,

　　　　여우가 만약 딸이라면,

　　　　틀림없이 교수형 신세지만,

　　　　내 모자 팔아서는 밧줄을 살 수 없으니,

　　　　그래서 광대는 뒤를 쫓아간다오. (퇴장)

거너릴　아버님한테는 좋은 충고가 됐지요! 기사를 백 명이나 두다니? 그야 안전한 정책이겠지요, 무장한 기사를 백 명이나 거느리는 것은. 글쎄, 꿈자리가 좀 사납다든가 뜬소문, 공상, 불평, 불만이 있으면 언제든지 그 사람들을 방패 삼아 망령기를 옹호하고 우리들의 생명을 위협할 수 있을 테니까요. 오스월드, 거기 없어요?

올버니　그건 너무 지나친 염려가 아닐까?

거너릴　과신하는 것보다는 안전하죠. 해를 입지 않을까 하고 언제나 두려워하는 것보다, 걱정거리가 되는 위험물을 제거해버리는 게 상책이에요. 아버님의 속셈이 훤히 들여다보여요. 아버님이 하신 말을 편지로 동생에게 알려주기로 했어요. 만일 그렇게 설명해줘도 동생이 못 알아듣고 노인과 시종 백 명을 부양한다면…… (오스월드 등장) 오스월드, 어떻게 됐어요? 동생에게 보낼 편지는 다 썼어요?

오스월드　네, 다 됐습니다.

거너릴　시종을 데리고 곧 말을 타고 떠나요! 동생에게 내가 특히 걱정하고 있는 점을 자세히 이야기해요. 더욱 신빙성 있게 하기 위해서라면 의견을 적당히 덧붙여도 좋아요. 어서 떠나요. 그리고 속히 돌아와요. (오스월드 퇴장) 여보, 안 돼요. 당신의 친절한 방법을 무조건 나쁘다고 말할 수는 없지만, 그래도 세상은 당신의 방법을 온건하다고 칭찬하기보다는 분별이 없다고 비난하고 있어요.

올버니 당신의 선견지명이 어디까지 맞을지 의문이구려. 잘하려고 서두르다가 오히려 나쁘게 되는 경우도 종종 있으니까.

거너릴 염려 마세요, 그렇게 된다면……

올버니 좋소, 좋아. 결과를 한번 두고 봅시다. (두 사람 퇴장)

제5장

같은 저택의 안뜰.

리어 왕, 켄트, 광대 등장.

리어 왕 너는 이 편지를 가지고 한발 먼저 글로스터에게 가거라. 딸이 편지를 읽고 나서 묻는 말 이외에는 네가 아는 이야기라도 하지 마라. 빨리 가지 않으면 내가 먼저 도착하고 말 거야.

켄트 이 편지를 전할 때까지는 한잠도 안 자겠습니다. (퇴장)

광대 사람의 뇌가 발뒤꿈치에 달려 있다면 터져서 피가 날 염려가 없을까?

리어 왕 그야 물론 터지겠지.

광대 그럼 안심하세요. 당신에겐 터져서 슬리퍼를 신어야 할 뇌도 없으니까요.

리어 왕 하, 하, 하!

광대 두고 봐요. 따님 또 한 분도 천성대로 대해줄 테니. 말하자면 두 자매는 밭능금과 산능금 정도의 차이뿐이거든요. 난 다 알고 있어요.

리어 왕 대체 네놈이 뭘 알고 있다는 거냐?

광대 이쪽과 저쪽은 맛이 같죠. 능금은 다 맛이 같듯이 말예요. 그런데 인간의 코가 왜 얼굴 한가운데에 있는지, 아저씨는 아세요?

리어 왕 모른다.

광대 그야 코 양쪽에 눈을 붙여놓기 위해서죠. 그렇게 해서 냄새를 맡지 못할 때는 눈으로 알아보게 하기 위해서죠.

리어 왕 내가 그 애한테 잘못했어.

광대 굴은 어떻게 껍질을 만드는지 아세요?

리어 왕 몰라.

광대 저도 몰라요. 하지만 달팽이는 왜 집을 짊어지고 있는지 그거라면 알아요.

리어 왕 왜 그렇지?

광대 머리를 감추기 위해서 그렇죠, 뭐. 집을 딸들에게 내주지 않고 또 뿔을 넣어둘 장소를 잃어버리지 않기 위해서죠.

리어 왕 이젠 자식이라고 생각하지 말아야지! 그렇게도 귀여워해주었건만! 말은 다 준비됐느냐?

광대 당나귀 같은 바보 하인들이 준비하러 갔어요. 북두칠성은 왜 일곱 개인가 하는 데는 재미있는 이유가 있거든.

리어 왕 그야 여덟 개가 아니니까 그렇지.

광대 맞았어요. 당신도 제법 그럴듯한 광대가 될 수 있겠는걸.

리어 왕   영토를 도로 빼앗아야지! 배은망덕한 것 같으니!

광대   아저씨, 당신이 내 광대라면 내가 좀 갈겨주었을 텐데. 나이보다 너무 빨리 늙어버렸으니까.

리어 왕   그건 또 무슨 소리냐?

광대   똑똑해지기 전에 늙어버리면 안 되잖아요.

리어 왕   아, 하느님, 제발 제정신을 갖게 해주십시오. 미치광이가 되고 싶지는 않습니다!

　시종 한 사람 등장.

리어 왕   어떻게 됐느냐? 말은 다 준비됐느냐?

시종   다 됐습니다.

리어 왕   자, 가자.

광대   내가 떠나는 것을 보고 깔깔 웃는 숫처녀는 조심들 해요. 언제까지나 숫처녀로 있지는 못할 거야. 내가 아들놈을 단속하기 전에는. (일동 퇴장)

제2막

제1장

글로스터 백작의 성 안뜰.

에드먼드와 큐런, 좌우에서 등장.

에드먼드 안녕하시오, 큐런.

큐런 안녕하시오. 지금 춘부장을 뵙고 알려드리고 오는 길입니다만, 오늘 밤 콘월 공작과 부인이 이곳으로 오신다는 소식입니다.

에드먼드 무슨 일일까요?

큐런 글쎄, 그건 저도 모릅니다. 세간의 소문은 들으셨지요? 아주 은밀히 수군대는 정도의 뜬소문입니다만.

에드먼드 아직 못 들었는데, 대체 무슨 소문인가요?

큐런 쉬! 전쟁이 일어날지도 모른다는 소문을 못 들으셨나요, 콘월 공작과 올버니 공작 사이에?

에드먼드 전혀 못 들었소.

큐런 그럼 차차 듣게 될 거요. 안녕히 계시오. (퇴장)

에드먼드 공작이 오늘 밤 이곳에 온다고? 잘됐다! 더없이 잘됐어! 반드시 내 일에 이용해야지. 아버님은 형님을 체포하려고 수배를 해놓았지. 그런데 한 가지 어려운 일이 있어. 그것을 꼭 해내야겠다. 당장 착수하여 행운을 잡자! (2층을 향하여) 형님, 잠깐만 내려오세요! 형님!

　　에드거 등장.

에드먼드 아버님이 감시하고 있습니다. 자, 빨리 도망가세요! 형님이 여기 숨어 있는 것이 탄로났어요. 마침 밤이라서 잘됐습니다. 형님은 혹시 콘월 공작의 험담을 하신 일이 없습니까? 공작이 여기 오신답니다. 오늘 밤 갑자기, 부인 리건도 함께. 그분의 편을 들어 올버니 공작의 욕을 하신 일은 없습니까? 생각해보세요.

에드거 전혀 그런 말을 한 기억이 없는데.

에드먼드 아버님이 오시나 봅니다. 용서하세요, 형님께 칼을 빼들어야겠으니까요. 자, 용감하게 싸우는 척하세요. (큰 소리로) 항복해! 아버님 앞으로 나와! 여봐라, 햇불을 가져와! 여기다! (작은 소리로) 안녕히 가세요. (에드거 퇴장) 조금 피가 나 있어야만 아주 열심히 싸운 것같이 보이겠지. (자기 팔에 상처를 낸다) 주정꾼들을 보니까 장난으로 이보다 더 심한 짓도 하더군. 아버님, 아버님! 여깁니다, 여기예요! 거기 누구 없나?

　　글로스터와 햇불을 든 하인들 등장.

글로스터 얘, 애드먼드, 그놈은 어디 있느냐?

에드먼드 지금까지 여기 어둠 속에 서서 칼을 빼들고 괴상한 주문을 외우며, 달님에게 도와달라고 기도하고 있었습니다.

글로스터 그리고 어디로 갔느냐?

에드먼드 보십시오, 이렇게 부상을 입었습니다.

글로스터 그놈이 어디 갔어, 에드먼드?

에드먼드 이쪽으로 달아났어요. 결국 제가……

글로스터 야, 쫓아가라! 놓치지 마라. (하인들 퇴장) 결국 어쨌다는 거냐?

에드먼드 결국 제가 아버님을 살해하는 일에 동의하지 않았기 때문입니다. 저는 제 아비를 죽이는 자에게는 복수의 신들이 벼락을 내린다고 설명하고, 또 자식이 아버지께 입은 은혜는 광대무변하다고 설명했지요. 그랬더니 자기의 무도한 계획을 제가 끝내 반대하는 것을 본 형은, 갑자기 맹렬히 돌격해와서 무방비 상태인 저를 덮쳐 제 팔을 찔렀습니다. 그러나 저도 저의 정당함에 분기하여 지지 않고 분전했기 때문에 그랬는지, 아니면 제가 큰 소리를 질렀기 때문에 놀라서 그랬는지, 재빨리 도망쳐버렸습니다.

글로스터 멀리 도망친다면 몰라도, 이 나라에 있는 한 제놈이 잡히지 않고 배길쏘냐. 잡히는 날에는 살려두지 않겠다. 오늘 밤 나의 은인이며 귀중한 주인인 공작님이 오신다. 그분의 권위를 빌려 포고령을 내릴 테다. 이 악한을 잡아서 끌고 오는 자에겐 상금을 주고, 숨기는 자는 사형에 처한다고.

에드먼드 형님더러 그런 계획을 중지하도록 충고해봤으나 막무가내여서 저는 심한 말로 계획을 폭로하겠다고 위협했습니다. 그랬더니 형의 대답은 이랬습니다. '야, 유산 상속도 못 받을 서자놈아, 내가 반대하면 세상이 네 말을 곧이듣거나, 너를 덕 있고 유능한 인간이라고 생각해줄 줄 아느냐? 천만에. 내가 부인만 하는 날엔, 물론 이번 일도 부인할 것이고, 설사 네가 내 필적을 꺼내 보여도 나는 그것을 전부 네놈의 유혹, 모략, 간교라고 오히려 뒤집어씌울 테다. 내가 죽으면 너한테 돌아가는 이

익이 대단히 크기 때문에 네놈이 무슨 수를 써서라도 나를 죽이려 한다는 것을 세상이 모른다고 생각하면 너는 이 세상을 너무 잘못 본 거야.' 라고요.

글로스터 지독하고 철저한 악당이구나! 그래 자기 편지도 모른다고 잡아떼? 그런 놈은 내 자식이 아냐. (안에서 나팔 소리) 저것 봐, 공작님의 나팔 소리다! 왜 오시는지 모르겠지만, 아무튼 항구를 모두 닫게 해야겠다. 그놈이 도망가지 못하도록. 공작님은 그것을 허락해주실 거다. 뿐만 아니라 그놈의 초상화를 각처에 보내 누구나가 그놈 얼굴을 알아보게 해야지. 그리고 내 영토는 효심이 지극한 네가 상속받을 수 있게 해주겠다.

콘월, 리건, 시종들 등장.

콘월 웬일이오, 지금 막 이곳에 도착하니 이상한 소문이 들리던데?

리건 그게 사실이라면, 그 죄인에게는 어떠한 엄벌을 내린다 해도 부족해요. 어떻게 된 일인가요?

글로스터 아, 마님, 이 늙은이의 가슴은 터질 것만 같습니다.

리건 아니, 그럼 우리 아버님이 이름을 지어준 아이가 당신의 생명을 노렸어요? 우리 아버님이 이름을 지어준 그 에드거가?

글로스터 아, 마님, 부끄럽기 짝이 없습니다!

리건 그 사람은 혹시 우리 아버님의 시중을 들고 있는 기사들과 한패가 아니었던가요?

글로스터 그건 모르겠습니다. 그러나 너무나 가슴 아픈 일입니다.

에드먼드 그렇습니다, 바로 그 사람들과 한패였습니다.

리건 그렇다면 그 사람이 그런 흉악한 생각을 갖게 됐다 해도 이상할 건 없습니다. 같은 패예요. 그 사람을 충동질해서 노인을 죽이려고 한 것은, 그들은 노인의 재산을 자기들 마음대로 하려고 계획한 거예요. 오늘 저녁 언니가 보내온 편지에 그 기사들 얘기가 자세히 적혀 있었어요. 그들이 우리 집에 와서 묵게 되면 집을 비우라는 주의를 받았습니다.

콘월 그래서 우리는 이렇게 집을 비우게 된 거요. 에드먼드, 이번에 아버님께 큰 효도를 했다지?

에드먼드 아니에요. 그저 저의 의무를 다했을 뿐입니다.

글로스터 저 애가 그놈의 흉계를 알아냈지요. 그래서 그놈을 잡으려고 보시는 바와 같이 상처까지 입었습니다.

콘월 그놈을 추격 중인가요?

글로스터 네, 그렇습니다.

콘월 일단 체포되기만 하면, 다시는 위해를 가하지 못하게 하겠소. 내 이름을 마음대로 이용해도 좋소. 에드먼드, 너의 효심에 감복했다. 당장 이 자리에서 너를 나의 부하로 삼겠다. 이런 믿음직한 부하가 필요하거든. 이제부터 너는 내 부하다.

에드먼드 부족한 점이 많습니다만, 진심으로 충성을 다하겠습니다.

글로스터 저로서도 대단히 감사합니다.

콘월 아직 모르시죠, 왜 우리가 이렇게 찾아왔는지?

리건 글로스터 백작, 이런 시기에 어두운 밤길을 온 것은 좀 중대한 용건이 있어서 그런 것인데, 당신의 좋은 의견을 들어봐야겠어요. 아버님께서도 언니께서도, 두 분 사이에 불화가 생긴 이유를 편지로 알려왔습니다. 내 생각에는 집을 떠나서 답장을 보내는 것이 좋을 듯싶더군요. 그래서 어느 쪽에나 사자는 여기서 보내려고 대기시켜 놓았습니다. 당신의 낙심은 잘 알겠습니다만, 우리를 위해서 필요한 충고를 해주세요. 그 충고를 당장 좀 듣고 싶습니다.

글로스터 잘 알았습니다. 두 분 다 참 잘 오셨습니다. (나팔 소리, 일동 퇴장)

제2장

글로스터 백작의 성 앞.

켄트와 오스월드, 좌우에서 등장.

오스월드 밤새 안녕하시오. 당신은 이 집 사람이오?

켄트 그렇소.

오스월드 말을 어디다 매야 하오?

켄트 저기 저 도랑에 매는 게 좋겠지.

오스월드 여보, 같은 사람끼리 그러지 말고 좀 가르쳐주시오.

켄트 나는 같은 사람이 아니오.

오스월드 그럼 내 마음대로 하겠소.

켄트 당신을 가축 우리에 처박아두면 그렇게 못할걸.

오스월드 왜 이렇게 욕을 하나, 알지도 못하는 사람에게?

켄트 미안하지만 나는 너를 잘 알고 있기 때문이야.

오스월드 나를 어떻게 알아?

켄트 불한당, 악한, 먹다 남은 찌꺼기나 얻어먹는 놈이지 뭐야. 비열하고, 오만하고, 경솔하고, 근성은 거지이고, 일 년에 옷은 세 벌, 수입은 100파운드밖에 안 되고, 더러운 털양말이나 신는 악당. 겁 많고, 얻어맞으면 소송을 거는 놈! 사생아, 거울이나 들여다보는 건달, 주제넘게 참견하는 놈, 까다로운 놈, 재산이라곤 가방 하나밖에 없는 종놈, 주인을 위한답시고 뚜쟁이 노릇이라도 불사할 놈, 악한, 거지, 겁쟁이, 뚜쟁이, 이런 거 몽땅 뒤범벅한 놈. 잡종 암캐의 맏아들놈. 지금 내가 늘어놓은 이름을 하나라도 아니라고 부인만 해봐, 깽깽거리도록 패줄 테니.

오스월드 별 괘씸한 놈을 다 보겠네. 서로 알지도 못하는 사이면서 욕을 퍼붓다니!

켄트 이 철면피 같은 종놈아, 그래, 나를 모른다고 잡아떼! 전하 앞에서 내가 네 발꿈치를 걷어찬 지 불과 이틀도 지나지 않았다. 자, 어서 칼을 빼라, 이 악당 놈아! 밤은 밤이지만, 달밤이니 잘됐다. 네 피로 명월탕을 끓여먹겠다. 이 기생 오라비 같은 야비한 놈아! 어서 칼을 빼라니까! (칼을 뺀다)

오스월드 저리 비켜! 너한테는 일 없어!

켄트 칼을 빼라, 이놈아! 전하께 불리한 편지를 가지고 왔지? 꼭두각시 같은 허영덩어리 여자 편을 들어 그 여자 아버지가 되는 왕의 위엄을 손상시킨 놈! 칼을 빼라, 악당아! 빼지 않으면 네 정강이 살을 저며낼 테다! 빼, 악당아! 자, 덤벼라!

오스월드 사람 살려요! 살인이다! 사람 살려요!

켄트 덤벼라, 이 노예 놈아! 맞서봐라, 이 악당! 맞서봐, 이 능글맞은 노예 놈아! 덤벼라! (오스월드를 때린다)

오스월드 사람 살려요! 살인이다! 살인!

에드먼드, 칼을 빼들고 등장.

에드먼드 웬일이오? 웬 싸움이오? 이러지 마시오!

켄트 풋내기야, 소원이라면 상대해주마! 자, 피 맛을 좀 보여주마. 이리와, 젊은 양반!

글로스터, 콘월, 리건, 하인들 등장.

글로스터 칼을 빼들고, 대체 이게 웬 소동이냐?

콘월 목숨이 아깝거든 조용히 해라! 그래도 싸우는 놈은 사형이다. 대체 무슨 일이냐?

리건 언니의 사자와 아버님의 사자군요!

콘월 왜 싸움질이냐? 말해봐.

오스월드 저는 숨도 쉴 수 없습니다.

켄트 그야 그럴 테지, 너무 용기를 내셨으니까. 비겁한 악한아, 네놈은 자연의 신이 만든 인간이 아니라 재단사가 만든 놈이야.

콘월 이상한 소릴 하는구나, 재단사가 인간을 만들어?

켄트 암요. 석공이나 화가라면 저렇게 형편없는 것을 만들진 않았을 겁니다. 비록 배운 지 이 년밖에 안 된 신출내기라 할지라도.

콘월 그런데 어떻게 해서 싸움이 벌어졌나?

오스월드 저 늙은 놈의 흰 수염이 불쌍해서 목숨을 살려주었더니……

켄트 야, 이 생기다 만 사생아야! 나리, 만약 허락하신다면 저놈을 밟아 뭉개어 회반죽을 만들어 변소간의 벽을 바르겠습니다. 늙은 놈의 흰 수염이 불쌍해서라고, 이 방아깨비 같은 놈이!

콘월 입 닥쳐, 짐승 같은 놈. 너는 예의도 모르느냐?

켄트 잘 압니다. 그러나 화날 때는 다릅니다.

콘월 왜 화가 났지?

켄트 염치도 없는 저런 노예 놈이 칼을 차고 있으니까요. 저렇게 싱글싱글 웃는 낯짝을 가진 놈은, 끊으려야 끊을 수 없는 신성한 골육의 핏줄을 쥐새끼처럼 끊어놓습니다. 저런 놈은 주인의 마음속에서 들끓는 감정에 아첨하여, 불에는 기름을, 얼음 같은 마음에는 흰 눈을 던집니다. 아니라고 했다가 그렇다고 하고, 단지 주인의 기분에 따라 물총새의 주둥아리처럼 자유자재로 방향을 바꾸며, 개처럼 주인을 따라다니는 것밖에 모르는 놈입니다. (오스월드에게) 왜 간질병자 같은 낯짝을 하나? 이놈이 내 말에 웃어? 나를 광대로 아냐? 이 거위 같은 놈아, 만약 셀럼 벌판에서 너를 만났더라면, 꽥꽥 울게 하면서 곧장 캬멜로트까지 몰고 갔을 텐데!

콘월 이 늙은 놈이 미쳤나?

글로스터 왜 싸움이 됐느냐? 그걸 말해라.

켄트 아무리 원수라도, 나와 저 악당만큼 상극은 없습니다.

콘월 왜 악당이란 말이냐? 저자가 뭘 어쨌다는 거냐?

켄트 저 낯짝이 마음에 안 들어요.

콘월 그럼 내 얼굴도, 저자의 얼굴도, 내 처의 얼굴도 모두 마음에 안 들겠구나.

켄트 정직하게 말하는 게 제 소임입니다만, 저는 평생 지금 제 앞에 보이는 누구의 어깨 위에 얹혀 있는 얼굴보다도 훌륭한 얼굴을 보며 살아왔습니다.

콘월 이놈은 솔직하다고 칭찬을 받으면 우쭐해서 일부러 난폭한 짓을 하고, 자기 천성과도 맞지 않는 행동을 하는 놈이다. 아첨을 못한다고? 정직하고 솔직하니까, 사실을 말하지 않고는 못 배긴단 말이지? 세상 사람들이 그것을 받아주면 좋고, 안 받아줘도 솔직히 할 말은 한다는 거지? 이런 종류의 악당을 나는 알고 있어. 솔직함을 간판으로 내걸고 뱃속에는 흉측한 계획을 감추고 있거든. 웃사람에겐 언제나 쩔쩔매고 굽실대면서 주인의 비위를 맞추는 무리보다 더 간악하고 흉측한 놈이야, 이런 놈은.

켄트 공작 각하, 진실과 정성을 다해서 위대하신 각하의 용서를 빕니다. 각하의 위엄은 빛나는 태양신의 이마를 둘러싸고 있는 후광과도 같사오며……

콘월 무슨 생각으로 그런 말을 하는 거냐?

켄트 공작님 마음에 안 드시는 것 같아 제 말버릇을 고쳐보려는 겁니다. 저는 아첨을 할 줄 모릅니다. 솔직한 말투로 속이는 놈이 진짜 악한입니다. 그런데 저는 그런 놈이 될 수 없습니다. 설사 당신이 역정을 내시며 저에게 '그런 놈이 되어보라.'고 명령하신다 하더라도 말입니다.

콘월 (오스월드에게) 그런데 왜 저놈을 화나게 했지?

오스월드 저는 잘못이 없습니다. 며칠 전 저놈의 주인인 왕께서 뭔가 오해하시고 저를 때린 일이 있습니다. 그때 저놈이 한패가 되어가지고 전하의 역정에 비위를 맞추어 뒤에서 제 발을 걸어찼습니다. 그래서 제가 쓰러지자 의기양양하여 조롱하고, 마치 영웅이나 된 것같이 우쭐대고, 또 전하께서는 그것이 대견스러운 듯 칭찬까지 해주셨습니다. 일부러 져준 것을 가지고, 그 대단치 않은 공로에 맛을 들였는지 여기서 또 칼을 뺐답니다.

켄트 비겁한 겁쟁이야, 너한테 걸리면 아약스(트로이 전쟁에 출전한 그리스 용사)도 비겁자가 될 수밖에 없겠구나!

콘월 차꼬(죄수를 가두어둘 때 쓰던 형구)를 가져오너라! 이 고집쟁이 늙은 악한, 나잇값도 못하는 허풍쟁이에게 버릇을 가르쳐주겠다.

켄트 너무 늙어서 이제는 배울 수가 없습니다. 차꼬는 채우지 마십시오. 저는 왕의 시종입니다. 왕의 일로 여기 왔습니다. 왕의 일로 온 사람을 형틀에 채우면 왕권에 대한 불경일 뿐 아니라, 반역의 뜻을 너무 명백하게 드러내는 처사가 될 것입니다.

콘월 빨리 차꼬를 가져오너라! 나의 생명과 명예를 걸고 엄명을 내린다! 이놈에게 정오까지 차꼬를 채워놓아라.

리건 정오까지만요? 밤까지, 아니 밤새도록 채워놓게 하세요.

켄트 마님, 제가 아버님의 개라도 그런 하대는 하지 않을 것입니다.

리건 아버님이 데리고 있는 악한이니까 그렇지.

콘월 이놈이 바로 처형의 편지에 씌어 있는 그 패거리다. 빨리 차꼬를 가져오너라. (하인들이 차꼬를 들고 온다)

글로스터 공작님, 그러지 마십시오. 그놈의 죄는 크지만, 이에 대해서는 주인인 왕께서 응징을 하실 겁니다. 각하의 처벌은 비열하고 비루한 악당들이 좀도둑이나 그 밖에 흔해빠진 범죄를 저질렀을 때 내리는 처벌입니다. 전하께서 사자가 그렇게 칼에 채워진 것을 아시면 필경 화를 내실 게 아닙니까.

콘월 그 책임은 내가 지겠소.

리건 언니야말로 화를 낼 거야. 자기 사자가 욕을 당하고 습격을 당했다는 걸 알면. 저 다리에 차꼬를 채워요. (켄트, 차꼬를 찬다) 여보, 우리 이제 가요. (글로스터와 켄트만 남고 일동 퇴장)

글로스터 참 안됐구려. 공작의 뜻이니 어쩔 수 없소. 그분의 고집은 누구나 알다시피, 아무도 말리거나 막을 수 없으니까요. 그러나 내가 한번 용서를 청해보리다.

켄트 그만두시오. 밤새 자지 않고 걸어왔더니 몹시 고단합니다. 한잠 푹 자고 나서 잠이 깨면 휘파람이나 불겠소. 세상엔 착한 사람도 운이 기우는 때가 있으니까요. 그럼, 안녕히 주무시오!

글로스터 이것은 공작님이 잘못하신 거야. 전하께서 화를 내실 텐데…… (퇴장)

켄트 하늘의 축복을 버리고 뙤약볕으로 나간다. 왕은 이 격언을 몸소 체험하셔야겠군. 지상을 비추는 등불이여, 어서 오라. 네 빛의 도움으로 이 편지를 읽고 싶다. 불운에 부닥치지 않고서는 기적을 볼 수가 없지. 이건 확실히 커딜리어 공주님의 편지다. 다행히도 내가 이렇게 변장을 하고 있다는 것을 알고 계시는 모양이구나. 시기를 보아서 이 난세로부

터 나라를 구하고, 손실을 보상해주실 모양이구나. 피로와 밤샘으로 녹
초가 되었군. 졸음이 와서 눈꺼풀이 무거워져 천만다행이다. 이 굴욕적
인 잠자리(차꼬)는 보지 말자. 운명의 신이여, 안녕. 후일 다시 미소를 보
여주고 행운의 수레바퀴를 돌려다오! (잠이 든다)

제3장

벌판.
에드거 등장.

에드거 내가 지명수배되어 있는 모양인데, 다행히 나무 구멍 속에 숨어
잡히는 건 면했군. 항구는 모두 봉쇄되고, 나를 체포하기 위해 삼엄한
경계망이 쳐져 있지 않은 곳이라곤 없네. 도망치는 데까지 도망쳐서 생
명을 보전해야지. 그리고 가난마저 경멸하여 짐승같이 되어버린 비천하
고 구차한 행색으로 변장해야겠다. 얼굴에는 숯검정을 바르고, 허리에
는 남루한 걸레를 두르고, 머리칼은 마구 산발하여 엉기게 하고, 그리고
비바람이나 매서운 추위에도 벌거벗고 지내야겠다. 베드럼(정신병원)의
미치광이 거지들이 좋은 본보기이다. 그들은 무서운 소리로 떠들며 마
비되어 무감각해진 자기 팔에 바늘, 나무 꼬챙이, 못, 미질향迷迭香의 가
지 등을 꽂곤 하더군. 그리고 무서운 꼴로 가난한 농가나, 마을, 양 우리
나, 방앗간 등을 찾아다니면서 때로는 기도도 외우며 동냥을 달라고 졸

라대더군. '불쌍한 거지, 불쌍한 거지 톰입니다!' 이렇게 하면 연명할 수 있겠지! 나는 더 이상 에드거가 아니야. (퇴장)

제4장

글로스터의 성 앞.

켄트는 차꼬에 채워져 있다. 리어 왕, 광대, 기사 등장.

리어 왕　이상하군, 이렇게 갑자기 집을 비우고, 더욱이 내 사자도 돌려보내지 않은 것은?

기사　제가 들은 바로는, 어젯밤까지만 해도 떠나려는 의향이 전혀 없었다고 합니다.

켄트　어서 오십시오, 전하!

리어 왕　에잇! 너는 그런 모욕을 당하고 있으면서 그걸 재미로 아느냐?

켄트　천만의 말씀입니다.

광대　하, 하, 하! 지독한 대님을 하고 있구나. 말은 머리를, 개와 곰은 모가지를, 원숭이는 허리를, 사람은 다리를 묶이는군. 다리를 함부로 쓰면 나무 양말을 신게 마련이지.

리어 왕　너의 신분을 몰라보고 그렇게 한 놈이 누구냐?

켄트　두 분입니다, 따님과 사위.

리어 왕　그럴 리가 없어.

켄트　아니, 그렇습니다.

리어 왕　아니야. 그럴 리 없어.

켄트　제 말은 사실입니다.

리어 왕　아니다, 아니야. 그런 짓을 할 사람들이 아니라고.

켄트　아닙니다, 실제로 그랬습니다.

리어 왕　주피터 신에 걸고 맹세하지만 그렇지 않아!

켄트　주노 여신에 걸고 맹세하지만 그들이 그랬습니다.

리어 왕　그들이 감히 그럴 리가 없어. 그럴 수도 없겠지만, 하려고 하지도 않았을 것이다. 국왕의 사자에게 감히 그런 난폭한 짓을 하다니, 살인보다 더 괘씸한 짓이다. 자세한 내용을 빨리 말해봐라. 무슨 곡절이 있어서 내 사자인 네가 이런 처벌을 자초했는지. 또 그들이 이런 처벌을 내렸는지를.

켄트　제가 그 댁에 도착해서 두 분께 전하의 친서를 전하려고 무릎을 꿇고 자리에서 채 일어나기도 전에 마침 사자 한 사람이 뛰어왔습니다. 그자는 급히 달려오는 바람에 땀투성이가 되어가지고 숨을 헐떡거리며 자기 주인 거너릴 마님의 안부를 전하고자 저를 제쳐놓고 편지를 내놓았습니다. 두 분은 그 자리에서 그걸 읽어보고 나서 별안간 하인들을 불러모은 다음 말을 타고 떠나버렸습니다. 그리고 저보고는 '뒤따라오라, 틈이 나는 대로 답장을 쓰겠다.'고 하시며, 싸늘한 눈초리로 노려보셨습니다. 그리고 여기 와서 다른 사자를 만났습니다만, 그 자식의 인사는 저의 기분을 잡치게 해버렸습니다. 글쎄, 그 자식은 요전번에 전하의 어전에서 무례하게 군 바로 그놈이었습니다. 저는 즉시 칼을 뺐지요. 그랬더니 그 겁쟁이가 비명을 질러 이 집 사람들을 죄다 깨웠습니다. 전하의 사위와 따님은 제 죄에는 이런 욕을 보여도 당연하다고 판단하신 겁니다.

광대 겨울은 아직 다 가지 않았구나, 기러기들이 저리 날아가는 걸 보니.

아비가 누더기를 걸치면

자식은 모르는 척하지만,

아비가 돈주머니 차고 있으면

자식들은 모두 다 효자.

운명의 여신은 이름난 매춘부라

구차한 사람에겐 문을 열지 않는다.

하지만 당신은 따님한테서 일 년 내내 헤아려도 다 헤아리지 못할 만큼 화가 가득한 주머니를 얻은 거요.

리어 왕 아, 이 가슴속에 화가 치미는구나! 화 덩어리야! 내려가거라! 치미는 슬픔아, 네가 있을 곳은 뱃속이다! 딸애는 어디 있느냐?

켄트 백작과 같이 안에 계십니다.

리어 왕 너는 따라오지 말고 여기 있거라. (퇴장)

기사 지금 말씀하신 것 이외에는 무례한 짓을 안 하셨습니까?

켄트 전혀 안 했습니다. 그런데 전하께서는 왜 이렇게 시종을 조금만 데리고 오셨습니까?

광대 그런 것을 묻다가 차꼬를 차게 된 거라면 그거야 당연한 노릇이지.

켄트 어째서냐, 광대야?

광대 개미에게 가서 배워. 겨울에는 일을 안 하잖아. 앞만 바라보고 가는 놈은 장님 아니면 모두 제 눈을 믿고 가지. 누구의 코라도 악취를 맡아내지 못하는 코는 하나도 없어. 커다란 수레바퀴가 산에서 굴러떨어질 때 매달리지 말아야 돼. 매달려 있으면 목이 부러지고 말 테니까. 하지만 그 커다란 수레바퀴가 올라갈 때는 누군가에게 뒤에서 밀어달라고 해야 하지. 현명한 사람이 와서 이보다 더 좋은 것을 가르쳐주면, 지금 내가 가르친 말은 내게 도로 돌려줘. 이런 충고는 악한이나 따르라고 해야지, 광대가 한 충고이니까.

>돈이 탐이 나서 굽실거리며
>겉으로만 부하인 척 따르는 놈은,
>비라도 내리면 보따리 싸니,
>주인만이 혼자 남아 흠뻑 젖는다.
>그러나 나, 광대는 이대로 남아 있겠다.
>똑똑한 놈은 달아난다 해도.
>달아나는 악당은 바보가 돼도,
>광대는 절대로 악당은 안 되지.

켄트 광대야, 어디서 그런 걸 배웠지?

광대 바보같이 차꼬 차고 배운 건 아니야!

>리어 왕, 글로스터 등장.

리어 왕 면회 사절? 이 나에게? 둘 다 병이 났다고? 피로하다고? 밤새 여행을 했다고? 모두 핑계다. 아비를 배신하고 버리려는 징조이다. 더 좋은 회답을 가지고 와.

글로스터 전하, 아시다시피 공작은 성질이 불 같아서, 한번 이렇게 말하면 그만 요지부동입니다.

리어 왕 경을 칠 것! 염병이나 걸려라! 죽어버려! 박살이 나버려라! 불 같아? 성질이 어쩌고 어째? 이것 봐, 글로스터, 글로스터! 내가 콘월 부부를 만나려고 하는 거야.

글로스터 네, 그렇게 말씀드렸습니다.

리어 왕 말씀을 드렸다? 자네는 내가 누군지 알고 있나?

글로스터 잘 알고 있습니다.

리어 왕 국왕이 콘월하고 할 이야기가 있다. 아비가 딸하고 할 이야기가 있다. 오라고 명령하는 거야. 이 말을 둘에게 전했느냐? 아니 뭐라고, 불같다고? 불같은 공작이라고? 불같은 공작에게 이렇게 말 좀 전해. 내가…… 아냐, 혹시 정말 몸이 불편한지도 모르지. 건강할 땐 자진해서 하던 일도, 병이 나면 태만해지게 마련이거든. 피로 때문에 육체만이 아니라 정신까지도 고통을 받게 되면 우리는 본성을 잃게 마련이지. 음, 참자. 병자의 발작을 건강한 사람과 같이 생각하다니, 나의 이 성급한 성질이 탈이야. (켄트를 보고) 내 권세도 땅에 떨어졌구나! 뭣 때문에 저 사람을 이렇게 해놓은 거냐? 이걸 보면 공작 부부가 나를 멀리하는 것도 무슨 흉계가 있는 게 틀림없어. 저 하인을 풀어주어라. 공작 부부에게 내가 할 얘기가 있다고 전해라. 자, 빨리 나와서 내 말을 들어보라고 해. 안 나오면 침실 입구에 가서 북을 쳐서 잠을 쫓아줄 테다.

글로스터 부디 화목하게 지내셨으면 좋겠습니다. (퇴장)

리어 왕 아이고, 울화통이 치미는구나, 가슴아, 진정해라.

광대 얼마든지 소리를 질러요, 아저씨. 점잔 빼는 여편네가 뱀장어 요리를 하려고 뱀장어를 밀가루 반죽에 넣을 때같이 말예요. 기어나오는 뱀장어 대가리를 때리며 '이놈아, 들어가, 들어가!' 하듯이요. 그 여자의 오라비 또한 말이 귀엽다고 여물에다 버터를 발라준 괴짜라지 뭐예요.

콘월, 리건, 글로스터, 하인들 등장.

리어 왕 내외가 다 잘 있었느냐?

콘월 전하께 인사 여쭙니다! (시종들, 켄트를 풀어준다)

리건 오랜만에 뵙게 되어 기쁩니다.

리어 왕 그렇겠지, 리건! 당연히 그래야지. 만일 만난 것이 기쁘지 않다면, 네 어머니가 간통한 셈이니 그 무덤을 파내어 이혼을 해야겠지. (켄트를 보고) 오, 풀렸느냐? 그 문제는 나중에 얘기하고…… 리건, 네 언니는 지독한 년이더라. 아아, 리건, 그년은 독수리같이 예리하고도 매정한 부리로 여기를 쪼았다. (자기 가슴을 가리킨다) 말로는 설명할 수가 없다. 믿어지지 않을 거야. 얼마나 비열한 수단으로…… 아, 리건!

리건   제발 진정하세요. 언니의 진심을 오해하신 것이 아닌가 합니다. 언니가 효도를 소홀히 할 리가 없습니다.

리어 왕   뭐? 그건 무슨 뜻이냐?

리건   언니가 조금이라도 효도를 게을리했다고는 생각되지 않습니다. 혹시 언니가 아버님 시종들의 난동을 억제했다면, 거기에는 충분한 근거와 정당한 목적이 있어 그런 것일 테니, 언니를 비난할 수는 없는 노릇이지요.

리어 왕   그 망할 년!

리건   아, 아버님은 이제 많이 늙으셨습니다. 아버님은 고령이시고 기력도 얼마 안 남으셨으니까 자기보다 사정을 더 잘 아는 분별 있는 사람에게 의지하고 그 지시를 따르셔야 해요. 그러니 제발 언니에게로 돌아가서 용서를 빌고 잘못했다고 말씀하세요.

리어 왕   그년에게 용서를 빌라고? 그것이 아비가 할 짓이란 말이냐! '얘야, 나는 늙었다. 늙은이는 쓸모없는 사람이지. (무릎을 꿇으며) 이렇게 무릎을 꿇고 애원하마. 부디 옷과 잠자리와 먹을 것을 좀 다오!'라고 빌라고?

리건   그만두세요! 그건 보기 흉한 장난이에요. 언니에게로 돌아가세요.

리어 왕   (일어서면서) 절대로 안 가겠다. 그년은 내 부하를 반으로 줄인 데다 나를 무섭게 노려보고 독설을 퍼부어서 독사같이 이 가슴을 물어뜯었다. 하늘에 저장되어 있는 모든 복수가 그년의 머리 위에 쏟아져라! 하늘의 독기여, 그년의 아직 태어나지 않은 자식들에게 스며들어서 절름발이로 만드소서!

콘월 무슨 그런 말씀을!

리어 왕 날쌘 번개야, 눈을 멀게 하는 네 번갯불로 오만한 그년의 눈을 찔러다오! 강렬한 햇빛에 뿜어오르는 수렁의 독기야, 내려와서 그년의 미모를 짓무르게 하고, 그년의 오만을 꺾어버려라!

리건 아, 무서워! 화가 나시면 내게도 저렇게 악담을 하시겠지.

리어 왕 아니다, 리건. 너를 저주하는 일은 절대로 없을 것이다. 너는 본래 착한 심성을 지니고 있으니까 몰인정한 짓은 안 하겠지. 그년의 눈은 사납지만, 네 눈은 부드러워 사람을 노하게 만들지 않는다. 너는 나의 기쁨을 방해하거나, 하인을 줄이거나, 꽥꽥 말대답을 하거나, 부양료를 깎거나, 그리고 끝내는 내가 찾아가는 것이 싫어서 문을 잠그거나 하지는 않을 테지. 너는 잘 분간할 거야. 인간의 본분이나, 자식 된 도리나, 예의범절이나, 은혜를 갚는 길들을. 내가 왕국의 반을 준 것을 너는 잊지 않았을 테니까.

리건 아버님, 이제 용건을 말씀하세요.

리어 왕 내 사자를 차꼬에 묶은 놈이 누구냐? (안에서 나팔 소리)

콘월 저 나팔 소리는?

리건 틀림없이 언니일 거예요. 편지로 알려온 대로 벌써 오시는군요.

오스월드 드장.

리건 공작 부인이 오셨소?

리어 왕 요놈! 여우 같은 놈, 변덕스런 여주인의 총애를 믿고 우쭐해서 잘난 체 뻐기는 놈! 썩 물러가라, 종놈아! 꼴도 보기 싫다!

콘월 왜 그러십니까?

리어 왕 내 사자에게 차꼬를 채운 놈이 누구냐? 리건, 너는 아니겠지?

거너릴 등장.

리어 왕 저기 오는 게 누구냐? 아, 하늘이여! 온 세계를 다스리시는 자비로운 당신께서 늙은이를 가엾게 여기시고, 효심을 가상히 여기신다면, 또는 당신 자신이 늙으셨다면, 부디 저를 보호해주시고, 하늘의 사자를 내려보내셔서 저를 도와주소서! (거너릴에게) 너는 이 수염을 봐도 부끄럽지 않느냐? 오, 리건! 너는 그년의 손을 잡는단 말이냐?

거너릴 손을 잡는 게 무엇이 나쁩니까? 제가 무슨 무례한 짓을 했습니까? 분별 없는 사람이 생각하는 무례, 망령 난 분이 말하는 무례, 그것이 그대로 죄다 무례일 수는 없어요.

리어 왕 아, 이 가슴아, 너는 어지간히 질기구나! 용케 무너지지 않는구나! 왜 내 하인에게 차꼬를 채웠어?

콘월 제가 채웠습니다. 그놈의 무례한 행동은 그보다 더한 처벌을 받아 마땅합니다.

리어 왕 뭐라고, 네가? 네가 했어?

리건 아버님, 아버님은 연로하시니까, 연로하신 분답게 처신하세요. 이제 돌아가셔서, 한 달이 지날 때까지 언니 집에 계시다가 시종들을 반으로 줄여가지고 제게로 오세요. 저는 지금 집을 떠나 있기 때문에 아버님을 모시려고 해도 필요한 준비가 되어 있지 않습니다.

리어 왕 저년한테로 돌아가라고? 그리고 시종 쉰 명을 내보내라고? 싫다. 그보다는 차라리 두 번 다시 한 지붕 밑에서 살지 않겠다. 늑대나 올빼미의 벗이 되어 궁핍의 고통을 달래는 것이 낫지. 저년한테 가라고?

저년한테 갈 바에야 막내딸을 알몸으로 데려간 저 혈기왕성한 프랑스 왕 앞에 무릎을 꿇고 비천한 신하처럼 여생을 지낼 연금을 얻어 쓰는 것이 낫지. 저년한테 돌아가라고? 차라리 (오스월드를 가리키며) 이 더러운 종놈의 노예가 되라고, 짐말이 되라고 그래라.

거너릴 그럼 마음대로 하세요.

리어 왕 (거너릴에게) 부탁이니, 제발 나를 미치게 하지 마라. 이제 네 신세는 지지 않을 테다. 잘 있거라. 두 번 다시 널 만나지 않겠다. 다시는 너의 얼굴을 맞대지 않겠다. 하지만 너는 내 살과 피를 나눠 가진 딸이다. 아니, 내 살 속에 있는 병균이지. 그래도 내 것이라고 하지 않을 수는 없지. 너는 내 썩은 핏속에 생겨 곪아터진 악성 종기요, 퉁퉁 부은 부스럼이다. 그러나 나는 너를 책망하지 않겠다. 언제고 창피를 당할 날이 오더라도 내가 그걸 불러오진 않겠다. 천둥의 신에게 너를 사살해달라고 부탁하지도 않겠다. 숭고한 심판자 주피터 신에게 너를 고발하지도 않겠다. 마음을 고칠 때가 오면 고쳐라. 기회를 봐서 좋은 사람이 되어라. 나는 참을 수 있다. 리건과 함께 있으면 돼, 나와 내 백 명의 기사는.

리건 그렇게는 안 됩니다. 저는 아버님께서 오실 것을 예상하지도 못했고, 또 아직 맞아들일 준비가 되어 있지 않아요. 언니 말을 들으세요. 그렇게 화내시는 모습을 냉정하게 보고 있노라니 역시 늙으신 탓이라고 여기지 않을 수가 없습니다. 하여간 언니는 자기가 해야 할 일을 잘 알고 있을 겁니다.

리어 왕 진정으로 그런 말을 하는 거냐?

리건 네, 진정으로 하는 거예요. 시종이 쉰 명이라고요? 그 정도면 충분하잖아요. 그 이상 둘 필요가 어디 있어요? 아니, 그것도 많지요. 그렇게 인원이 많으면 비용으로나 위험으로 보나 보통 일이 아닙니다. 한 집의 두 주인 밑에서, 그 많은 하인이 어떻게 평화스럽게 지낼 수 있겠어요? 어려워요. 거의 불가능하지요.

거너릴 동생의 하인이나 제 하인을 부리면 안 되나요?

리건 왜 안 되겠어요. 만일 하인이 불손하게 굴면 저희들이 엄하게 단속하겠어요. 이번에 저희 집에 오시려면, 글쎄 그런 위험이 내다보이니까 말인데, 제발 하인들을 스물다섯 명으로 줄이세요. 그 이상 내줄 방도 없고 뒤치다꺼리도 해줄 수 없으니까요.

리어 왕 너에게 모든 것을 주었는데……

리건 정말 적당한 시기에 잘 주셨어요.

리어 왕 그리고 너희들을 후견인으로 삼아 일체의 권력을 맡겼다. 그 대신 일정한 수의 시종을 꼭 둔다는 조건이었는데, 뭐 스물다섯 명밖에 안 된다고? 리건, 진정으로 하는 말이냐?

리건 다시 한 번 말하겠어요. 그 이상은 절대로 안 되겠어요.

리어 왕 나쁜 것도 옆에 더 나쁜 것이 나타나면 좋아 보이게 마련이지. 최악이 아닌 것이 다소 가치가 있는 셈이 되니까. (거너릴에게) 네게로 가겠다. 네가 말한 쉰 명은 스물다섯 명의 배니까 네 효심도 저년의 두 갑절이겠지?

거너릴 잠깐 기다리세요. 시종을 스물다섯 명이고 열 명이고, 아니 다섯 명이고 둘 필요가 어디 있어요? 집에는 그 갑절이나 되는 하인들이 있으니까 언제든지 아버님의 시중을 들 수 있잖아요.

리건 한 명도 필요없을 것 아녜요?

리어 왕 오, 필요를 따지지 마라! 아무리 비천한 거지라도 아주 하찮은 물건일망정 여분을 가지고 있다. 필요 이상의 것을 가질 수 없다면 사람의 생활이 짐승과 다를 것이 무엇이냐? 너는 귀부인이지. 한데 만일 옷을 따뜻하게 입는 것이 사치라면, 별로 따뜻하지도 않은데 네가 입고 있는 그런 사치스런 옷이 인간에게 무슨 필요가 있단 말이냐. 그러나 정말로 필요한 것은…… 하늘의 신들이여, 내게 인내를 주십시오! 내게는 인내가 필요합니다! 신들이여, 나는 이렇게 불쌍한 늙은이입니다. 슬픔은 가슴에 가득 차고, 나이는 늙어서 어차피 불쌍한 신세입니다. 이 딸년들로 하여금 아비를 배반케 하는 것이 당신의 뜻일지라도, 내가 그걸 참고 견딜 수 있을 만큼 바보로는 만들지 말아주십시오. 나에게 분노를 일으켜주십시오! 여자의 무기인 눈물방울로 이 사나이의 볼을 더럽히지 않게 해주십시오. 이 흉악한 마녀 같은 것들아! 반드시 복수를 하겠다. 두고 봐라, 꼭 할 테다. 무얼 할지 아직은 나도 모르겠다만, 온 세상이 벌벌 떨게 할 테다. 네년들은 내가 울 줄 알았지? 하지만 절대로 안 운다. 울 이유야 충분히 있지만…… (폭풍 소리) 하지만 이 심장이 산산조각이 나버리기 전에는 울지 않을 테다. 아아, 광대야, 나는 미칠 것 같다! (리어 왕, 글로스터, 켄트, 광대 퇴장)

콘월 자, 안으로 들어갑시다. 폭풍우가 일어날 것 같소.

리건 이 집은 비좁아서 그 늙은이와 시종들이 다 들어갈 수 없어요.

거너릴 자업자득이지. 스스로 편한 것을 버렸으니까. 바보짓을 한 데 대한 대가를 치러도 싸지 뭐야.

리건 아버님 한 분이라면 기꺼이 환영해드리겠는데, 시종은 한 사람도 안 돼요.

거너릴 나도 그럴 결심이란다. 글로스터 백작은 어디 갔을까?

콘월 늙은이를 따라갔소. 아, 돌아오는군. (글로스터 다시 등장)

글로스터 왕께서 대단히 노하셨습니다.

콘월 어디로 가셨소?

글로스터 말을 준비하라고 하셨습니다만, 어디로 가시는지는 모르겠습니다.

콘월 내버려두는 게 좋아. 고집대로 하지 않으면 직성이 풀리지 않는 분이니까.

거너릴 백작, 절대로 만류하지 마세요.

글로스터 아아, 밤은 되고, 사나운 바람이 몹시 불어옵니다. 그리고 이 근처 몇 마일은 거의 덤불 하나 없습니다.

리건 아, 고집쟁이에게는 스스로 부른 고생이 좋은 약이 돼요. 성문을 닫으세요. 아버님은 난폭한 시종들을 데리고 있어요. 그들이 아버님을 부추겨 무슨 짓을 저지를지 몰라요. 그러니 경계해야 해요.

콘월 문을 닫으시오. 오늘 밤은 날씨가 험악하군요. 리건 말이 옳아. 자, 폭풍우를 피합시다. (일동 퇴장)

제3막

제1장

황야.

천둥, 번개, 폭풍이 계속된다. 켄트와 기사가 각각 좌우에서 등장.

켄트 누구냐, 이 험한 날씨에?

기사 험한 날씨같이 마음이 몹시 불안한 사람이라오.

켄트 난 또 누구라고. 전하는 어디 계시오?

기사 폭풍우와 싸우고 계시오. 바람을 향해, 이 대지를 바닷속으로 날려버리든가, 소용돌이치는 파도로 육지를 덮어 천지를 뒤엎고 모든 성을 없애버리든가 하라고 호통을 치고 계십니다. 당신 백발을 쥐어뜯고 계시는데, 사정없이 불어닥치는 광풍은 왕의 백발을 이리저리 날리며 희롱을 하고 있습니다. 사람의 몸이라는 소우주小宇宙를 가지고 심한 폭풍우와 상대하려고 발버둥을 치고 계십니다. 젖을 다 빨려버린 허기진 어미 곰도 제 집에 들어가 있고, 사자나 굶주린 늑대도 비에 젖지 않으려 하는 이 밤에, 모자도 안 쓰고 뛰어다니며 될 대로 되라고 외치고 계십니다.

켄트 곁에 누가 있지요?

기사 광대가 있을 뿐입니다. 그놈은 열심히 익살을 부려서 전하의 아픈 마음을 위로해드리려고 애를 쓰고 있습니다.

켄트 나는 당신의 인품을 잘 알고 있소. 그래서 당신을 믿고 중대한 일을 부탁하겠소. 서로 교묘하게 가면을 쓰고 있어서 아직 표면에 나타나지는 않지만, 실은 올버니 공작과 콘월 공작 사이는 금이 가 있소. 그렇지만 두 공작의 하인 중에는…… 하기야 운명의 힘으로 왕위나 높은 지위에 오른 사람에게는 그런 위인이 붙어 있게 마련이지만, 겉으로는 충복인 척하지만 실은 프랑스 왕의 간첩으로 우리나라 정보를 은밀히 프랑스로 보내는 자가 있소. 놈은 두 공작의 알력이나 음모, 또는 착한 노왕에 대한 두 공작의 가혹한 학대며, 또 그것들은 아마 표면상의 이유일 뿐 실은 그 속에 숨겨진 깊은 비밀이 있다는 것 등을 탐지하여 낱낱이 보고하고 있는 실정이오. 아무튼 프랑스 군이 분열된 우리나라를 공격해올 것이 확실합니다. 실제로 그들은 우리가 방심한 틈을 타서, 몰래 우리나라의 어떤 큰 항구에 이미 상륙하여 공공연하게 이리로 진격해올 태세요. 그래서 부탁하는데, 나를 믿고 지금 곧 도버로 가서 왕이 얼마나 학대를 받고 미칠 것 같은 비탄에 빠져 계시는지를 정확히 보고해주시오. 당신의 노고에는 분명 보답할 사람이 있을 것이오. 이렇게 말하는 나는 혈통으로나 가문으로나 어엿한 신사입니다. 당신에 대해서는 다소 알고 있고, 신원도 확인해두었기 때문에 이 일을 부탁하는 것이오.

기사 더 자세히 설명을 해주셔야지요.

켄트 염려 마시오. 내가 현재의 외모 이상의 신분이라는 증거로 이 돈주머니를 당신에게 드리리다. 주머니를 열고 마음대로 쓰시오. 만일 커딜리어 공주님을 뵙거든…… 꼭 뵙게 될 것이지만…… 이 반지를 보여드리면, 지금은 모르는 이 사람이 누군지를 커딜리어 공주님께서 직접 말씀해주실 거요. 웬 비바람이 이렇게 심하담! 전하를 찾으러 가봐야겠소.

기사 자, 악수를. 더 하실 말씀은 없소?

켄트 한마디만 더. 제일 중요한 것이오. 전하를 만나거든…… 당신은 저쪽으로, 나는 이쪽으로 가서 찾아다니다가 먼저 만나는 사람이 큰 소리를 질러서 신호를 하기로 합시다. (따로따로 퇴장)

제2장

황야의 다른 곳.
폭풍우 속에 리어 왕과 광대 등장.

리어 왕 바람아, 불어라! 내 뺨을 찢어라! 날뛰어라! 불어닥쳐라! 폭포수 같은 호우야, 회오리바람아, 억수같이 퍼부어서 높이 솟아 있는 첨탑을 침수시키고, 첨탑 꼭대기에 달린 바람개비 수탉을 익사시켜버려라! 머릿속을 스치는 생각처럼 재빠른 유황불이여, 참나무를 동강내는 천둥의 선도자인 번개여, 내 백발을 불태워라! 천지를 진동하는 뇌성이여, 둥근 지구를 때려부수어 납작하게 만들어라! 인간 창조의 모태를 찢어발기고, 배은망덕한 인간을 만드는 씨를 모조리 없애버려라.

광대 오, 아저씨, 비 맞지 않고 집 안에서 아첨하는 것이 밖에서 비 맞는 것보다는 나아요. 아저씨, 돌아가서 따님들에게 축복해달라고 빌어요. 이런 밤은 똑똑한 놈이나 바보나 아무도 동정받지 않으니까요.

리어 왕 힘껏 울려라! 불길아, 타올라라! 비야, 쏟아져라! 비도 바람도 천둥도 번개도 내 딸은 아니다. 자연이여, 너희들을 불효자라고 책하지는 않겠다. 너희들에게는 영토를 준 적이 없다. 너희들을 내 딸이라고 부른 적도 없다. 너희들은 내게 복종할 의무가 없다. 그러니 마음대로 무서운 짓을 해라. 나는 너희들의 노예다. 이처럼 가엾고 무력하고 쇠약하고 천대받는 늙은이다. 그러나 나는 너희들을 비겁한 첩자라고 부르겠다. 저 악독한 두 딸의 편을 들어서, 이런 불쌍한 늙은이의 백발 위로 하늘의 군대를 끌고 오다니! 아, 너무 심하구나.

광대 머리를 들이밀 집이 있다는 것은 머리가 좋다는 증거지.

　　집도 절도 없는데

　　자식새끼 만들면

　　부모 자식 모두가

　　비렁뱅이 신세 된다.

　　애지중지 소중한 것(커딜리어)

　　차버리면

　　애꿎은 발가락의 티눈만 아파

　　긴긴 밤들을 울며 새운다.

그렇지, 어떤 미인도 거울 앞에서는 온갖 표정을 지어 보이거든.

　　켄트 등장.

리어 왕 아니야, 나는 인내의 모범이 되어야지. 아무 말도 말아야지.

켄트 누구냐?

광대   윗사람과 아랫사람이다. 글쎄, 똑똑한 사람과 바보 말이야.

켄트   아이고, 여기 계셨군요? 밤을 좋아하는 짐승도 이런 밤은 싫어하지요. 이렇게 날씨가 험해서야 어둠 속을 헤매다니는 맹수들조차 겁이 나서 굴속에 숨어 꼼짝도 않을 겁니다. 이렇게 처참한 번개, 이렇게 무서운 천둥, 이렇게 들끓는 폭풍우의 울부짖음, 태어나서 아직 한 번도 겪어본 일이 없습니다. 사람의 몸으로는 도저히 이런 고통이나 공포를 감당할 수가 없을 것입니다.

리어 왕   우리 머리 위에 이렇게 무서운 폭풍우를 퍼붓고 있는 위대한 신들이여, 한시바삐 당신의 원수를 찾아내소서! 무서워 떨어라. 비밀의 죄를 가슴속에 안고 있으면서도 아직껏 정의의 회초리를 받지 않고 있는 죄인아. 숨어봐라, 살인자야, 위증자야, 간음을 범하고도 근엄한 척하는 놈아. 손발이 떨어지도록 덜덜 떨어봐라. 교묘하게 남의 눈을 속여 사람을 모살하려고 한 악당아, 마음속 깊이 숨어 있는 죄업들아, 너희들을 감싸 숨기고 있는 가슴패기를 찢고 나와서 이 무서운 호출자에게 자비를 빌어라. 나는 죄를 지었다기보다는 피해를 당한 사람이다.

켄트   아아, 모자도 안 쓰시고! 전하, 근처에 오두막집이 하나 있습니다. 비바람을 피하시는 데는 다소 도움이 될 것입니다. 거기서 잠깐만 쉬고 계십시오. 그동안 제가 그 냉혹한 집, 그것을 짓는 데 사용된 돌보다 차가운 집, 아까도 전하를 찾으러 갔더니 들어오지 못하게 하던 집, 그 집에 다시 가서 억지로라도 예의를 지키게 해보겠습니다.

리어 왕   서서히 미쳐가는 것 같구나. 얘, 왜 그러느냐? 광대야, 추우냐? 너도 춥구나. (켄트에게) 네가 말한 그 짚자리는 어디 있느냐? 궁핍은 신기한 마술을 가졌거든, 천한 것도 귀한 것으로 바꿔버리니까. 그 오두막집으로 가자. 얘, 광대야, 나는 마음 한구석으로 너를 몹시 불쌍하게 생각하고 있다.

광대 (노래한다)

지혜가 모자라는 사람이라도

바람 부는 날이나 비 오는 날이나

운명으로 생각하고 체념하여라,

날마다 비만 내리더라도.

리어 왕 네 말이 맞다, 광대야. 자, 그 오두막집으로 안내해라. (리어 왕
과 켄트 퇴장)

광대 탕녀의 욕정을 식히기엔 안성맞춤인 좋은 밤이다. 나가기 전에
예언이나 한마디 해야겠다.

신부神父가 수도보다 아첨을 먼저 배우게 될 때,

술장수가 물로 누룩을 망치게 될 때,

귀족이 재봉사의 선생이 될 때,

이교도 대신에 기생 서방만이 화형당하게 될 때,

소송이 모두 정당히 판결될 때,

빚에 쪼들리는 신하 없고, 가난한 기사 없게 될 때,

욕이 남의 혀에 오르지 않게 될 때,

소매치기가 사람들 틈에서 나타나지 않게 될 때,

고리대금업자가 들판에서 돈을 계산하게 될 때,

그리고 뚜쟁이나 갈보들이 교회를 세우게 될 때,

그때는 잉글랜드 전체에 큰 혼란이 일어나지.

그때까지 살아보면 알게 되겠지만,

발은 걷는 데 쓰자는 것이라네.

이런 예언은 마술사 멀린이나 해야 되지. 나는 그보다는 전 시대 사람이
니까. (퇴장)

제3장

글로스터 백작의 성안.
글로스터와 에드먼드, 횃불을 들고 등장.

글로스터 아아, 에드먼드, 이럴 수가 있느냐? 그렇게 의리도 인정도 없는 처사는 처음 봤구나. 가엾게 생각하여 도와드리려고 공작 부부께 애원하다가 나는 집을 몰수당하고 말았다. 그뿐 아니라 만약 다시 왕 이야기를 꺼내든지, 왕을 위해서 탄원하든지, 또는 어떠한 방법으로든 보살펴드리든지 하면, 영원히 자기들의 노여움을 살 각오를 하라는 불호령이 떨어졌다.

에드먼드 지독하게 인정머리 없는 불효막심한 사람이군요!

글로스터 관둬라, 아무 말 마라. 두 공작 사이에는 지금 금이 가 있다. 게다가 더 불행한 일이 일어나고 있다. 오늘 밤 나는 한 통의 밀서를 받았는데, 이 일을 입밖에 내는 건 위험하다. 밀서는 장롱 속에 감추고 자물쇠를 채워두었다. 현재 전하께서 받고 계신 학대에 대해서는 철저한 복수가 있을 거다. 벌써 군대가 일부 상륙했어. 우리는 전하 편을 들어야 한다. 지금부터 찾아가서 은밀히 도와드려야지. 너는 가서 공작님을 상대해라. 나의 자선 행위를 눈치채지 못하게 하기 위해서 말이다. 내 얘기를 묻거든 몸이 불편해서 누워 있다고 해라. 이 일로 목숨을 잃더라도, 사실 위협받고 있다만, 오랫동안 섬겨온 왕이니 꼭 도와드려야겠다. 에드먼드, 무슨 일이 꼭 일어날 것만 같구나. 부디 몸조심해라. (퇴장)

제4장

황야의 오두막집 앞.

리어 왕, 켄트, 광대 등장.

켄트 여기입니다. 자, 들어가십시오. 캄캄한 황야에서는 쏟아지는 폭풍우를 도저히 견디지 못합니다.

리어 왕 내 염려는 하지 마라.

켄트 들어가십시오.

리어 왕 내 가슴을 찢어놓겠단 말이냐?

켄트 오히려 제 가슴을 찢고 싶습니다. 제발 들어가십시오.

리어 왕 이렇게 밀어닥치는 폭풍우에 흠뻑 젖은 것을 너는 대단한 일로 알고 있군. 네게는 그럴 테지. 하지만 사람이란 큰 병을 앓고 있으면 작은 병은 느껴지지 않는다. 곰을 보면 누구든지 도망치지만, 앞에 파도치는 바다가 가로막고 있으면 이빨을 드러내고 포효하는 곰에게 덤벼들 것이다. 마음에 고민이 없을 때는 육체의 고통이 예민하게 느껴지지. 내 가슴속에는 폭풍우가 일고 있기 때문에 육체는 아무 감각도 없어. 이 가슴을 치는 소리밖에 느껴지지 않는다. 불효자! 음식을 갖다주는 자의 손을 입으로 물어뜯는 격이 아닌가! 단단히 응징해야지! 아냐, 이제는 울지 않겠다. 이런 밤에 나를 내쫓다니! 비야, 억수같이 쏟아져라. 나는 끝내 참겠다. 이런 밤에! 아, 리건, 거너릴! 아낌없이 모든 것을 준 늙고 인자한 아비를. 아, 그것을 생각하면 미칠 것만 같다. 이젠 더 이상 생각하지 말아야지! 그만두자.

켄트　부디 어서 들어가십시오.

리어 왕　너나 들어가서 편히 쉬어라. 이 폭풍우 덕분에, 더욱 몸에 해로운 일들을 돌이켜 생각해보지 않아도 되겠구나! 하지만 들어가자. (광대를 보고) 들어가, 너 먼저 들어가라. 집도 없는 가난뱅이…… 너 먼저 들어가라. 나는 이제 가난한 자를 위하여 기도를 올리고, 그리고 자겠다. (광대 들어간다) 헐벗고 불쌍한 가난뱅이들아, 지금 너희들이 어디 있든 간에 이런 무자비한 폭풍우에 시달리며, 머리를 들이밀 집도 없이, 굶주린 배를 안고, 구멍난 누더기를 걸치고 어떻게 이렇듯 험한 날씨를 감당하느냐? 아, 나는 이제까지 너무도 무관심했다. 영화를 누리고 있는 자들이여, 이걸 약으로 삼아라. 폭풍우에 시달려보고 가난뱅이들의 처지를 경험해봐라. 그러면 너희들도 여분의 것을 그들에게 나눠주고, 하늘의 정의를 보여주게 될 것이다.

에드거　(안에서) 한 길 반이다, 한 길 반이다! 나는 불쌍한 톰입니다. (광대, 놀라서 오두막집에서 뛰어나온다)

광대　들어가지 마세요, 아저씨. 귀신이야. 사람 살려, 사람 살려!

켄트　내 손을 잡아라. (안에다 대고) 누구냐, 거기 있는 건?

광대　귀신이야, 귀신! 불쌍한 톰이라고 그랬어요.

켄트　거기 짚자리에 앉아서 중얼거리는 놈은 누구냐? 이리 나와.

미치광이로 가장한 에드거 등장.

에드거　저리 가! 아, 악마가 쫓아온다! 가시 돋친 산사나무 가지 사이로 찬바람이 분다. 흥! 악마야, 차가운 잠자리로 들어가서 몸뚱이나 녹여라.

리어 왕　너도 두 딸에게 다 줘버렸느냐? 그래서 이 지경이 됐느냐?

에드거   누가 동냥 좀 해주지 않겠습니까, 이 불쌍한 톰에게? 악마가 톰을 끌고 다닙니다. 불속, 화염 속, 개울 속, 여울 속, 늪, 수렁 위로 끌고 다닙니다. 악마는 베개 밑에 칼을 넣어놓거나, 복도에 목매달아 죽을 밧줄을 걸어놓고 있습니다. 혹은 죽그릇 옆에 쥐약을 갖다놓고, 혹은 교만한 마음을 일으키게 하여 다섯 치밖에 안 되는 다리를 적갈색 말을 타고 건너게 하고, 반역자를 잡는답시고 제 그림자를 쫓게 하는 것도 다 그놈의 짓이야. 신의 가호로 당신은 미치지 마십시오! 톰은 추워요. 몸이 너무나 떨려요. 신의 가호로 당신은 회오리바람도 별의 독기도 받지 말고, 악마에게 홀리지도 마십시오! 불쌍한 톰에게 적선 좀 베풀어주세요. 톰은 악마에게 잡혀 있습니다. 자, 이번엔 꼭 악마를 붙들어야지! 여기, 여기다! 아니, 저기다. (여전히 폭풍우)

리어 왕   뭐야, 이놈도 제 딸 때문에 이 꼴이 되었나? 너도 네 몫을 아무것도 남겨놓지 않았느냐? 모두 줘버렸느냐?

광대   담요 한 장은 남겨놨군그래. 그것마저 줘버렸더라면 우리 쪽이 창피해서 못 볼 거야.

리어 왕   공중에 떠돌며 죄지은 사람들 위에 내리덮치는 독기여, 네 딸들의 머리 위에 떨어져라!

켄트   저 사람에게는 딸이 없습니다.

리어 왕   닥쳐라, 반역자야! 불효의 딸이 없고서야 인간이 저렇게 망측하게 될 리가 있나. 버림받은 아비들이 저렇게 자기 육체를 무자비하게 학대하는 것이 요새 세상의 유행이냐? 당연한 벌이지! 제 아비의 피를 빨아먹는 펠리컨 같은 딸을 낳은 것은 본래 이 살이었으니까.

에드거   필리콕이 필리콕 언덕 위에 앉아 있구나. 여기, 여기, 쉬, 쉬!

광대   이런 추운 밤엔 누구나 바보 아니면 미치광이가 되어버릴 거야.

에드거   악마를 조심해요. 부모 말을 잘 듣고, 약속을 꼭 지켜요. 함부로 맹세하지 말고, 남의 아내를 범하지 말고, 좋은 옷에 정신 팔지 마세요. 톰은 춥다.

리어 왕 너는 전에 무엇을 했나?

에드거 이래봬도 보통이 아닌 건달이었지요. 머리 지지고, 모자에는 애인한테 받은 장갑을 달고, 주인아씨 색정에 맞춰주며 은밀한 짓도 좀 하고요. 입만 열었다 하면 맹세를 하고는 하느님의 인자한 얼굴 앞에서 깨뜨려버리고, 잠자리 속에 있을 때는 성욕을 만족시킬 궁리를 하고, 눈을 뜨면 그것을 실행하고요. 술은 고래요, 노름에는 미치고, 여자에는 터키 왕을 뺨칠 정도로 호색이고요. 거짓말쟁이에다 귀는 얇고, 손은 잔인하고, 게으르기로는 돼지요, 교활하기로는 여우요, 욕심 많기로는 이리요, 미치광이 같기로는 개요, 잡아먹기로는 사자였지요. 구두 소리가 나고 비단옷 스치는 소리가 난다고 여자에게 한눈을 팔아서는 안 됩니다. 갈보집에는 발을 들여놓지 말고, 치마 속에는 손을 넣지 말고, 고리대금업자의 장부에는 사인을 하지 말고, 악마는 쫓아버리세요. 산사나무 사이를 찬바람이 불고 있군, 윙, 윙, 윙 하고. 야, 이 난봉꾼아! 자, 통과시켜 줘라! (계속 폭풍우)

리어 왕 넌 차라리 무덤 속으로 들어가버리는 게 낫겠다, 이런 사나운 비바람을 알몸뚱이로 맞고 서 있느니. 사람이 저런 꼴밖에 될 수 없는 거냐. 그를 봐라. 너는 누에에게서 비단도 얻지 못했고, 짐승에게서 가죽도, 양에게서 털도, 고양이에게서 사향도 얻지 못했구나. 허! 여기 세 사람은 타락한 가짜들인데, 너만 진짜다. 옷을 벗으면 인간은 너같이 불쌍하고 벌거벗은 짐승에 불과해! 벗어라. 버리자, 빌려 입은 이런 것들을! 얘, 이 단추를 좀 끌러라. (리어 왕, 옷을 벗으려고 몸부림친다)

광대 아이고, 아저씨, 좀 참아요. 오늘 밤은 날씨가 나빠 헤엄은 못 쳐요. 넓은 벌판에 작은 불이 하나 있어봤자, 색골 늙은이의 심장 같은 거야. 조그만 불똥이 하나 있을 뿐, 몸뚱이 전부는 차디차거든. 저것 봐라, 불이 이쪽으로 걸어온다.

　　　　글로스터, 횃불을 들고 등장.

에드거　저것은 흉악한 악마 플리버티지비트로구나. 저놈은 통금 때 나타나서 첫닭 울 때까지 떠돌아다니거든. 우리를 삼눈으로, 사팔뜨기, 언청이로 만드는 것은 저놈의 짓이야. 밀 이삭을 썩히고, 흙 속의 약한 벌레를 골리는 것도 저놈의 짓이야.
　　　　마귀 쫓는 성자가 벌판을 세 번 돌다가,
　　　　꿈에 본 마귀와 그 부하를 만났지.
　　　　성자는 이렇게 꾸짖었다네.
　　　　마귀야, 내려와서 못된 짓 하지 마라.
　　　　마귀야, 나가거라, 썩 꺼져 없어져라!
켄트　왜 그러십니까, 전하?
리어 왕　저것은 누구냐?
켄트　거기 누구냐? 누굴 찾느냐?
글로스터　너는 누구냐? 네 이름을 대라.
에드거　불쌍한 톰입니다. 이놈은 물에 노는 청개구리도, 두꺼비도, 올챙이도, 도마뱀도, 도롱뇽도 모두 먹습니다. 악마가 미쳐 날뛰면 이놈은 화가 나서 푸성귀 대신 쇠똥을 먹고, 늙은 쥐나 하수구에 빠져 죽은 개도 삼키고, 웅덩이 물을 푸른 이끼째 함께 마셔버립니다. 이놈은 매를 맞고 마을에서 마을로 쫓겨다니며, 차꼬가 채워지고 감옥에 갇히고 하는 놈인데, 이래봬도 전에는 윗도리를 세 벌, 셔츠를 여섯 벌 가졌던 놈입니다. 말도 타고 칼도 차고 다녔지요.

생쥐와 들쥐들이

기나긴 일곱 해 동안 톰의 음식이었지.

나를 따라 다니는 놈을 조심해. 가만있어, 악마 스멀킨아. 가만 있어, 이 악마야!

글로스터　이럴 수가! 전하께서 이런 놈하고 함께 계셨습니까?

에드거　염라대왕은 신사지요! 그 이름은 모도라고도 하고 마후라고도 해요.

글로스터　전하, 살과 피를 나눈 자식들까지 몹시 악독해져서, 낳아준 부모를 미워하는 세상이 됐습니다.

에드거　불쌍한 톰은 추워요.

글로스터　자, 가시지요. 저는 전하의 신하로서 따님들의 무정한 명령에 복종할 수는 없습니다. 따님들이 저의 성문을 닫고 전하를 이 밤중의 폭풍우 속에서 고생하게 그냥 놔두라고 엄명을 내렸습니다만, 그럴 수는 없습니다. 저는 전하를 뵙고 따뜻한 불과 식사가 준비되어 있는 곳으로 안내해드리려고 찾아왔습니다.

리어 왕　먼저 이 학자하고 문답을 해보자. (에드거에게) 천둥은 어째서 생기느냐?

켄트　전하, 저분의 말대로 하십시오. 그 집으로 들어가십시오.

리어 왕　나는 이 박식한 그리스 학자와 얘기하고 싶다. 무엇을 연구하고 있느냐?

에드거　악마 퇴치법과 빈대 잡는 방법입니다.

리어 왕　네게 조용히 한마디 물어볼 것이 있다.

켄트　(글로스터에게) 한 번 더 권해보시오. 실성하기 시작하는 것 같습니다.

글로스터　어디 노왕 잘못이겠습니까? (여전히 폭풍우) 딸들이 노왕을 죽이려고 하니 말이오. 아! 그 훌륭한 켄트! 가엾게 추방당한 그 사람은 꼭 이렇게 되리라고 말했었지! 전하께서 실성하기 시작한 것 같다고 말했지만, 실은 나도 미칠 것 같소. 내게도 자식 하나가 있었는데, 지금은 의절해버렸소. 그놈이 내 목숨을 노리지 않았겠소. 아주 최근의 일이오. 나는 그놈을 사랑했었지요. 어떤 아비가 그렇게 사랑했겠소. 실은 그 서러움 때문에 나는 미치게 된 것 같소. 대체 무슨 밤이 이럴까! (리어 왕에게) 전하, 제발 부탁입니다.

리어 왕   아, 용서하게. (에드거에게) 너도 같이 가자.

에드거   톰은 추워요.

글로스터   너는 이 오두막 속에 들어가 몸을 녹여라.

리어 왕   자, 같이 들어가자.

켄트   이쪽으로 오십시오.

리어 왕   아니야. 저 사람하고 같이 가겠다. 이제부터 나는 항상 저 철학 선생하고 같이 있고 싶으니까.

켄트   하시자는 대로 저 사람을 데리고 가게 해드리시오.

글로스터   그럼 데리고 오시오.

켄트   따라와. 같이 가자.

리어 왕   자, 가자, 그리스의 학자 선생.

글로스터   조용히, 조용히. 쉬!

에드거   젊은 기사 롤랜드가 캄캄한 성에 도착했을 때, 거인의 입버릇은 그 전이나 다름없었다. '흐흥, 영국 사람의 피 냄새가 나는군.' (일동 퇴장)

제5장

글로스터의 성안.

콘월과 에드먼드 등장.

콘월 이 집을 떠나기 전에 기어코 복수를 하고 말 테다.

에드먼드 부자간의 정을 저버리면서까지 충성을 택했느냐고 비난받을 것을 생각하니 어쩐지 두렵기만 합니다.

콘월 이제야 알았다. 네 형이 아비의 목숨을 노린 것도 그의 흉악한 성질 때문만은 아니었구나. 아비에게도 비난받을 만한 점이 있어서, 그것이 아들에게 살의를 일으키게 한 이유가 된 거로구나.

에드먼드 정당한 일을 하면서 그걸 뉘우쳐야만 하는 저의 운명은 얼마나 기구합니까! 이것이 아버지가 얘기하신 밀서입니다만, 이것으로 보아 아버지는 프랑스 군을 돕는 첩자라는 것이 판명된 것입니다. 아아! 이런 반역이 없었더라면 좋았을 텐데. 또는 내가 밀고자가 되는 일이 없었더라면 좋았을 텐데!

콘월 같이 집사람에게로 가자.

에드먼드 이 편지 내용이 사실이라면 공작께서는 대사건을 치러야만 되겠군요.

콘월 사실이든 아니든 이제 네가 글로스터 백작이 되었다. 부친의 거처를 빨리 알아내어 곧 체포할 수 있도록 하라.

에드먼드 (방백) 잘됐어. 아버지가 왕을 돕고 있는 장면을 찾아낸다면 혐의는 더욱더 짙어지는 거다. (콘월에게) 저는 어디까지나 충성을 다할 각오입니다. 충과 효 사이의 갈등이 제아무리 고통스럽더라도.

콘월　너를 신임하겠다. 그리고 부친 이상으로 너를 사랑하겠다. (두 사람 퇴장)

제6장

글로스터의 성 부근 농가.

글로스터와 켄트 등장.

글로스터　그래도 바깥보다는 나을 테니 조금만 참아주시오. 나는 국왕을 좀 더 편안히 모실 수 있도록 최선을 다해볼 생각이오. 곧 돌아오리다.

켄트　전하께서는 극심한 울화로 인해 모든 분별력을 상실하셨습니다. 당신의 친절은 정말로 감사합니다. (글로스터 퇴장)

리어 왕, 광대, 에드거 등장.

에드거　악마 프라테레토가 나를 부른다. 뭐, 네로 황제가 지옥의 호수에서 낚시질을 하고 있다고? (광대에게) 바보야, 기도를 해서 악마를 빨리 쫓아버려.

광대　아저씨, 좀 가르쳐주세요. 미친 사람은 귀족인가요, 농부인가요?

리어 왕　왕이지, 왕이야!

광대　아냐, 귀족 아들을 가진 농부야. 다들 그러잖아요, 자기보다 먼저 아들을 귀족이 되게 한 농부는 미친놈이라고.

리어 왕　몇 천의 악마들이 새빨갛게 달구어진 부젓가락을 들고 와서 그년들에게 덤벼들었으면 좋겠다.

에드거　악마가 내 등을 물어뜯고 있어요.

광대　늑대를 온순하다고, 말을 병 없는 짐승이라고, 소년의 사랑이나 갈보의 맹세를 참말이라고 믿는 놈은 미친 사람이지.

리어 왕　그래, 그렇게 덤벼들게 하자. 곧 법정에서 심판하겠다. (에드거에게) 자, 박식한 재판장님은 이리 앉아요. (광대에게) 현명한 당신은 여기에. 요 암여우들은……

에드거　저기 악마가 버티고 서서 노려보고 있어요. 부인, 저것들이 재판을 구경하고 있는데 괜찮습니까? (노래)

　　　강 건너 이리 오라, 베시야.

광대　(노래)

　　　배가 물이 새네요.

　　　그이의 배는

　　　건너려 해도 못 건너는

　　　사랑의 강이라오.

에드거　악마가 꾀꼬리로 둔갑해서 불쌍한 톰에게 달라붙어 있어요. 악마 홉댄스는 톰의 뱃속에서 날청어 두 마리를 달라고 야단을 쳐요. 꿀꿀거리지 마라, 시커먼 악마야! 네게 먹일 것은 아무것도 없으니까.

켄트　왜 그러십니까? 왜 그렇게 멍하니 서 계시는 겁니까? 자리에 누워 좀 쉬십시오.

리어 왕　먼저 그년들을 재판해야지. 증인을 불러와. (에드거에게) 법관복을 입은 재판장님, 착석하시오. (광대에게) 당신은 배심원이군요. 그 옆에 앉아주시오. (켄트에게) 당신은 특명에 의한 순회 재판관이군요. 당신도 앉아주시오.

에드거 재판은 공정하게 합시다. (노래)

　　　잠이 들었느냐, 목동아?

　　　네 양이 보리밭을 망치고 있다.

　　　소리 높여 휘파람을 불어라,

　　　양이 덫에 걸리지 않게.

　　　야옹! 어이구 잿빛 고양이가 나왔네.

리어 왕 먼저 저년을 호출해, 거너릴 말이야. 여기 훌륭한 분들 앞에서 맹세합니다. 이년은 자기 아비인 불쌍한 왕을 발길로 찼습니다.

광대 이리 나와. 네가 거너릴이냐?

리어 왕 아니라곤 못하지.

광대 이거 실례했어. 잘 만들어진 의자인 줄 알았지.

리어 왕 여기 또 하나 있다. 그 일그러진 낯짝은 심장이 돌로 되어 있다는 좋은 증거다. 붙잡아, 그년을! 칼을 가져와, 칼을! 베어버려! 화형에 처해라! 법정까지 매수당한 모양이군! 부정한 재판관, 왜 저년을 놓쳤어?

에드거 제발 실성하지 마시기를!

켄트 아, 가엾어라! 그렇게도 여러 번 장담하시던 그 인내는 어디다 두셨습니까?

에드거 (방백) 전하의 입장을 생각하니 눈물이 쏟아진다. 이러다간 연극을 망치고 말겠는걸.

리어 왕 요놈의 강아지들까지…… 트레이도, 블랜치도, 스위트까지도 죄다 날 보고 짖어대는구나.

에드거 톰이 쫓아드리죠. 저리 가, 이 못된 개들아! (노래)

콧등이 흰 놈이든 검은 놈이든

물면 이빨에 독이 있는 놈이든

집개, 사냥개, 잡종개든

큰 개, 작은 개, 암캐, 수캐든

꼬리가 없는 개든, 꼬리 긴 개든

톰이 한바탕 혼을 내줄 테다.

이렇게 머리로 박치기하면

개들은 뛰어서 도망쳐 간다.

아아, 춥다, 추워. 자, 자, 출발이다. 밤잔치 자리로, 시장으로 가자. 불쌍한 톰아, 네 동냥주머니가 텅텅 비었구나.

리어 왕 다음은 리건을 해부할 차례다. 그년의 심장에 무엇이 나 있는지 살펴보도록 해라. 이렇게 냉혹한 심장이 만들어진다는 것은 자연 그 자체에 원인이 있는 것이 아닐까? (에드거에게) 얘, 너를 시종 백 명 중의 한 사람으로 등용하겠다. 다만 그 옷차림이 보기 흉하구나. 페르시아 식이라고 하는지는 모르겠지만, 갈아입도록 해라.

켄트 전하 누워서 잠깐 쉬십시오.

리어 왕 (눕는다) 조용히 해줘. 커튼을 쳐라. 그래 그래, 됐다. 날이 새거든 저녁을 먹자.

광대 그럼 나는 해가 돋으면 자러 가야지.

글로스터 등장.

글로스터 이리 좀 나오시오. 국왕께서는 어디 계시오?

켄트 여기 계십니다. 하지만 조용히 하십시오. 실성을 하셨으니까요.

글로스터 어서 왕을 안아 일으키시오. 지금 막 암살 음모가 있다는 소문이 들어왔소. 여기 들것이 준비되어 있으니 그것에 태워서 빨리 도버로 모시고 가시오. 거기 가면 환영과 보호를 받을 것이오. 어서 왕을 안아 일으키시오. 반 시간만 지체하는 날이면 왕의 목숨은 물론, 당신의 목숨도, 왕을 도와드리려고 하는 모든 사람들의 목숨까지 달아나고 말 것이오. 빨리 안아 일으키시오, 빨리! 그리고 나를 따라오시오. 여행에 필요한 물건을 놓아둔 곳으로 안내하겠으니!

켄트   피로에 지쳐 곤히 잠드셨군요. 이렇게 쉬고 계시면 부서진 신경이 다시 치유될는지도 모르겠으나, 형편상 휴식이 허락되지 않는다면 도저히 회복될 가망은 없습니다. (광대에게) 자, 좀 거들어라. 주인님을 안아 일으키자. 너도 뒤에 처져서는 안 돼.

글로스터   자, 자, 어서 갑시다! (글로스터, 켄트, 광대, 리어 왕을 안고 퇴장)

에드거   지체 높은 어른도 우리와 마찬가지로 고통을 당하는 것을 보니, 나의 불행 따위는 원망할 수도 없을 것 같구나. 남들은 안락하게 지내는데 자기 혼자만 고통을 받는 것이 제일 고통스럽지. 허나 슬픔에도 동료가 있고, 고통에도 친구가 생기면 가벼워져서 견디기 쉽게 되는 것 같군. 나를 굽히게 만든 것이 왕의 고개도 수그리게 했으니 말이다. 왕은 딸들 때문에, 나는 아버지 때문에! 톰아, 물러가라! 인간들 사이에 소동을 보고 있다가 때가 되면 나오너라, 네 명예를 더럽혀준 오명이 벗겨지고, 원래의 신분으로 회복될 날이 머지않아 반드시 올 것이다. 오늘 밤 이 이상 무슨 일이 일어나더라도 제발 왕께서는 무사하시기를! 자, 숨자, 숨어. (퇴장)

제7장

글로스터 저택의 한 방.

콘월, 리건, 거너릴, 에드먼드, 하인들 등장.

콘월 (거너릴에게) 급히 돌아가서 부군께 이 편지를 보여드리시오. 지금 막 프랑스 군이 상륙했습니다. (하인에게) 여봐라, 반역자 글로스터를 빨리 찾아오너라.

리건 당장 교수형에 처하세요.

거너릴 눈을 뽑아버리는 게 좋아.

콘월 처분은 내게 맡기시오. 에드먼드! 너는 처형을 모시고 가라. 반역자인 너의 부친에게 우리가 보복하는 것을 네가 보는 건 좋지 않다. 올버니 공작댁에 도착하거든, 긴급히 전투 태세를 갖추라고 전해라. 이쪽도 곧 준비를 하겠다. 앞으로는 전령을 세워 신속히 정보를 전달하도록 하겠소. 처형, 안녕히 가시오. 그럼 잘 부탁하네, 글로스터 백작.

오스월드 등장

콘월 어떻게 됐느냐? 왕은 어디 계시냐?

오스월드 글로스터 백작이 모시고 가버렸습니다. 왕의 기사 서른대여섯 명이 열심히 왕의 행방을 찾아다니다가 성문 앞에서 만나 백작의 하인 수십 명과 합류하여 왕을 경호해서 도버를 향해 떠나버렸습니다. 거기에 자기 편 군대가 기다리고 있다고 큰소리치고 있었습니다.

콘월 마님이 타고 가실 말을 준비해라.

거너릴 그럼, 두 분 다 잘 있어요.

콘월 에드먼드, 잘 가게. (거너릴, 에드먼드, 오스월드 퇴장) 반역자 글로스터를 체포해 오너라. 강도처럼 두 손을 결박해 이리 끌고 오너라. (시종들 퇴장) 재판의 형식을 거치지 않고 사형을 선포하는 것은 옳지 않은 일이지만, 홧김에 권력을 휘두른다면 누구도 방해할 수는 없지. 비난하는 놈은 있겠지만.

　

하인들이 글로스터를 끌고 들어온다.

　

콘월 누구냐? 반역자냐?

리건 배은망덕한 여우! 바로 그놈이군요.

콘월 그 말라빠진 두 팔을 꼭 묶어라.

글로스터 왜 이러십니까? 잘 생각해보십시오. 두 분은 저희 집 손님이 아니십니까? 부당한 처사는 삼가시오.

콘월 빨리 묶지 못하겠느냐! (하인들, 글로스터를 결박한다)

리건 꽁꽁 묶어라, 더러운 반역자!

글로스터 무자비한 분이군요, 부인께선. 나는 반역자가 아니오.

콘월 이 의자에다 묶어라. 이 악당아, 본때를 보여주겠다. (리건이 글로스터의 수염을 쥐어뜯는다)

글로스터 자비로우신 신들께서는 이 철면피 같은 소행에 놀라실 것입니다. 수염을 잡아뜯다니, 너무나 무도하오.

리건 그래, 그렇게 흰 수염을 하고서 반역을 해?

글로스터 잔혹한 분이군요. 당신이 이 턱에서 뽑은 수염은 다시 살아나서 당신을 저주할 거요. 적어도 나는 이 집 주인이 아닙니까? 주인의 얼굴에다 날도둑같이 폭행을 하는 것은 너무 심하잖소. 왜 이러시오?

콘월　이것 봐. 최근에 프랑스로부터 무슨 편지를 받았지?

리건　솔직히 자백해라. 증거가 있으니까.

콘월　그리고 최근 이 나라에 상륙한 반역자들과 결탁해서 무슨 음모를 꾸민 거냐?

리건　미친 왕을 누구에게 넘겨줬는지…… 말해라.

글로스터　추측에 근거하여 써진 편지를 받긴 했습니다만, 그것은 어느 쪽에도 속하지 않은 제삼자로부터 온 것으로, 결코 적에게서 온 것은 아니오.

콘월　교활한 놈!

리건　거짓말쟁이!

콘월　왕을 어디로 보냈어?

글로스터　도버로 보냈소.

리건　왜 보냈지? 단단히 엄명해두었잖아. 만약에 그런 짓을 하면……

콘월　왜 도버로 보냈나? 어서 대답해봐.

글로스터　왜라뇨? 당신의 잔인한 손톱이 불쌍한 노왕의 눈을 뽑는 꼴이며, 흉포한 당신의 언니가 멧돼지 같은 어금니로 신성한 옥체를 쓰러뜨리는 것을 차마 볼 수 없어서지요. 모진 폭풍우가 몰아치는 가운데 맨머리로 지옥 같은 밤의 어둠 속에서 고생하셨는데, 그런 폭풍우에는 바다라도 하늘로 솟구쳐 올라가서 별의 광채를 꺼버렸을 것이지만, 가엾게도 왕은 오히려 비 오는 것을 도우셨소. 그런 무서운 밤에 설사 늑대가 문전에 와서 짖으며 구원을 청하더라도 '문지기, 문을 열어줘.' 해야할 것 아닌가요? 맹수들도 무서워서 떠는데 당신만은…… 허나, 두고 보시오! 그런 딸들에게는 반드시 복수의 여신이 형벌을 내릴 테니까.

콘월　두고 보라고? 당치 않은 소리. 여봐라, 그 의자를 꽉 붙들고 있어.

너의 눈을 짓밟아주겠다. (글로스터의 눈 하나를 뽑아서 짓밟는다)

글로스터 오래 살고 싶은 사람은 나를 좀 도와주시오. 아, 너무하다! 아, 하느님!

리건 한쪽 눈만 뽑으면 다른 쪽 눈이 이를 비웃을 거예요. 내친김에 그쪽 눈도 마저 뽑아버려요!

콘월 너는 복수의 신을 보고 싶다지만……

하인 1 공작님, 그러지 마십시오! 저는 어릴 때부터 나리를 모셔왔습니다만, 지금 이것을 말리지 않는다면 하인으로서 면목이 없습니다.

리건 무엇이 어째, 이 개 같은 것이!

하인 1 그 턱에 수염만 있다면 사정없이 잡아뜯어 주겠는데.

리건 뭐라고?

하인 1 (단검을 빼든다) 그럼 해봅시다. 상대해드리죠. 어디 이 성난 검을 당해낼 수 있거든 받아보시오.

리건 (다른 하인에게) 칼을 이리 줘. 이 종놈이 감히 대들어? (칼을 받아들고 뒤에서 그를 찌른다)

하인 1 아, 치명상이다. 백작님, 남은 눈 하나로도 잘 보셨을 겁니다, 제가 상대방에게 입힌 상처를. 아! (죽는다)

콘월 이제 아무것도 보지 못하도록 미리 막아버려야지. 에잇, 더러운 썩은 동굴 같구나! 이제 네놈의 광채는 어디 갔지?

글로스터 온통 캄캄하고 의지할 곳 없구나! 내 아들 에드먼드는 어디 있느냐? 에드먼드, 네 효성의 불길을 죄다 일으켜서 이 무서운 짓에 복수해다오.

리건 이 몹쓸 반역자야! 너를 미워하는 아들을 불러봐도 소용없어. 너의 반역을 밀고해준 사람이 바로 네 아들이다. 네 아들은 너무 선량해서 너 같은 걸 동정하지 않는다.

글로스터   아, 내가 어리석었구나! 그러면 에드거는 모략을 당한 것이구나. 자비로운 신들이여, 저의 잘못을 용서하시고, 그 애에게는 행운을 내려주소서.

리건   이놈을 대문 밖으로 던져버려라, 냄새를 맡으며 도버까지 가게. (하인들 글로스터를 끌고 퇴장) 여보, 왜 그러세요? 안색이 창백해요!

콘월   상처를 입었소. 나를 따라오시오. (하인에게) 저 눈 없는 악한을 쫓아내버려라. 그리고 이 죽은 놈은 쓰레기통에다 던져버려라. 리건, 나는 출혈이 심하오. 하필 이럴 때 부상을 당했어. 나를 좀 부축해줘요. (리건의 부축을 받으며 콘월 퇴장)

하인 2   내 무슨 나쁜 짓이라도 서슴지 않고 하겠다, 저런 것들이 행복하게 산다면.

하인 3   저런 여자가 오래 살아서 남과 같이 편히 죽는다면, 여자들은 모두 괴물이 되어버릴 거야.

하인 2   저 노백작님을 따라가서 어디라도 그분의 손을 끌고 다녀달라고 베들럼의 그 거지에게 부탁하자. 미치광이 거지는 떠돌아다니는 것이 본업이니까, 어디라도 가줄 수 있을 거야.

하인 3   그게 좋겠어. 나는 달걀 흰자를 가져다가, 저 피투성이 얼굴에 발라드려야지. 하느님, 저분을 지켜주옵소서! (퇴장)

제4막

꧁꧂

제1장

황야.

에드거 등장.

에드거 차라리 이렇게 멸시받고 있다는 사실을 자신이 알고 있는 편이
훨씬 낫다, 입으로만 간사하게 아첨을 받고 속으로는 웃음거리가 되는
것보다는. 곤궁에 빠지고 운명에 버림받아 가장 최악의 역경에 처하더
라도 희망이 있다면 두려울 것은 없어. 슬퍼할 것은 최선의 처지로부터
몰락하는 경우뿐이다. 역경의 밑바닥에 떨어지면 다시 웃음이 돌아온
다. 바람아 불어라. 너는 눈에는 보이지도 않는데 몸으로는 느껴지는구
나. 너로 말미암아 불운의 구렁으로 떨어진 불쌍한 몸이지만, 네가 아무
리 불어와도 이젠 하나도 무섭지 않다.

글로스터, 한 노인에게 이끌려 등장.

에드거 누가 오는 모양이다. 아니, 아버님이 아닌가! 가엾게도 눈이 어떻게 되신 모양이다! 아, 이럴 수가! 무슨 세상이 이렇단 말인가! 아아, 세상, 이 세상아! 덧없이 변해가는 이 세상을 보고 있자니 그만 싫증이 나서 오래 살고 싶은 생각이 없어지는구나.

노인 백작님, 저는 선대 때부터 팔십 년 동안이나 하인 노릇을 해온 사람입니다.

글로스터 비켜라! 부탁이니 물러가라! 네가 도와준다 해도 내게는 소용이 없어. 오히려 너까지 화를 입는다.

노인 그렇지만 길을 못 보십니다.

글로스터 나는 가야 할 곳이 없으니까 눈은 필요 없어. 눈이 보일 때 나는 오히려 잘 넘어졌다. 흔히 있는 일인데, 사람은 어중간한 상태에서는 오히려 방심하게 되거든. 아무것도 없는 것이 차라리 낫다. 아, 내 아들 에드거! 속아넘어간 아비의 노기에 희생되었구나! 내 생전에 너를 한 번만 만져볼 수 있다면, 나는 시력을 되찾은 것과 마찬가지라고 말하겠다.

노인 누구냐, 거기 있는 사람은?

에드거 (방백) 아, 신이여! '지금이 제일 비참하다.'고 누가 말할 수 있겠는가! 나는 전보다 더욱 비참해졌구나.

노인 미친 거지 톰이구나.

에드거 (방백) 앞으로 더욱 비참해질지도 몰라. '지금이 제일 비참하다.'고 말할 수 있는 동안은 제일 비참한 게 아니야.

노인 이놈아, 어디 가느냐?

글로스터 거지인가?

노인 미친 거지입니다.

글로스터 거지 노릇을 할 수 있다면 완전히 미치지는 않았겠군. 어젯밤 폭풍우 속에서 그런 놈을 봤어. 그걸 보고 사람도 벌레 같다는 생각이

들더군. 그때 언뜻 자식 생각이 떠올랐는데, 그때는 아직 마음속의 노염이 풀리지 않았었지. 그러나 그 후 여러 가지 소문을 들어서 알게 되었네. 장난꾸러기들이 잠자리를 다루듯이 신들은 마음대로 인간을 다루거든. 신들은 장난삼아 우리 인간들을 죽이지.

에드거 (방백) 대체 어떻게 해서 이렇게 됐을까? 슬픔에 빠져 있는 사람들을 상대로 광대 노릇을 해야 하는 건 가슴 아픈 일이다! 그건 나도 괴롭고 상대방에게도 괴로운 일이다. 안녕하십니까, 영감님!

글로스터 저놈이 벌거벗었나?

노인 그렇습니다.

글로스터 그럼 자네는 이제 그만 돌아가게. 나를 위해서 1마일이나 2마일쯤 따라와줄 생각이 있다면, 그 친절 대신 저 벌거숭이에게 입힐 옷을 좀 갖다주게. 나는 저놈에게 안내를 부탁하려네.

노인 하지만 저놈은 미친놈인데요.

글로스터 미친놈이 장님의 길잡이가 되는 것도 시대의 저주이지. 내가 하라는 대로 해. 싫으면 마음대로 하고. 하여간 너는 어서 집으로 돌아가라.

노인 그럼 빨리 달려가서 저의 제일 좋은 옷을 한 벌 가지고 오겠습니다. 그로 인해 제게 어떤 재앙이 떨어진다 해도 저는 아무렇지도 않습니다. (퇴장)

글로스터 이것 봐, 벌거숭이!

에드거 아아, 불쌍한 톰은 너무 추워요. (방백) 이젠 더 숨길 수 없구나.

글로스터 애, 이리 오너라.

에드거 (방백) 하지만 그래도 숨기지 않을 수 없어. 아, 눈에서 피가 나고 있어.

글로스터 도버로 가는 길을 아느냐?

에드거 다 알지요. 담장이나, 큰 문이나, 말 다니는 길이나, 사람 다니는 길이나 무엇이든 모르는 게 없어요. 불쌍한 톰은 악마에게 홀려서 제 정신을 빼앗겼어요. 양반집 자제인 당신은 악마에게 홀리지 않도록 조심하세요. 가엾은 톰에게는 악마가 한꺼번에 다섯 마리나 달라붙었어요. 오비디커트는 음란의 악마, 홉비디덴스는 벙어리의 악마, 마후는 도둑의 악마, 모도는 살인의 악마, 그리고 플리버티지비트는 입을 실룩샐룩하는 악마로, 이 제일 나중 놈은 요즘 궁녀나 시녀들에게 달라붙어 있어요. 그럼 영감님, 조심하세요.

글로스터 애, 이 돈주머니를 받아라. 너는 천재天災를 달갑게 여기고 모든 불운을 잘 참고 견디고 있구나. 예전에는 잘 몰랐는데, 내가 불행해지고 보니 그만큼 너를 행복하게 해주고 싶어졌다. 하늘이시여, 언제나 그렇게 공평하게 처리해주십시오! 한껏 쓰고도 남을 만큼 가지고 있는데다 포식을 하고, 그리고 신의 뜻을 자기의 노예인 양 생각하고, 자기가 느끼지 못한다 하여 남의 가난을 돌보지 않는 자에게는 당장에 당신의 위력을 보여주십시오! 그러면 분배는 과잉이 없이 골고루 돌아가게 되고 모두가 풍족하게 될 테니까요. 도버로 가는 길을 아느냐?

에드거 네, 압니다.

글로스터 그곳에는 절벽이 있는데, 그 꼭대기는 절벽으로 가로막힌 바다를 무섭게 내려다보고 있다. 그 절벽 앞까지만 데려다다오. 그러면 내 몸에 지니고 있는 값진 물건으로 네가 짊어지고 있는 비참함을 제거해주겠다. 그다음엔 안내해주지 않아도 좋다.

에드거 손을 이리 주십시오. 불쌍한 톰이 안내해드리겠습니다. (두 사람 퇴장)

제2장

올버니 공작의 저택 앞.
거너릴, 에드먼드 등장.

거너릴 집까지 바래다주셔서 고마워요. 그런데 웬일일까, 사람 좋은 우리 집 그이가 마중도 안 나오시고.

오스월드 등장.

거너릴 주인어른은 어디 계신가요?

오스월드 안에 계십니다만, 딴사람같이 변해버렸습니다. 적군이 상륙했다고 전해도 빙그레 웃기만 하시고, 부인이 돌아오셨다고 여쭈어도 대답은 '아아 귀찮아.' 하시고, 글로스터 백작의 반역과 그 아드님의 충성을 말씀드렸더니 네놈은 바보야 하시며, '이야기가 정반대야.'라고 꾸중을 하셨습니다. 가장 싫어해야 할 것이 오히려 맘에 들고, 가장 맘에 들어야 할 것이 오히려 울화증을 나게 하는 것 같습니다.

거너릴 (에드먼드에게) 그럼 당신은 돌아가주세요. 그 양반은 겁쟁이라서 무슨 일이든 대담하게 처리하지 못해요. 보복을 해야 할 모욕을 받아도 모르는 체하는 사람인걸요. 오는 도중 얘기한 일은 우리 뜻대로 실현될 거예요. 에드먼드 님, 콘월 공작에게로 돌아가세요. 급히 군대를 소집하게 해서 그 군대를 지휘하세요. 내가 대신 칼을 들고, 남편의 손에는 물레를 쥐어주겠어요. 이 사람은 믿을 수 있으니까 우리들 사이의 연락을 맡게 하겠어요. 당신만 용감하게 일해주신다면 머지않아 한 부인으로부터 명령을 듣게 되실 겁니다. (반지를 주면서) 이것을 지니세요. 아무 말 마세요. 고개를 좀 숙이세요. 이 키스가 말을 한다면 당신은 틀림없이 용기백배할 거예요. 아시겠지요? 그럼 안녕.

에드먼드 당신을 위해서라면 죽음도 불사하겠습니다.

거너릴 나의 사랑하는 글로스터! (에드먼드 퇴장) 원, 같은 남자인데 어쩌면 이렇게 다를까! 당신한테 여자의 정성을 다 바치겠어요. 우리 집 바보는 내 몸을 새치기하고 있을 뿐이에요.

오스월드 아씨, 나리께서 오십니다. (퇴장)

올버니 등장.

거너릴 전에는 나와서 환영의 휘파람 정도는 불어주셨잖아요.

올버니 오, 거너릴, 당신은 거친 바람이 당신 얼굴에 밀어붙이는 먼지만도 못한 사람이오! 걱정이 되는 건 당신의 그 성질이오. 자기를 낳아준 부모조차 업신여기는 근성으로는 자기 본분을 지킬 수가 없을 거요. 자기를 길러준 어미나무에서 그 가지인 제 몸을 끊어내는 여자는 반드시 시들어서 마침내는 땔감밖에는 될 수 없소.

거너릴 듣기 싫어요! 그런 바보 같은 설교는.

올버니 악한 자에게는 성인 군자의 가르침도 악하게 들리게 마련이오. 더러운 것들은 더러운 것만 마음에 들어하지. 당신이 한 짓은 뭐요? 그것은 사람의 딸이 한 짓이 아니라 호랑이가 한 짓이오! 아버지를, 더구나 인정 많은 노인을 미치게 했소. 쇠사슬에 목이 묶여 끌려다니는 곰조차 그 어른의 손을 핥을 텐데…… 그렇게 잔인하고 창피한 짓이 어디 있단 말이오. 콘월 공작도 그것을 가만히 보고만 있지는 않을 거요. 그 사람은 노왕에게 큰 은혜를 입고 그 덕택으로 왕족이 된 사람이니까! 만일 하늘이 눈에 보이는 신령으로 하여금 이런 흉악무도한 자들을 당장 응징하지 않으신다면 반드시 인간들도 동족을 잡아먹고, 바다의 괴물처럼 되고 말 것이오.

거너릴 비겁한 사람! 뺨은 얻어맞기 위해서 갖고 있고, 머리는 모욕당하기 위해서 달고 있는 거예요? 이마에 눈을 둘씩이나 달고도 창피와 명예도 분간 못하나요? 악인이 아직 죄를 범하기도 전에 처벌되는 것을 보고 동정하는 건 바보나 하는 짓이라는 것도 모르는 사람. 북 치는 병사는 어디 있어요? 프랑스 왕은 조용한 이 나라에 군기를 휘날리고, 투구에 꽂은 깃털로 자랑스럽게 위협하고 있는데, 당신은 설교하기 좋아하는 바보같이 가만히 앉아서, '아, 왜 이러는 거야?' 하고 소리나 지르겠단 말이에요?

올버니 악마 같으니, 반성 좀 해봐요! 진짜 악마보다 당신 같은 계집의 모습을 한 악마가 더 무서워.

거너릴 정말 어리석은 바보 같으니!

올버니 여자로 둔갑하여 본성을 감추고 있는 악마여, 창피를 안다면 악마의 본체를 숨겨두도록 해라! 만일 홧김에 이 팔을 휘두르는 날에는 당신의 살과 뼈는 박살이 날 줄 알아라. 당신은 악마지만, 여자 형태를 하고 있으니까 살려두는 것이다.

거너릴 어머, 그 용기 대단하시군! 살쾡이 같구려!

　　사자 등장.

올버니 무슨 일이냐?

사자 공작님, 콘월 공작이 돌아가셨습니다. 글로스터 님의 남은 눈을 마저 빼려다가 하인에게 찔려서……

올버니　글로스터의 눈을?

사자　어릴 때부터 부리고 있던 하인이 보다 못해 말리려다가 자기 상전인 콘월 공작에게 칼을 빼들었습니다. 공작께서 노하여 달려들자 아씨가 뒤에서 그를 찔러 죽였습니다만, 그때 공작 자신께서도 치명상을 입었기 때문에 곧 세상을 하직하고 말았습니다.

올버니　이것이야말로 좋은 증거다. 하늘에 우리들을 심판하는 신들이 계시다는 좋은 증거다. 이렇게 신속히 지상의 죄악을 응징하시는구나! 그러나 가엾은 글로스터! 그래 한쪽 눈을 잃으셨단 말이냐?

사자　두 눈, 두 눈 다 잃으셨습니다. 아씨, 이 편지는 답장이 시급하답니다. 아씨 아우님의 편지입니다.

거너릴　(방백) 한편으로 생각하면 잘됐군. 그러나 과부가 된 동생이 나의 에드먼드를 자기 곁에 두게 되면 내가 모처럼 쌓아 올린 꿈속의 누각은 무참하게 무너지고, 나에게 남은 것은 무미건조한 인생이 아닐까? 그래도 생각에 따라서는 그리 고통스런 소식은 아니야. (사자에게) 곧 읽어보고 답장을 쓰겠어요. (퇴장)

올버니　글로스터가 눈을 뽑힐 때 그의 아들은 어디 있었느냐?

사자　아씨를 모시고 이 댁으로 오셨습니다.

올버니　이곳엔 안 왔는데.

사자　네, 돌아가시는 도중에 만났습니다.

올버니　그 사람은 이 잔인한 소행을 알고 있느냐?

사자　알다 뿐이겠습니까, 자기 부친을 밀고하여 그 지경으로 만든 것이 그 사람인데요. 처벌이 아무런 장애 없이 행해질 수 있도록 일부러 그 자리를 피하셨는데요.

올버니　글로스터여, 내가 살아 있는 한 국왕에게 바친 당신의 충성을 감사히 생각하고, 당신 눈을 뽑힌 원수를 갚아드리겠소. 이쪽으로 가까이 오너라. 조용한 곳으로 가서 또 아는 것이 있으면 자세히 말하도록 해라. (퇴장)

제3장

도버 근처의 프랑스 군 진영.
켄트와 기사 등장.

켄트   프랑스 왕이 왜 그렇게 갑자기 귀국하셨는지 그 이유를 아시오?

기사   본국에 두고 온 미결 문제가 있는데 출정 후 갑자기 생각이 났답니다. 국가의 안위에 관계되는 중대한 일이니만큼 부득이 귀국하셨습니다.

켄트   누구를 지휘관으로 남겨놓으셨소?

기사   원수 라파르 장군을 남겨놓았습니다.

켄트   왕비께서는 그 편지를 보고 슬픈 표정을 지으시던가요?

기사   네, 그렇습니다. 왕비께서는 편지를 받아들고 그 자리에서 읽으셨는데, 이따금 굵은 눈물방울이 아름다운 뺨을 타고 줄줄 흘러내렸습니다. 보기에도 왕비님께서는 깊은 슬픔을 억제하려고 했습니다만, 그 슬픔이 반역자같이 왕비님의 명령을 안 듣는 것 같았습니다.

켄트   그럼 그 편지에 마음이 움직이셨군요.

기사   그러나 이성을 잃을 정도는 아니었습니다. 자제심과 슬픔이 서로 누가 왕비님을 가장 아름답게 하는가 보자고 다투고 있는 것 같았습니다. 햇볕이 쨍쨍 내리쬐는데 비가 오는 날이 있지요. 마치 그러했습니다, 왕비님께서 미소를 지으며 눈물을 흘리시는 모습은. 그러한 왕비님의 모습은 더욱더 매력적이었습니다. 그 아름다운 입술의 행복스런 미소는 두 눈에 찾아온 손님이 진주가 다이아몬드에서 떨어져나가는 듯 떠나는 걸 모르는 것 같았습니다. 정말 슬픔처럼 아름답고 희귀한 것은 없다고 나 할까요. 누구에게나 그렇게 잘 어울릴 수만 있는 거라면 말입니다.

켄트 무슨 말씀은 없었소?

기사 네, 한두 번, '아버님.' 하고 안타까운 듯 숨가쁘게 부르셨습니다. 그리고 우시면서 '언니들, 언니들! 여자의 수치예요! 언니들! 켄트! 아버지! 언니들! 아아, 폭풍우 속을! 밤중에! 자비는 이 세상에 없단 말인가!' 하시고는 그 맑은 눈에서 성수聖水 같은 눈물을 흘리고 나서 혼자서 슬픔을 달래시려는 듯 자리에서 일어나셨습니다.

켄트 별일이야, 천상의 별들이 인간의 성질을 지배하는 것은. 그렇지 않고서야 한 부부 사이에서 이렇게 성질이 다른 자식이 생겨날 리가 없어. 그 후 뵌 일은?

기사 없습니다.

켄트 이번 일은 프랑스 왕이 귀국하시기 전이었습니까?

기사 아니오, 귀국하신 후였습니다.

켄트 실은 가엾게도 실성하신 리어 왕은 지금 이 도시에 계십니다. 이따금 정신이 드실 때는 우리들이 왜 여기에 와 있는지를 기억하시지만, 따님과의 대면은 한사코 승낙하시지 않습니다.

기사 왜 그러실까요?

켄트 더할 나위 없는 치욕에 압도당하신 때문이죠. 더없이 무자비하게 아버지로서의 축복도 해주지 않고 이국의 낯선 땅으로 추방하여 위험을 당하게 했을 뿐만 아니라, 그토록 애지중지하시던 따님의 중대한 권리를 개보다도 못한 잔인한 다른 딸들에게 내줘버렸으니…… 이런 일 저런 일이 독사의 이빨처럼 마음을 깨물어, 그 상처의 아픔이 창피가 되어 불타올라 커딜리어 님과의 대면을 회피하고만 계십니다.

기사   아아, 불쌍한 어른!

켄트   올버니와 콘월의 군대에 관해서는 얘기를 못 들었소?

기사   벌써 출정했다고 합니다.

켄트   그럼 국왕에게로 안내하겠으니 시중을 들어주시오. 나는 깊은 사연이 있어서 당분간 신분을 감추고 있어야 하지만, 머지않아 신분을 밝히는 날에는 이렇게 나와 알게 된 것이 후회되지 않을 것이오. 자, 그럼 같이 갑시다. (두 사람 퇴장)

제4장

프랑스 군의 진영.
고수와 기수를 선두로 커딜리어 등장. 시의와 병사들이 뒤따라 등장.

커딜리어   아아, 그분은 아버님이에요. 지금 막 만났다는 사람의 얘기론, 거친 파도가 넘실대는 바다같이 미쳐 날뛰며 큰 소리로 노래하고, 머리에는 무성한 현호색玄胡索이며 밭이랑에 자라는 잡초, 우엉, 헴록, 쐐기풀, 미나리아재비, 독보리 그리고 밀밭 사이에 무성한 쓸데없는 잡초들을 모아 관처럼 쓰고 계신다고 하더군요. 곧 1중대의 병사를 풀어 우거진 들을 샅샅이 뒤져 아버님을 내 눈앞에 모셔오도록 하세요. (장교 퇴장) 어떻게 해서든지 의술의 힘을 빌려 아버님의 실성을 고칠 수 없을까요? 아버님을 치료해주시는 사람에게는 내가 가지고 있는 패물을 모두 다 드리겠어요.

시의　치료 방법이 있습니다. 사람의 생명을 양육하는 것은 편안한 잠입니다만, 왕께서는 그게 부족합니다. 잠을 자게 하는 약초는 여러 가지 있으니, 그 힘만 빌리면 고민하는 마음에도 편안한 수면이 찾아올 수 있습니다.

커딜리어　이 세상의 고마운 온갖 비약秘藥, 아직 세상에 알려지지 않은 모든 특효 약초가 내 눈물에 젖어 자라나서, 그 훌륭한 분의 고민을 치유하는 데 도움이 되어주기를! 빨리 찾아와요. 실성하여 분별이 없으시니, 스스로 목숨을 버리실지도 모르니까요.

　사자 등장.

사자　아뢰옵니다! 영국 군이 이곳으로 진격해오고 있습니다.

커딜리어　알고 있어요. 이쪽도 진격할 태세는 다 되어 있습니다. 아, 아버님! 이번 출정은 오직 아버님을 위한 것입니다. 프랑스 왕은 울면서 애원하는 저를 동정해주셨어요. 엉뚱한 야심에 차서 거사를 한 것은 아닙니다. 단지 자식으로서, 진심으로 연로하신 아버님의 권리를 되찾아드리자는 것뿐입니다. 아, 아버님! 얼른 만나뵙고 목소리를 듣고 싶어요! (일동 퇴장)

제5장

글로스터의 성.
리건과 오스월드 등장.

리건 형부네 군대는 출정했어요?

오스월드 네, 출정했습니다.

리건 그분 자신도 친히?

오스월드 네, 권유에 못 이겨서 겨우 출정하셨습니다. 언니 되시는 분이 훨씬 군인 같았습니다.

리건 에드먼드는 그곳에서 형부와 만나지 않았나요?

오스월드 네, 그렇습니다.

리건 언니가 에드먼드에게 보내는 편지의 내용은 뭘까요?

오스월드 글쎄요, 모르겠습니다.

리건 실은 그분은 중대한 일로 갑자기 떠나셨어요. 글로스터의 눈만 빼고 죽이지 않은 것이 큰 실수였지. 그는 가는 곳마다 사람들의 마음을 자극해 우리의 적으로 만들고 있어요. 에드먼드가 떠난 건 부친의 비참한 꼴을 보다 못해 암흑과 다름없는 목숨을 처치해버릴 겸, 적군의 병력도 정찰하기 위해서일 거야.

오스월드 저는 이 편지를 들고 그분을 뒤쫓아가야 합니다.

리건 우리 군대도 내일 출정하기로 되어 있어요. 하루쯤 묵었다 가도록 해요. 위험하니까.

오스월드 그렇게는 안 됩니다. 이 일에 대해 아씨의 엄명이 계셨으니까요.

리건 왜 에드먼드에게 편지를 쓴 걸까? 용건을 당신에게 말로 부탁해도 되잖아요. 아마 무슨 곡절이 있는 모양이야. 무슨 일인지는 모르지만, 당신한테 섭섭하지 않게 해줄 테니…… 그 편지를 좀 뜯어보게 해주지 않겠어요?

오스월드 그것은 좀……

리건 다 알고 있어요. 당신의 주인아씨는 남편을 사랑하지 않아요. 확실히 그래요. 그리고 요전번 여기 왔을 때도 에드먼드에게 이상야릇한 눈짓이며 의미심장한 표정을 해 보였어요. 누가 모를 줄 알아요, 당신은 우리 언니의 심복이죠?

오스월드 제가요?

리건 다 알고 말하는 거예요. 당신은 우리 언니의 심복이야. 다 알아요. 그러니 내가 하는 말을 명심해둬요. 우리 주인은 죽었어요. 그리고 에드먼드와 나와는 약속이 다 되어 있어요. 그분은 당신 주인아씨하고 결혼하는 것보다는 나하고 결혼하는 것이 훨씬 유리하니까. 이만큼 말하면 다 알겠지. 그분을 만나면 그 점을 얘기해드려요. 그리고 당신 주인아씨가 당신으로부터 그런 사정 얘기를 듣게 될 때 분수를 깨닫도록 충고해줘요. 그럼 잘 가요. 만일 그 눈먼 반역자의 거처라도 알아내어 목을 베어오는 사람은 출세는 따놓은 당상이지.

오스월드 제가 그 사람을 만나게 되면 좋겠습니다! 그러면 제가 어느 편인가를 보여드릴 수 있을 테니까요.

리건 잘 가요. (두 사람 퇴장)

제6장

도버 근처의 시골.

글로스터와 농부 차림의 에드거 등장.

글로스터　언제쯤이나 그 언덕 꼭대기에 닿을까?

에드거　지금 그 언덕에 올라가고 있어요. 자, 이렇게 힘이 들지 않습니까.

글로스터　평지 같은데.

에드거　무서운 비탈길인데요. 봐요, 파도 소리가 들리지 않습니까?

글로스터　아냐, 아무 소리도 안 들리는데.

에드거　그럼 눈이 너무나 아파서 다른 감각은 둔해진 모양이군요.

글로스터　하긴 그런지도 모르지. 그러고 보니 네 음성도 달라진 것 같
다. 전보다 말씨도 좋아졌고, 온당한 말을 하게 된 것 같아.

에드거　그건 잘못 아신 겁니다. 달라진 거라곤 입고 있는 옷뿐입니다.

글로스터　말씨가 좋아진 것 같은데.

에드거　자, 여기입니다. 가만히 계십시오. 이렇게 서서 낮은 곳을 내려
다보니 무서워서 눈이 어찔어찔합니다! 중간쯤을 날고 있는 까마귀나
갈까마귀의 크기가 딱정벌레 정도밖에 안 되어 보입니다. 절벽 중턱에
매달려서 개미나리를 캐고 있는 사람이 있네. 참 위험한 직업도 다 있
군! 몸뚱이가 머리 크기만 해 보이는데요. 모래밭을 걷고 있는 어부도
모두 생쥐같이 작아 보여요. 저기 닻을 내리고 있는 큰 배는 나룻배만
하게 보이고, 또 나룻배는 부표浮漂 같아서 눈에 들어오지도 않는데요.
밀려오는 파도는 모래밭에 널려 있는 조약돌에 부딪히고 있지만, 여기

까지는 그 파도 소리가 들려오지 않아요. 이제 그만 쳐다봐야지. 머리가 빙빙 돌고, 눈이 아찔해서 거꾸로 곤두박질할 것만 같은데요.

글로스터   네가 서 있는 곳에 나를 세워다오.

에드거   손을 주십시오. 자, 이제 한 발짝이면 낭떠러지입니다. 이 세상을 다 준다 해도 여기서는 못 뛰어내리겠어요.

글로스터   손을 놔라. 자, 돈주머니를 또 하나 주겠다. 이 속에는 가난뱅이가 갖기에는 너무 많다 싶을 정도의 보석이 있다. 요정이나 신의 혜택으로 이것이 네게 복이 되기를 빈다! 멀찍이 저리로 가라. 나에게 인사하고 물러가는 네 발소리를 들려다오.

에드거   그럼 영감님, 안녕히 계십시오.

글로스터   잘 가거라.

에드거   (방백) 내가 이렇게 아버님의 절망을 우롱하는 것도 결국은 그것을 고쳐드리고 싶기 때문이다.

글로스터   (무릎을 꿇고) 아, 위대하신 하늘의 신들이여! 저는 이 세상을 하직하고 당신들이 보시는 앞에서 이 몸에 내려진 크나큰 고민을 조용히 떨쳐버리겠습니다. 만약 제가 그것을 더 견디고 거역하지 못할 당신들의 큰 뜻을 원망하지 않는다 하더라도, 타다 남은 양초 심지와도 같이 지긋지긋한 이 남은 생명은 머지않아 타 없어지게 마련입니다. 에드거가 아직 살아 있다면, 아, 그 애에게 축복을 내려주소서! 자, 친구, 그럼 잘 있거라.

에드거   이렇게 떨어져 있습니다. 안녕히 계십시오! (글로스터, 앞으로 몸을 던지고 기절한다) 사람이 목숨을 끊고 싶다고 생각할 때는 그 생각만으로도 보배 같은 생명을 실제로 빼앗길 수도 있을 것이다. 만약 이분이 자신이 와 있다고 생각한 장소에 실제로 계셨더라면 지금쯤은 그에게 생각도 중단되고 말았을 것이다. (큰 소리로) 살아계십니까, 돌아가셨습니까? 여보세요, 노인! 여보세요! 안 들립니까? 말 좀 해보세요! (방백) 정말 이대로 돌아가실지도 모르겠구나. 아니, 살아 계시다. (큰 소리로) 당신은 누구시오?

글로스터 저리 가. 나를 죽게 내버려둬.

에드거 대체 당신은 거미줄이오, 새털이오, 공기요? 그렇게 높은 낭떠 러지에서 떨어졌으면 달걀같이 박살이 나야 마땅한데. 그런데 당신은 숨도 쉬고 몸도 아무렇지도 않고, 피도 안 나며, 말도 하고 멀쩡하구려. 돛대 열 개를 이어도, 당신이 거꾸로 떨어진 높이만큼은 못 될 거요. 생 명을 건진 것은 기적이오. 한 번 더 말을 해보시오.

글로스터 대체 난 떨어진 거냐, 안 떨어진 거냐?

에드거 이 흰 절벽의 꼭대기에서 떨어졌어요. 위를 쳐다보세요. 날카로 운 소리로 노래하고 있는 종달새는 너무 멀어 보이지도 들리지도 않습 니다. 자, 좀 쳐다보세요.

글로스터 아아, 보고 싶어도 나에게는 눈이 없어. 불행한 놈은 죽음으 로써 불행을 면할 혜택조차도 허용되지 않는단 말인가? 자살함으로써 폭군의 분노를 비웃어주고, 그 오만한 의도를 꺾을 수 있다면 그래도 다 소는 위안이 되겠는데.

에드거 부축해드리죠. 자, 일어서시오. 됐어요. 어때요. 다리가 말을 잘 듣는가요? 설 수 있군요.

글로스터 설 수 있어. 아무렇지도 않다구.

에드거 정말 기적이군. 이 절벽 꼭대기에서 당신과 헤어진 자는 누구였 습니까?

글로스터 불쌍한 거지였어.

에드거 여기 서서 쳐다보니 그놈의 눈은 두 개의 보름달 같고, 코는 천 개나 되며, 뿔은 파도치는 바다같이 꼬불꼬불하게 꼬인 것 같던데요. 그건 악마였어요. 그러니 당신은 운이 좋은 사람입니다. 공정하신 신들은 인간이 할 수 없는 일들을 해냄으로써 존경을 받으시는데, 그 신들이 아저씨를 구해주신 겁니다.

글로스터　그리고 보니 생각나는 게 있다. 이제부터는 고민이란 놈이 '이젠 틀렸어.' 하고 비명을 지르며 뻗어버릴 때까지 꾹 참아야지. 네가 말한 악마를 난 사람인 줄만 알았구나. 하긴 그놈은 여러 번 '악마, 악마.' 하더라. 아무튼 그놈이 나를 저곳까지 데려다줬다.

에드거　심려하지 마시고 마음을 진정하십시오.

　　야생초 꽃으로 관을 만들어 쓴 리어 왕 등장.

에드거　아, 누가 오는구나. 정신이 멀쩡하다면 저런 짓은 안 할 거야.

리어 왕　내가 돈을 위조해도 나를 체포하진 못한다. 난 이 나라 왕이니까.

에드거　아, 저 모습, 가슴이 터질 것만 같구나!

리어 왕　그 점, 자연은 인공을 초월하거든. 자, 계약금을 받아라. 저놈의 활 쏘는 솜씨는 허수아비 같아. 힘껏 시위를 당겨봐! 저것 봐! 생쥐다! 쉬, 쉬, 이 구워진 치즈 조각이면 미끼로는 안성맞춤이다. 자, 이 장갑을 던지겠다. 내 도전장의 표시이다. 상대가 거인일지라도 뒤로 물러서진 않겠다. 창을 든 병사를 불러라. 아, 새처럼 잘 날아가는구나. 과녁에 맞았다, 과녁에. 획! 암호를 말해.

에드거　박하꽃.

리어 왕　통과.

글로스터　아, 귀에 익은 음성인데……

리어 왕　하아, 거너릴이구나! 흰 수염을 달았네? 그것들은 개처럼 알랑

거리면서 내 턱에 수염이 나기 전부터 수염이 흰 노인처럼 현명한 분이라고 말했어. 내가 하는 말에는 무엇이든 덮어놓고 '네.'라든가 '옳은 말씀입니다.' 하고 맞장구를 쳤지! 허나 그 '네.'도 '옳은 말씀입니다.'도 진심에서 나온 말은 아니었어. 언젠가 비에 흠뻑 젖고, 찬바람에 이가 딱딱 부딪칠 때, 천둥에게 가만히 있으라고 해도 말을 안 들었어. 그때 나는 그것들의 정체를 알아냈지! 체, 그것들의 말은 믿을 수가 없어. 그것들은 나를 전능하다고 했지만, 새빨간 거짓말이지…… 나 역시 학질에 걸리지 않고는 못 배기지 않는가.

글로스터 저 음성의 특징을 나는 잘 알고 있지. 전하가 아니신가?

리어 왕 그렇다! 머리끝부터 발끝까지 어디로 보나 왕이다! 내가 노려보면 신하들이 벌벌 떠는 꼴을 보라. 저놈의 목숨은 살려주지. 네 죄목은 뭐냐? 간통이냐? 죽이지는 않겠다. 간통을 했다고 사형을 해? 안 될 말이지! 굴뚝새도 그 짓을 한다. 그리고 조그만 금파리도 내 눈앞에서 간음을 하지 않는가. 밀통을 적극적으로 권장해야 해. 실제로 글로스터의 사생아는 엄연한 정실과의 사이에 태어난 내 딸들보다 효자가 아니냐. 난장판으로 음란한 짓을 해라! 병사도 부족하다. 저기 음란하게 미소 짓고 있는 부인 좀 봐라. 그 얼굴로 봐선 사타구니 사이까지 눈같이 하얄 것만 같고, 정숙한 체 시치미를 떼고 정사라는 말만 들어도 고개를 내젓지만, 음란한 짓을 하는 데는 암내 난 고양이나 사나운 말보다 더하지 않은가! 저것들은 반인반수의 괴물이다. 허리 밑은 말이고 위만 여자의 모습을 하고 있는, 단지 허리띠까지만 신의 영역이고, 그 밑은 죄다 악마의 것이지. 여기는 죄다 지옥이다, 암흑이다, 유황이 타고 있는 나락이다. 이글이글 탄다, 화상을 입는다, 썩어 문드러져서 악취가 난다. 에이, 참을 수가 없구나. 퉤퉤! 약장수야, 사향 한 온스만 가져다줘. 속이 메스꺼우니. 자, 돈은 여기 있어.

글로스터　아, 그 손에 입을 맞추게 해주십시오!

리어 왕　우선 손을 좀 씻어야겠어. 시체 냄새가 나니까.

글로스터　아, 대자연의 걸작이 마침내 폐허가 되었구나! 이 위대한 세계는 이렇게 무無로 돌아가고 만단 말인가. 저를 알아보시겠습니까?

리어 왕　나는 그 눈을 잘 기억하고 있지. 네가 나에게 추파를 던지는 거냐? 오냐, 실컷 음탕한 눈짓을 해봐라, 눈 없는 큐피드야. 그래도 나는 여자에게 반하지 않아. 이 결투장을 읽어봐. 그 글씨체를 똑똑히 봐둬.

글로스터　한 자 한 자가 태양이라도, 저에게는 한 자도 보이지 않습니다.

에드거　(방백) 남에게 전해 들었다면 도저히 믿어지지 않겠지만, 틀림없는 사실이다. 아, 이 심장이 터질 것만 같구나.

리어 왕　읽어보라니까.

글로스터　아니, 껍데기밖에 없는 이 눈으로요?

리어 왕　어허, 그게 정말인 모양이군? 얼굴에는 눈이 없고 주머니에는 돈이 없다? 네 눈은 무거운 병에 걸렸는데, 주머니는 가볍단 말이지. 하지만 세상 돌아가는 꼴쯤은 볼 수 있을 테지.

글로스터　느낌으로 알 수 있습니다.

리어 왕　뭐! 그럼 너는 미쳤구나? 눈이 없더라도 이 세상 돌아가는 것쯤은 알 수 있어. 귀로 보는 거야. 봐라, 저기 재판장이 미천한 도둑을 야단치고 있지 않느냐! 귀로 듣는 거야. 하지만 두 사람이 자리를 바꾼다면, 어느 쪽이 재판관이고 어느 쪽이 도둑인지 가려낼 수 있겠나? 농부의 개가 거지를 보고 짖는 것을 본 일이 있지?

글로스터　네, 본 일이 있습니다.

리어 왕　그런데 그 거지는 개를 보고 달아났지? 거기에 위대한 권력의 모습이 있는 거야. 개라도 직책이랍시고 짖으면 사람이 복종한다. 너, 돼먹지 못한 순찰, 그 잔학한 손을 멈춰라! 왜 그 갈보를 매질하는 거

야? 네 자신의 등을 치려무나. 갈보라 해서 매질하고 있지만, 네 자신
이야말로 계집을 사고 싶어 흥분하고 있지 않느냐. 고리대금업자가 사
기꾼을 교수형에 처하는군. 누더기의 뚫어진 구멍으로는 조그만 죄악
도 들여다보이지만, 법복法服이나 털가죽 외투면 모든 것이 다 감춰지
지. 죄악에다 금으로 만든 갑옷을 입혀보라고, 법의 날카로운 창도 들어
가지 않고 부러질 테니까. 그러나 누더기로 싸면, 난쟁이의 지푸라기 화
살로도 뚫리지. 죄지은 사람은 없어. 한 사람도 없어, 없는 거야. 내가 보
증하지. 내 얘기 좀 들어봐. 나는 고소인의 입을 틀어막을 권리를 가지
고 있는 사람이야. 그대는 유리 눈이라도 해박지그래. 그리고 비열한 모
사꾼같이, 보이지 않는 것도 보이는 척해봐. 자, 자, 자, 자! 내 장화를 좀
벗겨줘. 세게, 더! 됐어.

에드거 (방백) 이치에 맞는 말과 맞지 않는 말이 마구 뒤섞여 있군! 광
기 속에도 이성이 들어 있는 모양이군!

리어 왕 나의 불행에 울어주고 싶다면 내 눈을 주겠다. 나는 너를 잘
안다. 네 이름은 글로스터지. 너도 참아야 한다. 우린 울면서 이 세상에
태어났다. 너도 알다시피 우리가 처음으로 이 세상의 공기를 마실 때 으
앙으앙 울지 않았던가! 네게 일러주겠으니, 잘 들어둬!

글로스터 아, 이럴 수가!

리어 왕 우리들이 태어날 때, 우리는 바보들만 있는 이 큰 무대에 나온
것이 슬퍼서 울었던 거야. 이건 꽤 좋은 모자다. 음, 나사羅絲 천으로 기
마의 발을 감싼 것은 기막힌 묘안이었다. 나도 한번 시행해봐야지. 그리
고 그 사위놈들을 몰래 습격할 수 있게만 되면, 사정없이 죽여. 죽여라,
죽여라, 죽여라!

기사, 시종들을 데리고 등장.

기사 오, 여기 계시군! 붙들어. 전하, 공주님께서……

리어 왕 아무도 구원해주는 사람은 없나? 뭐, 포로가 됐어? 나는 세상에 태어난 이래 운명의 조롱만 받아왔다. 나를 잘 대우해라, 보석금을 낼 테니까. 의사를 불러줘. 나는 골수에까지 깊게 상처를 입었다.

기사 무엇이든 분부대로 하겠습니다.

리어 왕 누가 구하러 안 오느냐? 나 혼자뿐이냐? 이러다간 울보가 되어버리겠군. 사람의 눈을 뜰의 물뿌리개 대신으로 삼자는 거군. 음, 가을날에 먼지 나지 않게 말이야. 나는 화려한 옷차림을 하고 죽을 테야, 말쑥한 새신랑같이. 자, 명랑해지자꾸나. 여, 여, 나는 국왕이다. 너희들은 아느냐?

기사 네, 국왕이십니다. 분부대로 하겠습니다.

리어 왕 그럼 아직은 희망이 있군. 자, 잡을 테면 달려와서 잡아봐라. 자, 자, 자. (달음박질하면서 퇴장. 시종들도 뒤따라 퇴장)

기사 미천한 사람도 저렇게 되면 불쌍한데, 더구나 국왕의 신분이고 보니 할 말이 없군! 다른 두 따님으로 해서 천륜은 이런 것인가 알게 되고 모든 사람의 저주를 받았지만, 다행히 하나 남은 따님은 그 저주를 씻어줄 거야.

에드거 여보세요, 안녕하십니까?

기사 안녕하시오. 그런데 무슨 일이오?

에드거 혹시 전쟁이 일어난다는 소문을 못 들었습니까?

기사 그건 틀림없는 일이오. 누구나 다 알고 있소. 귀가 있는 사람이면 다 듣고 있소.

에드거 하지만 좀 가르쳐주십시오, 저쪽 군사는 어디까지 다가와 있습니까?

기사 바로 가까운 거리까지 와 있소. 더구나 파죽지세요. 그리고 주력

부대의 출현도 가까워졌소.!

에드거 고맙습니다. 그것만 알았으면 됐습니다.

기사 특별한 이유 때문에 왕비께서는 여기 머물러 계시지만, 군대는 출동해 있습니다.

에드거 고맙습니다. (기사 퇴장)

글로스터 언제나 자비로운 신들이여, 제발 이 목숨을 거두어주십시오. 두 번 다시 내 마음속에 있는 악마의 꼬임을 받아 당신의 부르심을 받기 전에 죽음을 택하는 일이 없도록!

에드거 아저씨, 잘 기도하셨습니다.

글로스터 너는 누구냐?

에드거 전혀 쓸모 없는 사람입니다. 운명의 매질에 갖가지 뼈아픈 슬픔을 경험해왔기 때문에 남의 불행에도 동정을 잘합니다. 손을 주십시오. 쉴 수 있는 곳으로 안내해드리겠습니다.

글로스터 정말 고맙다. 하느님의 은총과 축복이 너에게 두 배로 내리기를 빈다.

오스월드 등장.

오스월드 현상 붙은 반역자구나! 운이 좋다! 너의 눈 없는 그 머리는 본래 내 출세를 위해서 만들어진 것이다. 이 불행한 늙은 반역자야, 빨리 네 죄를 뉘우치고 기도나 드려라. 칼은 뽑았으니 이제 네 목숨은 내 것이다.

글로스터 오, 그 자비의 손으로 힘껏 찔러다오. (에드거가 막는다)

오스월드 무례한 농부 놈아, 반역자로 공포된 놈을 뭣 때문에 옹호하려드는 거냐? 비켜, 비키지 않으면 그자의 불운에 너도 같이 말려든다. 빨리 비켜!

에드거   그 이상의 이유가 없는 한 못 놓겠소.

오스월드   놔라, 이 노예 놈아, 놓지 않으면 네 목숨도 끝장이다.

에드거   여보시오, 자기 갈 길이나 가고 불쌍한 사람들 일엔 참견 마시오. 그따위 엄포로 목숨이 없어진다면 나는 벌써 두 주일 전에 없어졌을 거야. 안 돼, 이 노인 옆에는 한 발짝도 못 가. 비켜, 비키라니까. 못 비키겠다면 시험을 해보자, 네 대갈통과 내 몽둥이 중 어느 것이 더 딱딱한가. 나는 거짓말은 절대로 안 해.

오스월드   입 닥치지 못해, 이 쓰레기 같은 자식아! (두 사람 싸운다.)

에드거   그럼 네 앞니를 분질러놓고 말겠다. 자, 덤벼봐. (오스월드를 때려 눕힌다)

오스월드   노예 놈, 네놈 손에 내가 죽는구나. 너는 이 돈주머니를 받아두고, 앞으로 성공하고 싶거든 내 시체를 묻어줘라. 그리고 내 주머니 속에 있는 편지를 글로스터 백작인 에드먼드 님께 전해줘라. 영국 군 진영에 가서 찾으면 된다. 아, 뜻하지 않게 죽음을 당하는구나! 여기서 이렇게 죽을 줄이야…… (죽는다)

에드거   나는 너를 잘 안다. 악당이었으나 충성을 다한 놈이었지. 네 주인아씨의 나쁜 짓을 위해서는 성실하기 이를 데 없는 놈이었지.

글로스터   아니, 그놈이 죽었나?

에드거   아저씨, 저기 앉아서 잠깐 쉬십시오. 이자의 호주머니를 좀 뒤져봐야겠습니다. 그 편지라는 게 우리에게 도움이 될지도 모르니까요. 저놈은 이제 죽었습니다. 다만 봉랍을 좀 뜯어보자. 예의범절이여, 용서하라. 적의 마음속을 알려면 적의 심장까지도 찢어야 하는 판에, 편지를 뜯어보는 것쯤이야 어떻겠는가. (편지를 읽는다) "서로가 맹세한 것 잊지 말아주세요. 그 사람을 없애버릴 기회는 얼마든지 있을 거예요. 당신이 결심만 하시면 시기와 장소는 언제나 생기게 마련입니다. 그 사람이 만일 승리하여 개선하는 날이면 모든 일이 수포로 돌아갑니다. 그리고 나는 죄인이 되고, 그 사람과의 잠자리는 나의 감옥이 됩니다. 그 숨 막히는 잠자리에서 저를 구해내시고, 그 노고의 대가로 그 자리에 대신 들어오세요. 당신을 남편같이 그리워하는 거너릴." 아, 여자의 욕정이란 한이 없군! 저 덕망 높은 남편의 목숨을 빼앗고, 내 동생과 바꿔치기하자는 흉계로구나! (오스월드의 시체를 향해) 여기 모래 속에 너를 묻어주겠다, 남의 목숨을 노리는 색골들의 더러운 심부름꾼아. 앞으로 때를 봐서 이 흉측한 편지를 내보이고 모살을 당할 뻔한 공작님을 깜짝 놀라게 해 드려야지. 그분에게는 잘된 일이다. 너의 최후의 꼬락서니와 너의 임무를 내가 이야기할 수 있게 되었으니.

글로스터   전하는 실성하셨다. 그런데 하찮은 내 목숨은 왜 이리도 질겨 이렇게 살아서 커다란 슬픔을 뼈아프게 느끼고만 있는 것인가! 차라리 미치기나 했으면 좋겠다. 그렇게 되면 자신의 슬픔을 생각지 않게 되고, 갖가지 불행도 느끼지 못할 것 아닌가. (먼 곳에서 북소리)

에드거   손을 잡아드리죠. 멀리서 북 치는 소리가 나는 것 같군. 자, 아 저씨, 어디 아는 집을 찾아가서 보호를 부탁해봅시다. (두 사람 퇴장)

제7장

프랑스 군의 진영.

커딜리어, 켄트, 시의, 기사 등장.

커딜리어   아아, 켄트 백작님, 저는 얼마나 오래 살면서 노력을 해야 백작님의 충성에 보답할 수 있을까요? 그러기에는 생명이 너무 짧고, 또 무슨 방법으로도 그 충성에는 충분히 보답하지 못할 것 같습니다.

켄트   그렇게 알아주시는 것만으로도 너무 많은 보답을 받은 셈이 됩니다. 지금 말씀드린 것은 사실 그대로입니다. 한마디 보태지도 줄이지도 않은 사실 그대로입니다.

커딜리어   옷을 갈아입으세요. 지금 제 정체가 드러나면 모처럼의 계획이 틀어지고 맙니다. 적당한 시기가 올 때까지 저를 아는 체하지 말아주십시오. 제발 부탁드립니다.

켄트   그럼, 그렇게 하죠. (시의에게) 전하의 용태는?

시의   그대로 주무시고 계십니다.

커딜리어   아, 인자한 신들이여, 학대받은 아버님의 마음의 큰 상처를 치료해주소서! 자식들의 불효 때문에 헝클어지고 장단이 맞지 않는 아버님의 마음의 줄을 부디 다시 죄어주소서!

시의   전하를 깨울까요? 오랫동안 주무셨으니까요.

커딜리어   당신의 판단에 맡기겠습니다. 좋도록 하세요. 옷을 갈아입혀 드렸습니까?

기사   네, 곤히 주무시는 사이에 새 옷으로 갈아입혀 드렸습니다.

시의   전하를 깨울 때 꼭 곁에 계십시오. 틀림없이 정신이 맑아지셨을 것입니다!

커딜리어   그렇게 하지요.

의자에 앉아 잠들어 있는 리어 왕이 운반되어 나온다. 조용한 음악.

시의   더 가까이 오십시오. (안쪽을 보고) 음악을 더 크게!

커딜리어 아, 아버님, 저의 입술에 아버님을 회복시키는 묘약이 있어, 두 언니가 아버님의 가슴속에 낸 큰 상처가 이 키스로 치유되기를 바랍니다!

켄트 착하고 효성이 지극한 공주님!

커딜리어 설사 자기네들의 아버지가 아니었더라도 이 백발은 그 사람들에게 측은함을 느끼게 했을 텐데. 이것이 사나운 비바람과 싸워야 했던 얼굴이었나요? 그리고 천지를 뒤흔드는 무서운 벼락을 동반한 천둥 속에 서 계셔야만 했다죠. 더구나 날쌔게 하늘을 가로지르는 번갯불이 하늘을 찢으며 번뜩이는 속을? 머리에는 모자도 안 쓰고 위험한 곳에 선 가엾은 보초병같이 한잠도 못 주무시면서…… 나를 물어뜯은 원수네 집 개였다 할지라도, 그런 밤이면 그 개를 난롯가에 있게 했을 텐데. 그런데 가엾게도 아버님은 돼지나 떠돌아다니는 거지와 함께 곰팡내 나는 지푸라기를 뒤집어쓴 채 오두막에서 용케 주무셨군요. 아아, 아아! 목숨과 정신이 단번에 끊어지지 않으신 게 기적입니다. 아, 잠이 깨신 모양인데, 말씀 좀 여쭈어보세요.

시의 왕비님께서 말씀해보시는 것이 좋겠습니다.

커딜리어 전하, 어떠십니까? 전하, 기분이 어떠십니까?

리어 왕 무덤 속에서 나를 끌어낸 것은 잘못이야. 당신은 천상의 영혼이군. 나는 지옥의 불수레에 결박당해 있어. 그래서 내 눈물은 녹은 납같이 내 뺨을 태우고 있지.

커딜리어 저를 알아보시겠습니까?

리어 왕 당신은 망령이야. 언제 죽었소?

시의 아직 잠이 덜 깨셨습니다. 잠시 조용히 계시도록 하는 게 좋겠습니다.

리어 왕 내가 지금까지 어디에 있었나? 여기는 어딘가? 햇빛이 비치나? 나는 기막히게 속고 있어. 남이 이런 꼴을 당하는 것을 본다면 불쌍해서 견딜 수 없었을 거야. 뭐라고 해야 좋을지 알 수 없구나. 이건 내 손인가? 정말 내 손이야? 어디 바늘로 찔러보자. 아프다, 아파. 지금 내가 어떤 상태에 처해 있는지 확실히 알고 싶구나.

커딜리어　(무릎을 꿇고) 아! 저 좀 보세요. 그 손을 들어 저를 축복해주세요. (왕이 무릎을 꿇으려고 하는 것을 보고) 아니에요, 아버님. 무릎을 꿇으시면 안 돼요.

리어 왕　제발 나를 놀리지 마시오. 나는 어리석은 바보 늙은이야. 내 나이 여든 고개를 넘었는데, 한 시간도 더 먹지도, 덜 먹지도 않았소. 그리고 솔직히 말해서 정신이 성하진 않은 것 같아. 당신이나 이분을 알 것 같은데 확실치가 않아. 글쎄, 여기가 어딘지 전혀 모르겠구나. 그리고 아무리 돌이켜 생각해봐도 이 옷은 기억에 없고, 어젯밤 어디서 잤는지도 생각이 안 나는군. 비웃을지도 모르지만, 이 부인은 내 딸 커딜리어 같이 생각되는데……

커딜리어　그렇습니다, 그렇습니다.

리어 왕　눈물을 흘리고 있는가? 오, 역시 그렇군. 제발 울지 마라. 네가 독약을 준다 해도 나는 마시겠다. 너는 나를 원망하고 있을 거야. 내 기억에 의하면 너의 언니들은 나를 몹시 학대했었다. 너에게는 그럴 만한 이유가 있지만, 그들에게는 아무런 이유도 없는데 말이다.

커딜리어　없습니다, 저에게도 이유 같은 건 하나도 없습니다.

리어 왕　나는 프랑스에 와 있느냐?

켄트　전하의 영토 안에 계십니다.

리어 왕　속이지 마라.

시의　안심하십시오, 왕비마마. 보시는 바와 같이 심한 정신착란은 진정되셨습니다. 그러나 지금까지 있었던 일들을 되새기게 하는 건 아직은 위험합니다. 안으로 모십시다. 그리고 좀 더 진정되실 때까지는 편안하게 해드리는 것이 좋겠습니다.

커딜리어 안으로 들어가지 않으시겠습니까?

리어 왕 나를 부디 용서해다오. 이제 모든 것을 잊고 용서해다오. 나는 늙어서 바보가 되어버렸으니까. (켄트와 기사만 남고 모두 퇴장)

기사 콘월 공작이 피살되었다는데, 사실입니까?

켄트 틀림없는 사실이오.

기사 그럼 그분 군대의 지휘자는 누굽니까?

켄트 소문에는 글로스터의 서자라고 합니다.

기사 듣자니 추방당한 아들 에드거와 켄트 백작은 독일에 가 있다고 하던데요.

켄트 세간의 소문은 믿을 수가 있어야지. 그런데 경계해야 할 시기가 왔소. 영국 군이 빠른 속도로 진격해오고 있소.

기사 이번 결전은 피비린내 나는 싸움이 될 것입니다. 그럼 안녕히 계십시오. (퇴장)

켄트 목숨을 건 내 계획이 성공하느냐, 실패하느냐, 그것은 오늘의 결전으로 결판이 나겠지. (퇴장)

제5막

～め☞め～

제1장

도버 근처의 영국 군 진영.
고수와 기수들을 선두로 에드먼드, 리건, 장교, 병사들 등장.

에드먼드 (한 장교에게) 공작에게 알아보고 오너라, 일전의 결의에 변경이 없으신지, 또는 그 후로 형편상 방침을 변경하셨는지를. 공작은 항상 자책감에 사로잡혀 계획을 바꾸곤 하니까, 그가 확고하게 결심한 것이 무엇인지 알아가지고 오너라. (장교 퇴장)

리건 언니의 하인은 분명히 사고를 당한 것 같아요.

에드먼드 그런지도 모르겠습니다.

리건 그런데 에드먼드, 내가 당신에게 호의를 가지고 있는 것은 아시지요? 말씀해보세요, 사실대로. 아무튼 사실대로 말씀해보세요. 당신은 언니를 사랑하시나요?

에드먼드 나는 명예에 어긋나지 않는 사랑만 할 뿐입니다.

리건 하지만 당신은 형부만 들어갈 수 있는 장소까지 들어가보시지 않

있어요?

에드먼드 그건 부당한 말씀입니다.

리건 하지만 나는 당신이 언니하고 너무 가까워서 벌써 언니 사람이 된 듯한 느낌이 드는데요?

에드먼드 내 명예를 두고 맹세하지만, 절대로 그렇지 않습니다.

리건 만약 그렇다면 언니라고 해서 가만두지는 않을 거예요. 에드먼드, 제발 언니하고 가까이 지내지 마세요.

에드먼드 염려 마십시오. 아, 언니와 그 부군 공작이 오십니다.

고수와 기수들을 앞세우고 올버니, 거너릴, 병사들 등장.

거너릴 (방백) 동생에게 저 사람을 빼앗길 바에는 차라리 이 전쟁에 지는 편이 낫지.

올버니 콘월 공작 부인, 반갑소! (에드먼드에게) 그런데 듣자니 국왕은 막내딸에게로 가고, 우리의 정치를 원망하는 일당도 따라갔다고 하오. 나는 공명정대하지 않은 경우엔 용감할 수 없는 사람이지만, 이번 일은 프랑스 왕이 리어 왕과 그 일당을 도와주기 위해서가 아니라 우리나라를 침략하려고 하는 것이 분명하기 때문에 결코 묵과할 수가 없소. 하긴 리어 왕과 그 일당들에게는 중대하고 정당한 이유가 있어서 우리에게 대항하는 것이겠지만.

에드먼드 지당한 말씀입니다.

리건 새삼스럽게 왜 그런 말씀을 하십니까?

거너릴 우리 모두 힘을 합해 적을 무찌릅시다. 집안끼리의 사사로운 시비는 여기서 말할 성질이 못 되잖아요.

올버니 그럼 역전의 용사를 소집하여 작전 계획을 세우도록 합시다.

에드먼드 곧 공작님의 막사로 가겠습니다!

리건 언니는 나와 같이 가요.

거너릴 싫다. 난 안 가겠다.

리건 반드시 그래야 되니까, 나와 같이 가요.

거너릴 (방백) 호호, 그 수수께끼는 나도 알지. 그럼 같이 가자꾸나.

모두 퇴장하려고 할 때 변장한 에드거 등장.

에드거 저는 비록 비천한 사람입니다만, 공작님께서 허락해주신다면 긴히 말씀드릴 것이 있습니다.

올버니 먼저들 가시오. 곧 뒤따라가겠소. 자, 말해봐라. (올버니와 에드거만 남고 모두 퇴장)

에드거 전투 개시 전에 이 편지를 뜯어보십시오. 만약 공작님께서 승리를 거두게 되면, 나팔을 불게 해서 이 편지를 가져온 저를 불러주십시오. 제가 비천한 사람으로 보이겠지만, 이 편지에 씌어 있는 것이 거짓이 아니라는 것을 칼로써 증명해 보이겠습니다. 그러나 만일 당신이 전사하신다면 속세의 번거로움도 끝장이 나고, 따라서 음모도 사라지고 말 것입니다. 무운이 계속되길 빕니다.

올버니 그럼 읽어보겠으니 기다려라.

에드거 그럴 수는 없습니다. 시기가 왔을 때, 전령을 시켜 부르기만 하십시오. 그때 다시 나타나겠습니다.

올버니 그럼 잘 가라. 편지는 꼭 읽어보겠다. (에드거 퇴장)

에드먼드 등장.

에드먼드 적군이 나타났습니다. 단단히 대비하십시오. 성실한 척후병이 정찰한 적의 병력과 군비에 관한 보고서가 여기 있습니다. (보고서를 준다) 잠시도 지체해서는 안 됩니다.

올버니 곧 출전하겠소. (퇴장)

에드먼드 나는 언니와 동생 둘 다에게 사랑을 맹세했다. 자매가 서로 경계하는 꼴은, 독사에게 물린 적이 있는 사람이 독사를 경계하는 것과 같구나. 어느 쪽을 택할까? 양쪽 다? 한쪽만? 양쪽 다 그만둘까? 양쪽 다 살아남아서는 어느 쪽도 내 것으로 마음놓고 향유할 수가 없지. 과부인 리건을 택하면 언니인 거너릴이 환장해서 미칠 거야. 그렇다고 그녀의 남편이 살아 있어서는 이쪽은 승산이 거의 없거든. 그러나 전쟁에는 그 남편의 위력을 이용해야지. 일단 전쟁이 끝나고 나면 남편을 방해물로 알고 있는 그 여자로 하여금 곧 남편을 없애버리게 해야지. 그 사람은 리어 왕과 커딜리어에게 자비를 베풀 계획인 모양이지만, 전쟁이 끝나고 부녀가 우리 쪽 포로가 됐을 때는 사면을 하도록 내버려두지는 않을 테다. 지금의 내 입장에서는 나 자신을 방어하는 일이 첫째지. 이치를 따지고 있을 때가 아니야. (퇴장)

제2장

양군 진영 사이의 평야.

경보警報가 울리고, 프랑스 군 등장. 커딜리어가 리어 왕의 손을 끌고 등장하여,

무대를 가로질러서 퇴장. 에드거가 글로스터의 손을 잡고 등장.

에드거   자, 아저씨, 여기 이 나무그늘 아래서 쉬고 계세요. 그리고 정당한 편이 이기도록 기도해주세요. 만일 무사히 돌아와서 아저씨를 다시 만날 수 있다면 기쁜 소식을 가지고 올게요.

글로스터   너에게 신들의 은총이 있기를 빈다! (에드거 퇴장)

경보와 퇴각의 나팔 소리. 에드거 등장.

에드거   아저씨, 도망가요. 손을 주세요. 도망가요. 리어 왕은 싸움에 지고, 왕과 함께 공주님은 포로가 됐어요.

글로스터   이젠 도망가지 않겠다. 여기서도 썩어 없어질 수 있다.

에드거   아니, 또 나쁜 생각을 하십니까? 사람은 태어날 때와 마찬가지로 이 세상을 하직할 때도 뜻대로 되는 것이 아니니 참아야 합니다. 무엇보다도 중요한 것은 기회를 기다리는 일입니다. 자, 가십시다.

글로스터   듣고 보니 그 말도 옳군. (두 사람 퇴장)

제3장

도버 근처의 영국 군 진영.

승리를 한 에드먼드, 고수와 기수를 선두로 등장. 포로가 된 리어 왕과 커딜리어, 부대장, 병사들 등장.

에드먼드 장교 몇 명은 이 두 사람을 끌고 가라. 저자들의 운명을 결정 짓게 될 상관들의 명령이 있을 때까지 엄중히 감시해라.

커딜리어 최선을 다하고도 최악의 결과를 초래한 것은 우리들이 처음은 아닙니다. 하지만 국왕이신 아버님의 고생을 생각하면 저는 맥이 풀립니다. 저 혼자라면 믿지 못할 운명의 여신의 찡그린 얼굴쯤은 노려봐 줄 수도 있습니다. 당신의 따님들, 언니들을 한번 만나보시지 않겠습니까?

리어 왕 아니, 아니다, 만나지 않겠다. 절대로 만나지 않겠다! 자, 감옥으로 가자꾸나. 둘이서만 조롱 속의 새같이 노래를 부르자꾸나. 네가 나에게 축복을 해달라고 하면, 나는 무릎을 꿇고 네게 용서를 빌겠다. 우리는 그렇게 날을 보내고, 기도하고, 노래하고, 옛날 이야기를 하고, 화려한 나비들을 보고 웃고, 불쌍한 놈들이 얘기하는 궁중 소문을 듣자꾸나. 그리고 그들을 상대로 누가 실각하고, 누가 득세하고, 누가 등용되고, 누가 쫓겨났는지를 얘기하자꾸나. 그리고 우리가 제법 신의 밀사이기나 한 것처럼 세상에서 일어나는 불가사의를 아는 척하고, 감옥의 벽에 둘러싸여서 달과 더불어 차고 기우는 양반네들의 꼬락서니를 조용히 지켜보자꾸나.

에드먼드 둘을 데리고 나가라.

리어 왕 커딜리어, 네 희생에 대해서는 신들 스스로 향을 피워주실 거다. 내가 분명히 너를 붙잡고 있느냐? 우리를 떼어놓으려고 하는 놈은 하늘에서 횃불을 가지고 와서 우리를 여우같이 그을려 내몰아야 할 것이다. 눈물을 닦아라. 그것들이 염병에 걸려서 살과 껍질이 썩어 문드러지기 전에는 울지 말아야지! 우리는 그것들이 굶어 죽는 꼴을 봐야 한다. 자, 가자. (리어 왕, 커딜리어 퇴장)

에드먼드   대장, 이리 오거라. 이것을 가지고 감옥까지 두 사람의 뒤를 따라가라. (쪽지를 준다) 너는 1계급 승진시키기로 되어 있다. 이번에 쪽지에 씌어 있는 것을 실행한다면 네 앞날은 확 트일 것이다. 명심해둬라. 사람은 시세에 순응해야 한다. 지나친 인정은 칼을 찬 군인에게는 어울리지 않는다. 이번의 중대한 임무는 왈가왈부를 허용치 않는다. 그럼 수락하겠느냐, 아니면 다른 길을 택해서 출세하겠느냐?

대장   명령대로 하겠습니다.

에드먼드   그럼, 곧 착수해라. 그리고 그 일을 끝내면 스스로를 행운아라고 생각하게 될 거다. 알았나…… 곧 착수해라. 그 속에 씌어 있는 대로 처리해라.

대장   말같이 짐수레를 끌거나 말린 귀리를 먹거나 할 순 없지만, 사람이 하는 일이면 뭐든지 하겠습니다. (퇴장)

　　나팔 소리. 올버니, 거너릴, 리건, 병사 등장.

올버니   오늘은 확실히 당신의 용맹한 혈통을 증명했소. 또 무운도 좋았고. 오늘의 격전 목표인 두 사람을 포로로 잡은 것은 대단한 공훈이요. 그 두 사람의 처분에 대해서는 그들의 죄와 우리의 안전을 고려해 공명정대한 결정이라고 생각될 수 있게 처리해주시오.

에드먼드   저 비참한 노왕은 어디 적당한 곳에 유폐시켜 감시인을 붙여두는 것이 적당하다고 생각합니다. 그가 고령이라는 점과 국왕이라는 신분 때문에 어리석은 국민들이 동정을 하고, 우리가 징집한 병사들까지도 그 창을 지휘자인 우리의 눈으로 돌릴까 봐 무척 염려스러웠습니다. 프랑스 왕비도 같이 유폐해놓았습니다. 이유는 같습니다. 그리고 내일이나 그 후나, 법정에 호출할 때에는 언제든지 출두할 수 있게 해놓

있습니다. 그러나 우리는 지금 땀과 피에 젖어 있습니다. 친구는 친구를 잃었습니다. 전쟁의 가혹함을 맛본 사람이라면 그 전쟁을 저주하게 마련입니다. 커딜리어와 그 부친의 문제는 후일 적당한 기회에 다시 논하는 것이 좋을 것 같습니다.

올버니 실례의 말이지만 나는 이번 전쟁에서 당신을 나의 부하로 생각하고 있을 뿐이오. 나와 동등한 지휘관으로는 생각하고 있지 않소.

리건 그 자격을 제가 이분께 드리고 싶었던 거예요. 그런 말을 하시기 전에 제 의사를 물어보는 것이 옳다고 생각해요. 이분은 저의 군대를 지휘하셨고, 저의 지위와 신분을 위임받고 계셨어요. 저와는 그런 사이이니까 당연히 이분은 형부와 어깨를 견줄 만한 처지라고 할 수 있습니다.

거너릴 그렇게 흥분하지 마라! 네게서 그런 권한을 위임받지 않아도 저분은 자기 자신의 가치로 높은 지위에 올라갈 분이야.

리건 아니에요. 내가 준 권리 때문에 이분은 높은 사람에게 뒤지지 않는 신분이 될 수 있는 거예요.

거너릴 그렇다면 차라리 네 남편으로 삼지그래.

리건 농담이 진담이 될지 누가 알아요.

거너릴 저것 봐! 그런 말을 하는 사람의 눈은 역시 사팔뜨기로군.

리건 언니, 지금 내가 몹시 아파서 가만히 있지만, 그렇지 않다면 벌컥 성을 내고 대들었을 거예요. (에드먼드에게) 장군, 나는 당신에게 부하 장병과 포로와 상속 재산을 모두 맡기겠어요. 마음대로 처리하세요, 그리고 이 몸도. 이 몸은 당신 것입니다. 성도 내드리겠어요. 저는 이 자리에서 당신을 나의 남편, 나의 주인으로 선언합니다.

거너릴 그게 네 맘대로 될 줄 알고?

올버니 어쨌거나 그것은 당신이 참견할 일이 아니오.

에드먼드 당신 역시 참견할 수는 없습니다.

올버니 이 서자 놈아, 나는 얼마든지 그럴 수 있다.

리건 (에드먼드에게) 북을 울리게 하여 제 권리가 당신의 것이 됐음을 증명하세요.

올버니 잠깐 기다려. 얘기할 게 있다. 에드먼드, 너를 대역죄로 체포하겠다. 너를 체포함과 동시에 이 금빛 독사 거너릴도. 아름다운 리건, 당신의 요구에 대해서는 처를 대신하여 내가 반대합니다. 내 처는 벌써 이 귀족과 재혼할 약속이 되어 있소. 그러니 나는 그녀의 남편으로서 당신의 혼담에 이의가 있소. 남편이 필요하다면 차라리 내게 구혼하시오. 내 처에게는 이미 약속이 되어 있으니까.

거너릴 그런 서툰 연극은 집어치워요!

올버니 글로스터 백작, 아직 무장을 하고 있구나. 나팔을 불게 하라. 네가 범한 흉악하고 명백한 갖가지 대죄를 증명하기 위해 너에게 결투를 신청할 사람이 나타날 것이다. 만일 나타나지 않는다면 내가 상대하겠다! (장갑을 땅에 던지며) 네 악업은 지금 내가 나열한 것보다 훨씬 많다는 것을 네 염통을 도려내어 증명해 보일 테다. 그러기 전에는 나는 빵조차 입에 대지 않으리라.

리건 아아, 괴롭다. 가슴이 아파!

거너릴 (방백) 네가 아프지 않다면 약도 믿을 수 없을 것이다.

에드먼드 그 대답은 이거다! (장갑을 던진다) 나를 반역자라고 부르는 놈이 대체 누군지 모르겠지만 그놈은 악당 같은 거짓말쟁이다. 나팔을 불어서 불러내라. 나타나는 놈이 누구든 상대를 가리지 않겠다. 나의 결백과 명예를 확고하게 증명해 보일 테다.

올버니 여봐라, 전령!

에드먼드 전령, 전령, 거기 없느냐!

올버니 네 자신의 용기만 믿어라. 내 명의로 징집된 너의 부하 장병들은 내가 다 해산시켰으니까.

리건 아이고, 죽겠다!

올버니 정말 아픈 모양이군, 내 막사로 데리고 가라. (리건, 부축을 받으며 퇴장)

전령 등장.

올버니 이리 와, 전령. (대장에게) 나팔을 불게 하라. (전령에게) 이것을 읽어라. (나팔 소리)

전령 (읽는다) "우리 군대 내에 지체나 지위 있는 자로서, 글로스터 백작이라 칭하는 에드먼드가 갖가지 대죄를 범한 대반역자라는 것을 결투로 증명할 자가 있다면, 세 번째 나팔 소리가 날 때까지 나서거라. 에드먼드는 도전에 응하겠다고 한다." 불어라! (첫 번째 나팔 소리) 또 한 번! (두 번째 나팔 소리) 한 번 더! (세 번째 나팔 소리, 안에서 화답하는 나팔 소리)

무장한 에드거, 나팔수를 앞세우고 등장.

올버니 (전령에게) 물어보아라, 왜 나팔 소리를 듣고 나타났는지.

전령 당신은 누구요? 성명을 대고, 신분을 말하시오. 또 무슨 이유로 이 부름에 응했소?

에드거 이름은 없습니다. 반역자의 이빨에 물어뜯기고 벌레에 좀먹히고 말았습니다. 하지만 태생은 여기 칼을 맞대고 싸우려는 상대자 못지 않은 귀족 출신입니다.

올버니 그 상대자가 누구냐?

에드거 글로스터 백작 에드먼드란 자는 어디 있느냐?

에드먼드　바로 나다. 할 말이 뭐냐?

에드거　칼을 빼라. 내 말이 귀족인 너의 비위에 맞지 않는다면, 칼을 가지고 정의를 증명해봐라. 나도 칼을 빼겠다. 굳은 맹세로 명예 있는 기사가 된 특권을 가지고 나는 너의 면전에서 단언하겠는데, 네가 아무리 힘이 세고 지위가 높고 젊다 하더라도, 그리고 이번 전투에서 이겨 행운의 절정에 있다 하더라도, 또한 제아무리 용기와 담력이 뛰어나다 하더라도, 네놈은 반역자다. 네놈은 신과 형과 아버지를 배반하고 여기 이 공명 높으신 공작의 목숨을 노리는, 머리끝에서 발바닥의 때와 먼지에 이르기까지 두꺼비만도 못한 더러운 반역자다. 네가 그걸 부정한다면 내 칼, 내 팔, 내 용기가 네 염통을 도려내어 증명해 보이겠다. 그리고 그 염통에 대고 나는 말하겠다. 너는 거짓말쟁이라고!

에드먼드　법도에 따라 마땅히 성명을 물어봐야 하겠지만, 보아하니 의젓하고 용감하며, 말씨도 어딘지 명문 출신 같구나. 기사도의 예법에 의하면 이번 결투는 당연히 거절해도 무방하지만 그렇게 하기는 싫다. 반역자라는 오명을 네 머리에 되던져주고, 지옥같이 가증스러운 그 거짓말로 네 가슴을 눌러놓겠다. 그러나 그 오명도 네 가슴을 스칠 뿐 거의 상처조차 입히지 않을 것이니, 그 오명을 이 칼로 네 가슴에 새겨두고 영원히 그곳에 남아 있게 하겠다. 자, 나팔을 불어라. (경보의 나팔 소리. 두 사람이 싸우다가 에드먼드가 쓰러진다)

올버니　가만, 죽이지 마라!

거너릴　이것은 음모예요, 글로스터. 기사도의 예법에 따르면 이름도 안 밝힌 상대에게 응할 필요가 없었던 거예요. 당신은 진 게 아니라 계략과 속임수에 빠진 거예요.

올버니　입 닥쳐. 닥치지 않으면 이 편지로 입을 틀어막아 버릴 테다. (에드먼드에게) 이봐, 기다려! (거너릴에게) 이 무도한 악당아, 네 죄상을 읽어봐라. 찢지 마라! 이 편지를 본 적이 있는 모양이군.

거너릴 그래서 어떻다는 거예요? 국법은 내 것인데. 당신 마음대로는 안 될걸. 그걸로 누가 날 고발할 수 있어요?

올버니 정말 지독한 계집이로군! 그럼 이 편지는 확실히 네가 쓴 것이로구나?

거너릴 알고 있으니 묻지 말아요. (퇴장)

올버니 뒤따라가봐. 무슨 짓을 할지 모르니, 못하게 해. (장교 한 사람 퇴장)

에드먼드 네가 열거한 죄목은 분명히 내가 범한 죄상이다. 이외에도 많이 있는데 때가 되면 다 알게 되겠지. 그러나 다 지나간 일이고, 나 역시 이젠 과거의 사람이 되었다. 그런데 이렇게 나를 이길 만큼 운이 좋은 너는 누구냐? 문벌 있는 사람이라면 용서하겠다.

에드거 서로 용서하자. 나는 혈통에 있어서는 너에게 뒤지지 않는 사람이다, 에드먼드. 만약 혈통이 너보다 우월하다면 나에 대한 네 죄는 그만큼 더욱 무겁다. 나는 에드거다. 너와 똑같은 아버지의 자식이다. 신은 공평하셔서 우리의 쾌락의 악덕들을 우리를 벌하는 도구로 삼으신다. 아버지는 컴컴하고 부도덕한 잠자리에서 너를 만든 대가로 두 눈을 잃으셨다.

에드먼드 그래, 그 말이 맞아. 운명의 수레바퀴는 이제 완전히 한 바퀴 돌았다. 그리고 이렇게 나는 제자리에 와 있어.

올버니 (에드거에게) 자네의 거동만 보고도 어딘지 고귀한 가문의 태생임을 알아볼 수 있었네. 자, 이 가슴에 안아보게 해주게. 만일 내가 한 번이라도 자네나 자네 부친을 미워했었다면, 슬픔 때문에 이 가슴이 둘로 쪼개져도 좋네.

에드거 공작님, 잘 알고 있습니다.

올버니 지금까지 어디에 숨어 있었는가? 어떻게 부친의 불행을 알았는가?

에드거 그 불행한 분을 보살펴왔습니다. 간단히 말씀드리겠습니다. 그리고 다 말씀드리고 나면, 아 심장이 터져도 상관없습니다! 가혹한 선고가 내려진 뒤 바짝 뒤쫓아오는 포졸의 눈을 피해서…… 아, 목숨은 소중합니다. 단번에 죽는 것보다는 일각일각 죽음의 고통을 당하더라도 살려고 하게 되더군요! 나는 생각한 바 있어 누더기를 입고, 개도 깔보는 미친 거지로 변장을 했지요. 그런 꼴로 우연히 아버님을 만났는데, 그때 그분은 보석 같은 두 눈을 잃고, 텅 빈 눈에서 피를 흘리고 계셨습니다. 그 후로 그분의 손을 이끌고 길잡이가 되어 대신 동냥도 했고, 절망으로부터 구원도 해드렸습니다. 반 시간 전 갑옷을 입을 때까지는 이름을 밝히지 않았습니다. 그런데 그것은 지금 생각하니 큰 잘못이었습니다. 이번 이 결투에 임하기에 앞서, 이길 것이라고 생각하면서도 승패의 판가름이기에 어딘지 불안하여, 부친께 축복을 구하고 지금까지의 자초지종을 얘기했지요. 그랬더니 이미 금이 가 있는 부친의 심장은 기쁘고도 슬픈 감정의 충격을 감당하기에는 너무나 약하여…… 희비가 엇갈린 착잡한 미소를 머금은 채 숨을 거두고 마셨습니다.

에드먼드 그 이야기에는 나도 감동했소. 이젠 나도 개과천선할 수 있을 것 같소. 다음을 계속해주시오. 더 할 얘기가 있을 것 같은데……

올버니 슬픈 이야기일 테지. 더 말하지 말게. 그 이야기만으로도 나는 눈물이 쏟아질 것 같으니까.

에드거 슬픔을 싫어하는 사람에게는 이것이 끝으로 보이겠지만, 이야기가 또 하나 있습니다. 이것을 자세히 이야기하면 벌써 많은 슬픔에다 슬픔을 더하여 극도의 슬픔이 되겠지요. 제가 통곡을 하고 있는데 누가 나타났습니다. 그분은 이전에 제가 거지꼴을 하고 있을 때는 소름이 끼치는 듯 피했던 분인데, 이때는 슬픔을 참고 있는 사람이 누군지를 알고

서는 억센 두 팔로 내 목을 껴안고 하늘을 찢을 듯이 통곡하더니 저의 부친의 시체 위에 몸을 내던졌습니다. 그런 모습으로 리어 왕과 자기의 슬픈 처지를 이야기했는데, 그렇게도 슬픈 이야기는 세상에 둘도 없을 것입니다. 그 이야기를 하면서 그분은 슬픔을 감당하지 못하여 당장에 생명의 줄이 끊어질 것만 같았습니다. 그때 두 번째 나팔 소리가 들렸기 때문에 실신한 그분의 곁을 떠나 이곳으로 온 것입니다.

올버니 그분이 대체 누구지?

에드거 켄트 백작, 추방당한 켄트 백작입니다. 변장을 하고, 원수같이 생각해야 할 왕을 따라 노예조차도 하지 못할 시중을 들어온 분입니다.

기사, 피가 묻은 단검을 들고 등장.

기사 큰일 났습니다! 아, 큰일 났습니다!

에드거 뭐가 큰일 났단 말이오?

올버니 빨리 말해.

에드거 무슨 일이오, 그 피 묻은 칼은?

기사 아직 따뜻하고 김이 오릅니다. 지금 막 가슴에서 뽑아왔습니다. 아, 돌아가셨습니다.

올버니 누가? 빨리 말해!

기사 아씨, 아씨께서! 그리고 동생도 아씨에게 독살당했습니다. 아씨가 그렇게 자백했습니다.

에드먼드 나는 그 두 사람에게 다 결혼 약속을 해놓았으니 이제는 셋이 같이 혼례를 올리게 되겠구나.

에드거 켄트 백작께서 오십니다.

켄트 등장.

올버니 죽었든 살았든 그 두 사람을 이리로 옮겨오너라. (기사 퇴장) 이 천벌은 우리를 떨게는 할지언정 우리에게 연민의 정을 불러일으키지는 않는다. (켄트를 보고) 아, 이분이 그분인가? 실례가 되는 줄 알면서도 사태가 이러하니 인사말은 생략하겠습니다.

켄트 주군이신 전하께 영원한 작별을 하러 왔습니다. 여기 안 계십니까?

올버니 큰일을 잊고 있었소! 말해라, 에드먼드. 왕은 어디 계신가? 그리고 커딜리어는? (하인이 거너릴과 리건의 시체를 운반해온다) 켄트 백작, 저걸 보시오.

켄트 아아, 이게 웬일입니까?

에드먼드 아무튼 이 에드먼드는 사랑을 받았소. 나 때문에 언니는 동생을 독살한 다음 스스로 목숨을 끊은 거요.

올버니 사실이 그렇소. 시체의 얼굴을 덮어라.

에드먼드 숨이 차는구나. 난 이제까지 나쁜 짓만 해왔지만, 죽기 전에 한 가지라도 좋은 일을 하고 싶소. 성으로 빨리 사람을 보내시오. 급히 보내시오. 리어 왕과 커딜리어를 죽이라는 명령이 내려져 있소. 늦지 않게 빨리 보내시오.

올버니 뛰어가라, 뛰어가라! 아, 빨리 뛰어가라!

에드거 누구에게 가야 합니까? 에드먼드, 누가 명령을 받았나? 명령을 취소할 증거를 다오.

에드먼드 생각 잘하셨소. 지금 당장 이 칼을 가지고 가서 대장에게 주시오.

올버니 빨리 뛰어가라, 목숨을 걸고 빨리! (에드거 퇴장)

에드먼드 당신 부인과 내가 명령을 내렸습니다. 커딜리어를 감옥에서 교살한 다음, 절망한 나머지 자살한 것처럼 위장하라는 명령을.

올버니　신들이여, 커딜리어를 지켜주소서! 저 사람을 데리고 나가라.

(시종들이 에드먼드를 메고 나간다)

절명한 커딜리어를 두 팔에 안은 리어 왕, 대장, 기타 다른 사람들 등장.

리어 왕　울부짖어라, 울부짖어라, 울부짖어라! 너희들은 목석 같은 인간들이다! 내가 너희들 같은 혀와 눈을 가졌다면 그 혀와 눈으로 창공이 무너지도록 저주를 해줄 텐데! 이 애는 죽어버렸다. 사람이 죽었는지 살아 있는지는 나도 안다. 이 애는 죽어서 흙같이 되어버렸다. 거울을 빌려줘. 거울이 입김으로 흐려지거나 희미해지면 아직 살아 있는 거야.

켄트　이것이 예언된 이 세상의 종말인가?

에드거　아니면 그 무서운 날의 그림자를 보고 있는 걸까?

올버니　하늘도 무너지고 시간도 멈춰버려라!

리어 왕　이 깃털이 움직인다. 이 애는 살아 있다. 만약 살아 있다면 이제까지 내가 겪은 불행은 죄다 보상되는 것이다.

켄트　아, 고정하십시오!

리어 왕　저리로 가라!

에드거　전하의 충신 켄트 백작입니다.

리어 왕　다들 죽어라. 네놈들은 다 살인자, 반역자다! 나는 이 애의 목숨을 구할 수도 있었는데, 이제는 끝이로구나! 커딜리어, 커딜리어, 아직 가면 안 된다. 잠깐 기다려라. 아! 말을 하나? 이 애의 목소리는 언제나 부드럽고, 상냥하고, 나직했지. 여자로서는 더할 나위 없는 아이였는데…… 너를 목 졸라 죽인 그 노예 놈은 내가 죽여버렸다.

대장　그렇습니다. 전하께서 죽여버렸습니다.

리어 왕 내가 그랬지? 나도 한때는 날카로운 큰 칼을 휘둘러서 닥치는 대로 놈들을 몰아낸 적이 있었다고. 그러나 이젠 늙고, 이렇게 고생을 해온 탓에 기운이 다 빠졌어. 너는 누구냐? 눈이 잘 보이지 않는구나. 허나 곧 알아볼 수 있을 거야.

켄트 운명의 여신이 더없이 사랑했던 사람과 미워했던 사람이 둘 있었다고 자랑한다면, 전하와 저는 서로가 그 한 사람을 보고 있는 셈입니다.

리어 왕 눈이 잘 보이지 않아. 너는 켄트가 아닌가?

켄트 네, 그렇습니다. 전하의 하인 켄트입니다. 전하의 신하 카이어스는 어디 있습니까?

리어 왕 그놈은 좋은 놈이야, 정말이야. 그놈은 칼을 잘 쓰지. 날쌔고. 놈도 죽어서 썩어버렸어.

켄트 아닙니다. 죽지 않았습니다. 제가 바로 그 카이어스입니다.

리어 왕 그럼 곧 알아볼 수 있겠지.

켄트 저는 전하의 운이 기울기 시작할 때부터 전하의 슬픈 발자국을 줄곧 따라다닌 사람입니다.

리어 왕 참 잘 왔다.

켄트 제가 바로 그 사람입니다. 이제 이 세상엔 기쁨은 없고, 암흑 같은 죽음뿐입니다. 위로 따님 두 분은 스스로 목숨을 끊고 자포자기의 최후를 마쳤습니다.

리어 왕 음, 그랬을 거야.

올버니 지금 전하께서는 아무것도 이해하지 못하시는 모양이오. 이래서는 우리들의 이름을 알려드려도 소용없어.

에드거 전혀 소용없습니다.

대장 등장.

대장   에드먼드 님이 돌아가셨습니다.

올버니   이런 때에 그런 것은 대수롭지 않아. 귀족이며 나의 친구이신 두 분은 나의 의도를 알아두시오. 실의에 빠진 전하를 도와드리기 위해서라면 어떤 수단이라도 강구하겠습니다. 나는 노왕이 생존해 계시는 동안은 나의 통치권을 돌려드리겠습니다. (에드거와 켄트에게) 그리고 두 분께는 본래의 영예와 특권을 수여하겠습니다. 친구는 모두 공적에 대해서 상을 받을 것이며, 원수는 다 처벌의 고배를 맛보게 될 것이오. 저런, 저런!

리어 왕   나의 귀여운 것이 목 졸려 죽었다! 이젠, 이젠, 생명이 끊어졌어! 개나 말이나 쥐에게도 생명이 있는데, 왜 너는 숨도 쉬지 않느냐? 너는 이제 돌아오지 않겠구나. 영영, 영영, 영영! 이 단추 좀 끌러다오. 고맙다. 이걸 봐라! 이 애의 얼굴을! 이 애의 입술을! 이걸 봐라, 이걸!

에드거   기절하셨습니다. 정신 차리십시오, 전하!

켄트   가슴이 터질 것 같구나! 어서 터져버려라.

에드거   얼굴을 드십시오, 전하.

켄트   영혼을 괴롭히지 마시오. 가시게 놔두시오. 이 처참한 현세라는 고문대 위에서 더 이상 수족을 고문당하도록 놔둔다면 오히려 원망하실 겁니다.

에드거   결국 운명하셨습니다.

켄트   용케 지금까지 오래 견디셨습니다. 천수 이상을 사셨습니다.

올버니   유해를 운반해가거라. 우리들의 당면한 임무는 온 나라가 애도하는 일이오. (켄트와 에드거에게) 나의 마음의 벗인 두 분은 이 나라를 다스리시고, 어지러운 국토를 회복시켜 주시오.

켄트   나는 곧 길을 떠나야 합니다. 주인님이 부르시니 거절할 수가 없습니다.

에드거　이 시대가 가져다준 무거운 슬픔을 우리는 달게 감수해야 합니다. 어떤 말이 이 자리에 어울릴지는 모르겠으나, 우리 가슴에 느껴지는 생각을 서로 말합시다. 가장 나이가 많은 분이 가장 많이 참으셨습니다. 나이가 젊은 우리들은 이만큼 고생을 하지도 않을 것이요, 또 이만큼 오래 살지도 못할 것입니다. (장송곡이 흐르는 가운데 일동 퇴장)

W. 셰익스피어의 삶과 문학 세계

— 생애와 작품

셰익스피어(William Shakespeare : 1564~1616)는 아름다운 자연에 둘러싸인 영국의 전형적인 소읍 스트랫퍼드어폰에이번에서 부친 존 셰익스피어와 모친 메리 아든의 장남으로 태어났다.

아버지 존 셰익스피어는 농산물 판매 사업으로 부유한 경제 기반을 잡는 데 성공, 이 고장의 행정에까지 깊이 관여한 유명 인사였다. 부유한 부친 덕분에 윌리엄은 비교적 풍족한 어린 시절을 보냈으나 열세 살 무렵 부친의 사업 부진과 여러 가지 법원의 소송 문제, 형 헨리와의 관계 등으로 가세가 기울어 부득이 학업을 중단하고 집안일을 도울 수밖에 없었다. 윌리엄은 18세 되던 해에 여덟 살 연상인 앤 해서웨이와 결혼, 삼 남매를 얻고 런던으로 가(정확한 연대 기록은 없다) 잡역을 하다가 희극 배우·극작가로 성공한다.

1590년을 전후한 시대는 엘리자베스 1세 여왕 치하에서 국운이 융성한 때였으므로 문화면에서도 고도의 창조적 잠재력이 요구되던 때였다. 그런 이유로 그는 엘리자베스 여왕과 제임스 1세의 후대를 받아 타고난 재주를 더욱 빛낼 수 있었다.

1590년 초 런던의 극장이 전염병으로 인해 일시적으로 폐쇄되었으나 그에게는 오히려 본격적인 활동의 기회가 주어져 최초로 그의 이름을 붙인 작품집《비너스와 아도니스》가 출판되었다. 그의 소네트의 대부분도 이 시기에 씌어졌다.

극작가로서의 셰익스피어의 활동기는 1590년에서 1613년까지 대략 이십사 년간으로 볼 수 있으며, 그는 이 기간에 모두 37편의 작품을 발표하였다. 그의 작품을 시기에 따라 분류해보면 초기에는 습작 수준의 경향이 보였으며, 영국 사기英國史記를 중심으로 한 역사극에 집중하던 시기, 낭만 희극을 쓰던 시기, 화해和解의 경지를 보여주던 로맨스극 시기로 나눌 수 있다. 그가 다른 작가와 다른 점은 이처럼 시대적 구분이 뚜렷하다는 점이다.

그의 작품이 한층 깊이를 더한 것은 희극을 쓰고 난 뒤 비극 작품을 쓰면서부터였다. 그는 본격적인 비극 작품을 쓰기 전에 두 편의 작품《타이터스 앤드로니커스》와《로미오와 줄리엣》을 썼다. 이 작품의 명성과 인기는 대단했지만 작품성으로는 4대 비극을 능가할 수는 없었다.

4대 비극은 사색과 행동, 진실과 허위, 양심과 결단의 틈바구니에서 삶을 극복해보려는 주인공을 묘사한《햄릿Hamlet》, 흑인 장군의 아내에 대한 애정이 일개 부하의 간계에 의해서 무참히 허물어지는 과정을 그린《오셀로Othello》, 늙은 왕이 세 딸의 애정을 시험해보는 설화적 모티프를 바탕으로 한《리어 왕King Lear》, 권력의 야망에 이끌린 한 무장의 왕위 찬탈과 그것이 초래하는 비극적 결말을 그린《맥베스Macbeth》등 네 작품으로, 셰익스피어 문학의 정수이자 세계문학의 금자탑이라는 평가를 받고 있다.

그는 평생을 시인과 배우, 극작가로서 충실하게 보냈으며《눈보라》라는 작품을 마지막으로 고향으로 돌아가 평화로운 여생을 보내던 중 1616년 4월 23일, 52세를 일기로 사망했다.

— 《햄릿》에 대하여

1603년에 출판된 《햄릿》은 《맥베스》나 《리어 왕》과는 성격이 판이하게 다른 작품이다.

예민한 감수성과 지성, 섬세하고 결백한 성격의 소유자 햄릿은 어느 날 존경하던 아버지를 잃고, 어머니까지 숙부와 재혼함으로써 큰 충격을 받아 인생 자체에 회의를 느끼게 된다. 그러던 중 아버지의 유령이 나타나 자신이 동생에게 살해되었다는 사실을 밝히자 햄릿은 복수의 일념에 사로잡힌다. 그러나 비범한 상상력, 고도로 발달된 지성, 지나치게 섬세한 양심과 우울증 등 여러 가지 요인으로 말미암아 햄릿은 복수를 결행하지 못하고 시일만 보내게 된다. 작품 후반에 이르러 햄릿은 복수와 기타 모든 일을 신의 섭리에 맡기게 된다. 이는 선의로 해석하면 안목이 넓어진 것이고, 악의로 해석하면 체념하게 된 것이라고 할 수 있다. 결국 햄릿은 숙부 클로디어스를 살해하게 되지만, 이는 능동적이라기보다는 피동적인 행동의 결과라고 보는 편이 타당할 것이다.

— 《오셀로》에 대하여

《오셀로》는 비교적 단순한 사건을 치밀하고 정연하게 전개시킴으로써 끊임없는 긴박감을 주며, 따라서 셰익스피어의 4대 비극 가운데 가장 윤곽이 뚜렷한 작품이라 할 수 있다. 아프리칸 흑인으로 베니스 정부의 무장인 오셀로가 청순하고 순결한 데스데모나와 남몰래 결혼한 것이 이 비극의 발단이다. 신부의 아버지 브러밴쇼가 크게 노하여 딸의 배신을 꾸짖고 있을 때 적국 터키의 함대가 키프로스 섬으로 오고 있다는 보고가 들어와 두 사람은 공작의 허락을 받고 그 섬으로 건너간다. 오셀로의 기수 이야고는 지극히 교활한 자로서 자신을 부관으로 임명해 주지 않은 데 앙심을 품고 두 사람을 이간시키기로 마음먹는다. 악의 화신과도 같은 그는 능란한 말솜씨로 데스데모나가 부관 캐시오와 불륜의 관계가 있기나 한 것처럼 오셀로의 마음속에 의심을 불어넣는다. 결국 성격이 강직하고 고결한 오셀로는 이야고의 간책에 빠져 데스데모나를 목 졸라 죽인다. 이어서 이야고의 간책이 폭로되지만 이미 데스데모나는 목숨을 잃은 후였고 오셀로는 깊은 자책감에 사로잡혀 자결하고 만다.

— 《맥베스》에 대하여

《맥베스》는 셰익스피어 4대 비극 중에서 가장 정리가 잘된 작품으로 평가받고 있다.

주인공 맥베스는 적군을 물리치고 개선하는 도중 마녀들을 만나는데, 그 마녀들은 그가 장차 왕이 될 운명이라고 예언한다. 원래 용감하고 성실한 그는 이 말을 듣고 왕위를 차지하고 싶다는 야망과, 자신을 굳게 신뢰하는 더없이 선량한 국왕 덩컨을 살해할 수 없다는 죄의식 사이에서 갈등한다. 그러나 결국은 남자 못지않게 대담한 아내의 부추김을 받아 덩컨 왕을 살해하고 만다.

그 후 맥베스는 스코틀랜드 왕으로 즉위하지만 살인을 저질렀다는 죄책감에서 벗어나지 못해 점점 나약하고 회의적인 성품으로 변해간다. 그의 아내 역시 마음의 병을 얻어 밤마다 몽유 상태에서 성안을 돌아다니며 죄악에 물든 손이 말끔히 씻어지지 않는다고 한탄하다가 스스로 목숨을 끊는다. 그리고 맥베스는 그의 시역을 눈치챈 충신들의 습격을 받고 비참한 최후를 맞이한다.

— 《리어 왕》에 대하여

1608년에 출판된 《리어 왕》의 비극은 주인공 리어 왕의 성격적 결함에 있다. 즉 그의 통찰력 결핍, 완고한 고집과 노망, 그리고 질서의 파괴로

인해 이 극이 비극으로 막을 내리게 되는 것이다.

　연로한 리어 왕은 세 딸에게 자기를 얼마나 사랑하고 있는지를 물어, 애정의 척도에 따라 나라를 나누어주고 여생을 편히 지내기로 마음먹는다. 그 결과 위의 두 딸은 아첨을 늘어놓아 아버지의 마음을 만족시키지만, 막내딸은 효심을 마음속에만 담아둔 채 아첨하기를 거부하여 노왕의 노여움을 사고 결국 아무 상속도 받지 못한 채 의절까지 당한다. 동생의 몫까지 나누어 받은 두 언니는 왕이라는 명목뿐 실질상의 권한이 없는 늙은 아버지를 학대한 끝에 내쫓는다. 그는 폭풍우가 몰아치는 들판을 헤매며 모진 고생을 한다. 이렇듯 비싼 대가를 치른 후이기는 하지만 그는 자신을 진심으로 사랑하고 섬기는 딸은 막내딸뿐이라는 진실을 깨닫는다. 그러나 재회의 기쁨을 다 맛보기도 전에 막내딸은 두 언니가 사랑하는 에드먼드의 사주를 받은 대장에게 살해되고, 리어 왕은 자기 눈앞에서 죽은 막내딸을 안고 통곡하다 절명하고 만다.

윌리엄 셰익스피어

1564 4월 26일, 워릭셔 주 스트랫퍼드어폰에이번에서 부친 존 셰익스피어와 모친 메리 아든의 장남으로 출생.

1582 (18세) 11월 27일, 8세 연상의 앤 해서웨이와 결혼.

1587 (23세) 이때쯤 런던으로 어느 극단을 따라갔을 것이라는 설이 있음.

1590 (26세) 〈헨리 6세〉 제2부, 제3부 초연.

1592 (28세) 〈헨리 6세〉 제1부 초연. 〈리처드 3세〉 초연. 〈잘못투성이 희극〉 초연. 런던에 질병이 유행하여 이해 후반에 극장이 폐쇄됨.

1593 (29세) 〈타이터스 앤드로니커스〉 초연. 〈말괄량이 길들이기〉 초연. 시집 《비너스와 아도니스》 출판. 《소네트집》에 수록된 대부분의 작품은 이해부터 1596년경 사이에 씌어졌다.

1594 (30세) 6월, 런던의 극장이 정식으로 문을 열어 극단이 재편성됨. 극단 일에 참여. 시집 《루크리스의 능욕》 출판. 〈베로나의 두 신사〉 초연. 〈사랑의 헛수고〉 초연. 〈로미오와 줄리엣〉 초연. 《타이터스 앤드로니커스》 출판.

1595 (31세) 〈리처드 2세〉 초연. 〈한여름 밤의 꿈〉 초연.

1596 (32세) 부친 문장 사용의 허가를 받음. 10월경 런던의 비숍스 게이트에서 템스 강 남안 서리 주로 이사감. 〈존 왕〉 초연. 〈베니스의 상인〉 초연.

1597 (33세) 고향의 호화스런 저택 뉴플레이스를 구입. 〈헨리 4세〉 제1부,

제2부 초연.《리처드 2세》출판.《리처드 3세》출판.《로미오와 줄리엣》(불량 텍스트) 출판.

1598 (34세) 〈헛소동〉 초연. 〈헨리 5세〉 초연.《헨리 4세》제1부 출판.《사랑의 헛수고》 초연. 프란시스 미어즈의《지혜의 보고》(셰익스피어에 관한 중요한 문헌) 출판.

1599 (35세) 〈줄리어스 시저〉 초연. 〈당신이 좋을 대로〉 초연. 〈십이야〉 초연.《로미오와 줄리엣》(우량 텍스트) 출판. 글로브 극장 개장.

1600 (36세) 〈햄릿〉 초연. 〈윈저의 명랑한 아낙네들〉 초연.《헛소동》출판.《헨리 4세》제2부 출판.《헨리 5세》(불량 텍스트) 출판.《한여름 밤의 꿈》출판.《베니스의 상인》출판.

1601 (37세) 부친 존 사망. 〈트로일러스와 크리시더〉 초연.

1602 (38세) 〈끝이 좋으면 모든 것이 다 좋다〉 초연.《윈저의 명랑한 아낙네들》(불량 텍스트) 출판.

1603 (39세) 4월, 질병이 유행해 극장 폐쇄.《햄릿》(우량 텍스트) 출판.

1604 (40세) 〈오셀로〉 초연. 〈자에는 자로〉 초연. 4월, 극장 재개.

1605 (41세) 〈리어 왕〉 초연.

1606 (42세) 〈안토니우스와 클레오파트라〉 초연. 〈맥베스〉 초연.

1607 (43세) 6월 5일, 장녀 스잔나, 스트래스포드의 의사 존 홀과 결혼. 〈코리올레이너스〉 초연. 〈아덴스의 타이몬〉 초연.

1608 (44세) 〈페리클레스〉 초연.《리어 왕》출판.

1609 (45세) 〈심벨린〉 초연.《소네트집》출판.《트로일러스와 크리스티》 출판.《페리클레스》출판.

1610 (46세) 〈겨울이야기〉 초연. 이때 고향으로 돌아갔다는 설이 있음.

1611 (47세) 〈폭풍〉 초연.

1613 (49세) 6월 29일, 〈헨리 8세〉 초연 중 화재로 글로브 극장 소실. 존 플레처와 합작으로 〈2인의 고상한 연고자들〉과 〈카데니오〉 초연.

1616 (52세) 4월 23일, 사망. 4월 25일, 스트렛퍼드 온 에이븐의 홀리 트 리니티 교회에 매장됨.

1622 《오셀로》출판.

1653 8월 6일 아내 앤 사망. 두 동료 배우 존 헤밍과 헨리 콘델의 편집에 의해 셰익스피어 최초의 단권 전집이 출판됨.

4대 비극

초 판 1쇄 발행 | 1993년 1월 10일
개정판 1쇄 발행 | 2012년 10월 2일

지 은 이 | W. 셰익스피어
옮 긴 이 | 김남

발 행 처 | 홍신문화사
발 행 인 | 지윤환
출판등록 | 1972년 12월 5일(제6—0620호)
주   소 | 서울 동대문구 용두2동 730—4(4층)
전   화 | 02—953—0476
팩   스 | 02—953—0605

ISBN 987—89—7055—810—3 04840
ISBN 987—89—7055—800—4 (세트)